Papel certificado por el Forest Stewardship Council®

Título original: *Love me love me: Cuori magnetici*

Primera edición: abril de 2025

© 2025, Stefania S.
© 2025, Penguin Random House Grupo Editorial, S. A. U.
Travessera de Gràcia, 47-49. 08021 Barcelona
© 2025, Juan Naranjo, por la traducción

Penguin Random House Grupo Editorial apoya la protección de la propiedad intelectual. La propiedad intelectual estimula la creatividad, defiende la diversidad en el ámbito de las ideas y el conocimiento, promueve la libre expresión y favorece una cultura viva. Gracias por comprar una edición autorizada de este libro y por respetar las leyes de propiedad intelectual al no reproducir ni distribuir ninguna parte de esta obra por ningún medio sin permiso. Al hacerlo está respaldando a los autores y permitiendo que PRHGE continúe publicando libros para todos los lectores. De conformidad con lo dispuesto en el artículo 67.3 del Real Decreto Ley 24/2021, de 2 de noviembre, PRHGE se reserva expresamente los derechos de reproducción y de uso de esta obra y de todos sus elementos mediante medios de lectura mecánica y otros medios adecuados a tal fin. Diríjase a CEDRO (Centro Español de Derechos Reprográficos, http://www.cedro.org) si necesita reproducir algún fragmento de esta obra.
En caso de necesidad, contacte con: seguridadproductos@penguinrandomhouse.com

*Printed in Spain* – Impreso en España

ISBN: 978-84-10396-03-6
Depósito legal: B-2.578-2025

Compuesto en Compaginem Llibres, S. L.
Impreso en Rotativas de Estella, S. L.
Villatuerta (Navarra)

GT 9 6 0 3 6

Stefania S.

# LOVE ME, LOVE ME

### Volumen 1
### Corazones magnéticos

Traducción de
Juan Naranjo

*A mis lectoras.*
*Sin vosotras, nada de esto habría sido posible.*

# 1

# June

—June, si te sigues comiendo las uñas, tus nuevos compañeros van a pensar que estás nerviosa.

Con el volante bien sujeto entre las manos, mi madre no paraba de escudriñarme con la mirada.

—Te voy a hacer un pequeño spoiler, mamá. ¿Estás lista? —Tomé aire—. Es que estoy nerviosa.

Apoyé la espalda contra el respaldo del asiento del pasajero como queriendo admitir mi derrota, pero ella no aceptó que dejase las armas. Siguió atormentándome con mil preguntas como si el primer día de clase no fuese ya de por sí lo bastante complicado.

—¿Estás segura de que has dormido bien esta noche, cariño? Quizá podrías ponerte un poco de corrector para ocultar las ojeras.

«Ostras, el corrector». Aunque tengo claro que si me hubiese maquillado para ir a clase me habría echado la bronca del siglo.

—Mamá, nunca te parece bien nada, j... —Las palabrotas están prohibidas en casa de los White-Lebowsky—. Jolines.

Dio un resoplido mientras que al otro lado de la ventana se sucedían los barrios residenciales de Laguna Beach. Todos me parecían iguales: filas ordenadas de casitas recién pintadas, tejados inclinados de tejas rojas y jardines cuidados hasta el último detalle.

Mi nueva vida parecía perfecta, pero no era más que una fachada. Un libro con una cubierta alegre que escondía una historia dramática.

«Escuela privada, casa de dos plantas y veinticinco grados durante todo el año». Eso fue lo que me dijo mi madre el día que decidió informarme de nuestra enésima mudanza. El año anterior vivíamos en Seattle y allí, como todo el mundo sabe, hace un tiempo horrible.

Había hecho lo posible para tratar de convencerme, sobre todo porque llevábamos poco más de cinco meses en esa oscura ciudad. No me había dado tiempo de instalarme lo suficiente como para hacer el cambio de guardarropa y ya teníamos que volver a irnos. Sabía que yo no habría aceptado fácilmente lo de cambiar dos veces de estado en el mismo año, así que me lo presentó como si fuera una gran oportunidad que nos había surgido.

—Si no sabes en qué clase te toca, pide ayuda. Te pido por favor que no te hagas la tímida con los desconocidos, porque no lo eres.

«¿Podría dejar de soltarme consejos no solicitados? ¿No tengo ya suficiente con cambiar de escuela y de compañeros por enésima vez?».

Le eché un vistazo y, durante unos instantes, me fascinó el moño bajo y desenfadado que le daba el típico aire de artista rebelde.

Mis padres se habían divorciado hacía tres años, y desde entonces no hacía más que preguntarme si no me habría convenido más quedarme en Virginia con mi padre. Él, al menos, no se habría pasado mi adolescencia arrastrándome de un sitio a otro. Con mi madre, sin embargo, había vivido en cuatro estados y asistido a tres escuelas diferentes. Ahora nos tocaba California. En unos meses, a saber.

Porque la reconocida artista April Lebowsky se había propuesto recorrer el mundo exponiendo sus estúpidas obras de arte. Aunque ella no quisiera admitirlo, su arte solo les gustaba a los viejos. No podía ser casualidad que en sus exposiciones jamás hubiese visto a nadie menor de sesenta años.

—Colócate bien el cuello de la blusa. ¿Y desde cuándo te sientas como un tío? Te estás arrugando la falda —me dijo en tono malhumorado.

—¿Desde cuándo los hombres y las mujeres se sientan de distinta forma?

Mi madre tenía poquísima paciencia, y a mí me encantaba provocarla.

—June, no empieces. Ya sabes a lo que me refiero.

Observó de reojo mis piernas mal cruzadas y eso intensificó mi nerviosismo matutino.

—No, mamá, no te entiendo. ¿Y sabes qué otra cosa no entiendo? El motivo de que no me hayas inscrito en una escuela pública, como siempre has hecho. Odio este maldito uniforme —le solté, apartándome de un soplido un mechón que me cubría la nariz.

—Es un uniforme normal y corriente, June. Y te sienta fenomenal.

—El problema es que es un uniforme, mamá. En su nombre se ve clara su función: uniformar.

Siempre había ido con sudadera y pantalón corto, así que no me agradaba la idea de que me obligasen a ponerme una blusa elegante. Aunque lo que peor llevaba era el hecho de que no hubiese una alternativa a aquella falda.

—Y, dejando de lado el tema de la blusa —continué—, ¿por qué no puedo llevar pantalón, igual que los chicos?

—Déjate de rollos. Ya te lo he dicho: con la última exposición he ganado bastante dinero. Así que vas a ir al Instituto St. Mary, el mejor centro educativo de Los Ángeles. Y punto. No hay más que hablar.

—Qué emoción. También puedo no estudiar... Con el pedazo de mensualidad que vas a pagar es como si me estuvieras comprando el título.

La cara de mi madre pareció perder su luz habitual.

—Cuando dices esas cosas te pareces a tu padre —murmuró masajeándose la frente con aire preocupado.

—Siempre que sigamos aquí hasta la graduación, ya que seguro que dentro de dos meses me haces volver a cambiar de instituto.

Sabía que esa mañana no estaba siendo especialmente comprensiva, pero, en mi defensa, he de dejar claro que tenía motivos de sobra: era mi enésimo comienzo. Había cambiado tanto de instituto que tenía clarísimo que cada uno tenía sus propias reglas. Y cada vez que conseguía conocer un nuevo centro lo suficiente como para saber qué personas y situaciones evitar, tenía que volver a empezar de cero.

—Una señorita no se roe las uñas hasta dejárselas así, June.

Sin poderlo evitar, mis ojos encapsularon todo mi hartazgo y se deslizaron hacia arriba hasta toparse con el techo del coche.

—Dime, según esa mentalidad tuya construida a base de estereotipos medievales, ¿una señorita no debería ser todo dulzura y comprensión? Porque tú vas bastante corta de esas dos cosas…

—June Madeline White.

Cuando mi madre dijo mi nombre completo supe que me había pasado de la raya.

Le solté un apresurado «hasta luego» y me bajé del coche.

Ella me respondió soltando algo que me resultó incomprensible y que ignoré. Cuando alcé la vista hacia la escuela, por poco me desmayo. Contemplé los muros de ladrillo rojo que componían aquel lujoso edificio de estilo victoriano. Sentí cómo me encogía ante aquella construcción tan majestuosa, que parecía hecha de encaje. El edificio se alzaba imponente ante un enorme patio delantero, y el frontal de piedra gris provocaba un elegante contraste de colores.

«¿Este es mi nuevo instituto?».

Me giré para observar la reacción de mi madre y vi que estaba asomada a la ventanilla del coche.

—¿No me habrás engañado para meterme en un convento?

—Vamos, entra de una vez —dijo haciéndome un gesto mientras ponía el coche en marcha—. Nos vemos a la salida.

Di unos pasos hacia la entrada sin mucho convencimiento. Me sentía como si fuese a cruzar un umbral del que no hubiera retorno.

Al traspasar la enorme cancela de hierro y bronce, mi atención se centró en la avalancha de clones que me rodeaba. Todos los estudiantes iban vestidos de la misma forma. Chaquetas a medida, blusas blancas y falda azul de tablas para las alumnas, pantalones oscuros y camisa color crema para los chicos.

«Bienvenida a la fiesta del conformismo, June».

Todos caminaban con la cabeza alta, impecables, con paso decidido. Parecían tan seguros de sí mismos que me pregunté si de verdad eran humanos. Las chicas parecían hechas en serie: movimientos elegantes, físicos sinuosos y rostros delicados enmarcados por melenas relucientes. Todas llevaban los ojos perfectamente maquillados y lucían unas narices minúsculas que destacaban en sus facciones sutiles y bien proporcionadas. Por su parte, los chicos eran muy diferentes de los que yo estaba acostumbrada a ver. Ninguno de ellos vestía amplias sudaderas de colores ni pantalones arrugados. Parecían estar en una pasarela de moda. En Seattle, al igual que en el resto de las escuelas a las que había asistido, la gente podía ir a clase incluso en pijama. Desde luego, a nadie se le habría ocurrido ir al instituto con un tacón de diez centímetros. Me daba la impresión de que todos estaban a punto de presentarse a un concurso de belleza, pero lo que más me desorientó fueron las miradas altaneras de algunos grupitos reunidos a los pies de una escalinata. Mi madre tenía razón, yo no era una chica tímida... pero eso no impedía que pudiese sentirme incómoda.

Apreté el paso con la esperanza de llegar sana y salva al portón que daba acceso a los pasillos, mientras un pensamiento se me materializaba en la cabeza: yo no tengo nada que ver con esta gente.

—Déjame adivinar: eres nueva y te has perdido.

La voz taciturna me pilló de improviso y me obligó a girarme.

Un chico alto y moreno me estaba hablando.

«¿Un chico alto y moreno me estaba hablando?».

—No me he perdido. Acabo de llegar —aclaré, casi molesta por su suposición.

—¿Primer día en el infierno? —me dijo con un tono que parecía ser irónico pero que no iba acompañado de una sonrisa. Sus labios apenas eran una línea sutil que le conferían una expresión impasible.

Me quedé embelesada al instante por el color esmeralda de sus ojos y por las espesas pestañas negras que los enmarcaban. Llevaba el pelo negro azabache echado hacia atrás, con un peinado formal.

Asentí, pero justo en ese momento me distraje porque vi cómo una figura muy esbelta simulaba trotar hacia nosotros.

—¿Qué sucede?

Otra melena negra como la noche me hizo desconcentrarme. Los mechones lisos y ordenados se alternaban con trencitas y oscilaban sobre unos lóbulos tachonados de pendientes. La mirada de la chica exhibía las mismas facciones felinas que el chico moreno.

—Es nueva —dijo él sin ninguna emoción, casi con desgana.

La chica sonrió y a continuación decidió presentarse.

—Soy Amelia Hood. El que te está molestando es mi hermano Brian.

Los observé a ambos y me di cuenta de que, además de compartir una belleza fuera de lo común, ambos poseían unos rasgos angulosos pero elegantes.

—No me estaba molestando. Soy June White, encantada.

Amelia me miró con curiosidad, como siempre me pasaba cada vez que pronunciaba mi nombre. La abuela March le puso April a mi madre, y esta pensó que lo mejor que podía hacer era continuar la tradición llamándome June.

La forma en que los dos me miraron me hizo sentir fuera de lugar. Puede que no estuvieran acostumbrados a una apariencia tan del montón como la mía: labios agrietados, pelo pajizo con las puntas abiertas, ojeras marcadas.

—Bueno… A pesar de todo, es mona —oí que murmuraba ella.

—Pues sí, mucho —dijo Brian mirándome con intensidad.

Fruncí el ceño bastante confundida. Aunque lo que me habían dicho parecía positivo, a mí me había transmitido una sensación desagradable.

Estaba a punto de marcharme y Amelia me agarró el antebrazo y se lo colocó bajo el suyo con una confianza que me pilló de sorpresa.

—¿Estás en primero, June? —me preguntó mientras los tres nos acercábamos a la puerta principal.

—No, estoy en el último año —me apresuré a responder, molesta por aquella suposición.

Tampoco es que pudiese culparla por ello, apenas le llegaba al hombro a aquella chica.

—Nosotros también. ¿Qué asignaturas tienes hoy?

—¿Sois gemelos? —le pregunté sin esconder mi curiosidad.

—Brian es un año mayor que yo, pero el año pasado metió la pata.

—Amelia —la regañó su hermano, lanzándole una mirada que hizo que la chica se quedase callada.

—Tengo Lengua a primera hora —dije para rebajar la tensión.

—Pues qué suerte. A mí me toca Ciencias, qué rollo —resopló Amelia.

Brian me observó con indiferencia.

—Yo también tengo Lengua. Si quieres, te enseño dónde está el aula —me propuso.

Estaba a punto de aceptar cuando me vi lanzando un grito ahogado porque Amelia me acababa de hincar la uña en el brazo. La miré a la cara, pero estaba demasiado obnubilada para prestarme atención. El resto del alumnado que pululaba por los pasillos parecía tan hipnotizado como ella misma: algo, o más bien alguien, acababa de atraer la atención de todos.

—Joder, ha vuelto —la oí murmurar desde detrás de la mano con la que se había cubierto la boca.

—¿Quién? ¿Quién ha vuelto? —quise saber, mientras estiraba el cuello para ver qué pasaba.

—Hunter —exhaló ella muy despacio. Pronunció aquel nombre con tanta solemnidad que sentí un escalofrío recorriéndome la columna vertebral.

—¿Quién es? —pregunté, sin saber si debía reírme o echarme a temblar.

—Nadie. Lo mejor es mantenerse lejos de James Hunter —me dijo Brian con los ojos reducidos a dos ranuras—. ¿Vamos a clase? —sugirió, tratando de llamar mi atención.

—Vale —respondí encogiéndome de hombros.

Pero mi respuesta no fue seguida de ningún movimiento. Me quedé en el pasillo escuchando los murmullos, que cada vez se habían más intensos.

—James Hunter ha vuelto —repetían todos como en una cantinela.

Entre todas aquellas voces distinguí los comentarios de algunas chicas.

—¿Ha estado yendo al gimnasio?

—¿Es cosa mía o está más follable que antes?

Sentí cómo se me encendían las mejillas.

—Parece que el reformatorio le ha sentado bien —comentó otra.

Harta de todo aquel tonteo, me decidí a seguir a Brian. No quería perderme por los pasillos en mi primer día de clase, así que me despedí de Amelia con un gesto y me dejé guiar por su hermano.

Navegamos a contracorriente por un pasillo lleno de estudiantes, pero en un momento dado me pudo la curiosidad y me giré.

Poniéndome de puntillas traté de localizar al objeto de tanta atención.

Al fondo del pasillo, un chico bajaba los escalones de una gran escalinata junto a un grupo de compañeros. Su figura imponente destacaba entre la multitud; tal vez porque él, a diferencia de los demás, no llevaba puesta la chaqueta del uniforme, o quizá porque la camisa le quedaba como hecha a medida y resaltaba la anchura y la fuerza de sus hombros. Llevaba la corbata desanudada y los dos lados le colgaban sobre el pecho, que parecía esculpido en piedra, y al mismo tiempo le daba cierto aire desaliñado. Pero lo que más me llamó la atención fue la seguridad que exhibía cuando empezó a recorrer el pasillo. Caminaba con la cabeza alta, como un león que acabara de reunirse con su manada. Me sorprendió comprobar cómo las chicas se quedaban hechizadas esperando a que él las bendijese con el azul de sus ojos. Ni que decir tiene que las ignoró a todas y que en ningún momento perdió la sonrisa que le curvaba los labios.

De repente pensé en que ya era casualidad que justo el día anterior hubiese visto un documental sobre pavos reales.

James Hunter se abrió paso entre la gente seguido de tres forzudos a los que no les dediqué ni un vistazo. Cuanto más se me acercaba, más percibía la fuerza de su magnetismo. Por fin pude observar los detalles de su rostro con detenimiento. Su pelo era una masa desordenada de mechones castaños con algunas hebras color ceniza. Se lo despeinaba constantemente acariciándoselo con una mano surcada de venas azuladas. Sus dedos cuajados de anillos atormentaban a aquellos mechones que le caían en cascada sobre la frente y que servían para enarcar un rostro afilado y bien proporcionado. Seguí la marcada línea de su mandíbula y me quedé atrapada en aquel par de jugosos labios suyos.

El chico observaba distraído las miradas de adoración de sus compañeros. Conforme se acercaba a mí, mis pulmones empezaron a quedarse sin aire. El corazón me empezó a latir de forma irregular. Estuve a punto de bajar la cabeza cuando su silueta pasó a mi lado, pero me quedé inmóvil y pude clavar los ojos en aquellos lagos de un cobalto cegador tan profundo como la noche. Nos miramos durante una fracción de segundo y un chute de adrenalina me recorrió la piel para después extenderse por mis venas.

James Hunter.

# 2

# Brian

Yo era un lobo solitario, alguien que siempre iba a lo suyo. Pero me resultó imposible ignorar el brillo de sus ojos. Lo miraba todo con aire curioso y tenía el pelo largo y rubio. Sus preciosas mejillas rosadas se encendían cada vez que me la quedaba mirando.

Tras asistir a aquella entrada triunfal del idiota de James Hunter, por fin se decidió a seguirme. Entramos juntos en el aula de Lengua y June se detuvo un instante para observar a su alrededor. Lo que atrajo sus ojos del color del mar no fueron los amplios ventanales que iluminaban la estancia, sino los pupitres modulares y la sillas nuevas.

La vi bajar la cabeza como si se dispusiera a buscar defectos en las superficies inmaculadas de aquellos pupitres que el director renovaba cada curso.

—Es increíble, no hay ni un solo garabato.

«Puede que los pupitres estén limpios..., pero nosotros, no tanto».

—No te dejes engatusar, es todo de cara a la galería —dije antes de saludar con un gesto de cabeza a mis compañeros de fútbol americano.

Ignoré las intenciones de algunas compañeras que se apresuraron a lanzarme miradas de interés. Mi corazón estaba ocupado. Yo siempre había tenido únicamente ojos para Ari, mi chica.

Cuando la busqué con la mirada, me di cuenta de que su pupitre estaba vacío. Di por hecho que habría faltado, ya que Ari era siempre de las primeras en llegar a clase, especialmente cuando se trataba de esa asignatura. El profesor de Lengua era el amor platónico de todas las alumnas del instituto. Tendría cuarenta y tantos, guapo, dotado de una presencia física digna de alguien mucho más joven. Quizá era por los tatuajes o por sus rizos rebeldes, pero todas se morían por él. Incluidas Ari y mi hermana.

¿Estaba celoso de él? Un poco. Pero, después de todo, no era más que un profesor. Añadirlo a mi lista de preocupaciones habría sido la gota que colmase el vaso. Amelia y Ari eran las chicas más populares del instituto, y ahora que ese gamberro había vuelto del reformatorio, lo único que deseaba era que mantuviese las manos lejos de ambas.

June se escondió detrás de mí. Parecía que quería ponerse a salvo de las miradas indiscretas, pero en aquella escuela una cara nueva no podía pasar desapercibida.

—¡Pues aquí estamos! —le dije señalando un pupitre para dos que se encontraba en mitad de la clase.

A mi espalda oí varios «¿esa quién es?» mezclados con risitas femeninas. Alguien incluso dijo: «¿Seguro que no se ha equivocado de clase? Parece de primero».

Ignoré los murmullos y me senté. Ella se quedó de pie sin saber qué hacer. Casi todos los sitios a nuestro alrededor estaban ocupados.

—¿Por qué nos mira todo el mundo? —susurró tras acercarse a mí, despertando la atención de algunos chicos.

Su estatura, menor que la de Amelia, me recordaba a la de Ari, aunque sus físicos eran completamente distintos. No es que lo hiciese a propósito, pero no pude evitar intuir un cuerpo muy bonito embutido en aquel uniforme. Los muslos asomaban bajo la falda tableada y la blusa blanca resaltaba sus curvas generosas.

—Porque siempre estoy solo. —La vi titubear, así que la animé—. Si quieres, puedes sentarte aquí —le dije señalando el sitio que había a mi lado. Y a continuación les eché un vistazo a Stacy y a Bonnie, que nos estaban mirando con curiosidad.

En la escuela todo el mundo sabía lo mucho que me gustaba mantener las distancias. No me fiaba de nadie. No me gustaba nadie. Pero June parecía tener algo diferente a los demás.

—¿Tienes el libro? —le pregunté cuando la vi rebuscando entre sus cosas. Ninguno de aquellos volúmenes parecía ser el adecuado.

—Creo que no, ¡parece que he traído el libro de Física en lugar del de Lengua! —masculló malhumorada.

—Podemos compartir el mío.

Mi propuesta hizo que June enarcara una ceja, pero aceptó de buen grado. Acercó su silla a la mía, mientras nos observaban más de un par de ojos indiscretos.

Pero muy pronto la atención general se desvió hacia la puerta. Por el ruido de las voces que recorrieron el aula, di por hecho que James Hunter y sus amigos acababan de hacer su aparición.

June levantó ligeramente el mentón del libro, lo suficiente para fijar su atención en la figura de James Hunter.

Noté un latigazo de rabia que me atravesó los brazos y se concentró en mis manos. Apreté los puños. Me bastó cruzar una mirada con él para que la mandíbula se me cerrase a cal y canto.

A él no pareció importarle lo más mínimo. Me observó con arrogancia, desde lo alto, casi complacido por mi reacción. No tenía ni idea de dónde sacaba esa seguridad en sí mismo. ¿Su familia? Un desastre. ¿Su trayectoria académica? Mejor ni mencionarla. ¿Su futuro? Lo acababan de soltar de un reformatorio, así que ninguna universidad de prestigio lo acogería con los brazos abiertos.

Nuestras miradas se cruzaron con la rapidez del chasquido de un látigo. Estaba claro que entre nosotros no había precisamente buen rollo.

## 3
# June

Cualquiera podía percibir la enemistad que había entre Brian Hood y James Hunter. Aparté la vista de este último y le di las gracias a Brian por haberse ofrecido a compartir el libro conmigo. James Hunter pasó por nuestro lado con la cabeza alta, pavoneándose ante la expresión enamorada de todas las chicas de la clase. La mata de pelo castaño que le caía sobre la frente no parecía molestarle; es más, se la despeinaba distraídamente con un gesto inconsciente del todo arrebatador.

El nerviosismo de Brian se había disparado desde que Hunter posó en él su turbia mirada. Hunter nos dejó atrás y se sentó a nuestra espalda.

Mientras seguía sentada en la silla, un escalofrío me recorrió el cuerpo. Aún podía sentir sus ojos clavados en mí, percibía su mirada igual que una herida en la piel. Sabía que no debía hacerlo, pero la curiosidad me estaba consumiendo..., así que me giré. Y era cierto que James Hunter me estaba mirando fijamente. Sentí una sensación de vértigo en el estómago desde el momento en que me perdí en su mirada indomable.

—¿Todo bien? —me preguntó Brian en tono amistoso, lo que me obligó a girarme de nuevo hacia delante.

—Sí —respondí sin pensar.

Y entonces volví a imbuirme en mis pensamientos. Llevaba días protestándole a mi madre porque daba por hecho que lo de matricularme en una escuela privada había sido una idea horrible, pero ahora parecía que la elección no había sido tan mala: los profesores se lo tomaban con calma, nadie se metía conmigo, estaba sentada al lado de un chico guapo y…

—Sí, es una cosa muy típica del gilipollas de Brian Hood —exclamó una voz a mi espalda.

Había cantado victoria demasiado pronto.

—¿Qué coño tienes que decir ahora de mí, Jackson? Dímelo a la cara —le respondió Brian, ofendido.

Un sonido metálico me rechinó en el oído cuando Brian se levantó de la silla, justo antes de girarse hacia donde estaban los amigos de Hunter.

—Nadie, pero absolutamente nadie, tiene miedo de alguien como tú, Hood.

En ese momento también me giré yo. El chico que miraba a Brian con desprecio era alto, guapo, y llevaba el pelo rapado y oxigenado.

A su lado, James Hunter no le hacía el menor caso, pues estaba demasiado ocupado poniéndole ojitos a una rubita que no paraba de juguetear con las puntas de su melena.

—¿Quieres que repitamos, Hood? Solo tienes que pedírmelo.

Aquella frase me llamó la atención. Uno de los chicos se abalanzó contra Brian y, antes de que yo pudiera reaccionar, este también fue hacia él.

«Que estoy yo en medio, tíos. ¡A ver si relajamos un poquito las hormonas!».

—¡Venga, vamos! Quiero saber qué pueden hacer dos gilipollas como vosotros —le contestó Brian, que no mostró el menor temor.

El chaval rapado seguía riéndose a carcajadas, mientras que el otro mantenía los ojos entrecerrados y apretaba la mandíbula.

Pero no les dio tiempo a enfrentarse, ya que James Hunter se levantó, y al instante se hizo el silencio.

—Estoy hablando con Stacy. ¿Podéis dejar de montar un pollo cada diez minutos?

Su voz era tan grave y persuasiva que casi me vi obligada a ahogar un grito.

Les dirigió una mirada de fuego a sus amigos y, acto seguido, miró fijamente a Brian, que a su vez le sostuvo la mirada. Al final, contra todo pronóstico, me miró a mí. Sus iris se oscurecieron tanto y se volvieron tan profundos que tuve que apartar la vista.

—Y tú, Hood... ¿ahora te dedicas a follarte a niñas pequeñas? ¿No te da vergüenza?

Aquella barbaridad me hizo palidecer. ¿Acaso estaba hablando de mí ese criminal?

—¡Chicos, perdonad el retraso!

Un fuerte acento londinense me pilló desprevenida y me hizo distraerme de aquel terrible incidente.

El profesor entró en el aula y todos volvieron a sus sitios como si apenas unos segundos antes no hubiera estado a punto de estallar la Tercera Guerra Mundial.

—Buenos días, profesor Beckett —respondieron algunas chicas de las primeras filas.

Casi se me desencajó la mandíbula cuando puse los ojos sobre el profesor.

¿Pero en qué clase de escuela me había matriculado mi madre? ¿Cómo era posible que los estudiantes estuviésemos obligados a llevar uniformes antiquísimos, mientras que un profesor podía presentarse con camisa hawaiana? Bajo las mangas de la camisa verde limón se distinguían numerosos tatuajes que le cubrían unos bíceps marcados por muchas horas de gimnasio.

El entusiasmo me duró poco, ya que el profesor cogió un papel garabateado, se apoyó en un lateral de su mesa y me llamó.

—June White. —Todos se giraron para mirarme—. ¿June White?

Levanté tímidamente una mano para darme a conocer.

—Ah, ahí estás. Me gusta tu nombre —me dijo.

—Eh... gracias.

—¿Quieres contar algo sobre ti para que tus nuevos compañeros te puedan conocer mejor?

Mi expresión petrificada habló por mí misma. Estaba demasiado cortada como para hablar ante una clase llena de desconocidos.

—Bueno, pues yo...

Me callé cuando algunas chicas empezaron a reírse con muy poco disimulo. El profesor pareció percibir mi incomodidad y me invitó a sentarme de nuevo.

—No pasa nada, June. En otra ocasión nos cuentas.

Asentí y, por fin, empezó la clase.

El timbre sonó un par de horas después y yo ya empezaba a tener algo de hambre. Me disponía a unirme a la fila de estudiantes que se marchaba del aula, y entonces me di cuenta de a quién tenía justo a mi lado.

La sombra de James Hunter se cernió sobre mí mientras me miraba, sin importarle lo más mínimo que yo acabase de bajar la vista.

Era mucho más alto de lo que me había parecido desde lejos, y no pude evitar fijarme en que su camisa desprendía un intenso perfume que me dejó algo aturdida. Me quedé quieta, abrazando los libros contra el pecho, esperando que él pasara delante. No lo hizo.

—Después de ti, White. —Su voz me pilló desprevenida.

Avancé sin discutir y apreté el paso, intentando apartarme de él lo antes posible. No sé qué cara debió de poner, porque no me atreví a mirarlo.

—James, eres un gilipollas —lo reprendió una voz femenina mientras yo sentía cómo sus ojos me acariciaban el culo.

Mi cerebro no fue lo bastante rápido como para soltarle un insulto al tío aquel, y acto seguido, me encontré sola en el pasillo, rodeada de desconocidos.

Había demasiada gente y yo no tenía ni idea de adónde ir.

Rebusqué entre los documentos que llevaba en el libro de Física y, además de una tarjeta electrónica, encontré unos impresos que me habían entregado en la secretaría. En la parte superior estaba escrito el número de mi taquilla. Seguí el pasillo y me planté ante una portezuela metálica en la que se leía mi número. El seis. Pasé la tarjeta por el lector electrónico, pero la taquilla no se abrió. Le di la vuelta a la tarjeta, y aunque la lucecita se ponía en verde, la puerta parecía estar bloqueada. Introduje los dedos en el borde. Pero mis intentos de abrirla fueron inútiles. Nerviosa, di un golpe con la muñeca que provocó un crujido metálico. Un par de personas se me quedaron mirando, pero nadie se ofreció a ayudarme.

—¡Qué violenta! —comentó una voz.

Un estudiante me observaba con curiosidad. Tenía los ojos grises como una mañana de invierno y el pelo rubio enmarcaba su rostro angelical.

—¿Quieres que te eche un mano o prefieres seguir desfogándote? —me preguntó.

—¿Podrías ayudarme, por favor? —le pregunté señalando la taquilla que no quería abrirse.

—Todas tienen el mismo defecto. Hay que hacerlo así: agarras del tirador y, mientras lo atraes hacia ti, pasas la tarjeta. Prueba tú.

Tenía un tono sorprendentemente relajado, como si nada tuviese la habilidad de inquietarlo.

La taquilla se abrió como por arte de magia.

—Gracias, eh...

Esperé a que se presentase para eludir aquel momento embarazoso.

—William —me respondió él, y dio un paso en mi dirección.

—Muchas gracias, William.

—De nada, eh...

—June.

—Me gusta.

Lo dijo con naturalidad, como si estuviera acostumbrado a rescatar a pobres chicas en apuros durante su primer día de clase. Las delicadas facciones de su rostro me hipnotizaron durante unos instantes. Y a él pareció no importarle, ya que, con movimientos lentos y elegantes, dio un paso atrás y desapareció por el pasillo. Igual que había aparecido de la nada, se esfumó.

«Pues sí que es raro este instituto...».

Decidí no perder más tiempo, ya que mi estómago se empeñaba en rugir. Solo habían pasado dos horas desde el inicio de las clases, pero yo ya estaba hambrienta.

Caminé en busca de una máquina expendedora y, por fin, me topé con una larga cola de personas esperando ante uno de esos aparatos. Me puse en la fila, pero el ambiente se puso tenso en cuanto una figura se situó delante de todos.

—¡Ponte en la cola como el resto de los mortales! —gritó alguien.

—¡Ha llegado la reina de este infierno! —exclamó un chico con unas gafas de cristales muy gruesos.

La chica rubia, que llevaba un uniforme de animadora, entornó los ojos y les lanzó una mirada venenosa.

—Tú lo has dicho. Soy la reina, así que cierra la boca y espera tu turno.

Solo en ese instante me di cuenta de hasta qué punto mi pelo no era más que un amasijo de paja. Me pareció tener delante a una criatura de otro mundo. Era imposible que un ser humano tuviese unos rasgos tan agraciados. Su melena, tan lustrosa que parecía hecha de miel, era lo que más destacaba de ella. Con un gesto elegante, se apartó un mechón de pelo de la cara. Su expresión altiva se suavizó cuando oí una voz que me resultó familiar.

—¿Qué cojones pasa? —James Hunter se acercó a un palmo de la cara de aquel desgraciado que había osado llamarle la atención a la rubia. La víctima tembló ante los ojos de Hunter—. ¿Hay algún puto problema? —preguntó sin mostrar el menor interés en resultar educado.

—No —balbuceó el chico, aterrorizado.

El perfil de James era perfecto. Parecía pintado por un artista: unas delicadas pinceladas acentuaban la curva que su nariz describía hacia su frente, y un suave claroscuro resaltaba la turgencia de sus labios.

—Me alegro. Porque me había parecido oír lo contrario —comentó jugueteando con un cigarrillo apagado.

Mientras, la chica cogió el vasito de café que acababa de salir de la máquina. Y a continuación se puso de puntillas para estar a la altura de James. No sé si se dieron un beso, ya que aparté la mirada. Pero oí que la animadora le dijo:

—Pasa de él, Jamie.

James le echó un brazo por los hombros y los dos se marcharon de allí como si fueran los dueños de la escuela.

—¿Entonces ya has podido conocer a esos animales de Hunter y sus amigos?

Brian y Amelia se unieron a mí y yo no pude dejar de observar el paquete de galletas que ella llevaba en la mano.

—¿Por qué Hunter acabó en un reformatorio? —pregunté, tratando de esconder que me moría de hambre.

Amelia le echó un vistazo a su hermano y este se quedó callado.

—Digamos que los modales que hoy le has visto exhibir solo son la punta del iceberg —respondió, ofreciéndome el paquete de Oreo.

Me brillaron los ojos. Mi filosofía de vida era de lo más simple: quien comparte su comida contigo es digno de ser llamado amigo.

—Gracias, Amelia.

La galleta me tocó la punta de los dedos durante una fracción de segundo antes de que me la metiese en la boca.

—¿Y qué puede haber peor que lo que he visto hoy? —pregunté ingenuamente mientras nos acercábamos al patio exterior.

Amelia se masajeó el labio inferior con el dedo índice, como si quisiera asegurarse de que seguía teniéndolo bien pintado.

—¿Además de las amenazas a los profesores, el trapicheo, las peleas, las competiciones clandestinas, los episodios de vandalismo…?

—Veo que lo conoces muy bien…

Además de un gran apetito y de una curiosidad desbordante, también tenía el defecto de no saber mantener la boca cerrada. Hice aquella afirmación sin ninguna maldad, pero Brian me lanzó una mirada que no me resultó nada tranquilizadora.

Amelia, a su lado, parecía incómoda.

—No, bueno… Quería decir… Es que todo el mundo lo conoce.

Me asaltó una duda: ¿y si le gustaba aquel matón?

—June, fíate de mí: si quieres tener una vida tranquila en este instituto, aléjate de Hunter —la cortó Brian visiblemente molesto.

No dije nada, ya que estaba demasiado ocupada en ponerle ojitos al paquete de Oreo. Nos detuvimos ante una especie de jardín. Como no quedaban bancos libres, nos sentamos en el césped.

Amelia me ofreció otra galleta, compasiva ante mis insistentes vistazos al paquete. Cuando estaba a punto de hincarle el diente, vi al chico que me había ayudado con la taquilla.

«William».

Tenía la espalda apoyada en un árbol, y estaba inmerso en la lectura de un viejo clásico con la cubierta ajada.

—¿Quién es ese chico? —pregunté señalando hacia él.

Brian se acababa de poner los auriculares y se había aislado del mundo.

—William Cooper. Es uno de los mejores amigos de Hunter —me respondió Amelia ofreciéndome el paquete casi vacío. Estaba a punto de hacerme con la última galleta, pero su respuesta hizo que se me pasara el hambre.

—¿Estás de broma, no? —le solté.

—Son mejores amigos desde el colegio.

La mirada de Amelia se desplazó hacia un punto en concreto del patio. A poca distancia de William, James estaba sentado con su grupito de amigos y sostenía en brazos a una chica de pelo rizado. No entendía aquella escena. Lo acababa de ver en el pasillo con la chica rubia y, antes, en clase, estaba flirteando sin disimulo con otra compañera.

—¿Pero Hunter no está con la animadora?

—¿Te refieres a Taylor Heart? —Amelia pronunció el nombre sorprendida.

—La de la máquina expendedora. ¿No es su chica?

—¿Su chica? —Amelia se echó a reír—. Hunter cambia de chica cuatro veces al día.

Me encogí de hombros. Era justo como el documental que había visto la noche anterior. Clavado.

—Un pavo real se aparea con cuatro, cinco y hasta seis hembras.

Amelia se giró para tratar de descifrar mi expresión de desinterés.

—¿Cómo dices, June?

—Digo que no sé cómo un chico así puede tener tanto éxito. Es un maleducado.

—¿Maleducado? James Hunter es, sin duda, el rey de los gilipollas —dijo sin titubear, justo antes de endulzar la voz—. Pero, aun así… sabe lo que hace. —Vi cómo bajaba la mirada hasta las rodillas, y en mi cabeza se formó una película mental en la que ella y James eran protagonistas de un triste romance—. El año pasado hubo algo entre nosotros —admitió con un hilo de voz. Se volvió hacia Brian que, decidido a seguir absorto en su mundo, no nos prestaba la menor atención. Cuando se cercioró de que su hermano estaba de verdad concentrado en su música, continuó—. Pero las cosas acabaron mal. Fatal…

Vi cómo ahogaba un suspiro entre sus labios. Amelia dejó de hablar en aquel instante, así que solo pude murmurar un «lo siento».

No tenía ni idea de la historia de la que hablaba Amelia, pero si la teoría del pavo real era correcta…, dos más dos son cuatro, por lo que seguramente él se había portado mal con ella. Esa convicción se veía reforzada por el hecho de que Amelia seguía sufriendo todavía, mientras que él estaba al otro lado del patio con los dedos debajo de la falda de otra.

—Quizá fue mejor así. No te ofendas, pero parece un tío del que es preferible mantenerse alejada.

—Tienes toda la razón. Pero es que... —Amelia miró alrededor con aire circunspecto—. Cuando se trata de James, no es fácil resistirse.

—Bueno... —Solté una risita—. Por lo poco que he podido ver, es el típico tío que trato de evitar a toda costa.

—Sí, pero esa es solo una de sus caras. Cuando lo conoces mejor...

Quizá fui algo maleducada, pero, sorprendida por su falta de coherencia, la interrumpí con brusquedad.

—¿Pero no habías dicho que lo odiabas?

Amelia enderezó la espalda y tragó saliva.

—Sí, claro que lo odio. Solo sabe crear problemas, tanto a sí mismo como a todos los que lo rodean.

—Pues no hay más que hablar, ¿ves? Bastará con mantenernos alejadas de él. No quiero líos.

A Amelia no le convenció demasiado mi resolución.

—¿Piensas que basta con mantenerte alejada de él? —dijo en tono burlón.

—Pues claro —me encogí de hombros, convencidísima.

—Entonces es que aún no has entendido a quién tienes delante. Si él se encapricha de ti, te tendrá.

Parpadeé, incrédula. Podía echarme a reír en su cara o escandalizarme por un comentario tan feo. Pero no hice ninguna de las dos cosas. Con la palma de la mano me protegí los ojos de la fuerza del sol de la mañana y decidí mirar hacia otro lado.

# 4
# June

—June White, dame tu número. Salgamos esta noche.

Me quedé de piedra cuando Amelia, después de las clases, me hizo aquella propuesta.

Hasta entonces había saltado de instituto en instituto sin hacer amistades. Y, sin embargo, desde que estaba en Los Ángeles, en un solo día ya había conocido a dos personas. ¿Era una buena noticia? Aún no podía estar del todo segura, pero Amelia me había invitado al *skatepark* aquella misma tarde. Iríamos con Brian y con un amigo de ambos.

—Me lo pienso y te digo —respondí a regañadientes, y entonces volví a casa.

No es que no me apeteciese la idea de verlos... La realidad era mucho más embarazosa: no tenía ni idea de qué ponerme. Nunca salía de noche, a menos que fuese para sacar la basura.

«Una vida apasionante, ¿eh?».

Repasé todas las perchas que llenaban mi armario buscando alguna cosa bonita.

Vaqueros, vaqueros y más vaqueros.

«Vale, me habéis convencido, me pondré unos vaqueros».

Cuando abrí los cajones, la cosa fue aún peor. Por si no tenía ya bastantes problemas, allí solo encontré camisetas de manga corta. Y aunque no entendía el porqué de mi sorpresa, sí era cierto que siempre que rebuscaba en mis cajones esperaba que saliera algo fantástico de allí dentro, como por arte de magia.

A decir verdad, hacía tiempo que no le daba uso a mi ropa de verano. En Seattle, las sudaderas y los cortavientos eran mi ropa de diario. Pero en California hacía demasiado calor, así que había llegado el momento de cambiar de estilo. Siempre que se pudiera llamar «estilo» a ir por ahí con una camiseta *oversize* y unos vaqueros.

Elegí una camiseta blanca y unos pantalones holgados.

Me eché un vistazo rápido en el espejo, lo justo para cepillarme un poco el pelo y asegurarme de que no llevaba las cejas demasiado despeinadas.

Bajé al salón a por las zapatillas.

—June, siéntate… —El inicio del discurso de mi madre no auguraba nada bueno. Estaba sentada en el sofá y, en cuanto me vio, me miró con aire circunspecto—. A mi nueva colección de cuadros le está yendo mucho mejor de lo que pensaba. Hay un galerista que quiere ver mis originales…

No está bien reconocerlo, pero cada vez que mi madre empezaba a hablar de arte en general o de sus garabatos en particular, a mí se me desconectaba por completo el cerebro.

—… Y me ha invitado a cenar.

Sin embargo, al oír aquella frase alcé las orejas como una liebre.

—¿Estás de broma? —Volví a cerrar el zapatero y me quedé mirándola con los brazos cruzados.

—¿Qué parte de lo que te he dicho no has entendido? Podría ayudarme a exponer algunas obras. Hablamos del Hammer Museum. Si alguien estuviese interesado en comprarme algo sería un acuerdo de mucho dinero, June. Y después de todo lo que hemos pasado tú y yo…

—Ve al grano —la apremié, harta de todos aquellos circunloquios.

—Tendríamos dinero para más de un año.

—¿Y por qué me lo dices?

—Porque quiero que vengas conmigo a esa cena.

—Ni de broma, mamá —dije soltando un bufido—. Paso de hacerte de aguantavelas durante una cita.

La vi extender la mano hacia la carpeta que había dejado sobre la mesita de cristal.

—June, tómatelo en serio, por favor. Se trata de una cena importante y quiero que estés allí. Si consigo vender toda la colección, seguramente no tendremos que volver a mudarnos en bastante tiempo…

«¿Es un truco? ¿La mujer que me trajo al mundo me está tendiendo una trampa?».

La miré con desconfianza, y entonces me asaltó una idea inesperada.

—¿Eso significa que podría graduarme aquí?

—Claro.

No dejó de rebuscar en la carpeta donde solía guardar los bocetos de sus dibujos, pero algo hizo que volviera a mirarme.

—June, ¿qué haces así vestida a estas horas? ¿Adónde vas?

«¿Ahora te das cuenta?».

—Al *skatepark*, con unos amigos.

Mi respuesta pareció dejarla sin palabras.

—Perdona, ¿qué? —preguntó entrecerrando los ojos. Si hubiese tenido la mano libre, seguramente se habría tapado la boca con la palma de la sorpresa.

«Sí, June ha hecho amigos en su primer día de clase. Extraño, ¿eh?».

—¿No es un sitio peligroso? —preguntó con el ceño fruncido.

—Mamá, ya no estamos en los años noventa. No te preocupes —le respondí caminando hacia el fondo del pasillo y alargando la mano para girar el pomo de la puerta principal.

—Cariño, la chaqueta.

Hice como que cogía la chaqueta vaquera, pero salí de casa con las manos vacías, llevando únicamente el móvil en el bolsillo.

—¡A las once en casa! —oí que me gritaba.

—Vaqueros y camiseta blanca; simple pero infalible.

No me esperaba aquel comentario por parte de Brian. Sin embargo, cuando me senté en el asiento de atrás, al lado de Amelia, él me seguía mirando por el espejo retrovisor.

Brian era el clásico chaval con un físico atlético que habría hecho perder la cabeza a cualquiera. En cuanto a su carácter, parecía introvertido, pero bastante seguro de sí mismo.

—¿Eso ha sido un cumplido? —pregunté mientras mis ojos le acariciaban la espalda y los brazos que apoyaba en el volante. Unos tatuajes en los que antes no me había fijado surcaban sus bronceados bíceps.

—Él es Blaze, mi mejor amigo —dijo señalando al chico que estaba en el asiento del pasajero.

Bajo un gorro de lana color gris oscuro, un chico con aspecto amable me sonreía. Tenía la piel clara como el marfil y sus ojos oscuros tenían un aire oriental.

—Encantada, soy June.

El chico no se rio de lo poco habitual que era mi nombre, así que me cayó simpático al instante.

Amelia resoplaba con impaciencia. Se inclinó hacia delante y sujetó con ambas manos el cuello de su hermano, que seguía sin arrancar el motor.

—¿Nos vamos o no nos vamos?

Llegamos al *skatepark* sobre las nueve, y muy pronto me di cuenta de que aquello estaba lleno de niños y de familias.

El sol acababa de ocultarse y una ligera brisa me acariciaba los brazos desnudos. Me froté los antebrazos con las palmas de las manos tratando de entrar en calor.

—¿Tienes frío? —preguntó Blaze.

—¡Qué va! —contesté algo avergonzada, sin poder apartar la vista del jersey azul que él llevaba en las manos.

Él me sonrió y se puso la prenda delante de mis narices.

*Ah, vale. Estupendo.*

En ese momento sí que eché de menos Seattle. Aquella ciudad, al menos, no te escondía el frío que podía llegar a hacer; no era tan traicionera como para dejarte salir de casa con veinticuatro grados y después tenderte una emboscada en cuanto se ponía el sol.

—¿Cómo te ha ido el primer día de clase? —preguntó Blaze con cierto aire de inseguridad. Su voz sonaba como una melodía delicada, tímida, siempre amable. Me di cuenta de que no paraba de juguetear con los puños del jersey, lo cual dejaba claro que se sentía algo incómodo.

—Mejor de lo esperado —le contesté mientras entrábamos en el recinto.

—Teniendo en cuenta que has conocido a estos dos… —dijo señalando a Amelia y a Brian, que caminaban a nuestro lado—, intuyo que tenías unas expectativas bajísimas…

Amelia le dio un empujón tan fuerte que casi lo hace caerse al suelo.

—Blaze, siempre igual. Dale gracias a Dios de que estamos nosotros dos para hacerte de chófer. Si no fuera por nosotros, ahora estarías en el sofá viendo una serie coreana de esas que tanto le gustan a tu madre.

Blaze se sonrojó y bajó la mirada.

—Siento mucho que mi madre sea coreana y que mi padre prefiera darme en adopción antes que prestarme el coche…

—Muy bien, ahora hazte la víctima. Puede que con June te funcione, pero con nosotros ya no te sirve.

Un extraño olor de humo fragante se abrió paso directo hasta mi nariz.

—¿Sabes cómo nacieron los *skatepark*, June? —Negué con la cabeza y Blaze inició su explicación—. En California hubo una importantísima sequía a principios de los años setenta. Todas las piscinas se quedaron vacías y empezaron a ser usadas para patinar o para deslizarse con los *skates*.

—Uy, Blaze le está tirando los trastos —le dijo Amelia al oído a su hermano, provocándome cierta incomodidad.

—June, no voy a insistir más, pero… si tienes frío, te puedes poner mi jersey.

Blaze me miró a los ojos y yo empecé a tartamudear.

—Qué va. Para nada…

Las rampas de *skate* se curvaban adoptando formas caprichosas. Había pistas para los niveles de iniciación y para los más avanzados.

La mayoría de los chicos se concentraban en la zona donde había más desniveles. Allí todos trataban de poner en práctica sus trucos y de comprobar su evolución.

Cuando llegamos a los alrededores de una cafetería, Brian se alejó de nosotros para encontrarse con un grupo de chicos vestidos con ropa deportiva.

—¿Quiénes son? —le pregunté a Amelia mientras Brian se inclinaba sobre una chica bajita con una larga melena castaña. Se dieron un beso tan íntimo en los labios que tuve que apartar la mirada.

—Son los compañeros del equipo de fútbol americano de Brian. Pasado mañana tienen un partido.

Se me escapó una tos involuntaria por culpa del olor dulzón que nos rodeaba. Si volvía a casa apestando a aquello, mi madre no me dejaría volver a salir a menos que llevase escolta.

Amelia sacó una manta de cuadros de su bolso y se la pasó a Blaze, que la ayudó a extenderla sobre la hierba. Estuvimos charlando unos diez minutos, y entonces Brian volvió con un extraño aire enigmático.

—¿Hoy también te quedas a dos velas? —le preguntó su hermana en tono burlón, mientras intercambiaba un gesto de saludo con aquella chica.

—Y dale... Para una vez que parece que de verdad está enamorado, no lo atormentes —le replicó Blaze sonriendo.

Me acerqué a Amelia para hacerle un hueco a Brian, que no tardó ni un segundo en ponerse a mirar a su chica con ojos soñadores.

—Nunca he conocido a nadie como ella.

Pero Amelia parecía empeñada en arruinar el ambiente romántico.

—Mi mejor amiga y mi hermano, menudo cliché.

—Ya te he dicho que Ari y yo estábamos predestinados.

—Mi hermano está atontado, June. Perdónalo. Cree en esa chorrada de las almas gemelas —soltó en tono cínico.

—¿Tú crees en eso, Blaze? —pregunté, intrigada por saber su punto de vista.

—No lo sé... Lo que sí tengo claro, a diferencia de Amelia, es que el amor verdadero solo se encuentra una vez en la vida.

«Alucinante». Había caído en un grupo donde los chicos creían en el amor y era una chica quien afrontaba el tema con escepticismo.

—¿Y tú qué opinas, June? —pregunto Brian, pillándome por sorpresa.

«Si supiera que mi duda existencial más profunda es si prefiero la pizza o la lasaña...».

—Hum, no lo sé. Mis padres están divorciados. Mi padre se ha vuelto a casar y ha tenido dos hijos. Así que eso de que el amor solo se encuentra una vez en la vida... lo veo poco creíble.

Mis palabras dejaron un poco frío a Brian, que se puso a mirar al infinito.

—Siento lo de tus padres. Pero... piénsalo, a lo mejor no estaban destinados a estar juntos —apuntó Blaze, tratando de convencerme.

—Sí... Por suerte, mi madre no ha conocido a nadie desde entonces.

—Pues menos mal. ¡Los viejos de su generación son gente rarísima! Seguro que tendrías que acabar tapándote los oídos todas las noches... —dijo Amelia en tono jocoso.

Me sorprendí a mí misma sonriendo mientras mi mirada deambulaba por el parque. En medio de aquella atmósfera oscura, iluminada solo por las luces de las farolas, me pareció distinguir una nube blancuzca. Se disipó poco a poco hasta convertirse en una cazadora deportiva que enmarcaba la espalda de un chico alto y rubio. Parecía ser Jackson, el chico con *piercings* que había insultado a Brian en clase. Pero no estaba solo. En su grupo se distinguía una cabeza dorada, la de la animadora de la máquina expendedora, y otra con el pelo rizado.

Y, obviamente, tampoco podía faltar él. James.

Estaba de pie con la espalda apoyada en el tronco de un árbol y miraba hacia el cielo. Entrecerraba los ojos con una mueca de fastidio, como si el sol le diese en la cara, a pesar de que ya había oscurecido. Llevaba una camiseta de tirantes que le quedaba larga y dejaba a la vista sus brazos musculosos y bronceados. Fumaba con aire distraído mientras una chica le hablaba.

—Veamos, ¿qué opina June White?

A Blaze no se le habían escapado mis miradas indiscretas, ni tampoco el objeto de mi interés.

—¿Qué? ¿De quién? —pregunté fingiendo que no le había entendido.

Me di cuenta muy pronto de lo fácil que era caer en la trampa de sus movimientos. James no paraba de toquetearse el pelo y de juguetear con los mechones ligeramente ondulados que le caían sobre las sienes. No había reparado en nuestra presencia, pero a mí me resultaba verdaderamente difícil quitarle los ojos de encima.

—¿Qué opinas de James Hunter? Quiero oír la opinión de una persona que aún no lo conoce —dijo Blaze mientras Brian resoplaba de manera exagerada.

—¿Por qué? —pregunté.

—La opinión que tengas de él nos puede decir mucho de quién eres —respondió Brian.

Blaze entrecerró sus ojos negros hasta que se convirtieron en dos rendijas.

—June, estos dos solo quieren saber si eres como las demás chicas del instituto —me aclaró Amelia.

Volví a mirar a James. Estaba claro que era guapísimo, ¿qué otra cosa iba a decir? ¿Querían que dijese que me parecía escandalosamente atractivo y que asegurar que era guapísimo sería quedarse corta?

Estaba claro que ni Brian ni Blaze tenían los pómulos tan marcados ni el pelo tan revuelto. Con solo mirarlo me daban ganas de acariciar aquellos bucles. Agité la cabeza para que desapareciera aquel pensamiento.

Su mirada era afilada, casi cruel... Y no parecía una buena compañía.

—Pues...

Vacilé y Brian se impacientó.

—¿Y bien?

—No tiene ningún efecto sobre mí. Es guapo, ¿y...? Ni que eso fuera lo único en la vida...

—Respuesta correcta —afirmó Blaze—. Ya estás admitida oficialmente en nuestro grupo.

Justo en ese momento, Brian y Amelia iniciaron una discusión.

—¡Ya sabes que no soporto que fumes! —la regañó él.

—¡Déjame en paz! ¡Solo voy a fumarme uno! —le replicó poniendo los ojos en blanco. Tras lo cual se levantó del suelo y me hizo un gesto con la mano para que la siguiera—. Ven, June, vamos a dar una vuelta.

Tardé un instante en moverme. Amelia y yo no teníamos tanta confianza. Pero en cuanto se giró y me fulminó con la mirada, me puse en pie.

—Brian y tú estáis muy unidos —le comenté mientras se alejaba de allí a paso ligero.

—Sí, pero a veces se comporta como un padre —respondió llevándose a los labios el filtro del cigarrillo.

—Eso es porque se preocupa por ti.

—Es porque es muy posesivo —dijo Amelia negando con la cabeza.

—¿Por eso odia tanto a Hunter? ¿Porque estuvisteis juntos?

Vi que se detenía en mitad de la pista, a pocos pasos de unos chicos más pequeños que nosotros que aún se caían de su *skate*. Inspiró el humo con lentitud, sin darme una respuesta.

—¿Quieres? —me preguntó ofreciéndome el cigarrillo.

—No fumo. Gracias.

—Verás, June... La historia con James es un poco más complicada de lo que...

Nos sobresaltamos a la vez cuando, a nuestra espalda, Blaze nos pilló por sorpresa.

—¿De qué habláis?

—¿Te ha pedido mi hermano que vengas a vigilarme? —le preguntó Amelia.

—No, solo es por curiosidad —respondió el chico moreno, con su habitual tono amable.

—Entre la familia de James y la mía hay cierta enemistad. —Amelia guardó silencio, pero esta vez no fue por culpa de Blaze—. Oh, no… —susurró mirando al frente.

Seguí la trayectoria de su mirada y reconocí al instante el motivo de su inquietud.

—¡Pero mira qué tres!

Me encontré de frente con James. Estaba envuelto en una nube de humo blanco. Parecía inofensivo, pero algo en su rostro me decía que no era así.

—La hermana de Hood —gruñó.

Amelia levantó el mentón en actitud desafiante.

—… El hijo del director…

Blaze, sin embargo, se mordió el labio inferior.

Entonces sus iris tenebrosos se posaron en mí y sus labios pronunciaron mi nombre.

—… Y June White.

Pronunció aquella lista insidiosa con cierto deje de desprecio. James hizo una mueca contrariada, como si le hubiese dado asco pronunciar nuestros nombres. Se llevó el cigarrillo a los labios y, tras inspirar un poco de humo, me lo echó a la cara y me hizo toser.

—¿A Blancanieves le molesta el humo?

—No es el humo, eres tú quien me molesta —respondí enfadada.

Había ido a clase con gente de todo tipo, muchos de los cuales provenían de barrios poco recomendables y con mala fama. Y siempre me había ocupado de mis asuntos, siempre me había sabido defender cuando me había tocado. No sería el matón de la corbata desanudada el primero que me amedrentara.

—Quítate de en medio, Hunter.

Levantó una ceja y se le endurecieron las facciones.

El modo en que me miró me hizo sentir entre la espada y la pared.

—¿Qué cojones has dicho?

—¿Por qué has tenido que venir a molestarnos, Hunter? —dijo Blaze, pero James ni siquiera se molestó en mirarlo. Parecía haber elegido la víctima de aquella noche: yo.

—Creo que no eres consciente de con quién estás hablando, niñata.

Me quedé de piedra.

«Eres fuerte, June. Puedes hacerle frente».

—¿Tan aburridos son tus amigos que tienes que entretenerte molestando a la gente de a pie? —le respondí.

Pero mi atrevimiento no le sentó nada bien. La camiseta se le desplazó cuando extendió un brazo hacia mí y con el puño apretado me agarró de la tela que me cubría la cadera. No me hizo daño, pero me callé al instante.

—No permito que ninguna niñata me hable en ese tono.

—¡Eh! ¡Suéltala ahora mismo!

Oí la voz de Blaze, pero fue Brian quien acudió en mi ayuda. En cuanto se acercó, James Hunter soltó la presa.

—Mira quién ha venido a darme órdenes…

Algunos se rieron, pero la tensión escaló repentinamente cuando Brian se le acercó a un palmo de la cara.

—Pégame, Hood —lo retó James, con la mandíbula apretada y el mentón alzado.

No tenía miedo de Brian. De hecho, parecía no tener miedo de nadie. Es más, se notaba que le satisfacía haber provocado aquella reacción.

Vi cómo Brian apretaba los puños y cómo se le hinchaban las venas del cuello. Se moría por saltarle encima.

—En el reformatorio he echado de menos tu cara de idiota, Hood.

La expresión airada de James se había transformado de forma repentina. Ahora exhibía una sonrisa sarcástica y maligna, levemente satisfecha.

—Bueno, la verdad es que lo que echaba de menos era follarme a tu hermana.

La provocación hizo que todo estallara por los aires y Brian reaccionó.

—¡Brian!

Amelia intuyó el movimiento de su hermano: un puñetazo directo a la nariz de James.

—Ya estamos otra vez… —dijo Blaze sacudiendo la cabeza.

A James se le llenó la cara de sangre, pero ni siquiera eso lo frenó. Vi cómo escupía en el suelo y agarraba a Brian por el cuello de la camiseta.

Blaze y algunos amigos de James se interpusieron entre ambos al instante, haciendo que el caos fuese aún mayor.

Yo traté de apartarme, pero justo entonces reconocí a William, el chico de la taquilla. Él también intentó separarlos y, en un momento dado, sus ojos se cruzaron con los míos.

—Hola —vocalizó en mitad de aquel desastre.

—Hola —le susurré a mi vez.

Me quedé petrificada mientras los chicos a mi alrededor empezaban a pegarse.

William parecía ajeno a todo aquello. Seguía sonriéndome.

Por fin, Blaze consiguió sacar de allí a Brian mientras los amigos de James trataban de alcanzarlo de nuevo. Lo vi limpiarse la sangre de la cara con el dorso de la mano, y a continuación nos fulminó con la mirada a William y a mí.

—Vamos, Will. Hood y sus amigos me la sudan bastante —gruñó James.

—Perdona —dijo William, algo avergonzado, tras aclararse la garganta.

Esas fueron las últimas palabras que me dirigió antes de alejarse con su grupo.

Cuando nos encaminamos hacia el coche, Brian era un verdadero manojo de nervios y Amelia parecía totalmente conmocionada.

Me pregunté si aquel matón le seguía gustando, aunque la respuesta me pareció obvia.

—¿Pero cómo os podéis odiar tanto? —pregunté con la esperanza de que Brian, a diferencia de su hermana, sí que me respondiera.

—James Hunter lo hace a propósito, es un provocador. Parece que le gusta que le peguen puñetazos en la cara, el muy gilipollas.

Blaze se me acercó y me susurró al oído:

—Mejor así, porque las veces que James le ha puesto la mano encima a Brian, la cosa no ha acabado nada bien…

Brian abrió la portezuela del Jeep y, antes de que yo subiese, me observó con frialdad.

—¿Y esa mirada, June? —me preguntó en tono beligerante.

—¿A qué te refieres? —pregunté, sin comprender.

—A la mirada acaramelada que le has echado a William Cooper. ¿Lo conoces?

—No. Bueno… me echó un cable.

—Es igual que los demás. Que no te engañe —zanjó antes de que yo me deslizase hasta el asiento de atrás.

Estaba claro que el humor de Brian estaba condicionado por la refriega que acababa de tener lugar, pero tenía razón en algo: si no quería meterme en problemas en aquel instituto iba a tener que andarme con mucho cuidado.

# 5

## June

—¡Ay! —exclamé cuando el café caliente entró en contacto con mi lengua.

«Maldito Starbucks».

—Intenta no mancharte —me recordó mi madre. Me llevaba de camino a mi segundo día de clase.

Y un instante después dio un frenazo delante de la puerta principal.

—Mamá, ¿lo haces a propósito?

Tuve que usar todas mis habilidades para mantener en equilibrio el vaso de cartón. Milagrosamente, lo conseguí.

Me despedí, salí del coche y me recompuse la falda. Le dediqué una sonrisa a mi madre y me dirigí hacia la entrada.

—¿Crees que coincidiremos en alguna clase? —La suave voz de Blaze me llegó a los oídos como una melodía.

—Buenos días, Blaze.

—Si te hubiese prestado el jersey, ahora tendría una excusa mejor para poder hablarte —murmuró con timidez, caminando a mi lado.

Le lancé una mirada distraída mientras cruzábamos la puerta principal.

Blaze no tenía el físico escultural de Brian ni del resto de jugadores de fútbol, pero era un chico guapo.

—Pero no lo hiciste —le respondí con una sonrisa.

—¡Por culpa de Brian! —exclamó dándole una palmada en la espalda a su amigo, al que acabábamos de encontrarnos justo al tomar uno de los pasillos.

Brian y Amelia siempre estaban perfectos, incluso a primera hora de la mañana. Ni rastro de ojeras, ni un pelo fuera de su sitio, ni una arruga en su ropa.

Brian parecía haber enterrado el hacha de guerra y se comportaba como si no hubiese pasado nada.

Aquel día, todos teníamos asignaturas distintas a primera hora, así que me dirigí hacia mi taquilla mirando con desconfianza el vaso que sujetaba entre mis dedos. Intenté darle un sorbo, pero me quemé los labios. Todavía quemaba. Cuando llegué a la taquilla, me quedé mirando la que había junto a la mía. Fue inevitable acordarme de William.

Saqué el libro de Matemáticas y me lo coloqué bajo el brazo, cerré la taquilla y me di la vuelta.

«Oh, no».

El vaso salió volando de mis manos y se abrió en el aire, lanzando café caliente por todas partes.

—¡Me cago en la puta! ¿Pero qué cojones…?

«Que alguien me diga que esto es una pesadilla y que estoy a punto de despertarme».

Temerosa, levanté la vista, y me topé con un par de ojos encendidos. Cuando me di cuenta de que me acababa de topar con James Hunter y de que le había derramado café caliente encima, me eché a temblar.

—¡Perdona! ¡Perdona! —me apresuré a exclamar, con la esperanza de que entendiera a la primera que había sido sin querer.

Inclinó la cabeza para observar el estropicio. Tenía café por todas partes: en la camisa del uniforme y, sobre todo, en los pantalones.

—Niñata de los cojones, lo has hecho a posta, ¿verdad?

Tenía la voz ronca propia de quien acaba de despertarse.

—¿Cómo? ¡No! Me he dado la vuelta y tú estabas detrás de mí.

—¿Yo, detrás de ti? ¿Y qué coño iba a hacer yo detrás de una niñata como tú?

Sus palabras tenían un deje maligno, y yo sentí que las mejillas me ardían.

—No… Quería decir que…

—¿Querías decir que es culpa mía que esas manitas de idiota no te sirvan ni para sujetar un café?

—Vale, haz el favor de calmarte —susurré apartándome un poco.

—A mí no me des órdenes.

Vi cómo se repasaba las manchas de la camisa y de la entrepierna. Y no pude evitar que se me escapara una risita maliciosa. «Se lo merece».

—¿Te estás riendo de mí, White? —El tono siniestro de su voz me hizo estremecer.

Una exclamación se extendió por el pasillo cuando James me agarró por las caderas y me empujó contra la taquilla.

—¿Se te han pasado ya las ganas de reírte, Blancanieves? —gruñó sujetándome con fuerza.

El grito ahogado que dejaron escapar mis labios bastó para que me soltase. Durante un instante bajó la vista para observar que la camiseta se me había subido un poco, y aproveché para darle un empujón, pero ni siquiera se inmutó. Al contacto de mis manos, su pecho parecía hecho de cemento.

—Ya que tienes tantas ganas de tocarme, ahora vas a venir conmigo.

Abrí mucho los ojos.

—Ni lo pienses, James.

—¿«James»? —dijo enarcando una ceja—. ¿Quién coño te crees que eres? Para ti soy solo Hunter. —Me agarró del brazo sin la menor delicadeza—. Vamos, mueve el culo.

—No sé a lo que estás acostumbrado, pero que sepas que no me iría contigo ni por un millón de dólares —le dije, recogiéndome un mechón de pelo detrás de la oreja.

Los rasgos de su cara se transformaron, y James pasó de fulminarme con la mirada a mirarme con una sonrisa de suficiencia.

—¿«Un millón de dólares»? —dijo soltando una risotada infantil. Me fijé en que se le formaban dos hoyuelos que le conferían un aire extrañamente inocente—. Yo no les pago a las tías que me follo. ¿Acabas de reconocer que eres una puta, Blancanieves?

—Te he dicho que no me...

James dejó de escucharme y me arrastró por el pasillo.

—¡Suéltame! —le grité con todas mis fuerzas.

Siguió adelante sin que le importase lo más mínimo. Solo hizo una breve parada en su taquilla, y con la mano que le quedaba libre cogió algunas prendas de ropa deportiva.

—Grita todo lo que quieras, pero te vienes conmigo.

Toda mi breve vida pasó por delante de los ojos. ¿De verdad iba a morir sin haberle podido confesar a mi madre que había sido yo la que se había comido todo el paquete de Kinder Bueno?

—¿Dónde…? ¡No! ¡No! —grité horrorizada cuando vi adónde me estaba llevando aquel abusón: al baño de los chicos.

—¡Pues sí! —me respondió, mofándose de mí y cerrando la puerta del baño a nuestra espalda.

—Hunter, ¿pero qué…?

Las palabras se me quedaron atrapadas en la garganta cuando lo vi desabotonarse la camisa. Me miraba con ojos impasibles, y de pronto empecé a sentirme extraña. Nunca en toda mi vida había visto a un chico desnudo, y tenía clarísimo que no quería que el primero fuera el matón del instituto. Me puse de espaldas.

—¿Es que Blancanieves es demasiado puritana para ver un par de abdominales, o acaso tiene miedo de enamorarse a primera vista?

—Ni aunque fueses el último tío sobre la faz de la Tierra, Hunter.

Era mucho más gilipollas de lo que me habían dicho. Y también mucho más provocador. Me habría bastado con dar media vuelta y marcharme de allí, pero el deseo de responderle como se merecía prevaleció sobre mi buen criterio.

—Te veo y me das asco —le dije armándome de valor.

Sentí el roce helado de sus dedos sobre mis muñecas un instante antes de que me obligase a girarme.

—Tú no has visto una polla, chavala.

Me volví a encontrar a merced de sus ojos de hielo, pero esta vez no fui yo quien los apartó. Deslizó su mirada por mi cuerpo que, pegado al suyo en ese momento, empezó a temblar.

—Literalmente, juraría.

—Déjame —le supliqué, petrificada, pues me sentía como una presa recién capturada. Todas las veces que lo había tenido cerca, me había sentido exactamente así.

Bajé la vista y vi su camisa hecha una bola en una esquina. Aspiré una bocanada de aire, pero me sentí embriagada por su perfume.

—No muerdo, White —dijo muy serio, intentando desabotonarse los pantalones. Vi cómo se mordía el labio inferior y cómo este brillaba por efecto de la saliva. Curvó la boca y sonrió de lado.

«Esto es demasiado. Le doy una patada y me largo».

Cerré los ojos y, justo en el momento en el que me disponía a llevar a cabo mi plan, se burló de mí.

—¿Pero cuál es tu puto problema? Toma esto, payasa.

Volví a abrir los ojos y James Hunter estaba en calzoncillos delante de mí.

Miré a derecha y a izquierda tratando de eludir la visión de su cuerpo bronceado, pero él me puso delante de la cara su ropa sucia. Entonces lo entendí. Cogí el montón de ropa, hecha un manojo de nervios.

—Me lo lavas y me lo traes, niñata.

—Ya te puedes olvid…

James Hunter me agarró de nuevo por las caderas. De repente dejé de ser yo misma. Mi cuerpo no pesaba, me sentía ligera como una pluma. Me arrastró sin dificultad hacia las duchas.

—¡No! ¡No! ¡No!

—¿Quieres una buena ducha fría, Blancanieves?

«¡Esto es demencial! ¿Quién me mandaría meterme en esto?».

—Vale, vale, te traeré la ropa limpia.

Recogió con desgana la ropa deportiva que había sacado de la taquilla y me echó un último vistazo.

—Y no te vuelvas a acercar a mí —me amenazó.

Me envolvió el azul oscuro de sus ojos, digno de las profundidades del océano.

«Se acabó el café del Starbucks. Se acabó».

# 6

# June

No estaba birlando diez dólares de la cartera de mi madre, ni tampoco estaba escapándome de casa en mitad de la noche. Solo estaba metiendo en la lavadora el uniforme de James Hunter. Y, sin embargo, llevé a cabo esa misión con la mayor cautela.

Recé para que no encogiese ni se destiñera. Si pasaba algo de eso, el abusón me lo haría pagar. Aunque, pensándolo mejor, se merecería acabar con la ropa encogida. Al menos así iría a juego con su cerebro. Aunque sí que era verdad que James Hunter había dicho una cosa buena: «Y no te vuelvas a acercar a mí».

«Con mucho gusto», le habría respondido si no me hubiera quedado sin palabras.

La única razón por la que le estaba lavando la ropa era conseguir que me ignorase para siempre. Me lo seguía repitiendo incluso cuando me metí en la ducha.

Eran las ocho y media y mi sábado iba a culminar de la mejor manera posible: unas golosinas, un libro, Netflix.

En cuanto salí de la ducha vi que tenía una llamada perdida. Amelia.

—Hola, acabo de ver tu llamada.

—¿Te pasamos a buscar? —me preguntó con voz alegre desde el otro lado del teléfono.

—¿Ahora? —No me lo podía creer—. El lunes tenemos un examen y acabo de empezar… Tendría que ponerme a estudiar —le respondí sentándome desganada en la cama.

—¿Y qué más da, June? ¡Es sábado por la noche! —Amelia pronunció esa frase como si fuera algo tan obvio que bastaría para convencerme.

No es que no me gustase salir, es que no estaba acostumbrada a que me propusiesen planes. Nunca había pasado el tiempo suficiente en la misma escuela como para tener un grupo de amigos. Llevaba dieciséis años sola, ¿cómo podría explicárselo?

—¿Y adónde iríamos? —pregunté mirando mi silueta en el espejo.

El llamativo albornoz rosa dejaba mis piernas al aire. No era capaz de decidir si las tenía prietas o gruesas. Siempre era lo primero en lo que me fijaba cuando me reflejaba en un espejo.

Sabía que no encajaba con los estándares de belleza actuales. Aunque tenía claro que mi cintura no era tan estrecha como la de las modelos de Instagram, tampoco es que me importase demasiado. Siempre me había gustado comer dulces y era demasiado vaga para hacer deporte. En Primaria había ido a clase de gimnasia rítmica, pero desde entonces, debido a las numerosas mudanzas, me había resultado más difícil integrarme en otras actividades deportivas. No sabía muy bien qué pensaban de mí los chicos, y siempre me había costado trabajo comprender cómo me veían.

En aquel momento pensé en Amelia. Ella era la típica chica con un físico perfecto que me hacía recordar que debería ponerme las pilas. No había nacido con unos genes excepcionales, no tenía unas piernas kilométricas, ni tampoco la proporción perfecta entre cintura y caderas.

—… Pues hay una fiesta en la playa. June, ¿me estás escuchando?

Sacudí la cabeza para borrar aquellos pensamientos y me concentré en sus palabras.

—Sí, perdona. Una fiesta en la playa, comprendo. ¿Y quién irá?

—Blaze seguro que estará —respondió como si eso fuera un motivo que me animase a aceptar.

—Ah, vale.

—¿Qué pasa? ¿No te interesa?

Si Amelia hubiese dicho «William también va» quizá habría sido diferente.

—No, claro… Es muy mono y muy amable…

—¿«Muy mono»? ¿Pero cuántos años tienes? —me preguntó echándose a reír.

—Amelia, no me estarás llevando a una cita, ¿verdad?

—Él habla mucho de ti...

—¿Blaze?

—Sip...

—Vale. Pero no me organices más citas, por favor —la regañé.

—Nada de citas, June. Prometido. También estaremos Brian y yo. Ponte guapa y trae un biquini.

—¿Cómo que un biquini? ¿Pero dónde...?

Miré la pantalla del móvil. Puede que los vaqueros y la sudadera que mi cerebro ya había elegido no fueran la mejor opción.

Abrí el armario, desconsolada.

Mi madre me había llevado a un lugar en el que la cera depilatoria no era solo un recuerdo estival, sino un sufrimiento que se alargaba durante todo el año.

Me abrí el albornoz y dejé que resbalara hasta el suelo, y entonces me puse el sujetador y las bragas. Cuando mis ojos se posaron en las cicatrices que marcaban la cara interna de mis muslos, se me escapó un quejido.

«Un biquini claro...».

Rebusqué entre mi ropa y concluí que no tenía vestidos, más allá de los que me ponía para ir a la playa. Así que opté por unos *shorts* holgados y cómodos y un top negro que tenía un corte menos deportivo que los demás. Me realzaba los pechos de una manera descarada, casi vulgar, así que decidí esconderme bajo una sudadera que me diera un poco de seguridad.

Me sequé el pelo, me lo dejé suelto y entonces me eché un último vistazo en el espejo. La sudadera blanca me cubría las caderas disimulando bastante mi silueta. Me di por satisfecha, así que salí sin tener ni idea de lo que estaba a punto de suceder.

Brian aparcó el Jeep en un gran claro frente a Crescent Bay, una de las playas más bonitas de Laguna Beach. Era famosa por el surf y por sus espectaculares atardeceres.

—En Crescent Bay están permitidos los perros, lo cual no es poco —dijo Blaze en cuanto nos bajamos del coche—. Hay quien dice que, a lo lejos, ha visto delfines. Y si vienes al amanecer, la niebla matutina hace que las formaciones rocosas parezcan aún más bonitas. Es un sitio bastante mágico...

—Gracias, Blaze. Creo que June ya lo ha entendido —lo interrumpió Amelia con muy malos modos.

Llegamos a la playa, que ya estaba sumida en la oscuridad, y me llevé una gran sorpresa. Todo estaba lleno de chicas en biquini.

—Podías haberme avisado de que veníamos a este tipo de fiesta... —murmuré confusa.

Cuanto más nos acercábamos más fuerte se oía la música, de modo que resultaba muy difícil comunicarse.

—¡Si te lo hubiese dicho no habrías venido! —exclamó Amelia con una sonrisa enigmática.

Aquella noche estaba especialmente guapa. Su larga melena de color negro azabache le caía por encima de los hombros. Llevaba un vestidito azul ultramar que combinaba a la perfección con su piel aceitunada. Iba descalza, y bajo el vestido asomaban los tirantes de un bañador blanco.

No sé por qué me había imaginado hogueras, gente borracha, botellas de cristal y droga en grandes cantidades..., pero, en realidad, el ambiente era bastante tranquilo. Algunos iban vestidos de forma elegante y otros en plan playero. Todos charlaban amigablemente con un vaso en la mano. Solo la música, que provenía de una casa junto a la playa, parecía estar un poco más desbocada de lo deseable.

—La playa solo está abierta hasta las diez —explicó Blaze cuando pasamos a la casa.

—¿Pero de quién es esta...?

Lo comprendí todo en cuanto crucé el umbral. Todo cuanto esperaba encontrarme fuera, estaba allí dentro. Aquel humo me provocaba un nudo en la boca del estómago y me daba náuseas. Me quedé de piedra cuando vi una pareja retozando de una forma completamente desinhibida en el sofá.

—Creo que es mejor que volvamos afuera —murmuré.

—Pillamos algo de beber y volvemos a salir, ¿vale?

Asentí y me giré para buscar a Amelia y Brian, que parecían haberse volatilizado.

—Brian habrá encontrado a Ari... —aventuró Blaze.

Lo seguí hasta la cocina. Blaze no parecía estar en su salsa, pero intuí que quería quedarse un rato allí.

—¿Huyes de alguien? —le pregunté.

Vi cómo se sonrojaba. Me pasó un botellín cerrado de agua mineral y me invitó a volver con la muchedumbre.

—June, estás muy... —No pude oír claramente el final de la frase, pero, a juzgar por la sonrisa que se le dibujó en la cara justo después, di por hecho que había sido un piropo.

—No te he entendido, ¿me lo puedes repetir?

—Que esta noche estás muy guapa...

Observé sus ojos negros con curiosidad.

—Ah... Gracias.

—Bueno, siempre lo estás —rectificó—. Es decir, en la escuela también, no solo...

Blaze se dio cuenta de que me estaba muriendo de vergüenza, así que se calló. Pero justo en ese momento alguien le dio un empujón que lo hizo precipitarse sobre mí.

—Gilipollas —le dijo alguien.

James Hunter y sus amigos pasaron a nuestro lado. No pude ver quién le había dado el empujón, pero fue Jackson quien dijo aquello.

—Eres la vergüenza del género masculino.

Blaze se quedó sin habla, no era capaz de decir una sola palabra.

Al diablo con la galantería y con toda es mierda que me habían enseñado a lo largo de mi vida.

James se rio y aquello activó mi instinto de protección.

—¡Eh! —grité—. ¡Aquí lo único que da vergüenza es tu estúpida chupa de cuero, Hunter!

Jackson se giró inmediatamente, y también lo hizo un chico rapado. Pero fue James quien se acercó a mí. Me miró de una manera espeluznante.

—¿Otra vez dando por culo, White? Ya te he dicho que no te me acerques.

—Es difícil que no me acerque a ti si no paras de pasar cerca de mí.

Aun a riesgo de resultar presuntuosa, estaba diciendo la verdad. A pesar de ello, sentí que las piernas se me volvían de gelatina y que el mentón me empezaba a temblar.

James apretó la mandíbula.

—Perdona, Blancanieves, ¿acaso estás insinuando que me gustas?

—A juzgar por lo mucho que sueles zumbar a mi alrededor, yo diría que sí —le repliqué, alzando la voz para que se me oyera por encima de la música.

A James no pareció gustarle el descaro con que le había hablado. Dio un paso adelante, obligándome a retroceder un poco. Arrugué la nariz cuando estuvo tan cerca que pude percibir su fragancia. Olía fenomenal.

—Puedes dormir tranquila, White. No me follaría a una puritana como tú ni aunque me pagasen… ¿cuánto era? —Entornó los ojos hasta que su mirada se volvió amenazante—. Un millón de dólares.

—Venga ya, Hunter… —intervino Blaze—. Déjala en paz, por favor.

La serenidad que transmitía su voz pareció irritar aún más a Hunter.

—¿Y si no la dejo en paz, qué? ¿Se lo vas a decir a tu papaíto para que me expulse otra vez de esa mierda de instituto?

En cuanto dejó de mirarme a los ojos, me recompuse y lo aparté de mí dándole un empujón.

—Vámonos, Blaze. Estos idiotas no se merecen nuestra atención.

Fui a darme la vuelta, pero James me agarró del brazo y apretó tan fuerte que se me escapó un quejido.

—Te estás pasando de la raya, chavala. Ten cuidado, porque, como empiece a jugar yo, no te me escaparás.

—¿En serio eres tan patético como para atreverte a amenazar a una chica?

La voz de Brian llegó desde atrás, suavizando la tensión del momento. Junto a él estaba Amelia, que les echó un breve vistazo a James y a sus amigos.

Otra vez se habían creado dos facciones: Brian, Amelia, Blaze y yo contra James, Jackson y el chico rapado que no sabía cómo se llamaba.

Amelia y James intercambiaron una larga mirada. No sabía qué había pasado exactamente entre ambos, ni tampoco lo que ella era capaz de provocarle a él, pero de repente Hunter decidió que ya había llegado el momento de dar el asunto por zanjado.

—Vámonos. Tengo mejores cosas que hacer —dijo dándonos la espalda.

«Me encantaría saber por qué no se pone tan chulito con Amelia».

—Lo siento, no quería meterme en… —se apresuró a excusarse Blaze. Pero, en un instante, su expresión cambió de forma radical—. ¿Bailamos? —me propuso de improviso.

Lo miré muy confundida.

—Estoy acostumbrado a estos follones —me dijo encogiéndose de hombros—. Tú también te acabarás acostumbrando. ¿Te apetece bailar?

—No, decir que se me da mal sería quedarme corta —respondí tratando de negarme.

Pero ya era tarde. Blaze me había cogido de la mano y me estaba arrastrando hacia la multitud que se contoneaba en el salón.

—A mí también se me da fatal, June. ¿Qué más da?

Imité sus pasos sin mucha convicción e improvisé algunos pasos descoordinados y absurdos. Acabamos riéndonos el uno del otro mucho antes de lo previsto.

—Mi madre se enfadaría muchísimo si me viera —le comenté acercándome a su oído.

—¿Por qué?

—Le había dicho que iba a casa de Amelia un par de horas y he acabado en casa de un desconocido.

—¡Pero estás bailando con un chico que te parece simpatiquísimo!

Blaze me hizo sonreír. Apenas lo conocía, pero me inspiraba confianza. No veía en él ninguna maldad, en sus iris de carbón no había la menor malicia.

Bailamos (o, mejor dicho, hicimos el ridículo) sin que nada ni nadie nos importase.

En un momento dado empecé a tener calor. Así que me quité la sudadera sin que me importase quedarme solo con un top ajustado.

—¿Te digo la verdad? Odio estar en mitad de toda esta gente —me confesó Blaze mientras yo me anudaba la sudadera a la cintura.

—Tus escasas habilidades como bailarín dicen lo contrario —le respondí en broma.

—¿Quieres saber por qué? Porque todos están borrachos. ¿Acaso hay un momento mejor para ejercitar mis habilidades sociales y salir de mi caparazón que cuando sé que nadie a mi alrededor recordará el ridículo que he hecho?

—¿Esto es como un entrenamiento, Blaze?

—Bueno..., los introvertidos nunca lo reconocerán, pero muchos se emborrachan solo para sentirse un poco más seguros. A mí no me gusta mucho beber, prefiero que beban ellos. Escuchar las chorradas que dicen cuando están pasadísimos me resulta de lo más divertido.

Como Blaze y yo nos habíamos entregado a la filosofía de «que le den a lo que piensen los demás, hagamos lo que nos dé la gana», yo estaba totalmente absorta haciendo un movimiento de lo más ridículo cuando, entre la gente, reconocí la cara de William. Me froté los ojos como para asegurarme de que no estaba soñando. Pero era cierto. Aquellos ojos grises y glaciales me observaban en la distancia.

Fruncí la comisura de los labios para formar una sonrisa y William me la devolvió al instante.

—Bueno…, voy a ir a por unos refrescos —anunció Blaze cuando se dio cuenta de nuestro intercambio de miradas.

Me sentí algo triste al verlo marchar. Esperaba no haberlo desilusionado demasiado.

Pero esos pensamientos se desvanecieron en cuanto vi que William caminaba hacia mí.

«No te pongas nerviosa, no te pongas nerviosa, no te pongas nerviosa».

—Hola, June —me dijo.

«Dios…».

Mis buenas intenciones se desmoronaron al instante.

—Hola, William.

Oculté las manos detrás de la espalda para disimular mi nerviosismo.

—¿Has venido con Blaze?

Abrí los ojos de par en par. No me esperaba una pregunta tan directa.

—¿Qué? ¡No! Bueno, sí…, pero como amigos —balbuceé.

William esbozó una leve sonrisa y después se acarició uno de sus mechones rubios para dejar pasar aquel momento incómodo.

«No te flipes, June», dije para mis adentros sin dejar de mirarlo a la cara.

No era posible. No era estadísticamente posible que yo le gustase a un chico como William Cooper. Aquel chico era demasiado guapo para ser real. Era imposible que perdiese el tiempo yendo detrás de alguien como yo.

Siempre pensé que no era lo bastante guapa…, pero un día, Fiona Burton, la más popular del instituto de Seattle, me dijo: «¿Sabes, June…? Eres mona, pero cuando los chicos te miran ven en ti a una amiga». Le pregunté que a qué venía decirme una cosa como aquella y me respondió: «A los chicos no les importa lo guapa que seas; solo se fijan en tu ropa holgada, en lo rasgados que tienes los ojos y en las chorradas que haces. Ellos quieren una chica femenina, no a alguien que se les parezca». Y, por muy superficial que fuese Fiona Burton, su mensaje me caló.

Por una parte, porque Fiona me fascinaba bastante y, por otra, porque la evidencia era innegable: ningún chico se había fijado nunca en mí.

Pero, en aquel instante, en aquella casa desconocida en la playa de Crescent Bay, William sí que se estaba fijando en mí. Me observaba. Y yo no sabía qué decir.

—Eh... Yo...

—Te doy a elegir, June —me dijo sin borrar la sonrisa. Se acercó a mí y me dejé envolver por su perfume a ropa limpia. Tenía que levantar un poco el mentón para poder mirarlo a la cara—: ¿prefieres hablar o bailar?

—Hablar —respondí sin pensarlo dos veces.

—A mí también me apetece hablar. Vamos afuera.

Sorprendida por su intrepidez, lo seguí hacia la puerta principal. William la abrió y, con mucha elegancia, me cedió el paso.

La playa seguía llena de chicos y chicas, pero muchos ya se estaban yendo.

—¿Cómo has acabado en el St. Mary? —me preguntó apoyándose en el muro exterior de la casa, ligeramente erosionado por el salitre.

—Mi madre es artista. Nos vamos mudando según su trabajo. Resulta que le han salido varias cosas aquí, en Los Ángeles.

En su mirada capté una chispa de interés.

—¿Te vas a quedar mucho tiempo?

—Quién sabe.

Me acaricié los brazos con la esperanza de entrar en calor. William se enderezó y se acercó a un palmo de mi cara.

—¿Sabes qué...? Me gusta —dijo mientras se recolocaba un mechón rubio.

—¿Qué te gusta?

El gris de sus ojos era tan profundo que, por un instante, me parecieron vacíos. Sin alma. Como un lienzo hermoso ejecutado con muy buena técnica pero sin ninguna pasión.

Nerviosa, me acomodé un mechón de pelo detrás de la oreja.

—Que tú, Jane White, estés aquí, en mi instituto. Te veo todos los días. Pero cada día podría ser el último. —Parpadeé. Se me acercó tanto que me costaba seguir mirándolo a los ojos—. ¿Romántico, verdad?

—Pues vive el momento, ¿no?

«Dime que no has dicho eso en voz alta».

En lugar de burlarse de mí, inclinó la cabeza. Nuestros alientos se rozaron cuando lo oí susurrar:

—¿De dónde has salido, June White?

«Del mismo sitio del que has salido tú, pero, afortunadamente, de una madre distinta».

Esto sí que no se lo dije en voz alta. Las palabras de Fiona Burton retumbaban en mi mente: «June, recuerda que los chicos no tienen interés en oír todo lo que te pasa por la mente. Eres demasiado impulsiva».

Separé los labios porque los tenía secos y William se pasó unos segundos mirándomelos.

Se me aceleró el latido del corazón. Parecía que… ¿quería besarme?

Con el ritmo cardiaco enfebrecido me humedecí los labios y él hizo lo mismo.

Cerré los ojos.

—¡Will!

Reconocí aquella voz al instante. Era imposible olvidarse del tono arrogante, propio de un abusón, de James Hunter.

—¿Qué cojones haces? —Su agresividad hizo que se me formara un nudo en el estómago—. Te pedí que fueras a buscar papel de fumar, no que te follaras a Blancanieves contra un muro.

Mirándome con desprecio, avanzó dos pasos en nuestra dirección.

—Nadie se está follando a nadie. ¿Es que te diste un golpe en la cabeza cuando eras pequeño? —le contesté, haciendo un gran esfuerzo por sostenerle la mirada.

Mi afilada respuesta bastó para que James Hunter se girase hacia mí.

Todo en él me molestaba, hasta el blanco cegador de la camiseta que llevaba debajo de la chupa de cuero.

—Venga, James, déjala en paz —le rogó William sin recibir respuesta.

—¿Dónde cojones está mi papel de fumar? Te lo había dado a ti.

William sacudió la cabeza y se dirigió a mí.

—Voy a buscarlo. Vuelvo en un momento.

—¿Cómo? Perdona, pero no se te ocurra dejarme aquí a solas con…

William salió pitando hacia la entrada de la casa y a mí no me dio tiempo ni a dar un paso cuando James Hunter ya me había acorralado en una esquina. Apoyó las palmas de las manos en el muro, bloqueándome entre sus bíceps.

—Escucha, chavala, igual no entiendes bien un concepto muy simple… —«Que no note que estoy temblando»—. «Aléjate de mí» tiene un significado concreto: que no te encuentre dando por culo en todos los sitios a los que voy. No te quiero cerca ni de mí ni de mis amigos. Y William pertenece a este grupo, ¿lo entiendes?

Se me aceleró la respiración. Y a James le bastó con bajar la vista para percibir cómo mi pecho subía y bajaba rítmicamente. Aquella mirada duró una fracción de segundo, pero fue suficiente para fijarse en mis pechos embutidos en aquel top tan ceñido que llevaba puesto. Sentí un calor inexplicable en mi vientre, y recé para que él no se diese cuenta. James se separó de mí y usó la mano derecha para proteger la llama del viento y poder encenderse un cigarrillo.

—No eres nadie, ¿sabes? —resoplé justo entonces, sin ningún miedo.

Él adoptó su habitual pose arrogante y elevó la comisura de los labios, componiendo una sonrisa llena de desprecio. Siguió inhalando nicotina con avidez, pero sin decir nada.

—No eres nadie para decirle a los demás con quién se tienen que relacionar —insistí.

—¿Y por qué presupones que tengo el menor interés en saber con quién te relacionas tú? Por mí como si te follas a todo el instituto, Blancanieves —susurró suavizando la voz y al hacerlo me provocó un intenso escalofrío—. Pero con mis amigos, ni se te ocurra —concluyó echando la cabeza hacia atrás para dejar salir de entre sus labios una imponente bocanada de humo. Y a continuación volvió a analizar sin disimulo cada centímetro de mi cuerpo. En mi vientre se intensificó de nuevo aquel calor inexplicable.

—¿Pero quién coño te crees que eres?

Un instante después tenía la punta de su nariz clavada en mi mejilla.

—¿Qué quieres de William?

—Nada. No quería... No me refería...

—¿Te lo quieres follar?

—No me lo quiero f...

—Sigue. Quiero oírtelo decir —murmuró con la boca entreabierta a un milímetro de la mía.

Llegué a intuir el olor a humo de su aliento que, a pesar de estar impregnado de nicotina, no resultaba nada desagradable; probablemente porque se mezclaba con una deliciosa fragancia dulzona.

Sus labios eran del rojo brillante de las fresas maduras, sus ojos lanzaban destellos azules. Los colores que pintaban su rostro jugueteaban con mis sentidos, ya de por sí embriagados por su perfume.

—No quiero... follarme a nadie.

Tragué saliva y sus gruesos labios se acercaron tanto a los míos que volví a tener el mismo pensamiento.

«¿Pero qué me pasa?». Hasta hacía un par de días nadie había reparado en mí... y aquella noche, en menos de dos minutos, había llegado a pensar que dos de los chicos más populares del instituto querían besarme.

«He perdido la cabeza. No hay otra explicación».

Cuando lo vi morderse el labio inferior con los incisivos sentí una punzada en el estómago.

—¿Pero qué haces...?

Me volví de golpe.

«William».

Su voz me llegó amortiguada, ya que mi visión seguía impregnada de azul. Justo en aquel instante me di cuenta de que James había abierto mucho los ojos. Tenía las pupilas dilatadas.

Miedo. Eso fue lo que observé en los ojos de James Hunter en aquel instante.

¿Tenía miedo de William Cooper? Estaba claro que era imposible, debía de haberme equivocado.

—Eh…, nada. Blancanieves quería fumar y le he dado el gusto —dijo encogiéndose de hombros.

Di un respingo cuando sentí el impacto de la palma de su mano contra el muro que estaba detrás de mí. Lo vi posar su mano llena de anillos a la derecha, cerca de mi cara, y, después, sin molestarse en pedirme permiso, me puso el cigarrillo encendido entre los labios.

—Inspira —murmuró con voz melosa.

¿Pero qué cojones estaba pasando? ¿Por qué James, que parecía no tener miedo de nada ni de nadie, mostraba esa especie de temor reverencial con William?

—Ahora suelta el aire, si no, te vas a asfixiar.

Expulsé todo el humo sin evitar echárselo a la cara. A él no pareció molestarle. De hecho, se pasó lánguidamente la lengua por el labio inferior y volvió a meterse el cigarrillo en la boca.

—Hum…

Shakespeare tenía razón. El infierno está vacío porque todos los demonios están aquí, entre nosotros.

—Perdona, June. —La voz de William me devolvió a la realidad.

Cuando se nos acercó, volví a ver en los ojos de James aquella expresión de miedo.

«Aquí hay algo raro…».

—¿Otra vez te está molestando? —me preguntó William al tiempo que apartaba a su amigo.

—Sí. Bueno, no…

Nerviosa por la situación, no sabía qué responder.

—Toma, el papel que te debía.

William lanzó un paquetito contra la chaqueta de James y le hizo un gesto para que se marchase. Pero James no se movió. De hecho, llegaron otros chicos que se le unieron.

William me sonrió con candidez, mostrándome sus dientes perfectos.

—Puedes decirlo: tengo gustos discutibles en lo relativo a los amigos —dijo riéndose.

Puede que fuera una broma, pero yo lo pensaba de verdad.

James se quedó allí fumando con sus amigos; pero cada vez que yo alzaba la vista y miraba en su dirección, lo pillaba mirándome. Me lamí la comisura de los labios y saboreé la dulzura de la fresa mezclada con el amargor del humo.

—June, ¿estás bien?

William inclinó la cabeza, muy atento a lo que yo hacía. Seguramente estaría tratando de descifrar a qué venía mi expresión de desconcierto.

Antes de que James llegase, estábamos a punto de besarnos. Pero entonces me di cuenta de que ya nunca volvería a estar a punto de besarlo. Con qué rapidez se puede esfumar para siempre la magia de un instante.

Aún percibía el olor de James Hunter. Y también sus ojos, que me rehuían cada vez que lo sorprendía mirándome en la distancia. En un momento dado me di cuenta de que la situación me estaba poniendo de los nervios, así que decidí que era el momento de marcharme.

—Will, estoy bien, pero... —Él trató de pasarme un vaso que parecía contener zumo de naranja, pero lo rechacé—. Tal vez lo mejor sea que vuelva con mis amigos.

—Siento si te he molestado.

—No pasa nada. Nos vemos en el instituto. —Me despedí de él y me puse la sudadera.

Estaba a punto de entrar en la casa cuando vi que James me dedicaba una sonrisita complacida. Aquella vez había ganado él, pero me prometí que aquello no volvería a pasar.

# 7

# June

Al día siguiente me desperté más tarde de lo normal. No es que yo fuese muy madrugadora, la verdad. Me encantaba envolverme en las mantas hasta tarde, sobre todo los domingos por la mañana. Estuve perdiendo el tiempo en TikTok hasta que me di cuenta de que ya eran las once y media. El estómago llevaba rugiéndome un buen rato. Bajé a la cocina con la intención de desayunar tranquilamente, pero mis deseos se torcieron de forma inmediata.

Calenté un tazón de leche en el microondas, saqué del mueble un paquete de cereales y me senté en el taburete de la isla central. Entonces mi madre irrumpió con su cháchara de siempre.

—No me malinterpretes, me encanta verte salir por ahí con tus nuevos amigos... Pero, ¿estás segura de que no estás descuidando las cosas del instituto?

—Buen domingo a ti también, mamá —respondí de mala gana mientras seguía masticando.

Mi madre se pasaba los días encerrada en su estudio pintando cuadros, y solo salía de allí para practicar su pasatiempo favorito: molestarme.

En su idioma, «descuidar las cosas del instituto» significaba «no pasarse el sábado por la noche estudiando».

—Si te lo comento es porque te conozco. Siempre que cambiabas de escuela te pasabas los primeros días poniéndote al día con el temario. Y no salías nunca.

—Gracias por recordarme lo poco simpática que le he resultado siempre a los demás seres humanos. El tema es que aquí he conocido a gente que me cae bien —admití entre una cucharada de cereales y la siguiente—. Por cierto, mi ropa no es muy adecuada para el clima de California, ¿me acompañas a comprarme alguna cosa?

Mi sugerencia pasó desapercibida, porque ni que decir tiene que ella se había quedado solo con la primera frase de mi intervención.

—¿Estamos hablando de... chicos?

—No, de criaturas mitológicas con tentáculos en lugar de brazos. Mamá, te pido por favor que no empieces con lo de siempre —le respondí malhumorada.

—¿Qué tiene de malo que te haga esa pregunta? Solo quiero saber si has conocido a alguien que te haya despertado, digamos, «el interés».

Marcó las comillas con los dedos, tratando de comportarse como una amiga. Pero aquello no era más que una farsa. Solo quería cotillear.

—He conocido a chicos y a chicas, las dos cosas. Y nadie me ha despertado «el interés» —le contesté, imitando su gesto y su tono de voz.

Puso los ojos en blanco, rodeó la isla de la cocina y se me puso enfrente.

—Si quieres, esta tarde estoy libre. Te llevo al centro comercial —me dijo, poniendo fuera de mi alcance el paquete de cereales. Cuando vio mi cara de sorpresa, añadió—: ¿Quieres ropa nueva? Pues muy bien. Pero no aumentes de talla. No quiero que tengamos que volver a salir de compras dentro de un mes.

Si hubiera podido aniquilarla con la mirada, lo habría hecho.

—Pero elijo yo, mamá. Tú no tienes voz ni voto.

La tarde de compras pasó más rápido de lo previsto. Y fue por un motivo muy concreto: no es que me encantase pasar horas de tienda en tienda, que era justo lo que le gustaba hacer a mi madre. Conocía bien mis gustos, sabía lo que me gustaba, ¿qué sentido tenía deambular en busca de montones de prendas que jamás me habría comprado? Solo me interesaban los pantalones cargo, las camisetas anchas y, en rarísimas ocasiones, los vestidos muy sencillos, sin estampados, escotes o aperturas laterales. No era una hipócrita conmigo misma y sabía que sí, que me habría encantado llevar vestidos ceñidos, vaqueros estrechos y tops muy cortos. La pena es que nunca me habría sentido cómoda con esas prendas.

Compré unos vaqueros y una camiseta ligeramente ajustada, nada demasiado llamativo.

—¡Hola, Jordan!

Íbamos andando por la galería comercial cuando mi madre vio a un hombre de unos cuarenta años y aspecto elegante.

Se saludaron como amigos de toda la vida y yo no pude evitar levantar una ceja.

«¿Y este tío de dónde sale?».

—Ella es June, mi hija.

—Hola, June. Encantado. Soy Jordan. —El hombre me dio un buen apretón de manos.

Lo observé durante unos segundos, lo suficiente para percibir su altura y su buena forma física. Era atlético y tenía en la cabeza una buena mata de pelo rubio, ligeramente canoso. Sus hombros anchos se ceñían perfectamente a una camisa muy bien planchada.

Le devolví el saludo y seguí mirando escaparates mientras ellos dos hablaban de pintura.

A menudo me preguntaba cómo el arte podía parecerme una forma de expresión tan aburrida. Los cuadros que mi madre tanto amaba y las galerías a las que me había arrastrado desde pequeña no me decían nada. Quizá no tenía la suficiente sensibilidad, o tal vez mi verdadera pasión eran las series. También me encantaba escribir, pero pasarme las noches haciendo maratones de *Gossip girl* o de *Crónicas vampíricas* era mi especialidad, como si hubiese nacido para eso.

De pronto, la voz estridente de mi madre me llamó la atención.

—Nos vemos en la cena de la semana que viene. Hasta pronto, Jordan.

Se despidieron de forma afectuosa. No se tocaron, pero se lanzaron sendas sonrisas más que elocuentes.

—¿Él es el hombre con el que tienes una cita?

Mi madre arrugó la nariz y se peinó con los dedos la larga melena rubia. Llevaba todo el día trabajando en el estudio y se le notaba. Iba sin maquillar y estaba mucho menos arreglada que de costumbre, pero aun así estaba extremadamente guapa. Se miró en un escaparate con gesto interrogativo, como si quisiera reencontrarse con su propia imagen. Se moría por saber qué impresión le habría causado a aquel hombre.

—No es una cita, ya te lo dije... Solo quiere ver mis obras.

«"Mis obras", claro. Así es como ahora lo llamaban los cuarentones».

Apretó el paso hacia la salida y yo la seguí con desgana.

—¿Y no las puede ver en nuestra casa? ¿No te puede visitar en tu estudio? ¿Estás obligada a salir a cenar con él?

—June, entiendo que no eres experta en la materia, pero la exposición no se celebrará en su casa. Se celebrará en una galería de arte bastante importante.

—Siempre que se celebre, claro.

—Justo por eso queremos vernos en persona, para discutir los detalles. Quiero enseñarle mis obras en digital y...

—Claro, ya supongo. Oye, ¿en la cena vais a estar a la luz de las velas? ¿Me has invitado porque necesitas que alguien las sujete?

—No estaremos solos los tres, graciosilla. Él también tiene un hijo. Bueno, dos. Por eso pensé que estaría bien que vinieses. No será una cena romántica.

—Estás loca.

Mi madre se encogió de hombros con gesto decepcionado. Ya estaba acostumbrada a lo que ella llamaba «mis mosqueos de adolescente».

—Cuanto más creces, peor hablas.

Estábamos atravesando las puertas automáticas del centro comercial cuando, en la oscuridad del aparcamiento, intuí dos siluetas familiares. Reconocí a un chico atlético, alto y musculoso. Llevaba una chaqueta roja de un equipo de fútbol con unas letras grandes en la espalda. Era la misma prenda que le había visto a Jackson más de una vez. Traté de apartar la vista, pero la curiosidad me pudo. Jackson estaba abrazando a otro chico. Hasta ahí no había nada raro. Pero sí que me llamó la atención la forma en la que lo hacían. Bajo la mirada impaciente de mi madre, que ya estaba en el coche, dejé la portezuela abierta. El otro chico era más bajito y mantenía la cara enterrada en el pecho del rubio. No lo reconocí, pero pude fijarme en un pequeño detalle: llevaba un gorro de lana gris.

«No, no puede ser Blaze».

# 8

# June

Como tan a menudo me pasaba, aquel domingo por la noche también estaba a punto de dormirme sobre los libros de Física. Y no era porque estuviese cansada, sino por el sueño que me producía aquella asignatura infernal. De repente, levanté la cabeza del papel y vi que la pantalla del móvil se iluminaba. Era Amelia.

> ¿Te vienes a ver el partido de esta noche?

> ¿Qué partido?

> El de Brian.

> ¿Pero de qué hablas?

> De mi hermano, ¿te acuerdas? Metro ochenta, ojos verdes. Bastante plasta. ¿Te suena?

> ¿De qué deporte estamos hablando?

> De fútbol americano, June. En St. Mary es el único deporte que se practica y lo único de lo que se habla. Nadie mueve el culo por otra cosa que no sea el puto fútbol.

Así que estábamos hablando de un deporte que nunca me había gustado especialmente. Tal vez porque me resultaba demasiado violento. Pero en aquella noche de estudio, habría hecho cualquier cosa por poder tomarme un descanso.

> Vale, ¿os pasáis a recogerme?

> Prepárate, llegamos en unos minutos.

Me puse unos *shorts* vaqueros y una sudadera, y le dije a mi madre que iba a salir. Me la encontré en el sofá mirando el móvil fijamente, ella me susurró un «Venga, vale» y no hice más preguntas. Mentira: en mi cabeza ya había empezado el peliculón en el que ella acababa con el hombre que tenía aquella sonrisa tan odiosa. Aunque es cierto que era guapo, sí. Y tenía dos hoyuelos sorprendentemente atractivos en un cuarentón.

Al subir al coche de Brian, de repente noté una ausencia.

—¿Y Blaze?

Amelia sonrió complacida.

Tal vez tendría que haberle dicho que para mí Blaze era solo un amigo. O quizá debería haberle confesado que aquella tarde lo había visto abrazado a un chico en el aparcamiento de un centro comercial. A Jackson, para ser más exactos. El amigo de James Hunter.

Me incliné hacia ella y solo entonces me di cuenta de cómo iba vestida. Llevaba un vestidito azul con una falda blanca de tablas. En la parte delantera, en letras grandes, ponía St. Mary.

—A ver si yo me entero..., ¿eres animadora?

—¿Le parece a usted demasiado típico, señorita White? —me dijo en tono de broma, frunciendo el ceño.

—No, es que no lo sabía. Eso es todo.

La verdad es que me parecía estupendo. Me pasé todo el trayecto pensando si alguna vez me sentiría lo suficientemente cómoda con mi cuerpo, igual que el resto de mis compañeros.

Llegamos al campo de fútbol unos diez minutos después. Las gradas ya estaban a rebosar.

—Parece que aquí el fútbol es un asunto de Estado, ¿no? —pregunté.

—Claro, June. Nuestro equipo es el mejor de entre todos los de los institutos de Orange County.

Allí había padres, chicos... Pero, sobre todo, entre los espectadores había un montón de chicas. En primera fila reconocí a Stacy, la rubia bajita que había visto hablando con James Hunter en clase.

—June, estas son Poppy y Ari, mis mejores amigas.

Amelia me presentó a dos chicas que captaron instantáneamente toda mi atención. Especialmente Ari, una chica bajita con una larga melena castaña.

Ella fue la primera en hablar:

—¡Hola! June... White, ¿verdad? —Ari también llevaba el uniforme azul de las animadoras. Tenía unas piernas firmes y delgadas, y llevaba los ojos perfectamente delineados—. Yo soy Ari —dijo, haciendo más una mueca que sonriéndome. Era la chica que había visto besarse con Brian en el *skatepark*—. Y esta es Poppy.

Ari señaló a la chica alta y delgada que estaba a su lado. llevaba el pelo recogido en unas trencitas rubias, entre las cuales destacaban unos llamativos reflejos violeta que le iluminaban la cara.

—Hola, June. ¿Acabas de llegar al instituto? No me suena haberte visto. ¿Dónde vivías antes de mudarte aquí? —Tardé unos segundos en abrir la boca, y ella volvió a la carga—. ¿No te apetecerá hacerte animadora, verdad? ¿Estás en la clase de Stacy?

Me quedé sin palabras durante un instante. Demasiadas preguntas.

—Poppy odia estar callada. Ya la conocerás... —comentó Ari con una sonrisa.

Al no saber cómo actuar, yo también sonreí. Y a continuación respondí a la única pregunta que recordaba.

—Estoy en la clase de Stacy, sí.

—Antes la he visto con James —le susurró Ari a Amelia al oído, y esta de repente cambió de expresión.

—Os pido por favor que no empecéis a hablar de esa idiota —soltó mientras se arreglaba el vestidito.

Su mirada felina se oscureció un poco más cuando se nos acercó otra chica. Era la rubia que vi el primer día en la máquina expendedora junto a James.

—Y ella es Taylor. —Poppy arrugó la nariz sin esconder su malestar.

—No os he visto en el ensayo de esta mañana. Estoy hablando con vosotras tres —dijo Taylor refiriéndose a Poppy, Ari y Amelia—. Equivocaos en un paso, en un solo paso, y os juro que os echo instantáneamente. —Tras lo cual dirigió su mirada hacia mí—. ¿Y tú eres...?

«Seguro que no soy una diosa terrenal como tú, eso está claro».

Me guardé esa respuesta y susurré un simple:

—June.

—Pues piérdete, retaco. La primera fila solo es para las animadoras.

Todo el mundo sabe que cada instituto tiene a su propia Regina George. Pero eso había sido un poco excesivo.

—Está conmigo. Puede sentarse aquí —respondió Amelia saliendo en mi defensa.

—Bueno, técnicamente... —Poppy empezó a hablar, pero Amelia la hizo callar con un gesto.

La jefa de las animadoras nos miró detenidamente de una en una, y entonces llamó a su amiga:

—¿Tiffany?

Reconocí a la chica que se acercó corriendo. Era la alumna morena que se había sentado a horcajadas sobre James Hunter en el patio.

«¿Existe en este instituto alguna chica que no haya pasado por sus manos?».

—Dime, Taylor.

—¿Puedes recordarles a estas cuatro payasas quién manda aquí?

—¿Tú? —preguntó Tiffany con una sonrisa.

—¿Entonces quién decide quién se puede sentar en el banquillo y quién tiene que buscarse la vida?

—Pues tú, quién va a ser —masculé, harta de aquello—. ¿Quieres una medalla, que te hagamos una estatua? Ya me voy. —Me giré y me dispuse a irme caminando a lo largo de la primera fila de asientos.

—June, no te vayas. Siéntate aquí. —Amelia me alcanzó para mostrarme la primera fila de las gradas, donde había una bolsa enorme llena de botellines—. Te dejo con el agua.

—Gracias, tú sí que sabes hacerme sentir útil —me sorprendí a mí misma murmurando mientras me acomodaba en un asiento de plástico.

Amelia volvió con sus compañeras, todas con el mismo vestidito azul, y empezaron a ensayar mientras el campo se llenaba de jugadores uniformados.

El primero en entrar fue Brian. Llevaba el número quince estampado en una camiseta blanca.

A lo lejos observé cómo las chicas murmuraban. Ari afirmaba que, ahora que James Hunter había vuelto del reformatorio, Brian ya no era el capitán del equipo.

Ella era la más guapa de todo el grupo. No había ningún hombre que pasase cerca de ella y no se detuviera a observar su figura con ojos lujuriosos. A ella no parecía molestarle; de hecho, solía responder jugueteando con el elástico de su coleta color chocolate y batiendo las pestañas. De repente, sus ojos avellana se centraron en un punto en concreto a cierta distancia, y eso atrajo las miradas de las demás.

James Hunter entró en el campo con sus andares arrogantes. Caminaba como siempre, con paso decidido, sin ahorrarse ninguno de sus tics más presuntuosos. Al llegar junto a sus compañeros, inició el calentamiento. Lo que despertó los comentarios entre las chicas fue el hecho de que no llevara ni la chaqueta ni la camiseta del equipo. Solo unos pantalones de deporte que resaltaban lo estrecho de sus caderas.

«Menudo chulo…», pensé, aunque mis ojos no podían apartarse de su pecho bronceado.

Estaba obnubilada con sus mejillas enrojecidas por el frío. Su mandíbula cuadrada se tensó cuando cruzó la mirada con Brian. Los dos destilaban hostilidad.

James fue el que primero que desvió la vista, cuando cogió un botellín del banquillo. Se le abultaron las venas del cuello mientras tragaba agua a grandes sorbos. Parecía que llevase años sin beber. No podía dejar de pensar en su olor. Qué absurdo. Nunca había olido nada así de intenso, ningún otro aroma se me había aferrado a la memoria durante tantos días.

Separó los labios del botellín justo a tiempo para lanzarles una sonrisa insinuante a un grupo de alumnas que lo miraban con gesto burlón.

Poppy y Amelia se acercaron a las gradas e hicieron que desviase mi atención.

—Ahí está William —murmuré. Físicamente, era más pequeño que los demás, y el uniforme hacía que esa diferencia se acentuase.

—Esperemos que la cosa no termine como de costumbre... —dejó caer Poppy cuando este vino a buscar la botella.

—¿Cómo suele terminar? —pregunté con curiosidad.

—Hunter y Hood siempre acaban a puñetazos.

—¿Cómo? ¿Pero no están en el mismo equipo?

Estaba claro que Poppy era la charlatana del grupo: si no me lo explicaba ella, no me lo explicaría nadie.

—Tenemos que irnos, June. Danos muchos ánimos, por favor —zanjó Amelia mientras arrastraba del brazo a su amiga.

«Algo me dice que Amelia tiene algo que ver en esta historia».

¿Debería centrarme en mis asuntos? Pues sí. ¿Tenía intención de hacerlo? Desde luego que no.

El primer tiempo pasó muy rápido, y en el primer descanso Amelia se me acercó. Estaba casi sin voz.

—Será mejor que no hables —le dije en broma; le lancé un botellín y ella me guiñó un ojo.

—¿Quieres saber por qué me gustaste desde el primer momento, June?

Me sentí halagada, aunque aquella pregunta me resultó algo extraña.

—Soy toda oídos.

—Porque te crees mejor que los demás —dijo la animadora con un físico perfecto.

—¿Pero qué dices…? —respondí avergonzada.

—Lo noto en la superioridad con la que siempre nos miras. Piensas que solo somos unas buenorras a las que les encanta enseñar el culo.

—¿Acaso no es así? —le pregunté sonriendo.

Estaba claro que no tenía prejuicios con respecto a las animadoras, pero, desde luego, vestirme de esa forma para animar a un montón de chicos sudorosos que se mataban por agarrar un balón no era mi rollo.

—Podría convencerte de lo contrario —me retó—. Vente un día a un entrenamiento. Así verás que la realidad es muy distinta.

El partido terminó y los chicos se refugiaron en los vestuarios mientras yo, muy confusa, escudriñaba los marcadores. De no ser por los grandes números rectangulares que aparecían en la pantalla, jamás habría sabido quién había ganado.

—¡Vente, June! —me dijo Ari cuando me vio sola en la grada.

—¿Desde cuándo la aguadora viene con nosotras? —preguntó Taylor, con su afilada lengua, mientras nos dirigíamos hacia el patio del instituto.

—¿Te sientes amenazada? —le preguntó Amelia con aire satisfecho.

—¿Cómo voy a sentirme amenazada por una paticorta? —preguntó Taylor, lanzándome una mirada de desprecio.

—Puede que tenga las piernas cortas, pero eso no me impide poder darte una patada en el culo —le solté.

Oí una risita a nuestra espalda. Los jugadores acababan de salir de los vestuarios y uno de ellos se había reído. Rubio, alto y bien plantado. Jackson. Examiné su figura atlética y masculina. Su altura. Su pelo color trigo. Los *piercings* que decoraban su ceja y su labio inferior. Estaba claro: él era el chico que vi en el aparcamiento.

Me pregunté cómo podía estar con Blaze si, desde fuera, parecía que se odiaban.

—Vale, es oficial: me siento fatal —anunció Tiffany agitando una mano delante de su cara. Apoyó un codo en la pared externa de los vestuarios.

—¿Estás bien? —le pregunté, preocupada al ver que se había puesto pálida—. ¿Quieres sentarte?

—No me encuentro bien —repitió fijando la vista en un determinado punto.

Mi preocupación se desvaneció cuando vi cuál era el foco de su interés: en la parte opuesta del patio, Taylor acababa de darle un beso en la mejilla a James Hunter.

—Por Dios… —murmuré, tan indignada que la dejé allí con su supuesto malestar.

Afortunadamente, Amelia volvió con un plato de aperitivos.

Me puse a comer con avidez mientras Poppy me contaba su vida, además de numerosas hazañas de su conejo. Pero la vista se me iba en cierta dirección.

James parecía cansado.

En un momento dado, sus ojos azules me fulminaron, flagelándome con una mirada tremendamente intensa.

Aparté la vista de inmediato.

«Maldita sea mi curiosidad».

—¡June!

La voz de William. Por fin.

—Will.

Cuando me giré vi que ya se había cambiado y que seguía teniendo el pelo mojado.

—Me alegro de verte.

Me quedé de piedra. ¿Acababa de decir aquello?

A mi lado estaban Amelia, Poppy y algunas animadoras más. Miró a Ari durante un instante y después volvió a mirarme a mí.

—¿Te has metido a animadora?

—Eh... ¡no! ¿Yo? Imposible...

Se me trabó la lengua y él, como siempre, me echó un cable.

—Qué pena. No me importaría verte por aquí más a menudo.

Nuestros ojos se cruzaron por un instante y acabamos posándolos en la boca del otro. Duró solo un instante, pero no se me escapó la química que había entre los dos. Y aquello me puso al límite.

—¡Will! —La voz afilada de James reclamó su atención y lo alejó de mí—. Ven aquí, este porro no se va a liar solo.

Sacudí la cabeza, decepcionada, pero... ¿qué otra cosa podía esperar? Si William era amigo de James, estaba claro que no podía ser ningún santo.

—Estás muy solicitado —le dije con retintín, aunque no tuviera ningún derecho a hacerlo.

William percibió inmediatamente mi cambio de humor.

—¿Todo bien? —me preguntó escrutando mi expresión.

—Claro —mentí, mientras me recogía un mechón de pelo detrás de la oreja, que era lo que siempre hacía cuando me sentía incómoda.

La conversación había llegado a un punto muerto y, cuando vi que William se apartaba un poco de mí, comprendí que se disponía a marcharse. Tragué saliva y me entristecí porque me di cuenta de que acababa de desaprovechar una oportunidad de hablar con él. Estábamos a punto de despedirnos cuando algo lo hizo volver sobre sus pasos.

—Te ves mucho con Blaze, ¿no?

—Solo somos amigos.

—No pasa nada, June. Te lo pregunto porque... —Entrecerró los ojos, como sobrepasado por lo que se disponía a hacer—. ¿Te gustaría que hiciésemos algo juntos?

—William, ¿vas a venir de una puta vez?

James Hunter. Otra vez. Estaba perdiendo la paciencia, y yo también. Me giré para fulminarlo con una mirada furibunda, pero él se limitó a mirarme con desprecio. En ese momento habría dado cualquier cosa por darle un guantazo.

—¿Qué me dices, June?

«William. Concéntrate, June. Estás hablando con William».

—¿Tú y yo solos?

Por un lado estaba muy emocionada, porque él me gustaba mucho. Pero, por otro…, en realidad no tenía ni idea de quién era William Cooper.

—Solos tú y yo, June. Aunque, conociendo a mis amigos, seguro que intentan espiarnos.

—Recuerda que James no me cae bien —le aclaré.

—Haré todo lo que esté en mi mano para que no tengas que verlo. Iremos al Tropical.

—¿Y eso qué es? —pregunté con una sonrisa que, teniendo en cuenta la punzada que sentí en las mejillas, quizá fuese demasiado exagerada.

—Un bar, un salón recreativo, un sitio con atracciones… Todo a la vez. Te gustará, ya verás.

—Vale, me fío de ti. —Estuve a punto de perder el autocontrol en cuanto oí unas risitas a mi espalda—. Pero con una condición… —Detrás de nosotros se había congregado un corro de graciosillos y me pareció estar de vuelta en el parvulario—. Me niego a cruzarme con ellos —dije señalando a su grupo de amigos, que se callaron de forma instantánea.

—Tú y yo solos, June —me respondió William sonriendo—. Trato hecho.

Entonces se giró hacia ellos.

—Has tardado un montón, Will. Deja ya en paz a esa niñata de los cojones —masculló James con la mandíbula apretada.

William me dedicó una sonrisa, y de pronto tuve una duda enorme: ¿su interés por mí era real o solo se trataba de una encerrona?

# 9

# Brian

Había un agujero en la pared de mi habitación, justo detrás del cabecero. Lo hice cuando tenía ocho años y saqué una mala nota en el colegio.

Nadie se había preocupado de enlucir aquella pared. Mi madre había acabado por no verlo siquiera. Así que, cada mañana, lo golpeaba de nuevo. Siempre en el mismo punto, para que Amelia no se preocupase.

Cuando me despertaba, las sábanas siempre estaban revueltas. Mi cama era un campo de batalla donde cada noche estaba obligado a combatir. La señora Maria se encargaba de que cada noche me la encontrase perfectamente hecha, pero yo sabía cómo acabaría. Unas manos me asfixiaban hasta dejarme sin aliento.

Apagué el despertador del iPhone y me arrastré hacia la ventana, aún medio dormido.

Estudié la silueta que había en el patio: Amelia estaba fumando. Subí la persiana con un golpe seco.

—¿Así empiezas tú el día? Son las siete menos veinte, ¿qué te pasa?

—Relájate, solo voy a darle un par de caladas —gritó desde abajo.

«La mataría». Hunter había vuelto al instituto hacía menos de una semana y ya había empezado a extender su mierda por todos sitios. Pastillas, hierba y drogas de todo tipo.

—¡No te pienso llevar colocada al instituto! ¡Vuelve adentro! —le regañé.

El ritual matutino: ducha, bóxers, camisa, pantalones y chaqueta. Ante el espejo me veía tan serio y tan peinadito que parecía un digno hijo de mi madre.

La pena es que solo viese el reflejo de mi padre.

Bajé las escaleras. Amelia estaba empapando una tortita en sirope de arce.

—¿Mamá ha salido? —pregunté.

— Ya está en el tribunal.

Mi madre era abogada defensora, y para mi padre no había nada peor que eso. «Por una miseria defienden a asesinos y violadores. Y después, como las conejas, ignoran a sus propios hijos y los dejan morir en las fauces de los lobos salvajes». Eso decía cada vez que discutían por temas económicos. El sueldo que ella traía a casa apenas bastaba para saldar las deudas de mi padre.

Me serví un poco de café mientras Amelia se reía delante del móvil.

—¿De qué te ríes? —le pregunté.

—Las chicas y yo daremos una fiesta.

—Estupendo. ¿Y eso por qué? Y, sobre todo, ¿dónde?

—No será aquí, tranquilo. Es para celebrar la llegada de June.

Me alegraba que June se estuviera integrando en nuestro grupo, pero no me parecía motivo suficiente para liarla. Sobre todo porque eso significaría que Ari me arrastraría a un evento en el que no me apetecía lo más mínimo participar.

—No será en su casa… —añadí.

Amelia se echó un poco de leche fría en la taza humeante de café, y se me quedó mirando.

—James es el que tiene la casa más grande…

—En su casa no —respondí, tajante.

—La verdad es que June y él no se soportan, así que dudo que acepte.

Me giré para ocultar mi rabia.

—¿Se lo has preguntado antes de contármelo? ¿Es que no entiendes que no deberías hablar con ese…?

Apreté los dientes con rabia.

—Relájate, Brian. No me hablo con James. Solo quiero que June entienda que forma parte de nuestro grupo a todos los efectos.

Mi hermana se las daba de chica rebelde e inconformista, pero era la más ingenua de todas.

—Solo estás buscando una excusa para liarla. Y creo que últimamente ya la hemos liado bastante —dije sacudiendo la cabeza mientras ella resoplaba sonoramente.

—Vámonos, que es tarde. ¿Hoy viene Ari?

—No lo sé —le respondí con sequedad.

—Pues dímelo en cuanto lo sepas, así os dejo solos —me dijo con una sonrisa pícara que fingí no haber visto.

Sobre todo porque en mi relación con mi novia había muy poca picardía.

—Déjalo ya.

—Antes eras más divertido, Brian.

«Lo sé».

Aún no había sonado el timbre. Blaze jugueteaba con una cadenita entre los dedos y yo tenía la mirada perdida. Estábamos sentados en el patio, disfrutando de una mañana tranquila, cuando nos llamó la atención el estruendo de unos coches deportivos. No tuve ni que girarme para saber quiénes eran, lo tenía muy claro. James Hunter y sus amigos estaban haciendo su entrada triunfal.

—¿Es que has visto un fantasma? —pregunté al darme cuenta del repentino cambio en la expresión de Blaze.

—No digas tonterías —me respondió él, quitándole importancia y lanzando su mochila sobre la hierba.

—¿No podemos seguir adelante con nuestras vidas y hacer como si él no hubiera vuelto? —me lamenté cuando intuí que mi amigo estaba mirando fijamente al grupo de Hunter.

—Basta con ignorarlos, Brian.

—Claro. ¿Se lo dices tú a mi novia?

—Sí, si quieres se lo digo. Pero ten cuidado, porque dentro de poco tu reputación será peor que la mía.

—¿A qué te refieres? —pregunté con el ceño fruncido.

—A que te estás volviendo un coñazo.

—¿Eso es lo que dicen de ti las chicas? —le dije en tono jocoso. Él me dio la espalda y volvió a mirar fijamente hacia la verja—. ¿Quién es la afortunada?

—¿Qué?

—Llevas un buen rato mirando esa verja, ¿quieres que finja que no me he dado cuenta?

—Estaría muy bien que te metieses en tus asuntos, Brian.

Blaze era muy reservado, nunca había salido con una chica y casi nunca lo veía hablar con ninguna.

—¿Te gusta June? —le espeté sin paños calientes.

—¿June?

Asentí, pero él se encogió de hombros.

—Bueno, es mona.

Esa expresión de Blaze solo quería decir una cosa: «No mucho».

Blaze era el típico tío que se volvía loco con el estreno de un *spin-off* de *Juego de tronos* y que usaba adjetivos como «sublime» e «inenarrable». Si de June tenía tan poco que decir, debía de ser porque no le interesaba demasiado.

—A mí me parece una tía estupenda —dejé caer para ver su reacción.

Me extrañaba bastante que alguien como Blaze no estuviera fascinado por June. Era un chico inteligente y sensible, no se dejaba guiar por las apariencias y nunca había sucumbido a los encantos de las chicas más desinhibidas. June me parecía más lista que la mayoría, aunque las cosas parecían no irle demasiado bien.

—Apenas la conoces —me soltó Blaze.

Jackson y Tiffany hicieron su aparición en el patio. Como no podía ser de otra manera, iban con él.

—He hablado con ella bastantes veces. Y, a diferencia de Poppy y de las demás, me ha parecido que con ella se puede mantener una buena conversación.

—¿Te das cuenta de que, de alguna forma, también estás insultando a tu hermana, verdad? —Puse los ojos en blanco—. Por no hablar de Ari.

Sabía que a Blaze no le caía bien Ari, pero eso no me molestaba demasiado. Era mi mejor amigo por una razón muy simple: no sabía mentir. Te decía a la cara lo que pensaba. Y que Ari era bastante superficial lo sabía hasta yo. Pero yo la quería, con todas sus virtudes y sus defectos.

—Cambiemos de tema.

Dejó de prestarme atención en cuanto James Hunter se sentó en el banco de enfrente. Tenía un cigarrillo entre los labios y su habitual actitud arrogante. Junto a él estaba Jackson, que sostenía a Tiffany en brazos. Parecía que la chica acabara de fumarse un porro.

James Hunter estiró los brazos sobre el respaldo del banco y, con sus dedos cuajados de anillos, se puso a juguetear con los rizos de Tiffany y con el cuello de la chaqueta de Jackson. Le encantaba mostrarse promiscuo e insinuante. Me habría encantado que no fuese más que un chulito, que no fuese más que humo y palabrería…, pero el muy idiota practicaba boxeo desde que estaba en primaria. La última vez que nos enfrentamos, me mandó al hospital con dos costillas rotas. Habría podido matarme. Me pregunto qué lo frenó.

—Qué asco me da: se intercambian a las chicas como si fueran cromos —dije observando cómo Tiffany se reía al oído de Jackson—. ¿Esa no estaba con Hunter? ¿Qué hace ahora con el otro?

—Jackson no está con Tiffany —masculló Blaze con aire indignado.

—A ver si me entero…, ¿estás celoso de esos dos? —La voz chillona de mi hermana me sobresaltó como si fuera un claxon.

Amelia se sentó a nuestro lado y Blaze se sonrojó.

—Creo que esta vez hemos acertado —comenté.

—No, Blaze. Te lo ruego. Tiffany no. ¡Es incluso peor que Taylor!
—¿Pero qué dices…? ¡No hay nadie peor que Taylor! —la corregí.
—Taylor, al menos, es malvada. Pero Tiffany está tan vacía por dentro que da hasta miedo —dije sin el menor tacto.
—¿De quién habláis?

Oímos unos pasos a nuestra espalda.

Se me dibujó una sonrisa en los labios cuando reconocí la voz de Ari. Se sentó en mis rodillas y era tan pequeña que su peso me parecía imperceptible.

—Brian…

Le acaricié la mejilla, aunque reconocí cierto deje caprichoso en el tono de su voz. Quería algo.

—Dime, pequeña.

Ignoré las caras de asco de Blaze y de Amelia mientras Ari y yo nos rozábamos la punta de la nariz.

—Estábamos pensando en organizar una fiesta…
—Vale… —resoplé desganado.

Todos estaban compinchados, así que no opuse resistencia.

Ari me pasó la mano por el pelo para despeinarme y me miró con sus ojos felinos.

«Mi novia es bellísima».

—¿Vale? ¿Vas a ceder sin que tenga que rogarte? ¡Si te lo hubiera pedido yo, me habrías mandado a tomar por culo! —exclamó Blaze.
—Es por la forma en que se lo pido, Blaze —dijo Ari sonriendo.
—Sí, será por las pestañas largas y por…
—Y por esas tetas tan firmes que tú no tienes, Blaze —añadió Amelia, tan inoportuna como siempre.

Cuando sonó el timbre, Blaze se puso de pie de un salto. Últimamente estaba de lo más huidizo. Incluso había llegado a pensar que quedaba en secreto con June.

—¿Estudiamos juntos? —me preguntó antes de irse.
—Hoy Brian me toca a mí —le anunció Ari.
—Dejémoslos solos, Blaze. Me van a provocar diabetes.

Blaze y Amelia se esfumaron mientras Ari me rodeaba el cuello con sus brazos.

—Hoy debería estudiar. No creo que sea una buena idea —le susurré.

—Siempre tienes que estudiar. ¿No puedes inventarte otra excusa?

—No es una excusa, es la verdad —dije con la voz quebrada.

¿Siempre existirá esta distancia entre ella y yo? ¿Alguna vez seré capaz de contárselo todo?

—Llevamos juntos dos años, Brian... —murmuró.

—Lo sé, pero... hoy no puedo.

—Entonces júrame que vendrás a la fiesta este fin de semana. Hazlo por mí. No digas que sí para no venir después.

Asentí distraídamente.

—Te lo prometo.

—Y prométeme que no volverás a casa a rastras...

—Ya sabes que no puedo beber. Estamos en plena liga.

Su mirada se volvió sombría de repente. Empezó a juguetear con la coleta que le colgaba por la espalda antes de seguir hablando.

—Me refiero a la paliza que te llevarás si te enzarzas con James.

Un molesto zumbido en el oído me impedía pensar de forma adecuada.

—¿Por qué lo llamas por su nombre?

—Brian...

—Ni lo mires.

Me di cuenta de que me había pasado en cuanto Ari apartó su mano de la mía.

—No te pongas celoso, por favor.

—No soy gilipollas, veo cómo te mira.

Intenté tranquilizarme, pero el tono de mi voz seguía siendo demasiado cortante. Ari se miró las manos durante unos segundos.

—Tengo que irme. Me toca Matemáticas a primera hora y ya sabes que me odia.

Se volvió escurridiza. Me pareció tan esquiva como yo lo estaba siendo.

—¿Él también asistirá a la fiesta? —le pregunté sujetándola de la muñeca.

—Pues claro que asistirá. Probablemente iremos a casa de William. Sus padres están de viaje.

Entrelazó sus dedos con los míos.

Era como un círculo vicioso. Siempre esperaba que las cosas cambiasen, pero nunca cambiaban.

—Esta noche Will y June tienen una cita. Si empiezan a salir, tendrás que pensar en hacer borrón y cuenta nueva con todo lo que sucedió el año pasado. —Arrugué la frente y ella sonrió—. ¿Brian? —me dijo Ari poniéndose de pie y mirándome decidida desde arriba.

—Dime.

—Esta tarde iré a tu casa. Y no tengo ningún interés en estudiar.

# 10

## June

—¿Cómo has dicho que se llaman?
Estaba en el coche con mi madre, que acababa de empezar el tercer grado.
—Amelia, Poppy y Ari.
—¿Solo chicas?
—Mamá...
No tendría qué haberle mentido, especialmente antes de quedar con un chico al que apenas conocía. Pero haberle confesado que estaba a punto de salir con un ser dotado de genitales masculinos habría sido como pegarme un tiro en el pie. Crucé los dedos con la esperanza de que William no fuera un asesino en serie.
Mi madre frenó delante del Tropical. Tenía la mosca detrás de la oreja.
—¿Dónde están?
—Estamos en 2023, mamá. Me están esperando dentro, ¿dónde iban a estar?
—A las once y media...
No la dejé terminar y me catapulté fuera del coche.
Cuando entré al salón recreativo la intensidad de los colores y las luces psicodélicas me dejaron deslumbrada. Había gente bebiendo apoyada en las mesas de billar, mientras que otros hacían cola para la bolera. Puede que hubiera demasiada gente, pero el ambiente era agradable. Entre todas aquellas personas reconocí algunas caras familiares.
—¡June, estoy aquí! —Primero vi agitarse una mano en la distancia, y a continuación oí la voz de William—. ¡Qué alegría verte!

Sus palabras se mezclaron con el bullicio mientras venía hacia mí. Le devolví la sonrisa.

Llevaba una camiseta ceñida, que se intuía debajo de la chaqueta de color verde militar. Me pareció más guapo que de costumbre.

Eché un vistazo a nuestro alrededor y me aseguré de que no había rastro de sus amigos.

—Ven, sentémonos aquí —me dijo señalando una mesita apartada de las demás.

Aquella zona del Tropical parecía la reconstrucción de un típico *dinner* americano de los años sesenta. Los sofás estaban tapizados con cuadros rojos y negros y junto a la barra había una fila de taburetes.

—¿Te ha traído tu madre?

—Sí.

Me senté y fue entonces cuando me di cuenta de que estábamos solos.

—¿Cómo es tu madre?

—Está loca. —Mi respuesta le hizo enarcar la ceja—. Quiero decir que... es artista.

Respiré hondo para tranquilizarme. Nunca había estado a solas con un chico en un sitio ajeno a la escuela. Era mi primera cita.

—¡Qué pasada! ¿Qué tipo de artista? —preguntó con interés.

Eran preguntas de compromiso, pero la forma en que me miraba a los ojos lo hacía parecer verdaderamente interesado en el tema.

La idea de que nuestra cita no fuese más que una encerrona se me había pasado por la cabeza en más de una ocasión. Pero en ese momento empecé a darme cuenta de que todo era de verdad.

—Su arte se enmarca en un estilo muy contemporáneo, pero con cierta inspiración realista —le expliqué, repitiendo los clichés que había oído millones de veces durante las exposiciones de mi madre.

—Es decir, que hace cosas chulas, ¿no? —me preguntó levantando la mano hacia la barra con la esperanza de que una camarera se fijase en nosotros y nos trajese la carta.

—Cosas raras, más bien —le corregí.

—Me lo imagino… Y, cuéntame, ¿os habéis mudado solas las dos? ¿Eres hija única?

«¿En serio que vamos a hablar sobre estos temas durante nuestra primera cita?».

El bueno de William no tenía la más remota idea de lo peñazo que era mi vida, y yo no tenía ninguna intención de aburrirlo hablando sobre ella.

—Mi padre se ha vuelto a casar y sigue viviendo en Virginia.

—¿Naciste allí?

—Exacto. ¿Y los tuyos? —le pregunté, movida por la curiosidad.

—¿Podemos cambiar de tema? —respondió.

—Perdona, no quería meterme en tus asuntos. Como mi familia es un absoluto desastre, pensé que la tuya…

—Mi familia está bien, es nuestra relación la que no funciona —me explicó con la mirada perdida.

—Lo siento, ¿quieres que pidamos? —le pregunté para tratar de salir de aquel embrollo.

Vi que le hacía una señal a un camarero, y este nos trajo una carta plastificada.

—Acepto recomendaciones —dije tras leer los extraños nombres de los batidos.

—Aquí hacen un batido de chocolate riquísimo, pero igual prefieres algo más ligero —aventuró.

—De eso nada, voy a por todas. ¡Que sea un batido de chocolate! —exclamé.

William me miró alucinado.

—Que sepas que su tamaño es de récord Guinness. Si te lo acabas, vas a ser la primera chica que pueda con el reto.

Percibí cierta incomodidad por su parte, pero no me ofendí. Era golosa. Hasta mi madre lo sabía. Era un hecho.

—¡Dudo que tus amigas las animadoras estén en posición de vencerme! Tengo una duda: ¿de verdad te gusta jugar al fútbol? —le pregunté tratando de cambiar de tema.

—Odio el fútbol —dijo riéndose.

—¿En serio?

William tamborileó con los dedos sobre la mesa sin apartar los ojos de la carta.

—Me voy a pedir un zumo de frutas —murmuró algo nervioso, pasándose una mano por el pelo.

—¿Sueles beber alcohol? —le pregunté; no me preocupaba quedar como una cotilla. Estaba allí para conocerlo.

—No, la verdad... —Encogió el cuello y se lo acarició con la punta de los dedos—. Depende de la época. Y esta época tiene que ser así —me explicó con aire enigmático.

—¿Entonces es porque no te apetece beber?

—Es porque no puedo hacerlo —respondió fulminándome con la mirada.

—¿Por los entrenamientos de fútbol?

Debí de incomodarlo, porque se puso en pie.

—Voy a pedir. Hay demasiada gente. Si esperamos aquí no nos van a atender nunca.

Observé perpleja cómo se alejaba. Me pareció que había cambiado de humor de repente, pero pensé que quizá solo era una impresión mía.

Me apoyé en el respaldo, tratando de relajarme. The Weeknd sonaba a todo volumen desde los altavoces, pero eso no me impedía oír lo que la gente decía a mi alrededor.

—¿Te la follaste en mi coche, James?

Me giré de golpe y en la puerta descubrí la cabeza dorada de Jackson refulgiendo entre la multitud.

—¿Qué más da?

Temblé al sentir el tono de su voz, siempre tan grave.

—¿Y si me la hubiese follado yo en tu coche?

—En tu puta vida vas a hacer nada en mi coche —gruñó James con su habitual entonación agresiva.

Me encogí en el asiento con la esperanza de que no percibiesen mi presencia.

—Pero mira quién está aquí... —comentó Jackson cuando los dos pasaron junto a mi mesa.

James Hunter ni si quiera se giró, solo movió los ojos para fulminarme con la mirada.

«Parece que se acabó la diversión...».

Apreté los labios, traté de hacerme la loca y miré a mi alrededor con la esperanza de que William volviese pronto.

—¡Pero qué honor, poder contar hoy con la compañía de June White! —dijo Jackson con tono irónico.

—No la quiero aquí. —La voz de Hunter me hizo estremecer.

No estaba de broma, lo decía muy en serio.

—¿Pero qué coño te ha hecho? Deja que se quede, hombre. —El chico rapado estaba con ellos. Trató de animar a James para que siguiera con los comentarios, pero este no se movió.

No abrí el pico. Provocarlo habría desencadenado una discusión, y me pareció que él ya estaba bastante nervioso.

—No sé vosotros, pero yo pienso beberme cuatro cervezas. Y no quiero hacerlo teniendo delante su cara de culo —lo oí mascullar.

—Muy bien. Culpa a los demás por ser un futuro alcohólico.

No me había contentado con pensarlo, también se me había escapado por la boca.

De forma inesperada, James saltó hacia mi mesa, pero no me asusté. Sus dos amigos lo sujetaron para que no pudiera llegar hasta mí.

James estaba tan enfurecido que parecía querer aniquilarme con la mirada.

—¿Vais a defender a una tía que solo sabe ladrar?

Me cubrí la boca con la mano. Era un animal. Sus amigos, en comparación, eran dos caballeros.

—Venga, James. Cálmate. —Jackson lo sujetaba por los brazos con gran dificultad.

—Te destrozo, ¿me entiendes? Vuelve a dirigirte a mí y te juro que se te van a pasar las ganas de volver a abrir esa boca —me amenazó.

El corazón me bombeaba en el pecho.

—James, basta ya. Solo ha hecho una broma —insistió el amigo rapado.

Justo en ese momento, William volvió con el batido. Yo estaba tan nerviosa que me temblaban las manos.

—¿Qué pasa aquí?

Me sonrojé, tanto de vergüenza como de pura rabia.

—Ya nos íbamos —se apresuró a murmurar Jackson.

Los tres nos dieron la espalda y se alejaron.

No sé por qué, pero en ese momento volví a tener aquella sensación: la de que William ejercía algún tipo de poder sobre James. Quizá solo era la capacidad de hacer que se esfumase.

—¿Cómo puedes soportarlo? —le pregunté sin rodeos.

William dejó los vasos sobre la mesa con cuidado de no derramarlos.

—Es mi mejor amigo.

—Ese no es motivo suficiente. Tiene graves problemas de autocontrol y de ira, es un maleducado... Es un tío muy violento —enumeré, mirándolo fijamente a los ojos.

William bajó la mirada y esbozó una sonrisa retorcida.

—A ver, ¿qué te ha dicho? —No respondí—. ¿Y tú qué le has dicho a él, June?

—Nada, que es un alcohólico.

Noté que arqueó ligeramente las cejas y que el pliegue de su labio superior vibró ligeramente.

—Estaría bien que no le gastaras bromas sobre alcoholismo. Se comporta como un cretino, pero tiene algunos problemas.

—Bastantes, diría yo.

Aquello era injustificable.

No tenía derecho a comportarse así, fueran cuales fueran sus dramas familiares, presentes o pasados. Además, ¿qué tipo de problema habría tenido? ¿El típico padre violento y la madre ausente? Detestaba tanto a James Hunter que no sentía ninguna pena por los problemas que pudiera tener.

—No arruinemos la velada con estas historias tan tristes —le sugerí a William, deseosa de cambiar de tema—. ¿Volvemos a lo nuestro?

La dulzura de su voz me estremeció, así que relajé los músculos poco a poco.

—Tal vez sea lo mejor —dije con un suspiro.

—Así que has cambiado mucho de instituto, ¿no?

Me puse a contar con los dedos.

—Creo que he estado en siete. No, espera, en ocho, si cuento el primero, en Virginia.

—¿Y cómo eres capaz de empezar de nuevo tantas veces? Casa nueva, amigos nuevos…

—Pues ya me he acostumbrado. En mi maleta tengo mi pequeño mundo. Siempre lo llevo conmigo y, de alguna forma, eso me hace sentirme en casa.

William se inclinó hacia delante, bajó un poco la cabeza y puso sus ojos grises a la altura de los míos.

—¿Y de qué está compuesto el pequeño mundo de June White?

«Libros, apuntes, soledad».

¿Eran cosas demasiado patéticas como para enumerárselas a un chico tan guapo como él?

—Me gusta leer novela negra y pasar las noches viendo documentales de crímenes reales —respondí sin pensar.

—Yo de pequeño también leía mucho, sobre todo cómics. Después lo dejé. Prefiero las pelis.

Su voz sonaba relajada, reflexiva. William parecía una persona muy paciente, quizá eso explicase su amistad con aquellos matones. De alguna manera, se aprovechaban de él y de su bondad.

—¿Escribes? —preguntó con curiosidad. Asentí—. ¿En serio? —Parecía incrédulo—. Yo también escribo a veces —agregó masajeándose la nuca, algo avergonzado.

—Escribo sobre mis estados de ánimo, y sobre todo lo que se me pasa por la cabeza —le expliqué en un susurro, justo antes de emplearme a fondo con el batido.

—¿De mayor quieres ser escritora?

—No. Solo es mi manera de... desfogarme.

William seguía tocándose el cuello, nervioso, pero asintió, como si comprendiese lo que le estaba diciendo.

—¿Tú qué escribes? —probé a preguntarle con la esperanza de no parecerle demasiado curiosa. Aunque sí lo era, y mucho.

—Lo que me pasa por la cabeza en ciertas épocas. ¿Qué crees tú que empuja a las personas a escribir?

—Qué buena pregunta. Para mí es un poco como lo que el deporte es para otra gente. Una especie de terapia.

—Estoy de acuerdo. Aunque también creo que se requiere cierta sensibilidad —comentó mientras jugueteaba con la pajita.

—Sí... pero la verdad es que no muestro muy a menudo esa sensibilidad.

Esbocé una sonrisa, y William se echó a reír.

—¡Qué va! ¿Qué dices? Eres una chica dura, pero eso no es sinónimo de insensibilidad. Eso sí, te he visto mostrar tu carácter en más de una ocasión.

Me tapé la cara para esconder lo avergonzada que estaba.

—La verdad es que está riquísimo —dije tratando de cambiar de tema.

«Querido Will: dame comida rica y conquistarás mi corazón».

—Ya te dije que es el mejor de la ciudad. ¿Lo quieres probar? —me preguntó señalándome su zumo de frutas.

Asentí y le acerqué mi vaso. Nuestros nudillos se rozaron sin querer. William bajó la vista y me sonrió mientras yo me ocultaba entre los vasos de cristal.

—¿Y cómo llevas el tema de la amistad con todas esas mudanzas? —preguntó antes de probar mi batido.

—Bueno...

Estaba indecisa entre responder «¿qué amigos?» o «para tener amigos como los tuyos, mejor no tener ninguno». Y hablando del rey de Roma...

—Will, tengo que hablar contigo.

Bastaron esas palabras para que se me cerrase el estómago.

El arrogante de James Hunter se acababa de detener junto a nuestra mesa.

Mantuve la mirada baja, no tenía ninguna intención de volverle a ver aquella cara que estaba pidiendo a gritos una buena bofetada.

—Ahora —insistió impaciente.

William murmuró un «perdóname un segundo, June», se levantó y se alejó con James a cierta distancia.

Pero yo tenía un oído finísimo.

—Déjame una noche solo para mí. —En la voz de Will se intuía cierto nerviosismo.

—¿Una noche para follarte a White? Qué asco. —James hablaba con el habitual tono sarcástico que empleaba para decir barbaridades.

—Deja de hacer el idiota. ¿Por qué le tienes tanta manía? ¿Qué te ha hecho?

Se me tensó el cuello sin que pudiera evitarlo.

—¿Acaso tengo que decírtelo? ¿No lo ves tú solito?

Así que no era solo una cuestión de maldad: había un motivo por el que aquel matón me odiaba.

—No tengo ni idea, James.

Siguieron hablando de una forma muy críptica que cada vez me resultaba más misteriosa.

—Ya verás. Me darás la razón. Es exactamente lo que yo digo, Will —concluyó James.

Movida por mi insaciable curiosidad, me giré y vi que James sacaba pecho como un pavo real en celo.

—Escúchame bien, me da igual. Me gusta esa chica.

—¿«Esa chica»? Esa es la típica que no se abre de piernas ni después de tres semanas de pajas mentales.

«Ah, parece ser que, para ese criminal, tres semanas son más que suficientes».

—James, me lo habías prometido.

Vi cómo la mandíbula de William se afilaba y sus ojos se oscurecían, pero James no lo entendió como una invitación a dejarlo correr.

—Y tú me habías prometido que esta noche me ayudarías, Will.

—Ahora no.

—¿Por qué? ¿De verdad quieres quedarte aquí hablando con ella?

—Quizá lo que me apetece es justo eso, estar aquí charlando con una chica.

—Chorradas.

—No son chorradas. Estoy con ella porque me gusta. June es guapa, inteligente y me gusta. Deja de comportarte como un capullo —zanjó William antes de disponerse a darle la espalda.

Sin embargo, James no aceptó aquella reacción y lo bloqueó antes de que se girase en mi dirección.

—Es una niñata insoportable.

—A ver, ¿acaso yo te digo algo cuando estás con Stacy, con Bonnie, con Tiffany…?

—Y Taylor. Te has olvidado de Taylor.

No me di cuenta de que había sido yo quien acababa de hablar hasta que oí mi propia voz.

James apretó los dientes. Parecía un perro encadenado, y aunque en otras circunstancias me habría reído de su reacción, en ese momento me cubrí la boca con ambas manos.

—Que no vuelva a hablarme, Will.

Y se marchó exhibiendo aquel insufrible aire de superioridad, como si nosotros no fuésemos más que un par de pobres idiotas y él fuera el mejor ser humano sobre la faz de la Tierra.

—Vaya amigos tan insistentes tienes… —dejé caer cuando William volvió a nuestra mesa.

—Sé que resulta difícil de creer, pero James es muy buen amigo.

No me apeteció rebatírselo, no quería discutir en una primera cita con un chico que, objetivamente, no había hecho nada malo. Es más, era un chico que había dicho cosas muy buenas sobre mí.

Nos acabamos las bebidas y empezamos a hablar del instituto. Procurando evitar en todo momento que volviera a salir el tema de James, expuse una larga reflexión sobre los errores del sistema educativo estadounidense.

—¿Salimos fuera a dar una vuelta? ¿Sabes qué? Mejor no. Te reto a una partida de bolos —acabó proponiéndome Will, divertido.

—No tienes escapatoria, William Cooper. Acabas de retar a la indiscutible reina de los bolos —le solté, levantando un dedo en plan solemne.

Ni que decir tiene que no era cierto, pero el azúcar del batido se me estaba subiendo a la cabeza... O quizá, simplemente, era feliz.

«Es guapa, inteligente y me gusta».

Me sentía como en una montaña rusa, pero el mecanismo se detuvo repentinamente cuando el teléfono de William empezó a vibrar. Bastó con echarle un vistazo a la pantalla para que la expresión de su rostro cambiase de forma radical.

—Tengo que responderle a mi padre. Un momento.

Me dejó delante de la salida del local.

Decidí evitar la multitud y salí a respirar el tibio aire nocturno. Pero debí de elegir la puerta equivocada, porque de repente me encontraba en la parte trasera del local. Aquello estaba vacío, desolado y silencioso.

—¿Todo bien?

Sentí que me quedaba sin aire.

El grupito de William estaba fumando sentado en un banco. Todos tenían un aspecto muy poco recomendable.

Mi madre habría llamado a la Guardia Forestal, la Guardia Nacional y, probablemente, también al FBI si se hubiese enterado de que yo hablaba con gente como aquella.

—White, ven, que no mordemos —dijo entre risas el chico rapado cuyo nombre desconocía.

—Cállate, Marvin —le ordenó alguien.

Fingí que no había oído nada y eché a andar. No tenía ni idea de hacia dónde me dirigía, pero pronto me di cuenta de que hacia allí no había nada.

Volví sobre mis pasos.

—¡June! ¿Adónde vas? ¡Ven aquí, Will está a punto de volver!

Le lancé una mirada hostil a todo el grupito. El que acababa de hablar era Jackson. Todos juntos formaban una mancha rojiza en mitad de la noche: el rojo brillante de la chaqueta de Jackson, el verde limón de la sudadera de Marvin, la sombra de ojos violeta que enmarcaba los párpados de la chica rubia… Antes de identificar el azul eléctrico de unos iris inconfundibles, aparté la vista.

—Sí, ha dicho que puedes esperar con nosotros —añadió la chica que estaba sentada en el regazo de Jackson.

Inspiré profundamente y me senté en un banco a cierta distancia.

Evité a los chicos, pero analicé de reojo a las chicas que estaban con ellos. Sus actitudes desinhibidas, la ropa llamativa, el maquillaje excéntrico. Todos aquellos elementos subrayaban lo diferente que era yo. Me habría gustado saber maquillarme así, poder llevar esos tacones, comportarme de una forma que mi madre definiría como «femenina y delicada». Pero solo era June White: la chica con una sudadera tres tallas más grande de lo debido y unos vaqueros manchados de batido.

Jackson me miró de pies a cabeza con aire altanero y me preguntó:

—¿Quieres fumar?

Una chica hizo un comentario gracioso que no pude oír.

—No, gracias —respondí irritada.

Cuando William salió por fin, seguía al teléfono.

—Ya estoy —me dijo desde lejos.

—Bueno, June, ¿qué nos dices de Will?

Stacy se levantó y vino hacia mí. Le dio una patada a una piedrecita con la punta de las botas; me sorprendió que alguno de ellos supiera cómo me llamaba.

Mantuve la boca cerrada.

James Hunter la siguió.

—¿Es la novia de William? —preguntó la chica de pelo rizado que estaba colgada del cuello de Jackson.

—No es la novia de nadie.

La frialdad glacial de aquella voz me dejó clavada en el sitio.

No cedí a la provocación. No quería más líos. Solo deseaba que William volviera.

Sin embargo, mis buenos deseos se esfumaron en el momento en que Stacy volvió con sus amigos y James ocupó su sitio a mi lado.

—Relájate, Blancanieves. Nadie está interrumpiendo tu cita.

—¿Entonces qué quieres?

James Hunter apoyó el brazo en el respaldo, como si quisiera rodearme la espalda.

Mantuve la vista al frente, tratando de no caer en su trampa y de no ceder a sus provocaciones.

—¿Acaso no puedo mirarte? —Su voz me molestaba, era demasiado grave y profunda. Tan seductora que casi hacía que apenas se notase ese retintín sarcástico y altanero que acompañaba cada uno de sus comentarios.

—Hace unos minutos has dicho que no vuelva a hablarte. Decídete. —Aunque no podía verlos directamente, sí pude sentirlos. Los músculos de su brazo se tensaron, presa de un repentino nerviosismo.

—James... —le dijo Jackson llamándole la atención para que mantuviera la calma.

—¿Pero qué es lo que le pasa? Yo creo que es guapa —dijo Marvin.

Sin embargo, lo que hizo que se me pusiera la piel de gallina fue el comentario de la chica morena que estaba acariciándole el pecho a Jackson:

—¿Te parece más follable que yo?

Comencé a mirar incómoda a mi alrededor, pero me topé con aquellos ojos azules que no me dejaban en paz. James Hunter arrugó la frente con aire altanero y curvó el labio superior antes de darle una profunda calada a su porro.

—No, más que tú, no —oí que respondían a mi espalda.

«Qué asco».

—Vale, pero me gustaría saber qué tiene que decir James al respecto —insistió la morena.

Por toda respuesta, él inclinó la cabeza hacia mí y me recorrió con la mirada, estudiando las curvas ocultas bajo mi sudadera.

—Pues no lo sé —dijo sin apartar los ojos de mí—. Pero estaría encantado de darle por detrás.

En ese instante se me cerró la garganta.

Aquel chico era espeluznante, abominable. Disfrutaba acosando a la gente, y lo estaba haciendo conmigo sin que hubiese ningún motivo.

—Ven aquí, Bonnie —dijo mientras seguía fumando como si tal cosa.

La morena se contoneó con su vestidito plateado y se sentó a horcajadas sobre James. Él acercó el porro a sus labios brillantes y ella sonrió con malicia.

Me levanté de golpe.

—No me acercaría a ti ni aunque te bebieses una botella de desinfectante entera. Me repugnaría pensar en tocarte.

Mis palabras desataron reacciones muy distintas. Algunos se rieron, otros se quedaron boquiabiertos.

—Lo estás haciendo otra vez, White —oí que mascullaba.

—¿Qué?

—Creerte mejor que los demás.

—Yo nunca he hecho eso —contesté.

Fingí no darme cuenta de que Bonnie había empezado a besuquearle el cuello y se estaba restregando contra él.

—Taylor también lo cree —añadió con una sonrisita satisfecha.

Parecía totalmente indiferente a las atenciones que estaba recibiendo.

—¿Taylor y tú también habláis? Vaya, ¿cuándo es la boda?
—¡Jamie, me dijiste que la habías dejado! —gritó Stacy.
Él se puso en pie sin importarle que Bonnie se cayera al suelo.
—Debo admitir que se te da bien hacerme reír, White.
Vi que revolvía los bolsillos de su chaqueta en busca de algo.
—¿Ahora también te ríes? Pensaba que solo tenías una faceta, la de idiota cabreado.
Se acercó a mí y percibí su aroma. Cerré los labios, y él alzó la comisura de los labios, adoptando un rictus de auténtica maldad. Habría preferido que su presencia ni tan solo me rozase, pero no fue así. Impactó de lleno contra mí. Su cara, su olor.
—Creo que eres idiota, James Hunter.
Inclinó la cabeza y empujó mi frente con la suya. Me taladró con la mirada. Y me quedé sin respiración.
—Repítelo, vamos —murmuró.
Noté su respiración rozándome los labios, mientras yo, presa de mi maldita curiosidad, me empeñaba en observar los rasgos de sus labios gruesos y turgentes.
—Eh...
—En mi puta vida me ha insultado ninguna niñata.
Clavó con más intensidad sus ojos en los míos, y esta vez me eché a temblar.
—Pues siempre hay una primera vez para todo —respondí tragando saliva ruidosamente.
Esperaba que volviera a agredirme verbalmente, pero no lo hizo. Se limitó a lanzarme una enésima mirada de desprecio y se apartó de mí.
—Solo nos traerás problemas, joder.
Sacó una bolsita transparente del bolsillo de los pantalones.
«Estupendo, lo que me faltaba. El mejor amigo del chico que me gusta no solo es un cafre, sino que también es un yonqui».
—No te mereces un amigo como Will —le dije cuando identifiqué el contenido de la bolsita.

James introdujo el índice en el polvo blanco y lo chupó con delectación ante mi cara de estupor.

—Llevas aquí dos días y te crees que conoces a todo el mundo, pero no sabes una mierda.

Observé cómo volvía a guardarse la bolsita en el bolsillo y sacaba una pequeña cartera de cuero.

—¿De verdad crees que a alguien le importa tu historia de gamberro problemático? ¿Piensas que a mí o a cualquier otra persona nos importa saber qué es lo que te ha llevado a estar así de atormentado y de amargado?

En lugar de enfadarse, James hizo una mueca. Enrolló un billete de un dólar y se lo colocó detrás de la oreja.

—Y aquí es donde la pequeña e inocente White se equivoca. —Su voz susurrante me provocó sensaciones contradictorias—. No estoy hablando de mí, sino de todos los demás, de todos esos a los que crees conocer.

Pensé en Blaze. ¿De verdad lo había visto con Jackson?

En Amelia. ¿Por qué no me contaba lo que de verdad había sucedido con James? ¿Por qué Brian lo odiaba a muerte?

Y también pensé en William. Parecía el chico perfecto, pero mi sexto sentido me decía que ocultaba algo.

Resultaba bastante paradójico, pero, en aquel momento, el más idiota de todos también me pareció el más sincero.

—¿Otra vez haciendo el imbécil?

William volvió justo a tiempo para percibir la confusión que reflejaba mi rostro.

—Por supuestísimo —respondí mientras removía la gravilla con la punta de mis Vans.

William fulminó a James con la mirada.

—Nos vamos de aquí, June. Este sitio no es para ti.

Incapaz de hablar, abrí mucho los ojos cuando William me cogió de la mano. No me esperaba aquel arrebato de confianza, pero en vista de que se disponía a sacarme de aquella situación tan desagradable, no puse ningún impedimento.

Echamos a andar por el callejón que rodeaba el local y, conforme nos adentramos en la oscuridad fui apretando cada vez más la mano de William.

El corazón me latía con tanta tan fuerza que temí que se me pudiera salir del pecho.

—Jackson ha aparcado en el camino de tierra que hay aquí detrás. Quiero enseñarte algo.

Me olvidé de la rabia, de Hunter, de todo lo demás. En ese momento me sentía en el séptimo cielo.

Cuando nos detuvimos ante la vieja camioneta de Jackson, fruncí el ceño.

Todo a nuestro alrededor estaba muy oscuro, y solo había árboles.

—¡Vamos, sube! —me animó William mientras saltaba a la parte trasera del coche y se encaramaba al techo.

Aunque no las tenía todas conmigo, le di la mano. Cuando llegué a su altura, comprendí sus intenciones. A nuestros pies, por debajo del saliente en el que nos encontrábamos, Los Ángeles refulgía en toda su inmensidad.

—Impresionante... —susurré.

—¿Virginia es así?

—Claro que no.

Empezó a entrarme frío, así que me froté las manos.

William no se lo pensó dos veces y entrelazó mis dedos helados con los suyos, firmes y cálidos.

«¿Cómo iba a ser Virginia así si tú no estabas allí?».

Giré la cabeza para encontrarme con sus ojos. En cuanto se dio cuenta de lo cerca que estaban nuestras caras, se puso nervioso.

—Vaya, te vas a ensuciar los vaqueros... —oí que susurraba.

«Ya están sucios, Will».

—Bueno, da igual.

—Qué tonto, tendría que haber traído una manta. Perdona, es que...

Sentí que sus manos temblaban entre las mías.

—No tienes que excusarte, Will. En serio.

—No estoy acostumbrado a salir con chicas.

Su confesión me sorprendió, pero sonreí, convencida de que estaba bromeando.

—Anda ya, no te creo.

—Es cierto, June. Aunque probablemente habría sido mejor no confesarlo en voz alta.

Se mordió los carrillos y ambos nos echamos a reír, probablemente para sobrellevar aquel momento embarazoso.

—¿Te refieres a que no tienes relaciones, digamos, estables? —le pregunté.

—Quiero decir que no he tenido relaciones —admitió, mirándose las manos.

—Tienes algo que hace que todas salgan huyendo, ¿verdad? —dejé caer y me eché a reír.

Pero en esta ocasión él no me siguió el juego.

Además de guapo, William era amable e interesante. Estaba claro que lo que yo acababa de decir solo era una broma. De mal gusto, pero una broma al fin y al cabo.

Miró hacia delante y yo me maldije por mi ocurrencia.

—Es que... me gustaría estar con alguien que sea como yo. Con una persona que vaya más allá de las apariencias.

Era cierto que Will parecía recién salido de un desfile de moda, pero el hecho de que fuera especialmente atractivo no tenía por qué estar reñido con que estuviera buscando a alguien con quien construir una relación más profunda.

—Llámame idiota... —siguió diciendo—, pero desde que te conocí, pensé que quizá tú podrías ser esa persona.

«Llámame idiota si pierdo una ocasión como esta».

Dejé que el instinto me guiase y cerré los ojos. Sentí que nuestros alientos se acercaban y nuestras bocas se abrían. Me humedecí los labios pasándome la lengua con rapidez, en apenas una fracción de segundo. Una. Y su maldito teléfono empezó a sonar.

Abrí los ojos y me caí de la nube.
William ya tenía el móvil en la mano. Lo miré con desagrado.
—Oh, no. Es James.
Me dieron ganas de morirme y de agarrar el teléfono y lanzarlo por el barranco.
—James, ¿pero qué coño...? Vale, tranquilízate. Sí, lo he entendido. Sí.
En mi rostro se dibujó una expresión de alivio y victoria cuando, tras unos segundos, vi que colgaba. Pero no era tan afortunada como creía, pues en ese preciso instante William se bajó de la camioneta y me tendió su mano desde el suelo.
—¿Vienes conmigo?
—¿Adónde?
—No tengo tiempo de explicártelo todo. Vamos.

# 11

# Blaze

Eran las once y dieciocho. Estaba esperando a Amelia y a Poppy, y me había pedido un té frío en la barra del Tropical.

Odiaba estar solo en un sitio tan lleno de gente. La respiración se me aceleraba sin querer. Busqué la mirada del camarero, pero estaba demasiado ocupado sirviendo a un grupo de chicas con mucho escote.

Noté que me empujaban.

—Ay, perdona, no te había visto.

Unas risitas estúpidas. Eran Marvin y Jackson.

Cuando mis ojos se posaron en los labios del rubio me sentí como si me hubiesen dado un puñetazo en el estómago.

—¿Qué te pasa? —le pregunté a Marvin acariciándome el hombro mientras él se reía como un demente.

Jackson sonreía de una forma que yo conocía a la perfección. Su boca se abría lo justo para revelar unos dientes perfectos mientras su lengua jugueteaba con el *piercing* del labio. Posó su mano grande y cálida en mi bíceps.

—Te estarás aburriendo aquí solo, ¿no, Blaze?

Se lamió el labio perforado y me quedé hipnotizado contemplando su espalda mientras se alejaba.

Me prometí que no me quedaría allí torturándome. Jackson podía estar con quien quisiera. Eso no era asunto mío.

Saqué mi móvil, que vibraba enloquecido en el bolsillo de mis vaqueros.

—¿Blaze? —Era la voz de Amelia.

—Os estoy esperando desde hace diez minutos, ¿dónde estáis? En media hora tengo que estar de vuelta en casa —me lamenté.

—Mi hermano la ha liado. Pero espera aquí, que ya llegamos.

—No me dejéis tirado —les advertí antes de colgar.

Por fin llegó mi té frío, la única alegría de aquella noche.

Me giré y se me puso la carne de gallina.

No era Tiffany sino Stacy la que estaba sentada con él en el sofá. Y cuando Jackson dejaba que una chica le besuqueara el cuello tenía el retorcido vicio de no quitarme los ojos de encima. No entendía su juego enfermizo. En aquel momento sentí que me moría.

Me dispuse a ir al baño a refrescarme un poco.

También allí la decoración era estilo *vintage*, como en el resto del local. Mientras me abría paso entre la multitud me sentía fatal. Tuve que esquivar a demasiada gente para llegar al lavabo.

«Deja de atormentarme».

No paraba de repetírmelo a mí mismo, pero no tenía la valentía de decírselo a él a la cara.

—Aparta de en medio, ¿no ves que tengo que pasar?

Un chico alto y tatuado se puso muy tenso cuando, sin querer, me tropecé con él.

Siempre mantenía la mirada baja cuando estaba rodeado de gente borracha y maleducada. El miedo a que alguien se riese de mí era directamente proporcional a la probabilidad de que me echase a llorar.

—Per-perdona.

Me incorporé y retrocedí, pero acabé con la espalda contra el pecho de un amigo suyo. Estaba atrapado.

—¡Mierda! ¡Me has tirado la cerveza encima! ¡Mira por dónde andas, gilipollas! —me gritó alguien.

No sé quién fue, porque el cerebro se me nubló y la caja torácica se me comprimió en forma de espasmo. Conocía bien esa sensación. Estaba a punto de sufrir un ataque de pánico.

—¿A quién le has llamado gilipollas? —dijo una voz atronadora.

Me giré contra mi voluntad, y vi a Jackson agarrando de la camiseta de tirantes al tío tatuado. Le dio un empujón.

No supe cómo reaccionar. Estaba a punto de echarme a reír y apenas podía respirar.

—Vámonos de aquí, no me apetece pelearme con unos niñatos —dijo uno de los dos energúmenos, irguiéndose con altanería.

Me quedé de piedra, con la cadera empotrada en el lavabo y los dedos aferrados a la cerámica.

—¿Me has defendido? —pregunté sin respiración.

Nos habíamos quedados los dos solos.

—No era mi intención —resopló Jackson, concentrado en ponerse bien el cuello de la chaqueta. Lo hizo mirando su imagen en el espejo. No dejaba de mirarse, y yo no podía culparlo por ello. Si yo tuviera su cuerpo, haría lo mismo.

—Pero lo has hecho —añadí con rabia.

—Pringado de los cojones... —masculló mientras se acariciaba el pelo rubio.

Oírle pronunciar unas palabras tan crueles no era ninguna novedad, pero eso no hizo que me doliera menos la puñalada que sentí en el corazón. Me hizo daño.

No era solo por lo que me decía, sino también por la brutalidad con que me miraba. Me despreciaba como si en mí viese un espejo que pudiera desvelarle su verdadera naturaleza. No aceptaba la imagen que veía reflejada en él. Su mirada estaba cargada de rechazo.

—Porque eso es lo que eres, Blaze: un pringado de los cojones —repitió arrugando la nariz con cara de asco.

Me habría gustado echárselo en cara, pero no me atrevía. Yo era un verdadero pringado y él lo sabía.

Lo era desde aquel día lluvioso de hacía dos años cuando, en el campamento de verano, después del partido de fútbol... «me besaste y me enamoré de ti».

—¡Deja ya de tratarme así!

Lo grité en voz alta, pero mi celebro se llenó de pensamientos inconexos. Sentía remordimientos por haberme enfrentado a él.

Jackson ignoró mis lamentos, abrió de golpe la puerta de uno de los aseos y me empujó dentro. Mi espalda chocó con la pared de azulejos sucios y húmedos mientras yo hundía mi mirada en aquellos ojos del color del océano. Tragué saliva y sentí cómo el suelo bajo mis pies se volvía resbaladizo. Traté de dar un paso hacia delante pero él se me echó encima y me dio un empujón. Apoyó las manos en mi pecho y me mantuvo pegado a la pared.

Le miré la boca. No pude evitarlo. Jackson se mordisqueó los labios y jugueteó con su *piercing*. Me sentí tan débil que creí que me iba a desmayar.

Lo odiaba. Lo deseaba. Y sabía que, aunque él tratase de ocultarlo, entre nosotros había un magnetismo silencioso que no se iba a esfumar solo con unos insultos.

—Ahora sí que me has cabreado, Blaze.

Y entonces dejé de ver y sentir el resto del mundo. Solo existía su boca contra la mía. Tan tibia como aquella primera vez. Y su lengua.

Besar a Jackson era algo diferente. En toda mi vida solo había besado a una chica, a Tiffany, mientras jugábamos a la botella. Pero Jackson no besaba como ella. No era un beso suave; su lengua no era de terciopelo, sino una presencia ardiente. Y ese mismo ardor también lo transmitía en sus manos, mientras presionaban con fuerza mis caderas.

Cerré los ojos justo cuando el metal del *piercing* me hizo temblar el labio mientras su lengua y la mía se enredaban en un remolino incansable. Estaba tan absorto en aquel beso que no me di cuenta de que el cuerpo de Jackson se había vuelto de acero contra mi estómago.

Y si, después de aquel beso en el campamento, creí por un instante que podía estar equivocado, en ese momento dejé de tener dudas. Las chicas no me gustaban. Era a él a quien quería, al *quarterback* de metro noventa y tres que durante los descansos me miraba de reojo mientras lo rodeaban las chicas más guapas del instituto.

Respirando aún con dificultad, Jackson separó sus labios de los míos, liberándome así del peso de su robusta presencia.

Sin acabar de creérmelo, pero felizmente confuso, me llevé los dedos a la boca para sentir cómo mis labios ardían de deseo. Había permanecido inmóvil, contra la pared, mientras duró aquel beso. Ni siquiera había tenido el valor de rozarle la mandíbula, mientras que él me había toqueteado por todas partes.

—¿Y ahora qué coño miras? —gruñó enfadado, con las mejillas refulgiendo purpúreas.

—Yo…

Jackson abrió la puerta de golpe y se marchó poniendo en práctica lo que mejor se le daba en el mundo: dejarme sin respiración.

# 12

# June

—Necesito que Jackson me preste la camioneta. ¿Dónde cojones está? —masculló William cuando volvimos a la puerta del Tropical.

Marvin se acarició la nuca rapada, mirándonos con aire ausente.

—¿Dónde están las llaves del Mustang? —preguntó entonces Will.

—Me las ha dejado James, pero si se entera de que has conducido su...

—Dame las llaves —le exigió Will cambiando radicalmente de tono.

Marvin se encogió de hombros con desinterés, le lanzó las llaves a Will y siguió charlando con las chicas.

—Will, ¿adónde vas con esas llaves?

Stacy parecía particularmente preocupada.

Él la ignoró y, sin darme ninguna explicación, se dirigió hacia el aparcamiento.

—Will, ¿adónde vamos? —le pregunté.

Traté de mantener su paso hasta que nos detuvimos ante un Mustang deportivo. El negro metalizado resplandecía en la noche, parecía recién comprado.

—Vamos en coche.

—¿Es tuyo?

—No, es de James. —Abrió la portezuela—. Sube.

—¿Y por qué tienes que conducir su coche? —insistí.

Cuando me acomodé en el asiento del pasajero tuve la certeza de que el coche era nuevo. Olía a pino. En las alfombrillas no había ni una mota de polvo y cada detalle, desde los tiradores hasta el volante, estaba reluciente.

William no respondió a mi pregunta, parecía demasiado concentrado en arrancar el motor.

—Tengo que ir con cuidado: basta con rozar el acelerador para que salga pitando —musitó excitado mientras salíamos del aparcamiento.

El interior del vehículo estaba oscuro, pero noté cómo al instante se le dilataban las pupilas. Mi instinto empezó a enviarme señales, y yo las recibí con claridad: «Algo no va bien y estás a punto de meterte en problemas, June White».

—¿Pero qué tipo de padre le compraría un coche como este a su hijo adolescente? —pregunté un tanto indignada.

Will me miró con el ceño fruncido. Sí, cuando me comportaba así parecía un clon de mi madre.

—No se lo ha comprado su padre.

—¿Adónde vamos? —pregunté de nuevo, cuando percibí que estaba nervioso al observar cómo le había cambiado la expresión del rostro.

Will se pasó una mano por el pelo, mientras con la otra, sujetaba el volante firmemente y tamborileaba con los dedos.

—June...

—¿Al menos tienes carnet? —pregunté de repente.

—Carnet tengo, lo que pasa es que... me lo retiraron.

Fingí que no había oído la última parte, porque eso habría dado pie a un interrogatorio interminable por mi parte, y algo me decía que las respuestas que obtendría de William no me gustarían ni un pelo.

—¿Por qué no podían ir ellos? ¿Por qué has tenido que ir tú, Will?

—Es un asunto... que tenemos que gestionar nosotros.

Me mordí el labio inferior. Estaba nerviosa, pero Will parecía aún más nervioso que yo. Abrí mucho los ojos cuando, de pronto, puso el intermitente y se metió en el carril de emergencia. Frenó de forma inesperada y yo me sobresalté en mi asiento.

Con el corazón a mil por hora y la garganta en llamas, vi cómo apagaba el motor.

—¿Will? ¿Qué está pasando?

Sus ojos cristalinos permanecían fijos en el parabrisas, la oscuridad nos envolvía, y yo empecé a temblar.

Estaba con un chico al que apenas conocía, en un coche que no era suyo y que conducía sin carnet. Y eso sin contar con que ya era noche cerrada y que nos dirigíamos a ayudar a un gilipollas al que odiaba.

Miré el salpicadero y el reloj marcaba las once y media pasadas.

«Estupendo, mi madre me encerrará en casa de por vida».

—Mejor te llevo a casa. —El enésimo cambio de planes de aquella noche no me molestó. Es más, me lo esperaba—. Me lo he pensado mejor. No es seguro que vengas conmigo.

William clavó sus enormes ojos en los míos y comprendí que estaba experimentando un torbellino de emociones; en su mirada había miedo y excitación al mismo tiempo.

—¿Qué le ha pasado a James?

Yo esperaba una respuesta, y William me la dio a su pesar.

—Le han dado una buena paliza —confesó tras una pausa.

Estaba aterrorizada, pero intenté que no se me notase.

—¿Hablas en serio?

—Sabía que pasaría, pero él se ha presentado igualmente… Dame tu dirección, la introduzco en el navegador y te llevo a casa.

William arrancó el coche con un rugido, mientras la adrenalina corría desbocada por mis venas. Tenía la sensación de estar borracha, como si avanzara montada en una montaña rusa. Sabía que lo apropiado habría sido que me llevase a mi casa, pero… de repente cambié de opinión. ¿Y si a William también le pasaba algo malo?

—No. Quiero ir contigo. —Seguí mi instinto, fui una inconsciente—. Pareces muy preocupado y no pienso dejarte solo.

William me miró a los ojos y sonrió. Yo me fijé en sus labios.

Y pensar que estábamos a punto de besarnos…

—Entonces lo mejor será que nos vayamos. Si no vamos nosotros, no irá nadie.

—Ya me lo … —resoplé.

Tras pasarnos un par de minutos dando vueltas por callejuelas polvorientas y oscuras, por fin llegamos a lo que tenía toda la pinta de ser un parque de atracciones abandonado.

—¿Esto qué es? —pregunté mientras los nervios me formaban un nudo en el estómago.

No me arrepentía de haber ido con él, pero tampoco me esperaba acabar en un sitio tan lúgubre.

—Un antiguo circuito de karts. Ahora han abierto un local nocturno.

Me asomé por la ventanilla. Un enorme edificio de aspecto tétrico y poco recomendable destacaba en mitad de la noche. En la fachada tintineaba un neón medio fundido y encima había colgado un letrero metálico.

En cuanto aparcamos delate del local, la vi al instante: una silueta tumbada en el suelo.

—Oh, Dios mío… —dijo William muy nervioso.

—¿Cómo ha llegado James hasta aquí? ¿Por qué no ha venido en su coche?

La situación era bastante extraña.

—Creo que ellos fueron a recogerlo.

—¿Quiénes son ellos? —pregunté antes de abrir la portezuela.

William me cortó el paso y me hizo una señal para que esperara en el coche.

—June, ya voy yo a ver qué ha pasado.

Entre ladrillos descoloridos, una pequeña puerta abierta emitía una luz violácea de neón. Me quedé en silencio, escuchando el eco lejano de la música. Las sombras de distintos grupos de chicos se mezclaban en la oscuridad.

William se acercó a la figura que yacía desplomada en el suelo, miró a su alrededor y por fin me invitó a que lo acompañase.

Abrí de par en par la portezuela que ya tenía entreabierta y salí del coche de un salto.

El aire apestaba a tabaco, con algunas notas amaderadas. Se me hizo una bola en la garganta. La atmósfera parecía cuajada de arena. Entrecerré los ojos para observar bien cuanto nos rodeaba y me di cuenta de que estábamos en mitad de una zona desértica.

—James... ya lo sabías.

La frase de William sonaba a regañina. El cuerpo que había en el suelo era un amasijo de sangre y ropa sucia.

—¿Y qué iba a hacer, no venir? —respondió James arrastrando un brazo por el suelo para tratar de levantarse.

—¿Al menos te la ha devuelto? —preguntó William mientras ayudaba a su amigo a incorporarse.

—¿Tengo pinta de que me la haya devuelto? —le respondió el otro, señalándose el rostro hinchado.

Sus lamentos se esfumaron en cuanto me vio.

Me clavó los ojos como si fueran dos puñales. Aquello no presagiaba nada bueno.

—¿Tenías que traerla, joder? —le espetó.

—Agradece que haya venido a buscarte, mira cómo te han dejado —respondí al instante.

—Tú, calladita —añadió mientras se apoyaba en la pared con una mano.

—Dijo el zombi...

—Haz que se calle, Will.

—Amigo, te han destrozado. Estás hecho polvo.

—Lo sé. Pero escucha, Will...

En cuanto se dio cuenta de que lo seguía mirando, se calló de repente.

—¿Entonces, no te la han devuelto? —Will bajó la voz con la esperanza de que yo no los escuchase mientras James negaba con la cabeza y volvía a desplomarse sobre el suelo polvoriento.

—Joder... ¿Puedes andar, al menos? —William no parecía ser capaz de sostenerlo. A lo mejor lo que pasaba era que James era demasiado orgulloso para aceptar su ayuda.

—Quédate aquí. Voy a por el botiquín. ¿Tienes en el coche el de la otra vez?

James asintió sin ganas.

—En el maletero. —Alzó el rostro pálido hacia mi dirección—. Y tú deja de mirarme así.

—Es que tienes la cara tan destrozada que estoy tratando de averiguar dónde está el ojo y dónde la boca.

Cuando Will se encaminó hacia el coche, di rienda suelta a mi curiosidad.

—¿Quién tenía que darte qué?

—¡Will, joder, no me dejes solo con ella! No para de mirarme, me pone histérico.

—Te miro porque pareces uno de esos cuadros que hace mi madre cuando pinta con los ojos vendados —respondí bajando hasta su altura para examinarle las heridas.

—¿Tu madre pinta con los ojos vendados? ¡Menudo genio! Supongo que has salido a ella —masculló mientras se llevaba un papel de fumar transparente a los labios, que estaban hinchados y llenos de heridas profundas.

—Pues no, cretino. Solo se trata de un taller que imparte a sus alumnos. Además, ¡a ti qué te importa!

—La verdad es que no te he preguntado nada, eres tú la que ha empezado a contarme sus mierdas. Como si a alguien le importase tu vida de Winx sin superpoderes.

No me puse a insultarlo porque se me habría ido de las manos.

—Ayúdame —me ordenó.

Lo observé muy confusa. Lo habían dejado tan mal que estaba irreconocible. Las heridas de la cara parecían ser muy profundas. Si yo fuera él, estaría llorando de dolor.

Resoplé, pero decidí echarle un cable. Lo sujeté del brazo mientras se ponía en pie. Aferrada a su bíceps, duro como el acero, percibí un agradable aroma de menta y suavizante.

—¿Por qué dejaste tu coche en el Tropical? ¿Quién te ha traído hasta aquí? —Sonrió con el labio partido. Le divertía mi morbosa curiosidad—. Retiro lo dicho, no quiero saber nada.

James hizo una mueca de dolor y, aunque lo odiaba muchísimo, me dio un poco de pena.

—¿Te duele mucho?

—¿Tú qué crees?

—Yo creo que no. Me da que ya estás acostumbrado a estas cosas.

James apoyó la espalda en la pared del edificio y empezó a manosear el papel de fumar transparente con los dedos.

—Estás muy pendiente de todo lo que yo hago.

Lo dijo sin levantar la cabeza. Pero sus ojos se posaron en los míos durante un segundo, y aquello fue suficiente para que me estremeciese.

Me encogí de hombros y traté de olvidarme de las sensaciones que era capaz de provocarme con tan solo una mirada.

—¿No puedes dejar de fumar ni estando como estás?

No sabía qué era, pero tenía claro que se trataba de alguna sustancia ilegal.

—Me anestesia la boca. Y la cara.

—Te anestesia el cerebro —dije con sorna.

La broma pareció hacerle gracia.

—También. Pero, sobre todo, la lengua. Tendrías que probarlo. Quizá sea la manera de que estés callada dos minutos —me soltó en tono irónico, justo antes de darle al papel una lamida lenta y decidida.

Noté que se me secaba la boca. El sonido de los pasos de William interrumpió nuestro rifirrafe.

—¿De qué habláis?

—De mi lengua. Y de la suya —respondió James con tranquilidad.

—¿Qué?

William lo miró perplejo, pero decidió no tener en cuenta aquella provocación y dejó el botiquín en el suelo.

—No es cierto. No le prestes atención —murmuré vertiendo un poco de agua oxigenada en la bolita de algodón que me acababa de pasar.

No sabía qué le habían dejado peor, si el labio partido o la ceja sanguinolenta.

—¿Qué coño haces?

James me agarró de la muñeca y me la levantó por encima de la cabeza antes de que pudiese acercarme a él.

—Mira cómo tienes el pómulo. Te lo han dejado fatal, James. —William se giró hacia mí—. Habría que desinfectarle las heridas. Hay riesgo de infección, ¿verdad?

—¿Te parece que llevo escrita la palabra «enfermera» en la frente? —le solté en tono sarcástico.

William arrugó la frente, sorprendido por mi cáustica respuesta.

Ni que decir tiene que solo a James le hizo gracia aquel comentario.

«Hazlo por William», me dije inspirando profundamente.

—¡Ni se te ocurra acercarte a mí! ¿Es que quieres tocarme, White?

James me señaló con el dedo antes siquiera de que pudiese volver a acercarme a él.

Me puse en pie, al límite de mi paciencia. Ya había aguantado demasiadas borderías.

—No tengo ningún interés en tocarte. Es más, ¿sabes lo que me gustaría hacerte? —Agité con rabia la bola de algodón delante de su cara—. Me gustaría meterte esto y el resto del botiquín por el…

No terminé la frase porque la expresión de horror de William me hizo detenerme de golpe. Por enésima vez en una misma noche estaba quedando fatal.

—Uf… Es que me haces sacar mi lado más vulgar…

Me mordí la lengua, pero James aprovechó la oportunidad.

—Inténtalo, chavala, y así tendré la excusa perfecta para… —James me miró con aire de superioridad.

Lo tiré todo al suelo.

—Will, este tío es peor que un niño. No sé cómo puedes aguantarlo... ¡Si hasta has venido a ayudarlo sin pensártelo!

—¡Cierra el pico de una puta vez!

—¡No me digas que cierre la boca cuando lo único que quiero es ayudarte! —Me di la vuelta de repente y empezamos mirarnos con expresión amenazante.

—June, James..., tranquilizaos. Hay problemas más graves que atender —dijo William tratando de hacernos entrar en razón, aunque sin éxito.

—¿Quieres ayudarme, Blancanieves? ¿Estás segura?

El muy idiota abrió los brazos y se miró el paquete.

—¡Das asco! —le grité mientras él se reía como un crío travieso.

—¡Me cago en la puta, James! ¿Siempre tienes que tratarla así? Y tú, June... ¿adónde vas?

Will me llamó, pero estaba demasiado enfadada para hacerle caso.

—¡Me voy! ¡Ayúdalo tú solo! —le grité mientras me marchaba a paso rápido.

—Detenla, Will. Este no es un lugar seguro. —La voz ronca y desganada de James me golpeó la espalda, provocándome un escalofrío.

—¡Detente ahora mismo, June!

William me siguió con sus mejores intenciones, pero ver cómo se lo consentía todo a su amigo me hizo explotar de rabia.

—¿Por qué lo haces? ¿Por qué siempre haces lo que te dice?

—No es tan fácil, hay cosas que no sabes.

—¿Tú también vas a venirme con esas chorradas? ¿Es que no estás bien de la cabeza? ¿Tienes que estar siempre a su servicio?

El pobre se quedó con la boca abierta, lo cual me hizo pensar que quizá había exagerado.

Yo tenía tendencia a reaccionar de modo impulsivo, pero es que James Hunter sacaba lo peor de mí.

—Esta rubita es tonta del culo… Yo ya te había avisado, ¿eh? —soltó James en tono jocoso.

Se dispuso a encenderse el porro. Yo apreté los dientes y Will respiró hondo.

—James, cállate un segundo. June, por favor, ahora no te lo puedo explicar todo.

—No es culpa tuya, Will. Puede que lo mejor sea que no sigamos viéndonos, si eres amigo de un tío así. Lo siento —masculle mirando al suelo.

—Y tú, encima, la defiendes, ¿eh, Will? Esta tía es una tocapelotas. ¿Se lo vas a dejar pasar solo porque tiene un buen par de tetas?

Will intentó sujetarme del brazo, pero yo lo esquivé. Me lancé hacia Hunter. Apenas se mantenía en pie, tenía la espalda apoyada en la pared. Me puse a un palmo de su nariz para mirar de cerca sus ojos malignos. Él no mostró el menor temor; es más, siguió provocándome.

—He dicho que tienes un buen par de tetas, pero también que eres una tocapelotas. ¿Lo has oído, no?

Se me nubló la vista. Y le di un puñetazo en la nariz. Le golpeé tan fuerte que sentí cómo los nudillos se me hacían añicos.

—¿Y esto, Hunter? ¿Esto lo has oído?

# 13

# June

—¡Joder!

Sus lamentos y sus gruñidos no me conmovieron lo más mínimo. James se sujetaba la nariz con la palma de la mano y después ya no sé qué más pasó, porque me di la vuelta y me fui.

—June, ¿pero qué haces? ¡Te has vuelto loca! —exclamó William, incrédulo—. Y tú, James... Lo tuyo es flipante.

—¡Pero si me acaba de dar un puñetazo! ¿Es que estás ciego, Will? Bueno, ¡es bastante probable teniendo en cuenta que vas detrás de esta tía histérica y amargada!

Intercambiaron algún que otro comentario más, pero el único que escuché con nitidez, aunque a distancia, fue el siguiente:

—Will, este lugar no es seguro, ¿por qué dejas que se vaya?

—Porque prefiero que me desmiembren los coyotes antes que seguir oyéndote —le grité mientras seguía andando.

No sabía hacia dónde iba, solo quería alejarme todo lo posible de aquel ser.

—Deja que te acompañe a casa, June —me dijo William tras alcanzarme después de una breve carrera. James, por su parte, trataba de acercarse cojeando—. June, lo digo en serio. Tú no lo sabes, pero aquí hay gente peligrosa.

Bastó con que nuestras miradas se cruzasen para volver a hervir de rabia por dentro.

Distendí los puños que tenía fuertemente apretados contra mis caderas, y en cuanto eché un vistazo alrededor, pude comprobar que allí había caras muy poco tranquilizadoras.

—De acuerdo —accedí.

Estaba destrozada. Qué final tan terrible para nuestra cita. Sin decir una sola palabra me refugié en el asiento de atrás del Mustang.

—Yo conduzco —dijo aquel criminal sin tan siquiera dignarse a darle las gracias a su amigo.

—¿Estás seguro?

—¿Es mi puto coche o no lo es?

—¿Tu padre no te va a matar si vuelves así?

—Como si a mí me importase algo lo que piense mi padre.

Su tono era tan ácido que me escoció en la piel.

—Guau, qué chico tan rebelde...

Tuve que morderme la lengua cuando Hunter se giró hacia mí desde el asiento del conductor y me miró a los ojos.

Observé su labio partido y la ceja aún sangrante.

«No le das miedo a nadie», me habría gustado decirle.

Aparté la mirada y la dejé vagar a través de la ventanilla.

—Cierra el pico, White, o te dejo en mitad de la nada. Ni las alimañas te soportarían —dijo encendiendo el motor.

—Sí, ya...

—¿No me crees? —me amenazó.

Me estaba fulminando a través del espejo retrovisor.

—James está de broma... June, ¿dónde vives? —comentó William para calmar las aguas.

Tras indicarle mi dirección, James resopló indignado.

—Estupendo... Justo en mi misma manzana. Tu casa está de camino, Will. ¿Qué hago? ¿Voy y vuelvo?

—No, déjame antes a mí.

Nos detuvimos delante de un chalet no muy lejos del instituto.

William no se bajó del coche directamente.

—Espera un momento. Me lo debes, James.

Este último se encendió un cigarrillo antes de fulminarnos con la mirada.

—Rapidito.

—June, por favor, ¿puedo hablar un segundo contigo?

Percibí cierta tensión en la voz de Will, pero su gentileza contrastaba con la velada tan extrema que acabábamos de vivir.

Salí del coche con él y lo seguí hasta la puerta de la casa. La incomodidad era palpable.

—Lo sé, ha sido un desastre —se disculpó encogiéndose de hombros.

—La primera parte no.

—¿Tú también te estabas divirtiendo?

Observé un ligero brillo en aquellos ojos tan perdidos.

—Sí.

—Te juro que encontraré la manera de... Quiero volver a verte, June.

Me rozó la mejilla y un remolino me acarició el estómago.

—Jack, Rose, ¿os habéis despedido ya o este coñazo va a durar mucho más? —La voz sombría de James oscureció el dulce momento que estaba a punto de acontecer.

—Mejor que os vayáis antes de que despierte a mis padres. Hasta mañana, June.

Will lo susurró muy bajito, e inclinó la cabeza en mi dirección.

Me quedé inmóvil. Estaba paralizada por los nervios.

«¿Debería besarlo?».

William decidió por los dos y me dio un beso en la mejilla. Entonces subió la escalera hasta la entrada.

—¿Te vas a dar un poco de prisa o quieres volver a casa andando?

Me esperaba que hiciera alguna bromita sobre el casto beso que nos acabábamos de dar, pero no lo hizo. Al parecer, William no podía ser diana de su veneno. Ese me lo reservaba solo a mí.

—Pues no me parece tan mala idea —respondí enfadada mientras me sentaba en el asiento del pasajero.

James me miró con los ojos entrecerrados y sentí un escalofrío que fue de todo menos reconfortante. ¿Qué se me había pasado por la cabeza para acabar sola, con él, en su coche y en plena noche? Le acababa de dar un puñetazo. Y ahora estábamos los dos ahí.

James enarcó una ceja. Parecía asombrado por mi actitud.

—White, ¿sabes qué? La noche ha sido muy larga y tengo tantos problemas en los que pensar que tú eres el que menos me preocupa —dijo encendiendo el motor.

—Lo mismo digo.

—Pero me las pagarás —dijo con voz cortante.

Sus palabras lograron que dejase de pensar en la forma tan temeraria de conducir que tenía.

—¿Qué?

—Cuando menos te lo esperes. Así es más divertido, ¿verdad?

—Mira, Hunter, permíteme que te diga una cosa: eres insoportable.

—¿Sabes por qué tienes el valor de decirme a la cara una cosa así? —me preguntó mientras se ponía un cigarrillo apagado entre los dientes.

—¿Porque no me das miedo?

—Error, chavala. Porque estoy borracho.

—¡Oh, Dios mío! Entonces... ¿qué haces conduciendo? —No entendía por qué nos estaba poniendo en peligro de aquella manera.

—Si estuviera sobrio, ahora mismo no estarías hablando tanto.

—Cierto, a saber lo que me estarías haciendo si estuvieras sobrio —respondí harta de aquello.

—Me has dado un puñetazo, te estoy llevando a casa... ¿y tienes la cara dura de hablarme en ese tono?

Le lancé una mirada furtiva para observar su perfil perfecto.

Tenía una nariz recta y perfecta, así que no podía decirse que recibiera puñetazos a menudo. Estaba ligeramente curvada hacia arriba, realzando su envidiable perfil.

Se llenó los carrillos de aire y resopló ruidosamente.

—Te estoy viendo.

Sus labios apresaron con fuerza el cigarrillo y yo giré la cabeza hacia la ventanilla, pues no pensaba responder a sus provocaciones.

—Deberías ir a urgencias.

—¿Crees que es la primera vez que me pego con alguien? Y no, no hablo de la caricia que tú me has dado —soltó antes de echarse a reír.

¿Cómo podía bromear con algo tan horrible como la violencia?

—¿Y tú crees que estás hablando con una tonta que se deja impresionar por tus modales de chico malo?

—No, solo creo que hablo con una tonta a secas.

James frenó cerca de mi casa y se bajó del coche para tirar la colilla apagada en una papelera.

—¿De verdad te importa el medio ambiente o es que quieres irte a dormir con la conciencia tranquila? —le pregunté a través de la portezuela abierta.

La camiseta blanca, perfectamente adherida a su abdomen, estaba cubierta de sangre y tenía algunos desgarrones.

James sonrió y se lamió el labio inferior con la punta de la lengua. Era un gesto que hacía muy a menudo. Y me molestaba bastante. Quizá porque sentía un centelleo bajo la piel cada vez que mis ojos se fijaban en su boca.

Se sentó de nuevo en el coche y sacó el paquete de tabaco del bolsillo.

—Hablas demasiado. No me gustas —dijo sin inmutarse, y se metió otro cigarrillo en la boca.

—Tú también hablas demasiado. Y tampoco me gustas.

—Suelo ser de pocas palabras, pregúntaselo a tus amigas.

«¿Qué amigas?».

James me estaba provocando, como siempre. Estaba segura de que ni Ari ni Poppy habrían tenido nunca el valor de estar con un tío como él. ¿Y Amelia? Me zambullí en mis especulaciones y no me di cuenta de las miradas que me estaba lanzando.

—¿Te bajas o nos quedamos aquí mirándonos a los ojos, White?

Me pregunté cómo era posible que no estuviera solo en el mundo, comportándose de esa manera.

—¿Sueles irte a dormir en ese estado? —le pregunté con los dedos aferrados al tirador.

Observé cómo acercaba el mechero a la punta de su cigarrillo. Lo encendió y me lanzó una mirada intimidante.

—Lárgate de una vez, chavala. Te lo digo por tu bien.

# 14

# June

—¡June!

No sirvió de nada entrar en casa de puntillas. Mi madre estaba allí, acechando como una leona deseosa de zamparse una gacela tras un periodo de hambruna. Y yo era de todo menos grácil. Se me cayeron las llaves, me di un golpe contra la estantería y por poco no me caigo al suelo al resbalarme con los pinceles que habían salido rodando. ¿Quién en su sano juicio tenía un montón de pinceles expuestos como si fueran figuritas?

—June, ¿has fumado? —Encendí la luz del salón y esta me dio de lleno en la cara; entonces empezó el tercer grado—. ¡Quiero que me lo cuentes todo ahora mismo, con pelos y señales!

—¡No, mamá! ¿Pero qué dices? —Mi tono de cordero degollado no surtió ningún efecto.

—Llegas una hora tarde y apareces apestando a... —Olisqueó mi sudadera en busca de alguna prueba—. ¿Humo? ¿O qué diablos es? —De repente, con los párpados entrecerrados y las fosas nasales dilatadas, se había convertido en el mejor de los sabuesos.

—Mamá, he estado en un sitio donde había gente fumando. Seguramente por eso se me ha pegado el olor.

—Claro. Porque no existe ninguna ley que prohíba fumar en los locales públicos, ¿verdad? ¿Te crees que nací ayer?

—¿Tengo yo la culpa de que la gente fume igualmente?

La ira hizo que en su cara se mostrasen arrugas que nunca antes le había visto. Lanzó las gafas sobre el sofá y vino hacia mí como una loca.

—¡Muy bien! ¡Entonces nunca más volverás a ir a un sitio como ese!

—Pero…

No tenía fuerzas para discutir con ella, solo quería irme a dormir.

—¿Tus nuevas amigas fuman?

—Tengo diecisiete años y no fumo. Si alguna de mis amigas fumase, ¿qué problema hay? Ya no somos unas niñas.

—El problema es que has llegado una hora tarde, que eres una respondona y que… apestas a perdición —me soltó muy enfadada, y yo me eché a reír.

—Me voy a dormir, mañana tengo clase —la interrumpí.

—¡June!

Subí corriendo las escaleras.

A la mañana siguiente, salí de la cama con la rapidez de un perezoso.

No oí el despertador pero, al contrario que habitualmente, mi madre no había subido a meterme prisa.

Aquello era una declaración de guerra. ¿Seguía enfadada conmigo por lo de la noche anterior?

—¡Mamá! ¿Por qué no me has despertado? —grité por el pasillo en mitad de un ataque de nervios.

No llevaba ni una semana en ese instituto y ya me estaba exponiendo a recibir una amonestación. Con una mano me lavé los dientes y con la otra me quité el pijama.

—Tienes diecisiete años, ya no eres ninguna niña. ¿No es cierto? Si no oyes el despertador no es culpa mía —me respondió desde la planta de abajo.

Acababa de poner en práctica varias de sus técnicas favoritas de crianza: grandes dosis de rencor, escenitas y frases grandilocuentes.

—Tienes que escribirme un justificante. Se me ha hecho tan tarde que no podré entrar a primera hora —me lamenté entre bostezos cuando ya estábamos en el coche. Sin desayunar, mi cuerpo no funcionaba.

—Apáñatelas tú sola. Un gran poder conlleva una gran responsabilidad. Así que empieza a acostumbrarte, June. —Era fácil hablarle de responsabilidad a alguien que acababa de salir sin mirar cómo iba vestida; parecía un perchero cubierto de prendas lanzadas al tuntún. Mi madre me examinó de pies a cabeza deteniéndose en cada detalle de mi atuendo—. Ni siquiera te has peinado. ¿Y dónde está tu uniforme? —me preguntó con severidad cuando estábamos ante la puerta del instituto.

Abrí los ojos de par en par cuando me di cuenta de que me había olvidado de ponerme el uniforme. Pero ya estábamos en el instituto y llegaba con media hora de retraso.

Mi madre y yo nos despedimos a toda prisa y eché a correr hacia la entrada. Era raro ver los pasillos totalmente vacíos y sentir el eco mis pasos en las paredes. Sin llevar ningún tipo de justificación encima, me detuve frente a mi taquilla. No me apetecía entrar en clase en mitad de la lección, no tenía ningunas ganas de que me echasen la bronca, y menos aún de sentir todas las miradas puestas en mí.

Un golpe sordo me hizo dar un salto y me sacó de mis pensamientos.

James Hunter le dio otro puñetazo a su taquilla que, ni aun así, se abrió. Tenía la mandíbula apretada en un gesto de ira y la cabeza oculta por la capucha.

Dio otro golpe y me estremecí. La taquilla cedió por fin, James abrió la portezuela de golpe y arrojó su móvil al interior. Vi que, con la palma de la mano, se masajeó los nudillos que todavía tenía destrozados por el incidente de la noche anterior.

No era consciente de mi presencia o, quizá, simplemente, había decidido ignorarme.

No quería admitirlo pero, en el fondo, me sentía un poco culpable por el puñetazo que le había dado. Aquel gesto fue el culmen, el resultado de todo el nerviosismo y la frustración que ese chico me había provocado durante toda la noche.

Me acerqué a él.

Hunter llevaba unos pantalones cortos de deporte y una sudadera blanca.

—¿James?

—¿Qué coño quieres?

Me mordí la lengua, arrepintiéndome al instante de haber vuelto a hablarle. Me dispuse a dejarlo en paz, pero me quedé de piedra cuando se dio la vuelta.

Tenía moratones en las mejillas, y la mandíbula hinchadísima. La línea de su nariz seguía apuntando hacia arriba y, en mitad de todo aquel caos de cortes y cardenales parecía el único elemento que había quedado intacto. Me tranquilizó saber que no le había dolido demasiado.

Lancé un suspiro de alivio, pero, como era de esperar, duró poco.

—¿Por qué cojones me estás mirando siempre?

Me dio igual lo que me dijo. Estaba demasiado impactada por lo que estaba viendo. ¿No se había curado las heridas ni siquiera un poco? ¿Nadie se había preocupado por él?

—A ver si me entero, tus padres no dicen…

Le bastó dar un par de pasos para llegar hasta mí.

—Mira, Blancanieves, te lo voy a dejar clarito.

En aquel momento, la curiosidad me hizo una jugarreta, ya que mis ojos se empeñaron en posarse en sus labios carnosos, que ahora estaban más hinchados y llenos de cortes.

—Aléjate de mí.

La presión de su mirada me resultaba insoportable, así que bajé los ojos.

—Te está sangrando la mano…

—No pasa nada, es solo un corte —zanjó.

Sus anchos hombros se sacudieron levemente. Los elevó y después los bajó mostrando desinterés.

—Parecen cortes profundos; si no los curas, se seguirán abriendo. Es mejor que vayas a la enfermería —murmuré en un arrebato de valentía.

Inclinó la cabeza como si quisiera verme los ojos, que no paraban de pasearse entre sus omóplatos y las heridas de su cuello.

—¿Y a ti qué más te da?

Levanté el mentón, nuestras miradas se cruzaron, y aquello me sumió en un estado de confusión. Reconocí en sus palabras una sutil ironía que sus labios confirmaron con una sonrisa descarada.

—Ven conmigo —me dijo dando un paso atrás.

—¿Adónde?

—Tienes la posibilidad de compensarme por lo que me hiciste anoche. ¿Te lo tengo que recordar, White?

James me había pillado desprevenida, pero decidí no demostrárselo.

Lo seguí hacia la enfermería sin titubear.

—«¿De verdad te importa o solo quieres irte a dormir con la conciencia tranquila?» —dijo, citando mi frase, y eso me provocó una extraña sensación en la boca del estómago.

Otra vez había vuelto a recordar mis palabras exactas.

La enfermería del instituto era una habitacioncita impregnada de un fuerte olor a desinfectante. James se sentó en una camilla con un colchón tan estrecho que parecía incapaz de sostener su cuerpo.

Yo me quedé de pie.

No tenía ninguna intención de pedirle disculpas. Quería que entendiese que, como yo había tenido motivos de sobra para hacer lo que hice, no había nada por lo que tuviera que compensarlo. Estábamos empatados.

—Oye, Hunter, lo de anoche...

Sin previo aviso, James agarró el bajo de su sudadera y se la quitó.

Se quedó a pecho descubierto, y su desnudez me hizo sentir un poco incómoda.

No sabía por qué le gustaba tanto desnudarse delante de la gente, pero lo hacía bastante a menudo.

—Tengo calor, no me rayes —dijo en tono cortante—. ¡¿Carmen?! —exclamó en voz alta.

Una robusta señora de mediana edad entró en la enfermería.

—Ah, eres tú... Ya voy —murmuró con un marcado acento latino.

Cuando se asomó a través de las cortinas que separaban los distintos cubículos, vi que llevaba una bata blanca.

—Ya estás en buenas manos. Yo me voy a clase —susurré mientras James se llevaba un cigarrillo a los labios.

—¿Qué pasa con mi uniforme, White?

—Eh...

La lavadora había destrozado la camisa..., y de la chaqueta era mejor no hablar. Tendría que haberle dicho a mi madre que la planchara, pero ya me imaginaba cuál sería su reacción al ver que en casa había aparecido un uniforme masculino. Solo en un universo paralelo la habría planchado en silencio y sin hacer preguntas.

—Mañana te lo traigo.

—¿Y el tuyo, White?

Balanceó sus largas piernas y me observó con altivez.

Al principio yo también lo miré, pero la vista se me fue hacia su pecho desnudo. El abdomen de James estaba marcado por unos músculos muy bien definidos que afloraban bajo la piel lisa, aunque no eran muy pronunciados. Me fijé bien en las venas que serpenteaban por su bajo vientre y que desaparecían bajo la cintura del pantalón corto. Aparté la vista de golpe..., pero no fui lo bastante rápida, y él me lo hizo saber con una sonrisa.

Su mirada me cayó encima como una cascada de agua hirviendo. Me acarició los labios, bajó por la garganta y se posó en mis pechos antes de seguir descendiendo hacia mis piernas. Habitualmente, para mí todo era blanco o negro, nunca detectaba zonas grises. Pero en aquel momento me costó mucho trabajo comprender mis propias sensaciones.

La enfermera entró en la habitación, interrumpiendo aquel extraño momento de quietud.

—Oh, Edward, veo que te han dado una buena.

Miré a mi alrededor totalmente desconcertada: allí solo estábamos los tres.

—White, puedes irte ya. Carmen se ocupará de mí —intervino James en cuanto vio mi expresión.

Pero yo no iba a irme de allí tan fácilmente.

—Suele ser él quien manda a los demás a la enfermería. Me da demasiado trabajo —dijo Carmen lavándose las manos en el pequeño lavabo que había en la pared.

—¿Y el director no lo expulsa?

Los dos intercambiaron una mirada cómplice.

—¡Este chico solo trae problemas, chiquilla! —Carmen le dio a James una cachetada en los abdominales, que seguían duros como el acero.

Él no dijo nada. Se limitó a sacar el mechero del bolsillo de los pantalones sin borrar de su cara aquella sonrisa complacida.

Parecía que entre los dos había una relación muy amistosa.

—En la enfermería no se fuma —lo reprendió Carmen de forma cariñosa.

—¿Se puede follar pero no fumar? No lo entiendo.

—Me tengo que ir a clase. Adiós —dije de pronto antes de marcharme a paso ligero.

—Ay, cómo echo de menos los tiempos en los que los chicos se pegaban por mí —dejó caer la mujer, provocando un chasquido de asco por parte de James.

—¿Pero qué te has pensado, que me he pegado por ella?

Dejé la puerta entreabierta, pero antes de continuar mi camino me quedé escuchando.

—Te peleas por cualquier chorrada, ¿por qué no ibas a hacerlo por una chica tan guapa?

Me asomé por la rendija de la puerta y tuve que contener una risotada cuando vi cómo Carmen se acercaba al párpado de James con un algodón impregnado en desinfectante. James era incapaz de quedarse quieto, así que acabó con el desinfectante en el ojo.

—¡Ay, mierda!

—¿Por qué has traído aquí a esa chica? —Lo sorprendí insinuando una leve sonrisa que borró al instante, para encogerse de hombros con aparente desinterés—. Es muy guapa —dijo Carmen haciéndome enrojecer.

—¿Esa chavala? Uf, es una niñata insoportable.

—Si tú lo dices... Pero no te muevas, Edward.

Me quedé detrás de la puerta, entregada al noble arte del cotilleo.

—¿Vas a hacer de Romeo en la obra?

—Taylor no para de dar por culo con esa gilipollez.

—No te puedes quedar solo con la parte que te interesa de las *señoritas*. Y deja de decir palabrotas —lo regañó con aire maternal.

—¿Y qué quieres que haga si las chicas no me dan más que quebraderos de cabeza?

—Eso es que aún no has dado con la adecuada.

—¿Te tragas una telenovela antes de venir a trabajar? —le respondió él, haciéndola sonreír.

—Puede que ya no tengas que buscar muy lejos...

Me resultó imposible no preguntarme qué le pasaba a Carmen por la cabeza, y cómo había llegado a tener una relación tan afectuosa con James.

—Es un grano en el culo. Además... está con William.

Entre aquellas cuatro paredes se instaló un silencio como una losa.

—Ah, ¿y él cómo está? —preguntó Carmen tras una breve pausa.

—Te diría que bien... pero, como de costumbre, te estaría engañando.

¿Hablaban de William Cooper, el chico con el que había salido la noche anterior y que parecía gozar de una salud envidiable?

—Por favor, Edward. Sé que en el fondo, pero muy en el fondo, eres un buen chico —le dijo ella en tono amable.

—Muy en el fondo, ¿eh? ¿Entonces puedo fumar?

—Claro que no. Lárgate y ten cuidadito.

Aquellas palabras me hicieron salir corriendo por el pasillo como una loca. Cuando llegué a la puerta de mi aula, respiré hondo. Entré en clase, y el profesor me saludó con cordialidad, sin hacer ninguna alusión a mi retraso.

Me senté sin decir ni pío en el primer sitio libre que encontré, que estaba justo al lado de Amelia. Mi amiga no dejaba de mirarme con cara de sorpresa.

—¿Dónde estabas? Me moría de ganas de que llegases.

—No he oído el despertador —le respondí mientras sacaba de mi mochila los apuntes de Química.

—¿Y...? —me preguntó fulminándome con la mirada, deseosa de obtener una respuesta.

—¿«Y» qué?

—¡¿«Y» qué tal con William?! ¿Cómo fue la cita?

James entró en clase en ese preciso instante, y yo bajé la mirada de forma instintiva.

Se había vuelto a poner la sudadera y pasó por delante del profesor con paso seguro, sin mirarlo siquiera. Por el rabillo del ojo vi que se sentaba tras el penúltimo pupitre, al lado de Stacy, pero no se dignó a sacar ni un libro ni un cuaderno. De hecho, se echó sobre la mesa y clavó sus ojos en el móvil como si no estuviera en el instituto.

—Con Will todo bien... —susurré, pero el profesor me pilló de lleno.

—Señorita White, ¿tengo que recordarle que hoy ha llegado con una hora de retraso?

—Eh..., perdone. Tengo... Yo...

Solía responder con rapidez, pero se me daba fatal mentir.

—No me interesan sus asuntos... Pero ¿podría decirme por qué ha hecho el esfuerzo de venir si esta clase le interesa tan poco?

—No, bueno...

—¿Tiene un justificante para este retraso?

—La verdad es que no, pero ya...

—¿Dónde estaba, señorita White?

En la clase se hizo un silencio glacial. El profesor de Química no era célebre por su simpatía; de hecho, tenía fama de ser un hueso duro de roer.

—Es culpa mía, profe. —La voz de James rompió el silencio y me dejó de piedra—. La he entretenido yo.

En ese momento lo interpreté como un intento de acudir en mi ayuda, pero cuando me giré y vi su sonrisa entendí que solo estaba tratando de hacérmelas pagar.

Brian se giró de golpe y me fulminó con la mirada, mientras que Amelia me observó de una forma algo inquietante.

El profesor se dispuso a regañar a James, pero yo solo podía prestarle atención a Amelia.

—¿Te has vuelto loca?

Le temblaban levemente los labios, y se le contrajeron las pupilas hasta convertirse en dos alfileres. Parecía furiosa.

—No es lo que parece —dije tratando de justificarme.

—June, no lo estás haciendo bien. No te estás tomando el asunto en serio. Esta tarde, en mi casa —sentenció mientras cogía el móvil que tenía escondido en el estuche.

Me vibró el teléfono, acababa de llegarme un mensaje al grupo de las chicas:

> Hoy todas en mi casa. Reunión de equipo.

Aquella tarde tuve que esforzarme más de lo habitual. Mi madre no solía tener nada que objetar en cuanto a que pasara la tarde estudiando con mis compañeras..., pero, dados los acontecimientos más recientes, me había empezado a atar muy corto. Usé la carta del «como soy nueva, necesito que me echen una mano» y le aseguré que había sido el mismísimo profesor de Química quien me había sugerido que me hiciese con los apuntes de los cursos anteriores. Al final, aceptó.

Me acompañó a casa de Amelia y yo estuve de morros todo el trayecto. No me gustaba mentir, pero desde que me había mudado a Laguna Beach, había perdido la cuenta de todas las trolas que había soltado.

—Te recogeré dentro de dos horas —fue lo único que me dijo en todo el viaje.

Llegué a casa de Amelia poco después de las cinco, y en cuanto bajé del coche, me quedé helada. La casa de los Hood no era un chalecito adosado como el nuestro, era una enorme vivienda unifamiliar con un buen porche de madera y un gran jardín trasero. Estaba rodeada por un montón de árboles frondosos que rozaban con sus hojas los muros exteriores perfectamente enlucidos.

Amelia me recibió en la puerta con unos *leggings* oscuros, un top negro y unas zapatillas de andar por casa de peluche. Eran prendas informales, pero a ella le quedaban tan bien como todo lo demás. Su cuerpo delgado siempre parecía perfecto, se pusiera lo que se pusiera. Cuando íbamos con uniforme, la diferencia entre nosotras no era tan abismal…, pero ahora, con mi camiseta extragrande y mis pantalones anchos, la comparación era odiosa.

Dejamos atrás un salón enorme. Desde las ventanas vi que los jardineros trabajaban en el exterior, mientras que en la cocina dos mujeres sudaban ante los fogones.

—Mi hermano se ha ido a estudiar con Blaze —me dijo Amelia sin demasiado entusiasmo.

Brian y Amelia no parecían dos personas especialmente inclinadas a las sonrisas. De hecho, me habría sorprendido si a lo largo de los pasillos hubiera visto colgada alguna foto en la que parecieran felices y despreocupados. La casa parecía carente de cualquier recuerdo familiar, lo que me despertó una sensación algo inquietante.

Poppy y Ari ya estaban allí. La primera me abrazó y la segunda me ofreció una bandeja de *cupcakes*. Como buena golosa que soy, el tamaño de aquellos dulces me llamó la atención enseguida: demasiado pequeños.

—¿Los has hecho tú? —le pregunté sentándome con las piernas cruzadas sobre la alfombra.

Ari asintió con una mueca vagamente incómoda. Yo aproveché para mirar con curiosidad el entorno que nos rodeaba.

Era la primera vez que veía la casa de Amelia, y aquella parecía la habitación de una chica con el síndrome de Peter Pan. Sobre la cama descansaba un enorme peluche de Rainbow Dash, las paredes estaban llenas de fotos que plasmaban buenos momentos y en las estanterías, llenas de pegatinas de Disney Channel, había un montón de libros infantiles.

Me dio envidia.

Allí estaba encapsulada toda su historia. Bastaba echar un vistazo a aquella habitación para entender buena parte de la infancia de Amelia. Volví a estar tentada de compararme con ella. A mí solo me habían dejado cargar con algunas cosas del último año. Y con cada mudanza perdía una pequeña parte de mí. No conservaba los peluches con los que jugaba de pequeña, y apenas recordaba la habitación donde dormía antes de que mis padres se separaran.

—La verdad es que los hice para Brian, pero él los ha dejado en la cocina sin tan siquiera echarles un vistazo —se lamentó Ari.

Eran tan pequeños que me comí el primero de un bocado. Quería seguir comiendo, pero las chicas no parecían muy interesadas en los dulces. Poppy se estaba pintando las uñas sobre la cama, y Amelia recorría la habitación en busca de una pinza para el pelo. Por fin se hizo un moño y se situó en el centro de la habitación.

—Vale, basta de tonterías. Os he llamado por un asunto muy concreto —anunció en tono solemne—: James.

—A quién le importa James. ¿Te fue bien con William? —la interrumpió Ari girándose hacia mí.

Acababa de darle un mordisco a otro *cupcake*.

—Sí —respondí lacónicamente cuando terminé de masticar.

Pero la concisión de mi respuesta no la dejó satisfecha.

—¿Y...?

Amelia extendió los brazos con aire expectante. Estaban claramente decididas a que les diese detalles.

—¿Os besasteis? —insistió Ari.

—¿Pico, lengua, chupetón, manoseo...? —añadió Poppy.

Las miré confusa mientras Amelia me hacía señales para que no les hiciese caso.

—Eh..., estábamos a punto de besarnos, creo. Pero, entonces, James...

No hizo falta que terminase la frase: las chicas se intercambiaron miradas llenas de significado.

—¿Os pasasteis la noche yendo detrás de James, verdad? —preguntó Amelia.

Asentí con cierta tristeza.

—Tuvimos que ir a recogerlo a un lugar espeluznante. Pero al final dijo que quería volver a verme. Me refiero a William, claro.

Sus caras de preocupación desaparecieron de golpe. Podría jurar que vi que en los ojos de las tres se encendió una chispa de felicidad.

—Al parecer, alguien se está volviendo loco por los huesos de nuestra June... —comentó Ari mientras se extendía un poco de cacao en los labios. Lo dijo en un tono críptico. Un instante antes me había parecido entusiasmada, y ahora se la veía casi aburrida.

Yo, mientras, me limpié la boca con el dorso de la mano; un gesto de lo más elegante.

—Pero la verdad es que no sé si William está interesado en mí... —murmuré.

No le prestaron atención a esta última frase. Amelia volvió al principio.

—James. Háblame sobre él. ¿Adónde os hizo ir?

—Fuimos a un sitio horrible... No sé cómo se llama. Alguien le había pegado. ¿No habéis visto que ha ido al instituto con la cara destrozada?

Empezó a mordisquearse la uña del índice y se puso muy pensativa.

—Seguro que le debía dinero a alguien... —aventuró Poppy.

—No creo que James se líe a puñetazos con nadie por un tema de pasta. Sabiendo lo vanidoso que es, debe de haber otro motivo —aseguró Amelia.

Aquel argumento me dio que pensar. Y entonces Poppy añadió, poniendo una cara de lo más enigmática:

— Y si…

Se disponía a adentrarse en terreno pantanoso. Lo deduje por el modo en que Ari la fulminó con la mirada.

—Entonces ¿quieres volver a ver a Will o no? —dijo Amelia para llamar mi atención y cambiar de tema.

—Claro.

¿Por qué no iba a querer volver a verlo?

—No me quisieron contar nada —añadí entonces, volviendo al tema de James—, pero me dio la impresión de que James tiene tratos con gente poco recomendable. Aunque ya sabemos que no es que sea muy comunicativo… —comenté algo angustiada.

Quería que soltasen la lengua y me lo contasen todo. ¿Debía tener miedo de alguien así?

—June…, tú no lo conoces —me respondió Amelia apretando los labios.

—Y es preferible así, en serio. Porque cuando se enfada, mejor no tenerlo cerca —aseguró Poppy.

—Estáis exagerando —dije tratando de quitarle hierro al asunto. Pero ellas hablaban bastante en serio.

—Mandó a mi hermano al hospital —nos recordó Amelia.

—Casi mató a un hombre a los dieciséis años —dejó caer Poppy.

Las otras dos se pusieron nerviosas. Me di cuenta por cómo dejaron de parpadear.

—¿Qué? ¿Estáis de coña? —pregunté.

Poppy desvió la mirada cuando se dio cuenta de lo grave que era lo que acababa de decir, pero ya era demasiado tarde.

—¡Poppy! —la regañaron sus amigas al unísono.

—¿Lo dices en serio? —Ni siquiera traté de esconder mi consternación.

—Sí, claro. Con una llave inglesa.

La naturalidad con que Poppy contaba todo aquello me dio a entender que no mentía.

—¡Poppy, ya basta! —le gritó Amelia, y al hacerlo, en su cara reconocí la misma expresión atormentada de Brian.

—¿Acaso es mentira? —La rubia empezó a pestañear con aire inocente mientras yo me tapaba la boca con las manos.

—Oh, Dios mío...

—Eso no tiene ninguna importancia —zanjó Amelia.

—¿Pero qué es lo que pasó entre vosotros?

—Nada.

—¿Cómo que nada? Estuvisteis juntos y ahora lo odias.

Ari arrugó la frente, confusa. Al parecer, mi afirmación no la había convencido del todo. Miró a Amelia extrañada.

—Sí..., hemos estado juntos —farfulló encogiéndose de hombros—. Voy a por algo de beber. ¿Tú qué quieres, June?

Su reacción dejaba claro que quería cambiar de tema, pero yo no me amilané.

—¿Y entonces qué pasó? —insistí.

—Estuvimos juntos y no salió bien. Punto —concluyó con voz de autómata, como si recitase una cantinela—. Ven, Ari, vamos a por «zumo» —dijo haciendo una inflexión con la voz que imitaba las comillas mientras se encaminaba hacia la puerta.

—Si se lo dices a mi hermano, me cabrearé. ¿Lo has entendido, Poppy?

Las dos chicas se esfumaron y yo me quedé a solas con Poppy: la compañía más apropiada para poder enterarme de cualquier cosa.

Claro que la vida de James Hunter no era mi prioridad, pero, si tenía la intención de salir con su mejor amigo, cuando menos debía comprender la gravedad de su situación.

Me puse las manos entre las rodillas.

—¿Qué pasó entre Amelia y James Hunter? ¿Es verdad que estuvieron juntos?

Poppy agitó las manos para que se le secase el esmalte.

—Una noche, durante la fiesta de cumpleaños de Tiffany... Dios mío, June. Fue todo loquísimo —respondió excitada.

—¿Qué pasó? —bisbiseé sin perder de vista la puerta de la habitación.

—Si te contase lo que pasó aquella noche, no lo entenderías. Todo empezó muchos años antes. Brian y James iban juntos al colegio, eran amigos... —Dejó de hablar de repente. Ya no estábamos solas.

Amelia había vuelto con unos vasos llenos hasta arriba de un líquido que parecía refresco de naranja.

—Poppy, para ti solo zumo de verdad —le dijo.

Me sentí culpable. No quería que discutiesen por mi culpa. Pero también era cierto que solo estaba pidiéndoles un mínimo de honestidad.

—Mira, June, sé que te parece absurdo, pero... el año pasado mi familia pasó una época muy mala y sí, estuve con él. Pero... —De nuevo le tembló el labio mientras buscaba cómo terminar la frase.

—Pero entonces él la engañó. Te traicionó, ¿verdad? —añadió Ari tratando de ayudar a su amiga.

Asintieron a la vez. Poppy bajó la vista. Estaban mintiendo.

Aquello hizo que se me encogiera el estómago. Me sentí excluida.

—¿Y eso es todo? —pregunté sin disimular que estaba molesta.

—No, bueno... —Poppy trató de hablar nuevamente, pero Amelia la interrumpió con brusquedad.

—Nada más.

El sonido de un claxon interrumpió la conversación. Las chicas intercambiaron una mirada.

—¿Quién es?

—Es el coche de James —nos informó Ari asomándose a la ventana—. Will está en la puerta.

—No me lo puedo creer. ¡Ha venido hasta aquí por ti, June!

Los ojos color avellana de Ari se iluminaron.

—¡Qué romántico! —suspiró.

—¿Y quién le ha dicho que estaba en tu casa?

Miré desorientada a mi alrededor, pero ninguna me respondió.

—Ven. —Amelia me cogió del brazo mientras Poppy le acercaba un pintalabios.

—Eh, de eso nada.

—Ya sabemos que eres guapa. Pero un poco de maquillaje no le hace daño a nadie. Solo un poco.

No pude distinguir de qué tono se trataba hasta que no me miré en el espejo. Una gruesa mancha morada me rodeaba los labios haciéndolos parecer enormes.

—¿Pero qué coño…?

—¡Venga, vamos! ¡No lo hagas esperar! —me animó Ari.

Por un instante me sentí un conejillo de Indias, pero traté de aparcar esa sensación y bajé hasta la planta inferior.

William me esperaba en la puerta con una camisa oscura y una sonrisa preciosa.

No pude evitar mirar a su espalda.

James Hunter se estaba encendiendo un cigarrillo, apoyado en la portezuela del Mustang negro. La capucha con la que se cubría la cabeza proyectaba una sombra tan alargada que le escondía los ojos.

—Estoy aquí porque quería pedirte disculpas por lo de ayer, June. —William me miró fijamente.

—No hacía falta, Will. En serio.

—Sí que hacía falta. Si la velada resultó un desastre fue solo por mi culpa.

—En fin… —Habría tenido que negarlo, pero no lo hice.

—Dame otra oportunidad.

—¡Di que sí!

Me puse tensa. William alzó la vista y seguí la trayectoria de su mirada hasta una de las grandes ventanas. No me sorprendió lo más mínimo comprobar que Amelia, Poppy y Ari estaban allí espiándonos.

—Sí —acepté.

Arriba celebraron la respuesta a coro.

Sus ojos grises se volvieron a posar en mí, y sentí que me temblaban las piernas.

—Mañana por la noche. Fiesta en mi casa. ¿Te apetece venir?

«Claro, ¿le pides tú permiso a mi madre?».

—Eh, Will…

¿Estaba quedando como una tonta? Probablemente. No me atrevía a mirarlo a la cara.

William me miró los labios y yo quise desmayarme. Aquel pintalabios era grotesco, ¿por qué me había dejado convencer? ¿Y si lo habían hecho para ridiculizarme? Aquella idea sonaba absurda…, pero no se me iba de la cabeza.

—June, también he venido para decirte otra cosa.

Posé la vista en su pelo perfectamente peinado, y a continuación descendí por su delicado rostro.

«No estoy acostumbrado a salir con chicas».

Qué cosa más absurda.

William era tan escandalosamente guapo que no podía evitar preguntarme qué problema tenían las chicas de mi instituto, pues todas parecían tener ojos solo para…

Dejé vagar la mirada más allá de William, hacia James, que se encontraba a poca distancia, con la cabeza baja y las piernas cruzadas, apoyado en la carrocería. Mantenía el rostro en penumbra, pero cuando alzó sus ojos azules y los posó en los míos sentí que me subía la tensión, y fue como si me congelase de forma instantánea. Me habría gustado no sentir aquello, pero su mirada provocaba un impacto tan vívido sobre mi piel que me hizo olvidarme del pintalabios, de William y de las risitas de las chicas. Había algo irresistible en su mirada. Sus ojos me sumían en una especie de vértigo, como si caminara con los ojos cerrados por el filo de un acantilado.

—June, quiero seguir viéndote. Sé que tengo amistades discutibles, pero… esas personas forman parte de mi vida desde siempre. James es como un hermano para mí. No le puedo dar la espalda.

—¿Te ha dicho él que no puedes darle la espalda?

—Sí…, pero a su manera, claro.

—Ya supongo…

—«No puedes darme la espalda por un polvo» —dijo William imitando a James, ensanchando la espalda y sacando pecho, lo cual me hizo reír—. Pero, obviamente, no es así como yo te veo.

—Tranquilo. Nunca he pensado que tú me vieses… Bueno, ya te he entendido —tartamudeé antes de volver a callarme.

Seguimos de pie, el uno frente al otro, alternando sonrisas y miradas al suelo. William se mordió el labio, como si quisiera contener un suspiro de alivio.

—No sabes cuánto me ha costado que me traiga…

—Imagino que le habrá dado una rabieta…

Oí que James carraspeaba.

—¿No tenéis otro tema de conversación aparte de mí, joder? —nos espetó.

Me dio igual.

—¿Qué piensas del destino, Will? —pregunté en un susurro, esperando que nadie más me oyese.

—Qué pregunta tan difícil. Eh… —William se palpó la nuca, algo incómodo. Ya estaba bastante cortado, y aquella pregunta pareció desestabilizarlo todavía más, pero su respuesta supuso una agradable sorpresa—. ¿Te refieres a algo en plan «Oh, mi taquilla y la de June están una al lado de la otra. Muchas gracias, destino»?

Reprimí una carcajada.

—Bueno, ¿entonces vas a venir? —insistió Will; me ardían las mejillas—. Admítelo: te han convencido mis dotes de imitador.

William me colocó un mechón detrás de la oreja. Noté cómo sus dedos me acariciaban la mejilla con dulzura.

Y entonces sonó el claxon.

—Se acabó el tiempo, Romeo. Tenemos que irnos.

Cerré los ojos.

—Lo odio.

—Lo sé. Te juro que mañana por la noche estaré solo a tu disposición —bromeó William antes de tomar mi mano y sujetarla entre las suyas.

Arriba se reanudó el escándalo.

—Demasiadas espectadoras. Me tengo que ir. Nos vemos mañana por la noche, June.

William acercó su cara a la mía y me dio un beso en la mandíbula.

Sentí algo que era una mezcla entre una dulzura ingenua y la felicidad, pero desapareció en cuanto mis ojos se cruzaron con la mirada afilada de James.

# 15

# June

—La regla es la siguiente: dos cócteles. Ni uno más, ni uno menos. No estaba acostumbrada a ir a fiestas, pero la manera en la que Amelia iba vestida aquella noche casi me hizo desear no haber aceptado la invitación.

—Perdona, ¿a qué te refieres?

Desplacé la vista desde mis Vans hasta los taconazos que ella llevaba puestos.

—Así lograrás estar contenta, pero no borracha.

Las chicas y yo llevábamos cinco minutos en el baño de William, donde nos encerramos nada más llegar. Amelia y Poppy querían arreglarse el maquillaje, y yo las seguí porque no sabía qué otra cosa hacer. El salón estaba casi vacío, solo había unos pocos chicos, y no había ni rastro de William.

—¿De verdad que voy bien vestida? —le pregunté a Poppy, pues quería una respuesta sincera.

Ella se puso a juguetear con un de sus mechones rubios y morados.

—Sí, pero tienes las tetas demasiado grandes para ese vestido —respondió sin pensárselo demasiado.

—¿En serio? Joder, debería de haberme cambiado... —farfullé presa del pánico.

Amelia nos observó con la mirada más glacial de la historia.

—Ni que decir tiene que, para Poppy, las reglas de los cócteles son otras. Uno como máximo. Si no, empieza a contarte la vida, muerte y milagros de su conejo imaginario.

—Se llama Mr. Rabbit y no es imaginario. Es solo que… siempre se está escapando de su jaula, y por eso Amelia no lo ha visto nunca. Pero existe, June. Te lo juro. —La ingenuidad de Poppy me sacó una sonrisa—. Además, yo no necesito beber para divertirme: siempre me lo paso bien —comentó despreocupada sin darse cuenta de que acababa de lanzarle una pulla a su amiga.

A Amelia le resbalaron aquellas palabras, quizá porque estaba demasiado ocupada tratando de retocarse el carmín rojo sangre de sus labios. Cuando lo consiguió, se giró, me miró fijamente y, sin pedirme permiso, empezó a arreglarme el pelo con los dedos.

—Estás genial, June. ¿Te pongo un poco de lápiz de ojos? Así haremos resaltar esos preciosos ojos glaciales que tienes.

Aquel cumplido me hizo desconfiar un poco más.

—No, gracias. ¿Me contáis por qué hemos llegado veinte minutos antes de que empiece la fiesta? —pregunté confusa.

—Para tantear el terreno, para ver cómo son el resto de los invitados, para comprobar si vamos vestidas acorde con la fiesta… ¿Es que hay que explicártelo todo?

—¿Y por qué nos escondemos en el baño?

Era otra pregunta que ellas consideraban absurda, pero para mí todo aquello era nuevo. Nunca me habían invitado a una fiesta, y mucho menos a una organizada por el chico que me gustaba.

Fue algo automático. En cuanto pensé en William, me puse a examinarme en el espejo.

Amelia era un poco más alta que yo, pero mucho más espigada. Y aquella diferencia se hizo aún más evidente en el momento en el que acepté ponerme uno de sus vestidos ceñidos.

Por un lado, me había resistido: tanto porque no era de mi talla, como porque no estaba nada habituada a vestirme de forma provocativa. Por otro lado, estaba harta de pasar las noches en la cama escuchando a Taylor Swift entre un documental de crímenes reales y el siguiente. Yo también quería que me recorriese el escalofrío propio de, por una noche, sentirme guapa.

También es verdad que no esperaba que Amelia se pusiera un vestidito negro tan parecido al mío. Y mientras ella parecía completamente en su salsa embutida en aquel trozo de tela, yo sentía que iba a explotar. No paraba de bajármelo de los muslos y de subírmelo del pecho.

—¿Dónde está Ari?

—Con Brian.

—Habrán ido a algún sitio a ponerse con los preliminares. Llevan así casi dos años.

Fruncí el ceño ante la respuesta de Poppy, pero Amelia cambió rápido de tema.

—Ni caso, June. Ahora solo tienes que pensar en William. Lo que te dijo ayer en mi casa fue una declaración en toda regla —susurró bajándome un poco el escote del vestido y dejando que mis curvas se mostrasen con generosidad—. Vamos.

—No, espera —dije gimoteando mientras seguía mirándome al espejo.

No me sentía yo misma. Insistí en dejarme el pelo suelto, pero, en cuanto a maquillaje y ropa, Amelia estaba mucho mejor que yo.

—Hagamos un pacto. Si te dejas las zapatillas deportivas, al menos te tienes que poner un poco de rímel —anunció acercándose a mis ojos con un cepillito espeluznante.

La dejé hacer, pero ahora no me reconocía. Parecía una de esas muñecas con mirada asesina que le regalaban a mi madre en el supermercado cuando acumulaba los puntos suficientes.

—Estás buenorrísima, ¿de qué tienes miedo? —me preguntó Amelia tratando de consolarme y agitando sus largas pestañas a un palmo de mi nariz.

—No me siento muy...

—No se siente ella misma vestida así, disfrazada de buscona.

—Tú sí que sabes cómo subirle la moral... —la regañó Amelia.

—Habría dicho «zorrona» en vez de «buscona», pero sabiendo lo sensible que es June preferí contenerme.

—Gracias, Poppy, te lo agradezco —dije en tono irónico.

—¿Estás segura de que te sabes la regla del cóctel, June?

—No creo que beba, Amelia, pero gracias por el consejo.

—Y no aceptes caramelos si te los ofrecen —añadió Poppy.

—¿Caramelos? ¿Dónde estamos, en la guardería? —exclamé, haciendo que las dos se echasen a reír.

No entendí por qué se rieron, pero sentí cierta ansiedad cuando volvieron a ponerse serias.

—En serio, mantén los ojos bien abiertos.

Me acordé de mi madre y de la enésima mentira que le había tenido que contar para poder estar allí.

«Voy a estudiar a casa de Amelia, tengo tantas cosas con las que ponerme al día…».

Pero, bueno…, ¿qué podría salir mal?

En cuanto salimos del baño obtuve la respuesta a esa pregunta.

El salón inmaculado que había visto hacía solo diez minutos estaba ahora irreconocible. Había gente en cada esquina de la casa, la música me perforaba los tímpanos y apenas podía oír a Poppy, aunque iba a dos palmos de mí. La casa de William parecía haber sido invadida por un ejército de hormigas que se introducían por todos los rincones, hasta por el interior de las paredes.

Y yo que creía que iba a ser una velada tranquila…

—¿Todo bien, June? —leí en los labios de Poppy.

—Para poder venir a esta fiesta he tenido que emplearme a fondo. Mi madre cree que estoy estudiando en casa de Amelia —me lamenté algo asustada.

—Y supongo que ella te ha creído. Quién no iría a estudiar con esas pintas…

Aquella voz afilada nos encendió las alarmas a las tres.

Amelia miró de reojo a James Hunter, que se pasó una mano por el pelo.

—¡Cómo te atreves! June está buenorrísima —le respondió Poppy. Yo me sentí tan abatida que no fui capaz ni de responder como debía.

—Tú estás guapísima, cariño —le susurró James mordiéndose el labio.

Su intenso perfume me invadió la nariz. Me pregunté con qué derecho venía a hablarme a mí de ropa cuando la suya dejaba bastante que desear. Llevaba unos pantalones de chándal y una sudadera azul con la cremallera abierta a la altura del pecho. A su lado, como casi siempre, estaba Jackson con su pelo rubísimo y su chaqueta roja. Parecían recién salidos de un cómic.

—¡No le hagas caso, June! ¡Eres un pibón! —susurró Marvin sin apartar los ojos de mi escote.

—Marvin, te doy tres putos segundos. —James levantó la mano y empezó a contar.

—¿Qué? —El otro pareció no entenderlo.

—¡Tres! Pírate de aquí. Ve a buscarme algo de beber —le ordenó con brusquedad.

—Menudo gilipollas... —masculló.

—Un consejo, White. Si no quieres que medio instituto te observe como si estuviera haciéndote una mamografía, ten un poco más de cuidado la próxima vez —comentó con acritud, mirándome fijamente a los ojos.

—¿Que tenga más cuidado con qué, Hunter? —gruñí con los dientes apretados.

—Con ir enseñándolo todo, cretina.

Me dio la espalda y se fue con sus amigos, privándome de la posibilidad de contestarle.

—¿Pero cómo se atreve a venir a hablarme de ropa cuando parece que se dedica a trapichear por los callejones de los suburbios de Londres? —solté indignada.

Amelia se echó a reír y, con los reflejos propios de un felino, se hizo con el cóctel de una bandeja que pasaba por delante de nuestras narices.

—Es el primero, que sepas que te llevo la cuenta —le dije algo preocupada.

—A James, la ropa le dura puesta diez minutos, especialmente en las fiestas —dijo Poppy, que seguía mirando la espalda de aquel maleducado mientras se mezclaba con la muchedumbre.

No me paré a pensar en lo absurdo de aquella afirmación porque me distrajo el sonido de una melodía conocida.

—Hola, chicas. —La voz de William nos hizo girarnos a todas a la vez—. ¿Os puedo robar a June?

La belleza de su sonrisa me dejó deslumbrada.

—¡No lo dudes! —respondió Amelia, empujándome hacia sus brazos como si fuera un saco.

—Te enseño mi casa, aunque la verdad es que ahora no es el mejor momento para mostrarla.

Me miró directamente a los ojos, pero yo no capté a la primera el verdadero significado de sus palabras.

—¿Seguro que seguirá en pie mañana, Will?

Ambos sonreímos, aunque la cosa no dejaba de ser más bien preocupante. Había chicos jugando al *beer pong* sobre la mesa de la cocina, mientras que otros lanzaban un balón de rugby de un lado al otro del salón sin tener en cuenta las lámparas ni los carísimos jarrones.

—¿Tus padres son muy permisivos? —le pregunté.

—Se han ido esta mañana.

Seguí el rastro de su espalda, cubierta por una camisa oscura, mientras recorríamos los pasillos llenos de gente.

—Y como no vuelven mañana…, digamos que tengo todo el tiempo del mundo para solucionar lo que sea. —La voz de William siempre sonaba reflexiva y moderada; me resultaba casi relajante escucharlo, especialmente en mitad de aquel caos.

—¿Sueles organizar fiestas?

—Las organiza James, yo solo pongo la casa. Su padre está en casa en esta época, así que no podemos hacerlas en la suya. ¿En qué piensas, June? —preguntó de repente al ver lo concentrada que estaba.

—En que mi madre me colgaría de la lámpara si osara pedirle permiso para organizar una fiesta como esta.

William soltó una risotada liberadora.

—Nuestros padres, de jóvenes, seguro que hicieron cosas peores.

—Elevó un poco el tono de voz, lo justo para imponerse al ruido que nos rodeaba.

Eché un vistazo a aquella bacanal. Había gente enrollándose en la escalera, unos chicos esnifaban algo inclinados sobre unas mesitas, unas chavalas medio desnudas trataban de bailar de pie encima del sofá...

—Lo dudo... —murmuré.

—Dime la verdad: ¿tus amigas se rieron mucho de mí ayer por haber pasado a saludarte?

Por fin llegamos al jardín, donde aspiré una bocanada de aire fresco.

—Qué va. Dicen que eres monísimo. Fue muy bonito que vinieses a disculparte en persona.

—Las chicas dicen una cosa pero, al final, siempre hacen lo contrario.

William dijo eso sin apartar la vista de dos siluetas que, justo en ese momento, estaban atravesando el portón. Eran Brian y Ari, cogidos de la mano, como una pareja perfecta. Eran tan guapos que hacían que el resto de los mortales pareciéramos pepinos con patas.

—No es verdad. Yo también lo pensé. Estuviste encantador —añadí rozándole el brazo.

Aquel gesto hizo que se centrase en mí. No se lo pensó dos veces y me puso la mano en la cadera. Me sorprendió aquel acto tan audaz e inesperado. Nuestros ojos, lánguidos, se desplazaron por su cuenta hacia los labios del otro.

«¿Había llegado el momento?».

—Aparta, colega. —Un tío alto y descoordinado chocó con nosotros sin pedirnos disculpas.

—Ven conmigo, aquí hay demasiada gente.

Will me guio por el jardín hasta una zona más apartada.

No me dio tiempo a preguntarle adónde íbamos, porque me quedé sin habla.

—Guau...

Un roble enorme engalanado de lucecitas blancas resplandecía en un tranquilo rincón del jardín. Un columpio de jardín de dos plazas se alzaba en mitad del césped y junto a este había una serie de cojines muy bien ordenados y unos... ¿libros?

—¿Has hecho esto para mí?

Me puse la mano en el pecho, sin poder dar crédito.

Me envolvió una fragancia de violetas y rosas recién plantadas.

—Pensé que igual no te apetecía estar en mitad del caos. Así que creé una alternativa.

—Es precioso. En serio, Will.

Giré sobre mí misma para volver a contemplar aquel espectáculo de luces.

—June. —Ajeno a todas mis expectativas románticas, William se sentó en el columpio; parecía preocupado—. Tengo que hablar contigo.

Mi expresión cambió de repente, pero me senté a su lado.

—Vale.

Su nerviosismo era palpable. Parecía que quería contarme algo realmente importante, así que aquel no era el mejor momento para andar pensando en lo estrecho que me quedaba aquel maldito vestido a la altura del culo. Recé para que no se hubiera roto cuando me levantase.

—Hay algo importante de lo que tenemos que hablar. Pero antes quiero hacer una cosa..., porque si no la hago ahora, existe el riesgo de que después ya no pueda hacerla.

William me soltó todo aquel discurso enmarañado y, entonces, inclinó la cabeza y tomó aliento.

—¿Qué quieres decirme?

—Hay cosas que no sabes, June.

«Lo intuía, sí. Vagamente».

—De mí —añadió.

—¿De ti? —pregunté alzando las cejas.

—Sí. Y me da miedo que cuando las sepas...

Estaba tan concentrada que casi me olvido de respirar, de parpadear.

—¿Qué?

William se inclinó más.

—Quizá después no quieras...

En la oscuridad, el brillo de sus ojos me transmitió una emoción que nunca había sentido.

Contuve la respiración cuando sus labios se posaron con suavidad en los míos. Fue un beso suave y delicado. El único beso que me habían dado en toda mi vida. Nos separamos de golpe, como si nuestras bocas hubieran sufrido una descarga eléctrica imposible de soportar.

Cerré los ojos instintivamente. Y él me volvió a besar. Pero esta vez fue un beso de verdad. Separé los labios y me topé con la dulzura de su suave boca. Empezamos a jugar con nuestras lenguas. Me temblaban los hombros, sentía cosquillas en el estómago, y mis piernas perdieron de pronto su rigidez.

A nuestro alrededor solo había silencio, apenas roto por nuestras respiraciones aceleradas.

—Puedes decirme lo que quieras, Will —le susurré con los ojos cerrados.

Pero el momento de paz duró poco, pues justo en ese instante oímos unos gritos.

Agucé la vista y distinguí a un grupo de chicos junto a la piscina. Las chicas bailaban: algunas en bañador, otras, ligeras de ropa. La luz de la noche nos mostró que tenían la piel pintada de rojo.

—Oh, no. James y su obsesión por la pintura corporal —resopló William bastante enfadado.

Él estaba allí, cómo no.

Intenté bajar la vista, pero tenía un físico condenadamente perfecto. Incluso entonces, cuando apenas era un lienzo de luces y colores. Me quedé sin aliento ante aquella visión. Puede que fuera por el beso que acabábamos de darnos William y yo, o por la forma de los músculos de su pecho, pero, sin saber por qué, me sentía inquieta. Sus abdominales parecían emerger bajo la piel. Me percaté de que, tanto su cara como el resto del cuerpo, aún exhibían algunos moratones, pero no parecía que a aquellas chicas les importasen demasiado.

Una de ellas lo olisqueaba. Tenía la nariz firmemente plantada en el hueco de su cuello, y parecía querer absorber su perfume.

—Se acabó la tranquilidad —anunció William mientras observaba a su amigo.

—Sois tan distintos...

No sé si se lo decía a él o me lo decía a mí misma.

—¿Sabes qué, June? —El tono reflexivo de William contrastaba con la informal cháchara que se oía a unos metros de nosotros. Parecía a punto de revelarme algo importante para él, así que me volví para mirarlo—. En el colegio, James me daba miedo. Menuda cara de matón tenía: era el típico niño extrovertido que siempre está enfadado. Cada día, cuando iba a clase, rezaba para no cruzármelo por los pasillos. Yo era tímido y muy cortado, a él no le daba miedo nadie. La verdad es que soñaba con ser como él. En el cole, todos lo respetaban. Incluso los maestros lo querían mucho a pesar de que les hacía perder la paciencia.

—¿Perder la paciencia? Me resulta fácil creerte... —convine.

—Yo no soy ningún santo, June..., pero no sabes la de veces que James me ha hecho perder los nervios. Le pasa con su padre, con sus amigos, con las chicas... Con todo el mundo. Pero, al final, acabas adorándolo. Y es la persona más generosa que conozco.

—Tiene muchas ansias de protagonismo —añadí al verlo encantado de la vida en medio de tres o cuatro tías medio desnudas.

—Puede ser... James no sabe lo que es el peligro.

«Porque está loco», pensé justo en el momento en que se disponía a exhibir su locura.

Se acarició el pelo castaño, se acercó la botella a la boca, rodeó el cuello de cristal con los labios y empezó a tragar cerveza. La nuez se le agitaba mientras engullía alcohol con avidez, pero mi atención se centró en la mano colmada de anillos, ocupada en juguetear con el biquini de la morena que bailaba delante de él. James le acercó los labios al cuello, y ella cerró los ojos. Pero justo en ese momento se inclinó hacia la rubia que estaba susurrándole algo al oído y se dispuso a besarla de forma lasciva.

No había visto en mi vida a esas dos, y probablemente él tampoco.

—La verdad es que no me parece un gran ejemplo a seguir —comenté apartando la vista de aquel espectáculo obsceno.

—Desde luego. Él tiene su propia forma de divertirse: una vez se lanzó a la piscina desde el techo de la casa. Iba ciego y borracho, podría haberse quedado en el sitio. Pero no le importó, lo hizo igualmente.

—¿Hay algo que sí le importe? —pregunté con curiosidad.

—Las personas a las que quiere. Y, June, no sabes cuánto bien me hace que esté tan loco.

Pronunció la última frase con alivio. No comprendí a qué se refería, pero tampoco tuve el valor de preguntárselo.

—¿Quieres tomar algo? —La pregunta de William me sobresaltó.

—Pero sin alcohol.

—¿Estás segura?

Posé los ojos sobre aquellos labios que habían besado los míos hacía tan solo unos segundos.

—Sin alcohol, gracias —confirmé.

—Vale. Ahora vuelvo.

William se puso de pie, pero, antes de alejarse, se volvió hacia mí. Miró la boca que había besado y dijo:

—Me hace muy feliz que estés aquí esta noche.

Aquella frase me nubló la vista. Mi primer beso había sido mucho mejor de lo que me había imaginado. Nunca pensé que podría experimentar algo así con alguien a quien apenas conocía.

Seguía sonriendo como una niña pequeña cuando un escalofrío erizó la piel de mis hombros desnudos. De pronto percibí la mirada magnética de James. Si William era la dulzura, James era la violencia. No solo física. La forma en que me miraba era brutal. Lo hacía como si quisiera despojar a los demás de sus máscaras, de sus inhibiciones, de su alma. Miraba con su habitual pose arrogante y chulesca dibujada en la cara, como si para él la vida fuera un reto constante. Pero en ese momento vi algo más.

La historia que William me acababa de contar no había resuelto mis dudas, pero ciertamente había suavizado la idea que tenía de James, y que tal vez había sido demasiado inflexible.

Estaba dentro de la piscina, y vi que plantaba las manos en el borde. Una chica se inclinó para colocarle un cigarrillo entre los labios. Él le miró los pechos sin ningún pudor y sonrió con malicia. Sentí que en aquel momento no tenía ningún derecho a observarlo. Su actitud me provocaba escalofríos. Me arrepentí de haberlo mirado de nuevo, así que decidí apartar la vista…, pero sus ojos azules volvieron a deslumbrarme. Mi cuerpo se vio sacudido por un inesperado temblor.

Emoción. Malestar.

Will me despertaba sensaciones apacibles; James, crudas e impetuosas.

James siguió mirándome cuando salió del agua. No apartó su mirada de la mía mientras se acercaba a la morena que poco antes le había pasado el cigarrillo. Le rodeó la cintura y atrajo hacia sí. Debería haber apartado la mirada, pero aquel espectáculo prohibido me atraía como un imán.

La chica empezó a moverse de forma sinuosa delante de él con un vaso entre los dedos, mientras James le pasaba la mano por el cuello, la hacía descender hasta el ombligo y seguía bajando hasta rozar el borde de la braguita con los dedos.

Abrí los ojos de par en par y di media vuelta.

¿Qué clase de juego era aquel? Debía de estar borracho. Nadie se comportaba así en público.

Yo había empezado a dar golpecitos nerviosos con la punta de mis Vans en la pata del columpio de jardín, cuando de pronto una sombra se materializó ante mí.

James se inclinó sobre una de las velas que Will había dispuesto en el suelo de aquel rinconcito romántico y se encendió un cigarrillo.

Se rio de un modo que hizo que la sangre me hirviera en las venas.

—Por si no te has dado cuenta, Hunter, te estoy ignorando.

—Ah, sí, ya he visto cómo me ignoras.

Exhaló una nube de humo en mi dirección.

—¿De qué humor estás hoy? —le pregunté, lanzando una mirada desinhibida directamente a su pecho húmedo, cubierto de gotitas de agua.

—De ese humor en el que todo acaba mal si no cierras la boca —respondió cruzándose de brazos.

—No tienes cojones.

Alcé el mentón en actitud desafiante y le sostuve la mirada.

—No tienes ni zorra idea de nada, June White.

Me estremecí, pero traté de que no se diese cuenta. La mezcla de su perfume con el cloro de la piscina hacía que la cabeza me diese vueltas.

—¿Crees que me das miedo? ¿Eres tan malvado que cuando te emborrachas vas por ahí pegándole a la gente?

Dejó escapar una risita irritante entre dos bocanadas de humo. Curvó los labios y esbozó una sonrisa maligna, sin abandonar su pose.

—¿Descuartizas conejitos para desayunar y almuerzas gatitos, Hunter?

James se mordió la comisura de los labios, y bajó la vista antes de lanzarme una mirada cruel.

—Cállate. No me digas nada más.

—Nunca me han dado miedo los matones como tú —le espeté con intención de provocarlo, acordándome de las palabras de William.

Aunque también estaba la otra versión, la de Amelia, Poppy y Ari. ¿A quién debía creer?

—Déjalo ya, White.

James enderezó la espalda, ensanchó los hombros desafiante y yo no me pude resistir a su enésima provocación.

—¡Vamos, quiero verlo! —lo incité poniéndome en pie.

—Déjalo ya, o al final vas a dejar de reírte.

Intenté fingir que hacía pucheros, sin darme cuenta de que él ya había acortado la distancia existente entre nosotros. Me puso las manos en las caderas, me agarró con fuerza y me levantó a peso. La cara se me descompuso cuando noté que me rodeaba los muslos con un brazo y me echaba sobre su hombro.

—¡Déjame! ¿Te has vuelto loco?

—Ahora vas a venir conmigo.

# 16

## June

Estaba boca abajo y no tenía ni idea de adónde me estaba llevando. Lo único que intuía era que estábamos dando la vuelta a la casa.

Vi una escalera de madera que crujía bajo sus pesados pasos.

Estábamos bajando. Puede que me estuviera llevando al infierno.

¿Una puerta? Quizá habíamos entrado en la casa, pero la atmósfera era demasiado lúgubre y no fui capaz de reconocer dónde estábamos.

—¡James! —grité.

Oí que dio un bramido cuando trataba de forzar una puerta que se abrió tras varios intentos.

—¡James! —volví a gritar, presa del pánico.

—No vuelvas a llamarme por mi nombre de pila —dijo dejándome en el suelo sin contemplaciones.

El impacto fue desagradable, el suelo estaba helado y el golpe me arrancó un lamento de dolor.

—¡Ay! ¿Es que tus padres no te enseñaron modales?

El pelo me cubría los ojos, pero lo intuía desde mi posición en el suelo. James seguía medio desnudo y tenía el cigarrillo entre los dientes.

—¿Qué decías, White?

Me entró un escalofrío. Reparé en que estaba temblando, y que mi temblor no solo se debía al miedo. Allí dentro hacía frío y olía a humedad.

—Niñata de los cojones —gruñó James desde su altura, justo antes de echar la cenizas al suelo.

Apenas veía y tuve que acostumbrar mis ojos a la oscuridad.

Noté el destello de sus ojos azules como una tempestad marina. Y a continuación, su perfume que, a una velocidad desconcertante, primero me impregnó el olfato y después el cerebro.

—Oh, Dios mío, esto es un sótano... —dije mirando a mi alrededor—. ¿Qué... vas a hacerme? —masmullé desde el suelo sucio.

James se quedó de pie. La luz proveniente de un ventanuco le recortaba su anguloso perfil.

Traté de bajarme el vestido hasta las rodillas y apreté los muslos. Él se echó a reír.

—¿Qué cojones te pasa? ¿Ahora me tienes miedo?

—No —mentí.

Aunque no quisiera admitirlo, el timbre de su voz era tan profundo que me amedrentaba.

Mi tenacidad hizo que James enarcase una ceja involuntariamente.

—Ah, ¿no?

—Sigo esperando. No me das miedo. —No tuve el valor de ponerme en pie, pero se me escapó una pregunta—. ¿Es verdad que estuviste a punto de matar a un hombre cuando tenías dieciséis años?

Su expresión, hasta entonces divertida, cambió de repente. Apretó la mandíbula y su mirada se volvió cortante como una cuchilla. Tirada en el suelo y a oscuras, su altura me hacía sentir aún más insignificante.

—¿Quién te lo ha dicho? —Noté que me temblaba el labio—. ¿Ha sido Will? ¿Te lo ha dicho él? —me preguntó mirándome con los ojos en llamas.

—No.

—¡Joder! —exclamó—. Sabía que nos traerías problemas. Quería meterte miedo..., pero ahora que lo pienso... —Su expresión no auguraba nada bueno. Hecho una furia, James se apartó de mí y fue hasta la puerta—. Con alguien como tú es mejor ir a por todas. Que sepas que has dado con la horma de tu zapato, Blancanieves.

—¿Pero qué...? —Me lanzó una sonrisa espontánea—. ¡Hunter, no!

—¿No me crees capaz de hacerlo?

Asió el pomo de la puerta a tal velocidad que no me dio tiempo a reaccionar. Tenía los reflejos anestesiados.

—Esto es por haberme dado un puñetazo en la cara, idiota.

¡Plas!

Acababa de dejarme encerrada en el sótano de William.

Desesperada, me lancé hacia la puerta.

Aquella era mi fiesta, mi cita. Todo estaba yendo tan bien...

Probé a gritar un par de veces pero, tal como esperaba, el ruido de la planta superior impedía que nadie me oyese. Me entraron ganas de morirme.

¿Y si nadie me encontraba hasta la mañana siguiente?

Mi madre llamaría a la CIA, seguro. Porque la policía de Los Ángeles no le parecería suficiente.

¿Qué se suponía que debía hacer? El primer pensamiento era obvio: «Salgo de aquí y lo mato». Pero... ¿cómo lo hacía?

Traté de forzar la puerta, pero tenía una de esas cerraduras antiguas que solo pueden abrir una mano experta o una llave.

Con los dedos aún doloridos tras intentarlo repetidas veces, me maldije por haberme puesto aquel maldito vestido. Si hubiese ido en vaqueros, llevaría el móvil en el bolsillo. Pero, como finalmente me decidí por el vestido, había dejado el móvil en el bolso de Poppy.

Me entraron ganas de llorar. Lo odiaba con todo mi ser.

Empecé a mirar a mi alrededor: unas tablas viejas apiladas, trastos de todo tipo, botellas de vino cubiertas de polvo. En lo alto había un ventanuco rectangular, pero estaba demasiado alto y allí no había nada que pudiera resultarme de ayuda.

Salvo algo que se intuía en la oscuridad: un banco.

«¿Pesará mucho?», pensé mientras me acercaba a examinarlo.

Hice fuerza y se movió un poco, rechinando contra el suelo. Pesaba mucho, demasiado. Empecé a sudar. Me dolían las manos y sentía como si la sangre me hubiese dejado de circular. Paré en seco. Me doblé sobre mí misma y traté de acompasar la respiración, cada vez más alterada.

Lo único que me mantenía con fuerzas era imaginarme pegándole una paliza a aquel idiota.

Agotada, le di un último empujón al banco con las poca energías que me quedaban.

Me sentí como esas chicas de las películas que acaban de parir, con un esfuerzo sobrehumano, lanzando gritos estremecedores, y que aún están sudorosas y muertas de miedo. Lo había conseguido. Había arrastrado aquel mueble hasta donde quería.

Me subí y pude rozar la ventana que daba al exterior. Aún no había logrado ganar la suficiente altura, así que traté de llegar hasta ella dando un salto. El crujido que oí a mis pies no auguraba nada bueno, así que decidí hacer un último intento para agarrarme al muro con las puntas de los dedos. Me apoyé en los antebrazos y me alcé hasta la cornisa.

Para mi consternación, vi que justo debajo de la ventana había un montón de zarzas puntiagudas. Debido al desnivel del suelo, la ventana estaba mucho más alta de lo que creía.

Maldije al destino, todo aquello parecía una broma de mal gusto.

Pronto me di cuenta de que solo había dos soluciones: podía quedarme allí esperando, con la esperanza de que James Hunter, movido por un sentimiento de culpa, viniese a por mí; o podría lanzarme desde allí, con la absoluta certeza de que acabaría más magullada que un gato callejero. La elección no fue difícil: no me fiaba de aquel gilipollas, así que no me iba a quedar allí esperándolo ni un minuto más.

Me acuclillé en el alfeizar y traté de calcular la distancia hasta el suelo. Maldición, era un salto de varios metros. Lo ideal sería tratar de aterrizar de pie, así me protegería las rodillas y no acabaría estampada contra el suelo. Si, por desgracia, caía mal, no solo me rompería varios huesos, sino que acabaría con toda la cara arañada por las zarzas.

Estupendo. Convertirme en un cactus humano era justo el final que había imaginado para aquella velada cuando acepté la invitación de William.

Llegó el momento de saltar, pero me quedé petrificada. La ventana estaba demasiado alta, me iba a hacer daño. Eché un vistazo a la oscuridad del sótano, tratando de reunir el valor suficiente.

Tenía que ser fuerte.

«Yo aquí no me quedo».

Respiré hondo y me tiré con los ojos cerrados.

# 17

## Blaze

—Blaze, ¿qué haces ahí solo? Vente con nosotros —me dijo Amelia desde el sofá.

—¿Y si te ve tu hermano? —le pregunté al ver el grupo de gente indeseable que estaba sentada a su lado.

—Mi hermano no está aquí.

—¿Y dónde está?

Trataba de mostrarme cómodo entre toda aquella gente, pero no era capaz de dejar de retorcer el borde de mi gorra con los dedos.

—Espero que perdiendo, por fin, la virginidad.

—¡Amelia, qué asco!

Tenía la costumbre de decir cosas fuera de lugar con el único objetivo de incomodarme. Me dirigí a ella mientras le echaba un vistazo rápido a Jackson y a Marvin, que murmuraban algo apoyados a nuestro lado.

—¿Qué haces aquí con ellos?

—Nada malo. Solo estoy aquí porque tienen cosas que fumar. ¿Qué problema hay?

Jackson estaba borracho, ese era el problema.

—¿Y Tiffany no está? —pregunté como si la respuesta me interesase.

Me dispuse a observar cómo Jackson se divertía ignorándome por completo. Subió en brazos a Bonnie y esta le rozó la entrepierna con una naturalidad apabullante. Puse mala cara y Amelia se dio cuenta.

—Blaze, madre mía, menudo ascazo. —Exhaló una aromática bocanada del porro que Marvin le acababa de pasar y me envolvió en una nube.

Tosí.

—Lo siento —murmuré encogiéndome de hombros. Nunca me divertía en las fiestas. Sobre todo si Brian no estaba. Conocer a gente nueva me provocaba ansiedad, y meterme en conversaciones ajenas no me resultaba nada fácil. Siempre acababa apartado de todos, envidiando a los que sí se lo estaban pasando bien.

—Si hubiese querido pasar la noche con un tío deprimente, me habría quedado con el gruñón de mi hermano.

Amelia no se llevaba demasiado bien con la sensibilidad.

Cuando mi silencio se hizo elocuente, posó su cabeza azabache en mi hombro a modo de gesto amistoso.

—Perdona, no quería decir... Bueno, ya me entiendes. He fumado demasiado.

Amelia me estaba pidiendo disculpas, aunque cualquiera podría decir que no parecía sentirse muy culpable, ya que no paraba de sonreír. La hierba le había empezado a hacer efecto y eso bastó para convencerme.

—Vamos, dale una calada —me dijo.

Me pasó el porro, y a partir de ese momento Jackson ya no volvió a quitarme los ojos de encima.

—¿Tu padre está mejor? —me preguntó moviendo la cabeza al ritmo de la música.

—Sí, en realidad solo fue un buen susto. Es que eso de que te roben en pleno día...

Amelia no parecía demasiado concentrada.

—¿Pero no le hicieron nada? No lo agredieron, ¿verdad?

—No le hicieron nada, pero se ha cogido unas semanas de baja.

—Imagino lo que debe de ser tenerlo siempre en casa...

—No para de interrogarme: «¿Por qué no sales? ¿Por qué no estudias? ¿Por qué sales? ¿Por qué estudias tanto?». Es imposible tenerlo contento.

Amelia se rio como si aquel comportamiento le resultase lógico.

—Es que no deja de ser el director del instituto, Blaze...

—Ojalá tuviera un padre al que no le importase una mierda lo que hago…

A Amelia se le apagó el brillo de los ojos, y yo me di cuenta instantáneamente de lo bocazas que había sido. Su padre se había ido el año anterior sin dejarles ni a ella ni a Brian una nota de despedida.

—Perdóname, de verdad.

—Estamos empatados —contestó echándome un brazo por encima de los hombros—. Me tengo que ir —me dijo quitándome el brazo.

—¿Qué? ¿Adónde? ¿Y me vas a dejar con estos animales? —me quejé, inquieto.

—Eh… —Amelia se masajeó el mentón con el índice.

Se le daba muy bien mentir, pero en aquel momento no tenía sus facultades al cien por cien, y eso hizo que me preocupara.

—Si tiene que ver con un chico, no quiero saberlo. ¿Sabe Brian, al menos, adónde te vas?

No estaba lúcida, y yo quería asegurarme de que no iba a meterse en problemas.

—Eh, sí, sí…

Trató de contenerse, pero al final se echó a reír.

—¿Amelia?

La vi levantarse, coger la chaqueta de cuero y, sin añadir nada más, esfumarse entre la multitud.

—¡Blaze! —La voz jovial de Marvin reclamaba mi atención—. ¿Quieres? —volvió a ofrecerme el porro, pero lo rechacé.

Había llegado el momento de volver a casa.

Por el rabillo del ojo vi cómo Jackson marcaba bíceps, y eso hizo que me pusiera en guardia de forma instintiva. Fingió lanzarme la botella de cerveza y se echó a reír.

—¡Menudo marica estás hecho! —se burló de mí.

Jackson parecía un tío agresivo y engreído, pero después de fumar y beber un rato parecía redescubrir su particular interés por mí. Cuando Marvin se distrajo hablando con Bonnie, no tardó en hacerme un gesto, señalándome la planta de arriba.

Me puse tenso.

Debía decirle que no.

Negué con la cabeza mientras él me miraba con las cejas enarcadas. Se lamió con avidez el labio inferior y le dio un buen sorbo a su cerveza sin dejar de mirarme. Lo hizo con lascivia, envolviendo sensualmente con sus labios el cuello de la botella. Y, de repente, mis pensamientos se volvieron impuros. Terriblemente impuros.

La situación empeoró cuando llegó Hunter. Iba sin camiseta, como de costumbre, y con un pantalón de chándal. Tenía los labios rojos y el pelo revuelto. Aquella excitante visión se mezcló con el rastro del perfume que lo envolvía. Ensanché las fosas nasales y su aroma de almizcle me hizo sentir mariposas en el estómago.

—¿Pero dónde estabas? —le preguntó Jackson.

—Solucionando una cosita...

James le dio un golpecito cariñoso en la mandíbula y se acercó tanto a los labios de su amigo que el cerebro me empezó a dar volteretas.

Las mejillas de Jackson, que ya estaban sonrosadas por efecto del alcohol, se tiñeron de rojo cuando James le susurró al oído alguna barbaridad.

Sentí unos celos terribles. No soportaba verlos así de cerca. Cada vez que James se le acercaba, Jackson solo tenía ojos para él. Y cuando bebía más de la cuenta, apenas disimulaba las miradas, casi explícitas, de deseo que le lanzaba.

¿Cómo podría culparlo? Aquel idiota emanaba testosterona a metros de distancia. Pero era imposible sentir algo bueno por él...

Me pilló de lleno mirándolo descaradamente.

—Blaze, Blaze...

Intenté ignorarlo, pero a los pocos segundos volví a mirar en su dirección.

James seguía musitando algo al oído de Jackson. Este había echado el cuello hacia atrás y se mordía el labio como si acabara de sentir un espasmo de placer. Incluso a distancia, yo era capaz de sentir la calidez de su respiración.

James no tenía escrúpulos. Le importaba una mierda si su mejor amigo se moría por él, y simplemente gozaba de la atención especial que él le prodigaba. ¿Sabría que Jackson estaba loco por él, o acaso Jax disimulaba tan bien que no se lo hacía notar? Me lo preguntaba a menudo.

Mi mente se quedó en blanco cuando los dos me miraron de repente.

—¿Adónde vas, James?

Jackson alargó el brazo hacia el bíceps de su amigo. Se moría por tocarlo. Lo entendí cuando cerró la mano en forma de puño justo antes de rozarlo.

—A pasármelo bien con Poppy. Vuelvo dentro de diez minutos —se burló James.

—¿Diez minutos? Entonces no hay mucho de lo que presumir, amigo —le replicó Jackson con sorna mientras su lengua seguía jugueteando con el *piercing* que le atravesaba el labio.

—¿Pero qué te has pensado? Solo voy a dar una vuelta en coche con Poppy.

Ignoré aquel intercambio de bromas tan poco elegantes.

—Cuidadito con eso, James —le advirtió Jackson con expresión seria, casi amarga, señalando la bolsita de pastillas que su amigo llevaba entre los dedos.

—Tú preocúpate de tenerme un porro listo para cuando vuelva —le respondió James con su habitual gesto burlón.

No quise quedarme allí rogando que me mirara. No había ni rastro de Marvin ni de la chica, nos habíamos quedado solos.

—Tu amiguito te ha abandonado, ¿eh?

Mi frase llamó la atención de Jackson, que se colocó un cigarrillo tras la oreja y se puso en pie.

—¿Celoso, Blaze? —inquirió, lanzándome una mirada desafiante, pero no me dejé amilanar.

—¿De ti, que estás enamorado de un tío que solo te ve como un amigo? No, la verdad es que no te tengo ninguna envidia...

Jackson me agarró de las solapas y me levantó del suelo. Me puso a un palmo de su cara.

—No te atrevas a volver a decir una cosa así.

—He dicho la verdad —masculté sin poder apartar la vista de sus labios.

—Cállate, Blaze —murmuró.

Jackson tenía que estar borrachísimo. Estábamos a pocos centímetros el uno del otro, y aunque me estaba fulminando con la mirada, sentí que su cuerpo reaccionaba ante la proximidad del mío.

—Ven conmigo —me gruñó muy cerca de la boca, transfiriéndome un embriagador aroma a menta y cerveza.

Me soltó de repente yo caí como un peso muerto sobre el sofá. Cuando se alejó y me hizo un gesto indicándome que lo siguiese, no fui capaz de razonar.

Casi sin darme cuenta, me encontré en la habitación de Will. Tardé un poco en reconocer su habitación. Estaba tan vacía y era tan aséptica como un trastero. Había una cama de matrimonio, un sofá de dos plazas y una tele colgada de la pared.

Al lado de la suya, mi habitación parecía un campo de batalla. Había libros, cómics y ropa por todas partes.

—Solo te lo diré una vez: ni se te ocurra pensar algo así. No te atrevas a hablar de James y de mí.

—¿Tienes el valor de negarlo? Eres incapaz de contenerte cuando lo tienes cerca —le espeté.

—Ves cosas donde no las hay.

Podía entender que no admitiese sentirse atraído por mí: el hijo del director del que se reía constantemente todo el equipo de fútbol. Pero… ¿por qué negar lo obvio? No había duda de que estaba loco por James.

—¿Cuántas pajas te has hecho pensando en él? —le dije, tratando de provocarlo.

—¿Y a ti qué coño te importa? No estoy enamorado de él ni de ningún otro tío.

—Claro, claro... —respondí en tono sarcástico.

—Yo no soy como tú —insistió, levantando el labio superior.

Ignoré su falsa expresión de asco.

—Ah, ¿no?

Empujé mi pelvis hacia delante, contra su entrepierna, y rocé la imponente erección que allí se escondía. Conseguí robarle un gemido y así pude confirmar que yo tenía razón.

En respuesta, Jackson me agarró de las cadera y me dio la vuelta para ponerme de cara a la puerta.

Apretó su cuerpo contra el mío y empezó a rozar sus labios por todo mi cuello, colmándolo de lánguidos besos.

—Estás borracho, Jax... —murmuré, reprimiendo el instinto de curvar más la garganta y gozar con mayor intensidad de aquel contacto.

—Siempre que te busco estoy borracho, ¿no te has dado cuenta?

Eso no se lo iba a permitir. Le di un codazo, pero tenía el pecho tan duro que ni siquiera lo notó.

—¿Por qué no dejas de comportante como un gilipollas de una vez por todas? —le espeté girándome hacia él.

—Porque a ti te encanta, pequeño Blaze —me susurró.

El vívido azul de sus ojos se mezcló con el oscuro de mis iris. Eso me hizo sentir perdido.

—La verdad es que no. A mí no...

Mis palabras se quedaron en el aire cuando nuestros labios se encontraron.

—Jackson, tienes que dejar de tratarme así.

—¿Cómo cojones quieres que te trate? —masculló él sin dejar de besarme.

Nuestras lenguas se enlazaron, presas de una impulso incontrolable.

—¿Por qué me tratas tan mal delante de todo el mundo?

—Porque no soporto la forma en que me miras —bramó él, asaltando de nuevo mi boca con mordiscos ávidos y excitantes.

Por una parte me habría gustado seguir besándolo para siempre, pero, por otra, quería dejar las cosas claras.

Le di un empujón.

Vi cómo los cerúleos espejos de sus ojos brillaban de determinación, así que mantuve mi postura aunque aquello me supusiese luchar contra mi voluntad.

—Pero siempre eres tú el que viene a buscarme, Jackson.

Él arrugó la frente.

—¿Qué quieres oírme decir? ¿Que no soporto tenerte lejos?

—Eso es lo que me demuestras. ¿No estás harto de todo esto?

Jackson se pasó una mano por el pelo y se aclaró la garganta. Estaba avergonzado.

—¿Harto de qué?

—De las mentiras, de vivir a escondidas.

—¿De qué coño hablas?

Volvió a acercarse a mí, pero yo, con un gesto afectuoso y firme a la vez, apoyé las manos en su cálido pecho y lo empujé.

—De ti y de mí.

—Yo no soy como tú.

—Ah, ¿no?

—No.

—Entonces si ahora mismo te beso, ¿te apartarás?

Mi provocación le hizo sonreír.

—Eres tú el que no es capaz de resistirse a mí, pequeño Blaze... —Sus labios turgentes me rozaron la oreja provocándome un escalofrío.

Algo palpitó en mis bóxers cuando me lamió el lóbulo de la oreja. El contraste con el frío *piercing* hizo que me temblaran las piernas.

—¿Tus amigos lo saben? —le pregunté, aunque tuve que hacer acopio de todas mis fuerzas para empujarlo de nuevo y reprimir mi deseo de seguir besándolo.

—¿El qué, princesita? ¿Que me muero por follarte? No, pues claro que no lo saben —me respondió—. No es asunto suyo.

—¿Te avergüenzas de mí?

Jackson se echó a reír. Parecía un niño inocente, pero sus palabras eran afiladas como esquirlas que se me clavaban en el corazón.

—¿Y si fuera así? ¿Qué pasaría si me avergonzase de ti?

Di un paso atrás, esta vez con determinación.

—¿Sabes qué, Jackson? No es de mí de quien te avergüenzas. Te avergüenzas de ti mismo.

Le di la espalda y me fui, dejándolo sin palabras.

# 18

# June

Algo me atravesó el muslo y grité.

—¡Mierda!

Salí con mucho esfuerzo de entre las zarzas. No me había roto nada y solo tenía algunas espinas en el pelo. Increíble, lo había conseguido. Me ardía la piel de la parte de atrás de una pierna, así que me pasé una mano por la zona. Un hilillo rojo me corría entre los dedos. Estaba sangrando.

Había cantado victoria demasiado pronto. Aquello no era lo peor. Un desgarrón vertical recorría mi vestido hasta la ingle.

«Voy a matarlo. Juro que lo mato delante de todo el mundo».

Eché a andar a paso ligero.

James pensaba que volvería con el rabo entre las piernas, pero mi sed de venganza era demasiado grande.

Di la vuelta a la casa y entré en el salón con el pelo revuelto, las piernas magulladas y el vestido destrozado. Nadie me hizo caso. Podría haber estado gritando hasta quedarme sin voz en aquel sótano, y nadie habría movido un dedo para venir a salvarme. Todos estaban borrachos.

—Mira quién ha vuelto: ¡White en edición *stripper*!

Jackson, despatarrado en el sofá, con las mejillas sonrosadas y una cerveza en la mano, soltó una risotada.

Los ignoré y examiné la sala en busca de mi objetivo.

—Si te vistieses así a diario, serías mucho más guay —añadió Jackson en tono de burla.

—Si tú te fueras a tomar por culo, estaríamos todos más contentos —le contesté.

Oí una risita a mi espalda. Chulesca y bravucona. Inconfundible.

—¿De qué cojones te ríes? —le solté girándome hacia él.

—«Guay» y «White» en la misma frase. Es gracioso, ¿no?

James Hunter me escudriñó de pies a cabeza sin tan siquiera molestarse en bajar la barbilla.

—Eres un cobarde —le espeté.

—¿En serio? —me respondió. Seguía sin camiseta, pero traté de no fijarme en eso.

—Sí, la has tomado con una chica.

Levanté la mano para darle un bofetón, pero me agarró de la muñeca y me empujó contra la pared. Traté por todos los medios de no pensar en su perfume.

—Hunter, ¿nunca te han enseñado que a las chicas no se las toca?

James tragó saliva mientras yo observaba su cuello lleno de nervios y venas. Lo tenía demasiado cerca.

«Concéntrate, June. Estás aquí para vengarte».

—A mí me han enseñado que los chicos y las chicas son iguales. Y tú me diste un puñetazo.

Entreabrió los labios, mostrándome unos dientes blancos y perfectos.

«No te distraigas, June».

—Porque te odio... —hice una pausa— Edward.

Sus ojos azules estaban a punto de arder. James empujó su frente contra la mía.

Cerró los labios despacio. Estaba tan cerca que me pareció percibir su calor.

—Para ti soy solo Hunter, pedazo de...

Se disponía a insultarme a la cara cuando una voz lo sobresaltó.

—June, te he buscado por todas partes.

Volví bruscamente a la realidad. A las luces, la música, la fiesta.

«William».

Me miró con recelo.

Su mejor amigo y yo, uno a pocos centímetros una cara de la otra, contra una pared. Estupendo.

William se fijó primero en mis labios y después en los de James.

—¿Qué estabais haciendo?

Recobré el aliento, aunque el corazón estaba a punto de salírseme del pecho.

—Nada. No estábamos haciendo nada —dije con frialdad.

James se apartó de la pared y por fin pude volver a respirar. Me acaricié la muñeca.

—¿Puedo saber qué está pasando? —insistió William.

—Tu muñeca hinchable va por ahí con esas pintas, Will —dijo James señalando mi vestido deshilachado, y al oírlo tiré de la prenda para cubrirme los muslos.

Amelia se iba a enfadar. Sabía lo mucho que le gustaba aquel vestido.

—No quiero que hables así de ella —le espetó William con brusquedad.

—¡Exacto! ¡Das asco! —exclamé al reparar en que Will me había defendido.

A James no pareció importarle lo más mínimo; es más, parecía que mis palabras le hacían gracia. Sonrió y se llevó un cigarrillo a la boca.

Pero William no se tomó bien nuestra cercanía. Nos miraba con tanta severidad que me hizo sentir culpable aunque no hubiera hecho nada.

—June, ¿por qué estabais tan pegados? ¿De qué hablabais?

—Hunter se ha comportado como un gilipollas, como hace siempre —le expliqué tratando de mantener la calma.

James resopló impaciente. Al parecer la situación empezaba a aburrirlo, porque nos dio la espalda e hizo ademán de irse. Pero William lo agarró del brazo.

—James, ahora vas a decirme qué cojones está pasando.

Estaba tan rabioso que se le había puesto la cara roja. Me eché a temblar.

Me percaté de que a nuestro alrededor se había formado un pequeño círculo de cotillas.

—Mira, Will, yo no le he hecho nada —respondió James volviendo a tratar de escabullirse, pero su amigo no soltó su presa.

—¿Y qué hacías a un milímetro de su cara?

—No es culpa mía, siempre está jodiéndolo todo. Si quieres tenerla vigilada, ponle una correa…, pero a mí no vengas a tocarme los huevos.

William se le echó encima y yo me quedé petrificada. Dos chicos trataron de sujetarlo por los hombros antes de que llegase a golpear a James en la cara. Tenía toda la pinta de querer arrancarle la cabeza a mordiscos.

—¡Deja de meterte siempre en medio! —le gritó.

Me impresionó ver a William en aquel estado. James siguió desempeñando su papel de chulo.

—¿Y si no lo hago, qué? ¿Eh?

Yo no sabía qué hacer, me sentía indefensa y estaba asustada. Por mucho que no soportase a James, jamás permitiría que dos grandes amigos se peleasen por mí.

—¿Puedes dejar de meterte en medio de una puta vez? —le gruñó William.

—¡Que yo no he hecho nada, joder! —respondió James tragando saliva con dificultad.

En ese momento volví a sentir la misma sensación de otras veces: parecía que James tenía miedo de Will. Y realmente era así: James tenía miedo de Will.

—¿Por qué estabas con él?

Empecé a parpadear sin poder evitarlo. William se acababa de girar hacia mí, pero yo no tenía una respuesta preparada. No esperaba que me pidiera explicaciones a mí.

—No es lo que parece… —balbuceé.

Estaba desempeñando un papel que no iba conmigo.

Pero James parecía estar la mar de a gusto interpretando el suyo.

—¿Ves? No sabe ni qué decir… No es más que una zorra entrometida.

—¿Qué habéis hecho, June? —Los ojos de William bajaron hasta mis piernas, que llevaba totalmente al aire por culpa de los desgarrones del vestido.

No podía dar crédito a lo que estaba sucediendo. Me empezaron a temblar las manos. Todos los presentes me estaban mirando. Aunque no estaba enfadada con William, aquello fue la gota que colmó el vaso.

—Yo no he hecho nada, ¿es que os habéis vuelto todos locos? —grité.

James volvió a esbozar su habitual sonrisita de satisfacción, de modo que me vi obligada a decir algo.

—¡No creo que esta vez puedas defenderlo en cuanto sepas lo que él me ha hecho a mí! ¡Me ha encerrado en tu sótano! —William me observaba y parecía permanecer a la espera, como si aquellas palabras no hubiesen sido lo bastante graves—. ¡Míralo! ¡Hace un segundo estaba encabronado y ahora se está riendo…! ¡Está loco! ¡Seguro que es bipolar! Menudo tarado. ¡Nadie querría tener cerca a alguien como tú! ¡Nadie!

Recobré el aliento a duras penas. Mi arrebato acababa de provocar un inquietante silencio en toda la casa.

James había dejado de reírse. Me miraba serio, ni molesto ni enfadado. Solo increíblemente serio.

William bajó la cabeza, era incapaz de mirarme a la cara. Jackson, Marvin… Todos nos estaban mirando fijamente.

—¿June? —La voz de William sonaba herida, casi rota.

—¿Qué?

—Vete —me ordenó.

—¿Estás de broma…? —Con la boca pastosa por culpa de los nervios, empecé a farfullar algo incomprensible.

—Quiero que te vayas de mi casa. Ahora mismo. —Sus palabras sonaron más afiladas que las zarzas que poco antes me habían arañado las piernas—. Creo que no debería haberte invitado.

—No quería ofenderlo. Sé que es tu amigo, ¡pero es insoportable! Me ha encerrado en el sótano, ¿es que no te enteras?

—Eso ya no importa.

Enarqué las cejas en una mueca de terror. ¿Cómo que eso ya no importaba?

A su espalda, James negó con la cabeza de mala gana. Su sonrisita socarrona parecía haberse desvanecido. Apretó los dientes y me lanzó una frase que me dejó sin respiración.

—Eres una gilipollas, vete de aquí.

—No te metas, James. —Will interrumpió a su amigo con un gesto de su mano y me dio la espalda.

¿Qué cojones estaba sucediendo?

—¡William! —Lo llamé, pero fue inútil. Me dejó en mitad del salón mientras que los demás volvían a centrarse en sus cosas.

Salí de allí humilladísima.

Amelia tendría que llevarme a casa, pero no sabía dónde estaba.

Atravesé la puerta principal y, durante el trayecto, choqué con una silueta que se disponía a entrar.

—Perdón.

—¡June! ¿Qué te pasa?

Era Blaze y parecía encontrarse aún peor que yo.

—¿Estás bien? —le pregunté al ver que tenía los ojos enrojecidos e hinchados. Las mejillas encendidas no dejaban demasiado espacio a la imaginación. Parecía que acababa de llorar.

—Sí… Es que acabo de discutir con alguien. ¿A ti qué te ha pasado? ¿Por qué te vas?

Al parecer, Blaze era el único que se había perdido el espectáculo.

—No lo sé. William… Ha sido todo muy extraño —masculle sin pensar demasiado.

—William… no es lo que parece —lo oí susurrar.

—Blaze…

Dirigió sus ojos negros al suelo.

—A lo mejor te crees que lo digo porque estoy celoso, pero no es así.

—Sé que no estás celoso… Te vi con Jackson.

Me mordí el labio en cuanto comprendí que acababa de cometer una indiscreción. A Blaze no parecieron gustarle nada mis palabras.

—Por Dios, June, no puedes decir algo así en voz alta —me regañó. Tras lo cual se alejó con una mueca de disgusto.

Volví a sentir un sabor amargo en la boca y eché un vistazo al exterior.

—¡June, estás aquí! —Poppy me hizo un gesto para que me acercara a ella y me devolvió el móvil.

—¿Dónde está Amelia? —le pregunté confusa, ignorando al grupo de chicas que la rodeaba.

Hizo el gesto de cerrarse la boca con cremallera.

Qué idiota había sido. ¿Por qué me había empeñado en pertenecer a un grupo en el que todos me ocultaban cosas y nadie me tomaba en serio? Estaba sola. De nuevo.

La vuelta a casa fue horrible. Caminé en la oscuridad durante casi cinco kilómetros evitando las miradas curiosas de los conductores. Me pasé todo el rato conteniendo las lágrimas.

Afortunadamente, cuando entré en casa mi madre seguía pintando en su estudio, así que no reparó en mi vestido indecente. Me encerré en mi habitación con un suspiro de alivio.

Me sentía culpable por haberle gritado todo aquello a William, y al mismo tiempo terriblemente humillada por todo lo sucedido, y ambos sentimientos formaban una especie de madeja enmarañada y dolorosa, imposible de desenredar.

No me quité la chaqueta vaquera, ni los zapatos. No había tiempo. Entré en el baño y empecé a rebuscar en el mueble que había debajo del lavabo. Movía las manos a un ritmo frenético. Cuando recorrí con el pulgar la cerámica del rizador de pelo, contuve la respiración. Lo saqué y lo enchufé a la corriente. Me senté en la cama y observé aquella lucecita roja con el corazón en un puño. Era incapaz de pensar.

Por fin, el piloto se puso de color verde. Vía libre.

Pronto todo habría pasado.

# 19

# June

La clase de teatro acababa de empezar cuando el profesor se levantó de su asiento y se puso a maldecir como un loco. Las barbaridades que le salieron de la boca hicieron reír a todos los estudiantes presentes en el teatro. Dijo tantas palabrotas que la asistente que tenía al lado se quedó lívida.

—¡Me cago en todo lo que se menea! ¡Te juro que voy a hacer que te expulsen otra vez, aunque sea lo último que haga! ¡Eres pésimo! ¡El peor Romeo de toda la historia del teatro! ¡Paso de dirigir a estos salvajes! ¡Yo me voy de aquí! Se los dejo a usted, señorita Kavanagh. Enhorabuena. ¡Mándele al director las facturas del psiquiatra que va a necesitar cuando lleve unos meses rodeada de estos cabezas huecas!

—¿De verdad que es profesor de teatro? —preguntó Brian, que estaba sentado a mi lado, mientras el docente abandonaba la sala mascullando protestas.

—¿Es que no tiene razón?

Blaze señaló el escenario, donde James Hunter se pavoneaba sin que le importase la reacción del profesor. Llevaba el pecho embutido en una camiseta negra y una chupa de cuero por encima de los hombros.

—James, no fumes, por favor. En el escenario, no. —La asistente, sentada varias filas por delante de nosotros, se estaba empezando a poner nerviosa.

James se encogió de hombros y, tan maleducado como siempre, le contestó:

—¿Qué pasa? ¿Es que Romeo no fumaba?

—Bueno, la verdad es que Shakespeare no menciona... —La mujer se inclinó en su silla y empezó a rebuscar entre los apuntes que tenía sobre las rodillas.

James, mientras, siguió respirando más nicotina que oxígeno sin prestarle la menor atención a la regañina.

—He visto la peli, y Romeo sí que fumaba. ¿Es que en esa época lo de fumar no te hacía parecer un chico malo?

—Romeo era un buen chico, James...

Un coro de risitas femeninas me hizo poner los ojos en blanco.

Pero aquella alegría generalizada se detuvo de repente cuando empezó a sonar el taconeo de los pasos de Taylor, que llegó hasta el escenario con muy malas pulgas.

—¡Te voy a meter ese cigarrillo por donde yo sé! —le gritó mientras se echaba hacia atrás la melena.

La pobre asistente parecía a punto de desmayarse.

—¡Señorita Heart! —la regañó con un hilillo de voz.

Ni que decir tiene que Taylor no le prestó atención. Subió al escenario con aire amenazante, apuntando a James con el dedo. Este la miraba desde arriba con su bravuconería habitual.

—¡Ayer te llamé ocho veces!

—Felicidades, ¿quieres un aplauso por ser la Julieta más coñazo de la historia de la literatura?

—No, el aplauso que te lo dé la subnormal con la que follases ayer en la fiesta a sabiendas de que estabas comprometido.

—«¡Señorita Heart!» —respondió James imitando a la asistente—. En fin, si quieres pensar que solo fue una..., allá tú —añadió pasándose la lengua por el labio inferior, que aún seguía hinchado tras el incidente de unas noches antes.

—Maldito hijo de... —Taylor se le echó encima como una loca, pero James la esquivó.

—¡Chicos!

—Por favor, ¡no interrumpa! ¡Aquí se está desarrollando una verdadera tragedia! —exclamó James en tono jocoso.

Jackson y Marvin se rieron como dos idiotas.

—¡Trágico va a ser cuando te pille durmiendo y te corte eso que te cuelga entre las piernas, gilipollas!

Taylor no se iba por las ramas, y a mí me pareció estupendo.

—Perdona, ¿vale? Te pido disculpas. No sabía que estábamos comprometidos. Ahora que lo sé..., todo cambia —James sonrió mientras le ponía ojitos a la asistente, que por poco no se desmaya.

—¡Que te den por culo, James! En lo que a mí respecta, ¡que le den por culo a Romeo y a Julieta! Me niego a interpretar el papel —gritó Taylor, dirigiendo toda su ira hacia la pobre asistente. Tras lo cual se giró iracunda hacia James—. Pero vendré a ver el espectáculo, ¿sabes por qué, puto subnormal?

—Sorpréndeme.

—Porque Romeo se muere, y yo estoy deseando que te pase lo mismo. ¡Gilipollas!

Una ovación. Eso era lo que esa chica se merecía. Me habría gustado levantarme y aplaudir hasta que me doliesen las manos. Pero habría sido la única de la sala, así que me quedé con las ganas.

Taylor se fue de allí con la cara encendida y con los ojos inyectados de una furia inaudita.

—Bueno..., a pesar de este paréntesis un poco demasiado dramático para mi gusto..., hum..., el profesor quiere que sigamos adelante con las pruebas. El espectáculo tiene que estar listo para diciembre.

—Menudo espectáculo, ¿eh...? —susurré.

—Hacen lo mismo todos los meses —dijo Brian sonriendo—, pero al poco vuelven a estar juntos. Si dos personas como ellos no son almas gemelas...

—¿Almas gemelas? —pregunté confusa.

Había olvidado que a Brian le fascinaba aquella absurda idea romántica.

La asistente, mientras, estaba hecha un manojo de nervios.

—¡Necesitamos otra Julieta!

Me hundí en la silla cuando se giró hacia nosotros y me pilló mirándola.

—Eh, June White, ¿verdad? —me preguntó mirándome fijamente—. La chica nueva.

Asentí rápidamente con la esperanza de que su atención recayera en otra persona.

—Imagino que no tienes ningún crédito por actividades extraescolares, ¿verdad?

—Bueno, si usted lo dice...

—¿Puedes subir un momento al escenario?

—¿Yo? —pregunté sin acabar de creerme lo que me estaba pidiendo.

Mi mirada se desplazó hacia la fila opuesta, donde William, sentado junto a Jackson y Marvin, jugueteaba con sus pulseras sin tan siquiera mirar hacia el escenario.

—¿Qué digo...? —musité.

—«No puedo, estoy con la regla» —propuso Poppy desde detrás—. Es mi excusa para todo. Inténtalo, funciona casi siempre.

Sí, eludir las cosas siempre había sido mi especialidad. Pero esta vez decidí no hacerlo.

Respiré hondo y me tomé mi tiempo en subir al escenario; una vez allí, la asistente me pasó unos folios.

James Hunter tenía una expresión en la que se mezclaba la sorpresa y el enfado.

—James, trata de leer estas líneas —sugirió la asistente.

—¿Quién coño es esa June?

—¿Me tengo que reír? —respondí molesta.

—Ah, no. No sé por qué, pero... de repente ya no me apetece ser Romeo —dijo James con voz solemne, como si estuviera recitando su parte.

Me echó el humo a la cara y se bajó del escenario de un salto.

—James, ¿pero adónde vas? ¡Si ya has memorizado tu parte! —le reprochó la asistente.

—Búsquese a otro.

—La clase no ha acabado, ¿adónde vas? —le gritó.

—¡Eso es cosa mía!

La puerta se cerró, y entonces me di cuenta de que todos me estaban mirando a mí.

Aquel momento de silencio se me hizo infinito.

Me entró mucha vergüenza y empezó a dolerme el estómago. Bajé la vista, incapaz de reaccionar. Las voces se fueron apagando hasta que, de pronto, se me acercó una silueta.

—Lo puedo hacer yo.

Era la voz de William.

—Vale... estas son tus frases, Romeo.

Esperanzada, la asistente le pasó una carpeta con un montón de papeles. William le sonrió, parecía decidido a no decepcionarla.

—Probemos a ver qué tal y si después el profesor...

La asistente siguió balbuceando, pero William y yo estábamos lo bastante cerca como para poder intercambiar algunas palabras en voz baja.

—¿Puedo hablar contigo?

—No parece que este sea el mejor momento —me soltó con aire cortante.

—Lo sé, pero... me gustaría que me dieses una explicación de lo que sucedió.

—¿Que tú quieres que te dé una explicación, June?

—¿Empezamos o no? —La puerta se abrió y el profesor volvió a la sala. Llevaba en la mano una hamburguesa rebosante de mostaza—. ¿Dónde está ese vándalo?

La asistente volvió a ponerse nerviosa.

—¡Lo he echado! —exclamó, mintiendo para quedar bien.

—Entonces debo deducir que, por una vez, se ha hecho respetar, señorita Kavanagh.

Ella nos dirigió una mirada suplicante. El profesor estaba impaciente.

—Probemos, pues. Vamos. Rápido. Ya estoy harto de hablar. ¡A recitar!

—Perdón, ¿qué tenemos que hacer? —William parecía más confuso que yo.

—Vamos a la escena quinta, acto primero. ¡Venga!

Me puse a buscar entre los papeles que tenía en la mano. William, por su parte, se me acercó tanto que me encontré con la nariz a un palmo de su pecho. Empezó a leer.

—«Si con mi mano indigna profano tu santuario, será dulce el castigo: mis labios borrarán su rudo tacto como dos sonrojados peregrinos».*

¿Un beso? ¿Pero qué estábamos leyendo?

—Eh... —Me aclaré la garganta— «Buen peregrino, habláis de vuestra mano cruelmente, cuando actúa con respeto; también las palmas de los santos besan, juntando palmas, las de los romeros».

—«¿No tienen labios romeros y santos?» —preguntó William haciendo que me perdiese en sus grandes ojos grises iluminados por briznas doradas.

—«Sí, peregrino, son para rezar» —murmuré avergonzada.

—«¿Pueden mis labios, pues, como las manos, rezarte para no desesperar?».

No entendí del todo lo que querían decir aquellas frases. Shakespeare era demasiado rebuscado para mi gusto..., pero a William se le daba genial. Sonaba muy convincente, y el modo en que me miraba hacía que sintiese una punzada en el estómago.

—«El santo no se mueve, aunque conceda» —añadí.

—«Pues no te muevas tú mientras te rezan».

William bajó la barbilla y se me acercó lo suficiente para posar un suave beso en mis labios.

---

\* La traducción de los fragmentos de *Romeo y Julieta* corresponde a la edición de Josep Maria Jaumà (Penguin Clásicos, 2022). *(N. del T.)*.

—«En mis labios queda la marca de vuestro pecado» —susurré. Nuestros ojos, unidos al igual que nuestros alientos, permanecieron entrelazados.

—«¿Pecado de mis labios? ¡Dulce agravio! Devuélveme el pecado» —William recitó la frase con su boca sobre la mía.

Y entonces nos dimos un beso de verdad. Un beso con lengua y labios húmedos.

El profesor carraspeó, tratando de que siguiéramos recitando el texto.

La frase final era mía.

—«Besas como un experto» —murmuré cerrando la escena.

Hubo algún que otro aplauso.

William se acarició el pelo color ceniza y me sonrió levemente avergonzado.

Los profesores estaban hablando, pero yo no los escuchaba. Me sentía dentro de una burbuja en la que solo existían William y sus labios suaves.

—¿Qué te pasó ayer? —le pregunté, de nuevo, en un susurro. Necesitaba una respuesta.

William bajó la cabeza para evitar responderme.

—Tengo que irme a clase, June.

Acabábamos de darnos nuestro precioso segundo beso. ¿Por qué quería irse?

Empecé a pensar que quizá Blaze tenía razón. William escondía algo.

Tras la clase de teatro, recogí los libros de la taquilla y me topé con un grupito que charlaba animadamente. Eran Ari, Amelia y Poppy.

No sabía cómo comportarme. ¿Aún era amiga suya? ¿Alguna vez lo había sido?

—¡June! ¿Vienes con nosotras? —me preguntó Ari en cuanto pasé por su lado.

Observé su larga cola de caballo ondeando sobre sus delicados hombros.

—¿Adónde?

—Queremos escaparnos —confesó Poppy.

Amelia se llevó el índice a los labios para que mantuviese el secreto.

—¿Escaparos del instituto? ¿Ahora? ¿Por qué?

—¿Qué clase de pregunta es esa? ¿Hace falta un motivo para no ir a clase? —preguntó Ari, risueña.

No tenía ninguna intención de quedar como una madre regañona, pero en la fiesta los había visto fumando porros y bebiendo alcohol..., ¿y ahora me salían con esas?

—Bueno, nosotras nos vamos. —Amelia lo dijo con un tono de superioridad que hizo que sus amigas la siguieran como perritos falderos.

¿En eso consistía la amistad? ¿En hacer lo necesario para no quedarse solo?

—Esperadme, ya voy —dije sin pensar mientras aceleraba el paso.

En lugar de pasar las dos últimas horas en clase de Matemáticas, estuve en el salón de Poppy. Vimos algunos fragmentos de *Friends* y el hecho de que Poppy se supiese a la perfección algunos diálogos de Phoebe me hizo sonreír.

Pero, a pesar de las risas, aún había muchas preguntas que me daban vueltas en la cabeza. Me hubiese gustado preguntarle a Amelia dónde estuvo durante la fiesta, pero no me atreví. Parecía muy reservada en lo relativo a su vida amorosa.

Contra todo pronóstico, fue ella la que se dirigió a mí en cuanto Poppy nos sirvió el té.

—June, te necesitamos.

—¿Para...? —pregunté cautelosamente.

Estaba desesperada por fiarme de ellas y quería que ellas hicieran lo mismo conmigo, pero no sabía cuál sería el precio a pagar.

Amelia se colocó bien la falda del uniforme sobre las rodillas, se cruzó de piernas y me miró fijamente.

—El tema es muy sencillo: necesitamos pedirle una cosa a James.

Habría aceptado que se emborrachasen en las fiestas y que se saltasen una clase de vez en cuando, pero todo tenía un límite.

—¿Y eso qué tiene que ver conmigo? —Me puse tensa.

—Eres la única de la que no tiene el número. Tenemos que escribirle para pedirle algo.

Ari se dio cuenta inmediatamente de que a mí me había cambiado la expresión, así que se me acercó batiendo sus largas pestañas para tratar de convencerme.

—June, solo te queremos pedir ese favor. Y es el primero que te pedimos..., así que no puedes decir que no. —Hablaba con un tono tan angelical que por fuerza tenía que ser fingido.

—Ni hablar, no puedo. Ya sabéis que no lo soporto. Y él no me aguanta a mí.

—Anda ya, eso no es cierto... —comentó Ari jugando seductora con su coleta.

—Claro que es cierto. ¡Se ha bajado del escenario en cuanto la ha visto! Ni siquiera Taylor lo ha hecho salir pitando nunca tan rápido... —Poppy, a diferencia de las otras dos, quizá era demasiado directa.

—Gracias, Poppy —dije lanzando un resoplido.

—De nada. ¿Quieres una Oreo?

Amelia se encogió de hombros para llamar mi atención.

—Mira, June, él no va a saber que has sido tú. Solo tienes que mandarle un mensaje.

Las tres me miraron con cara suplicante.

Cerré los ojos y respiré hondo.

—¿Qué tendría que escribirle?

—Esto.

Amelia me pasó su iPhone, donde ya había tecleado un mensaje.

> Dentro de diez minutos, en el parque de delante del instituto.

—¿Qué? ¿Por qué tendría que decirle que vaya allí?

—Porque es el lugar aislado que me pilla más cerca de casa, y por tanto se puede llegar hasta allí a pie —respondió Poppy.

—Yo no voy a ninguna parte, y mucho menos si está él. ¿Por qué no podéis ir vosotras solas?

—Porque si Brian nos descubre, nos mata. James ya no nos vende nada por culpa de mi hermano. —Amelia y Ari intercambiaron una mirada de complicidad.

—Perdonad, pero ¿qué queréis que os venda? —Fruncí el ceño antes de continuar—. Hablamos de… ¿Estamos hablando de cosas ilegales?

Ari trató de suavizar la situación.

—No es nada ilegal, son solo unas pastillas…

—¡Por Dios! ¿Por qué tendría que venderte esa mierda?

—Mañana hay examen de Historia y necesitamos una ayudita extra. No es nada ilegal, son unos fármacos… El problema es que no tenemos receta, y James sí que tiene.

—¿Y no os basta con estudiar…?

La mirada que Amelia me lanzó hizo que me avergonzase de la pregunta.

—Es que esta noche hay una fiesta, aquí en mi casa —me explicó Poppy.

Me quedé boquiabierta. «¿Otra fiesta?». Sentía como si me acabara de transformar en mi madre.

—Y, como queremos hacer ambas cosas…, necesitamos una pequeña ayuda —susurró Ari con su suave voz.

—¿Es así como conseguís sacar buenas notas?

Las chicas intercambiaron una mirada cómplice.

—June, no tiene nada de malo hacer algo así de vez en cuando. Entre los entrenamientos y las actividades extraescolares, volvemos tarde a casa y lo último que queremos es pasarnos la noche estudiando.

«¡Bienvenidas al mundo real!», me hubiese gustado exclamar en ese momento.

—Si necesitamos concentrarnos, recurrimos a esas pastillas. Solo las tomamos de vez en cuando. Son medicamentos, no es nada peligroso.

Ari estaba desplegando sus mejores dotes de persuasión, pero Poppy se echó a reír. Estaba claro que me estaban mintiendo. Todas me mentían.

—Vale... No es ilegal, ¿pero no creéis que es peligroso? ¡No os las ha recetado un médico! —insistí.

Amelia entró en acción.

—June, ya lo hemos decidido. —Apreté los dientes, pero a ella le dio igual—. Y que nadie, pero nadie, se lo diga a Brian. Tenéis que prometerlo.

Esperaba que Ari dijese algo al respecto; al fin y al cabo, Brian era su chico. ¿Tan fácil le resultaba mentirle? En contra de lo que esperaba, fue ella la primera que se pronunció.

—Prometido.

Entonces llegó el turno de Poppy.

Sus miradas se posaron en mí todas a la vez.

—¿Qué pasa? —pregunté robando una Oreo del paquete de Poppy.

—Tienes que prometerlo, June.

—Vale, vale... Pero que quede claro: yo le mando el mensaje, pero no voy.

—¿Pasó algo con James en la fiesta? —preguntó Amelia de repente.

Esa pregunta, enunciada justo en ese momento, me hizo dar un respingo.

—¿Que si pasó algo? ¡Ese gilipollas me encerró en un sótano! Y, por si eso no fuese suficiente, William me echó de su casa delante de todo el mundo.

—Bueno... Will es así. —Ari se encogió de hombros.

Busqué los ojos de Poppy, pero bajó la mirada.

—¿Acaso James está chantajeando a Will con algún asunto? —inquirí, tratando de indagar en la dirección que me resultaba más plausible.

William me gustaba, y mucho, pero estaba claro que ocultaba algo, y yo me moría de ganas por saber qué era.

—No, que yo sepa —murmuró Amelia—. ¿A qué viene esa pregunta?

—Porque William hace todo lo que dice James. Y, sin embargo, a veces tengo la impresión de que… James le tiene miedo.

Amelia dejó escapar un suspiro y tensó los labios.

—Mira, June, solo tienes que saber una cosa: William siempre pondrá a James por delante. Siempre.

Sus palabras me parecieron tan lúgubres que me provocaron un escalofrío.

¿Por qué? ¿Por qué me acababa de revelar una cosa así?

Las chicas no parecían tener la menor intención de hacerme partícipe de sus secretos, así que solo había un modo de que empezasen a confiar en mí.

—Yo me encargo de lo de James —dije de repente.

Era solo un pequeño esfuerzo que, tal vez, me ayudaría a descubrir la verdad.

—¿En serio? —Poppy parecía sorprendida.
—Claro.


El plan era llegar hasta allí, recoger lo que había que recoger y esfumarse. Simple y claro.

Pero desde el momento en que crucé las puertas del parque, supe que las cosas serían diferentes.

James estaba sentado en un banco, con sus largas piernas enfundadas en unos vaqueros y el rostro oscurecido por la sombra de un árbol. Sus Jordans tapaban algunas palabras escritas con rotulador en la superficie del asiento.

—La pregunta es evidente, White.

Mantuvo baja la cabeza. Sabía que era yo.

—No he venido por mí.

—¿Entonces qué coño quieres?

En cuanto me hizo aquella pregunta, sus ojos azules me encendieron las mejillas. Escrutó mi cuerpo vestido de uniforme.

Me había encerrado en un sótano. Estaba tratando, prácticamente, con un delincuente. No debía olvidarlo.

—Me envía Amelia —respondí sosteniéndole la mirada. Decidí hablar lo menos posible. No quería perder más tiempo del necesario—. En el mensaje está escrito lo que quiero.

—Yo no le vendo a Amelia y a sus amigas. Ya deberían saberlo. Además…, ¿traes el dinero?

Fruncí el ceño. No me esperaba esa pregunta. Di un paso atrás.

—¿El dinero? No… No. Oye, si no me puedes dar nada, me voy. Adiós.

—Acércate —gruñó. Apretó los labios con desdén y me mostró unos paquetitos que tenía en la mano—. ¿Cómo coño quieres que te dé nada si te mantienes a tanta distancia?

La garganta se me secó de repente. Intenté no darle importancia a lo que estaba pasando y me acerqué a él con cautela. James seguía sin alzar la cabeza, pero cuando vio que tenía mis zapatos delante, tensó las comisuras de los labios y esbozó una sonrisa irónica.

—Una para Amelia, que fue mi chica durante unas veinticuatro horas durante el curso pasado —susurró al pasarme la primera bolsita transparente que contenía tres pastillas naranjas. Alargué los dedos y, sin querer, le rocé el dorso de la mano—. Una para Poppy, que en la fiesta de Will se puso… —James me lanzó una mirada provocativa—. ¿Cómo podría decirlo sin ofender a la inocente Blancanieves?

—Dame eso ya y acabemos de una vez con esta mierda —lo apremié.

—Una para Ari, que me la chupó como si fuera un polo después del entrenamiento de ayer por la mañana.

Abrí la boca de par en par, y durante una fracción de segundo el miedo se esfumó de mi rostro. Era imposible. Tenía que estar de broma.

—Y una para… —Fingió que me pasaba otra bolsita, pero al final se detuvo en seco y negó con la cabeza—. Ah, no. Para las gilipollas entrometidas no hay nada.

«Me das asco y no quiero nada de ti».

Esa frase se me quedó en la punta de la lengua. Estaba tan nerviosa que fui incapaz de hablar.

James se puso a darle forma a un papel transparente y lo rellenó con algo de hierba mezclada con tabaco. Me di la vuelta dispuesta a irme.

Su voz grave no tardo en rozarme los hombros.

—¿Así que pensabas que lo que decían de mí eran solo rumores de instituto, no?

—¿Qué rumores? ¿Los que dicen que eres un tío violento, un camello, un mentiroso? —le espeté.

—¿Te ha dolido lo que te he contado? ¿Creías que no me había follado a todas tus amiguitas, chavala?

—Eres un mentiroso. Solo te mereces estar con tías que te traten como la mierda que eres. Como Taylor.

—¿Es que tus amigas no son chicas? —me preguntó mientras enrollaba el papel entre los dedos.

—¿Y qué?

—Las tías no se dividen en categorías —puntualizó antes de llevarse el porro a la boca.

—¿Estás defendiendo a Taylor?

O a cualquiera de las tías a las que lo había visto besar simultáneamente durante la noche anterior.

—No, solo digo que sois todas iguales —masculló encendiéndose el porro.

«¿Aquello era un piropo o un insulto?».

—Pero tú… —continuó diciendo James. Dio una calada, se levantó del banco y se me plantó delante—. Tú eres una tocapelotas de primera categoría.

En aquel momento me habría encantado que mis ojos tuvieran el poder de incinerarlo.

James acercó su cara a la mía.

—Y recuerda que no me gustan las tías como tú.

En ese momento me di cuenta de que aún tenía la bolsita en la mano. Me las metí con rapidez en el bolsillo de la chaqueta antes que nadie las viese.

—Mejor, porque a mí los tíos como tú me dan asco.

—Claro, seguro —repuso con ironía.

—¿Quieres saber algo? Ari, Amelia y Poppy no te soportan.

Parecía que nada de lo que le dijese le molestaba.

—¿Estás segura?

A diferencia de las chicas, yo me pasé toda la tarde estudiando sin usar ningún remedio mágico.

—Cariño, ¿pedimos pizza esta noche?

Enarqué las cejas. ¿«Cariño»? Problemas a la vista. Cuando mi madre era tan cariñosa, siempre había gato encerrado.

—Dispara, mamá.

—Eh… ¿Te acuerdas de la cena con mi cliente?

Se enrolló un mechón en el dedo índice mientras pululaba por mi habitación.

—¿Del tío con el que te quieres acostar?

—¡June!

—Ah, perdona. Quería decir «aquel apasionado del arte al que le querías mostrar tu colección de cuadros».

Me miró contrariada, pero al instante volvió a mostrarse amable.

—¿Vas a venir?

—¿Pero qué te pasa? ¿Te da miedo ir a cenar sola con un hombre? —Abrió mucho los ojos sorprendida por mi descaro—. Perdona, mamá, estoy nerviosa por los estudios.

Suspiró, apoyando una mano en la frente.

—¿Te vienes, June?

—Venga, vale.

Satisfecha por mi rendición, me estampó un beso en la mejilla que me convenció de que podía intentar algo.

—Verás, esta noche...

—No me digas que quieres salir otra vez —me interrumpió.

—Entonces puede que la noche de tu famosa cena esté ocupadísima estudiando para un examen muy importante.

Puso los ojos en blanco y se dirigió hacia la puerta de mi habitación.

—Vale, pero a las once en casa.

—¿A las doce?

—Once y media.

## 20

## Blaze

—Blaze, Blaze...

Oh, no. Venía hacia mí.

Estaba sentado en un banco, en una esquina, observando cómo las luces del jardín se reflejaban en el agua de la piscina. Aquella noche no había mucha gente, quizá por eso James vino a sentarse conmigo.

—¿Quieres una cerveza?

El diablo nunca se te acerca si no tiene un motivo.

Una vaharada de perfume me embotó el cerebro.

Habría dado cualquier cosa por estar en la piel de Taylor, Bonnie, Stacy o cualquiera de las que se follaba, aunque solo fuera por una noche. No habían sido pocas las veces que había sorprendido a James en actitud juguetona con otros chicos..., pero probablemente para él solo era una forma de divertirse. No tenía ni idea de si también se acostaba con ellos.

—Te he hecho una pregunta, ¿qué coño te pasa?

James me devolvió con brusquedad a la realidad; bajé la vista hasta sus manos, que sostenían dos botellines. Me estaba ofreciendo uno.

¿Por qué?

En un arrebato de valentía, me mostré todo lo indiferente que pude y lo miré directamente a la cara.

Él parecía no tener ningún miedo de mirarme con aquellos ojos suyos. Esos ojos que te hacían dudar de tu propia moralidad, que te hacían creer que se moría de ganas de empotrarte contra un muro para darte lo tuyo sin ninguna piedad.

Vale, puede que estuviera exagerando. No tendría que haberme tomado aquel cóctel.

—Gracias.

Tragué saliva para deshacerme del sabor del vodka que aún me impregnaba la garganta y cogí la cerveza helada que acababa de ofrecerme.

Esta vez fue él quien rozó mis dedos temblorosos.

Siempre acusaba a Jackson de ser patético, y ahora era yo el que se comportaba como un pelele en cuanto James bajaba de su pedestal para dirigirse a mí.

—Bueno…

Su voz grave, ronca y seductora me acarició los oídos

—Dime —respondí con impostada frialdad.

—¿Cómo está tu padre? —me preguntó acomodándose en el banco.

Abrió las piernas con arrogancia, con lo cual me obligó a encogerme para no rozarle las rodillas. A él parecía no molestarle el contacto físico.

—Está bien.

Le respondía casi con monosílabos porque, desde que se me había acercado, dos focos que provenían de la piscina me apuntaban directamente. Jackson me estaba atravesando con una mirada de fuego.

—No lo he vuelto a ver en el instituto.

—Lo agredieron.

—¿Tanto daño le hicieron, Blaze?

Estaba confuso. No podía creer que se mostrara tan interesado. James siempre iba con segundas intenciones.

—Una ligera contusión, nada grave —dije minimizando los hechos—. Pobrecito, debió de llevarse un susto de muerte.

—Es muy raro que lo asaltaran a plena luz del día —sugirió James tras darle un gran sorbo a su cerveza.

Empecé a sospechar.

—Lo raro es que ni siquiera le robaron la cartera —añadí.

James apuró la cerveza y se dejó caer en el respaldo. Miró a Jackson, que nos observaba incrédulo desde el borde de la piscina.

—¿Quieres un consejo, Blaze? —Su voz se volvió más bien siniestra.

Mis ojos se pasearon por su torso marmóreo envuelto en tela. James llevaba una camiseta blanca que se tensaba cada vez que llenaba de aire los pulmones.

—Dile que mantenga los ojos bien abiertos —dijo mientras se levantaba. Apoyó una mano cálida y pesada sobre mi hombro. Acercó los labios a mi oreja—. Y compórtate, Blaze.

Volví en mí justo en el momento en que vi que James se alejaba con un cigarrillo en la boca y una mano en el bolsillo.

¿Acababa de amenazarme?

Decidí no darle más vueltas y me dispuse a volver con Poppy para echarle una mano con los bocadillos. Pero en cuanto di un par de pasos, algo húmedo me agarró del brazo.

Jackson.

En cuestión de un segundo, su mano me sujetó el mentón, arrancándome un gemido que sonó a todo menos a indiferencia.

Los ojos le ardían de celos.

—Si te vuelvo a ver con él, puedes olvidarte de mí.

—Solo estábamos hablando…

Sentí los dedos de Jackson presionándome la piel. Avergonzado, empecé a sonrojarme.

No me resultó fácil abrir los labios, pero una pregunta me ardía en la garganta.

—¿Es por mí o por él?

Tenía que saberlo. ¿De quién estaba celoso? ¿Quién le importaba, en realidad?

## 21

## June

Cuando llegué a la casa adosada de Poppy me sorprendió comprobar que allí reinaba un inesperado silencio.

—¡June! ¡Ya estás aquí!

Poppy me abrió la puerta indudablemente achispada. Me encantó su rebeca azul, holgada y de tacto suave, que le llegaba hasta las rodillas desnudas. Observé que debajo llevaba un biquini, porque los cordones amarillos despuntaban por la zona del cuello.

El salón estaba inmaculado, lo cual me produjo una inmediata sensación de alivio. Pero duró poco, pues en cuanto me dirigí al jardín empecé a sentirme tensa.

—¿Te has traído el bañador? —preguntó mientras sorbía el contenido de un vaso que contenía rodajitas de fresa y hojas de menta.

—¿El bañador?

—Hola, June. No te pierdes una, ¿eh? —me gritó Jackson desde la piscina.

Marvin y él estaban en el agua con dos chicas.

Poppy vio que estaban fumando y se apresuró a regañarlos.

Me quedé sola en mitad del jardín.

—Por fin has llegado.

Una silueta diminuta me cogió del brazo y me arrastró hacia la casa con paso rápido. Ari me llevó aparte y me tendió la mano, expectante.

¿Realmente me había convertido en traficante a cambio de un poco de atención?

—¿Todas o solo una?

Se notaba que no estaba muy al día de aquel asunto.

—Dámelas todas —dijo metiéndome prisa.

—¿Y para qué vas a usar estas pastillas?

Posó sus ojos color avellana en los míos.

—Para no dormirme, June.

Y se alejó. Observé aquel físico perfecto contoneándose con su biquini blanco.

Cuando entró en la cocina, Brian la tomó de la mano.

—¿Qué te ha dado June? —le preguntó mirándome de lejos.

—Nada. Me duele un poco la cabeza y me ha traído paracetamol.

Oí con toda claridad cómo Ari acababa de mentirle a su novio. Y lo había hecho mirándolo a los ojos.

De nuevo me asaltaron emociones contradictorias. ¿Y si James había dicho la verdad? Rechacé inmediatamente aquella idea. No era asunto mío… y Ari era demasiado perfecta para traicionar a su novio, que también era perfecto.

Volví al salón, y allí me encontré a Poppy, que estaba agachada. Estaba recogiendo unos restos del suelo mientras charlaba con Stacy del examen del día siguiente.

Sentí cómo la envidia se abría paso en mi interior como una serpiente venenosa. Mis notas eran mediocres y no hacía más que estudiar todas las tardes para estar al día; mientras que ellos fumaban, se emborrachaban un día sí y el otro también… y, aun así, parecían unos estudiantes modélicos.

Era como participar en una carrera sabiendo de antemano que ibas a perder.

—Voy al baño —masculló.

Necesitaba alejarme de aquel caos.

—June, ¿te presto un bañador? —me propuso Poppy mientras frotaba con un estropajo una mancha de Coca-Cola y ron que había en la alfombra.

—No, gracias.

—¿Por qué?

Porque si ellos tenían miles de secretos, yo también tenía los míos.

—Ahora vuelvo —respondí para librarme de ella.

Cuando llegué al baño, me encerré y respiré profundamente, apoyando la espalda en la puerta.

—Con lo fácil que es quedarse en casa leyendo libros, ¿eh? Nada de dramas, nada de dolores de barriga, nada de peleas...

Vi cómo se deslizaba la cortina de la ducha, dejando la bañera a la vista.

—¡Blaze! ¡Qué susto! —le grité llevándome las manos al pecho—. ¿Te escondes en el baño?

—A veces.

Se puso en pie y salió de la bañera.

—¿Estás bien?

Asintió.

—¿Ibas a hacer pis? ¿Quieres que me vaya?

—No, quédate —le contesté mientras me acercaba al lavabo.

Me observó algo avergonzado.

—June...

—Que no voy a hacer pis, Blaze.

Sonreímos por un instante, y apoyé las palmas de las manos en el lavabo.

—¿Qué haces aquí? —le pregunté.

Blaze se puso a mi lado y pegó la espalda a los azulejos.

—Los baños me hacen sentir seguro. El noventa y nueve por ciento del tiempo estás solo en ellos, y eso es algo genial. Nadie puede seguirte hasta aquí y, tienes la excusa perfecta para hacer lo que no puedes hacer delante de los demás.

—¿Cómo qué?

—Como dejarte invadir por el pánico. —Su respuesta fue tan sincera que me dejó descolocada.

—¿Te pasa a menudo?

—Más de lo debido.

—Lo siento.

Bajó la cabeza y se restregó la mano contra el pecho, inquieto.

—¿Y a ti qué te pasa?

—Nada, yo… —Sentí un pinchazo en las heridas del interior de los muslos—. No estoy demasiado a gusto con las chicas. Al menos, no tan a gusto como debería.

—¿Te dan miedo?

—Son adorables…, creo. Pero en estas fiestas… No lo sé. No me siento parte de su grupo.

—Bienvenida al mundo de Blaze Manor.

Me reí con cierta amargura.

—No debí ser tan directa contigo…

—Tranquila. Solo estaba un poco inquieto por cómo había ido la noche.

—Seguro que no te fue peor que a mí. Créeme.

Blaze parecía el tipo de persona que solo sonreía con la boca, nunca con los ojos.

—¿Por qué dijiste aquello de William? ¿Qué significa que no es lo que parece?

—Que te oculta algo, y no creo que sea justo. —Fruncí el ceño y eso lo animó a dejar caer una última confesión—. Pero tú le gustas de verdad, June. Estoy seguro de que encontrará la manera y las palabras para contártelo todo.

Estaba desconcertada. Y esa sensación se agudizó cuando vi que Blaze se encaminaba hacia la puerta.

—Voy a tirarme a la piscina. Ha llegado mi momento —me susurró a modo de despedida.

Me giré para mirarme en el espejo.

De alguna forma, Blaze me entendía. Tal vez él y yo nos parecíamos más de lo que creía. A mí también me habría gustado pasar de «tirarme a la piscina», quedarme al margen en todo momento, evitar cualquier riesgo.

Era la única forma que conocía de no acabar herida. Y lo que había pasado en la fiesta de Will fue la prueba definitiva. Pero si —a pesar de que aquel recuerdo aún me seguía doliendo— volví a exponerme a la misma situación, con las mismas personas, fue solo por un motivo: William.

Quería hablar con él. Quería decirle que no tenía ninguna intención de ofender a nadie y que no era tan esnob como para tener una mala opinión de él solo porque no soportase a su mejor amigo.

Me obligué a buscarlo. Pero en cuanto salí del baño oí unas voces provenientes de la planta inferior.

Poner la oreja está fatal, constituye una terrible invasión de la intimidad…, pero me sentí obligada a hacerlo. Eran Amelia y James.

—¿Entonces has sido tú o no? —Ella parecía impaciente, casi agitada.

—¿Te ha mandado el idiota de tu hermano a hacerme un tercer grado?

—¿Por qué no me respondes de una vez, James?

—¿Por qué no le echa huevos y viene él mismo a preguntármelo?

—¡Porque no quiere saber nada de ti! ¡Y no lo culpo!

Bajé dos escalones para acercarme a ellos y escuchar mejor.

—Dios, sois unos…

—James, cuidado con lo que dices —lo interrumpió ella.

—Mira, él era consciente de todo. —La voz de James sonaba resuelta, iracunda.

—Brian tiene sus propios problemas.

—Sois vosotros, los Hood, quienes creáis esos problemas.

Hubo un instante de silencio y entonces volví a oír la voz de Amelia.

—James, no me mires así. No he hecho nada.

—No te estoy juzgando. Pero estás al límite. Que lo sepas.

—¿Quién eres tú para hablarme de límites? ¡Encerraste a June en un sótano! ¡La has arrinconado, la has amenazado, has instigado a tu mejor amigo delante de todos! Tú siempre te llevas el trofeo al que más la caga.

—Sí, es cierto. Hasta que lo cuente todo, Amelia. Hasta que lo cuente todo.

—¿La estaba chantajeando?
—Que te follen, James.
—Lo que tú digas.
—Y no seas pesado, ya te daré el dinero —repuso ella.
El tono de la conversación era de todo menos cordial.
—Me la suda tu dinero.
—Claro, te haces el héroe y después vuelves al instituto con un ojo morado. El día que acaben contigo no quiero tener ningún cargo de conciencia.
Otro instante de silencio.
—Lo hice por ti —afirmó James sin titubear.
—Lo hiciste por ti mismo.
Sentí los pasos de Amelia acercándose a la puerta, y eché a correr escaleras abajo. Pero, con la agilidad propia de un elefante que me caracteriza, acabé chocando con alguien.
—June.
—Hola, William.
Obnubilada con sus ojos, no me di cuenta del desastre que acababa de causar. Al chocar, la bandeja llena de aperitivos que Will llevaba de camino a la piscina había acabado en el suelo.
—¡Que está con la menopausia! ¿Cuántas veces os lo voy a tener que decir? ¡Mi madre está con la menopausia y se comporta como un ogro! Primero fue la Coca-Cola. Ahora el kétchup sobre la alfombra. ¿Por qué me hacéis esto?
—Tranquilízate, Poppy. Yo te ayudo —le susurró William.
Pero ella estaba demasiado nerviosa para escucharlo.
—Procura tranquilizarla —me susurró mientras se agachaba para recoger la comida que se había caído.
—Poppy, relájate. ¿Estás segura de que estás bien? —le pregunté.
Ella empezó a rebuscar entre los platos, los vasos y las botellas.
—Estoy tranquila. En serio —me respondió pasando obsesivamente un paño de cocina por la encimera.
Me preocupé cuando vi que le temblaban las manos.

—Poppy, salgamos al jardín. Aquí todo está solucionado.

Se quedó inmóvil, con la cabeza baja y los dedos aferrados al paño.

—Perdona, June, pero es que... no conoces a mi madre. Si cuando vuelva encuentra algo fuera de su sitio, no volverá a dejarme salir de casa.

—Tranquila, la casa está ordenada. ¿Y si salimos a tomar un poco el aire? Si todos estamos en el jardín, dentro no puede suceder nada demasiado grave.

Asintió mientras jugueteaba con un padrastro que tenía junto a la uña. Nunca la había visto tan nerviosa. Conseguí que saliese y que pusiera los pies en remojo.

La piscina de Poppy era un enorme espejo rectangular rodeado de azulejos blancos y de una fila de tumbonas. Miré el agua y me pregunté qué dirían las chicas si algún día vinieran a mi casa. No tenía jardín. No tenía piscina.

—¿June?

Me quité las Vans y me giré hacia ella, que estaba sentada a mi lado en el borde de la piscina.

—Will y tú en la clase de teatro... —Suspiré, y ella hizo lo mismo—. Hacíais muy buena pareja.

Sonreí sin ocultar la vergüenza que sentía cada vez que se hablaba de William en mi presencia.

—¿Qué quieres decir?

—Deberíais hablar. Casi grito de emoción cuando os besasteis.

—¿En serio?

Nos reímos como dos niñas pequeñas.

James se acercó al borde de la piscina. Llevaba a Stacy a caballito. Tenía las mejillas enrojecidas por el alcohol, y sus labios lucían un aspecto tan voluptuoso como siempre. Estaba jugueteando con la punta de la trenza de Stacy mientras ella lo miraba azorada. Se me revolvió el estómago.

El problema no era ella, como tampoco lo eran todas las chicas que solía frecuentar. De hecho, esas chicas me daban pena. Se veía a la legua que ninguna de ellas le importaba lo más mínimo. Y, sin embargo, no paraban de rondarlo. ¿Qué les contaba? ¿Cómo las engatusaba?

Stacy restregó su nariz puntiaguda por la camiseta blanca de James. ¿Qué esperaba conseguir de él más allá de un vínculo estrictamente físico? ¿Acaso él tenía alma? ¿Alguien lo había comprobado?

Tenía que dejar de meterme en los asuntos de aquel caso perdido, pero no podía evitarlo. Por algún motivo, despertaba mi curiosidad.

—Poppy, ¿te puedo hacer una pregunta? ¿Dónde te metiste cuando desapareciste de la fiesta de Will?

Éramos amigas desde hacía pocas semanas, pero reconocí instantáneamente la expresión de su rostro: culpable.

—Eh… Estaba con… Hum… —Dibujó un semicírculo con la mirada y acabó posando sus ojos en él. James había dicho la verdad.

—No sabes mentir, ¿a que no? —le pregunté mirándola a los ojos.

Tenía la mirada perdida en el escultural físico de James.

—¿Cómo lo has sabido, June?

—Porque un «caballero» como él no es capaz de callarse ciertas cosas —respondí con un deje amargo.

—Pero él no es como tú crees.

Poppy parecía sincera. Tal vez pecase de ingenuidad.

«Con alguien como James Hunter solo hay una cosa que se puede hacer», pensé.

—¿También se ve con Amelia?

Mi pregunta no la inquietó lo más mínimo.

—No, June. Entre Amelia y James… nunca ha pasado nada.

Lo sabía. Mi sexto sentido me decía que aquellas chicas me tomaban el pelo. ¿Qué motivo había para mentir en una cosa tan tonta? ¿Qué escondía aquella trola?

—¿Y por qué Amelia dice lo contrario?

—Ellos dos nunca han… Nunca han estado juntos.

Creí a pies juntillas lo que me dijo Poppy.

En ese instante se esfumaron algunas de mis suposiciones: el motivo de que Brian estuviese enfadado con James y de que fuera tan protector con su hermana no era por el modo en que su antiguo amigo había tratado a Amelia.

—Amelia se está viendo con otro.

—¿Con quién?

Pero aquello fue demasiado incluso para Poppy. Negó con la cabeza, y decidí no presionarla.

—Míralo, Poppy.

James acababa de zambullirse en la piscina completamente vestido. Emergió al cabo de unos segundos y apoyó la espalda en el borde. Rodeó los musculosos hombros de Jackson con el brazo. Este se mordió el labio cuando su amigo le dijo algo al oído. Pero al cabo de un instante James ya estaba flirteando con Bonnie, que parecía incapaz de apartar los labios de su mandíbula.

—¿Pero qué os hace ese idiota? ¿Os lava el cerebro?

Poppy me miró con sinceridad.

—Me dijo que lo acompañara. Había una carrera y...

—¿Qué carrera? —pregunté frunciendo el ceño, y esperándome lo peor.

—Una carrera... ¡June, por Dios! ¿Por qué intentas sonsacarme todo el rato?

—¿Se trata de algo ilegal?

Asintió y se tapó la boca con la palma de la mano.

—Mierda, era un secreto.

—¿Qué carrera? —insistí.

—No preguntes. Lo único que puedo decirte es que James quería saber... La última vez que estuvimos juntos me hizo algunas preguntas sobre ti.

Entrecerré los ojos.

—¿Qué quería saber?

—Quería saber hasta qué punto te habías integrado, cuánto sabías de nosotros... y de él.

—Eso no es asunto suyo. Parece empeñado en arruinarme la vida —masculló enfadada.

Volví a mirarlo, y él se giró hacia nosotras en aquel preciso instante, pillándome de lleno. Los ojos de James brillaron en la oscuridad e impactaron en mis iris como dos meteoritos enfebrecidos. Podría describir a la perfección los ojos de William; los suyos, no. Reuní todas mis fuerzas y le aparté la mirada para no hundirme en aquella noche peligrosa.

—¿Sabes qué, June? Creo que le gustas.

Me atraganté con mi propia saliva y empecé a toser como una loca.

La risita nerviosa se convirtió en unos quejidos ahogados. Y entonces me recompuse.

—Mira, Poppy, no permitas que un idiota como ese te utilice. Tú vales demasiado para dejarte mangonear —le dije mientras ella posaba la cabeza sobre mi hombro, ignorando lo absurdo del momento.

—Lo sé, pero… es que siempre me ha gustado. James es James. Todos me tratan como si estuviera loca porque tengo el defecto de hablar demasiado…, pero él no. Él me hace sentir a gusto.

—Sí, pero… —Me encogí de hombros.

¿Cómo podía Poppy ir detrás de alguien que no sabía lo que era el pudor, el sentido común o el respeto por los demás? James estaba allí, en su casa, y no le importaba lo más mínimo estar con otra chica justo delante de ella. Y encima no paraba de mirarme. Tal vez creía que podía jugar con la mente de las personas, pero conmigo no lo iba a conseguir. No se lo permitiría.

—He hecho lo que he podido. He limpiado la alfombra, y después la hemos repasado con la aspiradora. Debería de quedar como nueva.

La voz de William sonó como una melodía cristalina.

—Gracias, Will —dijimos ambas a la vez.

—Voy a comprobar que no haya nadie dentro de la casa —anunció Poppy poniéndose en pie.

Entendí que quería dejarnos solos. Por fin me llegaba un soplo de aire fresco.

—¿Cómo va la noche? —me preguntó Will sentándose a mi lado.

Su actitud me resultaba incomprensible. Me besó, me echó de su casa, me volvió a besar, se fue sin darme explicaciones... Y ahora estaba aquí como si no hubiera pasado nada.

—Bueno... Un poco rara, la verdad. ¿Y la tuya?

Observé nuestras siluetas reflejadas en el agua.

William vestía una rebeca gris y una camisa de lino, blanca y algo arrugada, metida por dentro de un pantalón oscuro. Yo no iba tan elegante, con mi sudadera holgada y los vaqueros.

—June, si tu invitación para que hablemos sigue en pie..., creo que ha llegado el momento.

Yo era una persona bastante orgullosa, así que quise quitarme aquella espinita.

—William Cooper, ¿es que aquí solo se habla cuando tú lo dices? —No estaba enfadada, pero necesitaba empezar a marcar mis límites y mis reglas para que nuestra relación estuviese equilibrada—. Will, me dijiste que había cosas que tenías que contarme... y después me besaste. ¿Es así como cuentas tus cosas?

—June, me avergüenzo mucho del modo en que me he comportado contigo —dijo esbozando una media sonrisa.

Me tensé como la cuerda de un violín.

—Estaba enfadado con James y conmigo mismo..., y la tomé contigo. Estabais tan cerca... ¿Cómo no iba a malinterpretarlo?

Señaló a James con un gesto de cabeza. Llevaba la camiseta blanca empapada y se le transparentaba, de modo que se le marcaban los pectorales. Aparté inmediatamente la mirada de aquel espectáculo indecente: Bonnie y él habían empezado a besarse de una forma bastante indecorosa.

—¿Creíste que estábamos haciendo algo? —insistí.

—No. Quiero decir... Pensaba que tú...

—¿Que yo, qué? Estaba enfadadísima con él, Will. Es más, lo sigo estando. Me encerró en tu sótano para vengarse del puñetazo que le di. Puñetazo que, por cierto, se merecía.

William sacudió la cabeza para apartarse el pelo de los ojos.

—Siento mucho lo que te hice… Pero, sobre todo, siento mucho haber pensado mal de ti.

—También pensaste mal de él, di la verdad —lo azucé.

—No. James, a su manera, tiene ciertos valores.

—He estado con él en el baño del instituto porque, sin querer, lo manché de café, y ese cretino me llevó a rastras hasta allí. En la enfermería me pasó lo mismo. Yo solo me limité a darle un consejo…

—June, te creo. No tienes que justificarte.

—No quiero justificarme. Solo habría querido… que confiases en mí.

William contuvo una sonrisa y dejó vagar la mirada por el horizonte, como si un pensamiento agradable le acabase de cruzar la mente.

—Lo de esta mañana ha sido muy bonito. Aunque, claro, sin público habría estado mucho mejor.

Me mordí el labio, como si estuviera volviendo a sentir la suavidad de aquel beso.

—El hecho de que nunca hayas estado con nadie… ¿es por culpa de James?

—¿En qué sentido?

—Cuando en la fiesta de ayer se caldeó el ambiente, lo acusaste de no mantenerse nunca al margen.

—No lo puede evitar. Necesita acaparar toda la atención —me explicó, de nuevo arrastrados inevitablemente hacia el campo magnético de James.

Seguía en el agua, y no paró de liarse con Bonnie. Es más, intensificó el ritmo de la acción. La agarraba del pelo, como si tuviera un hambre insaciable. Ponía toda su alma en aquel beso. Las mejillas de la chica se hinchaban de forma intermitente, sometidas a la impetuosa lengua de James.

—Pero eso no tiene nada que ver con mi vida sentimental —siguió diciendo William—. La culpa es mía. Si nunca he estado con nadie es porque me he pasado años enamorado de la misma chica sin llegar a declararme. Ella nunca me ha correspondido. Siempre queremos aquello que nunca podremos tener. Forma parte de la naturaleza humana.

Un momento, ¿me estaba confesando que estaba enamorado de otra?

Mis esperanzas de tener algo serio con ese chico se fueron por el sumidero de la piscina..., igual que la decencia de James, que acababa de cambiar de chica.

—June, no me malinterpretes. Lo de desear a la persona equivocada es algo que sucede constantemente. Pero contigo, por primera vez, me parece poder tener algo... real y no unidireccional.

Se me nubló la vista.

—¿Y aún sigues..., esto, enamorado de esa chica?

Negó con la cabeza.

—No. Eso no fue más que un prólogo. Me gustaría que la parte central de la obra la protagonizásemos tú y yo. Juntos.

Las palabras de William me iluminaron el rostro. Me incliné hacia él y encontré sus suaves labios preparados para recibirme. Era como dejarse caer en un esponjoso manto de nubes. Nuestras lenguas se sintonizaron al instante.

No moví las manos, las mantuve firmemente sujetas al borde de la piscina. William me acarició el pómulo con el pulgar, provocándome un escalofrío.

—Perdóname, June. He sido tan...

—Ya te he perdonado, Romeo.

## 22

## Ari

Las páginas sobre la Guerra Civil avanzaban con rapidez ante mis ojos. Tenía el cerebro completamente activado, listo para asimilar cualquier información que ocultasen aquellos párrafos. Después de pasar un par de horas en la fiesta, nos escondimos en la habitación de Poppy para estudiar el examen del día siguiente. Cuanto más leía, mayor era mi sensación de que mi concentración había llegado a su punto álgido y de que todas aquellas palabras se iban a quedar incrustadas en mis neuronas.

—¿Ari?

«Pienso recordarlo todo. Todo».

Cerré el libro de Historia y les hice un gesto a las chicas. Ellas sacaron los móviles y metieron los apuntes bajo la colcha de Poppy.

Brian abrió la puerta de repente y me buscó con la mirada.

—Me voy a casa. ¿Quieres que te lleve, guapa? —Sus ojos revisaron la habitación y se oscurecieron de pronto—. ¿Pero qué hacéis? —preguntó al descubrirnos inmóviles como estatuas.

Fui incapaz de responderle. En mi cabeza aún resonaba la frase que acababa de memorizar.

—Estamos pasando el rato. Métete en tus asuntos, Brian —zanjó Amelia, que, en ese tipo de situaciones, era la única capaz de responder de forma tajante.

—¿Te quedas a dormir aquí? —le preguntó a su hermana con un tono inquisitivo.

—No lo sé.

A veces sentía que Brian era más posesivo con Amelia que conmigo. Como de costumbre, la vaguedad de su respuesta no lo convenció.

—O vuelves a casa o duermes aquí, no hay más opciones.

Amelia ocultó una risita burlona con un resoplido.

—Sí, sí, duerme aquí —intervino Poppy.

Y eso hizo que él se fiase aún menos de lo que le había dicho su hermana.

Se nos quedó mirando un buen rato sin que tuviéramos ni idea de cuál era el problema.

—Brian, quédate tranquilo. No saldremos de aquí. Solo somos nosotras. Hunter y Jackson ya se han ido. También he mandado a casa a Marvin y al resto de los chicos. Puedes dormir tranquilo.

Poppy y su bocaza. Aún me quedaban cincuenta páginas, podía conseguirlo.

—¿Qué quieres decir con eso, Poppy? ¿En qué cambiaría el hecho de que siguiesen aquí?

Brian. Paranoico. Observé su figura recortada contra el umbral de la puerta. Era muy atractivo. Una distracción.

«Tengo que estudiar. Mi padre no aceptará otra mala nota».

—Vamos abajo, Ari —me dijo; había cierta hostilidad en su voz, y tuve que contener un bufido.

Soportar el mal carácter de Brian era realmente difícil. Aunque sabía que lo hacía para protegerme, a veces me agobiaba.

—Ahora vuelvo —les susurré a las chicas antes de salir de la habitación.

Ellas volvieron a sus apuntes y yo seguí a Brian por la escalera.

Ya no quedaba nadie. Una vez que estuvimos fuera, apoyé la espalda en el Range Rover mientras él me miraba algo desconcertado. Puse fin a sus dudas agarrándolo de la camiseta.

—Ari.

—No hay nadie —susurré antes de que juntásemos nuestros labios.

No entendía qué problema había, más allá de que nos estuviéramos besando en una acera. Llevábamos dos años juntos, y aparte de besarnos, no habíamos hecho nada más. Estaba segura de que ahí abajo no había ningún tipo de problema, pero él parecía querer ignorar cualquier aspecto más íntimo que tuviera que ver con nuestra relación. Y yo había dejado de intentarlo, porque ya me había rechazado demasiadas veces.

Recorrí su pecho con mi mano y sentí cómo latía su corazón bajo la camiseta. Me quedé inmóvil por un instante, con la respiración agitada. Estaba de puntillas, esperando un milagro, como, por ejemplo, que me arrancara el vestido con sus manos.

Pero eso nunca sucedía.

Le lamí el labio inferior, se lo mordisqueé y Brian, confuso, enarcó una ceja. Posó sus manos en mis caderas y me agarró con fuerza. Uno, dos, tres segundos después, me soltó.

Otra vez.

Obcecada, le cogí la mano y la introduje bajo de mi falda.

—Aquí no —me dijo, apartándose inmediatamente.

—Aquí no; en el coche, no; en tu habitación, no; en mi casa, no. ¡No te apetece en ningún sitio!

—He dicho que aquí no.

Apretó la mandíbula y me apartó con determinación.

Me había rechazado. De nuevo. Otra vez había hecho añicos mi autoestima. Aquello me dolía muchísimo.

—¿Por qué? —le pregunté, incapaz de mirarlo a los ojos.

¿Por qué el único chico al que quería no me deseaba? ¿Por qué yo les gustaba a todos menos a él?

Decía que me quería, pero no lo demostraba. Y yo me negaba a aceptarlo. Él no quería que lo hablásemos, evitaba hablar de ello, como si le diera vergüenza. Nunca podíamos discutirlo seriamente. Vivía a todas horas con miedo a decir algo que hiriese su sensibilidad. Pero aquella maldita pastilla me había puesto muy nerviosa. Era incapaz de contenerme.

Me dio la espalda sin molestarse en darme una respuesta.

—¡Brian!

No se detuvo. Se dirigió al otro lado del coche. Su gesto me provocó una reacción imprevisible: fui hacia él y, antes de que pudiera abrir la portezuela, lo empujé por la espalda.

—Ari, ¿qué coño haces?
—¿Por qué? —le grité desesperada.
—¿Qué dices?
—¿Por qué no me deseas?
—Pero… ¿de qué hablas?
Sabía perfectamente de qué hablaba.
—No me amas.
—No me parece un buen momento para hablar de esto. Tengo que volver a casa —dijo, con la voz serena pero inflexible.
—¡Nunca quieres hablar de ello!
Brian siempre había sido una persona muy cerrada y poco propensa al contacto físico, pero desde que su padre ya no estaba, hacía casi un año, la cosa había empeorado. Apenas me besaba. Y, sin embargo, era posesivo y celoso.
Miró a su alrededor, como si le preocupase que alguien hubiera oído lo que acababa de decirle.
La callejuela estaba desierta, allí solo nos encontrábamos él y yo.
—¿Y ahora qué te pasa?
—¿Te parece que estoy bien, Brian?
—¿Preferirías un novio al que no te pudieras quitar de encima?
Bajé la vista.
—¿Y si así fuera?
—¿Pero qué dices, Ari? Estás de broma, ¿no?
Brian tenía el poder de hacerme sentir culpable cada vez que deseaba llegar más lejos con él.
—Brian…
—Nunca te habías quejado, ¿qué te pasa?
Aquel era el típico momento en que yo le pedía disculpas y todo volvía a ser como siempre. Pero esta vez no iba a ser así.
—Bueno, pues ahora sí que me estoy quejando. Estoy harta de ti —bramé.
Di media vuelta y me fui de allí.

# 23

## Jackson

—No, Jax. No me lleves a mi casa. ¿Puedo dormir en la tuya?

James negó con la cabeza al darse cuenta de que el coche estaba entrando a su calle.

—James...

—Venga, Jax...

—¿Es por tu padre? ¿Estás harto de él?

—Qué me importa mi padre. No quiero que mi hermano me vea en este estado.

Asentí para mostrar que aceptaba lo que me había pedido.

—¿Has hablado con Taylor después de la escenita del teatro?

—Supongo que estarás de coña.

Se echó a reír y se puso un cigarrillo en los labios.

—No. Parecía enfadada de verdad.

—Ah, ¿es que tenía motivos para estarlo? —Entrecerró sus ojos azules hasta convertirlos en dos rendijas—. ¿Ahora estás de su parte?

—No, pero... Le has hecho daño, joder. —Resopló mientras se buscaba un mechero en el bolsillo—. Toma —le dije pasándole el mío.

James lo pilló al vuelo.

—Se ha hecho daño ella misma. Le he dicho mil veces que no estamos juntos.

—¿Se lo has dicho también a Stacy, a Bonnie, Poppy, Tiffany y compañía?

Se me quedó mirando como si me hubiese vuelto loco.

—¿Qué pasa?

—Pasa que parece que dices una cosa, pero que después haces otra. ¿Por qué siempre acabas volviendo con ellas? Al final todas van a acabar odiándote, James.

Apoyó la frente en el cristal y mordisqueó el filtro del cigarrillo. Siempre lo hacía cuando estaba nervioso.

—June White ya te odia —añadí para provocar en él una reacción.

Y esa reacción no tardó en llegar.

—¿Por qué te cae tan bien, Jax? No entiendo qué hace que a mis dos mejores amigos les encante esa tocapelotas.

—Bueno, a mí me mandó a freír espárragos y a ti te dio un puñetazo en la cara. Puedes decir lo que quieras de ella, pero está claro que tiene cojones.

—Eres un masoquista de mierda —afirmó lanzando al aire una bocanada de humo.

—¿Pero qué dices?

—Te encanta que una tía te mande a tomar por culo, ¿qué nombre le pones a eso? —reprimió un gruñido y se echó a reír.

—No soy masoquista, James. Corta el rollo —le respondí, tajante.

«Menos cuando te permito que me machaques a golpes el corazón, como si yo no fuera más que el saco de boxeo que tienes en tu habitación con el objetivo de desfogarte».

—Esa tía se mete donde no debe.

Las luces y las sombras salpicaban la silueta de James mientras avanzábamos por la carretera. La curva perfecta de su nariz, la mandíbula que formaba un ángulo escultórico, sus labios…

—¿Jax?

¿De qué estábamos hablando? Ah, sí, de June White.

—¿Te tiene harto porque es una tocapelotas o porque pasa de tu culo?

James se echó a reír con aire socarrón.

—Ay, Jackson… Si quisiera, podría follarme hasta a tu abuela.

—¡Oye! Cuidadito con hablar así de mi abuela.

Él ya no me estaba escuchando. Se había girado hacia la ventanilla y estaba sumido de nuevo en sus pensamientos.

—Pero te aseguro que no pienso follarme a una tía que no sepa chuparla bien.

—Tienes un brillante futuro como poeta... —le dije riéndome de él.

Tal vez se había dado cuenta de que June no estaba interesada en él, y precisamente por eso le gustaba. Conocía a James desde que éramos pequeños, sabía que no le atraían las cosas sencillas ni lo que pudiera conseguir sin ningún esfuerzo. Todo eso lo aburría. Todas las chicas que pululaban a su alrededor eran la prueba de ello. Le gustaba la caza, adoraba la sensación de conquistar aquello que se suponía que no podía conseguir.

—Pero, aparte de eso, White supone un problema importante —añadió.

—¿Por qué?

—Porque en cuanto descubra algo, querrá saberlo todo. Cuanto más cerca la tengamos, mayor peligro correremos.

James estaba borracho, pero en aquel momento parecía del todo lúcido.

—¿Tú crees?

—Y sé perfectamente cómo acabará el tema de Will —afirmó.

—¿Cómo?

—Empezarán a salir.

—¿Y qué tiene eso de malo? Podría ser la chica apropiada, la que no le abandone a la primera dificultad.

—Chorradas. Ella lo dejará y él lo pasará fatal. Fin de la historia.

—¿Es por eso por lo que no quieres que estén juntos?

James entornó los ojos antes de soltar una gran bocanada de humo.

—La destruiré, aunque sea lo último que haga —anunció con una expresión cruel en su rostro.

Me encogí de hombros. Estaba demasiado serio como para estar de broma. James siempre había mostrado un importante instinto de protección con William..., y no podía culparlo. Para Will no era fácil construir un vínculo con una chica.

—Te equivocas. Los vi en el escenario, se gustan de verdad.

Aspiró con furia el humo de su cigarrillo, como si quisiera llenarse los pulmones de una sola una calada.

—¿Qué escenario?

Yo también bajé mi ventanilla para dejar salir todo aquel humo.

—Tú te habías ido. Se besaron en clase de Teatro.

—¿Delante de todo el mundo? —preguntó enarcando una ceja.

—¿De qué te extrañas, James?

—Se habían peleado.

—Se habían peleado porque tú hiciste que se pelearan —precisé.

—Chorradas —contestó nervioso.

—Se ve a la legua que Will está loco por ella.

Sí, me encantaba cotillear un poco de vez en cuando.

—Chorradas —repitió, fulminándome con la mirada—. Mira, no quiero que sigas hablándome de esa niñata de los cojones. Entonces ¿qué?, ¿puedo dormir en tu casa?

—Solo si no le pones ojitos a mi abuela...

—¿Pero qué coño dices? —preguntó riéndose, y volvió a mirar por la ventanilla.

Su hoyuelo izquierdo me distrajo por un instante. Durante unos segundos perdí de vista la carretera.

—Pues la última vez que os vi juntos, la estabas piropeando en la cocina.

—Solo quería que le echase hierba a las galletas.

—Sí, ya, y por eso le dijiste que de joven era la chica más guapa que habías visto jamás.

—Por eso me adora... Así que cierra el pico, Jax.

Soltamos una risotada cómplice y por fin llegamos a la casa de mis padres.

Esperé a que James se terminase el cigarrillo y metí la llave en la cerradura, haciéndole una señal para que guardara silencio.

Ni que decir tiene que no me hizo caso y que se rio aún más fuerte mientras atravesábamos el salón.

Iba dando tumbos y, por muy grande y fuerte que yo fuese, no era fácil cargar con James en ese estado.

—¡Ve más despacio, me cago en todo! —lo regañé en un susurro.

—Sssh... —siseó en mi oído.

La calidez de su respiración me provocó un escalofrío. Noté un temblor en los labios.

Llegamos a mi habitación. James se quitó la chaqueta que le había prestado y dejó en el suelo la ropa que se iba quitando.

La luz de la habitación era tenue. Las sombras dibujaban a la perfección las líneas de sus músculos sobre su piel bronceada.

—Voy al baño —masculló mientras dejaba atrás aquel espectáculo prohibido.

Cuando me disponía a lavarme los dientes, oí un ruido.

Puede que no echara el pestillo, porque James entró en el baño poco después, sorprendiéndome de espaldas. Me quedé sin aliento al ver en el espejo sus ojos brillantes.

—¿James? —le dije con la boca llena de dentífrico.

—¿Qué quieres?

—¿Por qué te estás desnudando?

Aparté la vista antes de que sus bóxers acabaran en el suelo.

—¿Es que no puedo darme una ducha?

Su espalda tenía la forma de un triángulo invertido: ancha por la parte superior y estrecha a la altura de la cintura. Acaricié con la mirada cada palmo de su piel, pero me detuve antes de llegar a sus nalgas.

«Menuda nochecita...», pensé mientras él desaparecía en la ducha.

Me puse la camiseta que solía usar para dormir y me metí en la cama. Me quedé mirando el techo hasta que James salió del baño con una toalla enrollada en la cintura.

—¿Me prestas unos calzoncillos? —me preguntó.

Asentí y se puso a rebuscar en el cajón de la ropa interior.

Fijé la vista en la tele, tratando de no mirarlo mientras se cambiaba.

—Joder, yo ahí no quepo.

James hizo una mueca señalando el colchón que le había dejado en el suelo.

—Pues antes cabías perfectamente.

—He crecido bastante desde que íbamos al cole. Concretamente, veintitrés centímetros.

—Que te den.

Le lancé un cojín y él lo esquivó.

—Podría reventarte aun estando borracho —aseguró lanzándose sobre la cama, sin dejar de mirar el póster de *El club de la lucha* que había colgado en la pared. Me envolvió el aroma de su piel. Percibí la fragancia de mi jabón de eucalipto mezclada con su olor.

Hablaba de boxeo, pero la sonrisa maliciosa con la que acompañó aquella frase no me pasó desapercibida.

—No me gusta pelear —mascullé de mala gana.

Odiaba la visión de la sangre y no soportaba la violencia. A James, sin embargo, le maravillaba.

—Ah, Jax, ¿entonces a qué viene eso…? —dijo señalando con un gesto la imagen de Brad Pitt sin camiseta lleno de señales causadas por la lucha.

—James, esa peli no glorifica la violencia. Lo sabes perfectamente. Lo que hace es denunciarla.

—No hablo de violencia ni de hacerle daño a los demás. Hablo de la sensación de ponerte en peligro. Se trata de adrenalina, de riesgo. De la libertad de ser tú mismo —me explicó, desenredándose el pelo húmedo con los dedos.

—¿Quieres decirme que las peleas clandestinas te gustan más que el sexo?

—Tampoco nos pasemos —respondió sonriendo.

Se hundió en la almohada y no pude evitar tomarle el pelo.

—Así que veintitrés centímetros, ¿eh? Menudo idiota estás hecho…

Me dio un golpe cariñoso en el costado.

—¿Puedo dormir contigo, en tu cama? —me preguntó palpando el colchón en el que estábamos tumbados.

Me empecé a chupetear el *piercing* con los dientes para aliviar la tensión.

—No.

—¿Pero qué problema hay? ¿Te da miedo que te toque la polla mientras estás dormido?

Sentí que estaba palideciendo. Tenía que alejarme de él.

—Hagamos lo siguiente: yo duermo en el colchón y tú duermes aquí —le propuse incorporándome.

James puso cara de incredulidad. Sus ojos azules me escrutaron recelosos.

—¿En serio?

Yo no era conocido precisamente por ser Míster Simpatía. A Marvin le habría dado una patada en el culo antes de dejarlo dormir en mi cama.

—Sí, pero cállate ya y déjame dormir.

—Me muero de ganas de que llegue mañana para ver llorar al gilipollas de Brian Hood.

—¿El entrenador aún no se lo ha dicho? —pregunté mientras me tumbaba en la cama de agua más incómoda de la historia.

—Todavía no. Ese chivato se creía que podía traicionarnos. Menudo gilipollas.

Brian nos había pillado fumando hierba en los vestuarios y al día siguiente había ido a contárselo al entrenador con la esperanza de que nos expulsara. Nos echó una bronca enorme, sí, pero no podía permitirse el lujo de prescindir de sus mejores jugadores por un par de porros. Así que le dio la vuelta al asunto y la tomó con Brian por «haberle dado la espalda al equipo».

—¿Quieres que lo echen?

—Que lo echen no, que deje de ser capitán.

Alargué el brazo hacia el interruptor para apagar la luz y entonces me quedé de piedra.

—¿Por qué cojones te has quitado los calzoncillos, James?

—Es que duermo desnudo, ¿no lo sabías? —contestó en tono inocente—. ¿Qué coño te importa, Jax? Nos duchamos juntos tres veces por semana, después del entrenamiento.

«Pero siempre me pongo de espaldas a ti para no ver lo perfecto que eres».

—Cállate y duérmete ya, por favor.

Cuando se quedó dormido, hundí la cabeza en el cojín.

Era incapaz de tranquilizarme, así que me puse unos pantalones y salí al balcón para tomar un poco el aire.

Al principio pensé que estaba solo..., pero cuando un olor acre a puro me dio en la nariz, supe que no era así. Mi abuelo estaba fumando en la mecedora.

Era exmilitar, un hombre chapado a la antigua con un imponente bigote y el ceño siempre fruncido.

En Vietnam le dispararon en una oreja, pero por el otro oído oía perfectamente.

—Hay alguien contigo, os he oído hablar.

—Es un amigo mío. Se ha quedado a dormir.

—Ya podías haber traído a alguna chica guapa —masculló en mitad de una calada.

—Si lo hubiera hecho, me habrías regañado por traer a una chica a dormir —repliqué, y mi respuesta le provocó una mueca de desilusión.

—Pero me habrías dado una alegría, Jax.

—¿Qué? —le pregunté sin entender lo que me estaba diciendo.

—No me gusta que duermas con otro hombre.

Abrí mucho la boca, pero no me salió ningún sonido.

—Es un amigo, ya te lo he dicho. Yo... —Tuve que tragar saliva—. No estamos en los años cincuenta —repuse con un susurro.

—¿Y eso qué tiene que ver, muchacho?

El abuelo se apoyó en el reposabrazos de la mecedora y, haciendo un esfuerzo, se puso en pie. Al instante me inundó aquel persistente y nauseabundo olor a puro.

—Me refiero a que las cosas han cambiado, y que dos hombres pueden dormir juntos sin ser amantes. No hay nada de lo que avergonzarse —le expliqué.

—¿Es que crees que yo no dormía con los demás soldados? —respondió frunciendo sus cejas canosas.

—Exacto, ¿ves…? Es lo mismo.

—Eres tú el que es diferente, Jax.

Esas palabras me golpearon de lleno en el estómago.

—Buenas noches, abuelo.

Me volví hacia el interior de la casa y él levantó el índice señalando el cielo.

—Piensa siempre en tu padre, Jax. Hagas lo que hagas. Y pregúntate si estaría orgulloso de ti.

No me parecía el mejor momento para pensar en mi padre o en mi madre. Hacía dos años que habían muerto mientras iban a recogerme de una fiesta a la que no querían que asistiera. Negué con la cabeza y, sin decir nada más, volví a mi habitación con la moral por los suelos.

James dormía bocabajo, con los brazos ocultos bajo la almohada y la sábana acariciándole el muslo. Era la viva imagen de la perfección.

No cerré los ojos durante mucho tiempo.

Me desperté de repente con el aroma del café colándose por mis fosas nasales.

—¿De dónde ha salido eso? —pregunté desperezándome.

Mi espalda produjo una sinfonía de crujidos. Había dormido tan incómodo que sentía como si cada músculo se estuviese quejando.

—Me lo ha traído tu abuela —respondió James con su voz grave.

Seguía tumbado en mi cama, mirando el móvil.

—Te habrás puesto los calzoncillos para abrirle la puerta, ¿no? —Me levanté con dificultad de aquel colchón tan incómodo.

—Me acababa de despertar, se la he mostrado en toda su grandeza.

Hice una mueca de horror.

—¿Estás tonto o qué te pasa? Claro que me puse los calzoncillos —se apresuró a aclarar en cuanto se percató de que me lo había tomado al pie de la letra.

Me quedé mirando mi reflejo en el espejo oval que colgaba de la pared. Lo primero que vi fueron las ojeras.

—¿Quién es? ¿Taylor? —le pregunté señalando el móvil que tenía en la mano, y en cuya pantalla se apreciaban claramente dos tetas.

—Está tratando de que la perdone por lo del otro día, pero me niego. Conmigo ha terminado.

—Pues ella siempre te lo ha perdonado todo…

—¿Pero tú, de parte de quién estás, Jax? —preguntó levantándose de la cama. —Cogió el lápiz de ojos que había encima del escritorio y se me acercó—. Después de la escenita que me montó en el teatro, no volverá a verme el pelo. Ni aunque venga a rogármelo de rodillas.

Me agarró de la barbilla con el pulgar y el índice. Puso cara de concentración y se acercó a mis párpados dejando que la suave punta del lápiz acariciara los bordes, que empezaron a ennegrecerse.

—¿Tú también lo usas?

—No. Por las mañanas tengo los ojos muy sensibles y siempre empiezo a lagrimear. Además, no son tan bonitos como los tuyos.

La naturalidad con que James era capaz de decir ciertas cosas me dejaba sin respiración.

Quería ser como él y aceptarme por lo que era o, quizá, por lo que en aquel momento pensaba que era.

Había intentado de todas las formas posibles que me gustaran las chicas. Pero ninguna me hacía sentir aquello. Y habría podido gritarlo a los cuatro vientos para librarme de aquella carga, pues sabía que mis amigos no me juzgarían. James era el primero que no aceptaba etiquetas, el primero en sentirse libre…, pero yo no era así. La mera idea de hacer público lo que sentía me provocaba dolor de estómago.

James se acercó a la puerta con el pecho descubierto.

—Nos vemos en el entrenamiento.

—¿Adónde vas? —pregunté confuso.

—Voy a pasar por mi casa para cambiarme.

—¿No quieres ponerte nada mío? —Le señalé mi armario.

—La verdad es que me ahorrarías un marrón —contestó sonriendo.

Abrió de par en par las puertas de mi armario y se puso a rebuscar.

—¿Qué vas a hacer hoy con el tema de Hood?

—Jackson, Jackson..., ya sabes que nunca pienso antes de actuar. Pensar es cosa de idiotas, yo confío en la inspiración.

—Tienes que dejar de ver esa película cuando estás colocado, te hace papilla el cerebro.

—*La naranja mecánica* es una gran película. No creo que sea precisamente eso lo que me está jodiendo el cerebro. —Me dedicó una sonrisa burlona—. ¿No tienes nada un poco más sobrio? —Cogió un chaleco de colores brillantes y se mordió el labio inferior—. Bueno, ¿por qué no? Seguro que a la profe de Religión le da un ataque si voy solo con este chaleco...

—¿Pero qué ha pasado con tu uniforme? —le pregunté mientras buscaba el mío entre el montón de ropa que llevaba amontonada en una silla desde hacía días.

—Eso digo yo —musitó antes de agarrar una sudadera gris—. ¡Oye, esta es mía!

Me quedé de piedra.

—Ah, ¿sí? —respondí, procurando que sonara lo más inocente posible, pero me había pillado de lleno.

—Sí, ¿qué coño hace aquí? —preguntó mientras hundía la nariz en la tela—. Al menos la habrás lavado, ¿no?

—Eh...

—Huele a humo. Aún se percibe el olor de mi jabón. Qué asco, ¡ya podías haberla lavado!

—Es que nunca me la he puesto. No recordaba que la tuviese.

Se puso mi chaleco favorito, pero no soltó la sudadera.

—Bueno, me voy. Nos vemos en el insti.

Joder, no. No te la lleves.

## 24

## Ari

Llevaba más de veinticuatro horas sin cerrar los ojos y, sin embargo, seguía contoneándome por el pasillo, dejando octavillas por todas partes. No paraba de entrar y salir del baño. Observaba obsesivamente mis pupilas en el espejo porque no quería que Brian se diese cuenta de nada. Me arreglé el pelo y la pintura de labios y volví a salir.

Saludé de lejos a Poppy y a Amelia, que se disponían a repasar el examen en un aula. La prueba era a tercera hora.

—Cari, ¿hoy no tenías un examen? —me preguntó Brian, sorprendido de encontrarme allí, activa y productiva desde antes de que sonase el timbre.

—Sí, pero tu candidatura también es importante —susurré acariciándole la mejilla.

Esperaba de todo corazón que Brian se hubiese olvidado de la pelea de la noche anterior.

—Bueno, la verdad es que me obligó mi padre... Ahora no es que me importe tanto —se lamentó.

—Y dale... Ya sabes que estoy a muerte contigo.

Le puse morritos y Brian me dio un beso.

Cerré los ojos para vivir a tope aquel mimo, pero no fui capaz de gozarlo del todo: la vocecita en mi cabeza no paraba de hablarme.

«Aquí lo tienes, como siempre, como si no hubiese pasado nada».

Volví a abrir los ojos cuando se acabó el beso y vi a James y a Jackson pasando por detrás de él. El segundo se unió a un grupo de chicos mientras que el primero siguió su camino hacia las taquillas. Le dio un golpe tan fuerte a la portezuela que me sobresaltó.

En cuanto Brian lo vio, me apretó más fuerte.

—Perdón por lo de ayer —murmuré bajando la vista.

Pero él estaba demasiado ocupado en mirar a James de reojo.

—Me voy, cari. No pierdas mucho tiempo aquí —me ordenó si quitarle el ojo de encima.

—Cuelgo las últimas octavillas y me voy...

—Eres la mejor novia del mundo —me susurró al oído.

«Oh, no, Brian. No lo soy. En absoluto».

James abrió la portezuela con decisión y todas las octavillas que llenaban su taquilla cayeron al suelo.

—¡Menuda hija de puta! ¡Taylor! —bramó.

Bastaba con nombrarla para que aquella bruja apareciese como una deidad maligna.

—Hola, gilipollas. ¿Has visto ya cómo va a ir tu candidatura? —le soltó mientras pisoteaba una octavilla con su zapato de tacón.

—¿Qué coño quieres? —le preguntó él apoyando la espalda en las taquillas.

Como de costumbre, James no llevaba puesto el uniforme. Aquel chaleco rojo intenso tenía toda la pinta de ser de Jackson. Estaba claro que le quedaba mejor a James. Sus anchos hombros sobresalían de la prenda. Jackson tenía el rostro claro como la nieve, mientras que James era un manojo de músculos bronceados.

—A ver qué haces, ahora que ya no voy a ocuparme yo de tu candidatura. Porque te recuerdo que tú solo no eres capaz de hacer nada.

Taylor le hincó el índice en el pecho, pero a James no pareció molestarle.

—La verdad es que tienes razón. Prefiero que me ayuden tus amigas —respondió con sorna mientras se colocaba un cigarrillo en la oreja.

—Eres un hijo de puta. No vuelvas a dirigirme la palabra.

—Pues tú no vuelvas a mandarme fotos como la de esta mañana... Me provocan el efecto opuesto del que a ti te gustaría.

Taylor se marchó enfadada y sin hacer caso a los insultos, moviendo las caderas como si se sintiese la chica más bella sobre la faz de la Tierra. Ojalá yo tuviera su autoestima.

James resopló con indiferencia. Cerró la taquilla y por fin me vio.

—Ariana… —Pronunció mi nombre y su voz grave me atravesó como una descarga eléctrica.

—Oye, James…

—¿Te ha gustado la escenita? —Se puso el cigarrillo entre los labios y me miró fijamente.

—No quería presenciarla, pero tengo que decirte una cosa.

—Veamos de qué se trata.

—James, de verdad, lo siento.

—No quiero tu misericordia.

—No se trata de misericordia —respondí.

—Lo es, hasta que te veo de la mano con él.

Me dio la espalda y se reunió con sus amigos.

Sentí que la cara me ardía, al igual que el resto del cuerpo. Tenía que tranquilizarme.

Volví al baño, por enésima vez, a refrescarme un poco. Gestionar la situación que existía entre James y Brian no era nada fácil. Me sentía sumida en un precario equilibrio, suspendida entre dos incendios.

Cuando oí el ruido sordo de la puerta me llevé un buen sobresalto. Taylor entró en el baño poco después de mí. Me pregunté si me habría seguido.

—Pues lo siento… —dijo sentándose en el lavabo con las piernas cruzadas. Al hacerlo invadió mi espacio, y tuve que apartarme un poco—. Primero va White y me contesta mal…, y después se apodera de mi papel de Julieta.

—June no ha hecho nada malo, has sido tú quien…

—Pues lo siento… —repitió con aire amenazante—. Aquí alguien va a acabar fatal…

Me dije a mí misma que sus amenazas no me daban miedo, pero entonces me acordé de Brian. Bueno, un poco de miedo sí que me daban.

—Ari, algo me dice que tú sabes quién será...

Me sequé las mejillas húmedas con las muñecas mientras observaba su sonrisa fingida.

—Taylor, sé que estás enfadada con James, pero...

—Oh, Ari, no se trata de quién acabe en la cama con James, yo ya no tengo nada que ver con ese asunto. Hablo de mi reputación como responsable del consejo estudiantil.

—¿Qué quieres decir? —pregunté arreglándome la coleta.

—Ariana, no es una competición entre tú y yo. Esta vez estoy de tu parte.

Taylor se me puso delante, interponiéndose entre mi cuerpo y mi reflejo en el espejo.

—Es importante que James no sea elegido representante del instituto, y también que no vuelva a ser capitán del equipo —anunció.

—¿Desde cuándo estás de parte de Brian? Si estuviste apoyando a James hasta ayer... —La miré, confundida, con la esperanza de que me lo explicase todo.

—Es que no tenía ni idea de lo que James hizo la semana pasada. Pero ahora que lo sé, no permitiré que se haga con el poder en este instituto —explicó enigmática.

—¿Qué pasó?

—¿No sabes lo del director?

Fruncí el ceño en cuanto oí aquellas palabras.

—Dicen que lo agredieron... ¿Qué tiene eso que ver con James?

—James es un bala perdida. Lo conozco y sé lo que tiene en la cabeza. No quiero que se me asocie con él. No quiero arruinar mi futuro académico por un tío que acabará muerto de aquí a un par de meses.

Un escalofrío me recorrió el cuerpo.

Taylor se dio cuenta, así que se me acercó. Clavó su afilada mirada en mis pupilas.

—No comprendo cómo él podría arruinarte el futuro. Además, hasta ayer mismo vosotros erais... —No tuve el valor de acabar la frase, pues la rubia me fulminó con una mirada de lo más severa.

—¿... Íntimos? —concluyó mi frase y se echó a reír como si estuviera algo ida—. Le dijo la sartén al cazo... ¡Ari, la novia del año! —exclamó en tono irónico.

Avanzó otro paso, obligándome a retroceder.

—¿Te crees que no sé lo que haces con James? Ten cuidado, santurrona, que se te va a caer la aureola.

Me sentí diminuta. No supe qué responder. Ella continuó su discurso.

—Amelia tuvo los cojones de mandarlo a la mierda. Y esa idiota de tu amiga tiene el cerebro tan destruido que ni siquiera se acuerda de con quién se va a la cama. La única que va a salir perjudicada eres tú.

—Taylor, las cosas no son así.

Me fulminó con la mirada.

—Brian no lo sabe, ¿verdad?

Sentí una punzada en el pecho, y justo después otra, aún más intensa, en el estómago.

—¿A qué te refieres? No sé de qué me hablas.

—Hablo del hecho de que eres una zorrita sin el menor amor propio.

Sentí un zumbido ensordecedor en los oídos. Cuando se abrió la puerta de uno de los cubículos y Amelia apareció de repente, casi me desmayo del susto.

—Estaba meando y tus graznidos me han cortado el pis —dijo Amelia, fulminando a Taylor con una mirada glacial—. ¿Es que aún no te has enterado de que aquí ya no pintas nada?

Taylor le devolvió una mirada cargada de desprecio.

—Eso ya lo veremos —susurró antes de marcharse sin tan siquiera mirarme.

Los ojos de Amelia cortaron el ambiente como dos cuchillos afilados.

—¿De qué hablaba esa gilipollas? —me preguntó, recelosa.

—No eran más que insinuaciones. Yo no he hecho nada.

—Ari, escúchame bien: si me entero de que tú, aunque sea remotamente, has traicionado a mi hermano…

—Pe… pero ¿qué dices? —tartamudeé.

—Haré que, en un segundo, pases de ser la chica más querida del instituto a la más odiada.

—No exageres… —le dije sin atreverme a mirarla a los ojos.

—Eso es lo que pasará si alguien le hace daño a Brian. No volveré a hablarte en la vida, ¿me has entendido? No volverás a tener amigas.

—Jamás haría eso. Nunca traicionaría a Brian.

Se me hizo un nudo en la garganta. Acababa de mentirle a mi mejor amiga.

—Ah, ¿no? ¿Nunca lo traicionarías?

—Mira, lo que pasó en la fiesta de Tiffany solo fue…

—Se te acaba el tiempo para solucionar este asunto, Ari. Mi hermano quiere estar contigo. Intenta estar a la altura. Si hay algo que tengas que aclarar con ese gilipollas de James, hazlo antes de esta noche.

Asentí acongojada, y a continuación hui como una rata.

Este día estaba resultando el más terrorífico desde que puse el pie por primera vez en el instituto.

Parecía como si todas las mentiras que había soltado a lo largo de los años se hubiesen puesto de acuerdo para atormentarme a la vez.

Tras el examen, me dirigí al gimnasio. La vista se me nublaba, y empezaba a sentir el cansancio acumulado. Necesitaba dormir un poco.

Cuando los chicos salieron del entrenamiento, yo acababa de terminar de forrar las paredes con las octavillas de la candidatura de Brian.

Nadie hablaba, el ambiente estaba cargado.

—¿Brian? —Pasó a mi lado con muy mala cara—. Termino con estas octavillas y…

Me hizo un gesto con la cabeza, y no añadió nada más.

—Te espero fuera.

No sabía qué había pasado, pero al parecer él tampoco había tenido un buen día.

El gimnasio se quedó vacío y no había ni rastro de James.

Me dirigí hacia los vestuarios y entré tratando de no hacer ruido.

James salía de la ducha con una toalla envuelta en la cintura.

—James, estaba pensando que...

Me interrumpió al instante, poniéndome el índice sobre los labios.

—Sssh... Espera. A ver si lo adivino.

—James...

No me dejó hablar y se puso a imitar mi voz.

—«Lo amo. Estoy enamorada de él, ¿sabes? ¡No puedo seguir haciéndole esto! No se lo merece. Estamos hechos el uno para el otro».

Aunque me estuviera tomando el pelo, había acertado de lleno con lo que quería decirle.

—Era eso, ¿verdad? —me preguntó. Yo asentí con la cabeza gacha—. Pues muy bien.

Se encogió de hombros e hizo una mueca, en demostración de lo poco que le importaba.

Me dio la espalda y cogió una camiseta de tirantes limpia de su mochila.

—¿«Pues muy bien»? ¿Eso es todo lo que tienes que decir?

—¿Quieres que te pida que lo abandones? —Entre nosotros se hizo un silencio tan denso que no me vi capaz de contestarle—. Sabes que jamás te pediría eso.

—¿Por qué?

—Porque no me merece la pena. —Mi silencio lo puso nervioso—. Solo nos estamos divirtiendo. ¡¿Qué os pasa a todas?!

En ese preciso instante tendría que haber dado media vuelta y haberme marchado, pero me quedé allí, mirando cómo desdoblaba la camiseta de tirantes.

Hice acopio de toda la buena voluntad que me quedaba y me obligué a decir algo.

—La verdad es que no he venido a pedirte nada. Es a Brian a quien quiero.

James me miró por encima del hombro con una expresión divertida.

—Yo nunca he estado enamorado, Ari. Pero si para ti el amor consiste en dejar que yo te folle cada vez que me dé la gana a pesar de que estás con él..., no creo que vayas por muy buen camino.

Sus palabras me devastaron. Tuve que sentarme en uno de los bancos porque sentía un intenso mareo. Me sujeté la cabeza entre las manos y James pareció ablandarse.

—Lo digo por ti, Ari.

Volvió a encogerse de hombros, y aquel gesto me hizo comprender que yo no le importaba lo más mínimo.

—No sé qué hacer. Todo es muy complicado —me lamenté.

James se sentó a mi lado y aquel gesto suyo volvió a poner en jaque mi raciocinio.

—Deberías dejarlo. ¿Qué sentido tiene ir de parejita feliz si él no te toca y tú no haces más que engañarlo?

—Si se entera de todo esto, Brian me mata —susurré con tristeza. Me sentía decepcionada conmigo misma.

La expresión de James pasó de la indiferencia a la rabia.

—Si te hace algo, seré yo quien lo mate.

Lo miré a los ojos y no pude evitar fijarme en los moratones que salpicaban su simétrico rostro.

—¿Te han pegado? —le pregunté acariciándole un pómulo.

—No ha sido para tanto. He tenido peores broncas —masculló.

—¿Duele mucho que te den un puñetazo?

—Cosquillas no hace... —James agachó la cabeza y se atusó el pelo húmedo. Antes de que mi mano pudiese bajar hasta su pecho, me agarró por la muñeca.

—No has venido aquí para eso, Ari.

Lo más coherente por mi parte habría sido marcharme de allí, salir de aquel vestuario e ir a buscar a Brian… Pero eso no fue lo que pasó.

Yo fui la primera en besarlo. Y él no se apartó. Jamás lo hacía.

Abrió los labios y deslizó su lengua entre los míos, llenándome la boca. Lamió cada esquina de mi cuello y la cubrió de apasionados besos. Empezó a acariciarme un punto concreto, detrás del lóbulo de la oreja, y un intenso calor se propagó por toda mi piel, mis venas y mi vientre.

No recordé que solo llevaba puesta una toalla hasta que me sujetó de las caderas y me sentó a horcajadas sobre su regazo. Restregó su pelvis contra mis bragas y pude sentir su erección entre mis muslos.

«Estaba a punto de cometer una estupidez. Otra más».

—James, no.

—Joder —gruñó volviendo a cubrirse con la toalla—. ¿Estás segura?

—Sí —dije sin ser capaz de levantar la vista del suelo.

Me levantó la barbilla con dos dedos y me obligó a mirarlo a los ojos.

—¿Vas a volver con él?

Se lo había prometido a Amelia. Y a Taylor. Y a mí misma.

—Sí, James.

## 25

## Jackson

*Dos semanas antes*

—Tenéis que hacer algo por mí.

James entró al Tropical con un gesto tan intenso que hizo que me estremeciera. Parecía más nervioso de lo habitual.

—Cuenta conmigo —le respondió William.

No le importaba lo que James le pidiera. Siempre podía contar con él.

—¿Y bien?

James se quedó mirando a Marvin fijamente, y este asintió sin mucho convencimiento despatarrado en una silla.

—Marvin, no te oigo. Di algo de una puta vez.

No soportaba que James fuera tan agresivo, especialmente cuando se cebaba con alguno uno de nosotros.

—¿Por qué no te tranquilizas un poco? —le respondió Marvin con tono calmado—. Vale, cuenta conmigo también —añadió al ver su cara de pocos amigos.

James me quitó la cerveza de la mano y le dio un buen sorbo.

Sabía que yo era el eslabón más débil.

—No sé de qué va esto —dije con cautela.

Ni que decir tiene que no le gustó mi respuesta.

—¿De verdad tienes que saberlo? —Enarcó una ceja y rodeó la mesa para acortar las distancias entre ambos.

«Respira, Jackson».

No es fácil mantener la calma cuando tienes a alguien echándote el aliento en el cogote.

—Pues la verdad es que no estaría mal. Al menos podrías advertirnos de a qué nos enfrentamos.

James se lamió los labios sin dejar de mirarme.

—Ah, Jackson, ¿es que hay algo que tú no harías por mí? —me preguntó bajando el rostro hasta mi altura y clavando sus ojos azules en los míos.

Me empezó a temblar el labio inferior. Me lo mordí con la esperanza de ocultar a los demás mis estado de ánimo.

—Yo...

—Tú harías cualquier cosa por mí, ¿no es cierto?

Tenía a James tan cerca que podía percibir el sabor a menta y a cerveza de su aliento.

Bajé la vista.

Y él sonrió victorioso.

—Muy bien. Parece que también podemos contar con Jackson.

William me observó con el ceño fruncido. Le devolví la mirada. Me pregunté en qué estaría pensando, y estoy seguro de que él se estaba preguntando lo mismo que yo.

—Manor, el director.

La voz grave de James sonó tan solemne que me provocó un escalofrío.

—¿Qué ha hecho? —preguntó Marvin.

—Aún no ha hecho nada —respondió William.

—El problema es lo que a ese cabrón le gustaría hacer. Tenemos que impedírselo.

—No sé... —Me puse en pie de repente, pero una fuerza invisible me obligó a sentarme de nuevo.

Todo aquel asunto me estaba poniendo muy nervioso. James me estaba poniendo muy nervioso.

—¿Qué es lo que tienes que saber, Jax? ¿Quieres decir que si yo tuviera un problema, no me ayudarías a resolverlo?

Sabía ser jodidamente convincente.

—James, no puedes juzgarme por tener ciertas dudas después de cómo resolviste tu último «problema». —Dibujé unas comillas en el aire con los dedo cuando pronuncié la palabra «problema», y mi respuesta hizo enmudecer al resto de los presentes.

Sabían que tenía razón.

—Tú vienes y punto, Jax. Eso sí, como de costumbre, no tendrás que hacer una mierda —me ordenó, antes de salir hecho una furia dando un portazo.

Actuaba como si aquello fuese algo de lo más sencillo, pero no lo era en absoluto. Estaba hablando del director.

Estaba hablando del padre de Blaze.

*Presente*

—Blaze, llevo una puta hora esperándote.

Aproveché el final del recreo para buscarlo por el pasillo. El timbre ya había sonado pero mientras que el resto de los estudiantes volvían a clase, nosotros nos quedamos junto a las taquillas mirándonos frente a frente.

—Puedes esperarme un día entero si quieres, a mí me da igual.

Su reacción me sorprendió.

—¿Qué coño te pasa?

Le eché un vistazo. Sus iris, negros como el petróleo, brillaban bajo la oscura cascada de su pelo.

—Ya te lo dije. Estoy harto de estar a tu disposición. Se acabó.

Una sonrisa burlona se dibujó en mis labios.

—¿Es que ahora que James ha vuelto a hablarte has empezado a creer que le gustas? —gruñí agarrándolo del brazo.

—Aquí el único iluso eres tú, Jackson —me espetó liberándose de mi presa.

Lo empujé contra la taquilla. Blaze bajó la mirada. Sabía que no necesitaba tocarlo para dominarlo y para provocarle el desconcierto que él mismo estaba tratando de provocarme a mí.

—¿Por qué no me miras a los ojos? —lo desafié.

—No quiero mirarte. —Giró la cabeza para no verme—. Y menos aún ese maldito *piercing*.

—Que me mires —insistí.

Tras nuestro encuentro en casa de Poppy sentía que lo que había entre nosotros se había roto. Nunca me había pasado que fuera Blaze quien me rechazase.

—¿Qué quieres de mí? Ten los cojones de decirlo —musitó sin levantar la vista del suelo.

—Quiero que cierres la puta boca y que me escuches —gruñí contra su mejilla.

De pronto, unos pasos silenciosos cortaron mi discurso.

—¿Blaze?

«Oh, mierda».

Era la voz de su padre.

—Director Manor... —dije alejándome de Blaze. Mi voz sonó muy débil y me puse colorado.

—¿Qué está pasando aquí?

—Nada. ¿Qué haces tú en el instituto? ¿No deberías estar recuperándote? —balbuceó Blaze.

El director miró a su hijo desde arriba.

—Me han llamado para que firme unos documentos. ¿Tú no deberías estar en clase?

—Sí... Es verdad.

Blaze se giró con gesto avergonzado y se esfumó de allí.

—Jackson, tú quédate aquí. Tengo que hablar contigo.

Un escalofrío me recorrió la columna vertebral. Me puse a temblar como si una corriente de aire me hubiese congelado los miembros.

El director bajó la mirada por mi cuerpo y se detuvo al llegar a mis zapatos.

—Los zapatos, Jackson —dijo en tono amenazador.

Podía levantarme la voz todo lo que quisiera, no me daba ningún miedo. Pero siguió mirándome los pies.

Seguí la trayectoria de su mirada y me topé con mis Jordan. Eran verde fluorescentes, una edición especial de 2018. Tan raras y coloridas que… Oh, mierda. Las había reconocido.

—No te voy a denunciar con una condición: quiero saber por qué lo hiciste.

—Yo…

—Fue idea de Hunter, ¿verdad?

Era oficial: estaba con el agua al cuello.

En lugar de enfadarse, el director me habló en tono paternal. Apoyó una mano en mi hombro y me susurró:

—Eres mucho mejor que eso, Jackson. ¿Sabes que un error como este podría impedirte ir a la universidad?

—Creo que todo esto es un malentendido… No sé de qué me está hablando.

Al señor Manor le importaba poco lo que yo tuviera que decirle. Sabía perfectamente de lo que estaba hablando.

—¿Quieres ser camarero por el resto de tus días? ¿O es que quieres acabar en la cárcel a los dieciocho como el delincuente de tu amigo?

Estaba contra las cuerdas. No pude contenerme.

—No quería hacerle daño.

—¿Y qué querías hacer, Jackson?

—Era solo…

—No me gustan nada las amenazas. Mucho menos cuando vienen de unos niñatos. Tomaré medidas en cuanto vuelva al trabajo.

# 26

# Ari

—Aquí tienes, guapa. —Intenté pagar, pero el camarero me lo impidió—. Para ti, el primer cóctel es gratis —dijo guiñándome un ojo.

Le sonreí, cogí el vaso y me llevé el móvil al oído.

—Estupendo. Ahora hasta el idiota del Tropical le mete ficha a mi chica.

La voz de Brian me pareció más irascible de lo habitual.

—Venga, cariño…

No soportaba estar sola. Quería que Brian me acompañase, así que traté de convencerlo.

—Ari, he tenido un día horrible. No me apetece.

—Eso me pareció. Apenas me saludaste cuando saliste del vestuario. ¿Ha pasado algo?

—¿No tienes nada que contarme?

El corazón me empezó a latir como un tambor. ¿Y si James le había dicho algo?

—Ni idea… —respondí, tanteándolo.

—¿Os ha vendido esa mierda otra vez?

Por fin pude volver a poder respirar.

—¿Cómo lo sabes?

—Eso no tiene importancia, Ari. No me gusta que te dejes manipular de esa forma.

—Lo siento, Brian.

—Dejémoslo estar. Después te llamo.

Se despidió de forma brusca, y me quedé preocupada.

Fui al baño a ver cómo tenía el maquillaje. Solo quería echarme un vistazo en el espejo, pero cuando entré me encontré a James inclinado sobre un lavabo. El olor a desinfectante me golpeó en la nariz. Vi que tenía una servilleta en la mano. El golpe de la puerta al cerrarse tras de mí lo hizo girarse. Su gesto triste se vio interrumpido por una sonrisa forzada.

—¿Ya has cambiado de idea? —me espetó mientras echaba una línea de polvo blanco sobre la pantalla del móvil que acababa de desinfectar.

—¿Qué haces aquí, James?

—¿Quieres? —me preguntó señalando el polvo blanco.

—¿Quién era la chica a la que abrazabas fuera del local?

—Y yo qué coño sé —me respondió mientras cerraba los ojos lentamente—. ¿Entonces qué es lo que haces aquí? ¿Has venido a buscarme?

—Ni de coña.

¿A quién quería engañar?

Di un paso hacia él y él dio un paso hacia mí. Sus manos acabaron en mis caderas, como impulsadas por una fuerza magnética.

—Sabes que siempre estoy disponible para ti, ¿verdad? —masculló haciéndome cosquillas en el cuello con sus labios.

James no tenía nada que ver con Brian.

Sus manos expertas se emplearon con rapidez en mi vestido. No tenía que rogarle para que me tocara; es más, a menudo tenía que pedirle que parara.

—Ari, ¿cómo voy a poder resistirme si te comportas así?

Me abrí de piernas cuando sus rodillas se hicieron un hueco entre mis muslos.

—¿Acaso alguna vez has tratado de resistirte? —le dije sonriente, aunque no debería haberlo hecho.

No había nada por lo que sonreír.

James era terrible. No me hacía sentir especial. A él le daba igual si la que estaba allí era yo o cualquier otra chica. Sabía que había pasado el verano con Tiffany, a pesar de que era la mejor amiga de su novia. Sabía que cambiaba de cama a diario; que se cansaba de todas; que veía el sexo como una especie de costumbre inevitable; que siempre estaba tonteando con un par de chicas, por lo menos, y que, si no era así, no estaba contento. James era inmoral y carecía de escrúpulos, pero me hacía sentir jodidamente deseada.

—Estás colocado —murmuré observando sus pupilas dilatadas.

Por toda respuesta, se limitó a alzar la comisura de los labios y me dedicó una breve sonrisa. Al menos él tenía una excusa... Yo no.

Cuando me hablaba, su boca era implacable. Pero cuando la usaba para besarme, se volvía irresistible. En cuanto me estrechó entre sus brazos, supe perfectamente lo que quería. Sentí sus manos sobre mi cuerpo, acariciando cada recoveco. Y yo tampoco podía dejar de tocarlo.

«No... Esto no está bien. Tengo que parar».

Se me escapó un gemido cuando me empujó al interior de un cubículo. Oí la puerta cerrarse a nuestra espalda. Solo paró de besarme el cuello para buscar un condón.

Demasiado rápido. Apenas había transcurrido un instante desde que nos dijimos hola hasta hallarnos en esa situación.

Me puso contra la pared. Una cascada de tórridos escalofríos surcó mi piel y me atravesó el estómago.

—James.

Me dejó un rastro de besos en la nuca desnuda, me levantó el vestido y me agarró el culo de una forma tan obscena que sentí que mi bajo vientre estallaba en llamas.

—Dime qué cojones quieres de mí, Ari —masculló sin apenas resuello.

No tuve el valor de responder. Apoyé la frente contra la pared tratando de decidir qué hacer.

Pero había poco en lo que pensar. Me moría de ganas de que me hiciese lo que me estaba haciendo. Solo que habría querido que aquello me lo hiciera la persona a la que amaba.

Me detuve de golpe.

—No podemos vernos más. Creo que será lo mejor para los dos.

Escupí aquellas palabras a gran velocidad, como si fuera una necesidad urgente, como si necesitase romper el hechizo que me había cautivado.

Era mi razón la que hablaba. Si no lo hubiera dicho justo en aquel preciso instante, habría seguido adelante con mis errores.

James me miró sin decir nada mientras que yo me recomponía el vestido. No había resultado nada convincente. Él se guardó la bolsita blanca en el bolsillo.

Intenté acariciarle el mechón de cabello castaño que le caía sobre la frente, pero él se apartó con un gesto de asco.

—Me tienes hasta los cojones. —Sus palabras cortaron el aire, y me hicieron sentir como si acabara de bajarme de un tiovivo. Mi cabeza había dejado de dar vueltas.

—James...

Noté cómo hinchaba el pecho bajo la sudadera gris. Estaba ligeramente sudoroso, pero tan guapo como siempre.

—Dime algo —le supliqué.

—Si él no te quiere, no sé qué coño puedo hacer yo. Pero tienes que dejar de jugar conmigo —murmuró echando hacia atrás la cabeza.

—¿Yo? ¿Es que es culpa mía? —pregunté con el ceño fruncido.

—Claro, ¿es que no vienes a buscarme solo cuando te apetece?

—Bueno, eso es exactamente lo mismo que haces tú.

—¿Que yo voy a buscarte? ¿En serio, Ari?

Tenía razón. Él jamás me llamaba, pero eso no significaba que no tuviera parte de culpa en este asunto. Yo no era como él.

—Al menos yo solo lo hago contigo. ¡Tú lo haces con todas! —Me mordí la lengua.

—Pero contigo, a diferencia de con las otras, me pongo en peligro. ¿Lo entiendes o no?

—¿Te refieres a Brian?

—Si se lo dices, me mata. ¿Es que no te acuerdas del bate de béisbol que tiene en su habitación? Es capaz de romperme la cabeza con él.

—¿«Si se lo digo»? ¡Jamás me lo perdonaría! Y yo no quiero perderlo —mascullé con los ojos llenos de lágrimas.

James se masajeó las sienes como si necesitase concentrarse para poder afrontar aquella discusión.

—Ari, no llores. Yo… no se lo he dicho a nadie. —Se puso serio y se me acercó con el único objetivo de colocarme un mechón detrás de la oreja.

Sus ojos parecían haber perdido parte de su color.

—¿Y entonces por qué lo sabe Taylor? —le pregunté sollozando—. ¿Quién se lo ha dicho?

—Ni idea, yo… — Se le transformó la cara, y eso me dijo que se le acababa de ocurrir algo—. ¡Me cago en la puta…! ¡Ha sido esa niñata de los cojones!

—James, ¿pero adónde vas?

—No vuelvas a buscarme. Se acabó.

# 27

# June

Apoyada en la pared de la fachada del Tropical, estaba releyendo, sin apartar los ojos del móvil, los mensajes que me había intercambiado con William.

> ¿Dónde te metiste anoche?

> Perdona, June, no me gustan demasiado las fiestas en la piscina.

> ¿Así que, oficialmente, huyes de cualquier fiesta que organicen tus amigos?

Resoplé al leer aquel mensaje. Al ver su respuesta, supe que me lo podía haber ahorrado.

> La verdad es que el olor del cloro me da ganas de vomitar.

Releí aquella frase un par de veces.

> June, ¿te apetece que nos veamos hoy en mi casa? ¿Qué me dices?

Bajé en la conversación hasta llegar al último mensaje.

> Cambio de planes. Después te lo explico todo. Nos vemos en el Tropical.

—¿Es verdad que William te ha dado plantón?

La voz cantarina de Jackson me hizo poner los ojos en blanco. Al elevarlos, vi que no había estrellas en el cielo.

—Will ha vuelto a darle plantón. Parece que no tenía muchas ganas de verla. —La voz profunda de James Hunter me envolvió.

—James... —lo regañó el rubio.

—¿Qué quieres? Solo digo la verdad —respondió en tono cínico sin dignarse siquiera a mirarme.

Ambos se pusieron a fumar a poca distancia de mí, hasta que Jackson me lanzó una mirada compasiva.

—June, ya verás como sí que viene. Se le habrá hecho tarde.

Agradecí que intentara tranquilizarme, pero la verdad era que ni yo misma me lo creía. Will llevaba todo el día muy raro. Me había citado en el patio y no se había presentado. Me había pedido que fuera a su casa, pero no había vuelto a dar señales de vida para confirmar la cita. Así que tenía serias dudas de que mantuviera su promesa de encontrarse conmigo en el Tropical.

—¿Te ha escrito Will? —preguntó James inclinándose sobre el teléfono de su amigo, que trató de escondérselo para que no lo viese.

—No, no me ha dicho nada.

Poco después se les acercaron unos tíos que yo no conocía. Algunos me sonaban del instituto, pero otros eran mayores que nosotros. Fumaban y hablaban a voces, y me pregunté qué coño pintaba yo allí. Se suponía que iba a quedar con Poppy y Ari, y que después me encontraría con Will... pero los planes no estaban saliendo como yo esperaba.

Miré la hora. Ya eran las diez y no había ni rastro de Will.

Vi que Ari salía del local con los ojos brillantes. Parecía angustiada.

—¿Dónde está Will? —me preguntó, inquieta—. Espero que no vuelva a hacerte lo de antes.

—No, es que ha tenido un problema —respondí tratando de justificarlo. Su mirada me pareció melancólica—. Vale, sí, me ha dado plantón —dije malhumorada—. ¿Y qué pasa con Brian?

—No le apetece venir.

Con la moral por los suelos, nos sentamos en un poyete que había en una esquina del Tropical. Habríamos podido pasárnoslo genial sin los chicos, pero Ari y yo no éramos amigas, no teníamos demasiado en común, así que no sabía muy bien qué decirle.

Esbozó una sonrisa y le echó un vistazo al móvil.

—Poppy llega tarde, como siempre. Pero ha confirmado que sí que viene.

—Vale.

Me froté los antebrazos para entrar en calor. Ari se puso a escuchar la conversación del grupo de al lado. Posó la vista sobre James que, en mitad del corrillo de chicos, hacía que toda la atención se centrase sobre él. Tal vez se debía a su risa infantil y a sus irresistibles hoyuelos, o quizá porque no paraba de mirar en nuestra dirección.

Aquel ser despreciable y yo no nos habíamos vuelto a hablar, y yo estaba encantada de que fuera así.

—Voy a por más bebida, ¿quieres algo? —preguntó Ari señalando su vaso vacío.

—No, ¿quieres que te acompañe?

—Será mejor que te quedes esperando a Poppy. Si entramos las dos, igual después no la encontramos.

Ari desapareció entre la muchedumbre que se apelotonaba en la entrada.

Marvin se me acercó acompañado de una chica con una media melena negra y un par de ojos oscuros como la tinta.

—Hola —dijo ella fumando con los ojos entrecerrados.

—Hola —respondí malhumorada.

—Ella es June White —dijo Marvin cuando me presentó a la que resultó ser su prima.

Tenía las piernas tatuadas y mucha labia. Ni que decir tiene que no le quitaba los ojos de encima a James Hunter. Él, sin embargo, no parecía ni remotamente interesado en su verborrea. De hecho, en un momento dado, me buscó con la mirada.

—White.

—¿Qué? —gruñí mientras fingía que revisaba el móvil.

—¿Qué haces ahí sola? Únete a nosotros.

—Vente, June. —Marvin secundó la petición.

Me habría encantado decirles que estaba con las chicas y que no tenía el menor interés en tener a unos tíos como ellos por compañía, pero la verdad es que me convencieron. Puede que supieran por qué su mejor amigo me había dejado tirada dos veces en un mismo día. Y encima no podía echarle la culpa a James, ya que él estaba allí, delante de mí, aniquilando las pocas neuronas que le quedaban.

—¿Y Will? —Esta vez, la preguntita vino de Marvin, que no paraba de mirarme con los ojos entornados a causa del humo.

—No tengo ni idea —masculló.

Después pensé que lo mejor habría sido que me hubiera marchado a casa justo después del entrenamiento de las animadoras. Aún llevaba el uniforme del instituto y aquella estúpida falda podría causarme una hipotermia. Pero me quedé con la esperanza de ver a William. Además, para evitar que mi madre me hiciese demasiadas preguntas, le había pedido que no fuese a recogerme.

—¿Tienes frío?

Marvin hizo el amago de acercarse a mí y rodearme con su brazo. Me aparté de él.

—Marvin —lo llamó James antes de que este pudiera decirme nada—, ¿quieres o no? —Le pasó un cigarrillo que tenía toda la pinta de ser un porro.

Marvin empezó a fumar muy cerca de mí y yo me hice un moño, como si aquello fuese a evitar que el olor a humo me impregnase el pelo.

—Me da que Will no va a venir —dijo Marvin mientras me ofrecía el porro.

—No, gracias.

—Pues sí que hace frío... —intervino la chica tatuada, poniéndole ojitos a James.

Él no le prestó atención. De hecho, se alejó un poco de ella.

—Necesito un momento —musitó de mala gana antes de entrar en el local.

Jugueteé con el móvil en la mano mientras pensaba qué hacer. No me apetecía escribirle a Will. Llevaba sin responderme desde por la tarde y, aunque estaba dolida, no quería quedar como la típica chica metomentodo. Además, ni siquiera salíamos juntos, ¿no?

Le envié un mensaje a mi madre. Ya había esperado lo suficiente.

> ¿Vienes a buscarme?

Mientras esperaba, sabía que tenía dos opciones. Meterme en pleno caos del Tropical con la esperanza de salir viva... o quedarme fuera y morir de frío, rodeada de todos aquellos idiotas: Jackson me imponía bastante; Marvin, con aquellos ojos de fumeta, me daba pavor; y a James lo odiaba con todo mi ser. Así que ganó la primera opción.

Pero al ver que James acababa de entrar, decidí esperar a que saliese. Mi mayor deseo era estar lo más lejos posible de él.

—¿Estás bien? —me preguntó Jackson mordisqueándose el *piercing* entre un sorbo de cerveza y el siguiente.

—Sí —susurré.

—Estás temblado, June.

—Tengo frío —protestó la chica del casco, dando por hecho que Jackson estaba hablando con ella. Él resopló, se quitó la chaqueta y se la dio—. Toma. Pero acuérdate de devolvérmela antes de irte a casa. Me la firmó Tom Brady.

Me acordé de Blaze.

—¿Dónde está Blaze?

Jackson alzó una de sus cejas rubias, atravesada por el metal.

—¿Y yo qué cojones sé?

Sentí un escalofrío. Nunca había deseado tanto ver a mi madre como en aquel momento. Marvin me estaba intoxicando, Jackson era tan gruñón que parecía estar enfadado con el mundo, y la chica de la media melena se acababa de quedar con la única prenda de abrigo en varios metros a la redonda.

«Maldita California... ¿No se suponía que aquí hacía calor?».

—¿Dónde están nuestras bebidas? —preguntó Marvin cuando James salió del local con una expresión lúgubre y las manos vacías. Parecía enfadado. Tenía las mejillas sonrosadas y el pelo revuelto.

Lo fulminó con los ojos entrecerrados y empezó a fumar con avidez. Tenía una expresión hosca.

—Cierra el pico, Marvin.

Agarró a la chica morena por el bajo del vestido y la atrajo hacia sí.

En ese instante pensé que la chica lo abofetearía. Pero no lo hizo. Es más, entrecerró los labios y aspiró con ansia el humo que James acababa de echarle en la cara.

Se conocían desde hacía dos minutos, ¿por qué se comportaban así?

Mi cerebro se desconectó justo cuando los ojos de James se posaron en los muslos desnudos de la chica.

Me tragué el nudo que se me acababa de hacer en la garganta y reuní el valor suficiente para decir lo que pensaba.

—Menudo asco.

—No lo puedes soportar, ¿verdad, White?

Me miró con sus ojos azul cielo y sentí un escalofrío. No debía responder. No debía caer en sus provocaciones.

—Nunca puedes permanecer callada, ¿verdad? Siempre te tienes que meterte en lo que no te importa.

—Hablo cuando me da la gana. ¿A ti qué más te da?

«Cuando él estaba de por medio, mi autocontrol era bastante escaso».

James se plantó delante de mí en un abrir y cerrar de ojos.

— Ya me tienes hasta los cojones, Blancanieves. ¿Lo has entendido?

—¿Hace falta que te diga que el sentimiento es mutuo?

Solo a Jackson le hizo gracia mi respuesta.

—Eh… ¿James? —La chica lo llamó, pero él la ignoró.

—Estoy hablando con White, ¿es que no lo ves?

—Mira, Hunter, hoy todo iba fenomenal. ¿Podrías dejarme en paz durante cinco segundos? En cuanto llegue mi madre, me voy —le respondí en voz baja.

Oí que James me imitaba y ella soltó una carcajada.

—¡Eres un gilipollas! Apártate de mi camino.

Traté de darle un empujón. Mis manos impactaron con fuerza contra su pecho de acero.

—Ah, ¿sí? —respondió, lanzándome una mirada amenazante.

—No me das miedo. Ya no sé cómo decírtelo —insistí.

—Oye, Marvin… —El tono que empleó James me dio muy mala espina—. ¿Quieres jugar a algo?

—James…

Jackson debía de conocerlo muy bien, porque intuyó a qué se refería James y trató de pararle los pies. Pero él lo ignoró.

—¿De qué se trata? —Marvin parecía sentir curiosidad.

—¿Tú qué piensas de White? ¿Crees que acabará haciéndose… amiga nuestra?

¿Cómo se atrevía a decir una cosa así? ¿Y por qué hablaba de mí como si no estuviera allí, delante de ellos?

—James, déjala —insistió Jackson visiblemente molesto.

—¿He dicho algo malo?

—¿Pero no está con Will? —farfulló Marvin tan confuso como yo.

James hizo una mueca de desprecio.

—¿Qué más da? Te he hecho una puta pregunta, Marv. Responde.

—James, venga, déjalo ya… —repitió su amigo, que ahora parecía avergonzado.

Traté de huir de aquella situación, pero James se me acercó y me impidió marcharme. Retrocedí hasta dar con la espalda en la pared. Él puso un brazo encima de mi cabeza y apoyó una mano a la altura de mi hombro.

No tenía vía de escape.

—Te evitaré los detalles, Blancanieves, pero que sepas que podría hacer una lista detallada de cómo cualquiera de los presentes podría divertirse con una chica como tú.

—Intenta tocarme y te juro que echarás de menos no solo el puñetazo que te di en la nariz, sino también los gloriosos días en que aún podías usar esa cosita que la madre naturaleza te colocó entre las piernas.

La frase me salió de un tirón. Y me puse colorada igual de rápido.

Esperaba una reacción furibunda por su parte, pero al parecer James encontró divertido lo que le acababa de decirle.

—¿«Cosita»? —dijo entre risas—. ¿Cómo te atreves a creer que pretendo tocarte?

Vi que al decir la última frase apretaba los dientes.

—¿Por qué no me dejas en paz? ¿Tan feliz te hace acosarme?

—Deja en paz a William y yo fingiré que tú nunca has existido. No volveré a molestarte.

Sentí una sensación muy extraña. Podía sonar a amenaza, pero James parecía bastante sincero.

—¿Y por qué tendría que hacer eso?

—No es asunto tuyo. Hazlo, y punto. Dile que no vas a volver a verlo.

No me estaba tocando, solo me miraba. Yo seguía inmovilizada.

James bajó la cabeza y se me acercó tanto que pude ver cómo sus ojos se oscurecieron al cruzarse con los míos. El azul de sus iris era de una tonalidad muy sutil. Tenía las pupilas dilatadas.

Probablemente estaba colocado.

James deslizó su mirada por la falda de mi uniforme. Era obvio que me estaba tomando el pelo. Tendría que haberle dicho que parase, pero no fui capaz. No podía hablar, estaba petrificada de tan humillada como me sentía.

Jackson trató de sujetar a James por el brazo, pero él lo rechazó con un empujón que casi lo tira al suelo.

—¿Qué me dices, Marvin?

Incluso el pobre Marvin parecía incómodo.

El corazón me latía tan fuerte que lo sentía en mis oídos, como si estuviera a punto de estallar. Tenía la garganta tan seca que me dolía cada vez que intentaba tragar saliva.

—No tienes nada de especial —afirmó.

Al ver el miedo en mi cara, Marvin se sintió aún más incómodo.

Yo, entretanto, me preguntaba si James tendría realmente corazón, pues parecía empeñado en demostrarme lo contrario.

—Así que, Marvin, vas a tener que ponerte las pilas con White antes de que…

Hizo una pausa, durante la cual se pasó le lengua por los labios y se los mordió.

—¿De qué estás hablando? —inquirió Marvin al tiempo que se acariciaba la nuca, totalmente desconcertado.

James me miró de un modo que me hizo estremecer.

—… Antes de que, cualquier día, me den ganas de follármela delante de todos.

Ni siquiera me había tocado, pero sus palabras me resultaron tan ofensivas que sentí que me derrumbaba. Aparté la vista al instante.

Los ojos se me llenaron de lágrimas. Pero no moví los párpados, para evitar que me resbalasen por el rostro.

Resulta injusto sentirse así de débil por algo tan insignificante como la estupidez ajena.

Por fin decidí responderle.

—La cosa no funciona así —le dije simplemente.

—Ah, ¿no? —preguntó mientras daba un paso atrás.

Ahora ya podía volver a respirar.

—No. Es posible que tengas dominados a los cuatro imbéciles que siempre te rodean. Pero yo no soy así.

Le quitó la cerveza de la mano a la prima de Marvin y le dio un sorbo sin dejar de mirarme.

—¿En serio? ¿Y eso por qué? —preguntó con los dientes apretados.

—¿Que por qué? Adivínalo. Yo no soy ninguna marioneta, y tú eres un ser despreciable. Ni aun repitiéndotelo infinidad de veces podría meterte en la cabeza lo que pienso de ti. Eres un puto machista. Y te odio.

Volvió a suceder: esperaba que se enfadase, pero en lugar de eso se echó a reír. Quizá estaba satisfecho por haber cumplido su objetivo de humillarme, herirme y hacerme enfadar. Lo que estaba claro, en cualquier caso, era que no me había asustado.

—Yo solo quería hacerte un poco de publicidad entre mis amigos... —Se encogió de hombros y siguió fumando como si no hubiera pasado nada—. Además, ya te he dicho lo que tienes que hacer. Deja en paz a Will. No creo que sea tan difícil.

—Cuando te comportas así, eres todo un gilipollas, James —lo reprendió Jackson sacudiendo la cabeza—. Está bromeando... —me susurró volviéndose hacia mí.

—Pobrecita, mira cómo tiembla —dijo Marvin compadeciéndose de mí.

Su prima, sin embargo, no mostró el menor interés en mí.

—James, sigo teniendo frío...

James Hunter se quitó la sudadera y se quedó solo con una camiseta de manga corta.

—Míralo, ahora va de caballero —dijo Marvin en tono jocoso.

—Sí, lástima que, además del caballo blanco, también le falten los cojones de un caballero. —Ahora que me estaba alejando, el oxígeno por fin volvió a mis pulmones.

James no respondió a la provocación. Tal vez se dio cuenta de que se había pasado. Así que me tiró la sudadera a la cara.

—Cierra el pico y póntela, que te estás muriendo de frío, payasa.

Me habría gustado usarla para estrangularlo, porque antes preferiría morir congelada que aceptar una prenda suya. Pero eso era solo en teoría. Y aunque mi orgullo era de hierro, la realidad dictaba lo contrario.

Así que me puse la sudadera sin pensarlo dos veces.

«Cuando llegue a casa, la quemo».

Por fin llegó el mensaje.

Un atisbo de desilusión me atravesó la mirada cuando descubrí que no se trataba de William, sino de mi madre. Ya casi había llegado.

—¿Por qué se la has dado a ella?

A la prima de Marvin le había sentado mal…, pero la pena se le pasó en cuanto él le agarró la cara entre las manos y la besó contra la pared.

Resoplé y me puse bien la sudadera. Le dediqué una sonrisa a Jackson, que había hecho todo lo posible por defenderme. Pero él me devolvió una mirada muy poco tranquilizadora. Un segundo más tarde reparé en que no me estaba mirando a mí, sino a la sudadera que acababa de ponerme.

# 28

## June

William suspiró y me pasó un paquete de galletas mientras me acompañaba al gimnasio. La máquina expendedora no había hecho de las suyas esa mañana, lo cual era bastante poco frecuente.

—Y entonces me desvanecí. Llevo dormido desde las siete de la tarde, ¿te lo puedes creer?

A menos que se le diera tan bien mentir como para robarle el Oscar a Leonardo DiCaprio, su explicación me pareció creíble.

Pero no quise ceder tan rápido. Seguí andando con la cabeza muy alta y sin responderle. A pesar de que sus palabras sonaban sinceras, Will no parecía muy atormentado por haberme dado plantón dos veces en un mismo día.

—Solo espero que, sin mí, tu noche no fuera demasiado aburrida.

Intuí que Will quería hacerse el gracioso, pero el hecho de que frunciera el ceño y tuviera la mirada perdida me indicaba más bien lo contrario.

—¿Mi noche? Fue cualquier cosa menos aburrida. Desagradable sí, pero aburrida no. —Entramos en el gimnasio, donde había un grupo de chicos con ropa deportiva—. ¿Las clases de Educación Física son mixtas? —pregunté incrédula.

—¿Es tu primera clase, June? —Asentí—. Enhorabuena —dijo sonriendo con una mueca irónica.

—¿Por qué? ¿Tú adónde vas?

Me di cuenta de que, a diferencia de mí, él llevaba puesto el uniforme.

—Voy a clase, a repasar. Tengo un justificante. Nuestros compañeros pueden ser muy competitivos, y a menudo la clase se transforma en un campo de batalla. Chicos contra chicas, como en el parvulario. Resulta bastante poco educativo... —me explicó antes de darme un beso en la mejilla.

Ari surgió de la nada.

—Hola, June.

Su saludo sonó sorprendentemente frío.

—Perdona que ayer me fuera sin despedirme —le comenté—, pero no pude localizarte.

Ella pasó de mí.

—Hasta luego, Will —se apresuró a añadir.

William se marchó y Ari se recogió la melena castaña en una coleta. Estaba más fría de lo habitual, pero no le dije nada. Quizá había discutido con Brian.

—Poppy no se encuentra bien... —le dijo a la profesora, que estaba sentada en un banco ordenando unos documentos.

—No sé si Poppy Wilson me da más pena porque es el único ser sobre la faz de la Tierra que tiene la regla tres veces al mes... o porque muy pronto voy a querer hablar con sus padres —masculló en tono amenazante.

—¡Mi asignatura favorita, Marvin! —oí que exclamaba la voz de James, resonando por todo el gimnasio.

Cerré los ojos y conté hasta tres. Ahora sí que aquella mañana daba oficialmente asco.

James pasó por delante de Ari sin prestarle la menor atención.

—No hay nada mejor a primera hora de la mañana... —siguió diciendo sin quitarle los ojos de encima a una fila de chicas vestidas con *leggings* ajustados.

Taylor llegó corriendo mientras la profesora pasaba lista y se le puso delante, tapándole la visión de aquellas chicas.

—Me imagino que aquí no hay nadie a quien no hayas visto en ropa interior, ¿verdad?

Sonrió chulesco y se giró hacia mí.

—Puede ser...

Le di la espalda.

—¡Vamos a por todas, June!

Amelia entró por la puerta como un vendaval y me lanzó una sonrisa radiante... que se esfumó en cuanto vio a James.

Observé a James de reojo. Después de lo que había oído en casa de Poppy, me moría por saber con qué ojos miraría a Amelia. Pero, después de todo, ¿qué había oído exactamente? Seguro que no me había enterado de nada.

—¿Y tú qué coño miras? —me espetó en cuanto se dio cuenta de que lo estaba mirando.

—Tu cara de subnormal. ¡A ver cuándo te la revientan de un pelotazo!

Me mordí la lengua, pero ya era demasiado tarde.

Vino hacia mí con los brazos en jarras.

—Ojito, niñata, que en tres segundos puedo conseguir que te eches a llorar. —Cogió una pelota y me la enseñó—. Y a mí no me haría falta darte un pelotazo.

Sin pensarlo, agarré aquella pelota y se la lancé contra el estómago.

—¡Mierda! —exclamó doblándose sobre sí mismo.

En ese momento la profesora se levantó del banco.

—Hoy no me da tiempo a daros clase, ¡poneos a jugar a vóley! —nos dijo—. Vamos, elegid capitanes. Nada de pelotazos en la cara, ni de golpes con los puños o con los pies. No estamos en un ring de boxeo, ¿de acuerdo? —James resopló—. Hoy me siento particularmente sádica, así que... ¡chicos contra chicas! ¡Vamos! —añadió antes de volver a centrarse en sus papeles.

—A ver qué sabéis hacer. Yo soy la capitana de mi equipo —dije en un alarde de valentía.

—Espera un poco, Blancanieves... ¿Quién ha dicho que tú...? —James trató de convertirse en el centro de atención, pero yo lo corté rápidamente.

—Vosotros sacáis. Nosotras nos quedamos con este campo. Muévete, Hunter, deja de hablar y demuestra lo que sabes hacer —le espeté antes de darle la espalda.

La profesora me hizo un gesto de aprobación con el pulgar sin molestarse en levantar la cabeza.

—Por fin alguien consigue que este fantasma cierre el pico.

—¡Eso es violencia verbal, profesora! —protestó James, ofendido.

—Ponte a jugar de una vez, o yo te enseñaré lo que es violencia verbal en el despacho del director, Hunter.

Sonreí satisfecha. James me miró con acritud.

El partido empezó y él no hizo más que lanzarme pelotazos. Fui capaz de devolvérselos, pero el terror a que me diera un balonazo en la cara hacía que me resultara difícil concentrarme.

—James, no seas pesado —protestó Marvin.

—¿Por qué no te vas a tomar por culo al equipo de las niñas?

Cuando me tocó sacar, decidí vengarme.

—Ahora vas a ver, Hunter.

Se arregló el pelo con los dedos, despreocupadamente, pero solo logró distraerme durante un segundo.

«Concéntrate, June», me dije antes de lanzar mi saque mortal.

La pelota siguió justo la trayectoria que había previsto.

Atravesó el espacio, como si el objetivo fuera impactar en un rostro.

Pero no acertó en el del chulo de James, sino en el del pobre Blaze.

—¡Ay, por Dios! ¡Lo siento! —grité.

Bajó la cabeza y se llevó la mano al rostro. Con la otra alzó el pulgar, para asegurarme que estaba bien…, aunque el moratón que se le estaba formando en el ojo decía lo contrario.

James se echó a reír, y no dejó de hacerlo hasta que la profesora le llamó la atención.

—¡Déjate de risitas y acompáñalo a la enfermería, Hunter!

—¿Qué? ¿Por qué yo?

—Porque eres el capitán.
—Pero me lo estaba pasando genial…
—¡Ahora! —le insistió la profesora.
Él me miró, vocalizando algo que apenas logré entender:
—Te odio, White.
Le mostré el dedo corazón por toda respuesta. ¿Qué otra cosa habría podido hacer?

# 29

## Blaze

—White es una auténtica gilipollas...

James no dejó de protestar hasta que llegamos a la enfermería.

—No hace falta que me acompañes. De verdad. Ve a fumarte un cigarrillo, si quieres.

No me hizo caso y, cuando me senté sobre la camilla, me sujetó el mentón con los dedos.

—Deja que te vea —me dijo, observando mi pómulo dolorido—. ¡Menudo pelotazo te ha dado! Como no te pongas hielo enseguida, el ojo se pondrá morado.

—Y eso que el objetivo eras tú...

—Ya te digo. Menuda puntería de mierda. —Se lamió el labio inferior antes de mordérselo inconscientemente.

—¿Cómo es posible que todas estén enfadadas contigo?

—Ni idea, Blaze. Tendrás que decírmelo tú... ¿Acaso hay mal ambiente en clase?

Sonrió. Se le marcaron los hoyuelos a ambos lados de la boca, y aquella visión hizo que se me encogiera el estómago.

«Joder...».

No quería distraerme y, como siempre, acabar mirándolo de forma indebida. James se llevó el bajo de la camiseta de tirantes hasta la frente y se limpió el sudor. Aquel gesto dejó al descubierto la uve esculpida en su abdomen bronceado.

«Levanta la vista, Blaze».

—Algo le pasa a Taylor. Ah, y Bonnie también parecía muy enfadada... —añadí.

—¿Dónde coño está Carmen? —dijo sin escucharme. Apartó la cortina que separaba las camillas en busca de la enfermera.

—Supongo que ese es el efecto que provocas en todas las chicas… —insistí.

—¿Y a ti que te importa?

— Pues yo más bien diría que eres tú quien tiene el problema: todo el género femenino te odia.

—Blaze, Blaze… si a eso lo llamas odio, espero que algún día te odien tanto como a mí.

Se me quedó miró con atención. No hacía falta que le dijese nada más: él tenía clarísimo que las chicas no me interesaban. Me pregunté si sabría lo enamoradísimo que Jackson estaba de él. Quizá no era consciente, pero sin duda fingir que no tenía ni idea se lo hacía todo más cómodo.

—¿Sabes, Blaze? La reacción más importante no es la que refleja la cara de una chica —me dijo dándome un pellizquito en el pómulo dolorido.

—¡Ay!

—Lo importante es lo que sucede un poco más abajo… —me susurró al tiempo que posaba la mano encima de mi muslo, que mi pantalón de deporte apenas cubría.

Sentí que mi temperatura corporal se disparaba hasta las estrellas.

—¿A…? ¿A qué te refieres?

—A las bragas, Blaze. A lo que pasa en sus preciosas braguitas.

—¿Por qué siempre eres tan chabacano?

En aquel momento me quedé sin respiración, pues estaba deslizando peligrosamente la mano hacia mi entrepierna. Su pulgar casi me rozaba los bóxeres. Y el modo en que me miraba me impedía reaccionar con sensatez.

—¿Te has preguntado alguna vez el efecto que provocas en las chicas, Blaze?

Dije que no hecho un manojo de nervios. James me abrió las piernas y se acomodó entre mis muslos sin que le diese vergüenza. Me estaba provocando. Sabía que el sexo femenino no me importaba lo más mínimo. Siguió hablando.

—¿Y te has preguntado qué clase de efecto… —se pasó la lengua por los labios con una lentitud casi dolorosa— provocas en los chicos?

El corazón estaba a punto de a explotarme. Sentía sus latidos en la garganta, en las sienes, en la barriga.

Entrecerró sus ojos azules como si estuviera a punto de saltarme encima de un momento a otro. Yo solo deseaba que me desintegrase la boca con su lengua.

Apreté los labios. Estaban tan resecos que era incapaz de hablar.

—Porque… ¿sabes una cosa? Yo me lo pregunto a menudo… —musitó entornando los párpados. El tono incitante de su voz me trasladó de nuevo a aquella noche. Mi capacidad de razonar se desvaneció en cuanto James me acorraló como un depredador que estudia a la presa que acaba de capturar. Lo perdí de vista durante un segundo. Y entonces sentí su perfume a mi espalda mientras sus manos empezaban a masajearme el cuello.

—Blaze, ¿has hablado con tu papaíto?

«Cabrón manipulador».

—N-no…

De repente me rodeó la garganta con el brazo.

¿Debía confesarle que mi padre había hablado con Jackson? ¿Era posible que él no le hubiese dicho nada?

Apenas podía tragar saliva mientras él seguía apretándome la nuez con su antebrazo. Lo hacía con delicadeza, sin lastimarme. Pero tuve que cerrar los ojos cuando me susurró estas palabras al oído:

—Dile que tenga cuidado con sus próximos movimientos.

—¿Qué? ¿Qué movimientos?

—Tu papaíto sabe perfectamente a qué me refiero.

James apretó un poco más, justo antes de soltar la presa.

En cuanto me liberó, tuve un ataque de tos.

—Y dile que he sido yo quien te lo ha dicho.

# 30

## June

—Estoy deseando compensarte por lo de ayer.

Para mi sorpresa, William se presentó en el gimnasio justo después de que terminara la clase.

—Te quedaste dormido como un viejecito, no pasa nada. Ya te he perdonado.

Me esforcé en sonreír, aunque la verdad era que estaba preocupada por Blaze.

—Siento no haberme presentado en el Tropical, pero lo que peor me sabe es que no pudiéramos pasar la tarde juntos.

Se le ensombreció el rostro como si estuviera bajo el influjo de un pensamiento melancólico.

—No pasa nada, Will. Eso sí, podías haberme escrito…

Nos sentamos en las gradas para tener un poco de privacidad y poder hablar tranquilamente.

—Lo sé, pero mis padres me mantuvieron demasiado ocupado.

De pronto me vino a la mente lo que me dijo en la fiesta.

—¿No me comentaste que estaban fuera? —pregunté con el ceño fruncido.

Will me miró, y por un instante intercambiamos una mirada de lo más elocuente. Acababa de mentirme y yo lo había pillado.

—Sí, claro… Fue por teléfono.

Clavé la vista en el suelo. Todo era demasiado bonito para ser cierto. Además de muy atractivo, Will había demostrado ser un chico sensible, interesante, delicado y atento. Pero algo no encajaba.

—¿Qué te parece si nos vemos hoy? —me preguntó, como eso si fuera lo que más deseara.

Mi instinto me decía que debería pasar, que sería mejor decirle que no. Pero fui incapaz.

«¿Qué quieres de mí, William Cooper?».

¿Por qué tenía la impresión de que no estaba siendo sincero y de que, en realidad, no tenía intención de verme?

¿Por qué insistía en organizar otra cita?

Lo cierto era que no quería volver a sentir la angustia de los últimos días.

Aquel aire misterioso, aquella falta de constancia, podría resultarles fascinante a muchas chicas. Pero a mí no. Yo solo quería un chico que fuera sincero y que se presentase en el lugar acordado. Tampoco era pedir demasiado.

—Vale, Will, pero esta es la última vez que…

William se me acercó y selló mis labios con un buen beso.

—¿Hoy estará tu madre en casa?

—Sí —respondí, a la defensiva.

—Estupendo.

—¿Estupendo por qué, Will? —le pregunté sin saber a qué se refería.

—Quiero conocerla.

Sin lugar a dudas, había perdido la cabeza.

—Ah, pero es que no…

—¿Por qué no? —preguntó, encogiéndose de hombros.

—¿Y qué le digo? ¿Cómo te presento?

—Me gustas, June. No me importa cómo quieras llamar a lo nuestro. Quiero seguir viéndote.

No estaba bien por mi parte seguir dudando de él, pero me daba mucho miedo llevarme una decepción. Tenía que ir con pies de plomo.

—Creo que será mejor que no vayamos a mi casa, ¿vale? Ya iremos en otra ocasión, cuando ella no esté. Créeme, no la conoces.

Will parecía decepcionado.

Nos pusimos en pie, dispuestos a salir del gimnasio. En la puerta había una silueta alta, de brazos cruzados. Era James Hunter y estaba esperando a Will.

—Nos vemos más tarde —le susurré.

—¿Qué tal esta tarde en mi casa, June? —me preguntó Will.

No quería estar en presencia de los dos ni un segundo, así que asentí con una sonrisa y me marché de allí despacio, muy despacio.

—¿Sigue en pie lo de esta noche? —le preguntó James.

—Sí, claro —respondió Will.

En su voz no había el menor rastro de duda.

«¿De qué estarían hablando?».

Me oculté tras la puerta para poder escuchar lo que decían.

—¿Seguro?

—Sí, no me lo preguntes más.

—Pensaba que al salir con Doña Perfecta podrías cambiar de idea.

Aquello me puso de muy mala leche.

—¿Acaso crees que pensaba contarle una cosa así?

En mi interior se abrió paso una tremenda angustia. Tenía que dejar de escuchar las conversaciones ajenas a escondidas o acabaría fatal.

—¿Y por qué no? —preguntó James con ironía—. ¿Acaso no es la chica de tus sueños?

El tono sarcástico que acababa de emplear me ofendió, pero no me sorprendió; al fin y al cabo, cada vez que él abría la boca, yo acababa sintiéndome humillada.

—Ya vale, James, ¿es que no puedes hablar en serio, aunque sea por una vez?

Estaba claro que no pretendía que Will le dijese que sí que había encontrado a la mujer de su vida, no era tan ingenua. Pero aquella respuesta tan tibia que le dio hizo que se me revolviera el estómago. Tenía que irme de allí antes de que acabara escuchando algo que nunca habría querido escuchar.

—¿Quieres que vaya a buscarte?

Will me llamó sobre las cinco y media, y su llamada me pilló de sorpresa. Había dado por hecho que no respetaría la promesa que me hizo.

—Ya voy yo. Me acuerdo de dónde vives —respondí sin demasiado entusiasmo.

Me habría gustado olvidar lo que había escuchado aquella mañana. Al fin y al cabo, Will podría tener un motivo más que justificado para haber dicho lo que dijo. Pero cada vez desconfiaba más de él.

—Muy bien.

—Hasta luego, Will.

Estaba a punto de decirle algo, pero él se me adelantó.

—¿June? —Me quedé callada—. Me muero de ganas de volver a verte.

—Vale.

No fui capaz de añadir nada más. Cuando colgué, me sentí aliviada.

Bajé al garaje, dispuesta a desempolvar mi bici. Pero el corazón me dio un vuelco en cuanto vi aquel viejo cacharro que permanecía intacto a pesar de tanta mudanza.

Cuando regresé a la cocina casi me da un infarto. Mi madre estaba encaramada en una silla, como si fuera un búho. Tenía el iPad a un palmo de la nariz y estaba analizando un montón de manchas multicolores.

—¿A qué debemos el honor de que hayas recuperado ese viejo amasijo de hierros?

—¡Mamá!

Lanzó una mirada furibunda hacia la ventana, desde donde se divisaba perfectamente la bici.

—¿El motivo es algún chico?

—Voy a ir a estudiar a casa de Amelia.

—Debe de ser muy guapo, si tenemos en cuenta todo lo que has salido esta semana…

—¿Pero qué dices? —Fingí un tono escandalizado, pero ella era demasiado lista. Se percató al instante de que estaba muerta de vergüenza.

—Ya te llevaré yo a casa de Amelia.

—No. Quiero dar una vuelta. Hace un día precioso.

Me acerqué a la ventana para observar el cielo, pero un trueno me hizo ver que no había sido buena idea.

«Un día preciosamente horrible».

En aquella ciudad nunca llovía, ¿era necesario que empezase justo en aquel momento?

—Bueno, me voy.

—June, espera. Quiero hablar contigo.

—Ya te dije que iría a esa estúpida cena.

—Me alegro, pero he de decirte otra cosa que no creo que te guste mucho.

Me apoyé en el marco de la puerta.

Soltó el iPad sobre la mesa y se colocó las gafas entre los mechones rubios que le enmarcaban las sienes.

—Me han ofrecido un trabajo fijo.

—Pero tú ya tienes trabajo.

—Por favor, June, que estamos hablando en serio.

¿Acababa de admitir que pintar no era un trabajo serio?

—¿Acaso necesitamos dinero? —le pregunté, inquieta.

—Puede que haya cometido algunos errores de cálculo…

Resoplé y me crucé de brazos. Siempre le pasaba lo mismo.

Me hubiera gustado resolver aquello con cuatro gritos, pero en cuanto vi que se frotaba la frente y que estaba como ida, empecé a preocuparme de verdad.

—¿Me estás diciendo que… vamos a tener que irnos de aquí?

Menudo récord. Esta vez no había aguantado ni un mes.

—No, ¿pero qué dices? Este posible trabajo me ha surgido aquí.

—¡Qué buena noticia! ¿Y por qué se supone que no iba a alegrarme?

—Bueno, tú ya sabes que hace mucho tiempo trabajé como profesora…

«Oh, no. No, no».

Me tapé los oídos para no oír lo que estaba a punto de decirme.

—¡En mi instituto no, mamá!

—Jordan me ha dicho que están buscando una profesora de Arte para las actividades extraescolares…

¿Jordan? ¿El tío que la había invitado a cenar ahora también le buscaba trabajo? ¿En serio?

Le di la espalda.

—Por cierto, June…

—¿Qué?

—Había un uniforme masculino entre tu ropa. Lo he planchado, pero que sepas que…

—Vale, hagamos lo siguiente: yo no te pregunto cuántas veces te has liado con Míster Galerista para que te recomiende, y tú no me haces ninguna pregunta sobre ese uniforme.

—¡June Madeline White! —Su grito me sonó lejano, ya que me había colocado la capucha de la sudadera. Salí a la calle y busqué la bici bajo la lluvia.

Llegué a casa de William después de unos veinte minutos pedaleando. La lluvia duró poco. El cielo estaba oscuro y sin estrellas.

Dejé la bici contra un muro y toqué el timbre.

—Hola.

Estaba tan nerviosa que no me di cuenta ni de que Will había intentado besarme antes de que atravesara la puerta principal. Afortunadamente no pareció sentarle mal. Miró mis zapatillas deportivas y se rio.

—Sí, ya me las quito —dije sacándome las Converse empapadas.

El salón de Will estaba irreconocible: limpio, ordenado y silencioso. La última vez que estuve allí, aquello estaba lleno de gente enfadada… y al final acabaron echándome a mí.

Me asaltó aquel recuerdo tan desagradable, y cuando llegamos a la cocina me sentía incluso peor.

Dejé en el suelo mi mochila húmeda. Will ya había colocado el libro y los apuntes de Lengua sobre la mesa. Traté de ocultar mi desilusión, pero la sonrisa de circunstancias que puse me quedó algo forzada. Will pretendía estudiar de verdad, y, aunque yo ya sabía que estaba allí para eso, creía que antes podríamos hablar un poco.

Me senté, aburrida, y me puse a mirar a mi alrededor. Por un instante, en mitad de la oscuridad de su jardín, a través de la ventana pude intuir el recuerdo de nuestro primer beso.

—¿Quieres empezar con Física o con Lengua?

—Me da igual —respondí dejando sobre la mesa mi libro de Lengua.

Volvió a empezar a llover y las gotitas repiqueteaban contra los cristales. Normalmente, aquel era mi sonido favorito para una tarde de estudio. Pero en ese momento no lograba concentrarme. Y Will se dio cuenta.

—¿Quieres algo de comer? —preguntó con cierta incomodidad.

Sus ojos claros se posaron en los míos y le contesté lo primero que se me pasó por la cabeza.

—Quiero ver tu habitación... y que hablemos un poco.

Cerré la boca inmediatamente, arrepentida de haberle pedido aquello. William me miró con aire confuso.

—Ah, vale... —masculló sin mucho convencimiento.

Subimos a la planta de arriba en riguroso silencio. Los escalones de madera crujían bajo nuestros pies. Nos detuvimos ante una puerta de caoba. Will la abrió, accionó un interruptor y una luz fría iluminó una habitación aséptica. Aquella estancia estaba tan limpia y ordenada que verla me provocó un caos en la cabeza.

Nada. No era nada. Inmediatamente, mis ojos fueron capturados por los colores monótonos que cubrían las paredes, completamente negras a excepción de la que había detrás de la cama. Todo tenía un aspecto muy impersonal.

—¿Te gusta el minimalismo? —pregunté.

Fue lo único que se me ocurrió decir.

William también parecía no tener mucho que comentar.

—Hay épocas en las que acumulo muchas cosas... y después me deshago de ellas. Lo he tirado todo.

Me noté un sabor amargo en la boca.

—¿En qué sentido?

Habría podido asentir y decir «oh, qué interesante» en lugar de hacerle esa pregunta, pero no pude contenerme.

William no me contestó, parecía haber dejado de respirar.

—¿Estás bien? —le pregunté sonriéndole, con la esperanza de que respondiera «sí» sin titubear.

Pero se limitó a asentir con la cabeza y se sentó en la cama.

—¿Va todo bien? —insistí.

Busqué su mirada. Will seguía siendo el mismo chico que me había dicho aquellas cosas preciosas en la fiesta de Poppy..., pero ya no sentía que estuviera allí. Había algo invisible entre nosotros que nos mantenía apartados.

—No pasa nada, es solo que me incomoda dejar que cualquiera entre aquí —respondió en tono monocorde.

—Perdona. No quería ser invasiva. Solo quería conocerte un poco más... Pero, si quieres, podemos volver... —Di un paso hacia la puerta, pero él me hizo una señal para que me acomodase a su lado.

—No, quédate.

La intensidad de su mirada me impidió salir de la habitación. Volví sobre mis pasos y me senté junto a él.

—Nunca había dejado a ninguna chica entrar a mi habitación... —añadió muy serio.

Mantuve las distancias. Nuestras rodillas ni siquiera se rozaban. Sentía que ya había invadido su espacio lo suficiente.

—Lo siento —masmullé con la esperanza de que me perdonase por aquella intrusión.

Aunque, seguramente, el modo en que jugueteaba con mis dedos y me mordisqueaba el labio no le estaba transmitiendo demasiada tranquilidad.

—June, tengo la sensación de que no te fías de mí. —William empezó a mover nerviosamente una pierna.

—Bueno..., en parte es cierto, sí —dije en voz baja.

—June, ¿puedes acercarte un poco?

Me deslicé sobre la colcha y me acerqué a él con torpeza. Nuestras caderas se rozaron. William se puso tenso.

—Will, ¿hay algo que quieras decirme?

—Sí, pero me da miedo asustarte.

En un arrebato de valor, decidí posar la mejilla sobre su hombro. Su jersey me hizo cosquillas en la piel. Noté que él apoyaba su cabeza en la mía.

—Tengo miedo de espantarte, June.

—¿Y por qué, simplemente, no pruebas a contármelo?

William levantó la cabeza, obligándome a hacer lo mismo. Me miró a los ojos.

—¿Qué prefieres, la verdad o seguir conmigo?

Sus palabras me dejaron atónita.

—Preferiría saber la verdad y seguir contigo.

Tal vez no fui lo bastante convincente, porque él negó con la cabeza.

—Ven, te voy a enseñar lo que mi padre guarda aquí.

O puede que aún no estuviese listo para contármelo. No me quedaba otra que respetar sus deseos.

William me acarició la mano y, con un gesto distraído, me invitó a salir de allí.

Recorrimos el pasillo hasta una escalerilla de madera que estaba apoyada en una pared. En la parte superior había una trampilla abierta que conducía a un desván.

Subí detrás de William.

Al llegar al último escalón, me tendió una mano y me ayudó a subir.

—No me lo puedo creer —susurré cuando miré a mi alrededor.

Su habitación estaba vacía, pero allí arriba había todo un universo.

—Esto era una antigua buhardilla que mi padre transformó en librería.

Era la cosa más bonita que había visto jamás.

Mis ojos, seguidos de mis dedos, fueron rozando delicadamente todos aquellos libros. Cubrían todas las paredes y algunos parecían antiquísimos. No se dividían por géneros, pero muy pronto pude identificar *Diez negritos* de Agatha Christie y unas ediciones espectaculares de *Sherlock Holmes*.

—Sabía que te gustaría —susurró Will abrazándome por atrás.

—Me encanta el suspense... —respondí quitándole importancia.

Había leído y visto tantas historias de misterio que conocía a la perfección todos los métodos para ocultar un cadáver. Habría sido capaz de dejar boquiabierto al mismísimo Jeffrey Dahmer. Pero, obviamente, eso Will no debía saberlo.

—Vale, lo de la librería ha sido un golpe bajo. ¿Estás tratando de seducirme, Will? —bromeé al sentir sus labios rozándome la oreja.

Me tenía sujeta entre sus brazos y yo no me apartaba. Aquello era muy agradable.

—Estás de broma, ¿no? ¿Es que no te he seducido ya?

Curvé la cabeza hacia atrás y busqué su boca con la mía, pero me detuve justo antes de besarlo.

—Puedes contarme lo que quieras. En serio, Will, no voy a juzgarte —susurré ante sus labios entreabiertos.

Él no respondió, así que continué.

—Hoy te he oído hablar con Hunter.

—Hemos quedado en vernos esta noche —me explicó Will con un suspiro—. No es nada importante —musitó, y a continuación se acarició el flequillo color arena: lo hacía siempre que estaba en dificultades.

—¿Y qué vais a hacer?

—Nada importante, te lo acabo de decir.

La voz le empezó a temblar conforme acababa la frase, lo cual demostraba que estaba mintiendo.

—Entonces... ¿puedo ir contigo?

No quería meterme en problemas, pero necesitaba llegar al fondo del asunto.

A Will le cambió la expresión al instante.

—No.

—Pero si ya sé adónde vais a ir, ya no tienes por qué que seguir ocultándomelo...

Reprimí una sonrisa de satisfacción cuando él abrió los ojos de par en par.

—¿Cómo lo sabes? Joder, James me va a matar.

«Bingo».

—Esto no tiene nada que ver con James, quiero ir contigo —insistí.

William empezó a golpetear la superficie de una de las estanterías con los dedos.

—Es... peligroso.

Poppy me había hablado de ciertas carreras, lo recordaba perfectamente. ¿De qué iba aquello?

—No me importa, quiero ir. Si te parece bien. Las carreras no me dan miedo.

William parecía confuso.

—Vale..., bueno, no, no vale.

Se hizo el silencio, que yo interrumpí con un gesto inesperado. Le di la espalda.

—Será mejor que vuelva a casa.

—Espera, June. No...

—En serio, no lo digo para chantajearte. Igual solo eres una persona muy reservada, no te culpo por ello. Es solo que... conmigo, las cosas no funcionan así.

Bajé por la escalerilla mientras él me miraba decepcionado.

Cuando llegué abajo, trató de alcanzarme.

—June, ¿pero de qué hablas? —me preguntó antes de que me diese tiempo a llegar a la puerta.

—Lo siento, pero me parece que hay demasiados secretos entre nosotros. Primero fue la fiesta, después lo que le dijiste a James...

—Y lo que Carmen comentó sobre su salud; y el hecho de que James trataba de intimidarme para que dejase en paz a su mejor amigo... ¿Cómo podía ignorar todas aquellas señales?—. Es imposible que funcione —zanjé.

William parecía estar de acuerdo. Bajó la cabeza y no contestó.

—Nos separan demasiados secretos, y creo que lo mejor es alejarse antes de que uno de los dos empiece a estar demasiado pillado —le dije en voz alta, sin poder creerme que por fin hubiera reunido el valor necesario para soltárselo.

Will parecía triste. Probablemente no esperaba que yo estuviera tan dispuesta a dejarlo.

—¿Por qué? Dime por qué insistes en centrarte en ese asunto. Todos tenemos secretos. No creo que tú me hayas contado todo lo que has vivido.

—Will, tengo la sensación de que no me consideras digna de tus confidencias. Si no somos sinceros el uno con el otro desde el principio, no tiene sentido que empecemos algo más serio. Intentarlo en estas circunstancias sería una estupidez.

Algo nubló su mirada transparente. Era como si estuviera conteniendo alguna emoción. Cerré los ojos cuando acercó sus labios a los míos para besarme.

—De acuerdo —susurró.

—¿Qué?

—Que tienes razón. Debería ser más sincero contigo.

Suspiré.

—Dame... algo de tiempo y...

En ese momento, tomé su rostro entre mis manos y él me sonrió.

—¿Puedo ir contigo? —volví a preguntarle.

—Sí. Yo también quiero que te fíes de mí, June.

Nuestras bocas se rozaron con dulzura.

Ni que decir tiene que yo no era consciente del gigantesco problema en el que estaba a punto de meterme.

# 31

# June

Le hablé a Will de mis numerosísimas mudanzas. Charlamos ante una pizza recalentada hasta que, justo después de la cena, Jackson vino a buscarlo en su flamante camioneta roja.

Su cabeza dorada asomó por la ventanilla, envuelta en una enorme nube de humo.

—Hola, June.

Me senté en el asiento de atrás y Will en el de delante.

—Jackson... —respondí a modo de saludo, mirándolo a los ojos maquillados de negro en el reflejo del retrovisor.

Tenía enrojecidos sus pómulos blancos y afilados. Llevaba parte del pelo peinado hacia atrás. Parecía un personaje postpunk influenciado por el pop de los noventa.

—Sabes que se va a cabrear, ¿no? —dijo al cabo de unos minutos.

—No te preocupes —respondió William, moviendo la pierna como si tuviera un tic.

Ya había anochecido, pero reconocí el lugar al que acabábamos de llegar a pesar de estar poco iluminado. Se trataba de del mismo sitio al que fuimos a recoger a James Hunter durante mi primera cita con William.

Jackson aparcó junto a unos coches deportivos. Dejamos atrás el local con el letrero de neón y seguimos a pie hasta un viejo circuito abandonado. El ambiente era de lo más inquietante: las farolas iluminaban las caras de unos personajes muy poco recomendables, todos envueltos en nubes de humo. En ese momento deseé con todas mis fuerzas que Will me cogiera de la mano, pero no me atreví a tomar la iniciativa.

—¿No eran carreras de karts? —pregunté señalando el circuito.

—¿Qué dices de karts…? —se rio Jackson.

Nuestra conversación se detuvo de repente. Entre un grupo de chicos mayores que nosotros, reconocí la figura de James Hunter: chupa de cuero, cigarrillo en los labios y el pelo revuelto.

—¡James! —lo llamó Jackson.

Él se giró para saludarlo. Sus ojos tardaron solo una fracción de segundo en taladrarme.

—No. Dime que esto es una pesadilla.

—Tranquilo, después te explico —le dijo William, como si sus palabras bastasen para calmarlo.

Sin pensárselo dos veces, James lo sujetó del brazo.

—¿Se lo has dicho? ¿Se lo has contado todo a tu noviecita de los cojones?

—¿Por qué no te tranquilizas un poco? ¡No le he dicho nada! —William se soltó de un manotazo.

—¿Por qué coño se lo has contado?

—¡Que no le he contado nada, joder! —William respiró hondo y siguió hablando en un tono más relajado—. Ya lo sabía.

Me habría encantado que James también hubiese bajado el volumen, pues lo que dijo a continuación, como de costumbre, fue de lo más desagradable.

—¿La posibilidad de echar un polvo ha sido suficiente para que me traiciones?

Llevaba años sin apenas llorar, pero cada vez que estaba cerca de James, ese tío tenía el poder de hacerme sentir como una mierda.

—¡No te pases! —gruñó William acercándosele a un centímetro de la nariz.

James alzó la barbilla.

—¿Que no me pase? A ver si te enteras de que a ella no le importas una mierda, Will.

Me habría gustado gritarle que no era cierto, pero Jackson me miró molesto.

—Tal como yo avisé, van a pelearse. ¿Estás ya contenta?
Era tan ácido que a veces me recordaba a mi madre.
—Ah, ¿es que crees que es culpa mía? —le pregunté, desconsolada, abriendo mucho los brazos.
—Jax, dame las llaves. Ahora vuelvo —dijo William mientras pasaba por nuestro lado.
—¿Adónde vas, Will?
Giré sobre mis talones para ver a dónde se dirigía.
Hasta ese momento no fui del todo consciente de dónde estábamos. Nos rodeaba un montón de gente que no paraba de dar gritos. El aire estaba impregnado de tabaco, alcohol y peligro. Era como estar en un espacio lleno de delincuentes.
—Y dale... ¿Qué más te da que haya venido?
Jackson le acercó un cigarrillo a James para intentar tranquilizarlo, pero él parecía estar demasiado colocado para escuchar a nadie.
—Jackson, ¿es que no entiendes nada? —Se volvió, y sus ojos eran como dos pistolas cargadas—. Will la ha cagado muchísimo.
No fui capaz de contenerme.
—No es culpa suya, no me lo contó él.
A juzgar por la expresión de desprecio que se dibujó en su rostro, habría sido mejor que me quedase callada. Pero el silencio no era mi fuerte.
—Tú, ¡cierra la puta boca!
Fumaba de forma compulsiva y no le importaba lo mucho que el humo me irritaba los ojos.
—William lo ha hecho por mí. Se lo he pedido yo. Prácticamente, lo puse entre la espada y la pared. No se lo puedes echar en cara.
—De hecho es contigo con quien estoy enfadado. Aléjate de mí —me dijo mientras me daba la espalda para volver con sus amigos.
Me di cuenta de que Jackson se había esfumado y de que Will aún no había vuelto. Me había quedado completamente sola.
—¡Guapísima, nunca te había visto por aquí! ¿Te apetece que demos una vuelta en mi coche?

Un chico con los carrillos enrojecidos me impregnó con su denso aliento.

—Perdona, ¿qué? —le pregunté mientras pensaba en una ruta de escape.

Me encogí dentro de la sudadera, procurando hacerme tan pequeña que resultase invisible…, pero no funcionó.

Aquel tío invadió mi espacio personal. Emanaba un olor tan fuerte a tequila que me provocó una arcada.

—¿Trabajas aquí? —añadió sin importarle que lo ignorase—. ¿Trabajas en el club o no?

Se estaba poniendo muy pesado, así que solo me quedaron dos opciones: echar a correr o… echar a correr.

Di un paso atrás, y entonces choqué con algo sólido. Reconocí aquel perfume de forma inmediata.

—¿No te da vergüenza? ¿Es que no ves que es una adolescente?

James estaba a mi espalda y le echó el humo en la cara a aquel pesado. Este se marchó por fin.

—Gracias.

—Cállate —me susurró al oído, provocándome un escalofrío.

Me di la vuelta para preguntarle qué estábamos haciendo allí, pero resultó que nos encontrábamos demasiado cerca el uno del otro… y aquella proximidad me hizo perder el hilo. Él, sin embargo, no parecía tener ningún problema.

—Sé defenderme sola —añadí herida en mi orgullo.

«Al menos en una situación normal, claro».

—Pues no lo parece.

Vi que no le quitaba el ojo a un grupo de chicos mayores que, desde lejos, nos miraban con mala cara.

El grupo estaba capitaneado por un chico con el pelo rojizo que le tendía la mano a todo el que se le acercaba. Probablemente estaría intercambiado droga o dinero. O ambas cosas.

Allí no me sentía segura. James seguía fumando, así que me escondí detrás de él.

—Te he dicho que te alejes de mí —me espetó cuando casi le rozo un codo—. ¿Es que ahora quieres darme un puto abrazo?

—¿Te importa que me quede cerca de ti?

—Te he dicho que te alejes. —Parecía no entender mi reacción, pero entonces reparó en el grupito que no dejaba de mirarnos—. Vale, pero no me toques.

—¿De verdad crees que tengo alguna intención de tocarte? En serio, me das asco —le repliqué acercándome un poco más.

James sonrió como si acabase de decirle una tontería.

—Claro, mujer, tú sigue repitiéndotelo. A lo mejor, así, tarde o temprano, te lo acabas creyendo.

—¿Qué estamos haciendo aquí? —le pregunté sin ocultar mi cara de pocos amigos.

—¿Qué te pasa en la cara? —me preguntó, enfureciéndome aún más.

—Es la cara que tengo. Si no te gusta, no la mires —respondí, tajante.

Él se puso serio de repente.

—Dime una cosa, Blancanieves, ¿cómo te enteraste?

Me mordí el labio inferior. No quería mencionar a Poppy.

—Te acabo de hacer una pregunta —insistió.

—Os escuché a Will y a ti mientras hablabais en el instituto —improvisé, soltándole lo primero que me vino a la cabeza.

—Menuda mentirosa. ¿Te parece que este es un sitio para alguien como tú?

—Ah, claro, porque este lugar es solo para gente malvada y misteriosa como tú, ¿verdad?

Me miró de arriba abajo.

—¿Y además, cómo se te ocurre salir así a la calle? —me preguntó sonriente mientras miraba la enorme sudadera verde menta que me cubría hasta casi las rodillas.

—Salgo como apetece. Estaba estudiando en casa de Will.

—Ah, claro. Pobrecito.

Mejor que cambiásemos de tema, o acabaría a puñetazos con él.

—No entiendo por qué te mosquea tanto que yo esté aquí. Hay un montón de chicas, mira.

Apunté hacia la oscuridad y señalé a un par de ellas. Algunas llevaban vestidos tan cortos y ceñidos que dejaban poco espacio a la imaginación. Si alguna destacaba por ir poco arreglada, desde luego era yo.

—Sabía que no ibas a dejar de hacerlo.

—¿A dejar de hacer qué?

—De meter las narices donde no te llaman.

La arrogancia con que se dirigía tanto a mí como a sus amigos me molestaba demasiado como para ignorarla.

—¿Sabes qué? No pararé hasta descubrir por qué William hace todo lo que le pides. Incluso algo tan loco como esto.

James me miró de reojo.

—Ah, ¿es que crees que yo…? —Se echó a reír, tiró el cigarrillo al suelo y lo apagó pisándolo con las Jordan—. No has entendido una mierda.

Se agachó para recoger la colilla y la tiró en un cubo rebosante de latas.

—¿De qué cojones hablas?

Antes de que pudiera responderme, se nos acercó una sombra.

Era el chico de la barba rojiza que tenía tan mala pinta, del que yo había dado por hecho que era camello.

—Hunter.

—Austin, esta noche no —lo interrumpió James.

—La verdad es que estoy aquí para hablar con la señorita —dijo rodeándome la espalda con el brazo—. ¿Cuántos años tienes? —me preguntó, sin duda borracho.

—Menos de los que tenía tu novia cuando me la follé en tu cama. Esfúmate, Austin.

El tío soltó una risotada inquietante y se alejó poniéndome ojitos. James tiró de la manga de mi sudadera, y con ello hizo que se me pasara un poco el miedo.

—Oye, ya que atraes a los tíos más locos..., será mejor que te quedes cerca de mí.

Sentí una profunda sensación de alivio.

—Pero con una condición —añadió.

—¿Cuál?

—Que te calles la puta boca.

Su chulería hizo que me hirviera la sangre una vez más.

—Te odio —mascullé.

—Me alegro.

Pero cuando creía que ya lo había visto todo, se nos acercó un tío delgadísimo que llevaba un abrigo negro hasta las rodillas. Tenía el pelo largo, recogido en una coleta. Parecía recién salido de una película de ciencia ficción.

—Hunter, te toca.

James no dijo nada, pero se fue detrás de aquel tío. Cuando lo vi alejarse, me asusté.

—¿Adónde vas? ¡No me dejes aquí! —exclamé, y eché a correr tras él en contra de mi voluntad.

Mi presencia inquietó a aquel tío, que se me quedó mirando sin entender nada.

—¿Viene contigo? —preguntó.

James se detuvo. Dio media vuelta y se giró para mirarme.

Intercambiamos una intensa mirada y, por un instante, me sentí fascinada. En su rostro no había el menor rastro de emoción, solo indiferencia.

—¿Sabes lo que te digo? Que sí, que viene conmigo.

# 32

# June

—¿Adónde? ¿Adónde? ¿Adónde?

Seguí haciéndoles preguntas, sin obtener respuesta. Lo único que parecía importarles era alejarse de aquel lugar y de toda aquella muchedumbre.

El tío se detuvo frente a una casucha con la puerta cubierta por un plástico transparente. Parecía una taquilla. Cogió una libreta arrugada y apuntó unos números. Estaba demasiado oscuro para descifrar lo que escribía, pero a lo lejos oí un estruendo terrorífico.

—¿Adónde tenemos que ir?

—White, voy a demostrarte que mi vida no es ninguna broma. Ahora veremos si te quedan ganas de seguir rondándome.

No me dio tiempo a discutir. James dobló la esquina. Y, de pronto, un grupo de coches deportivos llamaron mi atención.

Cuando James sacó un manojo de llaves de su chupa de cuero, entré en pánico. Abrió la portezuela de uno de los coches, se metió dentro y yo me encontré otra vez sola. Ahora ya tenía claro lo que estaba a punto de suceder.

—Oye, no te he pedido participar contigo en esta versión cutre de *Fast and furious*, solo quería...

—... Meterte donde no te llaman, como de costumbre. —James terminó la frase por mí y yo, sin saber muy bien por qué, ya había abierto la portezuela para sentarme en el asiento del copiloto.

Sin decir nada más, encendió el motor, y al cabo de unos segundos ya estábamos en el circuito junto a otro par de coches deportivos.

—Dime por qué...

—Si quieres bajarte, abres la puta puerta y te bajas. Pero si te quedas, tienes que mantener la boca cerrada.

Me quedé sin aire. ¿Qué debía hacer?

Miré por la ventanilla. El tío de la coleta sostenía una pistola. Me iba a explotar la cabeza.

Contra todo pronóstico, James estaba en silencio.

Lanzó la chaqueta al asiento de atrás y se quedó solo con una camiseta ceñida que permitía intuir su escultural cuerpo. Su pecho subía y bajaba con rapidez bajo la tela negra.

—¿Estás bien? —le pregunté.

Se le transformó el semblante.

—¿Pero qué mierda de pregunta es esa?

—Pues… justo la que acabo de hacerte. Solo quiero saber si estás bien.

Bajó la cabeza sin responder.

—Solo dime qué es lo que se hace aquí. ¿Es por dinero?

Hizo una mueca con el labio, como si mi insinuación lo ofendiese.

—Se gana dinero, sí.

—¿Es que necesitas dinero?

En mi instituto, nadie necesitaba dinero. ¿Qué estábamos haciendo allí?

—No, claro que no —negó con rapidez.

—¿Entonces…?

—Adrenalina. ¿Sabes lo que es? —Me lanzó una mirada glacial que me dejó sin palabras por un instante.

—No. No puede ser solo por adrenalina —le respondí al observar que se mordía el interior de la mejilla—. ¿No te da miedo morir?

—Quizá es eso lo que quiero, ¿no se te había pasado por la cabeza?

James pulsó un botón, el ruido sordo del motor me hizo saltar en el asiento y mis pensamientos se interrumpieron de golpe.

—¿Y tenías que decírmelo justo un momento antes de encender el motor? —le pregunté a voz en cuello.

—Ponte el cinturón.

Me pareció que se estaba poniendo nervioso.

—¿Qué? ¿Perdón?

James me lanzó una mirada feroz.

—Que te pongas el cinturón y te agarres fuerte.

No tuvo repetírmelo dos veces. En el momento exacto en que sonó un disparo, un acelerón inesperado me hizo rebotar hacia atrás y cerré los ojos con fuerza.

El ruido ensordecedor del motor me taladró los tímpanos. Por un segundo creí que me iba a morir, y entonces un giro brusco me lanzó contra la portezuela. Sentí el chirrido de los frenos y las marcas que dejábamos en el asfalto.

Traté de volver a abrir los ojos, me arrepentí al instante. Fuera estaba bastante oscuro, pero a través de la ventanilla pude ver cómo los arbustos desfilaban a una velocidad impresionante.

Y entonces, de forma brutal, salí despedida hacia delante. Y todo se detuvo.

Mi corazón seguía latiendo a mil pulsaciones por minuto.

—¡Estás completamente loco! —grité con todas mis fuerzas.

James se bajó del coche tranquilamente mientras que yo seguía tratando de asumir todo lo que acababa de pasar.

Habíamos vuelto al punto de salida. Algunas personas estaban aplaudiendo.

—¿Bajas o no? —me preguntó abriéndome la portezuela.

—¡Estás… completamente loco! —No podía decir otra cosa.

—Que sí, que estoy loco, que estoy desquiciado… Ya vale. ¡Vete a tu casa de una vez! —me espetó sin tan siquiera mirarme.

—June, ¿qué coño estás haciendo aquí? —Bajé del coche con las piernas temblorosas y me topé de frente con William, que me miraba sin poder dar crédito a lo que estaba viendo—. ¿Te encuentras bien? —me preguntó mientras me abrazaba.

Yo temblaba como una hoja movida por el viento. No estaba segura de cómo era posible que mis piernas siguieran sosteniéndome.

—¿Dónde estabas?

—June, ¿estás bien? —insistió al observar mi expresión desencajada.

—Estoy un poco mareada...

—¡No me lo puedo creer...! —Se apartó de mí y se encaró con su amigo—. ¿Pero cómo has podido, James? ¡No me lo puedo creer!

La mirada hosca de William se topó con la expresión sarcástica de James.

—¿Qué querías que hiciera? Fuiste tú quien la dejó sola —le respondió encogiéndose de hombros con indiferencia.

—¿Te has vuelto loco? ¿Por qué has hecho algo así?

Nunca había visto a William tan enfadado.

—¿Es que no te fías de mí? —le provocó James, jugueteando con el mechero.

No me esperaba que William le diese un manotazo que hizo que el cigarrillo se le cayese antes de que James pudiera encenderlo.

—¿Qué coño hacéis? —intervino Jackson.

James respiró hondo, como queriendo contener la rabia.

—Eres tú quien la ha dejado sola —le repitió. Pero esta vez lo dijo mirando a Will a los ojos. Parecían comunicarse con un lenguaje propio. Era como si estuvieran intercambiando mensajes que los demás no podíamos comprender.

—¿Y si le hubiera pasado algo?

James soltó una risa burlona y le dio unos afectuosos cachetes en la mejilla.

—Ay... Nuestro Romeo ya no es capaz de pensar con la cabeza.

William estaba demasiado tenso para razonar. Se le acercó a un palmo de la cara y levantó el brazo como si estuviera a punto de darle un puñetazo. James se irguió, y en ese momento temí por la integridad de Will.

—Vamos, pégame. Te mueres de ganas, ¿verdad? —lo incitó James, desafiante.

Se lanzaron una mirada cargada de violencia. Jackson se interpuso entre ellos.

—Will, no vale la pena.

—Cuéntale a Blancanieves por qué te has esfumado. Vamos, atrévete. —Las palabras de James sonaron como el rugido de un tigre a punto de atacar.

Elevé los ojos del suelo polvoriento y me topé con el rostro compungido de William. Seguía enfadado, sí, pero ahora también parecía tremendamente confuso.

—¿Por qué te has esfumado, Will? Me has dejado aquí, y yo...

No fui capaz de construir una frase que tuviera sentido. Le costaba mirarme a los ojos.

Volví a sentir en la boca del estómago una sensación que ya había experimentado antes. No estábamos hechos el uno para el otro.

—Me había olvidado en casa...

—¿Qué era tan importante como para dejarme aquí sola? —susurré con la moral por los suelos.

—Ven, vamos a hablar. Los dos solos. —Will me cogió de la mano, pero no pude evitar oír lo que estaba diciendo James a poca distancia de nosotros.

—No deberías haberla traído, Will. Esta vez la has cagado a lo grande.

William ni siquiera lo miró. Me condujo hasta un poyete desconchado.

—¿Por qué te habla así? —le pregunté con un hilillo de voz mientras me sentaba a su lado.

—James tiene razón, no tendría que haberte traído.

Dejé vagar la vista por un punto indefinido del horizonte, a la espera de que me diese alguna explicación. Pero no lo hizo.

—¿Por qué estás aquí? Dime solo eso. No te pido más.

William no opuso resistencia.

—Estamos aquí por un tal Ethan Austin. —Extendió el brazo y señaló el grupo del tío de la barba rojiza—. Ethan es el hijo del propietario del local. Su familia y él organizan estos eventos y... chantajean a James.

—¿Por qué?

—No te lo puedo decir. Ellos le hicieron un favor gigantesco. Puede que más de uno. Eso es todo.

Volví el rostro de nuevo para observar a William. Parecía bastante incómodo.

—¿Quieres decir que está obligado a hacerlo?

—Está obligado a participar. Apuestan por él y tiene que ganar.

—¿Tiene que ganar?

—Sí.

—¿Y tú por qué estás aquí? Tú no participas, ¿verdad? —Mi voz sonaba como un lamento.

William no era así. Esperaba que me contestase algo parecido a «no, claro, solo lo acompaño, por supuesto».

Pero, para mi sorpresa, su respuesta fue otra.

—Lo mío es distinto, June. Lo hago porque quiero —respondió sin la menor vacilación. Se mostró tan seguro que me hizo estremecer.

—¿Cómo puedes querer formar parte de esto? No lo entiendo.

—June, es que... lo necesito.

—Nada de esto tiene sentido.

Estaba tan tensa que pronuncié esa frase en voz alta y sin ningún cuidado.

—Para mí sí que lo tiene. Dijiste que podía abrirme contigo..., ¿por qué ahora actúas de esta manera?

La pregunta de William me dejó descolocada. Me sentí muy culpable.

Tenía razón. Estaba dispuesta a juzgarlo sin saber nada de todo aquel asunto.

Él fijó la vista en el suelo, mientras yo hundía la cabeza entre los hombros. Oí cómo inspiraba una bocanada de aire.

—¿Cómo te sientes, Will? —le pregunté preocupada.

—Hay momentos en que todo esto me hace sentir vivo, y en los que... —Se le quebró la voz. Le apreté la rodilla con la mano. Aquel gesto pareció infundirle confianza, y siguió con lo que me estaba diciendo—. Otras veces vengo aquí para experimentar la sensación contraria... Sentirme vivo ya no es suficiente.

Me quedé sin respiración. Estaba estupefacta.

—A veces pienso cosas feas, June... Terribles. Y llega un momento en que no puedo más y solo quiero...

—Cooper, te toca.

El tío que parecía recién salido de *Matrix* estaba plantado ante nosotros con su ineludible libreta en la mano.

William me dedicó una sonrisa incierta y me acompañó hasta donde se encontraba un grupo que estaba de pie junto a la barrera que daba al circuito.

—Quédate aquí con Jackson, ¿vale? Después seguimos hablando.

Perturbada aún por su confesión, lo único que pude hacer fue asentir.

En cuanto él se volvió, di un paso atrás.

—June, ¿adónde vas? —me preguntó Jackson en cuanto se percató de que no tenía la menor intención de quedarme allí viendo cómo William arriesgaba su vida—. ¡June, te ha dicho que te quedes aquí!

—Mírame bien, Jackson —le contesté señalándome el rostro con el índice—, ¿tengo cara de ser una persona a la que se le puede decir lo que tiene que hacer?

Dicho lo cual, di media vuelta.

Lo reconocí de espaldas, a lo lejos. Estaba sentado sobre el capó de un coche, besándose con una chica morena a la que no había visto antes.

—¿Hunter? —Fingió que no me había oído—. ¿Puedes hacer el favor de hablar conmigo un momento?

Su mano desapareció bajo el vestido de la chica, que dejó escapar un gemido.

Lo hacía a propósito. Me resultaba repugnante, pero no lo bastante como para hacerme desistir.

—¡Eres un cabrón! ¡Pones en peligro la vida de tu mejor amigo solo por tu interés! —le eché en cara.

Como si fueran víctimas de un hechizo, sus manos perdieron todo interés por el cuerpo de la chica. James se bajó del capó de un salto.

—¿Qué cojones has dicho, White? —me espetó.

—Pensaba que estabas soltero... —masculló la chica sin moverse del capó, con el vestido por encima de los muslos.

—¿Por qué dejas que William arriesgue su vida, si sabes que está así de mal?

Se rio en mi cara, poniendo mi paciencia al límite.

—¿De dónde te has sacado eso?

—Igual tendría que ser tu vida la que deberías poner en peligro, pues está visto que para ti no tiene ningún valor... ¡Pero deja en paz la vida de los demás!

James enarcó una ceja. Parecía estar a punto de decir algo, pero al final se limitó a sacudir la cabeza.

—¡Búscate la vida y deja de tocarme las pelotas! —me respondió encendiéndose el enésimo cigarrillo de la noche.

Me recogí un mechón detrás de la oreja y traté de recomponerme. Debía de tener la cara encendida de la rabia y los labios temblorosos de los nervios, pero no me importaba.

—¿Por qué William? ¿Por qué no arrastras a otro contigo? —le pregunté.

—¿Por qué no se lo preguntas a él, ya que te gusta tanto? ¡Deja de acosarme, joder! —gruñó al límite de su paciencia.

—¡No te estoy acosando! ¿Crees que voy con segundas intenciones? Si quiero enterarme de lo que pasa es solo porque os quiero ayudar.

—¿Quieres ayudarme, White? —Se echó a reír—. Si quieres me bajo directamente los gayumbos y así te facilito el trabajo.

Se colocó el cigarrillo encendido entre los labios e hizo ademán de abrirse la bragueta.

—Me das asco.

—Doy asco. Mucho más de lo que crees. ¿Ya estás contenta? ¿Es suficiente para que te vayas?

«Ni de coña».

—Sabes que William se siente así, sabes que tiene pensamientos negativos… ¿Y lo traes aquí? ¿Quieres que se mate? ¿Qué clase de amigo eres? —Mis palabras fueron tan punzantes que lograron perforar incluso una coraza como la suya. Se le nubló la vista.

—¡Solo quiero ayudarlo!

—¡No, tú no quieres ayudarlo! Solo necesitas un socio con el que compartir tus mierdas. Y lo estás arrastrando contigo hacia lo más profundo del pozo. Con la droga, con la violencia… ¡y ahora también con las carreras clandestinas!

—Por Dios, eres peor de lo que creía, Blancanieves.

—¿De verdad crees que así lo estás ayudando? —insistí.

—¿Qué otra cosa podría hacer, dejarlo solo con sus padres?

Percibí a lo lejos el rugido de los motores. Me giré y vi la silueta de William entrando en un coche. Al instante arrancó y se alejó a toda velocidad.

De repente me embargó un profundo sentimiento de rabia. Y lo canalicé por entero contra James.

—Te odio. ¡Estás arruinando lo que hay entre él y yo! Ojalá no existieras.

Le di un puñetazo en el pecho, pero fue como si no lo sintiese. En cambio, el empujón que él me propinó resultó mucho más eficaz.

—Pues lo mismo te digo, White. Estás arruinando una amistad de toda la vida —gruñó a un palmo de mi cara.

—James…

—Aléjate de William.

Me esforcé en mantener los ojos bien abiertos, a pesar de que me resultaba difícil sostenerle la mirada.

—¿Por qué?

—Porque no es para ti. —Estaba enfadada, indignada—. ¿Te enteras, niñata?

—¿Crees que puedes amenazarme igual que haces con el resto de la gente?

—Te crees muy valiente, ¿no? No eres más que una niñata que no ha sufrido en toda su vida.

No me importaba quién las hubiera pronunciado, no me importaba que la persona que lo había dicho no significase nada para mí... Aquellas palabras me impactaron como una patada en el estómago. Y acabaron de derrumbarme.

En un gesto instintivo, le di un empujón y salí corriendo hasta la salida.

No tenía ni idea de qué iba a hacer, solo sabía que no quería permanecer allí ni un segundo más.

—¡White!

Oí la voz de James, pero la ignoré.

—¡Que te den! ¡No vuelvas a dirigirme la palabra! —le chillé, totalmente consternada.

Me adentré en la noche, y solo cuando la ira empezó a remitir, me di cuenta de que no sabía dónde me encontraba. Estaba convencida de que me dirigía hacia la salida, pero no era así. Cuanto más andaba, más estremecedor me parecía todo.

—¡Pero bueno...! ¡Si está aquí! —gruñó un tío con gafas al que nunca había visto.

Lo miré de reojo y sentí un escalofrío. Era uno del grupo del chico de la barba rojiza.

Aceleré el paso. Prácticamente estaba corriendo. Pero él me alcanzó y me bloqueó el camino.

—¡Déjame en paz! —le espeté.

—Estás en mi casa —respondió tranquilamente el tío—. Todo esto es mío y de mi padre. Y, claro, las chicas nuevas no pasan desapercibidas.

—¿Qué?

Su grupo de cafres empezó a reírse y a decir guarradas.

—¿No es demasiado joven para trabajar en el club? —preguntó alguien.

—Mira cómo va vestida. Parece una colegiala —añadió otro.

Ethan Austin se inclinó hacia mí y aquel gesto me dejó paralizada.

—No tendría ni que entrevistarte, te contrataría directamente.

—Creo que es menor de edad. No puedes contratarla —dijo otro de sus amigos en tono jocoso.

—Puedo hacer lo que me salga de los huevos —gruñó.

Sin darme cuenta, me vi atrapada entre sus brazos.

—Suéltame, por favor.

—Ya te he dicho que estás en mi casa. Tú no te vas a ninguna parte.

## 33

# June

El olor a tabaco mezclado con su aliento me dio ganas de vomitar.
—Me gustan las chicas con aire inocente.
—Y a mí me gusta verte la cara empapada en sangre, Austin.
La enorme silueta de James surgió delante de mí. Agarró al tío de la coleta y lo empujó lejos de mí.
No me estaba protegiendo, solo lo hacía porque era incapaz de mantenerse alejado de los problemas.
—Ah, ¿así que la rubita está contigo, Hunter? —La de Ethan Austin no era una verdadera sonrisa. Simplemente curvaba el labio en una mueca deforme que era imposible saber si respondía al enfado o a la diversión.
—La princesa no ha dicho nada, pensábamos que estaba disponible —argumentó otro tío que había detrás de él.
La cabeza me daba vueltas. Se me acentuaron las ganas de vomitar cuando James agarró a Austin por las solapas. Un chico vino en su ayuda.
—Hunter, relájate. No le hemos hecho nada. Solo le hemos preguntado si era lo bastante guapa para trabajar en el club. Nada más.
—Ni siquiera le hemos mirado las tetas —añadió Ethan con ganas de provocar.
James apretó los dientes. Austin se liberó de su presa empujando a James, que se tambaleó, pero no llegó a caerse.
—No tengo que darle explicaciones a nadie. Y, por supuesto, no tengo que pedirte permiso para follarme a una de tus zorras, ¿verdad, Jamie?
El tono obsceno de sus palabras me provocó un escalofrío de terror. Pero James no parecía tenerles miedo ni a él ni a sus secuaces.

—Por supuesto. Si la tocas, te mato.

Aquel grupo de animales se tomó a broma el desafío, y sus miembros se burlaron de James. Austin se puso serio, frunció el ceño y lo miró en actitud desafiante.

—No estás en posición de amenazar a nadie, Hunter. Además…, la última vez acabaste fatal, ¿o me equivoco?

Los chicos se rieron. James se vio obligado a retroceder, y en esa fracción de segundo Austin me agarró de la cintura y me atrajo hacia sí. Traté de resistirme, pero fue en vano. Me rodeó las caderas con sus brazos y me inmovilizó de cintura para arriba oprimiendo mi espalda contra su pecho.

James apretó los dientes y lo fulminó con la mirada.

—Suéltala.

—No des ni un solo paso más, James —le ordenó Austin mientras yo empezaba a perder el contacto con la realidad.

El miedo hacía que mantuviese los pies clavados en el suelo. Cerré los ojos y solo percibí la gravedad de aquella situación cuando aquel ser me agarró del pelo y me echó hacia atrás la cabeza dejando expuesto mi cuello. El corazón me palpitaba en la garganta, mientras el viscoso aliento de aquel tipo me rozaba la piel.

—¡No! ¡Déjame! —grité al sentir su mano fría y callosa resbalando por debajo de mi sudadera.

—¡Mira cómo grita tu princesa…!

Se me apagó el cerebro y me convertí en puro impulso. Alcé el pie y se lo hinqué en la espinilla con todas mis fuerzas. Aquello bastó para que él me dejase caer en el suelo.

James se le echó encima y le dio un puñetazo tan fuerte que lo dejó inconsciente. Ahora, Ethan Austin tenía la cara cubierta de sangre, y su cuerpo era un peso muerto. Había perdido el conocimiento, y parecía un muñeco sin vida.

Lo miré, totalmente petrificada.

Levanté la cabeza y James me estaba mirando.

—¿Estás bien? —susurró.

Aquella pregunta hizo que se me encogiera el estómago. Era como si lo tuviera vacío, pero deduje que se debía a la situación que acababa de vivir.

Los amigos de Austin aprovecharon aquel instante de distracción para atacar a James por la espalda.

Grité, aterrorizada. Todo sucedió tan rápido que me pareció estar viviendo una película.

Se le echaron cuatro tíos encima. Dos lo sujetaban, mientras que los otros dos le machacaban el estómago a puñetazos. Cuando empezó a vomitar sangre y se desplomó en el suelo, aquellos dementes aprovecharon para ponerse a darle patadas.

—¡Dejadlo, por favor!

Ni que decir tiene que nadie me hizo caso. Armaban tal escándalo que por fin acudieron más personas a separarlos.

Yo estaba totalmente consternada, apenas podía respirar y el corazón estaba a punto de estallarme; era incapaz de apartar los ojos de aquella escena.

—¿Te echamos una mano, tío? —Algunos chicos se ofrecieron a ayudar a James, pero de pronto Austin se levantó del suelo y los intimidó con su mirada.

—Este gilipollas aún no ha entendido quién manda aquí —se jactó Austin, y, tras escupir en el suelo, volvió con su grupo de amigos.

James se puso de lado y se llevó los brazos al abdomen.

—¿Por qué estás tan loco? —le pregunté poniéndome en pie.

Él también trató de incorporarse, pero le dolía tanto que no pudo lograrlo.

—¿Estás llorando, White? —preguntó con una mueca de dolor.

Me palpé las mejillas, confusa.

—Pues claro que no. ¿Puedo ayudarte?

Le pasé el brazo por encima de los hombros para tratar de incorporarlo.

—No.

¡Joder, cuánto pesaba!

—¿Dónde está Will? Quiero volver a casa. No puedo quedarme aquí —le confesé con la voz quebrada del miedo.

James me hizo un leve gesto con la cabeza, indicándome que lo acompañase al aparcamiento. Llegamos hasta su Mustang tras una penosa caminata y él se dejó caer en el asiento del conductor.

—Eran cinco, ¿cómo se te ocurrió...? —le recriminé agarrando el botiquín que había debajo del asiento.

—¿Acaso crees que no sé contar? —masculló con los labios hinchados. Estaba tan mal que no podía ni hablar.

Me senté en el asiento del copiloto.

—¿La otra vez también fueron ellos quienes te pegaron? —le pregunté empapando el algodón con agua oxigenada, mientras me lanzaba una mirada incendiaria.

—¿Y por qué quieres saberlo? —gruñó.

Dejó escapar un quejido cuando le pasé el algodón por la ceja.

—A ti todo te importa una mierda, ¿no es así?

James, en lugar de responder, hizo una mueca que me hizo arder y me dejó sin aliento.

Apoyé la rodilla sobre el asiento para poder inclinarme sobre él.

—Levanta la barbilla —le ordené mientras él seguía sumido en un extraño silencio.

La herida más profunda parecía estar junto al labio, pero no fui capaz de examinársela a fondo porque me daba demasiada vergüenza.

—Si girases la cara, igual me lo pondrías un poco más fácil...

James seguía sin hacerme caso, así que lo sujeté de la camiseta para poder llegar a su mandíbula.

—Joder, ¿te parece que este el momento más adecuado? —gruñó cuando me puse encima de él para poder finalizar mi tarea.

—¿Qué?

—¿Realmente es necesario que me cabalgues así?

Horrorizada, abrí los ojos de par en par.

—Yo solo estaba... No pretendía... Ay, que te den.

Resoplé e hice el gesto de apartarme, pero me sujetó de la ropa.

—Termina de una vez.

Se lamió el labio ensangrentado y echó hacia delante. Rozó mi pecho con sus pectorales. Sentí como su cuerpo jadeante se adhería al mío.

—Vale, pero que sepas que te va a escocer un poco —le susurré antes de centrarme en su boca.

James no hizo el menor ruido, pero tampoco dejó de mirarme. Aquella mirada me provocó un nudo en el estómago.

Casi lo prefería cuando no paraba de hablar.

—¿Por qué siempre eres tan capullo conmigo?

—Ah, ¿yo soy un capullo? ¿Por qué no abres un poco los ojos de vez en cuando, White?

—¿Qué quieres decir?

Echó la cabeza hacia atrás, como si estuviera examinando el techo del coche.

—Si de verdad fuera un capullo, ahora mismo no tendría la cara destrozada.

Fijé la vista en su cuello firme y magullado. Suspiré.

—No tendrías que haberlo hecho, Hunter. No me iban a hacer nada.

—Nunca escuchas a los demás. Te lo había dicho: este lugar no es para ti. A nadie le habría importado que te echases a llorar.

—Pero…

—Pero nada. Esos cinco se habrían puesto las botas contigo.

Me acomodé un mechón detrás de la oreja, en una especie de acto reflejo.

—Anda ya…

Miré hacia abajo y no pude evitar fijarme en cómo su camiseta ceñía a la perfección su abdomen escultural.

—Si no hubiese sido por mí, ahora no estarías aquí…, encima de mí.

Ignoré la picardía con la que había pronunciado las últimas tres palabras y me concentré en la primera parte de la frase.

—¿Tan importante es para ti que te dé las gracias? —dije en tono burlón, pero sin poder ocultar cierta sensación de vergüenza.

—Ríete cuanto quieras, Blancanieves. Pero, si no fuera por mí, ahora estarías llorando tirada en algún rincón. Así que ya puedes agradecérmelo.

—Jamás. —Negué con la cabeza a un suspiro de su boca.

—Dios mío, qué cabezona...

Se lamió el labio cortado, y aquel gesto me provocó una serie de sensaciones contradictorias.

Traté de alejarme de él..., pero me retuvo, esta vez sujetándome de la muñeca.

—Vete a casa. Hazme caso.

Asentí porque sabía que tenía razón. No quería quedarme allí ni un minuto más, ni siquiera para esperar a William.

—¿Me llevas? —le pregunté al darme cuenta de que estábamos en el lugar adecuado.

James frunció el ceño y me miró con superioridad.

—¿De verdad crees que me importas lo más mínimo?

—¿Prefieres que vuelva ahí afuera? ¿Quieres vivir con ese cargo de conciencia?

—Eres un coñazo, White.

Bajé del coche y, antes de cerrar la portezuela, me agaché para mirarlo.

—Hunter, ¿entonces qué?

—Sube al coche.

—¿En serio tienes que fumar? No es muy considerado con la persona que llevas al lado.

James apartó los ojos de la carretera y me miró con cara de pocos amigos.

—Cierra el pico —gruñó.

—Solo digo que fumas demasiado —razoné tratando de mantener la calma.

James esbozó una sonrisa sarcástica y sacudió la cabeza como si lo que yo le dijera no le importara lo más mínimo.

—¿Por qué lo has hecho?

—Lo habría hecho por casi cualquier chica —respondió haciendo una mueca.

—Me parece estupendo. Pero te he preguntado otra cosa. ¿Lo has hecho solo porque querías darle un puñetazo? ¿O ha sido por…, en fin…, por defenderme?

Se puso el cigarrillo entre los labios hinchados y se pasó una mano por la mejilla, como para si quisiera ocultar la expresión de aburrimiento que adoptaba cada vez que hablábamos.

—Como mucho, lo he hecho por William. No por ti.

Cerré los ojos, sobrepasada por las innumerables emociones que había vivido durante la última hora. Primero me daba miedo estar cerca de él y, después, me sentí a salvo porque él estaba allí. Por supuesto que lo detestaba con todas mis fuerzas, pero verlo tan destrozado me provocaba un enorme sentimiento de culpa.

—¿Has terminado? —me preguntó, cortante.

Me giré de repente, en esta ocasión hacia la ventanilla.

—Deja ya de tratarme así, Hunter.

—Pues deja tú de mirarme.

—Es que acabo de ver que… aún tienes un poco de sangre.

—No pasa nada.

—¿Tus padres no te dicen nada cuando vuelves a casa en ese estado? —Se echó a reír y yo, molesta, me crucé de brazos—. No sé qué tiene de gracioso mi pregunta.

—Vives en un mundo de cuento de hadas, Blancanieves —dijo burlándose de mí mientras aparcaba delante de mi casa.

Bajé del coche y me asomé por la ventanilla, que tenía el cristal bajado.

—Espera aquí —le ordené antes de alejarme.

—¿Y ahora qué coño pasa…? —masculló.

—Te he dicho que esperes aquí.

Entré en mi casa para recoger su uniforme, aunque no estaba del todo segura de que devolvérselo sirviera de algo, pues nunca se lo ponía.

Al salir me lo encontré apoyado en el coche, fumándose el enésimo cigarrillo.

«Es el mismo idiota de siempre, June. Que sea tan alto y esté de pie delante de tu casa no…».

—¿Y bien? —me espetó al verme inmóvil ante la puerta principal.

Bajé los escalones y me acerqué a él sin poder apartar la vista de su torso de mármol aprisionado bajo aquella camiseta estrecha manchada de sangre.

—¿Estás sangrando? —le pregunté señalándole el tórax.

En su rostro anguloso se pudo intuir un atisbo de angustia en cuanto se tocó la cadera.

—Es que solo me has curado la cara, ¿ya no te acuerdas? —Se apartó el flequillo de la frente haciendo un gesto hacia atrás con la cabeza, pero este le volvió a caer de nuevo hacia delante. Y entonces me miró. Fue como si sus ojos absorbieran los míos.

Sentí algo en el estómago, una inesperada sensación de ligereza.

No, June.

El humo que había respirado en aquel coche se me había subido a la cabeza.

James tiró el cigarrillo al suelo y se pasó la lengua por el labio herido.

—¿Y bien? No estoy dispuesto a perder toda la noche contigo, White —anunció impaciente.

—¡Sssh! Cállate.

Eché un vistazo a la planta superior, pues sabía que mi madre se asomaría en cuanto levantásemos la voz.

—Toma.

Le pasé el uniforme y él puso mala cara.

—¿Y mi sudadera?

—Todavía tengo que lavarla.

—La verdad es que te queda mejor a ti que a mí. —Lo dijo en voz baja. Tan baja que por un momento creí no haber oído bien. ¿Dónde había quedado la repulsión que sentía hacia mí?

—¿Qué?

—He dicho que... sin problema —comentó con aquella voz suya, profunda y suave a la vez.

¿Era ese el tono de voz que usaba con los demás? No, era imposible que estuviese siendo amable conmigo... Tal vez yo tenía los sentidos embotados por todo lo que había pasado esa noche.

Decidí darle la espalda sin despedirme.

—¿White?

«Oh, no».

—¿Sí?

—De nada, ¿eh?

Bajé la vista reprimiendo una sonrisa y me apoyé en el marco de la puerta.

—Vuelve a casa, James. Necesitas descansar.


El día siguiente me lo pasé estudiando. Por la tarde recibí dos llamadas de William y fingí no haberlas visto. No quería distraerme. Lo llamaría cuando acabase con las páginas que me había propuesto. Sobre las seis irrumpí en la cocina como un animal famélico, en busca de cualquier cosa que echarme a la boca.

No podía aguantar ni diez minutos más de Química sin meterme algo de azúcar en el cuerpo.

—¿Aún estás así? —me preguntó mi madre mientras se ponía unos pendientes de brillantes.

—¿Y cómo tendría que estar? —le pregunté, orgullosa de mi pijama navideño.

—No estamos en Navidad.

—Bueno, tampoco es de noche. Pero no pasa nada —le contesté al tiempo que hundía una galleta en el tarro de Nutella.

Abrió mucho sus ojos azules y me miró consternada.

—June, ¿y la cena?

—¿Qué... qué cena?

# 34

# Amelia

Sus grandes manos modelaban mi espalda apenas cubierta por el top, que había quedado reducido a una tira de tela. Mi labio inferior seguía atrapado entre sus dientes mientras me lo chupaba. Cada vez que volvía a abrir la boca, su lengua me atravesaba con tal avidez que me dejaba extasiada.

Sus manos expertas fueron bajando hasta agarrarme el culo y atraerme hacia su pelvis.

Estaba a horcajadas sobre él y nuestras zonas íntimas se rozaban, aún cubiertas por los pantalones.

Me levantó la blusa, dejando mi sujetador a la vista de sus ojos verdes, relucientes como esmeraldas.

—Qué bien hueles… —murmuró mientras me besaba el cuello.

Me gustaba tanto lo que me hacía, que no podía dejar de gemir contra su boca abierta.

El despacho, iluminado por una pequeña lámpara de mesa, era oscuro y estrecho. Las persianas bajadas no dejaban entrar la claridad del sol, a pesar de que era plena tarde. La escasa luz que había me bastaba para poder admirar su estilizado pecho bajo la camisa abotonada.

Haciendo acopio del valor que no tenía unos meses antes, posé lánguidamente una mano en su cabello despeinado.

—Amelia, quizá deberíamos dejar de…

—Tengo dieciocho años. Ya lo hemos hablado, profesor.

Empezó a murmurar mi nombre con voz ronca en cuanto le di una tanda de besos más desinhibidos en la mandíbula.

Echó hacia atrás su cabeza salpicada de rizos castaños.

—Ahora no me llames así.

Sus manos suavizaron la presa que estaba ejerciendo sobre mi cuerpo, como si acabara de arrepentirse de todo.

Sin quererlo, le había recordado nuestras reglas, y cuán inapropiado era lo que estábamos haciendo.

—Perdona, no quería…

Sabía que estaba casado y que se sentía culpable, pero la atracción que nos unía iba más allá de las convenciones sociales.

—En serio, no quería…

—Tranquila. Vístete.

—Pero…

Miró la hora en el reloj que llevaba en la muñeca.

—Se ha hecho tarde. Tengo que terminar de corregir los exámenes de Lengua y tú…

Recogí del suelo mi top y mi rebeca, sin poder disimular mi decepción.

—¿Quieres que te llame un taxi?

Negué con la cabeza mientras me apresuraba a salir del despacho del director. Me sujetó del brazo y me acarició la parte posterior de la oreja. Estaba reclamando mi atención.

Él, el profesor más atractivo del instituto, me deseaba a mí. Me había pasado dos años soñando con él, y ahora lo tenía a mi disposición. Por fin podía besarlo.

—No seas así, Amelia… —me regañó cuando traté de desabrocharle el cinturón.

—Nunca tenemos tiempo para nosotros —protesté.

—Lo sé, princesa. Pero el director me ha dejado su despacho para que corrija exámenes, no para que me traiga estudiantes aquí.

—¿Es que te traes a otras?

Contuve la respiración mientras esperaba una respuesta que me daba pavor.

—No. Ya sabes que esto no me ha sucedido con ninguna otra alumna. Solo pido que comprendas que… es difícil para mí.

Me puse de puntillas para darle un beso inocente que le provocó un escalofrío en la mandíbula.

—El lunes por la mañana nos vemos, profesor —masullé antes de darme la vuelta.

Me cogió de la mano y me atrajo hacia sí, aplastándome contra su acogedor pecho. Por fin me estaba dando el tranquilizador abrazo que necesitaba.

—¿Dónde está June?

Brian vino a recogerme y no pudo evitar echarle un vistazo a la fachada de la escuela con ojos cautelosos. Estaba más serio que de costumbre.

—Ha vuelto a casa con su madre —le respondí mientras cerraba la cancela.

—¿Por qué estudiáis en el instituto? ¿No podéis hacerlo en casa?

Mi hermano y su habitual intuición para la mentira.

—Brian, si quieres interrogar a alguien, interroga a tu novia.

Le dediqué una sonrisa burlona, pero él empezó a caminar poniendo una cara de sorpresa más exagerada de lo debido.

—¿Qué novia?

—Muy bien, hazte el gracioso si quieres —respondí mientras me alisaba la falda, pero entonces me acordé de que Brian nunca se hacía el gracioso—. Estás de broma, ¿no? —le pregunté girándome hacia él.

—No. Lo hemos dejado.

—¿Qué? —exclamé, incrédula—. ¿Estás de broma?

Me di cuenta de que acababa de hacerle una pregunta absurda, porque Brian nunca estaba de broma. Y mucho menos tratándose de Ari.

—No. Me ha dicho que no está segura de lo que siente por mí.

¿Mi mejor amiga había dejado a mi hermano después de dos años de relación y no me lo había contado?

—¿Cuándo te lo ha dicho?

—Hace media hora.

—¿Y tú cómo...? ¿Y ella? ¡Dios mío! ¿Cómo estás?

Le puse una mano en el hombro.

Brian hizo una mueca triste con la boca.

—¿Cómo quieres que esté? Hecho una mierda.

—Lo siento, pero... ¿no será como las otras veces? A lo mejor solo está indecisa y...

Ari era así: oscilaba como un péndulo y nunca se sabía dónde se detendría. Un día era animalista y al siguiente aseguraba que no podría vivir sin comer carne.

—Estaba convencida. Me ha dicho que esta vez está segura de su elección. ¿A ti no te ha dicho nada?

—No. Yo no sabía nada.

Empecé a morderme la uña del meñique. ¿Y si Taylor había dicho la verdad en los baños de la escuela? Del tarado de James podría esperarme cualquier cosa. Lo mataría con mis propias manos.

—¿No será que necesita tiempo para ella misma? Creo que está estresada porque su padre la agobia muchísimo cada vez que saca una nota por debajo de nueve...

—No. Ha dicho que no está segura de quererme, Amelia. No hay más que hablar.

Al oír la devastación que traslucía su voz, me dieron ganas de agarrar a James por las pelotas y darle una paliza.

Lo sentía muchísimo. Pero no me di por vencida. Ari no podía dejar a mi hermano. Al menos no así, de repente.

—Hum... —musité, y entonces Brian se puso bastante paranoico.

—¿Es que hay otro? Está con otro, ¿verdad? Dime la verdad —me exigió en tono glacial.

—Que yo sepa, no. Nunca me ha comentado nada al respecto —murmuré, apoyando la cabeza en su hombro.

—Vale, cambiemos de tema —anunció, visiblemente molesto.

—¿De papá tampoco? —pregunté más bien desilusionada.

El recuerdo de su desaparición me angustiaba cada noche. Pero ahora tenía otra cosa en la cabeza. Si Ari había traicionado a mi hermano, lo descubriría aunque fuera lo último que hiciese en mi vida.

## 35

## June

—Mamá, ¡deja ya de robarme el rímel!

—¿Qué quieres que haga? ¡Se me ha terminado!

Resoplé. Sus taconeo me estaba haciendo perder los nervios. Era incapaz de seguir soportando el ruido de sus tacones contra el suelo.

—Mamá, acepto que te hayas arreglado como para ir a un baile…, pero te advierto de que voy a ir en vaqueros.

—¡De eso nada, June! Me harías quedar fatal.

—¿Perdón? —le pregunté confusa.

—Me refiero a que entonces parecería que yo me he arreglado demasiado.

Observé el vestidito negro que se ceñía a su cuerpo delgado y grácil.

—¿Y tengo yo la culpa? —le pregunté, harta de aquella situación.

Me miró con cara de decepción. Supe que me había pasado y que debía reformular lo que acababa de decirle.

—Es decir…, estás guapísima. Aparentas diez años menos.

Se lo dije porque lo pensaba de verdad, no porque quisiera obtener nada a cambio. Lo único que en ese momento habría deseado era librarme de aquella maldita cena.

—¿Estás segura? ¿No parece que me haya vestido así con la intención de impresionar?

Se notaba que no estaba acostumbrada a salir con hombres.

—¿Qué más da? ¿Acaso no quieres impresionarlo?

—¡Es que nunca salgo! ¡Esta noche quiero estar buenorra!

Me tapé los oídos y arrugué la nariz.

—¿Por qué has dicho esa palabra, mamá? Qué asco.

—¿No es así como se dice? —preguntó con los ojos entrecerrados.

—Sí, ¡pero no es algo que se diga de una madre! —exclamé provocándole una carcajada.

—¡Qué antigua eres, June! —exclamó volviendo a mi habitación con un vestido suyo entre las manos—. ¿Y si te pones esto?

—¿Desde cuándo me prestas tus vestidos? —pregunté recelosa.

—Desde que has crecido y te quedan mejor que a mí.

Resoplé y, sin darle más importancia, me probé aquel vestido de terciopelo azul.

Parecía un vestido de fiesta de los años noventa, algo que Rachel Green, de *Friends*, habría llevado a una alfombra roja.

Me llegaba por debajo de la rodilla y envolvía bien mis curvas sin acentuarlas demasiado.

—¿Qué te parece? —me preguntó esperanzada.

—Uf..., es demasiado elegante.

La verdad era que estaba hecho para un cuerpo alto y esbelto como el suyo. Mis abundantes caderas y mi barriguita no eran muy adecuadas para aquella prenda.

—Te queda genial, June.

—Me está un poco estrecho. Si me siento, reventará.

—¿Pero qué dices? Estás guapísima, cariño —insistió obligándome a mirarme al espejo.

Mantuve la cabeza baja mientras una cascada de mechones rubios me cubría los ojos. Mamá me echó la melena hacia detrás.

—¿Cómo te ves? —me preguntó.

—¿Cómo debería verme?

—June, mírate. Estás preciosa, ¿cómo es posible que no te guste cómo te queda?

—Uf... Yo qué sé.

Tenía una larga lista de causas objetivas. Tenía los muslos tan fofos que se rozaban entre sí, mis tobillos no es que fueran delgados, y mis brazos tampoco. Por no hablar de mi cara redondeada, mis michelines o las estrías de mis piernas.

Pero mi madre parecía incapaz de ver todo aquello. No podía dejar de mirarme con ojos soñadores.

—Este vestido no me pega, mamá.

—Pues cámbiate —aceptó resignada.

—No, me refiero…

—No quiero que te vistas de una determinada forma para complacerme. Pero si pudieras hacer ese pequeño sacrificio…

Decidí concedérselo, pues para mí solo suponía un pequeño esfuerzo, mientras que para ella sería una gran motivo de alegría. Por una vez, cedí.

—Vale —masculle.

Me recogí el pelo en un moño y dejé que varios mechones me cayeran por la cara.

—Qué sofisticada —me dijo complacida, por mucho que el estilo y el buen gusto brillaran por su ausencia.

—Gracias, mamá. Si lo dices tú, me lo tomaré como un piropo.

—Ni que decir tiene que no captó la ironía—. La verdad es que parezco la hija de una artista que ha perdido la cabeza —comenté después de echarme un último vistazo al espejo.

—Y yo parezco la hermana de la hija de la artista que ha perdido la cabeza, ¿verdad?

Bienvenidos a la feria de las inseguridades.

—Sí, mamá, eres muy moderna y estás…

—Buenorra, no te olvides.

—Eso mejor que te lo diga Jordan —le respondí para chincharla.

El trayecto fue breve, demasiado breve para mi gusto. No tenía ni idea de que aquel hombre vivía a tan pocas manzanas de nuestra casa. Mi madre no bajó del coche hasta que no se repasó el pintalabios por enésima vez. Cada una de las mil veces que lo hizo, puse los ojos en blanco. La velada aún no había empezado y yo ya estaba hasta el moño.

—¿Acaso crees que él también se habrá pasado tres horas preparándose? Me conformaría con que se hubiera dado una ducha... —le comenté mientras abría la portezuela.

—June, no empieces con tus cosas.

—A las mujeres se nos exige que nos pasemos horas depilándonos, pintándonos como puertas y vistiéndonos como si fuéramos a una fiesta de disfraces solo para complacer a los tíos, que apenas dedicarán unos minutos a, como mucho, cambiarse de calzoncillos.

Me hizo un gesto para que me callase mientras tocaba el timbre.

—No, en serio. ¿De verdad crees que se ha pasado el día pensando en qué corbata se pondría para impresionarte?

—¿Pero qué dices? Además, no tiene ninguna necesidad de... ¡Sssh! —me hizo callar mientras Jordan abría la puerta.

Sentí cómo el corazón de mi madre se rompía en pedacitos.

—Jordan. —Le salió una vocecilla tan aguda que me dieron ganas de reírme, pero me contuve.

Observé a aquel hombre de pies a cabeza. Vale, era muy guapo. ¿Desde cuándo los cuarentones tenían ese aspecto?

Me fijé en su traje caro y en su camisa blanca como la nieve, cuya tela bien planchada cubría unos pectorales enormes.

—Hola, April. Tan guapa como siempre... —susurró el hombre con un fuerte acento londinense.

Estábamos jodidas.

Se acercó a ella para darle un beso en la mejilla y entonces me miró.

—Hola, June. Me alegro mucho de que hayas venido.

—¿Cómo iba a negarme? Me ha puesto una pistola en la sien. No tenía elección.

—¡June! —exclamó mi madre con las mejillas en llamas.

—Era broma, obviamente —dije con cara de circunstancias.

—Qué graciosa es tu hija —murmuró él, dedicándole a mi madre una sonrisa. Y a continuación nos acompañó al comedor.

—Él es Jasper, mi hijo.

Un niño rubio de once o doce años estaba sentado a la mesa. Nos miró sin decir nada y no respondió cuando lo saludamos.

Jordan pareció incomodarse un poco, así que se sentó a la mesa para aliviar la tensión.

—¿Listas para la cena?

La velada transcurrió con una previsible sucesión de comentarios inocuos. «¿Has cocinado tú? Oh, no, ha venido un catering. ¡No tenías que habérmelo dicho! Ya sabes cuánto me gustan los buenos cocineros».

Puse los ojos en blanco.

«Haced como si yo no estuviera», pensé, harta de aquella velada.

Le di un mordisco a mi filete y observé al niño que estaba al otro lado de la mesa. Los rizos rubios le caían sobre sus ojos vacíos. Su mirada me resultaba familiar. Mi vista pasó de su naricilla a la de Jordan. Ambos tenían un perfil perfecto, y aquello me inquietó.

Aunque no había abierto la boca, había algo en Jasper que me molestaba.

Miré a mi alrededor, aburrida. Había estado tan concentrada en la charla entre mi madre y Jordan (así como en no rajarme el vestido) que no me había dado cuenta de lo lujosa que era aquella casa.

Por Dios, esta gente es asquerosamente rica.

Un carraspeo me rescató de mis elucubraciones. Mi madre señaló al niño con una incisiva mirada, como animándome a darle conversación. Así que le dije lo primero que me vino a la mente.

—¿Qué tal en el cole?

Me miró sin responderme. Siguió mirándome mientras le daba un sorbo al vaso de agua.

—Jasper, ¿en qué curso estás? —intervino mi madre, como si yo no hubiera hecho el intento de hablar con él.

El niño no dijo nada.

Jordan, que no parecía especialmente capacitado para resolver la situación, nos sirvió un poco más de puré.

—Jordan, ¿no me habías dicho que tenías un hijo un año mayor que June?

—Sí, pero Edward nunca está en casa.

Un trozo de filete se me atravesó y empecé a toser como una posesa.

—¡June!

Mi madre me dio dos golpes innecesariamente fuertes.

El único que se rio fue Jasper.

—Ah, ¿te hace gracia? —exhalé con un hilo de voz.

Me miró con una expresión enigmática. Mi malestar parecía divertirle.

—¿Qué decías de tu hijo? —le preguntó mi madre, fingiendo que su hija no había estado a punto de morir.

—Ah, nada... ¿Por qué no me cuentas cómo fue tu exposición de la fiesta benéfica?

Jordan cambió de tema y yo perdí el apetito.

Todo estaba sucediendo demasiado rápido.

La puerta principal dio un golpe como si la hubiese cerrado de repente una ráfaga de viento. Ahogué un grito. Jasper, sin embargo, no pareció sorprenderse. Me sonrió y se le formaron unos hoyuelos a ambos lados de la boca.

—Perdonad, creo que es mi hijo. Dadme un segundo, ahora vuelvo —anunció Jordan, y sus ojos color cobalto se nublaron con un velo de preocupación.

—Dijiste que no ibas a volver —le oí decir cerca de la entrada.

—Pero aquí estoy, ¡tacháááán!

Me llevé una mano al pecho, se me iba a salir el corazón.

«Esa voz».

Todos mis miedos se materializaron en un solo segundo.

—Estoy cenando con unas invitadas. Por favor, vete a tu habitación y no lo arruines todo.

—Muy bien.

—¿Has bebido? ¡Por Dios, siempre igual!

—Señoras…

Cuando James Hunter apareció en el comedor por poco no me da un infarto. El pelo revuelto, las mejillas encendidas y las pupilas dilatadas. Parecía que el alcohol y los porros le hubieran masacrado las pocas neuronas que le quedaban. Hizo una especie de reverencia mirando a mi madre a los ojos. Afortunadamente, no me había visto.

—¡Edward! —lo regañó su padre.

—¡Que no me toques, cojones!

Mi madre se quedó de piedra. Jasper miró al infinito.

Yo mantenía la cabeza gacha. Miraba fijamente el mantel, con la esperanza de que un meteorito me golpease y que el vestido que llevaba puesto se quemase conmigo. Pero no sucedió. Así que alcé la cabeza poco a poco.

—¿Y tú qué coño haces en mi casa?

Miré a izquierda y a derecha, tratando de fingir que aquello no estaba sucediendo. Pero, por desgracia, me hallaba en la boca del lobo, al lado de mi escandalizada madre.

James me señaló con el dedo.

—¡No me lo puedo creer! ¡Eres una puta acosadora! —bramó antes de darnos la espalda y salir disparado hacia la segunda planta.

Un golpe sordo. Y una carcajada de Jasper.

—Lo siento muchísimo. Perdonadme. Perdona, April. Mi hijo es… un desastre.

Mi madre tranquilizó a Jordan mientras este cogía su copa de vino con mano temblorosa.

—¿Lo conoces? —me preguntó mi madre en un susurro cuando Jordan fue a por el postre.

«Pues claro, es un demente, un cabrón que disfruta arruinándole la vida a los demás».

Bueno, no podía decir eso. Teníamos a su hermano justo delante. ¿Qué podía decir?

—De vista.

—¿Está contigo en clase?

—Sí, pero no nos llevamos bien.

—¡Dios mío…! No formará parte de tu grupo de amigos, ¿verdad?

—Que no, mamá.

Mi madre impostó una sonrisa en cuanto Jordan reapareció en el comedor.

El resto de la cena transcurrió con lentitud. Tras una conversación más aburrida que una clase de Bioquímica, señalé la PlayStation que había junto a la tele.

—¿Te apetece jugar una partida? —le pregunté a Jasper, sabiendo de antemano cuál iba a ser su respuesta.

Para mi sorpresa, se levantó y fue a sentarse al sofá. Lo seguí mientras los dos adultos responsables seguían devorando vino y pastelitos.

Me pasó el mando.

Y así fue como aquel niño, en el transcurso de media hora, me ganó en todos los juegos posibles e imaginables. Cuando por fin conseguí ganarle una partida al FIFA, me faltó poco para saltar de alegría.

—¡Toma! ¡Chúpate esa! En cuanto practique un poco más, pienso patearte el culo.

Se rio tapándose la boca con las manos.

—¿Las palabrotas te hacen reír? ¡Menudo mocoso!

En un momento dado, Jordan se acercó a ver qué hacíamos.

—¿Va todo bien? —Su voz sonaba más bien angustiada.

—Sí, ¿por qué? ¿Pasa algo? —le pregunté.

«Aparte de que voy vestida como una Barbie *vintage*, y de que tu hijo mayor, la persona que más me odia sobre la faz de la Tierra, acaba de verme vestida así».

—¿Estáis jugando juntos de verdad?

—Claro, y le estoy ganando en todo —mentí, con el único objetivo de hacer que Jasper hablase o de que volviera a soltar una carcajada.

Jasper, juguetón, negó con la cabeza.

—Será mejor que digas que me estás dejando ganar… o pensaré que eres el rey de los perdedores.

Mi madre también se nos acercó, pero Jordan le hizo un gesto para que no nos molestaran y así poder volver a la mesa.

—¿Me puedes decir dónde está el baño? —pregunté cuando la necesidad de hacer pis se hizo demasiado imperiosa como para ignorarla.

Jasper sonrió y me señaló la escalera que conducía a la planta superior.

«Claro, cómo no».

—Supongo que aquí habrá otro baño, ¿no?

Negó con la cabeza sin borrar de la cara su característica sonrisa burlona.

«Ya te vale, mocoso».

Mi madre y Jordan estaban tan enfrascados hablando de cuadros que no se dieron cuenta cuando pasé a su lado. Con cada escalón sentía que mis latidos se intensificaban. Había cuatro puertas y solo una de ellas estaba cerrada. Me acerqué a ellas con una lentitud calculada al milímetro. En la oscuridad intuí una silueta oscura encorvada sobre la cama. Miraba al vacío y tenía la cabeza gacha. Fumaba un cigarrillo y solo llevaba puesto un pantalón de chándal.

—¿James?

Siguió manteniendo la cabeza gacha.

Tendría que haber seguido con mis cosas sin entrar allí.

Rocé la puerta con un delicado golpecito y esta se abrió mágicamente por el hechizo de mis dedos.

—¿Todo bien?

—¿A ti te parece que todo va bien? ¡Déjame en paz, cojones!

James se puso en pie y me cerró la puerta en las narices.


—June, ¿estás segura de que no tienes nada que ver con Edward? Mi madre conducía de vuelta a casa a paso de tortuga.

—En primer lugar: se llama James y es un gilipollas de primera categoría. Y en segundo: ¿tú crees que puedo tener algo que ver con un tío así? Ni de broma…

—¿Es su uniforme el que encontré entre tus cosas?

«Oh, no».

—Mira, mamá, hablemos claro: ya has visto el tipo de hijo que tiene, ¿cómo vas a querer verte con un tío así? ¡No es capaz ni de educarlo!

—Jordan ha recuperado hace poco la custodia de su hijo. Antes vivía en Nueva York.

—¿Cómo?

—Que vivía en Nueva York. ¡Te lo he dicho mil veces, June! Se ocupaba de diseñar las exposiciones del MoMA, ha trabajado en el…

—Espera. Frena un momento. ¿Dónde vivían antes sus hijos?

—Allí, en su casa, con su madre. Ella y Jordan tuvieron dos hijos, pero no se casaron. Ella estaba con otro hombre.

—¿Y qué le pasó a ella?

Mi madre hizo una mueca de desagrado, señal de que se disponía a cotillear sobre alguien.

—Cuando su último marido la dejó, tuvo una crisis. Una especie de crisis nerviosa. Lleva ingresada como año y medio, la pobre —susurró con aire apenado.

—¿Y el hombre que estaba con ella no podía hacerse cargo de los chicos?

—¿El padrastro?

—Sí.

—No creo que fuera muy buena persona. Es más, creo que Jordan los acogió para no dejarlos con él.

—¿Y qué pasó con ese tío?

Mi madre se quedó pensativa, pero al final zanjó el tema.

—¿Y a ti qué te importa, June? No será que te gusta…

—¡Mamá! ¡Es por saberlo!

—«¡Mamá! ¡Es por saberlo!» —me imitó—. Hija mía, que tengo ojos en la cara. Lo he visto. Ese es el típico chico malo que hace que las chavalitas se arranquen la ropa.

La miré escandalizada. ¿Cómo se atrevía?

—Primero: no soy ninguna chavalita. Y segundo: te aseguro que no me voy a arrancar la ropa por un tío como ese.

—Dejando de lado las bromas... —Había bebido demasiado vino y estaba más sonriente de lo habitual, pero se recompuso con rapidez—. El hijo de Jordan es un chico problemático, puede que incluso peligroso. Ha llegado a estar en el reformatorio. Le dio una paliza de muerte a un compañero de clase, June.

—A Brian. A saber por qué lo haría...

—¿Acaso crees que existe una justificación para hacer algo así? —preguntó enarcando una ceja.

—No, solo digo que cualquiera sabe el motivo.

—Eso no es asunto tuyo. Lo mejor será que no te acerques a él.

Suspiré y volví la cara hacia la ventanilla. No tenía ninguna intención de acercarme a él, y el sentimiento era mutuo.

—Pero Jasper es monísimo.

—Es bastante inquietante, mamá.

—Lo estaba hablando con Jordan... A Jasper le vendrían bien unas clases de Lengua, ¿no crees?

—Sí, claro, ¿pero eso qué tiene que ver conmigo? —Me bloqueé por un instante—. Mamá, ¿por qué Jasper no habla?

Pero ella no me prestó atención y siguió con su monólogo.

—No encaja bien con los profesores de apoyo, pero contigo parecía estar muy a gusto. Tú tienes unas notas altísimas en Lengua...

—Ni lo sueñes. No voy a volver a poner un pie en esa casa. ¡Ni aunque nos quedásemos sin blanca y tú quisieras quemar todos mis pijamas para calentarnos durante las noches de invierno!

—¿A que lo hago de verdad? —dijo divertida.

—Pues que sepas que un lienzo pintado arde mucho más rápido. Puede que tus cuadros empiecen a ser útiles cuando nos quedemos sin un dólar...

—Deja de hacerte la graciosa. Es que...

—¿Qué?

—Jordan se ha fijado en que le has caído muy bien a Jasper.

Intuí que se me avecinaban problemas.

—¡Pero si ni siquiera me ha hablado!

—Pero habéis jugado juntos. Ha confiado en ti. Para él, eso es un paso enorme.

—¿Por qué?

—Tiene un leve grado de autismo, pero es un niño muy inteligente. Desde que su madre lo abandonó, se sumió en un mutismo selectivo. Y ya sabes que ella no ha estado muy presente. —Maldición, ya me había convencido—. Piénsatelo, June.

Me lo habría pensado... si su hermano y yo no nos odiásemos a muerte.

# 36

## June

—June, ¿no crees que ya ha llegado el momento?

Cerré la taquilla fingiendo un estado de relajación que poco tenía que ver con la realidad.

—¿De qué?

No se me daba bien disimular mis sentimientos, independientemente de mi estado de ánimo.

—De romper este silencio —respondió William, mientras apoyaba un brazo contra la taquilla para impedir que me fuera.

Me eché hacia atrás.

—Te habría llamado ayer, pero mi madre tenía una cena que…

—¿Qué cena? —preguntó mientras miraba cómo doblaba la esquina de mi libro de Ciencias.

¿Se lo habría contado James?

Al final siempre tenía que enfrentarme a la misma decisión: decir la verdad o mentir.

—Estuve en casa de James.

Sus cejas rubias se alzaron de forma instantánea.

—¿Qué? ¿Perdón?

—Cuando fui allí no sabía que era su casa. Nuestros padres organizarán una exposición de arte… Yo qué sé —resoplé malhumorada.

—James me ha dicho que la otra noche te acompañó a casa.

—Claro, porque tú desapareciste —puntualicé, desafiándolo con la mirada.

—No me olvidé de ti, fui yo quien le pidió que te acompañara.

Oí unos pasos pesados acercándose, y por el rabillo del ojo distinguí una figura familiar que venía hacia nosotros. James pasó por nuestro lado mascando chicle, sin prestarnos la menor atención. Aquella mañana se había dignado a ponerse el uniforme.

«Qué honor».

La chaqueta se ajustaba perfectamente a sus anchos hombros y llevaba la corbata desanudada por encima de la camisa. Iba más despeinado que de costumbre, porque no se había aplicado ningún producto en el pelo.

—¿Vendrás a cenar un día de estos?

La propuesta de William despertó mi curiosidad.

—¿Para qué? —pregunté en tono cortante, sin ocultar mi desconfianza.

Me había decepcionado demasiadas veces. No bastaba con invitarme a cenar para que me olvidase de todo lo que había sucedido.

—Para conocer a mis padres —dijo tranquilamente.

Fruncí el ceño.

—Ah... ¿Cuándo vuelven?

—Mañana.

—No lo sé, Will —respondí con un suspiro.

—Lo que me dijiste el otro día me hizo reflexionar. En serio, June. Si no somos sinceros desde el principio, corremos el riesgo de no construir bien la base de una relación que aún no existe.

—A lo mejor soy la única que piensa así, pero las mentiras siempre provocan que me aleje de la gente. —Me encogí de hombros.

—¿Siempre eres tan directa? —preguntó sonriendo mientras se acariciaba la nuca.

No supe qué responder. ¿Acaso le había dado la impresión de ser la típica chica insegura que acepta cualquier cosa que le ofrezcan a cambio de estar con un chico como él?

—Es la verdad, Will. Si quieres, te ignoro un par de días, no respondo tus mensajes y me hago la dura para que vuelvas a pedirme perdón por enésima vez. Pero es que ya no me sirven tus excusas, no me gustan estos jueguecitos. Si quieres estar conmigo, solo te pido una cosa: sinceridad. No es tan difícil.

Mis palabras le impactaron de lleno. Sus ojos cristalinos intensificaron la mirada.

—Ya… Pero es que las chicas con las que he tenido algo no pensaban así… Eres muy madura —me aseguró.

—¿Creías que ibas a arreglarlo presentándote con tu cara bonita, y así todo se solucionaría? —le pregunté en tono burlón.

—Bueno, la verdad es que sí. —Sonrió y sacudió la cabeza para colocarse bien el pelo. Pero al instante volvió a ponerse serio—. Bromas aparte, estoy de acuerdo contigo. Solo quiero… conocerte mejor antes de contártelo todo.

—¿Y ya está?

Seguía sin fiarme de él. En su caso, la línea entre las mentiras patológicas y su desconfianza en los demás era más que delgada.

—Siempre estás con Ari, Poppy y Amelia…, y ellas tres no son conocidas precisamente por saber mantener la boca cerrada.

—Bueno, tú siempre estás con James, ¿qué quieres que te diga?

Se oyó una tos a nuestra espalda.

—Me encanta ser el tema de conversación de la pareja del año. Pero son las ocho de la mañana y vuestra charla es peor que una patada en los huevos.

James dio unos golpecitos en su taquilla y me dedicó una sonrisa falsa.

William me cogió de la mano y me besó.

—Qué asco —masculló James.

—¿Vosotros tres no tendríais que estar en clase? —nos llamó la atención el profesor de Educación Física.

—Es verdad, profe. Es que Romeo y Blancanieves se han creído que esto es Disney Channel. ¿Ha visto cómo se besuquean?

—Pasa de él, es un envidioso.

—Envidioso y odioso —masculló mientras Will miraba la hora en el móvil.

—Oh, no. El profe está llamando a los que han suspendido Historia para hacerles unas preguntas. Me tengo que ir, June.

Se inclinó hacia mí para darme un buen beso, pero yo apreté los labios y solo le concedí un pico.

—Vale, después nos vemos —susurré con el poco entusiasmo que me quedaba.

Will y James se alejaron mientras yo guardaba mi libro de Ciencias en la taquilla.

—¡June! —Me sorprendió oír a lo lejos la voz de Brian—. ¡Échame una mano con esto!

Cuando me giré lo vi cargado de papeles y con una cuerda.

—¿Qué es todo esto?

—Sin comentarios. Es la decoración para el Columbus Day —respondió, al tiempo que trataba de deshacer unos nudos.

—¿No tendría que ocuparse Ari de esto?

—Tendríamos que haberlo hecho juntos.

Me pareció que estaba tenso mientras trasteaba con aquellas cuerdas, dándoles nerviosos tirones.

—¿Por dónde anda? Hace tiempo que no la veo —comenté.

—¿Te parece normal que en este instituto no haya ni una sola escalera? —respondió ignorando mi pregunta.

¿Qué pasa aquí? ¿Por qué se está haciendo el sueco?

Brian me pasó un cartel enorme.

—¿Te fías de mí? —me preguntó.

—¿Con respecto a qué?

—Si te cojo en brazos llegas hasta arriba, ¿no?

Seguí la trayectoria de su dedo. ¿De verdad tenía que ayudarlo a colocar todas aquellas banderas?

—Yo te cojo en brazos, tú me pones los pies en los hombros y colocas allí estas cosas. —Lo miré sin poder creerme lo que me estaba pidiendo—. ¿No querías formar parte de las animadoras?

—No, gracias. ¡Peso mucho! Tú estás acostumbrado a coger en brazos a Ari, que es un peso pluma, pero yo…

—¿Que tú pesas mucho? ¡Pero qué dices! —exclamó para mi sorpresa.

Su reacción me hizo sonreír. Sin pretenderlo, acababa de hacerme un cumplido. Lo cierto es que a Ari y a mí nos separaban entre diez y quince kilos. Conocía poco a Brian pero, por lo que sabía de él, bajo aquella coraza se ocultaba una mezcla de dulzura y fragilidad.

—Vale, te ayudo.

Brian me dio un gancho metálico, me agarró de las caderas y me levantó hasta que pude llegar a la parte superior de la pared.

—¡Tendrías que presentarte a las pruebas de animadora! ¡Se te da genial! —le dije desde lo alto.

—¡Venga, June! ¡Pon el gancho en el agujero! —Me eché a reír—. ¿De qué te ríes…? ¡Me refiero a que metas el pincho en el boquete! —Su corrección hizo que me riera aún más.

Me tenía fuertemente sujeta, pero de un modo que me hacía cosquillas.

—¿Pero tú te estás oyendo? —le pregunté desde lo alto.

—¡Date prisa que te me escapas!

Hizo un amago de soltarme, sin darse cuenta de que aquello aún me provocaba más cosquillas, y me reí con más ganas.

—¡Brian!

—¿Qué?

Para no resbalarme, apoyé una rodilla en su esternón…, pero aquello le hizo daño y, sin querer, me soltó.

—¡Me cago en…!

Un instante después, ambos estábamos en el suelo.

—¡Perdona! —gritó asustado cuando le caí encima.

—¡No, perdóname tú! ¡Me he caído como un saco de patatas! —Estaba tumbada encima de él, así que me levanté con cuidado apoyándome en sus hombros—. Menos mal que he sido yo la que te ha caído encima, si llegas a ser tú, me habrías matado con todos esos músculos.

Brian me miró extrañado. Le acababa de dedicar un piropo y eso pareció incomodarlo.

A lo mejor Will tenía razón y yo era demasiado directa. Volví a apoyarme en sus bíceps para ponerme en pie. La verdad es que, aunque nunca me había fijado, su ropa ocultaba que era un chico muy musculoso.

Y seguramente aquel no era el mejor momento para darme cuenta de ello.

Brian se apoyó en los codos, y al hacerlo sentí su entrepierna bajo mi falda.

Muerta de vergüenza, abrí los ojos de par en par en cuanto me di cuenta de que estaba sentada a horcajadas sobre él. Me sentí culpable. Volví a ponerme de pie presa de la confusión, y él hizo lo mismo.

—Me tengo que ir —musitó, inquieto—. Me acabo de acordar de que tengo clase de Matemáticas. Otro día me ayudas.

Mientras me recomponía la falda, una voz grave y sugerente me pilló por sorpresa.

—Mira lo que tenemos aquí…

«Por Dios, no».

Ojalá hubiera sido cualquier otro.

El presidente de Estados Unidos.

La maestra de la guardería que me tenía manía.

Hasta mi madre.

Me habría parecido bien que irrumpiera allí cualquiera de esas personas… Pero él no.

James Hunter no.

—¿No has ido a clase para lo de las preguntas de Historia? —le pregunté con un punto de acritud en la voz.

—No estoy aquí para que nadie me interrogue. ¿Qué haces tú aquí?

Apoyado contra el muro, James se llevó a los labios una botella de agua y le dio un buen sorbo.

—No sé tú, pero yo he sacado un nueve en esa asignatura —le respondí sin más.

—Mírala… ¿Y no quieres que te pongan buena nota por el espectáculo que acabas de dar?

—Me he caído. Déjame en paz. —El tono de mi respuesta le arrancó una sonrisa.

Cuando eché a andar, vino detrás de mí.

—Vaya con la señorita elegante… —me susurró.

—Mira quién habla.

—¿Te sueles caer a menudo sobre las pelotas de otros tíos, White?

—¿Acaso quieres que te dé un rodillazo en las tuyas? —le pregunté deteniéndome en mitad del pasillo—. Para de una vez, Hunter.

—¿De hacer qué?

—Estás insinuando algo que no me gusta nada.

—¿Qué es lo que no te gusta? ¿Oír las verdades? ¿Que te recuerde que estabas abierta de piernas, tirada en el suelo, encima del idiota de Brian Hood?

—No estaba… —Por un instante no supe qué responder.

¿Y a él qué le importaba? Puse los brazos en jarras.

—Vuelve a decir eso y te juro que te doy un guantazo.

Se pasó la lengua por los dientes sin dejar de mirarme y alzó la barbilla con aire divertido.

—Bueno, ¿qué tiene de malo? Yo no lo veo mal, ¿y vosotros, chicos? —les preguntó a algunos compañeros de su equipo que acababan de aparecer en el pasillo—. Habrá que preguntarle a Will lo qué le parece.

—Ha sido un incidente. Eres un completo…

James me sonrió descaradamente mientras desenroscaba el tapón de la botella. La levantó y, sin que yo sospechase ni por un momento lo que estaba a punto de hacer, me la derramó por encima. Un escalofrío me recorrió todo el cuerpo en cuanto sentí el agua fría empapándome de la cabeza hasta el vientre.

—Ups… Esto también ha sido un accidente —dijo en tono burlón.

Oí cómo, a su espalda, los chicos se le reían de la gracia. Cuando bajé la vista reparé en que mi blusa blanca se había vuelto transparente, y se me veía perfectamente el sujetador.

—¿Has perdido la cabeza? —bramé.

Pero a James pareció importarle poco. De hecho, me empujó contra las taquillas.

—Eres un abusón de mierda —gruñí.

—Repite lo que acabas de decir, White.

—¿Por qué, Hunter? ¿Es que te has puesto cachondo?

¿Por qué era incapaz de callarme cuando lo tenía cerca? Él interpretó aquella pregunta como una invitación para pasear la vista por mi cuerpo hasta llegar a las curvas de mis pechos, que se desbordaban a través de la blusa.

Cuando se pasó la lengua por los labios, me quedé sin aliento. Y a continuación se mordió el labio inferior, muy despacio.

—No lo sé, White... ¿Y tú? —Si me hubiera dicho aquello con su habitual tono chulesco le habría dado un empujón, pero me lo susurró de un modo tremendamente seductor.

Nos miramos la boca con ojos furtivos. Duró un instante, apenas fue un pestañeo..., pero sucedió. Había quedado en evidencia. Tendría que huir al Polo Norte. Tendría que comprar un billete para el tren de la vergüenza.

Yo lo había visto a él... Y él me había visto a mí.

James apoyó el codo en la taquilla que tenía a mi espalda. Su brazo quedaba por encima de mi cabeza, y su muñeca colgaba a la altura de mi nariz. Empezó a juguetear con uno de mis mechones. Se lo enroscaba en el dedo, mientras yo seguía extasiada con el brillo de aquellos ojos claros.

—Deja de hacer eso.

Me rozó el cuello con la punta del índice, despacio. Y al instante un escalofrío me recorrió toda la espalda.

—Menudo descubrimiento acabo de hacer...

—¿Qué...? ¿De qué hablas?

—No sabía que te gustaba.

—Me das asco, Hunter.

Sus labios ardientes me rozaron la oreja. Dejó escapar un gemido apenas perceptible. La calidez de su aliento hizo que me temblaran las piernas.

—Que sepas que es recíproco —susurró con voz grave.

Ignoré el enésimo estremecimiento y me quedé paralizada contra las taquillas mientras él se alejaba.

—Ah, se me olvidaba. Como vuelvas a hablarme, se te van a pasar las ganas de seguir en este instituto —me dijo desde lejos.

—¡Tú haces que no me apetezca lo más mínimo estar aquí!

Se unió a su grupo de amigos.

—Vámonos, no sé por qué pierdo el tiempo con esta tía.

—Yo sí que lo sé —le respondió Marvin con voz burlona.

—Cállate, Marvin.


—¿Todo bien, June?

Cuando llegué corriendo al baño me topé con Amelia, que estaba tratando de arreglarse el pelo con los dedos.

—¿Qué te ha pasado? —le pregunté al ver que llevaba la blusa ligeramente arrugada a la altura de la cintura.

—Mmm... —Amelia centró toda su atención en mi uniforme, que estaba chorreando—. ¿Y a ti qué te ha pasado?

—James Hunter —respondí sin dar más explicaciones, como si aquella respuesta fuese más que suficiente.

Amelia, a diferencia de lo que solía hacer, no me puso mala cara. Esa mañana parecía especialmente distraída.

«Bueno, vete ya, que tengo que cambiarme», pensé mirándola.

Me daba mucha vergüenza desvestirme delante de otras personas, tanto si eran chicos como chicas. Pero debía volver a clase cuanto antes, y Amelia no es que estuviera haciéndome mucho caso..., así que me dispuse a desabrocharme la blusa.

En la mochila no llevaba ninguna prenda de repuesto aparte de la camiseta extragrande que me ponía para Educación Física.

—¿Y Ari? —pregunté tapándome la falda del uniforme con la camiseta. En cuanto logré hacer que me llegara a las rodillas, deslicé la falda por debajo para no exponerme demasiado.

—¿Te puedes creer que no he podido volver a hablar con ella? ¿Vendrás esta noche con nosotras al Tropical?

—¿Nosotras, quiénes? —pregunté con cautela.

De vez en cuando, es como si mi madre me poseyera.

—Con Poppy y conmigo. Intentaré convencer también a Ari, pero últimamente no parece tener mucho interés en hablar conmigo —masculló acercándose más, mientras yo me ponía el pantalón de deporte.

—¿Es que ha pasado algo?

Se le endurecieron las facciones.

—No lo digas por ahí…, pero creo que ha dejado a Brian por otro tío —musitó.

—¿Qué?

—¿Tú sabes algo?

«Oh, no».

—Nada de nada —mentí sin apenas respiración.

—Vale. Nos vemos después y te cuento si hay novedades.

Tras el cambio de clase, volví al aula con la cabeza llena de ideas. En la puerta estaban James, Jackson y Marvin acechando como tres buitres.

Marvin debía de haber hecho una de sus bromas, porque sus amigos lo estaban regañando.

—Ya te vale, Marvin —lo reprendió James en cuanto me acerqué a ellos.

—¿Qué quieres que haga? Nadie manda sobre su corazón —dijo riéndose y mirándome de arriba abajo.

—El corazón… Sí, ya —soltó James sin moverse ni un milímetro mientras pasaba por su lado.

—Seguro que no le gustas.

—Ya tiene bastante con Will y con Hood. No te hagas ilusiones.

No pude evitar escuchar aquellas palabras. Estaba claro que James quería que oyese sus provocaciones. Volví sobre mis pasos.

—Ya te he dicho que ha sido un accidente. Pero…, aunque no lo fuera, ¿qué parte no entiendes de que no es asunto tuyo?

Sorprendidos por mi respuesta, Marvin y Jackson contuvieron una risotada. Parecía que les encantaba que una chica le parase los pies a James, y a mí eso se me daba genial.

Me miró sin decir nada, con su habitual aire de superioridad.

—No te atrevas a volver a hablar así de mí. ¿Me has entendido, Hunter?

Me mostró una brevísima sonrisa irónica y, justo después, volvió a afilar su mirada azul.

—¿Y si no te hago caso?

—¿Qué te parece un rodillazo entre las piernas?

Chasqueó la lengua, pero cuando traté de volver a entrar en clase me cerró el paso.

—James, déjala en paz —le susurró Jackson entre risas.

—No sé si me apetece dejarla en paz. Va de santurrona, pero después…

Levanté los brazos para darle un empujón, pero antes de que pudiera rozarlo me agarró de las muñecas.

Aquel idiota tenía reflejos felinos.

—Me haces daño —masculle, lo cual pareció satisfacerlo.

—Sabes perfectamente que puedo hacer cosas peores.

—Chicos, ¿qué pasa aquí? —intervino el profesor Beckett al entrar en clase. Y en cuanto vio que James me tenía sujeta por las muñecas, añadió—: Hunter, al despacho del subdirector. Ahora mismo.

—Te jodes —susurré esbozando una sonrisa.

Pero estaba cantando victoria demasiado pronto, pues James le lanzó una mirada desafiante al profesor.

—Profe, ¿está seguro?

Este pareció arrepentirse inmediatamente.

—Eh… —Desvió la vista hacia la lista de clase y se aclaró la garganta—. Ambos. White, tú también, al despacho del subdirector.

—¿Qué? ¡Pero si me estaba agarrando por las muñecas! ¿Es que está ciego?

—He dicho que los dos. No discutas.

—¿Estás sorda? —añadió James. Me dio un leve empujón y pasó por delante de mí—. Tú, Mike, hazme los ejercicios —le ordenó a un chico que estaba sentado en la primera fila.

—¿Ahora tienes esclavos? No eres capaz ni de…

—Cállate —me replicó mientras recorríamos el pasillo guardando cierta distancia de seguridad el uno del otro.

—Menudo idiota.

—Mira quién habla. Por tu culpa vamos de camino del despacho del subdirector.

—Eres espeluznante, Hunter. Tu madre se lo tomó muy en serio aquella noche, ¿eh? —resoplé rabiosa.

—Pues anda que la tuya… Parece que se muere por dejar en la cama de mi padre un par de bragas de madurita…

Aquel comentario hizo que frenara en seco.

—No sé con qué tipo de mujeres estáis acostumbrados a tratar en tu familia, pero que sepas que eso no va a suceder.

—Mira que eres ingenua… —murmuró sacándose del bolsillo un paquete de tabaco arrugado.

—¿Qué insinúas?

Me dedicó una sonrisa diabólica y se metió el cigarrillo entre los labios.

—¿Acaso crees que no han follado ya?

Me tapé los oídos con las manos.

—No te oigo… Bla, bla, bla.

—Eres una niñata de mierda.

—La suya es una relación de trabajo —le expliqué, tratando de convencerme también a mí misma.

—Sí, claro… Follan mientras hablan de cuadros. Menudo trabajazo, ¿eh?

—¡Para ya!

Sentí que me ardía la garganta.

—Eres graciosísima. —James me rozó la mejilla con un dedo y me pellizcó—. Te has puesto colorada, nunca te había visto así.

—Hombre, ¿qué quieres? ¡Estás hablando de mi madre!

—¿Te da vergüenza hablar de sexo, White? ¿Es que tienes doce años?

Le di un puñetazo en el estómago pero no le hizo el menor efecto. Esquivó el segundo y se me acercó más.

—Deja ya de usar la excusa de que me quieres pegar solo para poder tocarme, Blancanieves.

—Eso es lo que tú quisieras. No me das miedo, Hunter. Nunca me cansaré de repetírtelo.

—Ah, ¿no? Pero si cada vez que me acerco a ti te echas a temblar... —Una vez más sentí que me faltaba el aire—. ¿O acaso pensabas que no me había dado cuenta?

—Tengo ganas de contarle a Will lo gilipollas que eres conmigo.

—Tú díselo, y yo le contaré lo mucho que te gusta restregarte contra ese capullo de Hood.

Aquello me dio tanta vergüenza que me pitaron los oídos.

—Vas a tener que esforzarte más, Hunter. A ver si te enteras de que no lograrás separarnos.

—¿Lo dices porque te ha invitado a conocer a sus padres? ¿Estás segura de que quieres hacer eso?

—¿Qué tiene de malo? —De repente, me entraron las dudas.

James se echó a reír y tomó otra dirección.

—Felicidades. Que te lo pases bien, White.

—¿Pero adónde vas? El despacho del subdirector está por allí —le grité cuando empezó a alejarse.

—Dale un mensaje al subdirector de mi parte.

—¿Qué mensaje?

—Este —dijo levantando el dedo corazón como un troglodita descerebrado.

Era un acaso perdido. ¿Por qué perdía el tiempo con un tío así?

Saqué mi móvil de la taquilla y le escribí a William.

> ¿Vienes hoy al Tropical?

> Solo si vas tú.

# 37

# June

Poppy, Amelia y yo llevábamos unos diez minutos sentadas en los sillones de la cafetería del Tropical. Amelia ya había pedido Coca-Cola Zero para todas, a pesar de que yo prefería la normal.

—¡Ahí está Will! —exclamó Poppy tirándome de la manga.

—¿Adónde vas, June? —me preguntó Amelia en tono de reproche cuando vio que me levantaba.

—Con Will —le respondí como si fuese lo más lógico del mundo.

—¿Estás de broma? Es él quien tiene que venir a saludarte a ti y a tus amigas. No es necesario que seas siempre tú la que va detrás de él y de sus colegas.

—Me parece que esa regla es un poco... maquiavélica.

—No te comportes como una pringada —me aleccionó Amelia.

—Bien dicho... —convino Poppy.

Decidí seguir su consejo, a pesar de que odiaba esa clase de juegos psicológicos. Al poco, Will se acercó a nosotras.

—¿Puedo? —preguntó antes de acomodarse a mi lado.

Amelia asintió por mí y me dedicó una mirada de complicidad. Como William no sentía la menor vergüenza, me rodeó los hombros con el brazo.

—¿Es verdad que hoy has acabado en el despacho del director?

—Del subdirector. ¿Por qué no tiene director?

—¿Qué dices? Claro que tiene director. Bueno, ¿qué te ha dicho?

—Al parecer, debido a que la semana pasada le di un balonazo a Blaze en la cara y que hoy quería darle un guantazo a James..., soy un sujeto al que tener vigilado.

—No sé qué pasó con Blaze, pero seguro que James se lo merecía —comentó William entre risas.

Yo también me reí con ganas, pero el momento de alegría duró bastante poco, en cuanto me acordé de las palabras del subdirector.

—Y como castigo tendremos que hacer un trabajo juntos. Alucinante.

William frunció el ceño, y las facciones de su rostro, sonriente hasta ese momento, se endurecieron de pronto.

—¿Con James?

En ese momento se abrió la puerta del local, y el aludido apareció con una nueva chica. Se me hizo un nudo en el estómago. La bocanada de aire frío que entró del exterior me impactó en la nuca y se extendió por mi columna vertebral. Observé fugazmente su silueta. Su pelo de bronce peinado hacia el lado le daba un aire más adulto, más sofisticado, y resaltaba lo marcado de sus pómulos, que normalmente estaban escondidos bajo sus mechones despeinados. Ni que decir tiene que llevaba puesta la consabida chupa de cuero que delineaba a la perfección sus fornidos hombros. Se pavoneó por todo el local rodeando a la chica con un brazo, y entonces llegó hasta nuestra mesa.

No sé por qué, pero una voz que se parecía tremendamente a la de mi madre me resonó en la cabeza.

«¡June Madeline White!».

—Sí, pero no tengo la menor intención de compartir ninguna tarea con él. La haré yo sola y pondré también su nombre —respondí tras un instante de silencio.

—June, tenemos una conversación pendiente... —me susurró Will.

Cuando vi que James nos miraba, se me empezó a revolver el estómago.

—Mira, esta noche vamos a divertirnos, ¿vale? —le propuse a Will besándolo en los labios.

Cuando nos separamos, James seguía allí, pero ya no nos estaba prestando atención.

—Cerveza para todos, ¡yo pago! —anunció con tono chulesco, y entonces le lanzó la cartera a William.

Will se levantó para acercarse a la barra y James se alejó.

Aproveché la ausencia de William para acercarme a Amelia.

—¿Qué te pasa, June? —me preguntó al notarme nerviosa.

—¿Cómo está tu hermano?

—¿Quieres robarme el puesto? —me preguntó riéndose.

—¿Qué puesto?

—El de la que siempre responde con una pregunta. Soy una experta en el tema. Sé por qué lo haces.

—No quería cambiar de tema.

—Hacéis muy buena pareja, en serio —comentó señalando con un gesto a William, que seguía haciendo cola junto a la barra.

—Nunca nos habíamos besado delante de todo el mundo.

—Tranquila, no ha sido nada escandaloso. Es más, ha sido lo contrario.

—¿Cómo que lo contrario?

—Bueno, June, Will parece un chico muy reservado.

—Lo dices como si fuera algo malo…

—¿Algo malo? ¡Ese sí que es malo! Bueno, ¡es el mal personificado! —respondió señalando a James Hunter, que estaba apoyado en la barra con la mano en el culo de una chica. Reconocí la media melena morena de la prima de Marvin—. ¿Esa quién es?

—La prima de Marvin, una tal Melanie. ¡Pero cuéntame cómo está Brian!

—Lo de hablar de sus sentimientos no es lo suyo. Parece que está bien, mejor de lo esperable. Pero conociéndolo… ¡Mira, hablando del rey de Roma…!

Amelia levantó la mano en dirección a la puerta principal. Blaze y Brian acababan de llegar. Brian le devolvió el saludo y se me quedó mirando fijamente durante unos segundos.

Por fin me sonrió, pero al cabo de un instante su mirada se volvió algo más oscura.

William apareció detrás de mí con una bandeja llena de vasos de cerveza.

Brian se sentó con nosotros y yo aprecié mucho el hecho de que, a pesar de que no se hablase con Will, ambos fueran capaces de estar en la misma mesa sin atacarse.

—¿Dónde se ha metido Blaze? —preguntó Amelia tras darle un sorbo a su cerveza.

Brian la miró de reojo, contrariado porque su hermana estaba bebiendo alcohol sin el menor recato.

—¿Qué pasa, te has sentado aquí para controlarme? —le recriminó Amelia.

—¿Yo? La verdad es que estoy aquí por June.

El chico se encogió de hombros y William me apretó la mano con más fuerza.

Amelia me pasó un vaso, pero lo rechacé sin pensarlo dos veces.

—No bebo, gracias.

—¿Por qué no bailamos un poco, Jamie?

La voz de la prima de Marvin cada vez sonaba más cerca. Al final, James y ella se pusieron justo a nuestro lado. James miró a Brian durante un instante.

—No me apetece. Salgo a fumar —respondió sin más.

Melanie, decepcionada, se sentó con nosotros.

—¡Vamos, chicas! ¡Animaos vosotras! —nos propuso, batiendo sus espesas pestañas postizas.

Poppy reaccionó a la velocidad de la luz y Amelia se terminó de un sorbo su cerveza bajo la mirada indignada de su hermano.

—Yo me apunto. Necesito despejarme. ¿June? —preguntó tendiéndome la mano.

—Hum..., vale.

Le di un beso en la mejilla a William y seguí a las chicas hasta el centro de la pista.

—¿Alguna novedad sobre Ari? —le susurré a Amelia al oído mientras tratábamos de abrirnos paso entre la gente.

—¿Te puedes creer que me está ignorando? —resopló con el ceño fruncido.

—Vale, se acabaron las tonterías. ¿A cuál de ellos os tiraríais? —preguntó la prima de Marvin señalando la mesa de los chicos.

—Perdona, ¿qué? —pregunté, sin dar crédito a lo que acababa de decir.

—Sin contar a James, claro. De lo contrario, no habría competición posible —añadió divertida sin apartar la vista del chulo que estaba a punto de salir por la puerta del local.

—¿Cómo es que Hunter vuelve a tener la cara así? ¡Madre mía! —Amelia parecía no haberse dado cuenta hasta ese momento de que James tenía el ojo morado y el labio hinchado—. ¿Tú sabes algo, June?

Negué con la cabeza. «Mentira número dos».

—Si yo fuera su padre, empezaría a preparar el discurso para el funeral...

La voz cortante de Taylor nos sorprendió por la espalda.

—Bueno, ¿a cuál os tiraríais? ¡Decid lo primero que os venga a la mente! Si no, no vale —insistió Melanie moviendo las caderas al son de la música.

—Depende de muchas cosas... De si nos centramos solo en el físico o incluimos la personalidad. Pero, espera, ¿te refieres a la cara o al cuerpo? —reflexionó Poppy, totalmente abstraída.

—¡Hablas muchísimo! Di un nombre y ya está, ¡ni que os tuvierais que casar mañana! —la apremió Melanie, la prima de Marvin.

—Jackson —respondió de tirón.

—Hum... Buena elección. Sí, probablemente yo también —respondió la chica llevándose un dedo a los labios.

—Teniendo en cuenta que Brian no es una opción porque es el ex de mi mejor amiga y el hermano de mi otra mejor amiga... Aunque, si lo piensas bien...

—¡Poppy! —la regañó Amelia.

—Jackson, sí. Sin duda, Jackson —se apresuró a afirmar.

Jackson vestía de forma excéntrica, pero parecía un buen chico. Lástima que siempre fuera tan arrogante y hosco como su amiguito.

—No lo sé... Jackson es muy mono, pero... no es William —comenté.

La prima de Marvin sonrió y apoyó una mano en mi hombro.

—Te gustan los chicos buenos, ¿eh?

Por el rabillo del ojo capté que James acababa de volver a entrar en el local. Se acercó a sus amigos y se quitó la chaqueta, dejando al descubierto sus anchos hombros. Su pecho parecía a punto de explotar bajo la tela de la camiseta. Tragué saliva.

—Sí, la verdad es que me encantan.

—Bueno, ya que al parecer no sois conscientes... —intervino Taylor sin que nadie le pidiera su opinión—. Escuchadme todas: White es la única que ha elegido bien esta noche.

—¿Por qué? —preguntó la prima de Marvin.

—¡Porque a Jackson no le gusta lo que nosotras tenemos entre las piernas! ¡A ver si te enteras!

—¿De qué hablas? Se acostó con Tiffany, y siempre está con Stacy... —le aseguró Amelia.

—Tiff es mi mejor amiga. Créeme si te digo que no tiene ni idea de cómo es la cosita de Jackson.

Con un gesto de cabeza, Taylor señaló en dirección a la interesada, que en ese momento se encontraba en brazos de James.

—¿Estás insinuando que Jackson es gay? ¿Y tú cómo lo sabes? —preguntó Amelia, que había dejado de bailar.

—Bueno, ¿y qué más da si lo es? —intervine yo.

—Bonnie ha salido con él muchas veces —especularon, incrédulas, las chicas.

—A esa se la folla James. Jackson no ha estado nunca con una chica —anunció Taylor con una sonrisa de satisfacción propia de quien lo sabe todo.

—Pero dinos cuál es tu fuente —insistió Poppy.

Ella se limitó a poner cara de chica mala y no añadió nada más. Intentó esfumarse, pero la agarré del brazo antes de que lograra desaparecer.

—Lo has hecho a propósito, ¿verdad?

Taylor no respondió.

—¿Qué te ha hecho Jackson? —insistí.

—Él no me ha hecho nada. ¿Pero no es un poco raro que hayan empezado a circular los rumores justo cuando ha llegado al instituto una cotilla como tú?

Parpadeé. Estaba muy confusa.

—Vete a saber qué pasará cuando se sepa que le has contado a todo el mundo el motivo por el que Ari ha dejado a Brian.

—Yo no le he contado nada a nadie.

—White, además de mí, tú eres la única que sabía lo de James y Ari —me dijo entornando los ojos—. Y no olvides una cosa: lo que haces o dejas de hacer no tiene la menor importancia. Lo que importa es lo que crean los demás. Eso es lo que te convierte en quien eres. Bienvenida al 2023.

Me di cuenta de que llevaba un instante sin respirar.

—Que lo pases bien esta noche, cariño. Mi chico me espera.

Taylor se echó el pelo hacia atrás dando un melenazo y se marchó balanceándose sobre sus altísimos tacones.

«Mi chico. Es cierto».

Estaba tan enamorada de aquel idiota que podía pasar de ser la reina de las cretinas a la pringada del año en cuestión de medio segundo.

—No me creo ni una palabra de lo que ha dicho sobre Jax. Es una mentirosa —dijo Poppy.

—Eso espero —comentó Amelia lanzándole una mirada incisiva—. Aunque hace unos días la oí decir unas cosas que no me gustaron nada...

Amelia miró con preocupación a su hermano, que se estaba bebiendo un zumo y tenía pinta de estar aburriéndose mucho.

Aunque no era mi intención, mis ojos volvieron a posarse en la esbelta silueta de Taylor, que estaba sentada sobre las rodillas de James, amorrada a su cuello como una experta vampira. Su larga y reluciente melena le caía en cascada por la espalda, y tenía una pierna encajada entre los muslos de James.

No podía dejar de pensar en que aquel grupo resultaba de lo más extraño: por una vez, eran las chicas quienes se intercambiaban a un mismo chico, y no al revés. ¿A James le parecía bien aquello? Mis prejuicios más interiorizados habían dado por hecho que era James el que usaba a una de ellas cada noche, pero existía una alta probabilidad de que en realidad fuese al revés. O, tal vez, simplemente se trataba de un intercambio recíproco.

—Así que es cierto que siempre que se pelean acaban haciendo las paces, ¿no? —masculló señalando a la pareja.

—Igual mañana se odian de nuevo —comentó Poppy.

—Él está encantado...

Aquello no iba conmigo. No iba con ninguna de nosotras... Pero no les quitábamos la vista de encima.

—Ella va a ser la única que triunfe esta noche —comentó la prima de Marvin mordiéndose los labios con expresión triste.

—Perdona, ¿alguien te ha invitado a estar aquí con nosotras? —le preguntó Amelia de repente.

La chica la miró con cara de ofendida y se alejó farfullando alguna barbaridad.

—Voy al baño y vuelvo —anuncié.

Me abrí paso como pude entre aquella multitud de gente borracha, y sin querer choqué con alguien. Reconocí de inmediato aquel perfume dulce y masculino a vainilla. Me hice la loca, pero James chocó conmigo de nuevo, esta vez a propósito.

—¿Sabes una cosa, White? Tengo que darte las gracias.

Le miré los labios durante una fracción de segundo. Otra vez.

—¿Por qué? ¿Por el ojo morado? —James asintió sin dejar de mirarme—. Por favor, imagínate que he sido yo quien te lo ha dejado así. —Me aclaré la garganta—.Y en cualquier caso, ¿por qué tendrías que darme las gracias?

Se tomó su tiempo en responder, perfectamente consciente de la fascinación que provocaba.

—Al parecer..., me da un toque más salvaje —dijo, haciendo una mueca libidinosa.

—¿Y quién te ha dicho esa chorrada? Habrá sido alguna de esas borrachas...

Sus labios esbozaron algo parecido a una sonrisa. Y unos bonitos hoyuelos ornamentaron sus mejillas. Si no se tratase de James Hunter, me habría parecido adorable.

—¿Qué es lo que te hace tanta gracia? —le pregunté, inquieta por haberme mostrado momentáneamente vulnerable a sus encantos.

—Nada —murmuró antes de dar otro paso en mi dirección.

Volvía a estar muy cerca de su boca. Una descarga de adrenalina se apoderó de mi vientre. Empecé a sentir calor. Me notaba como intoxicada. Borracha. Y eso que solo había bebido Coca-Cola.

—Tu novio y tu admirador secreto están por aquella parte... —James se lamió el labio inferior sin dejar de observar mi boca—. Así que la pregunta está clarísima: ¿qué estás haciendo aquí todavía, White?

Su voz profunda me provocó un escalofrío en la espalda.

—Voy camino al baño. Aparta de en medio —le solté tratando de esquivarlo.

Noté que me miraba fijamente. Sentía sus ojos como si fuera lava candente. Así que me giré para echarle un último vistazo imprudente.

James seguía mirándome sin ninguna vergüenza.

Y yo me moría de ganas de meter la cabeza debajo del agua.

Pasé la velada con William y las chicas. Hablamos sobre todo del instituto. En un momento dado, Marvin y Jackson propusieron cambiar de local, así que salimos con ellos del Tropical.

—¿Adónde queréis ir? —preguntó William.

—A otro local, ¿os apuntáis?

No esperaba que William dijera nada en particular, así que miré a Amelia para ver qué opinaba ella. Parecía algo achispada, pero negó con la cabeza. Miré la hora y me di cuenta de que ya era más de medianoche.

—Creo que me voy ya a casa —le susurré a Will mientras me daba un último beso en los labios.

—Vale.

—¿Dónde coño está Jackson?

James acababa de salir del local, y parecía enfadado.

—No os metáis en problemas —le rogué a William mientras le arreglaba el cuello de la chaqueta.

James oyó lo que acababa de decirle y se rio a nuestra espalda.

—Blancanieves, todo está bajo control.

—Ah, bueno, si tú lo dices dormiré más tranquila.

—Pues que sueñes con los angelitos.

De pronto me pareció que algo se desmoronaba en mi interior. ¿Por qué ahora se comportaba de esa forma? ¿Por qué tenía que hablarme así?

Mientras, Will trataba de llamar a Jackson.

Cuando la prima de Marvin salió del local, James empezó a exhibir su tradicional comportamiento de primate. La agarró con decisión de las caderas, le sonrió y la besó apasionadamente. Ella le devolvió el beso encantada, pero tuvo un momento de duda cuando James deslizó la mano por su muslo tatuado.

—Espera. ¿Dónde está esa rubita? —preguntó mirando alrededor.

Él separó los labios. El beso se los había dejado enrojecidos e hinchados.

—¿Qué rubita? No veo a ninguna rubita —susurró con una sonrisa traviesa que iluminó su rostro perfecto.

—Taylor —le aclaró la chica.

—¿Qué Taylor?

«Qué asco me da».

—Mañana nos vemos —le dije a William en cuanto volvió a meterse el móvil en el bolsillo.

Me fui hacia Amelia, que ya estaba apoyada en la portezuela del Range Rover de Brian.

—¡Ni se te ocurra! —Brian llegó hecho una furia, dispuesto a quitarle las llaves de la manos.

—¿Pero qué he hecho? —le gritó ella con la voz pastosa.

—Ni siquiera eres capaz de hablar correctamente. ¿Quieres conducir estando borracha?

—¡Pero qué dices! Estaba… quería… estaba… Hum… June, ¡dile algo! —masculló, tirándome del brazo.

—Túmbate detrás. No das pie con bola, amiga.

La ayudé a tumbarse en el asiento trasero. Ocupó todo el espacio, así que tuve que sentarme delante.

—¡Blaze! Dónde estááás… —empezó a lamentarse, lo cual me hizo sonreír.

Obviamente, el que no se reía era Brian.

—¡Vámonos ya, por favor! ¡Se me escapa el pis! —exclamó Poppy mientras se encaramaba al coche. Desplazó las largas piernas de Amelia para hacerse un hueco.

—Blaze, dónde estááás… —seguía gimiendo Amelia, acurrucada contra la portezuela como un alma en pena.

—¿Arrancas de una vez, Brian? —lo animó Poppy.

—¿No podías haber entrado al baño del local?

—¡Qué asco!

—¿Vamos a dejar a Blaze aquí? —pregunté.

Lo busqué entre las cabezas que se arremolinaban en la puerta del Tropical, pero no había ni rastro de él.

En un momento dado, Amelia me dedicó una sonrisa maliciosa.

—A lo mejor ha encontrado a un rubio de metro noventa y tres que lo acompañe a casa…

—Perdona, ¿qué dices? —Brian, sorprendido, la estaba mirando a través del retrovisor.

—¿Quieres que te moje el asiento? ¿A que me lo hago aquí?
—Poppy lo estaba pasando fatal.
—Acabo de acordarme de que Jackson...
—¡Sssh! Amelia, duerme hasta que lleguemos a casa, por favor —le susurré, mientras alargaba la mano hasta el asiento de atrás para apartarle el pelo de la frente.
—No responde al teléfono. Se habrá quedado charlando con alguien. Ya me llamará si me necesita. —Brian zanjó el asunto y, para alegría de Poppy, se guardó el teléfono en el bolsillo.
Por fin arrancó el motor. Bajé la ventanilla y me despedí de William haciéndole un gesto. Evité posar la vista en la silueta oscura que estaba a su lado.
—¿Cómo coño dejas que se vaya con él?


—No voy a preguntarte por qué vuelves a estas horas...
—Mamá, es la una. Llego una hora tarde, pero te avisé con tiempo.
Ni siquiera había entrado en casa y ella ya estaba de uñas.
—¡Me ha llamado el subdirector!
—¿Cuándo? —pregunté mientras cerraba la puerta principal.
—Esta tarde, antes de que me fuera.
—¿Adónde has ido?
—A casa de Jordan —respondió sin el menor pudor.
—Ah, muy bien. ¡Enhorabuena!
Hizo una mueca de disgusto y puso los brazos en jarras, como si con ello reforzase la mirada amenazante que me estaba dedicando.
—Escúchame bien, señorita, a mí no se me responde de esa manera, ¿entendido? ¡El subdirector me ha dicho que le has puesto un ojo morado a un chico!
—¿Qué? Eso es mentira, lo que...
—Y le has faltado el respeto al profesor de Lengua preguntándole si estaba ciego. ¿Eso también es mentira?
Se me escapó una risita nerviosa.

—Pero, mamá...

Ella no estaba para risitas.

—¡Déjate de excusas! ¡Has estado a punto de agredir a un compañero!

—¡Eso no es cierto!

«¿El profesor Beckett? Borrado para siempre de mi lista de amores platónicos. Menudo mentiroso».

—Y, además, ahora vuelves apestando a humo. ¡¿Pero con qué gente te relacionas?!

Me quité las Vans y las lancé contra el zapatero, como hacía siempre que estaba nerviosa.

—¡Sé coherente, mamá! ¡Tú, en cambio, pierdes el culo por un tío como Jordan!

Se recompuso y me miró con altanería.

—¿Y eso a ti qué te importa, June?

—¿Ni siquiera lo niegas? ¿Ya hemos llegado a ese punto? Estupendo. Me parece absurdo.

Se le agrió la expresión. Le surgieron algunas arruguitas bajo los ojos que le cambiaron el semblante.

—¿Esta noche has visto a James? —La miré con la boca abierta—. ¡Vamos! Estoy esperando tu respuesta.

—Que no quedo con él. ¿Pero qué te pasa, mamá?

—¡Te he preguntado si lo has visto, no si quedas con él! ¡Eso sí que sería tremendo!

Harta de aquella discusión, se sentó en el sofá y se apoyó la mano en la frente.

—Quedo con su amigo —admití con un hilo de voz.

—Pues quiero conocerlo —dijo, componiendo una expresión indescifrable.

—No.

—Si tu mala conducta en la escuela tiene que ver con la gente que frecuentas, que sepas que se acabaron las salidas —me amenazó.

—¿Cómo? ¿Que no puedo salir?

Se puso en pie y se acercó a mí dispuesta a zanjar la refriega.

—Mañana a las cinco irás a casa de Jordan. James no estará allí durante las próximas semanas. Duerme en casa de un amigo suyo, cuyos padres están de viaje.

No sabía si reírme o tomármela en serio. Pero ella no parecía estar de broma.

—Estás loca. Lo-ca —le solté.

—¿Qué acabas de decirme?

—¡Que parece que me odias! ¡Eso digo! —Al recordar su amenaza, traté de arreglar lo que le acababa de decir.

—Vas a darle clases a Jasper. No hay más que hablar.

El tono de su voz me puso de los nervios.

—De eso nada. Yo allí no vuelvo a poner los pies —le aseguré—. Así que no quieres que vea a James..., pero me obligas a ir a su casa, ¿lo he entendido bien?

—Que él no estará allí. Jordan me ha pedido ese favor. Escúchame cuando te hablo.

—¡Que no voy a ir! —insistí.

—Eso ya lo veremos.

—Escucha bien lo que te voy a decirte. ¿Preparada, mamá? No-pienso-ir.

Pero no me tomó en serio. Estaba acostumbrada a mis pataletas infantiles.

—Algo me dice que sí que irás. Si no, las reglas cambiarán. Por ejemplo, me darás el móvil en cuanto vuelvas del instituto. Y no volverás a salir de noche.

Entrecerré los ojos y miré a la chantajista de mi madre. Fingía ser pintora y actuaba como una persona soñadora, pero no era más que una villana sin corazón.

—¡Me voy a dormir! —le grité, subiendo las escaleras con el corazón a mil.

Me lavé los dientes, me puse el pijama y abrí la ventana para dejar entrar la brisa otoñal.

Beckett había sido muy injusto. Diría que, al principio, solo estaba enfadado con James. A saber por qué había cambiado de idea… Eso por no hablar del hecho de que el subdirector me había asignado una tarea que tenía que hacer con ese mismo idiota…

La mera idea me provocó un nudo en la garganta que casi no me dejaba respirar.

Me resultó muy difícil conciliar el sueño. Me puse a dar vueltas en la cama hasta que por fin di con la solución a todos mis problemas. Le dije aquello a Will un poco a la ligera, pero era la única opción que se me ocurría. Haría los deberes yo sola y le diría al subdirector que los había hecho con James. Trabajaría el doble, pero al menos no tendría que ver a aquel ser tan odioso.

# 38

# Jackson

—¿Me estás evitando?

—No, Blaze. Claro que no. ¿Es que acaso tengo algún motivo?

El tono deliberadamente sarcástico de mi voz lo irritó. Me concentré en ponerme la chaqueta para no tener que mirarlo a los ojos.

—Jackson.

Se quitó la gorra y un mechón oscuro le cayó sobre la frente, cubriéndole una ceja.

—Oye, ¿es que no tienes más amigos? —le pregunté en tono cortante.

Estaba nervioso. Siempre estaba nervioso cuando lo tenía cerca. No quería que nadie murmurase sobre nosotros.

—Ah, ¿es que tú y yo somos amigos? —Blaze enarcó la ceja.

¿Tenía que hacerme esas preguntas cuando me había tomado un par de cervezas?

—Quiero hablar contigo —siguió diciendo con una sorprendente determinación.

Apoyé el codo en la barra del bar y me puse a mirar fijamente las botellas de *whisky* expuestas detrás del camarero.

—Pues di lo que quieras y deja ya de molestarme.

Me fulminó con la mirada e hizo un gesto con la cabeza señalando el grupo de Amelia.

—Aquí no.

Se me escapó un gruñido cuando Blaze me cogió del brazo y me arrastró consigo. ¿Desde cuándo llevaba él las riendas de la situación?

—Veo que conoces bien este sitio… —masculló en tono burlón.

Pero dejé de reírme cuando vi que giraba el pomo de una puerta con un cartel de Prohibido el paso. Cuando entramos, un fuerte olor a humedad me inundó las fosas nasales. Aquello estaba lleno de vasos viejos, botellas de alcohol e hileras interminables de latas de frutos secos.

—El año pasado trabajé aquí. ¿Ya no te acuerdas, Jax?

La sensación de que nuestros cuerpos sudorosos estaban encerrados en aquel almacén húmedo se hizo ineludible.

—No. —Fue una respuesta seca, pero, al parecer, muy poco convincente, ya que a Blaze se le dibujó una sonrisa burlona. Normalmente le sentaba fatal que lo tratase así, pero esta vez parecía bastante tranquilo.

—¿Estás seguro, Jackson?

«Cómo iba a olvidar que la tenías como una piedra cuando te metí la mano en los calzoncillos».

—No creo que en aquella ocasión te apartaras... —murmuré sin ganas.

—Sí, pero fuiste tú quien tomó la iniciativa.

—Estaba borracho, Blaze.

—Cierto, igual que el resto de las veces que me has besado.

Me ponía de los nervios. Era como una niña pequeña que se enamora por primera vez por unos simples besos y unas caricias. No lo soportaba. Siempre sabía que, después, me miraría a los ojos y me haría sentirme así. Así de... raro.

—Acababan de mandar a James al reformatorio y yo me sentía muy solo, ¿qué quieres que te diga? ¿Que lo que hicimos significó algo para mí?

Blaze no se inmutó. En lugar de irse o de poner su habitual carita de cordero degollado, se mostró muy tenaz.

Eché un vistazo a la puerta. La había dejado entreabierta. ¿Sería verdad que solo quería hablar?

Blaze se echó hacia mí, así que retrocedí chocándome con una mesa desvencijada. En el suelo había unos vasos apilados que empezaron a balancearse peligrosamente.

El estruendo de los vasos cayendo al suelo me sobresaltó, pero el desastre que acabábamos de desatar al parecer no llamó la atención de nadie. Blaze seguía mirándome perplejo. Puede que mi indecisión lo estuviera confundiendo.

Él sabía que yo no era de los que se echan atrás y que, normalmente, era él quien acababa con la espalda contra el muro. Pero la puerta estaba entreabierta y yo no quería que nadie nos viese.

—Así que, según tú, somos amigos, ¿verdad? —insistió, volviendo a hacerme perder la paciencia.

—Oye, ¿no tenías que decirme algo? Pues ve al grano, Blaze.

Aunque aún no había comentado nada, yo ya sabía cuál era el problema.

Estaba a punto de hablar, pero al final se contuvo. Yo también tuve que contenerme. No podía besarlo..., pero ¿por qué tenía tantas ganas?

«Maldito Blaze...».

Apoyó una mano en mi pecho, y lo hizo con tanta decisión que tragué saliva de golpe.

—Qué temerario estás hoy... —le dije, mientras mi lengua jugueteaba con el *piercing* del labio, para aliviar la tensión.

—¿Te da miedo que nos descubran tus amigos?

Ahí estaba el motivo de su arrogancia: creía que tenía la sartén por el mango.

Me resistí todo lo que pude, pero, al final, lo agarré de los hombros e hice míos sus labios húmedos.

Era solo un beso, pero, cada vez que nuestras lenguas se entrelazaban, era como si algo estallase. Me manifestó sus ansias de que lo encendiese, de que lo convirtiera en la gasolina que desataría el incendio.

—Jackson...

Sus venas vibraban bajo mi lengua áspera cuando le chupaba el cuello.

—Relájate, joder. No te estoy haciendo nada malo —gruñí mientras le lamía la garganta, mientras deslizaba el metal de mi *piercing* por su piel cálida, arrancándole gemidos de placer.

—Jax, no quiero hacer... esto. Solo quiero que hablemos —me susurró, excitado.

—Habla si puedes.

Introduje las manos bajo su jersey y atraje su cuerpo hacia mi torso. Se me escapó un jadeo cuando su pecho chocó con el mío.

—Te estás comportando como un cretino, igual que haces siempre —murmuró mientras yo le mordía los labios una y otra vez.

Busqué su mirada, pero se mostró esquivo. Estaba tratando de resistirse.

—No soy ningún cretino.

Yo solo estaba haciendo lo que me pedía el cuerpo. ¿Por qué siempre tenía algo de lo que hablar?

Puse una mano sobre su pecho, que no cesaba de subir y bajar, enfebrecido por mi contacto. No me pregunté por qué estaba haciendo aquello: ese chico ni siquiera me gustaba. De hecho, me sacaba de quicio.

Tenía claro que no sentía nada por él.

¿Entonces a qué obedecía aquel sentimiento de culpa por lo que le habíamos hecho a su padre?

Con los labios aún hinchados y los ojos convertidos en dos ranuras, se apartó de mí. Parecía muy confuso.

—¿Qué cojones ha pasado con mi padre?

Me puse tenso.

«Lo sabía, joder».

—¿De qué hablas, Blaze?

Debía medir muy bien mis palabras.

—Aquel día que tú y yo estábamos en el pasillo, quería hablar contigo. ¿De qué?

—Gilipolleces sobre mi rendimiento en el instituto... Sobre créditos y tal —masculle.

—Mira, no soy idiota. Hunter me lo ha dicho alto y claro.

Me lo quedé mirando en silencio; él apretaba los dientes, exhibiendo una determinación que no casaba en absoluto con su carácter.

—¿Fuisteis vosotros los que lo dejasteis así?

No se me daba bien mentir, de modo que seguí manteniendo la boca cerrada.

—Jax, yo confiaba en ti.

«Mierda».

Por si todo aquello no era lo bastante complicado..., Blaze se había dado cuenta, estaba seguro. De pronto, relajó el rostro y se le humedecieron los ojos.

—¿Puedes decirme por qué lo hicisteis?

¿Cómo podía ser así de dulce y comprensivo en unas circunstancias como aquellas? Ese era uno de los motivos de que me pareciera irresistible.

—No puedo... No sé si lo entenderías —respondí vacilante.

—Inténtalo.

Ahora, entre él y yo apenas había espacio. Su pecho estaba en contacto directo con el mío, y podía sentir sus latidos desbocados. Él quería hablar, y estaba claro que quedaban muchas cosas por decir..., pero en aquel momento yo solo quería seguir besándolo.

Y estaba claro que a él le costaba trabajo razonar cuando me tenía delante, de lo contrario su boca no habría respondido como lo estaba haciendo, incitando a mi lengua a adentrarse cada vez más más en sus profundidades.

—Sssh.

—¿Qué pasa? —preguntó en un susurro, mientras se pasaba la mano por el pelo.

—Es James —le respondí muy bajito, y le indiqué que guardara silencio llevándome un dedo a los labios.

Lo intuí por el sonido de sus pasos. Cuando oímos su voz detrás de la puerta, Blaze también lo reconoció, y me miró con tristeza, casi con decepción.

—Siempre lo pondrás a él por delante, ¿verdad?

—Cierra la boca.

Lo inmovilicé contra la pared con los brazos. Él me agarró de la chaqueta y me atrajo hacia sí, sincronizando así nuestras respiraciones.

—¿No estás harto de mí? —le pregunté desafiante, sin dejar de lamerme el *piercing*.

Empezamos a besarnos lentamente, pero aguzando el oído en todo momento.

La voz vacilante de una chica se mezcló con el tono grave de James.

—Tay nunca lo admitiría, pero se ha portado fatal contigo.

Era Tiffany.

—Déjate de chorradas, Tiff.

—Ella te ama, James. —Estaban hablando de Taylor, aunque todo el mundo sabía que Taylor solo se quería a sí misma.

—Ha dicho que me quiere ver muerto. Parece que no te enteras, Tiffany. —El sonido de la voz de James sonaba distante, apagado, como si no quisiera seguir escuchándola.

—Deja de comportarte como un niñato, Jamie. Tay haría cualquier cosa por ti. Es más, ya lo ha hecho. Y lo sabes.

—Lo sé... Pero necesito tiempo. Y ella me agobia a diario con esa puta historia.

—Lo hace porque si su padre lo descubre se volverá loco. ¡Incluso podría denunciarte! Te queda poco tiempo —le advirtió Tiffany en tono amenazante.

—Se niegan a devolvérmela.

Blaze separó inmediatamente sus labios de los míos y me miró fijamente con los ojos teñidos de sospecha.

«Oh, no».

Traté de atraerlo de nuevo hacia mí, pero esta vez fue él quien me hizo la señal de que me callase.

—¿Estás haciendo lo que te piden, Jamie? —le preguntó Tiffany.

No oí la respuesta, fuera había demasiado ruido.

—Ven a verme después —acabó diciendo ella.

—No tienes ni idea de lo que son los valores.

—Habló el santito. Nos hemos pasado todo el verano follando mientras ella estaba de vacaciones con sus padres, ¿o es que ya se te ha olvidado?

—No me apetece.

—¿Es por la prima de Marvin? No puedes resistirte en cuanto se te pone a tiro un nuevo trozo de carne que añadir a la colección, ¿verdad?

—Tiff, ¿estás haciendo esto porque te he dicho que no?

—Estoy haciendo esto porque pensaba que éramos amigos. No quería decirte que... En fin, déjalo. Nunca cambiarás.

Primero se oyeron unos pasos y, justo después, el sonido de unos tacones que se alejaban.

Blaze me miraba con el ceño fruncido.

—¿De qué va esta historia?

—Pues de que James se está tirando a Taylor y a su mejor amiga al mismo tiempo. Menuda novedad.

—No actúes como si no me hubieras entendido, Jax. ¿De qué estaban hablando?

Miré a mi alrededor tratando de ocultar que un frío glacial me estaba calando los huesos. ¿Cómo podía explicárselo?

—Nada especial... Lo de siempre. James tiene problemas con gente muy poco recomendable.

Me froté el *piercing* contra los incisivos. No podía decirle nada más.

—¿Y qué pinta la familia de Taylor en esto? ¿Esta historia tiene algo que ver con mi padre?

Respiré hondo y empecé a dar vueltas por el almacén.

—Nunca traicionaré a James, si es eso lo que me estás pidiendo.

—Lo sé. Y no te lo estoy pidiendo. La pregunta es: ¿lo haces porque es tu mejor amigo o porque estás enamorado de él?

Mantuve la mirada fija en las estanterías que había a nuestro alrededor. De repente las etiquetas de los paquetes de café me resultaban interesantes.

—No, no es por eso. Es mi mejor amigo, y él nunca me traicionaría.

—Aprecio tu lealtad, Jackson, pero... pareces demasiado preocupado por alguien que solo es un amigo.

—Blaze... —le dije al ver que me daba la espalda.

—¿Qué?

—Me encantaría poder contártelo todo, en serio... Pero no puedo —murmuré apoyándome en una nevera.

Blaze volvió a mirarme como solo él sabía hacerlo. Compasivo, dulce..., como si de verdad me comprendiera.

—¿Seguro que quieres saber cómo están las cosas entre James y yo?

Blaze asintió.

—Somos amigos. Solo quiero protegerlo, pero puede que sea demasiado tarde. James está hasta el cuello de problemas.

Se me acercó con el ceño fruncido. Me incliné hacia él para tratar de besarlo de nuevo, pero apartó la cara.

—No te estoy regañando, sino constatando un hecho: estás enamorado hasta las trancas —susurró con la voz rota.

—Blaze...

—No soy el segundo plato de nadie, Jax.

—¿Por qué dices eso?

—Estás enamorado de él. Admítelo.

Pisé con la punta de las Jordan unos trozos de cristal que había tirados en el suelo.

—No estoy enamorado de nadie. Solo me siento un poco confuso, ¿vale? Ni siquiera estoy seguro de que...

Blaze se echó a reír en mi cara.

Puede que él estuviera seguro de lo que sentía y de lo que quería, pero yo no.

—¿Cuándo fue la última vez que besaste o que te sentiste atraído por una chica?

—No es tan fácil, no puedes someterme a un examen.

—No, Jax. Solo son preguntas que te permitirían enfrentarte por fin a la realidad. Todo es mucho más fácil de lo que crees. Además, no pareces tener ningún problema en mostrarle tu cariño a él.

¿Cariño? ¿Es eso lo que Blaze quiere de mí?

—No. Es que es mi amigo, y eso despierta mi lado más protector. Solo es eso.

—¿Ese gilipollas? —exclamó contrariado.

Enderecé la espalda y, de repente, Blaze pareció mucho más pequeño que yo.

—No vuelvas a hablar así de él.

—A mí jamás me defenderías de esa manera —concluyó antes de alejarse de mí.

Traté de cortarle el paso antes de que pudiera escabullirse del almacén.

—Porque él es mi amigo, pero tú...

—¿Yo qué, Jax?

—Tú no eres mi amigo, ya te lo he dicho.

Blaze afiló la mirada, como tratando de comprender mis palabras.

—Me resultas irresistible. ¿Te enteras ya o no, joder? —bramé golpeando la puerta con la mano.

—¿Y ya está? ¿Conmigo solo quieres tener una aventura?

Tenía la voz rota por el dolor. No soportaba ese aspecto suyo. Lo hacía parecer vulnerable, y eso me ablandaba.

Si algo tenía claro era que entre Blaze y yo había una química demasiado fuerte como para poder controlarla. Una química imposible de ignorar. Me daba miedo que, cuanto más tratase de ocultarlo, más evidente resultara. Todo el mundo acabaría descubriéndolo. La gente pensaría que era un mentiroso y que siempre los había estado engañando.

—Si no te parece bien, no me busques más —dije tratando de zanjar el asunto, aunque roto por mis propias palabras.

Me quedé sin respiración cuando me topé de frente con sus ojos negros, que ahora estaban vacíos y brillantes. Necesitaba salir de allí.

—Que te den, Blaze.

Al final fui yo quien se marchó.

En el Tropical ya no quedaba ninguno de mis amigos, así que salí a tomar el aire.

—¿Pero dónde coño estabas? ¡Ya nos íbamos! —me interpeló Marvin desde el Mustang negro.

—Eras tú el que quería irse —puntualizó James, sentado al volante.

—Gracias por esperarme.

Cuando me senté en el asiento del copiloto, James me miró con los ojos cansados y algo tristes.

Solo me habría apetecido una cosa: pasarme la noche charlando con él.

Pero la prima de Marvin se nos había unido, así que no era difícil adivinar cómo acabaría la cosa.

Dicen que es importante tener cerca a los amigos, pero aún más cerca a los enemigos. James se lo tomaba esto al pie de la letra, y por eso siempre acabábamos allí, en el Club Zero, un local nocturno gestionado por delincuentes que habían acabado haciéndose millonarios gracias a la droga, a las carreras de coches, a los combates clandestinos de boxeo y a los juegos de azar.

A Marvin le encantaba aquel sitio porque era un local de *striptease* y las camareras servían las mesas medio desnudas.

William no podía evitar pasarse por allí a menudo, sobre todo durante la época de las carreras o de las partidas de póquer. James, por su parte, trataba de no perderse ninguna de las actividades que allí llevaban a cabo.

—¿Compites esta noche?

—Esta noche no.

La prima de Marvin estaba más pesada que nunca. En cuanto encontramos un sitio donde acomodarnos, ya estaba sentada en las rodillas de James, rodeándole el cuello con los brazos. Él la apartó con un gesto de hartazgo, y a mí me entró la risa, pues sabía que no soportaba que alguien a quien conocía de hacía muy poco lo agobiase tanto.

—¿Así que es cierto lo que dicen de ti? —la oí susurrar.

—¿Qué dicen de mí? —preguntó él con una sonrisa traviesa.

—Que follas como Dios.

—Hum..., no lo sé. Vas a tener que descubrirlo por ti misma.

Le estaba acariciando el muslo desnudo, pero cada vez que ella trataba de besarlo, él apartaba la cara. Aunque aquel jueguecito duró poco. No tardó en abrir los labios y en recorrer la boca de la chica con su lengua.

Me vi obligado a apartar la vista.

—Vámonos —lo oí decir, a pesar del altísimo volumen de la música.

—¡Eso! ¡Hazle una demostración! —exclamé nervioso.

Apuré la cerveza que James había dejado a medias e inspeccioné el local.

«Menuda mierda de sitio».

—¿Y tú no dices nada? —le espeté a Marvin, que acababa de fumarse un porro y ya no sabía ni dónde estaba.

—¿Qué quieres que diga? —me preguntó, despatarrado en el asiento.

—Creo que, ahora mismo, James está empotrando a tu prima.

—¿Y a mí qué me importa?

Marvin pasó de mi culo. Estaba demasiado ocupado observando a las chicas ligeras de ropa que pululaban por entre las mesas. Me giré hacia William, que seguía absorto en sus pensamientos.

— June te gusta bastante, ¿eh? —le espeté cuando lo sorprendí sonriéndole al móvil.

—Me vuelve loco.

Su expresión ingenua despertó mi ternura, pero la verdad era que Will se enamoraba con demasiada facilidad. ¿Cómo podía gustarle tanto alguien a quien solo conocía desde hacía unas pocas semanas?

—¿Salís a menudo?

—No, pero tampoco se necesitan diez citas para saber que ella es estupenda —respondió sin apartar los ojos de la pantalla.

—Vale, me alegro. —Le di una palmada en la espalda y me dirigí hacia el baño. Ya no me cabían en el cuerpo todas las cervezas que había bebido.

Una vez en el baño, percibí un murmullo que provenía del otro lado de la pared. Pero la música a todo volumen y mis sentidos embotados me indujeron a no prestarle demasiada atención.

—Joder, más despacio.

Aquel timbre me resultó conocido y provocó que abriese los ojos de par en par. La canción terminó, y cuando la música electro-pop fue reemplazada por un tema instrumental, pude distinguir los murmullos con más nitidez.

Me subí la cremallera y, en cuanto giré la cabeza hacia la pared de mi derecha, percibí con toda claridad una serie de golpes rítmicos, muy cerca de donde yo me encontraba.

Distinguí una mezcla de gemidos femeninos y de gruñidos masculinos, graves y excitantes.

Presa de la angustia, me llevé las manos a la cara, y cuando escuché que alguien repetía «¡James!» hasta el infinito, ya no me quedó la menor duda.

—Ten, para ti —dijo la voz de James al cabo de poco.

—¿Te crees que me he acostado contigo por un poco de droga? —le preguntó ella, consternada.

—¿No es lo que todas queréis?

A través de la rendija de la puerta los vi acercarse juntos al lavabo.

Me escondí lo mejor que pude, y a través de la rendija observé sus reflejos en el espejo.

James tenía las mejillas encendidas y estaba despeinado. Se lavó las manos, se inclinó sobre el lavabo e inhaló algo.

—Te encanta convertirlo todo en un drama, ¿verdad? —le preguntó la chica pasándole una mano por la espalda.

Él no le respondió. Levantó la cara y la miró con los ojos vacíos. Cuando ella extendió la mano para acariciarle la cara, James se apartó.

—Lo siento por ti.

—No quiero que nadie sienta pena por mí. Y mucho menos tú, que no tienes ni puta idea de cómo soy.

—En el fondo eres un buen chico... Solo necesitas que alguien se ocupe de ti.

—No me toques —le espetó cuando ella trató de acariciarle la mano.

—James...

Él se marchó de allí, dejándola sola y confusa.

—¿Dónde está?

Volví con Marvin y Will. Estaban demasiado concentrados en su partida de billar como para hacerme caso.

—Hum...

Una camarera se me acercó y me susurró algo, pero la música estaba tan alta que no pude entender lo que decía. Deseé que ella sí me hubiera oído.

—Lárgate de aquí.

Agarré una cerveza de la bandeja que llevaba entre las manos y, por fin, salí a la calle.

Cuando había carreras, aquel sitio siempre estaba hasta la bandera. Pero cuando no había grandes eventos, el exterior era bastante desértico. Aquel parecía un lugar lúgubre y aislado.

—Aquí estás.

James estaba sentado sobre un cacharro viejo, una máquina de *pin-ball* que se había quedado obsoleta.

—¿Todo bien?

No respondió. Siguió fumando, iluminado por la luz violácea del neón.

—¿Esa cosa aguanta tu peso?

—El de ambos seguro que no —me dijo antes de bajarse de allí para volver a pisar el suelo polvoriento.

Posó sus ojos sobre mí. Tenía la mirada perdida.

«Me encantaría abrazarlo», pensé.

Pero no podía.

Crucé las piernas y me senté a su lado.

Me pregunté qué haría Will en esta situación. ¿Le soltaría una broma para volver a ponerlo de buen humor? ¿Y Marvin? Aquel gilipollas seguro que le habría preguntado qué tal follaba su prima.

Me habría gustado ser como ellos, pero no lo era. Yo era yo…, y eso era algo que se me daba fatal.

Bajó el mentón, como si quisiera ocultar el rostro bajo el cuello de la chaqueta.

«Se acabó, voy a abrazarlo».

Le pasé el brazo por encima de los hombros y lo atraje hacia mí.

—Si me necesitas, aquí me tienes —le susurré, con la cara a pocos centímetros de su mejilla encendida.

—Eres el único que me entiende, Jax.

—Eso intento.

James giró un poco la cabeza y nuestros perfiles se rozaron. Sus enormes pupilas, dilatadas y brillantes, me sirvieron de espejo.

—¿Vas a meterme la lengua? —bromeó, exhibiendo una sonrisa que, al contrario de lo que solía sucederle, se desvaneció enseguida.

—¿Qué coño dices? —Me aclaré la garganta y me aparté de él al instante—. ¿Qué te pasa, James?

—Todo va genial —respondió mordiéndose el interior de la mejilla.

—Follas a diario, ¿de qué te quejas? —le pregunté dándole una palmada afectuosa en el brazo.

«Eso es lo que le habría contestado Marvin».

En vez de reírse, James se encogió de hombros.

—Podría prescindir de eso. Lo único que quiero es salir de este lío. Austin me tiene cogido por los huevos.

Cuando pronunció el nombre de aquel criminal me entró un escalofrío. Y el peor de los problemas no era Ethan Austin, sino su padre: el jefazo que tenía aterrorizado a todo Los Ángeles.

—¿Tanto le debes aún?

—No es solo una cuestión de dinero… —empezó a decir mientras yo le daba un buen trago a la cerveza.

—Vamos, cuéntamelo.

—¿Qué quieres que te cuente, Jax? —Colocó entre sus suaves labios el filtro del cigarrillo y entonces lo encendió iluminando la oscuridad.

—Quiero que me cuentes cuál es el problema.

Entrecerró los ojos para saborear mejor aquel veneno y puso los ojos en blanco.

—No soy muy de quejarme. Todo va bien.

—Jamie… —insistí usando el diminutivo con el que solían llamarlo las chicas.

—¿De verdad quieres saberlo? Pues ponte cómodo, que la lista es larga. Taylor no para de agobiarme, porque si su padre se entera de lo de la pistola, nos mata. Tengo que seguir viniendo aquí todas las noches para vender esta mierda, pero me meto más de la que vendo. Tengo que tener a Will vigilado porque está solo en casa desde que sus padres se han ido. Mi padre no deja de tocarme los cojones. Y, por si todo eso fuera poco, si no me pongo a estudiar, no acabaré jamás el puto instituto. Además, casi nunca veo a mi hermano…

Se detuvo para tomar aliento y darle una profunda calada a su cigarrillo.

—Dios… Me he convertido en un puto quejica —concluyó molesto consigo mismo mientras seguía expulsando humo.

—¿No puedes ofrecerle dinero a Austin, a cambio de la pistola? ¿Y si se lo pides a tu padre?

Probé a proponer la solución más obvia.

—¿Y qué le digo cuando me pregunte por qué le debo dinero a esa gente? ¿Le cuento la verdad?

—Mierda…

—Además, a Austin y a su familia les importa una mierda el dinero. Solo quieren estar seguros de que mantendré la boca cerrada, así que nunca me van a dejar en paz.

—No deberíamos haberle pedido ayuda a esa clase de gente... —me lamenté mientras James se mordisqueaba la uña del índice.

—No.

—Pero fue Will. No fuiste tú quien los llamó, James.

—Estábamos juntos.

—Sí, pero lo hiciste por otra persona. Y ahora eres el único que paga las consecuencias.

Le pasé la cerveza, y él la cogió sin pensárselo.

—Lo único bueno es que ese payaso del director hizo lo que le pedimos. ¿Crees que Blaze sospecha algo?

Negué con la cabeza al instante.

—El director sabe que tenemos algo que ver con su agresión, pero no creo que sospeche el motivo.

—¿Y cómo lo sabes?

—Lo sé y punto. ¿Volvemos adentro, James? —le propuse, tratando de cambiar de tema.

—Marvin no hace más que babear con cada camarera que pasa, y Will no para de hablar de esa niñata insoportable... ¿De verdad crees que me apetece volver adentro?

Me devolvió la cerveza y nos echamos a reír.

# 39

## June

—¿Entonces la cena de mañana en tu casa está confirmada? —le pregunté a William mientras me empeñaba en hacer la cama.

Aquella tarde había ordenado mi habitación, lo cual podía considerarse un suceso extraordinario.

Esperaba que aquel gesto de buena voluntad mejorase la tensión existente entre mi madre y yo, pero no estaba del todo segura de que fuese a funcionar.

—Te lo confirmo después. ¿Puedo preguntarte si tienes libre esta noche?

—¿Para…? —pregunté a punto de sonreír.

—Para verte…, aunque sea solo una hora. Ayer había demasiada gente.

—Vale, tú me dices.

Fui incapaz de dejar de sonreír pensando en los besos que nos dimos en el Tropical.

—¿Mamá…? —pregunté mientras bajaba la escalera, lista para enfrentarme a la bestia.

Ella reconoció inmediatamente mi tono de niña buena.

—Ni hablar. Esta noche no se sale.

Ahí estaba: April, la vidente que leía el pensamiento. Y que era capaz de hacerlo mientras vaciaba el lavavajillas.

—Vale.

—No creerías que iba a ser suficiente con poner un poco de orden en ese refugio para vagabundos en el que se estaba convirtiendo tu habitación…

Solo estaba un poco desordenada, no tenía nada que ver con cómo ella la describía.

—Vale —repetí mientras ella seguía sacando platos y tazas como si fuera la dueña de un bar.

En un momento dado, se detuvo y me examinó de pies a cabeza.

—¿Vale, qué? —preguntó confusa.

—Vale, le daré clases a Jasper.

Mi madre puso unos ojos como platos. La miré y le sonreí complacida, como diciéndole: «Esto no te lo esperabas, ¿eh? ¡Aficionada!».

—¿Y se puede saber por qué has aceptado, señorita? —me preguntó, apresurándose a coger el móvil.

Probablemente ya le estaría escribiendo al ministro de Lienzos y Cenas Embarazosas.

—Si acepto darle clases al niño, puedo salir, ¿no?

Ella no se ablandó. Por el contrario, me lanzó una mirada suspicaz.

—¿Qué me dices, mamá?

—Sí, pero cómo y cuándo yo lo decida. Ve a vestirte.

—¿Por qué?

—A las cinco en casa de Jordan.

Resoplé.

Desde que nos mudamos a California había empezado a desarrollar una especie de sexto sentido para saber cuándo me iba a meter en problemas..., y aquella situación parecía un callejón sin salida.

—Hola, Jordan.

Aquel hombre me recibió en el umbral de la puerta con una camiseta de tirantes empapada que dejaba a la vista sus brazos fuertes y musculosos.

—June, perdona, estaba entrenando —dijo enjugándose la frente.

—Ah, descuida, por mí encantada.

Me mordí la lengua, consciente de que había hablado demasiado. Él hizo como si nada y llamó su hijo.

—Jasper, ¡ha llegado June!

En cuanto puse el pie en aquella casa, se me activaron todas las alertas.

Jasper me miró de reojo desde la mesa de la cocina. Una enorme sudadera azul cubría casi por completo su diminuta figura.

—Bueno, ¿por dónde quieres empezar?

Silencio sepulcral.

«Pues vamos apañados… Me esperan dos horas de pesadilla».

—¿Por qué parte del libro vais?

Traté de ser cordial, pero la paciencia no era mi mejor virtud. Él no hacía otra cosa que mirarme fijamente.

—¿Hay alguna asignatura que te cueste más que las otras?

Miré a nuestro alrededor. Aquella cocina era tan grande como nuestra casa, pero no era nada acogedora. Transmitía una sensación aséptica y hostil.

—¿Hacemos un comentario de texto?

Jasper se puso la capucha de la sudadera y deslizó el libro de Lengua por encima de la mesa.

—¿Es una forma amistosa de invitarme a que me calle, no?

Se rio tapándose la cara con la mano, y en ese momento comprendí que, de alguna forma, lo conseguiríamos.

Me pasé una hora hablando sola, y cuando vi que el niño bostezaba le propuse que hiciéramos una pausa.

Él pegó la vista al móvil, así que aproveché para llamar a William, de quien no había vuelto a saber nada.

Tal vez tendría que haber seguido los consejos de Amelia y dejar que fuera él quien me buscase…, pero quería saber qué haríamos al día siguiente. ¿De verdad conocería a sus padres? Era algo importante, quería saberlo con tiempo.

Tras un montón de intentos, William me respondió por fin.

—Hola, Will. ¿Va todo bien? Estoy en casa de Jasper, ¿a qué hora nos vemos esta noche?

—June, eh… ¿Te importa si te llamo después? Ahora mismo no puedo hablar.

Una extraña sensación me atenazó la boca del estómago.

—No hay problema.

Nos despedimos después de un par de comentarios sin importancia, y entonces me di cuenta de que Jasper me estaba observando con mucha atención.

—¿A qué viene tanto interés?

Con el lápiz que tenía en la mano, en un una hoja en blanco dibujó un corazón, y en la parte superior escribió mi nombre y el de Will.

—¿Esperas que me ría? Parece un melocotón, ¡se te da fatal dibujar! Venga, vamos con las Matemáticas.

Fingí que me había enfadado solo para hacerlo reír, pero él no se tomó la broma como yo esperaba. Puede que no entendiera la ironía. Estuvo a punto de lanzarme el cuaderno a la cabeza. Hizo fuerza con el brazo y amagó con arrojármelo a la cara, lo cual me asustó bastante. Pero al final no lo hizo. Aunque su rostro inmóvil no transmitía nada en absoluto, aquella fue la primera vez que lo vi expresar algo parecido a una emoción.

¿Debería de haberle pedido perdón? Quizá tendría que haber tenido un poco más de tacto. O tal vez Jordan tendría que haberme prevenido para poder hacer frente a las peculiaridades de Jasper, que me resultaban del todo desconocidas.

—A ver…, tú quieres que te ayude con los deberes de Matemáticas, ¿verdad?

Él asintió. Se estaba comunicando, lo cual ya me pareció bastante importante.

Jordan entró en la cocina dejando tras de sí una intensa estela de perfume. Llevaba la camiseta de tirantes empapada y el pelo rubio le caía en desorden sobre la frente.

—¿Qué tal vamos, June? ¿Todo bien?

—Todo bien —respondí.

Miré a Jasper y no parecía afectado en absoluto por el ataque de rabia que acababa de sufrir.

—¿Qué tal con Jasper?

—Jasper es muy...

«Silencioso, pero no lo digas».

—... Intuitivo —concluí, mirando a Jordan a los ojos.

—Estupendo. Estaba seguro de que trabajaríais muy bien juntos —dijo el hombre antes de inclinarse sobre su hijo. Parecía querer darle un beso en la frente, pero al final se contuvo y solo le dio unas palmaditas cariñosas en la espalda.

—Voy a darme una ducha, June. Si queréis tomar algo, la nevera está llena. Siéntete como en tu casa.

—Mil gracias.

Jordan salió de la cocina y yo me giré hacia Jasper.

—Hum... Sí, claro. Como si estuviera en mi casa... —masculló sarcástica—. Todo muy bien, hasta que vuelva Míster Simpatía y marque su territorio como un buen cavernícola. Ya me lo estoy imaginando: «¡Tú fuera, mujer! ¡Esta mi casa!». Y yo respondiéndole que ha sido Jordan quien quería que viniese: «¡No me importa una mierda!».

Sonreí por la voz grave que puse en el intento de imitar a James. Jasper, sin embargo, dibujó en sus labios una mueca contrariada.

—Por cierto, ¿dónde está el vándalo de tu hermano?

Se encogió de hombros, y entonces volví a acordarme de Jordan.

—Con lo que tu padre te quiere, ¿cómo es que tiene tan pocas fotos en casa?

Jasper se mordisqueó el labio.

Se puso en pie y se encaminó hacia el salón con la espalda erguida. Lo seguí. Una vez allí, señaló un mueble antiguo con una vitrina y varios compartimentos llenos de copas de cristal. Mediante un gesto me indicó que mirase más arriba. Había una foto escondida detrás de unos adornos.

—¿La puedo coger?

El niño asintió, me puse de puntillas y cogí el marco.

Era una foto de familia que ya tenía sus años, aunque la habían tomado en ese mismo salón. Parecía el recuerdo de un verano familiar, a juzgar la ropa ligera y las pieles bronceadas.

Reconocí a Jordan, algo más delgado que ahora. Estaba de pie, al lado de una mujer muy joven y de una belleza innegable. Tenía una larga melena rojiza y un montón de pecas le salpicaban la naricilla. Sostenía a un bebé en sus brazos. Junto a ellos había otra pareja y, delante de estos, había dos niños pequeños: un niño y una niña con el pelo azabache y los ojos brillantes. Ambos estaban sentados en el suelo con las piernas cruzadas y, aunque la foto estaba un poco borrosa, me resultaron familiares. Muy familiares.

—Qué raro. Tengo la sensación de que los conozco... —murmuré—. Se parecen a...

«Amelia y Brian».

Me quedé de piedra. Jasper no dijo nada, pero cuanto más los miraba, más segura estaba.

«¿Son ellos?».

Jasper atrajo mi atención al poner el dedo en un determinado punto de la foto. En una esquina había un niño rubio de cinco o seis años con una bandana en la cabeza, una espada en la mano y una expresión entre cabreada y burlona.

No pude contener la risa.

—¡Parece que Rambo confundió una foto familiar con una fiesta de disfraces!

Jasper esbozó algo parecido a una sonrisa mientras que yo, en cambio, me estaba riendo a carcajadas. De pronto oímos unos pasos que se acercaban.

Jasper no cambió de expresión, pero tensó los hombros ostensiblemente.

—¿Qué coño estás haciendo aquí?

Escondí el marco detrás de la espalda y miré a James directamente a los ojos.

Estaba apretando la mandíbula. Me obligué a mirarlo con la misma dureza.

—Estoy dándole clases de repaso a Jasper, me lo ha pedido tu padre —respondí. Me quedé sin respiración en cuanto vi que James venía hacia mí. En ese momento le hice una radiografía: el pelo revuelto, pantalones oscuros de chándal y una camiseta deportiva.

—Ni de coña, White.

—Mira, estoy haciendo esto por mi madre, ¿vale? A mí tampoco me apetece estar aquí.

Mi comentario fue muy poco acertado. Jasper bajó la cabeza.

No era mi intención ofenderlo, así que carraspeé y me dispuse a aclarar aquel malentendido. Pero James me atacó antes de que pudiera decir nada.

—¿De qué coño te estabas riendo?

Le enseñé la foto.

—Eras muy mono.

—Cállate —me dijo arrancándomela de las manos.

Jasper y yo intercambiamos una mirada de complicidad.

En ese momento Jordan bajó por la escalera que daba al salón, interrumpiendo aquella escenita. Se había cambiado de ropa y ahora llevaba un traje muy elegante; al parecer estaba a punto de salir de casa.

—¿Por qué no os vais a estudiar un rato los dos? —sugirió James.

Nos instó a que nos fuésemos a la cocina con un gesto de cabeza, así que seguí a Jasper sin abrir la boca. No había que ser un genio para captar la tensión que acababa de surgir entre James y su padre.

Ayudé a Jasper con los deberes de Matemáticas. Aunque no abrió la boca ni una sola vez, escribió siempre el resultado correcto.

Nuestro monacal silencio se vio interrumpido de repente por las voces de James y Jordan, que se habían puesto a discutir furiosamente. No sabía qué hacer. Miré a Jasper, y el niño no apartaba la vista de la puerta, así que fui a cerrarla. Se tapó los oídos con las palmas de las manos y cerró los ojos. Sentí una punzada en el pecho al comprobar que cerraba los párpados con todas sus fuerzas. No me gustaba verlo así de tenso, con los puños apretados y el cuerpo rígido. El niño lo estaba pasando mal.

Me precipité hacia la encimera para coger un vaso y darle un poco de agua fresca.

—Toma, bebe.

Siguió en su mundo durante un instante más, pero al fin decidió volver a abrir los ojos y dar un sorbo.

—¿Estás mejor?

—Sí.

—Vale —dije, pero al instante me quedé bloqueada.

¿Jasper acababa de hablar?

Me giré de repente cuando Jordan entró en la cocina.

—Perdona, June. Estaba seguro de que mi hijo no vendría hoy. Solo se ha pasado para recoger algo de ropa, no os molestará.

Asentí. «Eso está por ver».

—Aprovechando que estás con Jasper, saldré a hacer un recado. Vuelvo dentro de una hora —añadió.

—Sin problema. Encantada de quedarme con Jasper —le respondí.

Jordan se despidió, y en cuanto oí que la puerta principal se cerraba, James apareció en la cocina para servirse un vaso de agua, como si lo que acababa de pasar fuera su pan de cada día.

Permanecí sentada. No sabía cómo actuar.

Su perfume invadió la habitación y el ambiente se volvió hostil de golpe.

—Jordan ha salido —dijo James desenvolviendo una piruleta.

—¿Qué quieres? —le pregunté con el ceño fruncido al percatarme de que no me quitaba el ojo de encima.

—Estoy merendando, White. ¿Qué coño quieres tú?

—¡Sssh! ¿Es que eres incapaz de hablar bien? —lo regañé señalando a Jasper.

«Vete ya, por favor».

Perdí del todo la concentración. Sentía su presencia gravitando a mi alrededor, aunque no lo miraba ni le hablaba.

En un momento dado, levanté la cabeza y me lo encontré mirándome con hostilidad.

—¿Te molesto o qué? Sigue con tu clase, venga. —Para incomodarme aún más, se apoyó en la encimera y se puso a revisar el teléfono.

Lo miré con desdén mientras él seguía concentrado en chupar una piruleta roja que le estaba coloreando los labios.

—Ya casi hemos terminado, ¿podemos irnos al sofá? —le pregunté con una impostada amabilidad de la que no era merecedor.

James se encogió de hombros mostrando lo poco que aquello le importaba y siguió mirando el móvil.

Salí de la cocina con Jasper y nos fuimos al salón.

—¿Te gusta vivir con tu padre y tu hermano? —le pregunté, acordándome de la mujer pelirroja de la foto.

Jasper asintió sin ganas, encendió la tele y bajó la vista.

No debía entrometerme, pero no pude evitarlo.

—¿O te gustaba más cómo eran antes las cosas?

James no respondió, pero se puso tenso. Aquello me partió el corazón. Estaba claro que el tema le afectaba. Tenía que seguir indagando.

«¿Por qué me habría enseñado aquella foto?».

Seguramente tendrían más imágenes familiares, así que ¿por qué había decidido mostrarme esa en la que salían otras personas? ¿Y qué pintaban allí Brian y Amelia?

A lo mejor solo quería burlarse de su hermano y yo me estaba haciendo preguntas tontas.

Después de echar un vistazo al catálogo de Netflix, Jasper eligió un episodio de *Rick y Morty*.

—¿Esos dibujos no son para adultos? —pregunté, procurando no mostrarme demasiado invasiva…, aunque no podía evitar que a veces se me escapasen algunos tics propios de mi madre.

—Deja que vea lo que quiera —me dijo James, muy seco, antes de dejarse caer en el sofá, justo a mi lado.

Los cojines se hundieron bajo su peso.

—¿Y ahora qué pasa? —preguntó al notarme incómoda.

Un fuerte aroma a cerezas me hizo cosquillas en la nariz.

—Échate más para allá —masculló nerviosa.

—Este sofá es mío. Si me quiero poner cómodo, no me lo vas a impedir.

—Eres…

—¿Qué soy? —preguntó abriéndose más de piernas.

Me habría gustado decirle cualquier barbaridad, pero me contuve por el cariño que le tenía a Jasper.

—Muy bien, haz lo que quieras.

—¿Ves? Si haces lo que te digo, podemos llevarnos bien, White.

—Se rio sabiendo muy bien lo limitada que yo estaba por encontrarme en su casa y al lado de un niño.

Ni siquiera me molesté en mirarlo mal, en parte porque sabía que, si lo hacía, la visión de su labios enrojecidos y turgentes terminaría seduciéndome. Aunque me costase reconocerlo, su presencia me perturbaba.

—Yo… Será mejor que vuelva a casa.

Me dispuse a levantarme pero, justo en ese momento, Jasper me pasó un mando de la consola.

—Vale, una partida y me voy. Y mañana seguimos con Lengua.

—Mañana no vas a hacer una mierda. Aquí no vuelvas —me espetó James con tono engreído.

—¿Puedes dejar de hablar así delante de tu hermano? ¡No te soporto!

—¿Que no me soportas tú a mí? Tú eres la mosca cojonera que viene a mi casa a dar por culo.

Hinché los pulmones, pero no me bastó con eso. Para tratar con un tío como ese habría necesitado respirar profundamente un millón de veces.

—¡Claro, Hunter! Porque tú crees que yo…

Molesto por nuestra discusión, Jasper se tapó los oídos y se puso en pie para marcharse a su habitación.

—Idiota.

—Payasa.

Habíamos hecho huir a Jasper. Al parecer, no soportaba las peleas ni que la gente gritase cerca de él.

James volvió a centrarse en su móvil, ignorándome por completo.

—Tu hermano es encantador.

Volví la vista en su dirección y tuve que enfrentarme al indecoroso espectáculo de ver a James mirándome fijamente mientras chupaba la piruleta de un modo muy poco decente.

—White, ¿por qué sigues aquí?

—¿Y tú por qué siempre parece que tienes un palo metido por...?

—Te lo estoy preguntando en serio. ¿Puedes hacer el favor de responderme?

Pude intuir el calor de su piel cuando apoyó el brazo en el reposacabezas del sofá por encima de mis hombros.

«Se avecina tormenta...».

—Tenía que ir a casa de William..., pero no me ha escrito ni me ha llamado.

No tenía por qué darle más detalles, ya que, como de costumbre, James solo se estaba burlando de mí. No le importaba una mierda.

—Eres testaruda, ¿eh? Mira que te dije que pasaras de él..., y tú ahí, dale que te pego.

Lo ignoré.

—¿Por qué duermes tan a menudo en casa de Will?

—Métete en tus asuntos.

—Eres un puto disco rayado. Me despido de Jasper y me voy.

Me levanté, harta de aquella historia. Recorrí el pasillo sin volverme y me detuve ante una puerta que di por hecho que era la habitación de Jasper. Estaba junto a la del idiota de James.

Di unos golpecitos, pero nadie respondió.

—¿Puedo?

La puerta estaba entreabierta. Pude distinguir una silueta sentada ante un ordenador.

—¿Con qué asignatura nos ponemos mañana? —le pregunté sin entrar.

Él no se giró para mirarme ni me respondió.

—Bueno, pues me voy... —añadí sin moverme del sitio—. ¿Jasper?

El sonido de mi voz no hizo que se volviera, pero yo seguí hablando igualmente.

—No quería decir que… Bueno, en fin, que cuando he dicho que mi madre me ha obligado y que no quería estar aquí…

Él se puso los auriculares y no me dio la oportunidad de explicarme. Zanjó la conversación, y aquello me resultó doloroso. Ya le había hecho bastante daño por ese día, volvería a intentarlo en otra ocasión.

—Entendido. Hasta mañana.

Quizá me lo merecía. No debí decir aquello tan a la ligera, ni discutir con James delante de él. Estaba claro que no quería herirlo ni ofenderlo, pero también era cierto que yo no era famosa precisamente por mi sensibilidad…, y Jasper parecía ser el caso opuesto al mío en este sentido.

Entrecerré la puerta y me dispuse a recorrer el pasillo.

No era tan difícil. Solo tenía que ir pasito a pasito hasta la escalera, bajar a la planta baja y marcharme.

«Sin embargo…».

—¿Adónde cojones crees que vas?

James estaba apoyado en el marco de la puerta, con los brazos cruzados. Sus ojos parecían incandescentes bajo sus cejas claras.

«No me voy a dejar deslumbrar por unos brazos bronceados…».

—¿Es que te da miedo que entre en tu cuarto, Hunter?

—Inténtalo.

Al fondo del pasillo me pareció distinguir un par de cajas medio abiertas y una serie de marcos sin fotos colgados en la pared. Me encantaba *Sherlock Holmes*, pero en aquel caso no era necesario poseer su ingenio para deducir que allí había algo que no encajaba.

—¿Lleváis poco tiempo viviendo aquí?

—No.

—¿Qué le pasó a tu madre?

James afiló la mirada.

—¿Me vas a obligar a que te diga otra vez que te metas en tus asuntos o esta vez lo vas a entender sin que te lo tenga que repetir?

Estaba tan cerca de él que el aroma a cerezas me inundaba la boca.

—Ni siquiera parecéis hermanos —comenté señalando la habitación de Jasper.

—¿Qué quieres decir, Blancanieves?

—Jasper es tan sensible...

Ni que decir tiene que James estaba enfadado por lo que yo estaba haciendo, y que no tenía la menor intención de disimularlo.

—No puedes entrar en mi habitación, White. Y si por mi fuera, ni siquiera estarías aquí, en mi casa.

Estábamos demasiado cerca, así que retrocedí un paso para ganar espacio y poder respirar.

—Mira, por el bien de todos..., tratemos de respetarnos el uno al otro.

—¿Por qué?

—Porque tenemos que redactar un trabajo a medias.

—¿De qué coño hablas, White? —preguntó arrugando la frente.

—Nos lo mandó hacer el subdirector el día que no te presentaste en su despacho.

Se llevó la mano a la frente y se acomodó un mechón rebelde.

—No me lo puedo creer. ¿Y qué haremos?

—Yo me ocupo de todo a cambio de que tú... —Enarcó una ceja, señal inequívoca de que había captado toda su atención— dejes de meterte conmigo en el instituto.

Tensó el cuello. James esbozó una sonrisa y se mordió el labio, como si mi propuesta no fuese digna de ser tenida en cuenta.

—¿Es que ahora te crees más lista que yo?

Decidí ver las cosas desde otra perspectiva más favorecedora para mí: aquel chico no era más que un niñato malcriado que se merecía un buen bofetón..., mientras que yo era una chica lo bastante madura como para no dárselo. Aunque se mereciera no uno, sino mil bofetones.

—Creo que deberías aceptar mi propuesta, a menos que quieras sacar tu enésima mala nota —le dije desafiante.

—¿Te gusta chantajear a la gente, White?

—Con mi madre me suele funcionar. A lo mejor también me funciona con los chulos como tú.

Colocó los puños contra la pared que había detrás de mí, a ambos lados de mi cabeza.

—De acuerdo, niñata. Acepto el pacto. Pero tienes que comprometerte a no acercarte a mí. ¿Aceptas?

Ahora tenía su rostro tan cerca que me vi obligada a cerrar la boca para no respirar su aliento.

—¿En qué sentido?

—Tú no vuelves a mi casa, yo no me meto donde no me llaman y no le cuento a William que Hood está loco por ti. Ni tampoco que a ti eso te encanta.

—Pero... ¿a qué viene lo de inventarse esas chorradas? —le pregunté perpleja.

—¿Te crees que soy tonto?

—Mira, Brian no me interesa lo más mínimo. Solo quiero que las cosas funcionen entre Will y yo.

—No tienes ni idea de en el mar de líos en el que te estás metiendo, White... No tienes ni idea.

—Estás hablando de tu mejor amigo. Y sé perfectamente que lo quieres mucho... Así que no sé por qué hablas así de él.

—Si digo algo así..., es mejor que me creas —gruñó.

A James se le pusieron los nudillos blancos de apretarlos con tanta fuerza contra la pared, y me sentía atrapada por su cuerpo. Me faltaba el aire de nuevo, pero no iba a permitir que se diera cuenta.

—Te da pavor que descubra lo que ocultas, ¿verdad, Hunter? Harías cualquier cosa con tal de fingir que no tienes sucia la conciencia, ¿no es cierto?

James alzó la comisura de los labios.

—Solo quiero proteger a Will. Como vuelva a verte en mi casa, te arrepentirás de haber venido.

—Me obliga a venir mi madre, imbécil. Yo jamás habría venido por mi propia voluntad.

—Ah, ¿no?

Sin pensarlo, le di un codazo en el estómago. Apenas sintió aquel golpe que le había dado con todas mis fuerzas, pero sirvió para que se separase de mí lo suficiente como para que yo saliese de aquella trampa.

Por el rabillo del ojo vi que se palpaba el vientre, pero no me importó lo más mínimo. Enfilé de nuevo el pasillo.

Pero me detuve de pronto.

—¿Qué quieres de mí, James? —le pregunté sin volverme.

Se lo pregunté porque yo sentía que él quería algo. Habría podido ignorarme sin el menor esfuerzo, pero no lo hacía. Jamás me ignoraba.

—Quiero que te vayas ahora mismo.

Su rechazo hizo que me hirviese la sangre una vez más. Sentí que se me abría un agujerito en el pecho.

—¡Vete! —exclamó furioso, obligándome a dejar de darle vueltas al asunto.

Era imposible entrar en su mundo, pues había construido un muro demasiado alto, imposible de salvar. Y yo no disponía de las fuerzas suficientes para escalarlo.

# 40

# June

Me pasé cerca de media hora mirando el techo de mi habitación.

William era muy frío. Tenía continuos cambios de humor y, por mucho que ese fuese su carácter, era muy probable que yo tuviera algo de culpa. ¿Sería por mi modo de comportarme? ¿Quizá había hablado de más sin darme cuenta?

Tal vez fuera eso. Pero también era cierto que él no parecía tener ninguna intención de hacerse entender.

Se había esfumado. Otra vez.

No había ido a clase. Después de enviarle un patético «¿Cómo estás?», decidí dejar de escribirle.

Era muy probable que yo no le gustase lo suficiente, pero, si era así… ¿qué necesidad tenía de darme falsas esperanzas?

Cuanto más ausente estaba él, más pensaba yo en todo ello.

Mi sexto sentido me decía que no tirase la toalla, que debajo de todo aquel silencio había algo… ¿Pero qué?

—Cariño, caliéntate la pasta de ayer. Voy a almorzar fuera.

¡Pero bueno! April, la mujer sin corazón, contraatacaba refiriéndose a mí con apelativos cariñosos.

—¿Con quién vas a almorzar?

Dirigí la vista hacia la puerta, donde destacaba la silueta de mi madre, más elegante que de costumbre. Llevaba una blusa y una falda negra de tubo.

—Con Melissa. Una antigua compañera de trabajo.

«Melissa…, sí, claro. ¿Se llamaba Melissa ese mastuerzo cuarentón que era incapaz de ejercer como padre?».

—Por cierto, mamá, ya que hablamos de salir por ahí... ¿Jordan y tú os habéis visto más?

Sus pestañas, alargadas por el rímel, vibraron levemente.

—No, qué va. ¿Por...?

—Si tuvieses algo con él me lo contarías, ¿verdad?

Se recompuso el moño. Los ojos se le habían puesto brillantes solo oír su nombre.

—June, es solo algo de trabajo. Ya te lo he dicho —contestó distraída mientras trataba de cerrarse la pulsera.

—No lo digo en plan celosa. Puedes salir con quien quieras... Solo te pido que no te líes con Jordan Hunter.

—Nuestra relación es solo laboral. ¿Qué te preocupa tanto, June?

Se acercó a mi cama y se sentó a mi lado.

—Sé que no has salido con nadie desde... —Me puse a juguetear con los puños de la sudadera.

—June.

«Claro, aquel era un tema tabú».

—Bueno, desde papá.

—Los hombres saben cómo arruinarte la vida.

—Papá no te arruinó la vida. —Me quedé en silencio. Su comentario me había ofendido.

—June, no me refería a eso. Lo que quiero decir es que ahora mismo no estoy preparada para una relación seria.

—¿Cómo se sabe cuándo alguien quiere algo serio contigo? —Se me quedó mirando fijamente—. Me lo ha preguntado una amiga —añadí encogiéndome de hombros, avergonzada por haberle pedido un consejo amoroso a la mujer que me trajo al mundo.

—Bueno... Entre adultos no siempre es fácil saberlo. Pero, en tu caso, no necesitas a ningún chico, no necesitas a nadie. Tienes toda la vida por delante para perder el tiempo yendo detrás de alguien. Así que vive el momento sin forzar las cosas.

Mi madre jamás me había dado ningún consejo que me hubiera resultado útil, pero, ahora que las cosas no estaban nada claras con

William, incluso estaba dispuesta a escuchar el punto de vista de alguien como ella.

¿Realmente estaba tan desesperada?

—A tu edad una se enamora mil veces, sufre, se pasan noches sin dormir esperando un mensaje o una llamada... Hasta que descubres por fin una verdad incuestionable: eso que sentías no era amor. Así que no vale la pena lanzarse a vivir mil experiencias que solo sirven para perder el tiempo y la autoestima.

—Mamá, me estás aconsejando que viva mi vida... ¿Eres consciente de lo que dices?

Y yo sintiéndome culpable por ser la más egoísta de las dos...

—No, solo te estoy aconsejando que no te lances de cabeza si no hay un sentimiento verdaderamente fuerte que lo justifique. Si te enamoras... En ese caso es diferente, claro.

—Pero ¿cómo puedes estar segura de que...? Bueno, en fin...

Lo preguntaba para una amiga, claro.

—Si estuvieses enamorada no me estarías haciendo estas preguntas. Lo sabrías sin ninguna duda —concluyó mientras salía de la habitación con unos tacones altísimos que no le había visto nunca.

¿En serio que había ido de compras sin mí?

Y, aún más importante, ¿tenía que dejar de forzar las cosas con William? Aquella situación no me estaba llevando a ninguna parte.

—Ah, y recuerda que a las seis y media te toca darle clases a Jasper —me gritó desde la cocina.

«Estupendo, más problemas en el horizonte».

Aquella tarde-noche pedaleé sin prisas junto a hileras de casitas encantadoras con jardín, iluminadas por la luz dorada del atardecer.

James me había amenazado diciéndome lo que me pasaría si volvía a aparecer por su casa..., pero ¿acaso me importaba? Por supuesto que no. Le había pedido algo muy simple: que no se metiera conmigo en el instituto. Si él no tenía la menor intención de mostrarme un poco de respeto, no veía por qué tendría yo que atender a sus peticiones.

—Hola, ¿estás solo?

Jasper me hizo un gesto a modo de saludo desde la puerta principal mientras yo apoyaba la bici en el muro y lanzaba una mirada preventiva al interior de la casa. Me condujo hasta la cocina, y una vez allí, me mostró con orgullo su cuaderno de Matemáticas.

—¿Ya has hecho los deberes?

Me quedé esperando con la ilusión de que me respondiera como lo había hecho el día anterior. Pero no lo hizo.

—De acuerdo, déjame que lo vea —le dije.

No recordaba que el temario de su curso fuese tan sencillo. Apenas unos pocos años atrás, aquello me parecía un galimatías de fórmulas y números, pero a estas alturas ya lo tenía todo mucho más claro.

—Está todo muy bien, Jasper. Enhorabuena.

Se le escapó una mueca de orgullo. Era su forma de sonreír. Por fin empezaba a conocerlo un poco. Jasper se puso la capucha de la sudadera y me hizo un gesto para que lo siguiera hasta el salón.

—Así que solo he venido hasta aquí para jugar a la PlayStation... —comenté con sarcasmo.

Jasper me pasó el mando, muy serio.

—Deberíamos estudiar un poco. Haremos lo siguiente: media hora de estudio y media hora de juego —le propuse.

Pero mi determinación duró bastante poco, pues Jasper se encogió de hombros y me señaló la pila de deberes que ya tenía hechos.

—Bueno, como ya has terminado con las Matemáticas, hoy podemos jugar solamente —le concedí.

No fue una sonrisa propiamente dicha, pero por un instante hizo un gesto con los labios que bastó para que en su rostro asomaran los mismos hoyuelos de su hermano.

Nos sentamos en el sofá. Mientras él organizaba los mandos de la consola y los mandos a distancia, decidí confesarle lo que el día anterior no había tenido tiempo de decirle.

—Perdona por lo de ayer. No me refería a que me obligan a venir aquí. A veces digo cosas sin pensar.

Jasper se giró para observarme.

Al primer golpe de vista, las semejanzas eran innegables. Los pómulos altos y la nariz estilizada eran iguales que los de James. Eso sí, tenía los labios más finos, y los ojos más redondos y no tan penetrantes como los de su hermano mayor. Fijó la vista en un punto, junto a mi cara. Rara vez me miraba directamente a los ojos.

—Y perdóname también por discutir con tu hermano... No pretendía alzar la voz, pero ya sabes cómo es...

Jasper apretó los dientes. Para aliviar la tensión, dije lo primero que se me pasó por la cabeza.

—Aunque fue culpa mía, claro... Yo lo provoqué.

Jasper asintió al oír mi última frase.

«Ah, claro, ya veo que para los miembros de vuestra familia, la culpa siempre la tengo yo».

Seguimos jugando a la Play durante más de una hora sin decir nada hasta que, de pronto, oímos un ruido sordo. Alguien acababa de entrar dando un portazo.

Jasper y yo nos pusimos tensos como dos témpanos de hielo.

«Ignóralo, June».

Afortunadamente, fue James quien me ignoró a mí. Cruzó el pasillo sin pasar por el salón. Suspiré aliviada, pero en el rostro de Jasper ya no había ni rastro de aquella expresión de entusiasmo que tanto esfuerzo me había costado provocarle.

—¿Quieres seguir jugando?

Miró la escalera por la que acababa de subir su hermano.

—¿Y si comemos algo? Son las siete pasadas... —le propuse con la esperanza de que eso lo pusiera de mejor humor.

A Jasper no le desagradó la idea, así que fuimos a la cocina, y una vez allí se puso a buscar un paquete de palomitas para el microondas.

—¿Sabes cómo se preparan?

Agachó la cabeza y volvió a mirar la escalera con los ojos llenos de esperanza.

—¿Qué pasa, Jasper?

Volvió a mirar en la misma dirección, y tuve que dejar de fingir que no lo entendía. Sabía lo que quería.

—Quieres que vaya a hablar con él, ¿verdad?

Lo más fácil habría sido ignorar los gestos casi imperceptibles de Jasper, o las microexpresiones que podían intuirse al observar su rostro, pero..., cuando lo vi asentir con tanta convicción, no tuve otra salida.

—Tú lo que quieres es encargarte de la tarea más fácil, ¿verdad? —le dije, fingiendo que me quejaba mientras señalaba el paquete de palomitas.

La sombra de una sonrisa se insinuó en su labios cuando vio que me dirigía hacia la escalera y subía a la planta de arriba.

Ascendí por aquellos escalones con una lentitud absurda. Era como si esperase que, en cualquier momento, algo me hiciese entrar en razón.

Un sonido rompió el silencio y yo me estremecí.

—¡James! ¿Qué ha pasado?

—¡Me cago en la puta!

Estaba dando saltos en su habitación como un auténtico idiota.

—¿Pero qué haces?

—¡Me he dado un golpe en el codo con el puto escritorio!

Tenía la boca pastosa y arrastraba las palabras. No le veía la cabeza porque se la tapaba la camiseta, que aún no había conseguido quitarse. Era un verdadero revoltijo de brazos y tela.

—¡Dios mío, Hunter, son las siete de la tarde! Das vergüenza ajena... —le dije al verlo tambalearse.

—Te pareces a mi padre —me soltó sin dejar de luchar con la prenda.

Me habría gustado hacérsela tragar, pero al final decidí enterrar el hacha de guerra y echarle un cable. Tiré de la camiseta por encima de sus brazos y esta se deslizó con facilidad.

James dio un paso atrás. Se quedó inmóvil, mirándome fijamente, con el pelo alborotado y vestido solo con unos vaqueros.

«Hazlo por Jasper», me dije mientras estaba allí de pie con su camiseta en la mano.

Pero en cuanto percibí cómo olía aquel trozo de tela, lo arrojé al suelo.

—White, ¿no crees que deberías pagar una entrada para presenciar este espectáculo?

Su autocomplacencia me molestó.

—¿Qué espectáculo? ¿El de un cretino que no sabe desvestirse solo?

Y antes de que me diera cuenta, me había acorralado contra la pared.

—¿Qué coño haces? —Mi voz temblorosa no lo amilanó. Una cosa era que me lo hiciera en el instituto, delante de todo el mundo, y otra, aquí, en su habitación, donde estábamos solos. Él y yo.

Sentí el roce de su pulgar recorriendo toda la longitud de mi brazo. Me aparté. Ignoraba que tuviera tal cantidad de receptores sensoriales bajo la piel.

—No has respetado nuestro pacto, White.

En su aliento percibí la menta de su chicle y el sabor aromático de la cerveza. Mantuve la cabeza erguida y la mirada fija en su rostro.

—Tú tampoco, Hunter.

Se hizo un extraño silencio. Nunca se quedaba callado, nunca me dejaba decir la última palabra.

—Deberías usarlo más a menudo.

Cambié de tema y señalé el saco de boxeo que ocupaba el centro de su habitación.

James enarcó una ceja.

—Al final siempre eres tú el que acaba haciendo de saco —añadí.

—¿Se supone que eso es un chiste?

—Bueno, hasta ahora, más que un chiste, es un hecho.

Se apartó de mí y se sentó en la cama. Curvó la columna y apoyó los codos en las rodillas. Su espalda dejaba entrever mil músculos.

—¿Es que no te das cuenta de que no puedo tocarles el pelo a ninguno de ellos? —masculló en un suspiro.

Me quedé quieta. Aproveché la distancia que ahora no separaba para recuperar el resuello.

—¿Por qué?

—Porque si les devuelvo el golpe, estoy jodido. Ya he estado en el reformatorio. Rozarles un pelo sería motivo suficiente para que me devolviesen allí.

Su voz sonaba menos firme que de costumbre, así que aproveché aquella circunstancia.

—¿Por qué le pegaste a Brian Hood el año pasado?

Negó con la cabeza, esbozó una mueca sarcástica y se tumbó en la cama con un brazo detrás de la nuca. Sus espesas pestañas proyectaban una sombra sobre sus pómulos. Su rostro, en lugar de su habitual aire chulesco, desprendía cierto aire taciturno.

Dejé que, durante unos segundos, mis ojos se deleitasen en aquella imagen prohibida. Había admirado mil veces los bustos de mi madre, en los que los músculos brotaban con audacia y los rasgos eran tan delicados que parecían querer representar una especie de elegancia innata. Pero en James no veía nada de todo eso: en él no había arte, ni pinceladas perfectas…, solo una humanidad estremecedora. En él había algo más. Algo que no era posible representar en un cuadro.

Empecé a sentirme incómoda. Tenía que dejar de mirarlo. Así que dejé vagar la vista por la habitación.

—¿Ya has terminado?

—Vuelvo con tu hermano. Adiós.

—¿White?

—¿Qué? —Me miró sin la menor vergüenza, como si estuviera acostumbrado a dejarse ver tumbado y medio desnudo por los ojos de una semidesconocida.

—¿Vas a encargarte tú de hacer el trabajo que tenemos a medias?

—Sí, mañana por la mañana lo entregaré. Como lo he hecho sin ti, ya lo he terminado.

En su rostro no se intuía un «gracias», ni mucho menos una brizna de culpabilidad. Su arrogancia no tenía límites. Creía que el mundo le debía algo. Le habría bastado con esforzarse mínimamente para no decepcionar a las personas que lo querían. A su hermano, por ejemplo.

—Creo que a Jasper le encantaría pasar más tiempo contigo —le dije.

Arrugó levemente la frente.

—Tengo que dormir. Vete.

Al parecer, la única manera que tenía de afrontar sus sentimientos era mostrándose irascible.

—Tal vez deberías pensártelo dos veces antes de volver a casa en estas condiciones.

James se cubrió el rostro con el hueco que había entre el brazo y el antebrazo, lo cual me impidió estudiar su reacción. Pero vi que tragaba saliva. No tuvo el valor de responderme.

—Date una ducha y baja, por favor —le pedí.

—¿De verdad crees que puedes darme órdenes, White?

—Consejos —precisé—. ¿Y tú, de verdad crees que vas a poder seguir explotando durante mucho más tiempo el papel de chico malo? Corta el rollo. Tu hermano te necesita.

Me apresuré a salir de la habitación, antes de que algún misil me estallase en plena cara.

—¿Están ricas las palomitas?

Jasper asintió y me concedió un conato de sonrisa cuando volvió de la cocina. Metí la mano en el cuenco aún caliente.

—Que sepas que soy una experta, ¿eh?

Nos zampamos todas las palomitas mientras veíamos Netflix.

—¿Seguro que no tienes más hambre? —le pregunté al ver el cuenco vacío.

El niño negó con la cabeza. Miré la hora en el móvil. Eran las ocho, tenía que volver a casa.

Pero James no había bajado.

—Voy a tener que irme. ¿Cuándo vuelve tu padre?

Se encogió de hombros y siguió viendo la tele, ignorando por completo mi pregunta.

—¿Prefieres que me quede o…?

Hasta ese momento, el niño me había dado respuestas difíciles de interpretar y muy poco claras. Pero esta vez no había lugar para las dudas: quería que me quedase. Y me lo hizo saber de una forma muy clara: con mucha delicadeza, posó su cabeza sobre mi hombro.

—De acuerdo. Pero solo media hora más.

No hacía falta ser Miss Simpatía para entender que Jasper estaba falto de cariño.

«Y ese idiota no se ha dignado a bajar…».

—¿Aún sigues aquí?

«Hablando del rey de Roma, por la puerta asoma».

James reapareció en el salón con una sudadera gris y un pantalón del mismo color.

—Jasper se acaba de quedar dormido, me dolía despertarlo.

Un intenso y dulce aroma a vainilla me invadió la nariz. Era una fragancia fresca. Olía como si su cuerpo aún estuviese cubierto de espuma.

—Vale.

James se nos acercó con cara de pocos amigos.

Durante un instante, no comprendí sus intenciones, pero cuando se inclinó sobre Jasper y me liberó de su peso, me sentí aliviada. Levantó el cuerpo dormido de su hermano y lo llevó a su habitación.

Lo seguí en silencio. Una vez en el cuarto de Jasper, James lo tumbó delicadamente sobre la cama mientras yo me aseguraba de taparlo con el edredón para que no pasase frío.

—¿Ha comido? —preguntó James con el ceño fruncido.

—No. Bueno…, hemos compartido unas palomitas. Aunque la verdad es que me las he comido casi todas yo…

James me interrumpió sin contemplaciones.

—Deja de marear la perdiz: dime por qué coño lo haces.

Alcé la barbilla y me topé con sus ojos grandes y brillantes.
—¿A qué te refieres?
—¿Por qué eres tan amable con mi hermano?
«Mi madre me obliga» ya no valía como excusa.
—Porque es adorable —respondí.
James suspiró y se sentó en la cama de su hermano.
—Sí, pero mi padre está desesperado.
Su confesión me pilló por sorpresa.
—¿Y eso?
Hundió los hombros, un gesto muy poco habitual en él.
—Acaba de empezar en un colegio nuevo. Nadie lo conoce y todos se ríen de él.
—Qué horror. ¿Por qué lo hacen?
Empezó a acariciarse las mangas de la sudadera.
—Por su forma de ser, por su manera de comunicarse... Por todo. Y eso hace que él se aísle aún más.
Habría jurado que oí cómo su corazón chocaba contra el suelo y se rompía en mil pedazos.
—Es un niño muy sensible. No puedo hacerme a la idea de cómo lo estará pasando...
Me senté a su lado, probablemente porque hablar de Jasper me hacía olvidarme de todo lo demás. Ni siquiera pensé en que me estaba sentando al lado de la persona a la que más odiaba sobre la faz de la Tierra. James no me hizo demasiado caso.
—Jordan ya no sabe qué hacer. —Su mirada se perdió en el infinito, hasta que por fin retomó la palabra—. Y lo ha probado todo. Médicos generalistas, especialistas, terapeutas...
—¿Hay posibilidades de que mejore?
Hablábamos en susurros y de vez en cuando mirábamos con aprensión a Jasper, que dormía profundamente.
—Podría haberlas. Pero mi hermano es muy testarudo. —James se mordió los carrillos, con la mirada perdida en el infinito—. Que se metan con él en el colegio no ayuda en nada. Al principio sufría

episodios de aislamiento, dejaba de hablar durante las clases o en las situaciones en las que tenía que relacionarse con desconocidos... Pero después..., poco a poco..., fue dejando de hablar por completo.

Reconocí un leve temblor en la voz de James.

—Jasper es inteligente. Tiene un gran sentido del humor, una marcada personalidad... Si los otros pudieran conocerlo de verdad en lugar de tratarlo como si fuera diferente...

Di mi opinión, aunque me sentía terriblemente estúpida al hacerlo, después de ver el dolor que atenazaba a James. Hablé de ello porque conocía muy bien aquel sufrimiento, muy bien.

¿Qué se podía decir en una situación así? Me sentía incapaz de ofrecerle las palabras de consuelo que yo solía recibir. Sabía que un «Lo siento» no servía de nada, además, a nadie le gustaba sentir que los demás te tienen lástima.

—June, no quiero que Jasper acabe como yo.

Me quedé sin respiración. Se me puso la carne de gallina.

—Odias no poder defenderlo, ¿verdad?

James agachó la cabeza, la ladeó apenas y me lanzó una mirada sutil.

—¿Mi padre te paga?

—¿Qué? ¿Pero qué dices? No.

—¿Entonces por qué lo haces? ¿Tan convincente es tu madre? —me preguntó en tono desafiante.

—Sí, puede llegar a ser muy convincente..., pero si sigo haciéndolo es porque me apetece.

—¿Por qué quieres ayudarme, White? —Otra vez esa estúpida pregunta.

—No lo hago por ti. Es solo que...

—¿Qué? Dímelo —insistió mirándome a los ojos.

¿Seguro que quería saberlo? ¿Tenía que decirle la verdad?

—Nada..., quizá me siento identificada contigo. Yo también tenía un hermano.

Al instante oculté las manos dentro de las mangas de la sudadera, como si eso bastara para suavizar el agudo dolor que me atravesaba el pecho cuando hablaba de ello en voz alta.

—¿Qué coño dices? No puede ser verdad —masculló mientras sacaba un paquete de cigarrillos del bolsillo del chándal.

—Claro que es verdad.

James frunció el ceño y me miró con escepticismo.

—No lo sabía. ¿Menor que tú?

—No, mayor. Murió de leucemia a los dieciséis. Yo tenía más o menos la edad de Jasper. Y después… mis padres se separaron.

Apartó el cigarrillo de los labios, abiertos en una ligera mueca de asombro.

—Joder, White. —Una angustiosa nota de tristeza tiñó su voz grave. Yo era incapaz de tragar saliva. No sabía por qué le estaba contando algo tan íntimo, algo que ni siquiera Will sabía.

—Menuda mierda, ¿eh? —Eso fue todo lo que pude decir.

—Está claro que la vida es una mierda, pero eso no hace falta que te lo diga yo…, lo descubriste tú sola.

—Gracias por tu delicadeza —murmuré—. Pero el dolor se puede superar.

—Ni de coña. —Sentí que tenía los ojos clavados en mí, pero no fui capaz de devolverle la mirada—. ¿Tú lo has superado?

La garganta me ardía y sentía una necesidad urgente de beber agua.

No lo había superado, pero no podía contarle que estaba transformando todas mis emociones negativas en dolor físico.

—Sí. Bueno… No sé.

—Ya.

Me limité a escuchar su respiración mientras la oscuridad se abría paso desde la ventana.

—¿A ti qué te pasó? —le pregunté con un hilo de voz.

—¿Qué quieres decir?

—Ah, ¿es que siempre has sido así?

—¿Así cómo, chavala? —me preguntó, visiblemente molesto.

Sabía que esa tregua duraría solo un abrir y cerrar de ojos.

—Así de... insensible.

Irascible, arrogante, chulo, presuntuoso, maleducado... La lista de adjetivos que lo definían era interminable.

—Siempre he sido así. ¿Es que no conoces a Jordan? En nuestro ADN está incluido ser unos cretinos.

Su afirmación me hizo reír, pero cuando me giré hacia él vi que James no tenía pinta de estar de broma.

—No lo creo.

—Ya..., pero si conocieras a mi madre, lo creerías instantáneamente, White.

—James, tu madre...

Hasta ese momento estábamos charlando tranquilamente. Pero entonces sucedió algo imposible de prever. De repente me agarró del codo sin ningún miramiento.

—¡Oye!

—Ni se te ocurra.

—¿A qué te refieres?

—Ni se te ocurra meterte en mis asuntos. Mis cosas no son de tu incumbencia —me dijo en tono amenazante.

—Te da demasiado miedo lo que pueda descubrir, ¿verdad?

Con mi última provocación solo logré ponerlo más nervioso. Me empujó contra la cama, esta vez con bastante ímpetu, y se me colocó encima.

—Me importa una mierda. Si descubro que estás tratando de... ¡Me las pagarás! ¿Lo entiendes? —masculló echando su peso sobre mí.

Su cadena de plata e tintineaba delante de mi nariz. Acababa de abrirle mi corazón... ¿y me lo pagaba amenazándome de esa manera? Qué idiota había sido...

—Me las sudas, Hunter. No te des tanta importancia —le espeté fingiendo una confianza en mí misma que en realidad se esfumaba cada vez que lo tenía tan cerca.

Respiró casi en mi boca y eso hizo que se esfumase mi capacidad para pensar algo inteligente que responderle. Tuve que cerrar los ojos.

Me pregunté por qué me comportaba así. A mí me gustaba Will, no él. Will era sensible y amable; estar con Will me proporcionaba tranquilidad. Es cierto que había algo en su comportamiento que me hacía dudar de que estuviera interesado de verdad en mí, pero James no me gustaba, y estar cerca de él me hacía sentir inquieta.

—Tendrías que tener cuidado con la forma en que tratas a las chicas, Hunter —susurré en un momento de valentía.

Traté de empujarlo con todas mis fuerzas, pero mis manos no pudieron hacer nada contra su recio pecho.

—No suelo amenazar a las chicas. Ninguna me hace tantas preguntas cuando me tienen delante. Se están calladitas.

—Eso conmigo no va a suceder jamás —musité en el momento en el que más cerca estaba de mi cara.

Ambos nos percatamos al mismo tiempo de que habíamos dejado de discutir. Nos miramos a los ojos durante unos segundos.

—¿En qué coño estás pensando? —dijo, lleno de ira, mientras se apartaba de mí.

Me incorporé y giré la cabeza hacia el lado opuesto para que no viese lo enrojecidas que tenía las mejillas.

—¿De qué hablas?

—¿No tenías que ir a casa de Will? —Su voz sonaba áspera como la lija y oscura como la noche.

Se pasó una mano por el pelo alborotado, como si despeinárselo a propósito le sirviera para aliviar la tensión.

—No... Tengo que irme a casa.

Me levanté mecánicamente, y él hizo lo mismo.

En cuanto llegué a la puerta, me giré de forma instintiva.

Me quedé absorta observando su figura escultural, que allí, en la habitación de su hermano, parecía extrañamente inofensiva.

—Eres muy afortunado de tenerlo.

James se metió las manos en los bolsillos del chándal y asintió.

—Lo sé.

—Y puede que él también sea afortunado de tenerte a ti —añadí.

—¿Tenía que venir Blancanieves, directamente desde los bosques, a decirme algo así? —me replicó con una sonrisa.

Me encogí de hombros, aunque en realidad cada centímetro de mi rostro estaba estallando en llamas.

—Me voy. Adiós.

Hice amago de irme.

—June.

Me gire de golpe y sentí una especie de vértigo. Fue una sensación potente, casi arrebatadora. Sus ojos eran capaces de absorberme: eran tan densos y profundos que me pareció estar precipitándome en su interior.

—Sé que me comporto como un capullo...

«Quizá sea mejor así. Por el bien de todos».

—Gracias —añadió.

La sensación de vacío que me atenazaba se llenó inmediatamente. Sentía cosas confusas, desconocidas. Aunque una de ellas sí que me resultó familiar: la felicidad.

# 41

## June

Al día siguiente sucedió lo impensable.

O puede que sí que fuese previsible.

—Señorita White, este trabajo lo ha hecho usted sola. Son apenas un par de paginitas. ¿Cree que empecé ayer a trabajar aquí? Llevo toda una vida aguantando a estudiantes que intentan engañarme.

—¿De qué engaño habla? Lo hemos hecho juntos, Hunter y yo.

El subdirector ignoró mis explicaciones. Parecía decidido a rechazar lo que le había entregado.

—Quiero que lo hagáis los dos y que la firma de ese gamberro esté presente en este trabajo.

Harta de todo, salí cabizbaja del despacho del subdirector.

Deseé con toda mi alma que aquel hombre no llamase a mi madre, ya que, de hacerlo, todo se complicaría bastante.

¿Vas a ir a clase?

Era William. Por fin.

Llegué al aula de Química. Estaba sentado tras el pupitre, con su flequillo perfecto y su sonrisa deslumbrante.

—Hola, Will.

Sentí cómo mis barreras se derrumbaban. Habría debido fingir desinterés por él, pero me resultó imposible. Me alegraba de verlo y no podía guardarle rencor.

—June, mis padres han retrasado una semana su vuelta. —Me senté a su lado—. ¿Qué has hecho estos dos días? ¿Te los has pasado estudiando como una ermitaña? —preguntó apoyándose en el respaldo de la silla.

—Bueno, la verdad es que… —Desvié la vista hacia la puerta, donde Hunter estaba concentrado en su móvil—. He estudiado menos de lo habitual. Y el examen es mañana.

Las palabras dejaron de salirme con fluidez cuando James vino hacia donde estábamos y se apoyó en los pupitres que teníamos delante. No dejaba de mirarme.

—¿Qué quieres? —le pregunté con un gruñido huraño.

—¿Que te vayas?

—Perdona, ¿qué? —entrecerré los ojos, incrédula.

James señaló a William.

—Tenemos que hablar, déjanos solos.

—James, contrólate un poco —lo regañó Will sacudiendo la cabeza.

James se encogió de hombros, se quitó su estúpida chupa de cuero, cogió una silla, la puso del revés y se sentó.

—Como quieras. Entonces hablaré delante de ella…

—No he dicho eso.

Will trató de contenerlo, pero James ya había empezado a hablar.

—Esta noche es mi partida de póquer.

«Guau, qué noticia tan emocionante. Ahora sí que ha valido la pena levantarme de la cama».

—Vale

—¿Y eso qué tiene de secreto? —intervine.

Ninguno de los dos respondió. Estaban demasiado ocupados lanzándose miradas inquietas.

William se inclinó hacia delante, apoyó los codos en el pupitre y susurró:

—¿En el club?

—No hay otra opción, Will.

—Nunca te la devolverá.

James se cruzó de brazos. Uno de los botones de su camisa estaba a punto de estallar.

—Lo voy a intentar. En el peor de los casos, habré pasado un buen rato.

No me lo esperaba, pero William se volvió hacia mí.

—¿Quieres venir?

James y yo abrimos los ojos de par en par. Él, de indignación; yo, perpleja.

—¿Pero qué coño dices, Will? —le espetó.

Parpadeé incrédula un par de veces. ¿Estaba de broma? Tenía que ser una broma. Will y yo teníamos previsto hacer algo juntos... y, en lugar de ceñirnos al plan, me invitaba a ir a un sitio que no conocía, con gente que no conocía y a hacer algo de lo que no tenía ni idea.

Me eché a reír pensando que era una broma, pero pronto vi que William no se estaba riendo.

A James se le contagió mi risa. Tras su incredulidad inicial, decidió tomárselo con humor.

—Blancanieves va a perder la virginidad ocular cuando entre ahí...

—¿Qué quieres decir? —bramé.

—Que no es lugar para ti.

Will resopló y James me miró con una sonrisa burlona, así que decidí levantarme e irme. Necesitaba tomar un poco el aire, y esos dos no hacían más que confundirme. Apoyé la espalda en la pared del pasillo y entonces reparé en que Will me había seguido.

—June, ¿qué problema hay?

Si, como decía, yo le gustaba, ¿por qué no podía pasar a solas conmigo una maldita noche? En vista de que Will estaba seguro de que me tenía en el bote, pensé que a lo mejor Amelia tenía razón y debería de haber sido un poco más estratégica.

—¿Por qué nunca le dices que no, Will?

—No te entiendo, June...

—¿No puedes decirle que no ni una sola vez?

William trató de colocarme un mechón de pelo detrás de la oreja, pero yo me eche hacia atrás.

—Mira, June, si James tiene problemas, también es por mi culpa.

—Esta noche vas a tener que elegir: o él o yo.

Lo dije en voz alta, pero fui incapaz de esperar a ver cómo reaccionaba William. Di media vuelta y corrí hacia el baño.

—¡Mamá, están llamado a la puerta!

Nadie respondió.

El timbre siguió sonando. Me acerqué a la ventana, pero no vi ningún coche en la entrada.

—¡Mamá! —volví a gritar.

En ese momento me acordé de que había ido a dar el curso nocturno de pintura creativa. Recé para que, si era un mensajero, no fuese guapo. Me encontraba en un estado horripilante. Cuando por fin abrí la puerta, me quedé de piedra.

—¿Will?

Mi voz sonó tan estridente que apenas la reconocí.

—No me gustan los ultimátums —me dijo.

—Tienes razón. Me ha salido así y…

—Espera. Déjame terminar. —Me dejó sin palabras—. Quiero crear un espacio para nosotros. Para ti y para mí.

Parecía sincero, hablaba con convicción… y, sin embargo, había dejado de creerme las cosas que me decía.

—Mañana te surgirá otra excusa para no quedar conmigo —masculé pasándome los dedos por el pelo desgreñado.

Intenté disimular que estaba tratando de arreglarme delante de él, pero Will estaba tan concentrado en lo que quería decirme que no se dio cuenta de nada.

—No, June.

—Sí, eso es lo que pasará. Y no te culpo. Solo digo que…

Nos separaban dos escalones, pero él los dejó atrás en un suspiró y me plantó un beso. Entreabrí los labios para que su lengua buscase la mía y, de repente, todo me pareció mucho más sencillo.

William solo hizo una pausa para tomar mi cara entre sus manos.

—No hago otra cosa que pensar en ti. Por algo será, ¿no?

Sonreí mientras nos seguíamos besando.

—Pasa. No nos quedemos aquí como dos idiotas —susurré con una risita antes de dejarlo entrar en casa.

Miró para familiarizarse con el espacio.

—¿Estabas cenando? —preguntó al sentir el delicioso aroma que invadía la cocina.

—Todavía no. Mi madre me ha dejado lasaña. La estaba calentando un poco en el microondas. Tendría que haberla sacado ya, pero me he distraído con el libro de Ciencias.

—Solo tú puedes olvidarte de comer porque estás demasiado concentrada en estudiar.

De repente, volvió a posar sus labios sobre los míos y sus manos sobre mis caderas.

«Todo esto es muy bonito, sí, pero no te olvides de que es como una montaña rusa», me dijo una vocecita dentro de mi cabeza.

Me aparté de él poco a poco.

Se me hacía muy raro ver a William en mi casa.

—¿Tu madre ha salido?

—Sí..., me ha dicho que tenía clase de pintura. Pero creo que siempre me está soltando excusas porque en realidad está saliendo con un hombre —le expliqué mientras sacaba el plato del microondas.

—Bueno, ponte en su lugar. Tras el divorcio es normal que quiera conocer a alguien.

—Depende de a quién. —Tragué saliva—. ¿Cenamos juntos? —le pregunté, mostrándole que la ración era generosa.

William Cooper estaba allí, en mi casa, en carne y hueso..., pero yo tenía hambre. Y, cuando tenía hambre, no había ningún chico guapo que me gustase más que un buen plato de lasaña.

—¿No tienes más lasaña? —preguntó Will mientras me ayudaba a poner la mesa.

—Qué iluso eres, Will... —le respondí echándome a reír—. Tengo la nevera llena.

Él también se rio.

—¿Dónde están tus padres? —le pregunté cuando nos sentamos a la mesa y nos repartimos el primer plato.

—En Oriente Medio, por trabajo.

Me habló sobre su empresa farmacéutica. Sus palabras me dieron a entender que su familia era muy rica, pero que solía estar ausente muy a menudo.

Acabamos compartiendo tres raciones de lasaña mientras él me hablaba de las dificultades que habían tenido sus padres para obtener la patente del medicamento con el que estaban experimentando.

La cena transcurrió sin sobresaltos. Cuando acabamos, lo dejé solo un momento para ir a lavarme los dientes. También aproveché para echarme un vistazo en el espejo.

Llevaba una camiseta blanca extragrande metida por dentro de unos *shorts* vaqueros. Si hubiera sabido que iba a presentarse aquí, al menos me habría peinado, me habría puesto unos calcetines que no fueran de color amarillo fluorescente y me habría… ¿A quién quería engañar? Will debía sentirse afortunado de no haberme encontrado vestida con un pijama navideño.

Cuando volví a la cocina, lo sorprendí al teléfono.

—¿Era James?

—Jackson —respondió, justo después de colgar.

Parecía pensativo.

—¿Quieres hablar de ello?

—Están en el local de Austin. James y Marvin están discutiendo. James está borracho…

—Ah… ¿Y Jackson te ha pedido ayuda?

Will asintió, lo cual me hizo pasar a la siguiente pregunta.

—¿Y no piensas ir?

—No. Estoy aquí contigo.

Se masajeó la nuca y el cuello. Apretó tanto con las yemas de los dedos que le quedaron unas marcas rojizas en la piel.

—Will…

—He dicho que me voy a quedar contigo, June, y por una vez me gustaría…

—Hoy he sido injusta contigo. No tendría que haberte hecho elegir entre James y yo. Ha sido muy inmaduro por mi parte pedirte algo así. —Me mordí el labio.

—Lo sé, pero quiero que la cosa funcione entre nosotros.

—Ignorar a tus amigos no es una buena manera de que las cosas funcionen, Will. La única forma que se me ocurre es que dejes de desaparecer y que empieces a ser más sincero conmigo.

Dije aquello con decisión. Con la misma decisión con la que él me plantó un beso.

Cerré los ojos y dejé que nuestras bocas encajasen la una con la otra.

—¿Nos vamos? —propuse.

Will enarcó las cejas, estupefacto.

—¿Lo dices en serio?

—Claro, qué más da…

Quería confiar en William. Pero todo el mundo sabe que confiar en alguien entraña sus riesgos.

Jackson vino a recogernos unos minutos después. En cuanto llegamos a nuestro destino, Will bajó del coche de un salto y corrió a separar a Marvin y a James. El punto de encuentro era el mismo de siempre. El exterior del local estaba lleno de gente.

—¿Qué ha pasado? —le pregunté a Jackson, y él, como siempre, me miró con aire de superioridad.

—Tiene algo que ver con la prima de Marvin. Echa cuentas.

—No sabía que lo de pegarse por una chica se había vuelto a poner de moda… —comenté decepcionada.

Jackson se me quedó mirando sin contestarme, así que le lancé una mirada desafiante.

—¿Qué pasa?

—Ya veremos si dices lo mismo cuando lo hagan por ti, White.

—Perdona, ¿qué dices?

—Genial, ahora hazte la tonta…, pero que sepas que se te da fatal.

Jackson me odiaba, me lo había dado a entender en numerosas ocasiones. Y me hubiera encantado saber el motivo de aquel rechazo.

—Mira, no quiero pelearme por una tía que me importa una mierda —gritó James, señalando a la chica de la media melena morena que se encontraba a la derecha de Marvin.

—Quizá lo mejor sería que lo lleváramos a casa. Está borracho —sugirió William, que acababa de unírsenos. Parecíamos los espectadores de una opereta tragicómica.

—¿Acaso no lo está siempre? —comenté con sarcasmo.

—Las bebidas fuertes le sienta fatal.

Me fijé en Marvin, que se estaba acariciando la cabeza rapada, confuso.

—¿Qué quieres de ella, James?

—No quiero una mierda de ella. ¿Por qué no le preguntas a tu prima? Lleva toda la noche encima de mí.

«Menudo niñato».

Melanie, a su lado, seguía dando voces.

—¡Me ha preguntado si tengo una amiga! ¿Cómo puede pedirme una cosa así mientras está conmigo? ¡Se ha burlado de mí!

James se echó a reír.

En ese momento, Marvin, por fin, se puso a defender a su prima.

—Te pedí que no te portases como un cabrón con ella.

—¿Pero qué es lo que he hecho mal? —James seguía dirigiéndose a la chica, que, cegada de rabia, trató de abalanzarse contra él, provocando que Marvin tuviera que contenerla.

—¡Al hacerme esa broma me has humillado!

—¿Pero qué broma? —preguntó Marvin.

James resopló. Tenía la expresión de alguien que ya había vivido todos los excesos a los dieciocho años, y lo único que le quedaba era aburrirse.

—No quería entrar en detalles, pero me estás obligando a darlos. La señorita aquí presente me ha expresado su deseo de… —Dejó la frase en el aire y apoyó un dedo en el mentón, tratando de contener la risa, como un niño travieso— de dar otro paseo conmigo de la mano y yo le he respondido que no. ¿Acaso no tengo derecho a rechazar un segundo paseo, Marvin?

—Ve al grano —le espetó el otro, impaciente.

—Así que le he dicho: «A menos que tengas alguna amiga… En ese caso, puedo reconsiderar la oferta». ¿Qué tiene eso de malo?

—¡Eres un animal! ¡Has usado otras palabras! Y, además, ¿es que yo no te basto? —graznó Melanie encarándose con James.

Sus intenciones eran muy poco amistosas. Quería ponerle a James las manos encima a toda costa. Marvin la contuvo y trató de calmarla.

Por fin nos dimos cuenta de que los que parecían a punto de pelearse eran ella y James. Él la miraba estupefacto, como si aquella chica perteneciera a una extrañísima especie alienígena. Marvin no era más que un mediador en aquel asunto.

—Esto es demasiado para mí, Will. Lo siento, pero no quiero quedarme aquí escuchando todas esas barbaridades —le susurré a William al oído antes de alejarme.

—¿Pero adónde vas? ¡June!

—¡Voy a entrar en el local! —respondí sin saber muy bien hacia dónde ir.

Ya había visto varias veces aquel neón parpadeando en las alturas, y por fin había llegado el momento de descubrir qué había dentro de aquel extraño local. Oí la música que provenía del interior. Un haz de luces brillantes centelleaba al otro lado de la puerta.

—Espera, no entres sola.

William me cogió de la mano, agarró a James por la chupa de cuero y lo arrastró adentro con nosotros.

En la puerta, un guarda de seguridad que parecía estar muy aburrido saludó a Will y no le hizo ninguna pregunta, a pesar de que era obvio que no teníamos la edad requerida para poder entrar en un local como aquel. Mi intención no era quedarme allí, por supuesto; solo quería saber, de una vez por todas, cómo era por dentro.

—James y yo resolvemos algo en un momento y ya podremos volver a casa. —Las palabras de William me sonaron muy lejanas, a pesar de que lo tenía tan cerca que nuestros brazos se rozaban.

Las notas graves de la música me retumbaban en el pecho, y mi vista tardó una eternidad en acostumbrarse a aquellas luces psicodélicas. Tenía los ojos como nublados, o a lo mejor el problema era todo aquel humo que allí había. Lo único que sí podía percibirse era un persistente olor a alcohol que lo impregnaba todo, mezclado con una nota de perfume femenino.

Un tío pelirrojo se me acercó en actitud amenazante. No me costó reconocerlo. Ethan Austin.

—¿La rubia está contigo o con Hunter?

Will pareció no entenderlo, ya que estaba demasiado ocupado sujetando a James por la manga de la chaqueta.

—¿De qué hablas, Austin? Oye, ¿aquí servís algo sin alcohol?

Lo único que le importaba a Will era que su amigo bebiera un poco de agua para poder llevárselo a casa.

—Cooper, ¿tengo pinta de camarero? Yo soy el dueño. Pregúntale a alguna de estas —dijo señalando a las camareras que desfilaban por el local cargadas con cubiteras llenas de botellas.

No me había dado cuenta hasta entonces, pero estaban por todo el local: sirviendo las mesas, detrás de la barra, bailando alrededor de... ¿los postes metálicos?

Los ojos se me abrieron de par en par cuando me di cuenta de que estaba en un club de *striptease*. Estaba rodeada de hombres vestidos de forma más o menos elegante, y de chicas que bailaban despreocupadamente bajo unas luces que les resaltaban las curvas. Su ropa encajaba a la perfección con lo que mi madre habría definido como «vulgar». Una de ellas pasó cerca de James y le puso ojitos. Él, sin embargo, estaba concentrado en observar a Ethan Austin.

—Oye, Austin, ¿qué tal está tu novia?

—¿Este es el tío al que James le debe dinero? —le pregunté a Will.

—No. Ethan es el hijo de ese tío —me respondió agarrándome la mano con más fuerza.

—¿Y cómo es que James se dirige a él en ese tono? ¿No le da miedo de que le den otra paliza?

—¿Por qué crees tú que está de mierda hasta el cuello? June, James no sabe lo que es el miedo. Ese es su problema.

Su tono cortante me sentó mal.

—No sé nada, porque no me has contado nada, Will.

—Es mejor así, confía en mí. No quiero ponerte en peligro.

Se inclinó hacia mí, me acarició la mejilla con la punta de los dedos, y unió sus labios a los míos con un beso rápido. Fue menos romántico de lo habitual, puede que por el ambiente que nos rodeaba. Ni siquiera cerré los ojos. De hecho, pude ver cómo, a poca distancia, James se amorró a una botella de líquido transparente.

—¡James, deja ya de beber! ¡Will, no te distraigas! —exclamé.

Austin se había esfumado. William volvió a agarrar a James por la manga de la chaqueta y le arrancó la botella de vodka de las manos.

—¿Has ganado la partida de póquer, sí o no?

—Sí.

—¿Te la ha devuelto?

—Ni rastro de la pistola —respondió James sacudiendo la cabeza.

Me quedé helada.

James mostraba una sonrisa infantil algo desafiante que me recordó a la de su hermano. De pronto se volvió hacia mí, sorprendido.

—Joder, White. ¿Qué haces tú aquí?

—Eres el más despierto del grupo, ¿eh? —le respondí irónicamente, mientras Will se asomaba a la barra para pedir agua.

James hizo una mueca y me miró directamente a los labios, que aún estaban enrojecidos por los besos que me había dado con William.

Estaba borracho perdido y la rojez de sus mejillas no prometían nada bueno.

—¿Qué haces aquí otra vez? —susurró, con una voz que me provocó escalofríos.

En ese momento me sentí desbordada por un montón de emociones contradictorias. En la oscuridad de aquel angustioso local, el exultante color cobalto de sus ojos me recordaba las pinceladas que mi madre aplicaba para intensificar las tempestades oceánicas. Una confusa mezcla de sentimientos me sacudió el pecho. Me vinieron a la memoria las palabras que nos dijimos en su habitación.

En su relato de la noche anterior no solo había tristeza. También había miedo, ira, incomprensión. Apenas podía atisbar la punta del iceberg, todo lo demás quedaba sumergido bajo las aguas gélidas de su mirada. Esas aguas eran demasiado profundas para atravesarlas a nado.

—Será mejor que lo llevemos a casa. Está borracho..., y esta gente no me gusta un pelo —dijo Will acercándole una botella de agua a su amigo, que fingió bebérsela de un sorbo.

Un grupo de tíos con muy mala pinta estaba reunido en torno a una mesa llena de vasos y botellas medio vacías. Muy probablemente se trataba de la familia de Austin. Decidí que lo mejor sería jugar a los detectives en otro momento, ya que el mayor de todos había empezado a mirarme de forma inquietante.

Salimos de allí. Fuera ya no estaban ni Jackson ni Marvin, ni mucho menos su prima.

En el aparcamiento, Will me señaló la flamante camioneta roja de Jackson. James no paraba de reírse. Se las había apañado para robar una botella de tequila sin que nadie lo viera, y aquello le parecía particularmente gracioso.

—Túmbate atrás y no la líes —le ordenó Will mientras James se esforzaba en introducirse en la parte trasera.

—¿Pero qué hace White aquí?

James se distrajo mirándome, y William aprovechó para meterle medio cuerpo en el habitáculo y arrancarle la botella de las manos.

—Esta la voy a... Bueno, mejor no. Paso de devolvérsela a esos cabrones. Toma, June, voy a llamar a Marvin y a Jax. Volvemos a casa.

Will me pasó la botella y volvió al interior del local.

—Will, no me dejes aquí...

«Otra vez haciendo de niñera».

James sacó medio cuerpo del coche y me agarró por los brazos.

—¿Pero qué haces? —le grité, al ver que trataba de hacerme entrar por la fuerza en el vehículo. En un abrir y cerrar de ojos estaba sentada horcajadas encima de él—. James...

—Eh...

Seguía con la botella bien sujeta, me daba miedo romperla.

—¿Es que te has vuelto loco?

—¿Siempre has sido así de guapa?

Esa frase me dejó de piedra, sobre todo por haberla dicho con su tono de voz más cálido y seductor.

Aquel chico parecía decidido a crear el caos más grande posible en el interior de mi cabeza. Sabía poner en jaque mis emociones con una facilidad inaudita.

—Vas ciego perdido. Me estarás confundiendo con otra —masculle.

James no pareció darle la menor importancia a mis palabras. De hecho, se puso a juguetear con mi pelo, haciendo espirales rubias alrededor de su índice.

—Dime una cosa, chavala.

«Oh, no».

Me sentí atrapada.

«Está borracho y se está burlando de ti», me dije para tranquilizarme..., pero la calma me duró poco.

—¿Te resulto atractivo? Dime la verdad.

El contacto de mis muslos desnudos con sus caderas me estaba haciendo arder.

—¿Y eso a qué viene ahora? Claro que no... —dije con la voz exhausta, dejando la frase a la mitad. Era cierto que lo que me explicó James me había despertado una gran ternura, pero también era verdad que sabía que estaba entrando en terreno pantanoso. A pesar de ser inexperta en la materia, lo supe desde la primera vez que lo miré a los ojos. Aquel juego no iba conmigo.

—Venga, White. Admítelo. Eso no significa que quieras follarme.

—No me hables así... Me da muchísimo asco —lo reprendí, tapándome los ojos.

—Igual te doy asco al oído, pero no a la vista.

—Chitón. Estamos hablando en serio. El subdirector me ha calado a la primera. Ha dicho que tenemos que hacerlo juntos.

Por toda respuesta, James me dedicó una sonrisa complaciente y posó sus manos sobre mis muslos desnudos.

En cuanto sentí el contacto de sus palmas cálidas y ásperas en mi piel, me puse muy tensa.

—¿Por eso ya has escogido la postura más adecuada?

Un intenso escalofrío me recorrió desde la nuca hasta los pies. Solo duró un instante, porque James apartó las manos de mis piernas y se las llevó al pecho.

—¡Me refiero al trabajo, cerdo! ¡Tenemos que hacer juntos el trabajo!

—Déjate de fantasías. Ni de coña, Blancanieves.

—Pues claro que lo harás. No puedo escribir yo sola diez páginas, ¿vale? Yo he hecho mi parte, y tú harás la tuya.

—No —dijo sonriendo y mordiéndose el labio al mismo tiempo.

—¡James!

En respuesta, alzó la barbilla y repitió aquel gesto con más convicción, pasándose la lengua por los dientes.

—Que no.

—Mañana voy a tu casa para la clase de Jasper: te dejo mi parte del trabajo, tú lo terminas y después me lo devuelves. No tenemos por qué estar en la misma habitación para poder hacerlo —le expliqué, hincándole el índice en el pecho.

—¿Te da miedo quedarte a solas conmigo? —dijo en tono provocativo mientras se incorporaba un poco apoyándose con los codos.

Intuí la fresca fragancia del vodka de menta. Al tener su cara tan cerca, pude sumergirme en sus ojos profundos. En aquellos iris eléctricos no había nada cálido, tierno o acogedor.

—No. Ni de coña. De hecho, eres tú el que siempre insiste en que no me quiere en su casa.

—Porque te empeñas en ofrecer consejos no solicitados, White.

—Son los consejos que te daría cualquier amigo, Hunter.

—Pero tú y yo no somos amigos —objetó, antes de morderse el labio inferior sin apartar la vista de mi boca.

Sentí un estremecimiento tan intenso que me pareció que la cabeza me daba vueltas. Lo estaba haciendo a propósito. Carecía de todo pudor, de toda ética. Pero yo no me sentía del todo inocente con lo que estaba pasando. Bajé la vista con gesto culpable.

—Mira, James, no sé qué tienes en la cabeza, pero…

—Gracias a Dios que no lo sabes… —me replicó, más lúcido de lo que esperaba.

—Creo que te estás equivocando. Si le echo una mano a Jasper es por él, no por ti.

Su mirada ardiente me atravesó.

—Es que a veces me miras de una manera…

Siempre me estaba provocando. Se lo tomaba todo a broma. Pero… ¿qué estaba pasando en ese momento? Parecía que me estaba hablando con sinceridad.

—¿A qué te refieres?

—Por ejemplo, a cómo me mirabas ayer cuando estábamos en mi casa.

—No… —No me salían las palabras. Apoyó el pulgar en mi labio inferior y lo deslizó, describiendo un movimiento libidinoso. Me temblaba la barbilla, y la voz—. No te estaba…

James me miró de una forma tan lasciva que me tuve que humedecer los labios.

—Me mirabas igual que ahora…

Mi cuerpo estaba perdiendo consistencia, me sentía líquida.

James me recogió un mechón de pelo detrás de la oreja, sin apenas aplicar presión. Al hacerlo, casi sin querer, me rozó el cuello con las yemas de los dedos, provocándome un nuevo escalofrío.

Estaba tan tensa que me pesaban los párpados.

De pronto, James alargó el brazo hacia la mano con la que mantenía la botella de tequila fuera de su alcance. Me la arrebató con tal rapidez que me dejó boquiabierta.

—¿Te lo habías creído? ¿En serio?

«Menudo cabrón».

—¡Devuélveme la botella, Hunter!

—¡No! —exclamó entre risas.

Chasqueé la lengua y traté de arrebatársela, pero cuando hice el gesto de incorporarme, él me echó el brazo por la cintura y me empujó con fuerza contra su entrepierna.

Por poco no pierdo el equilibrio. Para evitar caerme encima de él, tuve que apoyar una mano en su pecho.

—¿Eres gilipollas? ¡Si se rompe la botella, Jackson nos mata!

Sacudió la cabeza para apartarse unos mechones de pelo que le caían sobre los ojos.

—¡Que me la des, White!

—¡No!

Me tenía inmovilizada con un brazo, y con el otro trató de alcanzar mi espalda. En cuanto se dio cuenta de que yo tenía muchas cosquillas, se ensañó conmigo.

—¡James, no! Por favor. En serio..., lo vamos a derramar todo... —No podía parar de reírme y de resoplar por la tortura que me infligían sus cosquillas—. James, lo vamos a poner todo perdido. Te lo digo en serio, ya verás, lo...

Me tragué la barbaridad que iba a decir porque ya la habíamos liado. Tenía los dedos empapados. La botella se me había resbalado de las manos, y parte del líquido se había derramado sobre el asiento de piel de Jackson.

—Mierda... —dijo riéndose a carcajadas.

—¡Has puesto perdido el asiento, idiota!

Traté de acompasar el ritmo de mi respiración.

—¡Has sido tú, payasa!

—¿Qué os hace tanta gracia? —oí que decía la voz de William. «Joder, Will...».

—¡Nada! —exclamé apartándome de James bruscamente.

James estaba despeinado, sin aliento y con el rostro encendido. Y yo, más o menos igual. Tenía un bolsillo húmedo y las manos pegajosas. William nos miraba como a dos descerebrados.

—Nada. Que Blancanieves acaba de decir que Austin parece un koala con peluca.

Solté una carcajada mientras me bajaba del coche.

—¿Te sientas delante conmigo, June?

Percibí cierto malhumor en la voz de William, pero decidí no darle importancia.

—¿Y Jackson? —pregunté mientras me sentaba en el asiento del copiloto.

—Ha decidido volver con Marvin. Me ha prestado el coche y me ha pedido que cuide de él. No habréis manchado nada, ¿no?

—¿Quiénes? ¿Nosotros? —James, desde el asiento de atrás, se estaba aguantando la risa—. Ni de coña.

Sería mejor que no dijésemos nada del hecho de que habíamos causado un daño de cientos de dólares ahí atrás.

James aplastó la cara contra la parte trasera de mi reposacabezas y alargó el brazo para juguetear con el pelo de la nuca de William.

—Para ya —lo regañó, paciente, su amigo. Will parecía acostumbrado a esa extraña manera de comportarse de James cuando estaba borracho.

La única respuesta de James fue un resoplido. Y, sin más, volvió a sentarse correctamente en su asiento.

—Parecía que, esta noche, Austin estaba liado con otros asuntos. Me pregunto si de verdad tiene intención de... —Will se puso a hablar, pero se calló en cuanto se dio cuenta de que su amigo no lo estaba escuchando—. ¿Todo bien? —me preguntó al verme moviéndome en mi sitio.

Algo acababa de hacerme cosquillas desde el lateral, y me faltó poco para no dar un bote en el asiento. Además, sentí que James me había agarrado un mechón de pelo y tironeaba de él.

—Sí, sin problema.

Le aparté la mano de un codazo y él se echó a reír. Era obvio que estaba muy borracho. De no ser así, habría vuelto a casa andando con tal de no compartir el coche conmigo.

—¿James? —lo llamó Will, pero él estaba al teléfono.

—¿Me llevas a casa de Tiffany? —preguntó en un momento dado.

—¿Estás seguro? —le contestó Will con el ceño fruncido.

—Bueno, si no, mejor a casa de Taylor.

—¿Pero esto qué es, una subasta? ¿Estás comprobando quién ofrece más? —resoplé indignada.

William me miró perplejo y James se lamió la comisura de los labios.

—No, es una fiesta de pijamas.

—¿Qué quieres decir?

—Mejor que no lo sepas, Blancanieves.

Tras un breve trayecto, llegamos a un barrio residencial muy exclusivo. En la entrada, había un guardia de seguridad y una garita. El guarda se acercó y le echó un vistazo al coche, pero cuando vio a James hizo un gesto indicándonos que podíamos pasar.

El coche se detuvo ante una villa de dimensiones descomunales. Nunca había visto una casa así de imponente.

Will parecía algo preocupado; James, lo contrario.

—Ya estamos en casa de Taylor, campeón. ¿Te dejará entrar?

—Qué pregunta tan íntima, mañana te lo cuento.

James le plantó un beso a su amigo en la mejilla y giró la cabeza para mirarme a los ojos. Sus enormes pupilas me engañaron y me atraparon con su oscuridad. Ese instante de distracción fue suficiente para arrancarme la botella de las manos.

—¡Hunter!

Se echó a reír y se bajó del coche.

—¡Qué pocos reflejos, White!

# 42

# James

Beber.
Esnifar.
Follar.
Esa noche había hecho casi todas las cosas de la lista; solo me faltaba la última, y era la más complicada de hacer, después de haberme pasado tanto con las dos primeras.

Vista desde fuera, mi vida parecía un sueño, algo a lo que muchos querrían aspirar. Pero en realidad daba asco. Era un cliché de lo más previsible. Para todo el mundo yo era el chico malo, dado a los excesos (con las drogas, con el alcohol, con las personas...). Mi popularidad seguía un patrón muy concreto: dinero, chicas y la dosis justa de egocentrismo, justificado por una belleza capaz de obsesionar a cualquiera que pululase a mi alrededor.

¿Eso era yo? ¿O me había convencido a mí mismo de que lo era? Ni yo mismo lo sabía, en mi cabeza reinaba el caos. Mis emociones eran confusas, inestables; me pasaba el tiempo tratando de llamar la atención. Mi cuerpo no estaba acostumbrado a reaccionar por sí mismo, sino a base de dosis continuas que suavizaban todos los estímulos excesivos que hacían que mi cerebro se desconectase por completo.

Las pastillas eran mi salvación y mi perdición.

Edward nunca está quieto. Edward habla demasiado. Edward es muy nervioso. Edward duerme poco.

Mi verdadera esencia se había borrado durante tanto tiempo que ni yo mismo sabía ya quién era. Pero había algo que sí tenía claro: lo que me dijeran los demás no me importaba una mierda. Solo sabía vivir a mi manera.

Porque morir era algo que ya había hecho.

Aquella noche también ganó él.

Apreté los dientes ante aquel pensamiento.

Necesitaba pasarme de la raya. Diversión. Más diversión. Distracciones cada vez más extremas. Siempre necesitaba algo más. Cualquier cosa.

Taylor salió a recibirme con un pijama de seda rosa.

—¡A buenas horas, Jamie! ¿De dónde vienes?

En sus labios húmedos reconocí el sabor de ese champán caro que le gustaba beber cuando estaba con sus amigas. Aquel olor se me coló por la nariz y me provocó náuseas. Se equivocó al darme el beso y me acertó en la barbilla en lugar de en la boca. Estaba bebida, quizá tan borracha como yo.

—Por ahí —masculló sin ganas.

—¿Pero has salido vestido así? —preguntó mirando con expresión altiva mi pantalón de chándal.

—¿Y qué más da? ¿Dónde está el tarado de tu padre?

Eso era exactamente su padre. Con todas las letras: un militarista amante de las armas y de la caza, un gilipollas de primera categoría.

—¿Tú crees que te he invitaría a venir estando él en casa? —me preguntó imitando mi voz mientras se peinaba un poco la larga melena rubia ante el espejo colgado en la pared del pasillo.

Había dejado de hacerme preguntas sobre las rarezas de esta chica. Primero me gritaba que no quería volver a saber nada de mí. Unos días después, me invitaba a su casa. Aunque puede que solo me estuviese engañando a mí mismo, fingiendo que no sabía que lo único que le interesaba de mí era el rato de placer del que iba a disfrutar gracias a mi compañía.

Pasé a su lado deslizando suavemente mis dedos por entre sus lisos mechones. Ni siquiera percibió esa caricia, de tan concentrada como estaba mirándose en el espejo.

Yo decidí no observar mi reflejo. A veces me producía escalofríos; otras, me daba asco.

Actué como si estuviera en mi casa. Avancé por el pasillo hasta el enorme salón donde una chimenea de gas creaba una atmósfera íntima y acogedora. Sentada en la alfombra persa, Tiffany estaba en ropa interior, tratando de liarse un porro. Eso sí que no me lo esperaba.

Cuando percibió mi presencia, perdió instantáneamente el interés por lo que estaba haciendo.

—¿Qué haces aquí? —pregunté sin la menor delicadeza mientras mis ojos acariciaban aquellas formas que rebosaban por su sujetador.

—Ya sabes cómo es… Te estaba esperando —me respondió con una sonrisa pícara.

—¿Qué has dicho? —Taylor llegó al salón y se metió instantáneamente en la conversación.

—Nada. Decía que… me has escrito diciendo que querías compañía. Pero ya estás acompañada. Está Tiffany aquí —respondí señalando a la chica morena semidesnuda.

Taylor no parecía tener la menor intención de escucharme. De hecho, me empujó contra el sofá. Tiffany se le acercó y le empezó a susurrar algo al oído.

—De acuerdo. Juguemos a algo. —Taylor se rio, pero cambió bruscamente de expresión en cuanto escuchó el resto de la frase—. De eso nada, Tiff. Eso no es un juego, es una excusa para tirarte a mi novio.

Se me encendió la curiosidad.

—¿De qué juego se trata?

Intuí un brillo de excitación en los ojos de Tiffany.

—Nos vamos turnando y tú tienes que adivinar quién te está besando.

—Me parece estupendo —comenté sacando pecho al tiempo que apoyaba los brazos en el respaldo del sofá.

—Tiff, déjalo ya. Cuando bebes te entran demasiadas ganas de socializar.

Taylor resopló, convencida de que Tiffany quería besarme. Como siempre, estaba tan centrada en sí misma que no era consciente de que las intenciones de su amiga eran otras.

—¿Pero qué dices? Jackson viene de camino —se justificó Tiffany.

—¡Qué pesada eres con Jackson! —Taylor se puso algo tensa.

—No soy pesada. Lo he invitado porque tenía que verlo. Eso es todo.

En ese momento se dispuso a sentarse en la alfombra con expresión indignada. Taylor siguió pinchándola.

—¿De verdad crees que Jackson acabará queriendo estar contigo algún día?

—¿Y por qué no va a tener razón Tiff? Cuéntanoslo —intervine en su defensa.

«Sabe escuchar y tiene un buen par de tetas, no sé qué más quiere Jackson».

—Nada... Es solo que no creo que ella sea su tipo.

«¿Por qué hemos pasado de hablar de besarme a hablar de Jackson?».

—Voy a por el esmalte de uñas.

Me quedé tranquilamente en el sofá, disfrutando de los besos que Taylor me daba en el cuello. Pero tuve que seguirle el juego a Tiffany mientras se alejaba por el pasillo.

—¡No te olvides de traerte una venda para los ojos!

—Descuida, no me olvido —respondió ella con una sonrisa coqueta.

Sonó el timbre y Jackson apareció con su chaqueta roja, dejando tras de sí una estela de su perfume.

—¿Pero qué coño haces aquí? —le pregunté enarcando una ceja.

—Tay me ha dicho que estabas aquí y quería ver cómo te encontrabas.

Me eché a un lado para dejarle espacio.

—Reconoce que has venido a que te hagan la manicura —se burló Taylor, sentada sobre mis piernas.

Tiffany volvió con un montón de frasquitos de esmalte. Seguía en sujetador y bragas, pero Jackson ni la miró.

—Elige un color, Jax. ¿Te las pinto, James?

—¿Tardan mucho en secarse? —pregunté mientras revisaba sin demasiadas ganas la caja con los pequeños botes de pintaúñas.

—Unos diez minutos.

—No me apetece esperar tanto. Además, no tienes negro —respondí sacando un cigarrillo del paquete.

Jackson eligió el rojo.

—Venga, James…

Taylor apoyó su cabeza rubia sobre mi pecho. Contuve el aliento. Nunca era cariñosa conmigo. Pero ahora que estaba borracha perdida sí que lo era. Puede que hubiera olvidado que me odiaba.

—¿No ves que tengo las manos ocupadas? —resoplé; me encendí el cigarrillo y se lo mostré.

Me cogió la mano izquierda, que tenía posada en el respaldo sobre el que estaba apoyado Jackson.

—Tus manos son preciosas. ¿Verdad, Jax?

Taylor miró a mi amigo, al que Tiffany ya le estaba pintando las uñas.

—A mí me parecen bastante normales —respondió Jackson.

—Deberías vendarte las manos cuando le pegas al saco, Jamie. —La voz de Taylor, casi siempre incisiva y hostil, aquella noche sonaba dulce como la miel.

Pasaba de tratarme como una mierda a preocuparse por mí como si de verdad le importara. ¿Pero de qué me sorprendía? No había nada desinteresado en las personas que me rodeaban. Siempre querían algo de mí. Siempre.

—Siempre me las vendo, no seas pesada. ¿Hemos terminado ya de hablar de mis manos? —traté de zanjar el tema chasqueando la lengua.

Tiff me miró e insistió:

—¿Entonces qué pasa con el juego?

«Aquí me tienes, anímate de una vez».

—¿De qué juego habláis? —preguntó Jackson con su habitual suspicacia.

Las chicas se rieron.

—Tú no te preocupes. Ahora te vendamos. Céntrate solo en adivinar.

Tiffany terminó de extender la laca sobre las uñas de Jackson y a continuación sacó el antifaz que Taylor usaba para dormir. Era de color rosa y llevaba escrita la palabra «Princess». A veces me preguntaba seriamente si Taylor en realidad no era la hija ilegítima de Paris Hilton.

Jackson se quedó inmóvil mientras Tiffany le ponía el antifaz.

Agitó la mano delante de él para asegurarse de que no veía nada.

Me puse el cigarrillo entre los labios y eché hacia detrás su suave flequillo rubio.

—No me toques el pelo, Tiff —le espetó Jackson echando la cabeza hacia atrás con brusquedad.

Las chicas se rieron y mis ojos pasaron del antifaz a la boca de mi amigo, haciendo que mi atención se centrase en su labio perforado por la argolla.

—Empezamos con Jackson —graznó Taylor, presa de los nervios, y le hizo un gesto a su amiga para que ella lo besara primero.

Tiffany dejó el esmalte de uñas sobre la mesita y se acercó al sofá.

«Qué aburrimiento».

Sujeté a la morena del brazo antes de que se acercase a la cara de Jackson y le dije a Taylor al oído:

—Bésalo tú.

Ella abrió sus ojos claros de par en par y puso cara de decepción.

Era importante recordárselo de vez en cuando: aunque Taylor se consideraba mi novia, ella y yo ya no estábamos juntos. No sentía celos por ella. De hecho, verla besar a mi mejor amigo me resultaba más excitante que besarla yo mismo.

Observé cómo la rubia, que aún seguía sobre mis rodillas, se decidió a inclinarse sobre Jackson para darle un muerdo.

—¿Quién ha sido? —le preguntó entonces.

—Pfff... ¿Tiff? —aventuró él sin mucho entusiasmo.

—¡Error! Ha sido Taylor. No te puedes quitar la venda hasta que no aciertes —comentó Tiffany con tono solemne.

Jackson sacó pecho y resopló. Le tocaba a Tiffany, pero ella, para mi sorpresa, no se movió. Se giró y se me quedó mirando. Por un instante se le iluminaron los ojos e intercambió una mirada electrizante con Taylor.

Tardé un segundo en entenderlo.

—¿Yo? —pregunté sin emitir ningún sonido. Ellas me miraron a su vez y asintieron al unísono.

Pues vamos allá, qué más da.

Me incliné hacia el cuerpo de Jackson, que esperaba el previsible movimiento por parte de Tiffany. Cuando llegó el momento de besarlo, dudé. Tenía el brazo doblado sobre el respaldo y le rocé con la mano su musculoso brazo, cubierto por una chaqueta deportiva. Seguí inmóvil durante unos segundos más y percibí que su camiseta olía a ropa limpia y que su piel desprendía una fragancia fresca y masculina, mezclada con su aliento de cerveza y cigarrillos.

En un gesto involuntario, me humedecí los labios y le pasé el pulgar por el labio inferior. Jackson respiró hondo, entreabrió la boca y por fin me decidí a besarlo. Ahogué un gemido cuando la punta de su lengua me rozó los labios mientras el metal frío de su *piercing* me hacía cosquillas. Un escalofrío. Estaba a punto de apartarme, pero entonces su lengua entró en mi boca y yo relajé los labios para facilitarle el acceso. Su respiración se agitó cuando nuestras lenguas se restregaron con lascivia. Se oyó un sonido de succión, y eso fue lo que hizo que parase de besar a mi mejor amigo.

«¿Pero qué coño acababa de pasar?».

Me aparté de él y me sequé los labios con el dorso de la mano.

¿Cómo no se había dado cuenta de que era yo?

Lo que tenía que haber sido un simple beso en la boca resultó ser algo más fuerte..., y no me incomodó en absoluto.

—¿Pero qué clase de juego es este? —Jackson, enfadado, se arrancó el antifaz y miró fijamente a la morena—. ¿Tiff?

—No —respondí sarcástico.

—Eh...

Sus pálidas mejillas se tiñeron de un vivo color rojo. Entonces me miró la boca con una expresión extraña.

—Joder, James... —me regañó dándome un empellón.

—¿Qué pasa? ¿Es que no te ha gustado? —le pregunté en tono provocador, consciente de que mientras nos besábamos no se mostró en absoluto contrariado. Pero desde que había descubierto que fui yo, parecía molesto.

Las chicas seguían estupefactas.

—¿Todo bien? —les pregunté cuando vi que seguían mirándonos absortas—. ¿Os estáis recuperando de la impresión?

Chasqueé los dedos ante su mirada atónita.

—Ha sido muy... —Tiffany tragó saliva, incapaz de terminar la frase.

—Hermoso —concluyó Taylor.

—Bueno, os dejo con vuestras chorradas. Me tengo que ir. —Jackson se puso en pie y tiró el antifaz al suelo.

—¿Cómo vuelves a casa? —le pregunté.

—Will viene de camino a recogerme, acaba de llevar a June. De hecho ya está fuera esperándome con mi coche —añadió mientras leía una notificación que acababa de llegarle al teléfono.

—Ah, vale. ¿Seguro que va todo bien? —Levanté la voz para que Jackson me oyese, ya que casi había llegado a la puerta.

—Sí. Nos vemos en el instituto.

—Pues vaya... Yo me lo estaba pasando genial —se lamentó Tiffany.

Hizo un mohín y se abrazó a un almohadón. Sus curvas estaban a punto de salirse del sujetador.

—Yo sigo aquí, ¿qué más quieres?

—¿Qué has traído, Jamie?

Dejé que pusiera la mano en mi pantalón y que me rebuscara en el bolsillo.

—Bueno...

Pero en cuanto oyó los pasos de Taylor se apartó de mí al instante.

—Vístete, por favor —le dijo la dueña de la casa.

Tiffany resopló, pero, en lugar de ponerse los vaqueros, se acercó al mueble de la tele, y una vez allí, enchufó el teléfono a los altavoces.

Taylor aprovechó para sentarse a horcajadas sobre mí.

—Esta noche eres todo para mí, ¿verdad?

Empezó a besarme la mandíbula, y antes de que pudiera darme cuenta ya estaba mordisqueándome el lóbulo de la oreja hasta hacerme daño. Eché la cabeza hacia atrás de forma brusca, pero no le importó.

Aún llevaba puesta la chupa de cuero y ella metió las manos por debajo de mi camiseta, levantándomela a la altura del pecho. Noté sus largas uñas serpenteando y arañando la sensible piel de mi pecho, y se me escapó un quejido.

—Joder, dame un momento, igual si...

Aún no estaba listo. Si me hubiera tocado la entrepierna, ella también lo habría notado. Taylor no me escuchó, pues estaba demasiado ocupada en llenarme el abdomen de besos, como si yo fuera un cachorro que acabasen de dejar en su puerta.

—¿A qué viene tanta prisa? ¿Estás segura de que tu padre no volverá?

Dejé que Taylor me quitase la chaqueta sin demasiados miramientos mientras una canción de The Weeknd caldeaba la atmósfera.

—¿Y tú qué haces aquí todavía? —le pregunto a Tiffany que, en lugar de irse, seguía allí plantada, mirándonos.

—Solo quiero divertirme un poco, ya te lo he dicho —suspiró, pasándose la lengua por los labios. Lo hizo sin ninguna vergüenza mientras jugueteaba con un mechón castaño.

—Déjalo ya, Tiff. ¡Ten cuidado!

Taylor se enfadó al darse cuenta de que su amiga se había puesto a bailar sobre la mesita de cristal. La imagen de una chica bailando semidesnuda mientras su mejor amiga me lamía el cuello debería de haberme resultado de lo más excitante…, pero no fue así. Me eché a reír.

—¿Pero cómo es posible que la mesita la aguante?

—Siempre acaba así cuando se emborracha. Le flipa bailar en ropa interior.

Taylor siguió tratando de besarme en la boca. Le devolví el beso, que me supo a azúcar y a champán. Yo no dejaba de mirar cómo Tiffany se movía; era insinuante, agitando la melena al ritmo de la música.

Quizá lo de esa noche podría ser ese «algo más» que estaba empeñado en encontrar.

No tenía nada de malo acostarme con una persona con la que ya lo había hecho mil veces. Para mí el sexo era una actividad rutinaria, como cualquier otra; comparable con el boxeo o el fútbol. Una rutina que me permitía perder calorías y desfogar mis frustraciones. Acababa sudado y sin energía, pero tampoco era que me divirtiese demasiado. No me resultaba del todo excitante si no tenía ese «algo más», que en realidad era algo que carecía de forma, nombre o sexo, y que cambiaba según las situaciones.

Prefería liarme a hostias con el gilipollas de Austin, destrozarme el alma a base de pastillas o conducir hasta rozar la emoción de la muerte. Eso sí que me ayudaba a sentirme vivo.

Will compartía conmigo la emoción por las carreras, pero no mi visión de la promiscuidad. Él siempre andaba con sus ideas absurdas sobre el amor.

«—Eso lo dices porque nunca te has enamorado, James.

»—¿Acaso follarte a quien amas hace que el sexo sea más bonito?».

Nunca respondía a mi pregunta, quizá porque ni siquiera él lo sabía.

Quería a Will más que a mí mismo. Pero esas chorradas son propias de gente que no folla nunca.

—¿Qué has traído? —Tiffany me rescató de mis pensamientos con su voz suave.

Le sonreí y saqué una bolsita de hierba del bolsillo del chándal.

—¿Nada más? —se lamentó.

—Oye, baja el ritmo. Esta noche ya has bebido y fumado bastante —la regañó Taylor, e inmediatamente después se dirigió a mí con su voz más dócil—. Jamie, ¿quieres beber algo?

Asentí mecánicamente.

—Vamos, Tay. Solo por esta noche —le suplicó la morena.

—Voy a por las bebidas. Tiff, como estropees la alfombra te juro que te mato.

Tiffany pasó de ella. En cuanto su amiga salió del salón, vino hacia mí.

—¿Eso qué es? —pregunté señalando una bandeja rectangular que había sobre la mesa.

Parecía comida y yo estaba hambriento. Muy hambriento.

—Son unos *cupcakes* que Taylor ha pedido en un momento de bajón…, pero después le ha entrado mala conciencia y no los ha tocado. Pero… ¿a ti qué te pasa, es que solo has venido aquí a comer o qué?

—¿Y qué tendría eso de malo? Estoy hambriento, déjame.

Observé el cuerpo delgado de Tiffany y me lamí los labios volviendo a saborear el beso dulce y masculino que me había dado con Jackson. Tiffany se acercó a la bandeja de dulces. Paladeé la visión de su culazo bajo las bragas negras mientras ella hundía el dedo en la cobertura de chocolate.

—¿Quieres?

—Ya te he dicho que sí.

Volvió al sofá y se me sentó encima con la intención de acercar su índice a mis labios. Rodeé la yema con la lengua y le lamí el dedo con avidez. Cerró los ojos en cuanto sintió el contacto de mi lengua.

—¿Qué quieres hacer esta noche?

Le agarré el culo con fuerza mientras ella me acariciaba el pecho. Apreté los abdominales al sentir su mano descendiendo un poco más.

—Eso depende de vosotras dos —dije, con intención de provocarla.

—Lo estoy deseando —admitió sin dejar de mirarme.

—Pues te vas a quedar con las ganas. Tay nunca lo haría.

—¿Qué te apuestas? —inquirió desafiante, enarcando una ceja.

Aquello despertó mis sentidos.

«Las cosas fáciles no le interesan a nadie; y a mí, mucho menos».

La vedad era que unos segundos antes estaba pensando en irme a mi casa, pero ahora que aquello se había convertido en un juego...

—Pues sorpréndeme...

Ella me miró expectante, y enseguida supe cuál sería mi siguiente movimiento. Me acerqué a la mesita, saqué una bolsita de polvo blanco que llevaba en el bolsillo y la dividí en dos rayas. Las hicimos desaparecer antes de que la dueña de la casa volviera al salón.

—Ojalá tuviera una nariz tan bonita como la tuya, James.

Tiffany me acarició la punta de la nariz con sus dedos, pero se apartó de mí en cuanto Taylor volvió con una botella grande.

—¿Acabas de abrir una botella de ochocientos dólares? —pregunté frunciendo el ceño.

—Mi padre no está, no seas aguafiestas —replicó.

Me trataba como si fuera tonto, siempre hacía lo mismo. Pero ¿por qué tendría que haberme tratado de otra forma?

Era consciente de que la había traicionado mil veces. Y, aun así, era incapaz de dejarme ir.

—Además, cuesta mil quinientos dólares —siguió diciendo—. Es una edición limitada.

—Pues menudo gilipollas... —masaculé antes de ayudarla a descorcharla.

Tras beber varias copas, me puse en pie con dificultad. Ese estúpido champán del 88 era lo que me faltaba para rematar la noche.

—¿Adónde vas?

Taylor, tan obsesiva y controladora como siempre, no me perdía de vista.

—A la bodega de tu padre.

—¿Quieres abrir otra botella? ¿Esta no te gusta?

No le respondí. Bajé las escaleras hasta el semisótano. Oía cómo me pisaba los talones, ansiosa.

—Jamie.

Cuando giré a la izquierda en lugar de seguir en dirección a la bodega, se puso aún más nerviosa.

Aquel lugar provocaba escalofríos. Parecía la sala donde alguien se estaba preparando para la guerra. Había una cantidad impresionante de fusiles colgando de la pared. Una lámina de cristal los protegía celosamente, como si fueran ornamentos diseñados para ser expuestos.

Pero a mí no me interesaban los fusiles, y Taylor lo sabía. Introdujo la llave en la cerradura y abrió el segundo cajón de un antiguo mueble de acero. Aquel hueco no se percibía a simple vista. Todo dispuesto minuciosamente en aquella ordenadísima fila de pistolas.

—Las he acercado un poco para que no se note que falta una.

—¿Estás segura de que nunca se dará cuenta?

—Usa los fusiles mucho más, ya lo sabes. Pero cuando le dé por desmontarlas y limpiarlas…, se dará cuenta.

—Ya ha pasado un año y aún no lo ha notado —susurré absorto.

Me tiró del brazo para despertarme de aquella pesadilla.

—James, esos pringados deberían besar el suelo que pisas. Son unos desagradecidos.

—No hables así de mis amigos.

—Me refiero a la gilipollas de Amelia y a su hermano. Ya lo sabes.

Sentí que el suelo se volvió blando. Creí que me iba a desplomar.

—Será mejor que vuelva a casa.

Por un momento mis fantasmas abandonaron mi cuerpo y se mostraron tal como eran: débiles e indefensos.

Hasta Taylor se dio cuenta. Cuando percibió que estaba temblando, se puso más melosa conmigo. Tomó mi mano y trató de calentarla entre las suyas.

—No, James. Quédate. Nos lo pasaremos bien. Te lo prometo.

—Como quieras —le respondí encogiéndome de hombros.

Volvimos al salón. Tiffany parecía estar absorta en su mundo de música y unicornios. Fumaba y bailaba como si nada la afectase.

«Cómo la envidio, joder».

En un momento dado, abrió los ojos. Pero no era a mí a quien buscaba.

—¿Por qué no bailas tú también? —le propuse a Taylor.

Me eché en el sofá y saqué todo lo necesario para preparar un porro. Mientras, Taylor cerró los ojos y empezó a moverse al ritmo de la música. Taylor no era como Tiffany y yo. Nunca se soltaba del todo, pero era cierto que, en esta ocasión, llenó su copa más veces de la cuenta, y sin darse cuenta, dejó que algunas gotitas de su *rosé* salpicasen la alfombra.

—¿Te estamos aburriendo? —me preguntó Taylor mientras Tiffany trataba de llamar su atención.

No me cabía ninguna duda de que Tiff estaba colada por Taylor.

La rubia era la única que parecía no enterarse.

—Me estáis aburriendo.

Tiffany y yo nos miramos mientras ella trataba de enroscarse en el dedo un mechón de Taylor. Aquel gesto no resultó lo bastante elocuente, así que tuvo que cambiar de estrategia. Taylor soltó un leve gemido cuando su amiga bajó su mano hasta uno de sus pechos, cubierto por un camisón de seda. Pero Tiffany estaba demasiado borracha para que Taylor se la tomara en serio, de modo que la rubia reaccionó soltando una carcajada. Solo dejó de reírse cuando su amiga le estampó un beso en la boca.

—¡Para! ¡Está Jamie aquí!

Lamí el papel de fumar con la punta de la lengua sin quitar los ojos de encima a las chicas.

—¿Esos son los besos que os dais vosotras? —pregunté con un mohín de desprecio.

Taylor puso toda la carne en el asador. Sin dejar de mirarme, abrió la boca de forma exagerada cuando su amiga le metió la lengua.

Observé cómo las manos de Tiffany acariciaban las caderas de Taylor, y por fin las introducía bajo la seda roja que cubría sus muslos. Taylor no opuso resistencia.

Tiff y yo estábamos más borrachos y colocados que Taylor, pero esta última e aceptó de buen grado las atenciones de su amiga. Estaba seguro de que, en otras circunstancias, jamás se habría prestado a algo semejante, ni siquiera estando borracha.

«Las chicas son rarísimas. ¿Por qué me da la impresión de que le está gustando?».

—¿Y ahora? —preguntó Tiffany.

—Ahora...

«No, no estoy de humor. Dejémoslo aquí».

—Y ahora nada. Nos fumamos este y me voy a casa. Taylor, vete a dormir antes de que llegue tu padre —dije, dando el asunto por zanjado, y me encendí el porro.

Al principio resultaba muy excitante salir con ella solo para hacer que él se enfadase, pero desde que me amenazó con darme de comer a los osos..., en fin, empecé a ir con pies de plomo.

—No volverá esta noche... —murmuró la rubia antes de sentarse a horcajadas en mis rodillas.

Cerré los ojos. La cabeza me daba vueltas por culpa del alcohol, y de pronto era como estar de nuevo en la camioneta de Jackson.

«Esa niñata de los cojones se ha puesto rojísima cuando le he puesto la mano en los muslos...».

—Creía que te quedarías un poco más, Jamie...

«Y ha vuelto a pasarle cuando he empezado a juguetear con los mechones que le caían por la espalda. Si ella supiera lo mucho que me gustaría darle un buen tirón a esa cabellera...».

Taylor me acarició la nuca, fue bajando por la espalda y me hincó las uñas arrancándome un gruñido de dolor.

Me llevé el porro a los labios, inspiré una buena bocanada y solté una nube aromática, apuntando al techo de la habitación.

—Venga, James…

Un susurro cálido me entró por los oídos, devolviéndome a la realidad.

—¿Estás segura de que quieres que me quede?

Nunca lo hacíamos en su casa, y mucho menos con su mejor amiga mirando.

—Para eso te he llamado.

Taylor me usaba como si fuera su juguete.

—¿Puedes quitarte esto? —le pregunté cuando empezó a comerme la boca con lujuria, sacándome y metiéndome la lengua.

—Lo he comprado en Victoria's Secret y me ha costado un ojo de la cara. Me lo quiero dejar puesto.

Cómo me aburren las pijas.

«No me despeines, que acabo de salir de la peluquería. No te beso, que se me va la pintura de labios. Este conjuntito es el más caro que tengo en el armario, no me lo vayas a arrancar».

Era normal que a veces prefiriese a los chicos. Todo era mucho más simple: menos palabras y más hechos.

—Ay, despacio.

Taylor acababa de clavarme los dientes en el cuello, y ahora estaba arañándome la espalda, pero la sensación de fastidio se hizo más llevadera cuando empezó a frotarme el bajo vientre. Aquel movimiento empezó a gustarme, me estaba excitando.

Le acaricié los hombros desplazando los pulgares por sus marcadas clavículas hasta que hice resbalar los tirantes de su conjunto. De pronto ella pareció tensarse.

—¿Qué haces? Tiffany sigue aquí —musitó entre risas mientras su amiga se nos acercaba para quitarme el porro de las manos.

—No querrás echarla ahora…

—James, no seas tan pervertido como siempre…

—No he dicho nada raro.

Apoyé la cabeza sobre el sofá, a la espera de su siguiente movimiento.

Taylor me pasó las manos por el vientre y me quitó la camiseta. Lo hizo bruscamente, sin la menor delicadeza. Me acordé de la noche anterior, cuando June White me había ayudado a desvestirme.

Mi camiseta acabó en el suelo. Taylor recorrió mi pecho con sus manos tibias y su boca húmeda.

A saber lo que había en ese momento en su cabecita.

—Ponte las pilas —le susurré a Tiffany, que estaba fumando al otro lado de la habitación.

Ella abrió los brazos como preguntando: «¿Qué quieres que haga?».

—Vamos, ven aquí, muévete —le susurré como pude, porque Taylor me estaba devorando los labios.

—Pero no puedes tocarlo. Es mío —le advirtió la rubia cuando oyó a su amiga acercarse a nosotros.

Tiffany me puso el porro en los labios, lo cual me permitió disfrutar un poco de aquel humo. Pero de repente Taylor nos miró escandalizada.

—¿Pero qué haces todavía en bragas? ¿Qué te pasa, Tiff? ¿Es que quieres mirar cómo lo hacemos?

—Oh, creo que no quiere limitarse a mirar. —Sonreí mientras me lamía la parte interior del labio, que Taylor me había dejado en carne viva.

Tiffany se quitó el sujetador y nos mostró sus pechos firmes y redondos.

«Tengo que desnudarme».

Empecé a sentir un calorcito en la nuca que me animó a bajarme los pantalones del chándal hasta las rodillas. Me quedé con el pecho desnudo, a merced de sus manos.

—¿Por qué no os besáis otra vez?

Mi sugerencia despertó el interés de Taylor, que observaba a su amiga entre sorprendida y excitada. Estaba sentada en mi regazo con las piernas abiertas, de modo que solo tuve que bajar la mano hasta sus bragas, hacer un gancho con el pulgar y apartar la tela para dejar al descubierto su zona íntima y que así pudiera restregarse contra mis bóxeres.

—James, ¿no crees que estás demasiado colocado?

—Tú bésala.

Sujeté a Taylor por las caderas mientras se inclinaba hacia su amiga. Tiffany le lamió los labios de tal modo que me provocó una erección instantánea.

Había esperado demasiado. Desplacé una mano inquieta hasta el bolsillo de la chaqueta que estaba tirada en el sofá, en busca de una pastilla.

—James, no te pases que ya sabes cómo te pones...

«Claro, lo importante es que siempre esté listo para los demás».

—Esta no es para mí.

Saqué la lengua y puse encima la pastilla de colores. Tiffany se abalanzó sobre mí como si fuera una presa suculenta, pero yo le dije que no con la cabeza. Me giré hacia Taylor. Se me quedó mirando, sin saber qué hacer. Pero su indecisión solo duró un segundo. Nuestras lenguas se entrelazaron en una danza frenética que me permitió pasarle lo que quería.

—Jamie... —La voz de Tiffany reclamaba su parte, y me lo hizo saber posando su cálida mano sobre mi bíceps.

Me suplicaba con la mirada. Yo no sabía si lo que querían de mí era sexo o droga, pero no pensaba echarme atrás: les daría lo que quisieran.

Taylor estaba totalmente desinhibida. Se me escapó un gemido de excitación cuando introdujo ambas manos en el interior de mis bóxers. Y a continuación traté de alargar otra vez el brazo hacia la chaqueta. Tiffany estaba temblando.

—Si la quieres, tendrás que abrir la boca.

Pero en lugar de darle inmediatamente el veneno que tanto ansiaba, me lo tomé yo. Al principio gruñó, visiblemente frustrada. Pero no tardó en pasar de la desilusión a la excitación, en cuanto le introduje la última pastilla en la boca. Cerré los ojos.

«Por fin».

Mi cerebro empezó a notar los efectos.

«Pero no mi cuerpo».

De repente sentí mucho calor en las mejillas y en la entrepierna. No veía nada, solo sentía. No eran solo besos, sino incendiarios movimientos bucales alrededor de una erección que me palpitaba más allá del ombligo.

Casi sin respiración, bajé la mirada hacia mi vientre, donde la melena rubia de Taylor empezaba a moverse arriba y abajo, y me estaba haciendo perder la cabeza. Tiffany se subió al sofá y se puso a mi lado. No hice nada, me limité a abrir la boca y posé los labios sobre los pezones pequeños y turgentes que me ofrecía. Se los lamí hasta que estuvieron húmedos y duros. Ella se bajó las bragas deslizándolas por los muslos.

En un momento dado, sentí que la habitación empezaba a girar a mi alrededor.

Le aparté el pelo a Taylor, que le caía en cascada por el rostro.

—Joder, ¡sí! —gemí cuando noté mi sabor en su lengua húmeda. Seguimos besándonos mientras las expertas manos de Tiffany ceñían condón sobre mi contundente excitación.

Tuve que concentrarme mucho en lo que estaba a punto de hacer. El sexo era un ejercicio automático: no importaba cuántas personas estuvieran involucradas, o el género al que perteneciesen. Pero la mezcla de alcohol y drogas estaba empezando a provocarme un efecto devastador, que hacía que mi cerebro se nublase y no reaccionara como debía.

¿El condón?

Lo tenía puesto.

¿Taylor?

Seguía hundido en su interior.

¿Tiffany?

La sentía, húmeda y caliente, en la punta de mis dedos.

Se me mezclaban los colores.

Primero el amarillo, después el negro.

Ante mis ojos, en mi boca.

Confundía sus gemidos.

—Te deseo.

La voz de Tiffany sonaba muy cerca de la boca de Taylor, que en esta ocasión no la rechazó.

Busqué con insistencia los labios de Taylor para mancharme los dedos con su pintalabios y dejar en su boca la humedad de su amiga. Las imágenes se mezclaban, los sabores se confundían, pero las sensaciones eran nítidas. Hice presa en las esbeltas caderas de la rubia y le di la vuelta.

Volví a hundirme en ella y con el índice recorrí la curva perfecta de su espalda. Su calor me absorbía, su cuerpo me resultaba acogedor. Sujeté con fuerza su larga melena rubia y le di un leve tirón para que bajase la cabeza. La empujé contra el vientre de Tiffany, que se puso de rodillas.

—Jamie...

La voz de Taylor, exhausta por sus múltiples orgasmos, me llegaba desde muy lejos.

En un momento dado, mis ojos se deleitaron con la visión de aquella cabeza rubia enterrada entre los muslos de Tiffany. Empecé a empujar más fuerte. Oía cómo la respiración de Taylor se aceleraba al alcanzar otro orgasmo, mientras Tiffany echaba la cabeza hacia atrás, jadeando de placer.

Esperé a que ambas llegasen de nuevo al éxtasis, y cuando sentí que Taylor se contraía de nuevo alrededor de mi erecta virilidad, ya no pude contenerme más. Me corrí gruñendo como un animal, vaciándome en el condón, hasta la última gota.

Una oleada de calor me atravesó el cuerpo.

Sentí que lo había expulsado todo, hasta el alma.

—Mañana tendré que adecentarlo todo antes de que llegue la limpiadora —comentó Taylor, tumbándose tranquilamente en el sofá—. Por favor, que esto quede entre nosotros —susurró avergonzada, mientras se colocaba bien el camisón.

Tiffany se estaba volviendo a poner las bragas. Después hizo lo mismo con el sujetador, sin dejar de mirarme sonriente.

«Como si no lo hubiésemos hecho ya mil veces...».

Me daba igual que fuera Bonnie, Taylor o Stacy.

—¿Adónde vas, Jamie?

Tenía calor y necesitaba tomar el aire. Quería estar solo.

Me subí los bóxeres y el pantalón, y fui al baño a deshacerme del condón y a lavarme las manos.

En el espejo vi a un chico con el pelo revuelto, las mejillas enrojecidas y el cuello magullado. Esa imagen no me provocó ninguna emoción, quizá porque aún estaba muy drogado. Lo único que notaba era aquel calor insoportable. Salí al balcón con el pecho descubierto.

Hacía frío, pero yo no lo sentía. Estaba muy acalorado y notaba un hormigueo en la piel.

Saqué el móvil y vi que había una notificación.

> Recuerda que tenemos un trabajo que hacer.

Sonreí ingenuamente al ver aquel mensaje mientras que la pequeña llama del mechero me iluminaba las manos.

> Que sí, niñata tocapelotas.

> Intenta no presentarte borracho o drogado mañana, por favor.

Volví a sonreír.

> Que sí, mami.

—¿De qué te ríes? ¿Con quién hablas?

Oía la voz de Taylor, lejana e irritante.

—Nadie —masculló, sin que me importase resultar desagradable.

Quería estar solo, así que cerré la puerta del balcón.
Me puse un cigarrillo entre los labios. Los tenía algo pastosos.

> Yo te llevo el trabajo. De todas formas, mañana tengo que ir a tu casa a echarle una mano a Jasper.

> Menuda maestrilla estás hecha…

> Vete a dormir ya, Hunter. ¿Qué haces aún despierto, si antes no te tenías en pie?

Inspiré con lentitud, dejando que el humo me caldease los pulmones, y a continuación lo dejé salir para ver cómo se disolvía en la noche, junto con el resto de mis problemas.

> Si tú supieras, Blancanieves. Hasta mañana.

Se me había pasado el sueño. Igual mi madre tenía razón. Era un niño muy impaciente. Demasiado impaciente. Siempre me moría porque llegara el día siguiente.

Aunque solo fuera para perder de vista a Taylor y a Tiffany.

Lo que tenía claro era que esa niñata me importaba un bledo.

Tan entrometida, tan cabezona.

## 43

## James

—¿Qué? ¿Me estás diciendo que Jasper no está?

Llevaba en mi casa menos de un minuto y ya me tenía harto.

—Mira, White, no sé qué coño quieres que te diga. Mi padre se olvidó de avisar a tu madre. Esta tarde Jasper tenía terapia.

No hizo ni caso de lo que le estaba diciendo, se abrió pasó y entró en mi casa. Llevaba una sudadera color cereza a juego con una diadema que destacaba sobre su melena rubia y lisa. Me di cuenta de que aún llevaba la falda del uniforme debajo de toda aquella ropa.

Me apresuré a hacerle un escáner. Lo hice discretamente, como siempre que me surgía la oportunidad. De todas formas, ella nunca se daba cuenta.

—¿Pero cuándo vuelve? —preguntó decepcionada.

Estaba a punto de echarla de una patada en el culo, pero entonces me vino a la mente la expresión serena en el rostro de Jasper cuando estaba con ella.

Era duro admitirlo, pero ver a mi hermano comunicándose con ella me resultaba extraño. Y no podía negar que también me resultaba muy placentero.

—¿Entonces me voy? —me preguntó atónita.

Me pasé la mano por el pelo, que aún estaba húmedo porque acababa de ducharme.

—Pues no sé, ¿quieres quedarte aquí conmigo? ¿Te invito a pasar a mi habitación, tomamos té con pastas y nos contamos secretitos?

—Payaso —me respondió irguiendo la cabeza.

¿Se moría de vergüenza cada vez que la rozaba y, ahora me hablaba de ese modo? ¿Quién coño se creía que era?

«Menudo culo tienes, chavala».

Suspiré, tratando de controlar los nervios. Ella, mientras, ya había rodeado la mesa de la cocina para dejar encima una carpeta.

—Toma.

«Ah, ya, el trabajo de los cojones».

—Tienes que terminarlo de aquí a mañana. ¿Estamos de acuerdo, Hunter?

June trató de emplear un tono de voz enérgico, pero en realidad sonó mucho menos segura de lo que pretendía. Estaba claro que no creía que yo fuera capaz de cumplir mi cometido.

—Tu trabajo me importa una mierda. Necesito fumarme un cigarrillo —le respondí para hacerla enfadar.

—Ni se te ocurra fumar mientras estudiamos.

—Ah, ¿es que ahora estudiamos juntos? White, ¿no habías dicho que tenía que hacerlo yo solo?

Saqué un papel de fumar, pero ella me lo arrancó de la mano antes de que pudiera ponerle el tabaco encima.

—¡¿Qué estás haciendo?!

—Un porro, ¿quieres?

—¿Estás loco? Claro que no.

Me miró con expresión hosca y no tardó en seguir quejándose.

—Mira, Hunter, he hecho todo lo posible por ser amable, cordial, por tratar de…

En ese momento le sonó el teléfono. Corrió hacia la mochila que había dejado en una esquina de la cocina. Cuando se inclinó para sacar el móvil, la falda del uniforme se le levantó peligrosamente.

Aparté la mirada. Me parecía bien provocarla en broma, pero tenía claro que no debía mirarle el culo a la chica de William.

La oí hablar animadamente, así que, sin pensármelo, me acerqué a ella.

—¿Quién es?

«¿Cómo que "quién es"? ¿Qué coño estaba preguntando?».

June se giró y me respondió con un suspiro.

—Will.

«¿Cuándo se decidirá a hablar con ella en serio?».

Igual debería haberlo convencido de que lo hiciera. No tenía sentido que se metiera en una historia como aquella. Especialmente teniendo en cuenta los asuntos que teníamos pendientes con Austin.

Se fue hacia el salón para poder charlar tranquilamente, así que decidí darle un poco de privacidad. Terminé de liar el porro y salí al jardín.

Cuando había dado solo un par de caladas, la oí volver. Estaba hecha una furia.

—Pásamelo —me ordenó tendiéndome la mano.

—¿Y ahora qué quieres?

Me miraba directamente a los ojos, sin pestañear. A veces creía que me tenía miedo; otras veces, que sentía un fuerte desprecio por mí. Y en ciertas ocasiones, como en ese momento, me daba la sensación de que no le tenía miedo a nada.

—Fumar.

—Eh, oye, frena un poco, chavala. ¿Qué te pasa? —le pregunté alejando el porro de ella.

—Quiero fumar. ¿No me has ofrecido el porro hace un momento?

—¿Ha pasado algo?

—No, quiero fumar.

—¿Te has vuelto retrasada?

—¿Sabes que te estás insultando a ti mismo, no?

La verdad es que siempre tenía razón.

Esperé a que se sentase a mi lado, y entonces le pasé el porro.

Nuestros dedos se rozaron de forma casi involuntaria, pero ella retiró la mano.

—El porro es para que te lo fumes, no para que lo mires —le dije en tono burlón.

—Me lo he pensado mejor, no estoy segura.

—Pruébalo. No pasa nada por una calada. —Sonreí.

Pero ella no me devolvió la sonrisa. Sus ojos claros me clavaron una intensa mirada. Era como si entre nosotros no hubiese barreras.

Le acerqué el filtro a los labios. Sentí en mis dedos el calor de su aliento y la suavidad de su boca. Me sobrevino un temblor, pero ella no se dio cuenta. Se dejó llevar. Inspiró con rapidez, y al instante empezó a toser.

—Por Dios, qué asco.

—Es un veneno para los pulmones, claro que da asco. —Me encogí de hombros y seguí fumando.

—¿Y entonces por qué fumas?

—Porque al poco de empezar ya te has acostumbrado… y ya no puedes evitar envenenarte cada día.

—¿Crees que, en pequeñas dosis, ese veneno es menos letal?

Di una calada rápida antes de responderle.

—El organismo se vuelve adicto, así que supongo que sí.

—Pero el sabor es asqueroso —concluyó, tendiéndome la mano.

Esta vez se lo pasé y fumó ella sola.

La miré de reojo. No se dio cuenta. Se recogió un mechón detrás de la oreja y bajó la vista, avergonzada.

«No me puedo creer que, con esa cara, Blancanieves nunca haya visto una polla».

—¿Pero qué te pasa? —me preguntó enfadada.

—Nada.

—¿Me estás escuchando o no?

Hice una mueca con el labio, y ella resopló al verme.

—¿Qué has dicho?

—Que deberías dejarlo. Y no solo hablo de fumar.

Le mostré mi sonrisa más chulesca.

—¿Y eso por qué? ¿Qué tiene que decir sobre eso una niñata como tú?

—Porque sabes perfectamente que te está matando.

—¿Quién te dice que no estoy muerto ya?

—¿Te funcionan bien con las chicas estas frases como de Tumblr de 2014?

Frunció las cejas y esbozó una sonrisa infantil. La hierba le estaba haciendo efecto por fin.

—Eres idiota. Solo le estoy dando un empujoncito a la muerte, a ver si viene a buscarme antes de lo previsto.

Parecía como si ya le resultara imposible ocultar sus emociones. Ya no se reía. Se observó las uñas cortas y mordidas.

—Al fin y al cabo, todos nos vamos a morir, ¿no? No saber cuándo pasará es excitante que te cagas. ¿No crees? —le pregunté pasándole el porro.

Apartó la vista, nerviosa, y se puso la capucha de la sudadera roja, dejándose por fuera dos mechones rubios.

Le sentaba bien el rojo, estaba casi guapa.

—Pues no sé. Yo creo que es una estupidez arruinarse la vida por un momentito de placer. Se me han pasado las ganas. Toma.

Recuperé el porro y negué con la cabeza.

—¿Te merece la pena vivir cuando ya has decidido que tendrás una existencia aburrida y sin ningún tipo de placer?

—Yo no he dicho eso —protestó casi ofendida—. Solo digo que es imposible vivir como vives tú, James.

—Siempre he tenido debilidad por las cosas imposibles —susurré.

Se sentía atraída por mí. Lo veía. Lo sentía.

No quería andarme con rodeos.

—Te he visto, Blancanieves. Siempre me estás mirando los labios.

Se cubrió la cara con la excusa de ajustarse la capucha.

—¿Por qué te reduces al papel de chico malo? No lo eres.

—¿Y tú por qué te reduces al papel de chica buena? Tampoco lo eres.

Mi respuesta pareció descolocarla.

—Perdona, ¿y en qué se basa tu suposición?

—Te mueres por besarme aunque sea el mejor amigo de tu chico.

Se llevó las manos a la cara y se cubrió las mejillas enrojecidas.

Se moría de vergüenza, y al verla así me entraron ganas de empotrarla contra la pared y meterle la lengua hasta la campanilla. Aunque solo fuera para demostrarle que tenía razón y que, con un simple beso, podía hacer que una chica como ella acabase con las bragas empapadas. No es que a mí me apeteciese, faltaría más.

Bajó la vista. El humo le había ralentizado las ideas, que normalmente fluían por su cabeza con rapidez.

—No… Yo no quiero hacer eso. Te equivocas. Tu suposición no se basa en nada. Es tu arrogancia la que te ha llevado a hacerte esa idea. La misma arrogancia que hace que vayas tan sobrado por la vida.

—Y dale con el bla, bla, bla… He dejado de escucharte en la primera frase, White.

—Te odio, Hunter.

Entreabrí la boca y resoplé. Ese gesto le hizo mirarme inmediatamente.

Podía decir que me odiaba, pero la realidad era otra.

—Si sigues haciendo eso yo también voy a acabar mirándote la boca —murmuré posando mis ojos en sus labios turgentes.

—¿Qué dices?

Los separó apenas y se los humedeció en un acto reflejo. Aquel gesto inocente me despertó pensamientos muy sucios y emociones contradictorias.

«Joder, pues sí que tiene bonitos los labios».

Igual había puesto demasiada hierba en aquel porro. Estábamos los dos de lo más confusos.

«Me gustaría lamérselos. Ahora».

Si no fuese la chica de William, ya lo habría dicho.

O quizá no… No dejaba de ser June White.

¿Pero qué tenía yo en la cabeza? Seguro que me habría mandado a la mierda instantáneamente.

Y, sin embargo, sus ojos buscaron de nuevo mi boca.

«Si supieras lo que he hecho con estos labios, puede que no los miraras así».

Dejamos de lanzarnos miradas furtivas los dos al mismo tiempo, en cuanto reanudamos la conversación.

—Dime una cosa, White. —Bajó la cabeza, a la espera de que le hablase—. ¿Lo que me contaste el otro día era cierto?

—¿A qué te refieres?

—A lo que me contaste de tu hermano.

—Claro, ¿por qué te mentiría sobre algo así? —me dijo, enderezándose inmediatamente.

—No me refiero a eso. Lo que digo es que no sé por qué… —Le lancé una bocanada de humo directamente a la cara y ella pareció hacerse más pequeña dentro de su enorme sudadera—. ¿Por qué lo hiciste? ¿Por qué me lo contaste?

—Me salió de manera natural. Si te molestó…

—No, claro que no me molestó.

—Will también me ha dicho que a veces soy demasiado directa.

«Menuda chorrada».

—¿Se lo has contado también a él?

Me estaba metiendo en terreno pantanoso. Demasiado pantanoso incluso para mí.

—No. Nunca ha surgido la ocasión —admitió.

Me quedé callado.

No era capaz de tener secretos con ella. Si Will lo hubiera descubierto…

—James, no entiendo por qué has sacado a relucir una confesión que te hice en un momento de debilidad.

—Por la forma en la que me lo contaste.

—¿A qué te refieres?

—Me dio envidia.

Nos miramos a los ojos. Uno, dos, tres… quizá fueron cuatro segundos. Y ambos bajamos la mirada.

—James…

Sus pupilas hicieron que sintiese que me ardían los dedos mientras golpeaba el filtro para apartar la ceniza.

—Yo también quiero preguntarte una cosa.

—Si es necesario… —respondí entrecerrando los ojos.

—¿Qué hacían Amelia y Brian en tu foto familiar?

«Menuda chismosa está hecha…».

—Métete en tus putos asuntos. Ese tema no te importa.

—Eras un niño muy gracioso —dijo riéndose de una manera casi infantil, lo que cual me hizo sentir aún más envidia por la naturalidad con que hablaba.

Su interés en apropiarse de mi pasado empezaba a hacer que me sintiera incómodo.

—No tienes ni puta idea de nada —le solté poniéndome en pie.

Apagué la colilla en el cenicero que había sobre la mesita del porche. Cuando pasé por su lado para volver al interior, noté que había empezado a ponerse pálida.

—Necesito…

Trató de levantarse, pero le dio un mareó.

—¿Estás bien?

—Creo que sí… —respondió sin mucha convicción.

—¿Te traigo un poco de agua? —le pregunté preocupado.

—No, será mejor que…

—¿Qué? Habla.

—James, no me siento bien.

Me acerqué a ella y la sujeté de los brazos, impidiendo que se cayera al suelo.

—¿Tienes la tensión baja?

—Sí…, ¿por?

—Me lo tendrías que haber dicho antes, joder. No te habría dejado fumar.

Me posó la frente en la espalda, así que la aferré por la cadera y la llevé hacia el sofá.

—¿Puedes sentarte tú sola?

Se dejó caer de cualquier modo, como ajena a mi presencia.

La falda del uniforme se le levantó un poco y sus firmes muslos quedaron a la vista. Tenía los ojos cerrados en una expresión inocente que me hizo sentir raro.

No era más que una chica, y yo debería estar pensando en cómo zumbármela. Y, sin embargo, le bajé la falda hasta la rodilla prestando atención en no rozarle la piel. Entonces la arropé con la manta de Super Mario de Jasper.

Por un segundo me temí lo peor. Me imaginé a William entrando por la puerta. No me lo habría perdonado. Y no solo por el hecho de que estuviera desmayada en mi sofá.

Tenía la imaginación desbocada. Ahuyenté aquellas ideas y me senté a la mesa de la cocina.

«La desigualdad de género en la literatura».

Leí el título del trabajo que nos había mandado hacer el subdirector.

«Veamos lo que ha escrito esta chavala», me dije mientras echaba un vistazo a las primeras líneas.

Tenía prólogo, introducción…, ¿pero dónde estaba el desarrollo? «No hace más que darle vueltas al problema sin enfrentarse a él. Es lógico que la obligara a empezar desde el principio». Había buenas ideas, pero no profundizaba en ellas. Era como si le diera miedo exponerse. Aquel texto no tenía ninguna enjundia.

«Pero qué tontorrona, tiene letra de niña pequeña».

Me pasé una hora delante de aquel maldito trabajo mientras ella seguía durmiendo. En un momento dado, su cabeza rubia emergió del sofá.

—Pero dónde… —Abrió los ojos de par en par cuando se dio cuenta de que estaba en mi casa.

—Esa cabecita está llena de ideas interesantes… —le dije.

—¿Qué haces? —preguntó temerosa al verme con su trabajo en la mano.

—Lo acabo de terminar.
—Oh, no. Me había olvidado del trabajo.
—Ya lo he hecho yo. En serio.
Parecía no fiarse de mí.
—¿Me has dejado dormir?
—¿Tendría que haber hecho otra cosa?
Desconcertada y con el pelo revuelto, miró a su alrededor.
—Tengo un hambre…
—Es por la hierba. Yo también tengo hambre, pidamos algo —sugerí mientras guardaba los folios en la carpeta.
—¿Aquí? —me preguntó con una mueca casi escandalizada.
—¿Qué coño quieres? ¿Una invitación formal?
Le echó un vistazo al móvil.
—Es tarde. Lo mejor será que vuelva a casa —masculló algo que no entendí y cogió su mochila.
—No te olvides de esto —le recordé pasándole el trabajo.
Ella lo observó cuidadosamente.
—Gracias, James… Eh…
Fruncí el ceño cuando vi que se me acercaba inesperadamente. Me quedé quieto, rígido. Inspiré profundamente, cerré los ojos.
Un beso en la mejilla.
Y, entonces, se fue.

# 44

# June

Qué estúpida.

Lo escribí en una nota del móvil para inmortalizar el ridículo que había hecho aquella tarde. Prácticamente me había desmayado en el sofá de James después de haber dado dos caladas.

Conociéndolo, seguro que había pensado que era una ridícula. Ni que decir tiene que ahora haría lo de siempre: esperaría a que estuviésemos en el instituto y aprovecharía lo que había pasado para reírse de mí delante de todos.

Había extraído tres lecciones de aquella experiencia:

*1. No vuelvas a fumar*

Lo apunté en el teléfono. Quería hacerme a mí misma esta promesa. Al parecer, cuando me encontraba bajo los efectos de algunas sustancias, hacía cosas muy poco sensatas..., como darle un beso en la mejilla al chico al que odiaba.

*2. No te quedes nunca dormida en la casa de tu enemigo*

Porque cuando te despiertes pueden suceder cosas absurdas, como que él haya terminado el trabajo por ti.

*3. Sé menos impulsiva*

No debería haberle colgado el teléfono así a William..., pero sus palabras me habían dolido.

—Tengo demasiadas cosas en la cabeza, June. Quizá sería mejor que nos lo tomásemos con más calma. —Eso es lo que había tenido que escuchar con mis propios oídos.

—¿Con más calma en qué sentido? —le pregunté, aunque intuía que lo que quería decir era que no nos siguiésemos viendo.

—Vamos, ya sabes a lo que me refiero. Es lo que suele decirse en momentos como este.

No aguanté más.

—¿Y qué respuestas se dan a frases como esa, Will? Explícamelo.

—Dime que te parece bien, que ya iremos viendo.

—No te entiendo.

—June, eres muy pesada cuando te pones así.

Le colgué inmediatamente.

En más de una ocasión había tratado de ser comprensiva con él. Incluso le pedí perdón después de que, en un arrebato, lo obligase a elegir entre su mejor amigo y yo. ¿Y qué había obtenido a cambio? Seguir perdiendo el tiempo.

Odiaba estar en casa de James cuando recibí aquella llamada de Will.

Me habría gustado estar en mi casa para poder controlar mi reacción. Para asumir mejor los sentimientos negativos y la desilusión.

Para asumirlo a mi manera.

Pero estaba allí, totalmente expuesta. Y no quería que James me viese tan vulnerable.

Así que le pedí que me dejase fumar. Claro que jamás se me habría pasado por la cabeza que acabaría dormida en el sofá mientras él se encargaba del trabajo… Estaba claro que aquel había sido solo un pequeño gesto; pero para alguien como James no era tan pequeño. No entendía por qué no me había echado de su casa.

«June, es el capullo arrogante de siempre… No pienses cosas raras».

Me senté ante el escritorio y abrí la carpeta para leer la parte del trabajo que James había escrito. Me sorprendí sonriendo, así que apreté los nudillos contra las mejillas. Era como si quisiera ocultarme a mí misma aquella reacción.

¿Por qué coño me entusiasmaba al comprobar que James había entroncado dos ideas brillantes seguidas? ¿Cuál era mi problema?

De repente sentí un sonido proveniente de la habitación de al lado. Después se hizo el silencio. Seguí leyendo el trabajo, pero los ruidos se hicieron más insistentes. Era como si acabara de desatarse la Segunda Guerra Mágica. Me levanté. Así no había quien se concentrase.

Fui al baño y me encontré a mi madre golpeando el lavabo con los pinceles, como una loca.

—¿Has cambiado de trabajo? ¿Has dejado la pintura para hacerte percusionista?

Dejó de hacer ruido. Seguía con la cabeza baja y las manos agarradas al lavabo, como si estuviera a punto de caerse. Y, lo más increíble, no me estaba ni regañando ni escuchando.

—¡¿Mamá?! —La miré con preocupación, y no pude por menos que fijarme en su esbelta figura, que ahora parecía más deslucida—. ¿Te encuentras bien?

—Perdona… —murmuró sin volverse.

En el espejo vi reflejada una lágrima surcando su rostro demacrado. Por un instante me pareció que había vuelto a cuatro años atrás, cuando en su rostro solo había cabida para el dolor en estado puro.

—¿Qué sucede? —Me acerqué a ella con cuidado y posé una mano en su espalda temblorosa—. ¿Algo va mal?

—No pasa nada.

Se enjugó las lágrimas con la palma de la mano y se esforzó en sonreírme.

—Me tienes preocupada —le confesé, señalando con la cabeza las manchas de color que ensuciaban las baldosas.

—No debes preocuparte por nada, cariño. Solo he tenido un momento de…

—¿Estás triste por el tema económico que me habías comentado?
—No.

Abrió el agua del grifo para terminar de enjuagar los pinceles. Lo hacía con rabia, como si eso le aliviase el estrés, como si no tuviera otra forma de afrontar la desilusión y la tristeza que no fuese la pintura.

—No andamos escasas de problemas económicos y, quizá, tu instituto se nos va un poco de precio…, pero no era por eso. Son cosas mías, temas personales. Aún no he preparado la comida, ¿nos ponemos manos a la obra?

«No, ahí había gato encerrado».

—Mamá, normalmente no me inmiscuiría en tus cosas, pero... ya que tu vida personal tiene que ver, en parte, conmigo...

—¿De qué hablas?

—¿Qué está sucediendo? ¿Tiene que ver con Jordan?

Se escondió detrás de unos mechones dorados.

Bingo.

—Como ya te dije, la nuestra solo es una relación de trabajo... y así seguirá siendo.

—Pues no pareces muy contenta al decírmelo.

—Porque anteayer me llevó a cenar.

Ahora sabía dónde estaba Jordan Hunter la noche que estuve con Jasper.

—¿No acabas de decir que solo es una relación laboral?

—Sí, lo es... Pero...

La inseguridad de su mirada hizo que no me pudiera contener.

—Mamá, suéltalo de una vez. Por favor —le espeté impaciente.

Me miró a través del espejo, como si no tuviera el valor de decírmelo a la cara.

—Nos besamos.

«Lo sabía. Joder, lo sabía. Menuda mierda».

—Eres una mentirosa. ¿Eres consciente de ello?

—June, estoy muy arrepentida.

Se acercó a la bañera, se sentó en el borde, suspiró y me pidió que me acercase.

—June...

Era incapaz de enfadarme con ella. En aquel momento se la veía tan débil y tan frágil que solo quería darle un largo abrazo. Pero no lo hice. Me quedé rígida con los brazos cruzados.

—¿Te has arrepentido porque besa fatal?

Esbozó una risa breve que le arrugó un poco el rostro.

—No es por eso. Es porque debería estar pensando en el tema laboral, debería pensar en ser madre y no en salir por ahí y divertirme como una adolescente.

Cerré los ojos, y traté de erradicar todo el egoísmo que albergaba en lo más profundo de mi ser.

—Mamá, si te pasas la vida trabajando y haciendo de madre, nunca vivirás de verdad. Eso solo es sobrevivir. No es justo, y no te lo mereces. Lo único que te pido es que… no sea precisamente con Jordan. —Me pegué a su costado—. Te gusta mucho, ¿verdad?

Asintió.

—No quiero que te sientas culpable por mi culpa. El problema no es que salgas con un hombre, el problema es que sea con él. No me parece bien, mamá. Si su hijo es así, no creo que él pueda ser mucho mejor persona.

—¿Cómo te va con Jasper? —me preguntó cambiando de tema.

—Bien. Me gusta darle clases. Es un poco testarudo, pero muy inteligente.

—Me alegro. Sabría que encontrarías la manera de echarle un cable.

—Ayer no lo vi porque tenía terapia. Creo que va un par de veces por semana —masculé rascándome la pierna compulsivamente a través del roto de mis vaqueros.

—¿Viste a Jordan?

—No, James estaba solo en casa. —Entorné los ojos, pero ya era demasiado tarde.

—Pero estuviste fuera un par de horas, ¿no es así?

Su mirada suspicaz se topó de frente con la mía. Supe que había llegado el momento del tercer grado. Tenía que esquivar el golpe antes de que me lo lanzase.

—June…, ese chico tiene demasiados, pero que demasiados problemas.

—Sí, lo sé. Mira, tú solo prométeme que no volverás a «besar» a Jordan. —Marqué unas comillas con las manos.

450

—Por supuesto, June. Además, estoy segura de que tú tampoco «besarás» a su hijo. Y ahora ya puedes ir a estudiar.

Imitó mi gesto de las comillas y siguió limpiando los pinceles, con lo cual me dejó aún más confusa.

> June, tengo que hablar contigo.

El primer mensaje de William me dejó indiferente. Es más, para ser sincera, me provocó un poco de hambre.

Tras la discusión con mi madre, había ido a la cocina a prepararme leche con galletas.

Eran las cinco de la tarde, ¿qué mejor momento para tomar una buena merienda?

Me había pasado el viernes por la noche en aquel lugar lleno de gente horrible, el sábado por la tarde en casa de James (haciendo lo que todos sabemos que hice), pero hoy mi vida había vuelto por fin a la normalidad.

Deberes, Netflix y comida.

Quizá fuera mejor así.

El móvil empezó a vibrar. No lo miré. Si lo hubiese hecho, habría tenido la tentación de responder..., así que preferí esperar a que colgasen.

Llamada ignorada. Era William.

¿Qué esperaba que hiciera? ¿Es que no tenía nada mejor en que ocupar el tiempo que no fuera llamándome?

> June, ayer no debí decirte esas cosas. Me he esforzado mucho en alejarte de mí, pero lo único que quiero es hablar contigo. Solo esta vez.

Habría querido fingir que no me afectaba, que mojar la galleta con pepitas de chocolate en la leche era lo más importante que tenía que hacer en ese momento..., pero sí que me afectó.

Abrí su perfil de Instagram.

No quería que viese que había entrado en sus historias, pero me pudo más la curiosidad.

Vi una foto publicada un par de horas antes.

¿Cómo se le había pasado por la cabeza publicar una imagen así?

Era un selfi en el espejo: Will y James estaban sin camiseta ante un espejo, y ambos luchaban por acaparar mi atención. Mis ojos devoraron la foto de izquierda a derecha sin saber en cuál de ellos detenerme. Al texto de la foto, que hablaba sobre entrenar y trabajar duro para obtener buenos resultados, no le dediqué ni un segundo.

Me llevé las manos a la cara y me la froté enérgicamente.

Me estaba metiendo en un problema gordísimo.

> No creo que haya nada más de lo que hablar, Will.

Lo escribí con rapidez.

Su respuesta llegó de forma inmediata.

> Entiendo que estés enfadada conmigo. No quiero retractarme de nada, solo me gustaría darte las explicaciones que mereces. Si quieres, pásate por mi casa y hablamos.

Claro, faltaría más. ¿Por qué todos parecían empeñados en contarme medias verdades? Primero mi madre, ahora Will...

Me puse la sudadera y cogí la mochila.

Sentía una necesidad imperiosa de aislarme de todo y de todos, de ponerme los auriculares y dar una vuelta en bici.

Me puse las zapatillas y salí de casa.

Sentir el pelo al viento y los pulmones llenos de aire fresco me ayudó a encontrarme mejor de forma inmediata. La presión que me oprimía el pecho empezó a remitir, pero seguía teniendo tantos pensamientos acumulados en mi cabeza que me sentía como aturdida.

Will me gustaba, pero su comportamiento no hacía más que alejarme de él. James no me gustaba, pero su actitud me atraía como un imán. Y no debería ser así. Era el típico tío que se burlaba de mí delante de todo el mundo. Y no solo eso, también se comportaba así cuando estábamos a solas, pero yo era tan tonta que no me daba cuenta. De hecho, se había comportado de ese modo tanto en el coche de Jackson como en su casa el día anterior.

¿Acaso yo era demasiado ingenua? ¿O demasiado cautelosa?

Caer en la trampa de un chico como James Hunter habría sido fácil, facilísimo. Jamás se había fijado en mí un tío tan popular y atractivo como él. A decir verdad, ningún chico como él me había dirigido la palabra en toda mi vida.

Pero, por otra parte, sentía que con Will tenía una conexión especial… y no quería tirarla a la basura.

«Si fuera una persona más de fiar…».

La música sonaba a todo volumen en mis auriculares, y empecé a sonreír. Ahora estaba escuchando *Driver license* y, aunque Olivia Rodrigo era una elección algo prematura teniendo en cuenta que Will y yo no habíamos llegado a ser pareja oficialmente, pensé en él.

Algo vibró en la mochila: el móvil.

Seguí pedaleando ignorando el hecho de que me moría de ganas por saber lo que Will tenía que decirme.

«¿Y si quería contarme algo importante? ¿Y si necesitaba a una amiga y yo le estaba dando la espalda como una capulla egoísta?».

Tras dar vueltas alrededor de un par de manzanas, decidí acercarme a la casa de William.

Cuando toqué el timbre y se abrió la puerta, por poco no me da un infarto.

—¿Qué coño haces aquí?

«Joder, el que faltaba».

—Me ha llamado Will. ¿Qué coño haces tú aquí, Hunter? —Tragué saliva y traté de mantenerle la mirada, pero sabía que aquella era una misión titánica. Iba sin camiseta, y el sol del atardecer proyectaba algunas sombras sobre tu torso marmóreo. Parecía recién salido de la foto de Instagram.

Él mismo se encargó de poner fin a mis fantasías. Con una sonrisa, me cerró la puerta en las narices.

Ofendida, volví a tocar al timbre, presionando el botón como una tarada. Volvió a abrir James, esta vez riéndose sin ningún disimulo, con los dos hoyuelos bien visibles.

—¿Eres tonto o qué te pasa? ¿Por qué me has cerrado la puerta?

—¿Conoces una forma mejor de librarme de una tocapelotas como tú?

Mis ojos analizaron su rostro como si estuviera buscando el lugar perfecto para darle un bofetón. Pero al observar la tersura de su mejilla, lo único que me vino a la mente fue cómo sería el contacto de mis labios sobre su piel. Cuando le di aquel beso me pareció que su piel estaba en llamas; por un momento pensé que le quedaría una marca.

—¿No captas el mensaje? Vuelve a casa y deja de dar por culo.

Me tragué el insulto que estaba a punto de escarpárseme y volví a intentarlo con un tono de voz más sosegado.

—Me ha llamado Will.

Mi insistencia no surtió el menor efecto. Al contrario, se apoyó en el marco de la puerta, bloqueándome el paso.

—¿Qué tonterías dices? ¿Qué haces aquí?

—¿Te vas a callar de una vez? ¿Podrías vestirte? Gracias —le pedí, fulminándolo con la mirada.

—Voy sin camiseta cuando me sale de los cojones, Blancanieves.

«Dios, no aguanto a este tío».

Dicen que de cerca se ven mejor los defectos de las personas, pero en el caso de James era justo lo contrario. Tenía un cuerpo perfecto, tan envidiable que me hacía sentir incómoda.

—¿Qué coño quieres? —Bajó la barbilla en mi dirección y me obligó a lanzarle una mirada furibunda.

—De ti, nada. Aparta, por favor.

Ni que decir tiene que no se movió ni un centímetro. Siguió mirándome con arrogancia.

Más decidida que nunca, apoyé la palma de la mano en su pecho sudado y lo empujé..., pero fue inútil.

—¡Qué asco! —gruñí cuando mi mano resbaló por su pectoral.

James se inclinó un poco hacia mí para para ponerse a la altura de mi oído. Su aliento tibio me provocó un escalofrío.

—Sí, qué asco, ya. ¿Hoy tienes pensado darme otro besito? —me susurró, embriagándome con su perfume.

—Solo pienso en lo gilipollas que eres.

—Niñata de los cojones...

—¿June? ¿En serio que has venido?

Por fin apareció la figura de William tras la espalda de James. Fue como una aparición celestial.

—James, déjala entrar —le ordenó Will al ver que aún seguía en la puerta.

—¿Pero qué estabais haciendo? —les pregunté cuando me di cuenta de que Will también estaba completamente sudado, con la camiseta empapada y despeinado.

—Estábamos entrenando —explicó mientras James desaparecía en la cocina.

William se secó la frente con una toalla y se mantuvo a una distancia de seguridad.

—Me doy una ducha y ya vuelvo, ¿vale?

Asentí sin mucho convencimiento, y me senté en el último peldaño de la escalera que conducía a la segunda planta. Quería hablar con él, me moría por decirle que no podíamos seguir así y que...

Pero mis pensamientos se esfumaron de golpe. James apareció ante mí con una mano metida en el bolsillo del pantalón de chándal y un zumo de manzana en la otra.

—Que sepas que lo hice porque me sentía aturdida —le aclaré.

Pero James no prestó la menor atención a lo que le acababa de decirle.

—Jasper te ha estado esperando esta tarde —me espetó mirándome desde arriba.

—No he podido ir. —Bajé la vista de inmediato y la clavé en el parqué, ya que la visión de sus labios rodeando la pajita me perturbaba demasiado—. ¿No deberías ser tú el que estuviera en casa con él?

James me miró con aire inquisitivo.

—¿Quieres? —me preguntó ofreciéndome el zumo.

—No.

«Vístete, por Dios».

—¿Es que ahora vives aquí, Hunter?

—Vengo aquí a menudo, White —respondió, apoyando la espalda en la pared.

Me acordé de lo que Jordan le había revelado a mi madre: que James casi nunca dormía en casa.

—¿Por qué duermes aquí?

Sus ojos azules me fulminaron a través de los mechones desordenados de su flequillo.

—No es asunto tuyo. Pero es inútil recordártelo: parece que tus ansias por ir por ahí haciendo de detective son más fuertes que tú.

—¿Por qué me parece que es imposible hablar contigo de forma civilizada? —le pregunté irritada.

Ladeó ligeramente el rostro. Parecía querer estudiarme desde otro ángulo. Era como si quisiera saber si realmente me interesaba lo que acababa de preguntarle.

—Simplemente hay épocas en las que me paso por aquí más a menudo de lo habitual, eso es todo —explicó sin extenderse más.

—¿Por qué? Tu padre me parece un tío muy guay… —Se le oscurecieron los ojos cuando sentó a mi lado, en el escalón—. Verás, si tu padre es un capullo, me lo vas a tener que contar, porque ahora trabaja con mi madre y se ven a menudo.

Oí que lanzaba un largo suspiro antes de empezar a hablar.

—No tiene nada que ver con mi padre. Lo hago porque lo de venir a refugiarme aquí es una costumbre que tengo desde que era pequeño. Además, su familia pasa temporadas fuera de casa. Will siempre está solo.

Sin querer, James acababa de despertar mi curiosidad por otro asunto. ¿Por qué de pequeño se refugiaba aquí?

—Mis padres también están divorciados. —Me encogí de hombros y puse las manos entre las rodillas como si eso me ayudara a neutralizar la agitación que sentía cada vez que estaba cerca de él.

—Pero tus padres se separaron porque no fueron capaces de superar una época difícil.

La afirmación de James me devolvió al pasado.

—¿Y qué pasó con los tuyos?

—Mis padres se separaron porque mi madre nunca se lo pensaba dos veces antes de traicionar a mi padre.

—¿Sucedió hace mucho?

James apretó los dientes.

—Aún iba al colegio. Mi padre trabajaba demasiado, nunca estaba en casa. Así que ella se follaba a todo el que se le ponía delante. Y hasta aquí mi relato de terror.

Me quedé sin habla.

James se quedó callado. Mi pierna rozó la suya de forma accidental, y él la apartó instintivamente, como si estuviera acostumbrado a reaccionar así. Se puso en pie, fue a la cocina y volvió con un paquete de tabaco.

—No puedes estar ni cinco minutos sin fumar... —lo reprendí mientras volvía a sentarse manteniendo cierta distancia de seguridad.

—He quemado demasiadas toxinas durante el entrenamiento.

Se puso a manipular una hojita de papel de fumar y yo traté de retomar el tema donde lo habíamos dejado.

—Pero si tu padre tiene la custodia de Jasper desde hace menos de un año..., significa que no os ha criado él, ¿no?

Sus profundos ojos buscaron los míos y los taladraron sin compasión.

—No —respondió lacónico.

Al principio, mi interés se centraba en descubrir qué tipo de persona era Jordan, pero ahora que habíamos eliminado de la ecuación la posibilidad de que fuera un mal bicho, quería saber más acerca de su familia.

Que lo de James era solo una máscara lo había intuido desde hacía mucho tiempo, pero... ¿qué es lo que escondía?

Me mordí la lengua y él bajó la cabeza. Se mordió el labio con gesto nervioso y yo no pude contenerme.

—James, si necesitas hablar...

Tal vez no tuviese derecho a decirle aquello, quizá no fuese el momento más apropiado..., pero ya no había marcha atrás.

Frunció el ceño, desconcertado. Giró la cabeza, dejó de examinarse las manos y por fin me miró a mí.

Uno.

Dos.

Tres.

Cuatro.

Unos pasos que provenían de la planta de arriba se sobrepusieron a nuestro silencio.

—June.

Cinco segundos bastaron para que ambos apartásemos la mirada.

En cuanto me di la vuelta vi a William apoyado en el pasamanos, asomándose desde lo alto de la escalera. Se había cambiado de ropa y me estaba haciendo una señal para que subiera.

—¿De qué estabais hablando?

—De nada importante —dije, restándole importancia, al tiempo que me ponía en pie.

James no levantó la cabeza, siguió concentrado en desmenuzar el tabaco que tenía en la palma de la mano.

¿Debía decírselo? ¿Debía callármelo? ¿Por qué había llegado al extremo de compartir secretos con el mejor amigo del chico que me gustaba?

Miré a James y a sus dedos nerviosos, que se deslizaban con pericia por el papel de fumar.

Todavía estaba subiendo la escalera cuando William me dijo:

—Hace casi un mes que te conozco, June. No tiene sentido que le esté dando vueltas al asunto para que tú no te enteres. Antes o después lo descubrirás. James tiene razón.

Enarqué una ceja.

—¿De qué hablas?

—Ven.

Le eché un último vistazo a James. Desde debajo de la escalera sacó la lengua de forma teatral y se metió dos dedos en la boca, fingiendo que le habían entrado ganas de vomitar.

Negué con la cabeza y seguí a William hasta su habitación. Su habitación..., ¡cómo olvidar aquella estancia tan inquietante!

Nos sentamos en el borde de la cama, él señaló la pared de la derecha y a continuación la de la izquierda.

—¿Ves esas dos paredes?

Una blanca, la otra negra.

—Sí, las veo.

—Bueno, June, pues imagínate que esta es mi vida.

—No lo entiendo —susurré.

—Los momentos en que me ves así, tal como estoy ahora, son muy escasos.

Me fijé en que jugueteaba con su pelo ensortijándolo entre los dedos.

—¿«Así» cómo?

Will se humedeció los labios resecos.

—Así como estoy ahora, equilibrado. —Fruncí el ceño sin querer—. Pero siento que me dispongo a avanzar en la otra dirección... —Señaló el negro que teñía la pared de nuestra izquierda.

—Por favor, Will, explícate.

—Después de los momentos buenos, siempre llegan los malos.

Aquellas palabras, en apariencia inocuas, me transmitieron una profunda angustia. Sentí el impulso de cogerle la mano, y mi gesto pareció serenarlo.

Empecé a tener miedo… Quizá porque estaba empezando a percibir el suyo.

Le apreté el dorso de la mano y Will, por fin, continuó.

—Tengo una relación de amor y odio con la medicación. A veces estoy tentado de dejarla, ya que siento que no me ayuda.

—¿Medicación?

Estaba tratando de contener mi curiosidad. Quería que Will se abriese ante mí con libertad y sin presiones. Él se tomó el tiempo que necesitó, y para ello dio varios suspiros y dejó que se hiciera el silencio.

—Hay épocas en las que estoy mal. Fatal. No quiero ver a nadie, no soy capaz ni de levantarme de la cama para ir al instituto… Mi padre tiene que organizar sus viajes de trabajo en función de mis cambios de humor. —William hablaba con pesar, como si todo aquello le hiciera sentirse culpable.

No dejé de mirarlo en todo momento.

Sus ojos, habitualmente serenos y grises como un día nublado, ahora se asemejaban a un cielo tempestuoso.

No podía desentrañarlo, quizá nunca había sido capaz. Cuando creía haber entendido el tipo de persona que era, cuando a mis ojos se mostraba como un chico sensible y comprensivo…, al final siempre me dejaba helada. ¿A eso se estaba refiriendo?

—¿En qué piensas, June? Te he asustado, ¿verdad?

Su pregunta parecía destinada expresamente a interrumpir mi hilo de pensamientos.

—No, en absoluto. Solo estaba pensando…

Me bloqueé. No supe cómo seguir la frase. ¿Debía ser sincera? ¿Y si hería sus sentimientos?

Si en vez de con William, estuviera hablando con James, le habría dicho todo lo que se me pasara por la cabeza. Al fin y al cabo, solo era James. Pero la verdad es que me daba miedo herir a Will con algo que de lo que pudiera decirle.

—Estaba pensando en uno de los cuadros de mi madre. —Interpreté la sorpresa de había en su mirada como una invitación a que continuase hablando—. El protagonista era un árbol, dividido en dos mitades. En un lado estaban los colores alegres de la primavera: un verde brillante, el azul del cielo, el dorado de los campos de maíz... La otra mitad, sin embargo, era en blanco y negro. Creo que representa la dualidad de la existencia, con esa mezcla de vida y muerte que nos caracteriza. A lo mejor no tiene nada que ver con lo que me estabas contando, pero quería comentártelo porque es lo que me han sugerido tus palabras.

Will no se tomó a broma lo que le había dicho.

—Pienso bastante en ello —comentó con suavidad.

—¿En qué?

—En la muerte.

Intercambiamos una mirada llena de ternura. Me quedé en silencio para respetar sus tiempos, y esperé a que quisiera continuar.

—Puede que sí, tal vez soy exactamente como ese cuadro de tu madre..., pero al contrario. La muerte no es mi zona gris, sino la más colorida. Paradójicamente, durante mis rachas más oscuras sufro tanto porque siento demasiado. Y si en los momentos en los que estoy peor es porque me siento demasiado vivo, en las épocas en las que mejor me encuentro no hago más que buscar experiencias extremas, casi cercanas a la muerte.

«Las carreras, la droga, la violencia...».

No era James quien arrastraba a Will a ese mundo; quizá, de hecho, era al contrario.

—No es mi intención ningunear lo que acabas de decirme, pero solo quiero que sepas que... no hay nada erróneo en ti, Will. Eres perfecto tal como eres. Tener cambios de humor es algo que nos sucede a todos.

Había comprendido que su problema era bastante serio, pero quería que se sintiera comprendido, y en ningún momento juzgado.

Contra todo pronóstico, William sonrió. Y entonces me dejé llevar por un pensamiento ingenuo para relajar un poco el ambiente.

—Estoy pensando en mi madre y en mí… Quizá no lo sepas, pero yo también soy una persona muy volátil. Incluso Amelia lo es. Hay días en que es majísima, y días en los que no me habla… —Al decirlo caí en la cuenta de que Amelia llevaba días sin contestarme—. Y piensa en Jackson: a veces es insoportable. De James mejor ni hablamos; él también es muy…

«Bipolar».

Me quedé boquiabierta. Eso era justo lo que dije de James en la fiesta de Will, delante de todo el mundo. Por eso todo el mundo me miró tan mal, y Will me echó de su casa. Entrecerré los ojos, apesadumbrada.

—Will —seguí diciéndole—, siento mucho haber dicho aquella barbaridad… Usamos esa palabra con mucha ligereza, cuando resulta que se trata de un tema serio. —Las palabras me salían como un torrente. Me sentía muy culpable.

—No, June, por favor, no te disculpes. Si te doy pena…

—No me das pena. Pero odio todas las veces que me he mostrado insensible en tu presencia…

Sonrió, y al hacerlo se le formaron dos hoyuelos casi imperceptibles a ambos lados de la boca.

—Me gustas así, June. Me gustas por cómo eres. Nunca sé lo que estás a punto de decir. —Le devolví la sonrisa—. Y, en cuanto a mí…, ya sé con toda certeza lo que pasará. Cuando el ánimo me mejora, me paso dos o tres meses la mar de bien…, pero también cometo muchas estupideces. —Bajó la cabeza, como si lo avergonzasen sus propias palabras, o tal vez por cosas que había hecho en el pasado—. Y ese es el peor momento para estar conmigo, June.

—Estoy segura de que… —le dije apretándole la mano.

—Me vuelvo agresivo. Hago verdaderas estupideces… Solo por el gusto de hacerlas. También cometo errores. Muchísimos.

Me encogí de hombros para restarle importancia a aquellas palabras que me trajeron a la mente imágenes que poco tenían que ver con un chico tan bueno y sensible como William. Esas imágenes no eran él.

—Pero todo tiene remedio, ¿verdad?

—Sí... La medicina moderna te ofrece una solución. Estoy tomando unas pastillas... Pero a veces tengo la impresión de que atiborrarme de químicos no sirve de nada.

—¿Por eso tan a menudo te sientes muy cansado y no respondes al teléfono?

—Sí. Esta tarde le he pegado unos cuantos puñetazos al saco de James y ahora estoy destrozado —confesó esbozando una sonrisa.

—¿Y esas pastillas te las tienes que tomar siempre?

—Las tomo desde que tengo memoria. Tomo una pastilla para cuando me vengo demasiado arriba, otra para cuando me vengo demasiado abajo, otra para dormir...

Hizo una pausa para aclararse la voz, que parecía estar a punto de rompérsele con cada cosa que decía.

—Esas pastillas impiden que mis cambios de ánimo sean demasiado bruscos, pero también tienen efectos secundarios. Odio saber que cada función de mi cerebro depende de la medicina. Es como si no fuera capaz de funcionar por mí mismo. Resulta muy humillante. Para mí, para mi autoestima, para mis relaciones personales... Para todo.

Y yo, como una idiota, creía que no le gustaba lo suficiente. Había sido muy infantil e inmadura.

—Contigo la he cagado más de una vez, June. No tendría que haberme esfumado, pero me daba pavor contártelo todo porque... me gustas. Y no querría perderte por culpa de algo de lo que no me siento totalmente responsable.

Apoyé la mejilla en su hombro y me dejé embriagar por su aroma a ropa recién lavada.

—¿Por qué has decidido contármelo?

—Porque eres la única que ha ido más allá de las apariencias. Y, además, porque James...

—¿Qué pasa con James?

—Hasta el otro día me estuvo insistiendo en que no te lo dijera. Según él, eres una niñita que no sabe nada del mundo.

—Bueno..., me apuesto lo que sea a que sus palabras fueron un poquito más hirientes...

. Me mordí el labio.

—Sí. Su propuesta no fue demasiado romántica: «No le cuentes nada hasta que no te la hayas...». —Apartó la vista como tratando de buscar un sinónimo— «llevado a la cama».

—Estoy seguro que lo dijo con esa misma delicadeza, sí.

Nos echamos a reír.

—Pero anoche volvimos hablar y me dijo que, en su opinión, podía fiarme de ti. Que tú, al contrario que otras, no saldrías pitando.

Enderecé la espalda y miré a William a los ojos.

—Por supuesto que no voy a salir pitando. Quiero estar contigo. Ahora más que nunca, porque por fin entiendo el motivo de tus desapariciones.

—Desaparezco simplemente porque me duermo. O porque no estoy de humor para ver a nadie. Pero nunca tiene nada que ver contigo. Nunca creas que es que ya no me gustas.

—Lo siento, Will. Si puedo hacer algo por ti, aunque solo sea... —Mi compasión pasó a segundo plano al ver el brillo de sus ojos.

—Yo también lo siento. Querría ser como todos los demás. Como James o como Jackson. Ojalá las cosas buenas me pusieran eufórico. Ojalá me sintiese triste o frustrado solo porque algo me ha salido mal, y no porque mi cerebro me dice que me siento así, sin que haya un motivo real. Ojalá me pudiera divertir porque me apetece, sin tener la necesidad de pasarme de la raya.

Le acaricié la espalda. Con naturalidad, nos fundimos en un abrazo.

Will fue el primero en separarse y se tumbó sobre la cama, haciéndome un hueco. Me puse a su lado. Compartíamos la misma almohada, la misma mirada.

Al verlo tan de cerca, noté que le pesaban los párpados, que tenía los ojos enrojecidos. Se me hizo un nudo en la garganta tan grande que apenas podía contenerlo. No era capaz de llorar. En ese momento cualquier persona se habría roto, pero yo no. No podía. Me resultaba imposible liberarme de todo lo que me atenazaba el alma. Habría podido compartir con él cómo me sentía, todos mis sentimientos…, pero no lo hice.

—June.

William cerró los ojos, y entonces me vi capaz de decírselo, sin el menor atisbo de vergüenza.

—No me alejes de ti.

—No quiero alejarte, quiero pedirte perdón —me susurró.

—No has hecho nada malo.

—Pero lo haré. Hago cosas muy estúpidas y le hago daño a la gente, June.

—No digas eso…

—No quiero que las cosas entre nosotros terminen, pero… estar juntos no es la solución. Cometeré errores que te decepcionarán y… —Hizo una pausa para tomar aire.

—No quiero presionarte, Will. Si prefieres que no haya nada entre nosotros, lo entiendo.

—Me gustaría ir poco a poco.

Asentí porque, en realidad, estaba de acuerdo. Lo único que quería era que las cosas estuvieran claras, que no nos mintiésemos.

—Oye, y todo esto… ¿no te da miedo? —Su pregunta hizo que se me encogiera el estómago. Su aliento me hacía cosquillas en la mandíbula.

—No, Will. Valoro muchísimo que me lo hayas contado. Deja que me quede contigo.

Me besó en los labios y lo miré sin decir nada.

—Quédate, por favor.

# 45

## June

No podía actuar como si aquello no me doliese; pero sí que era cierto que todos los problemas que creía que tenía se desvanecieron de repente. Todo me parecía absurdo en comparación con el dolor de William.

Le acaricié los mechones que le caían sobre la frente hasta que, poco a poco, se fue quedando profundamente dormido.

Me estaba adormilando yo también, cuando me pareció oír que llamaban a la puerta.

Aquellos golpes suaves no despertaron a William, pero a mí sí me espabilaron de golpe.

—Will, estoy horneando una… —Me incorporé de golpe cuando intuí los ojos luminosos de James posándome sobre mí— pizza.

Me apresuré a tratar de echarlo de la habitación.

—¡Sssh!

—¿Está dormido?

Asentí y nos lo quedamos mirando un instante.

No sabía qué decir. Aún estaba consternada por lo que William me había contado.

James cerró la puerta de la habitación, se encasquetó hasta la frente la capucha de la sudadera gris y me dio la espalda.

—¿Tienes hambre? —me preguntó mientras bajábamos la escalera.

Acababa de ducharse y el aroma que iba dejando a su paso resultaba imposible de ignorar. Su olor era tan apetecible que me embriagó en cuanto pusimos un pie en le cocina.

—Sí.

—Pues vete a tu casa.

—Has dicho que habías preparado pizza.

—¿Y...?

—Que eres un capullo. —Me miró de reojo—. Mira, vamos a darnos una tregua. ¿Por Will? —le pregunté tendiéndole la mano.

No me la estrechó, pero asintió.

—¿Hoy duermes aquí? —le pregunté sentándome a la mesa.

Tenía el pelo revuelto e iba en chándal. En aquel ambiente parecía estar perfectamente cómodo.

—Aquí estoy como en mi casa. ¿Pasa algo? ¿Es que para ti «tregua» es sinónimo de «meter las narices donde no te llaman»?

Me puse seria de golpe.

—Mira, James, yo no sé nada de vuestras cosas... Will me ha dicho que su medicación le permite hacer vida normal, pero que no le hacen sentir como si estuviera del todo bien. ¿Sabes, por casualidad, si hay periodos en los que deja de tomarla, como por ejemplo cuando sus padres no están para controlarlo?

Por la mirada hostil que me lanzó James, intuí que había acertado.

—¿Y no crees que debería tomarse siempre la medicación?

—Te doy un trozo, ni uno más —masculló mientras se ponía los guantes para sacar la pizza del horno.

—¿Pero me estás escuchando? Te estoy hablando de algo muy serio.

—¿De verdad quieres que tengamos esta conversación, White?

—Claro.

—¿Conmigo?

Cruzó una pierna por encima de la otra y empezó a comer de pie.

—¿Con quién, si no? Eres la única persona de todas las que conozco que lo quiere de verdad.

—¿Y tú cómo te defines con respecto a él? Cuéntame.

—Yo me preocupo por él. —Mi respuesta le hizo enarcar una ceja.

—¿Y yo tengo que creerte? ¿Te gusta Will?

Se me acercó un poco más. Incluso cuando masticaba, sus labios me parecían seductores.

—Técnicamente, no es asunto tuyo. Pero sí, claro.

James me observó desde arriba durante unos segundos. Su mirada parecía algo suspicaz. No se fiaba de mí.

—Atiborrarlo de medicamentos no es la única solución. Se pasa meses como un muerto viviente. ¿Te gustaría ver así a tu mejor amigo?

—No, pero si eso lo ayuda a estar mejor…

—Entonces llega un momento en que cree que se ha curado, empieza a pensar que está mejor…, y de repente todo se desmorona y se vuelve agresivo.

—¡Mira quién habla! —exclamé indignada.

Nuestros ojos volvieron a chocar, y esta vez la colisión fue más dura.

—No entiendes nada. Eres una niñata.

—Y tú un egoísta, ¿por qué no lo admites? ¡No quieres que se medique porque te gustaría que siguiera siendo para siempre tu compañero de juegos!

Acababa de gritarle, pero la ira me duró poco. James me devolvió un golpe aún más bajo.

—Porque he visto lo que te hacen esas pastillas. Pueden volverte más dependiente que la misma droga —me espetó, apretando los dientes. Un hoyuelo le aparecía y desaparecía del rostro—. Me refiero a que las pastillas por sí solas no curan. Necesita otros métodos —me explicó antes de darme la espalda para acercarse a la nevera.

—Hablas de tu madre, ¿verdad?

Agarró el tirador de acero con tanta fuerza que los nudillos se le pusieron blancos.

—Eso no es asunto tuyo. Estábamos hablando de Will. Mi vida no es de tu incumbencia.

Si había un punto débil en aquel caos que parecía ser James, probablemente era su hermano.

—Me da pena por Jasper. ¿No crees que si estás siempre aquí, en lugar de en tu casa, él te echará de menos?

—Ahora mismo Will no tiene a nadie más —respondió, al tiempo que sacaba una botella de la nevera.

—Estoy yo.

Se bebió la cerveza de un solo trago y me miró confuso.

—No sé si puedo fiarme de ti, White.

—Vale, pero si hay algo que pueda hacer por Will...

—Empieza por cerrar el pico más a menudo, y después igual empiezo a creerme las cosas que dices —me soltó mientras salía a la terraza con un cigarrillo entre los labios.

Ya estábamos como siempre, no había manera de conversar con él.

Sentí una opresión en el pecho. Dejé la pizza en el plato y me quedé mirando al vacío. Cuando James volvió a por el mechero, se entretuvo un poco más de lo necesario.

—¿No ibas a fumar? —le pregunté.

—¿Qué te pasa? —Apoyó la cadera en la mesa esperando mi respuesta.

—Nada.

—¿No se suponía que Will te había dejado?

—Will me ha dejado. ¿Ya estás contento?

—Sí, ya era hora.

Lo miré de reojo y se rio entre dientes.

—Eres un cabrón.

—¿Qué te pasa? —volvió a preguntarme, esta vez más serio.

—¿Por qué no querías que estuviéramos juntos?

—Will a veces mete la pata, como todos. Pero cuando cree que se ha enamorado y al final acaba desilusionado... En fin, mete la pata a lo grande. Y no quiero verlo sufrir.

No sabía qué pensar de aquello. Puede que James estuviera convencido de que yo iba a hacerle daño a Will, pero esa no era mi intención.

Volvió a salir para encenderse el cigarrillo.

Me di cuenta de que, pese a haber comido mucho menos de lo habitual, tenía el estómago cerrado.

Mordisqueé la porción de pizza y me dispuse a poner orden en el caos que James había sembrado en la cocina. Tras lo cual volví a la habitación de William.

Seguía dormido.

En la penumbra de la habitación, al pie de la cama, había una televisión enorme y un sofá. Me senté allí y me puse revisar el móvil. Ya eran las nueve y media, así que, antes de que llamasen los servicios secretos, le escribí a mi madre diciéndole que estaba en casa de Amelia.

—¿No estabas castigada porque tu madre es aún más tocapelotas que tú? —La voz profunda de James me sobresaltó.

—¡Sssh! Habla bajito. ¡¿Qué sabrás tú?! Me quiero quedar aquí con él —musité.

—Es tarde. Vete a casa —me espetó en plan tajante, mientras se quitaba la sudadera gris muy cerca de mí.

—Te he dicho que me quiero quedar con él.

—Eres un perrito faldero, ¿lo sabes?

—Pero ¿cómo te atreves?

James se colocó bien la camiseta y se puso serio de golpe.

—Que sepas una cosa: esa cama es mía.

—¿Qué cama?

Miré a mi alrededor y la única cama que veía era la de Will.

—El sofá en el que tienes apoyado el culo es donde duermo yo.

—Perdona, ¿y yo? —le pregunté indignada.

—Pues dicen que el suelo es cómodo, White.

—Yo duermo aquí y tú duermes ahí abajo —le repliqué con los brazos cruzados.

—Eso quisieras tú. Como sigas así, acabarás durmiendo en el jardín.

Se bajó los pantalones del chándal, lo que me obligó a apartar la vista.

—Me estoy poniendo cómodo para dormir, no te hagas la escandalizada, Blancanieves. Y te doy tres segundos para que te bajes de mi cama —me amenazó.

—Vas a tener que llevarme a peso, porque yo de aquí no me muevo.

Lejos de mostrarse preocupado, James me hizo una mueca bastante cómica.

—Como no te muevas de ahí, te voy a coger por banda…, pero en otro sentido.

—¡James!

—Oye, o duermes en el sofá del salón o te vuelves a tu casa. Esta es mi puta cama. No estoy de coña.

Apreté los puños.

—Primero: tenemos una tregua, así que sé un poco más educado. Segundo: Will me ha dicho que me quede, y yo tengo toda la intención de hacerlo, sobre todo después de lo que me has contado. Por una vez, haz un pequeño esfuerzo para entender las intenciones de los demás. Gracias.

Me puse en pie con una actitud férrea.

—¿Y quieres que yo duerma abajo, donde no hay ni Netflix ni Playstation, solo porque hoy está aquí la princesita de los cojones? Ni de coña.

James me lanzó una mirada glacial.

—Menudo caballero… —murmuré a un palmo de su cara.

—Estás esperando caballerosidad del tío equivocado.

Ambos nos miramos frente a frente con las mandíbulas apretadas. Aquella tensión constante que había entre nosotros me dejaba exhausta, ya no podía seguir soportándolo.

—Voy a llamar a mi madre —dije antes de abandonar la habitación.

Salí al pasillo y me preparé para afrontar una llamada muy incómoda.

—June, ¿ya sabes que mañana tendrás que darme una explicación creíble? —me anticipó mi madre.

Le repetí que tenía que quedarme a dormir en casa de Amelia y que se trataba de una emergencia. Ni que decir tiene que mi madre no se creyó ni media palabra, pero en ese momento me importó bien poco.

—Sí, mamá. Quédate tranquila.

Miré a través de la barandilla para echar un vistazo a la planta de abajo.

¿Y ahora qué?

No podía dormir en el sofá de piel del salón. Parecía uno de esos sofás clásicos de diseño, muy duros y muy incómodos. A decir verdad, ni siquiera tenía sueño.

Volví al dormitorio y Will seguía durmiendo. Parecía un ángel, con la boca entreabierta y los ojos cerrados, ensombrecidos por unos mechones de color ceniza. Me habría gustado tumbarme a su lado, pero no había dejado nada de espacio.

Me quedé mirándolo con la esperanza de que se moviera. Entonces pensé que debía cambiarme de ropa. Cogí la primera camiseta que encontré en la cómoda de William, pero caí en la cuenta de que pertenecía a James. Reconocí su perfume, tan intenso que se me quedó impregnado en las manos como un veneno. Tenía que lavármelas.

Me dirigí al baño. La puerta estaba entreabierta.

—¿Qué coño haces aquí? ¿No te habías ido? —James se estaba lavando los dientes y me lanzó una mirada glacial a través del espejo.

—Tengo que lavarme las manos. Hazme un hueco.

Se apartó del lavabo. Estaba concentrado en mirarse en el espejo.

Nuestras caderas se rozaron cuando se inclinó para escupir. Aparté las manos enjabonadas antes de que me salpicara.

—Eres un cerdo... —Acercó la boca al grifo, sorbió un poco de agua y volvió a escupir—. ¿No podías esperar un momento?

Cuando salió del baño me miré al espejo. Una mano en la cara y la otra en el vientre. Tenía las mejillas redondeadas. Nunca tenía la barriga del todo plana. Seguí bajando la vista. Seguro que mis muslos eran demasiado gruesos.

Siempre había pensado que era una chorrada sentirse insegura por el aspecto corporal; las cosas que ambicionaba iban más allá del físico. Pero... ¿por qué, cuando estaba cerca de un chico, me sentía tan poco atractiva?

Probablemente, si James fuera una chica, la comparación habría sido aún más dura y desgarradora.

«A lo mejor ni siquiera le gustas a Will», me dijo una vocecita que habitaba dentro de mi cabeza.

«Lo importante es gustarse a una misma», le contestó el sentido común.

La verdad era que yo nunca había tenido nada que hacer con unos chicos tan guapos como aquellos.

Después de lavarme los dientes con el dedo índice y una gran cantidad de enjuague bucal, volví a la habitación de Will con la esperanza de que James me hubiese cedido su sitio.

Abrí de par en par las puertas del armario en busca de algo que ponerme. No encontré nada ligero. Lo revisé todo, pero solo encontré sudaderas, vaqueros y camisetas deportivas. De repente vi una gran cesta de ropa sucia justo al lado del armario: estaba hasta arriba, allí dentro había de todo. Quizá tendría que ayudar a Will no solo de palabra, sino también con hechos. Estaba claro que necesitaba que alguien le lavase todo aquello.

—Usa la mía si quieres. A ver si así dejas de revolverlo todo ahí adentro.

Me estremecí al oír la voz de James a mi espalda.

—¿Qué haces aquí, Hunter?

Se sentó en el sofá que estaba al pie de la cama de Will y encendió la tele. Estaba a punto de decirle que bajase el volumen, pero me quedé anonadada observando cómo se quitaba la camiseta y dejaba al aire su musculosa espalda.

—¿Pero qué haces?

Sin previo aviso, me lanzó su camiseta negra.

—¿Es así como le sueles pasar las cosas a la gente?

—¿Es así como le sueles devolver las cosas a la gente?

Enarqué la ceja, sorprendida por su respuesta, aunque en realidad sabía muy bien a qué se refería: la sudadera.

—Date la vuelta —le ordené.

James soltó una risotada.

—Menuda mojigata estás hecha.

—¿Te das la vuelta o no?

—Como si fuera el primer par de tetas que veo…

Es un caso perdido…, ¿por qué pierdo el tiempo con él?

Me fui al baño a cambiarme. Dejé el sujetador, los vaqueros y la sudadera bien doblados en el alféizar de la ventana, y me puse frente al espejo. ¿Desde cuándo había empezado a mirarme en el espejo cada tres segundos? La camiseta de James me caía por debajo de las caderas, justo encima de los muslos.

Volví a la habitación y, afortunadamente, él ni se dignó a mirarme. Suspiré.

«Tanta tensión para nada».

James estaba sentado en el sofá. Un edredón blanco le cubría el cuerpo hasta el pecho desnudo.

No vi si llevaba ropa interior, pero di por hecho que tendría los calzoncillos puestos.

—Si no bajas el volumen, lo vas a despertar.

—No se despierta ni a cañonazos. ¿Crees que es la primera vez que duermo con él?

Me senté junto a James para comprobar si el sofá era cómodo y me noté los párpados pesados.

Solo quería tumbarme y pensar en el día que estaba terminando y en todo lo que Will me había contado. Aún no lo había asumido, y tener a James a apenas unos centímetros podía resultar una distracción bastante considerable.

—Estoy incómoda. ¿Cómo vamos a dormir dos en un sofá?

Resopló y apartó el edredón. Se puso en pie y me alegró comprobar que llevaba puestos unos bóxeres.

—Levanta el culo.

—¿Qué?

—Lo que has oído, White.

Me puse en pie, él asió la parte inferior del sofá con las manos y tiró hacia fuera, transformándolo en una cama.

Era pequeña, pero aun así era una cama.

—¿Mejor así?

Sus ojos azules se detuvieron un instante en mis labios y a continuación bajaron hasta mis piernas desnudas.

«De eso nada, no pienso dormir con él».

James aprovechó mi momento de indecisión para tumbarse en el centro del sofá cama. Acababa de perder la oportunidad de apoderarme de un espacio.

—Ahí es donde quería dormir yo —le dije en tono conciliador, señalando el colchón.

—¿Y qué te lo impide? —me dijo, tratando de provocarme.

—¡Que estás tú!

—Pues búscate otro sitio. Ya te lo he dicho: el sofá del salón es bastante cómodo. Perfecto para ti.

—Se acabó. Aquí me quedo.

Tiré del edredón, lo levanté airada y me metí debajo, haciéndome un hueco al lado de James.

—¡White! —exclamó.

—¡Sssh! ¡No grites! ¿Y ahora qué pasa?

—Joder, que no pensaba que fueras a hacerlo.

En la penumbra vi cómo palidecía su rostro, iluminado por el resplandor de la tele. Se apartó tanto de mí, que por poco no se cae de la cama, llevándose con él el edredón.

—¿Pero qué haces? —farfullé.

—No creo que sea muy buena idea que durmamos juntos, White.

Su reacción me pareció algo excesiva.

—No, claro. Yo también lo creo, pero…

—Ya me voy yo abajo… —masculló, llevándose el edredón consigo.

Al tirar del cobertor, la camiseta se me subió hasta el ombligo. Volví a bajármela de golpe.

Me moría de vergüenza. ¿Por qué tenía que ser todo tan complicado? Prefería a James cuando era un gilipollas sin más.

—¿Me vas a dejar sin nada con que taparme? —le pregunté con la respiración agitada.

Se tambaleó al ponerse en pie y me miró pasándose una mano por el pelo.

—A ver si te entiendo: quieres la cama, el edredón… ¿Qué otra puta cosa quieres?

Me sentí diminuta sin nada que me cubriera, y traté de taparme las piernas con los brazos.

—Soy incapaz de quedarme dormida si no me tapo con algo, ¿vale?

— Ya es oficial: eres la reina de las tocapelotas —me espetó mientras volvía al sofá cama.

Me lanzó el edredón de cualquier modo y ambos volvimos a taparnos.

—Te juro que si vuelvo a oír otra puta queja por tu parte…, te acuerdas de mí —me amenazó, al tiempo que apagaba la tele.

Cuando me acerqué más al borde del colchón, sentí su muslo rozándome la cadera.

Clavé los ojos en el techo mientras registraba cada uno de sus movimientos. Apoyó una mano detrás de la nuca e intuí su escultural perfil concentrado en observar el techo.

En esa pose, me pareció más inofensivo de lo normal.

—¿Qué coño miras?

Me volví hacia el otro lado.

—James, como se te pase por la cabeza…

—¿Qué?

—Tocarme.

—¿No puedo ni siquiera imaginármelo? Vaya, hombre, eso era justo lo que tenía pensado hacer: montarme peliculitas mentales sobre tu culo —masculló.

—Das asco.

—Estoy de coña, payasa.

—Ya, seguro.

—Cállate y duerme, por favor. Eres pesadísima. No te aguanto.

—No soy pesada, Hunter, solo te estoy dejando las cosas claras.

—¿Te das cuenta de lo infantil que eres siempre?

—Puede ser, pero es que meterme en tu cama era lo último que quería hacer esta noche.

—¿Eres sexista o qué te pasa? Solo hablas así porque yo tengo pene y tú vagina. Lo sabes, ¿no?

Lancé un sonoro resoplido por toda respuesta.

—Si yo fuera una chica, no te importaría —siguió diciendo.

—No me fío de ti, Hunter.

—Ay, vaya, ¿y qué puedo hacer al respecto?

Lo oí reírse entre dientes.

—Para ya. Te he avisado. Como se te ocurra aunque sea intentar…

Él también se giró hacia el otro lado, lo noté porque sentí el calor de su espalda al rozar la mía.

—Duérmete —le dije, nerviosa, en plan ultimátum.

—¿Y cómo lo hago? Me muero de ganas de tocarte —dijo él con sorna. Como siempre, quería tener la última palabra.

Inspiré profundamente.

«Mañana por la mañana le das la bofetada, June».

Por fin se hizo el silencio. Y, al cabo de un rato que se me hizo eterno, me quedé dormida.

Me desperté sobresaltada cuando los rayos de sol traspasaron la persiana. Mis ojos se posaron en mis muslos desnudos. La camiseta se me había subido hasta el vientre.

Yo seguía en mi lado de la cama. Giré la cara y vi a James durmiendo boca abajo. Tenía el mentón ligeramente poco levantado y los labios entreabiertos.

Me quedé hipnotizada observando la curva perfecta de su nariz.

Había abierto los brazos, como si quisiera apoderarse de todo el espacio. Y una mano apoyada... en mi cadera.

«¿En mi cadera?».

Sentí su tibia caricia sobre mi piel desnuda.

«Respira, June».

—James, aparta la puta mano —dije en un susurro para no despertar a William.

Pero él me sujetó la cadera con esa misma mano y me atrajo hacia su pecho, desplazándome con una facilidad pasmosa. Seguía teniendo los ojos cerrados. Cuando su pecho chocó con mi espalda lo oí emitir un sonido gutural. Me apretó más contra él, me rodeó por completo la cintura y acercó la boca a mi nuca.

Me quedé sin respiración.

—¡James!

—¿Hum...?

Abrió los ojos, confuso. Cuando se dio cuenta de que estaba tan pegado a mí, se apartó al instante.

—Mierda...

Se giró hacia el otro lado y resopló.

—Dijiste que no me tocarías.

—Si hubiese querido tocarte, te habrías dado cuenta. Créeme —susurró con voz grave.

Habría debido enfadarme con él, pero al mirarlo me di cuenta de que, tan despeinado, parecía un pollito. Y me entró la risa.

A él se le ensombreció el rostro.

—Ha sido inconsciente. No lo he hecho a propósito.

—¿Abrazas a la gente en sueños?

—Mira, ¿qué coño quieres que te diga? Cuando estoy dormido me pongo cariñoso, no lo hago queriendo. No te montes películas.

Me eché a reír.

—Sí, ya, menuda excusa.

—No es ninguna excusa. Me suele pasar. Incluso con idiotas como tú.

—Menuda chorrada.

—Deja de darme por culo tan temprano.

Decidí ignorar sus palabras, más desagradables de lo habitual, y me incorporé.

La cama de William estaba vacía. Las mantas estaban desordenadas.

—Pero... ¿y Will? —le pregunté a James rozándole el brazo para llamar su atención.

James dio un salto y me miró con ojos furibundos.

—No me toques, coño.

—¿Qué dices? —le pregunté con los ojos abiertos como platos.

—Lo que has oído.

Agarró los pantalones del chándal y salió de la habitación.

Cuando miré la hora en el móvil, vi un mensaje de mi madre. Pero vi algo peor. Eran las siete, y dentro de una hora tendría que estar en clase.

Salí de la habitación y llegué a la cocina.

—Buenos días, Will.

Mi voz somnolienta y mis pasos descalzos sobre las baldosas del suelo atrajeron la atención de William. Estaba untando mermelada en una rebanada de pan tostado.

—Oh...

La cara que puso al verme llegar me dejó un poco desorientada.

—¿Qué pasa? —le pregunté mientras me acercaba a él.

—Nada —murmuró bajando la vista.

Estaba sonriendo, así que se lo volví a preguntar.

—¿Qué pasa, Will?

—Estás guapísima recién levantada.

Pronunció esas palabras, soltó el cuchillo en la mesa y me rodeó la cintura con ambas manos.

Nuestras frentes se rozaron.

—Y estoy casi arrepentido de lo que dije ayer sobre que no estemos juntos...

Hice una mueca porque no sabía si lo había dicho en broma o en serio. Para mí era un asunto demasiado delicado. Quería seguir cerca de él, quería comprenderlo todo..., pero bromear sobre ese tema me parecía demasiado prematuro.

—¿Es mía? —me preguntó al fijarse y ver la camiseta con la que había dormido.

—No lo sé, la encontré por ahí.

«Estupendo, primera mentira del día».

—No pensé que fueras a quedarte de verdad, June.

—Encantada de haberlo hecho. Me ha gustado mucho poder verte tan temprano —susurré muy cerca de sus labios.

—A mí también.

—¿Cómo estás?

—Bien, ¿y tú?

—Bien.

—¿A pesar de James?

No supe qué contestarle.

—Siento que tuvieras que compartir el sofá cama con él —añadió.

—Hum..., ya. ¿Te puedo preguntar una cosa?

—Dispara —dijo dándole un mordisco a una rebanada de pan.

—¿Por qué sois mejores amigos?

Me pasó un trozo de pan.

—Porque siempre ha estado conmigo. Siempre. Incluso cuando mi familia hacía como si fuera invisible. Creo que James me salvó la vida, por decirlo de alguna manera. Me ha salvado.

—¿Te refieres a que ha estado contigo en los momentos más duros?

—Hemos compartido muchas cosas. ¿Te acuerdas de...? —La emoción hizo que dejase la pregunta a medias. Bebió un sorbo de zumo de naranja y siguió hablando—. ¿Te acuerdas de cuando un día, mientras charlábamos en la fiesta de la piscina de Poppy, te dije que no soporto…?

—El olor del cloro —aseguré, terminando su pregunta.

Me acordaba perfectamente, así como de la extraña sensación que aquello me despertó.

—Ya… —Se le rompió la voz.

Parecía que me iba a contar una anécdota de esas que se refieren una sola vez y se recuerdan para siempre.

—Hace años que dejé de nadar.

Un carraspeo nos devolvió a la realidad.

La mirada con que James fulminó a Will no podía ser más explícita. Significaba: «No le cuentes nada».

—¿Has dormido bien, Jamie? —le preguntó Will.

—Bueno…, podría haber dormido mejor.

James me miró directamente a la cara, tan desagradable como siempre.

—Pues anda que yo… —Iba a soltarle una fresca, pero Will me interrumpió.

—¿Seguimos con lo que estábamos?

—Sí, Will, perdona. ¿Quieres terminar de contármelo?

—No lo sé.

—¿Qué pasó?

No tenía ni idea de lo que estaba a punto de decirme. Poppy tampoco me había mencionado el tema.

—Nada bueno, June. Y ya te conté ayer demasiadas cosas feas. Tal vez…

—Cuando quieras hablar, aquí estoy —me apresuré a tranquilizarlo.

Nuestras bocas se unieron y el beso me supo a café y a mermelada.

—Deberías irte a clase, June.

—Deberíamos —precisé, y al instante oí un bufido a mi espalda.

James acababa de ducharse. Lo supe por el olor a gel de baño, la ropa limpia y el pelo húmedo.

—Es demasiado temprano. Me dan ganas de reventar esto con un palo —dijo mientras se peleaba con la cafetera.

—Tú todo lo arreglas con un palo, Hunter.

—Es que yo, al contrario que tú, tengo un buen palo.

—Bueno, no sé si tienes un palo o un palito.

William soltó una risotada y hasta a James le costó contener la risa.

—Puede ser, pero, aunque yo tuviera un palito, tú seguirías siendo una tocapelotas.

—¡James! —lo regañó Will—. Pídele perdón ahora mismo.

Aquella petición no hizo que James desistiera de seguir burlándose.

—Vaya con June White…

Lo miré contrariada porque sabía que se estaba riendo de mí.

—Perdóname —se disculpó impostando la voz. Cuando Will se giró para dejar la taza en el fregadero, remató la frase—. Y que te den.

—Creo que me iré a casa —dije.

—James. —Will lo reprendió de nuevo, esta vez más serio.

—¿Qué coño pasa? Ya le he pedido perdón.

—No pasa nada, Will. Seguro que mi madre ya está en pie de guerra. Será mejor que vuelva. ¿Me prestas un cepillo de dientes?

—Tienes uno nuevo en el mueblecito del lavabo.

Fui al baño. Me recogí el pelo en un moño improvisado, me vestí, me lavé los dientes y salí para recoger mi mochila.

Pero mientras me ponía los zapatos, en la entrada, los oí murmurar.

—Quiero ir a recuperarla —dijo James.

—¿Cómo?

—Si no la consigo por la fuerza, nunca me la devolverán. Si el padre de Taylor se entera, me mata.

—¿Por qué tiene que enterarse?

—Ese tío es un maniático del control, igual que su hija. Tarde o temprano acabará descubriéndolo. Además, no podemos fiarnos de

Taylor. Jackson dice que tarde o temprano haré algo que la encabrone definitivamente, y entonces se vengará de mí.

¿De qué estaban hablando? Me pegué a la pared y vi que William se pasaba una mano por el pelo. Un destello de excitación brillaba en sus ojos.

—Vale. Vayamos ahora mismo —propuso emocionado.

Me acerqué de nuevo a la cocina y entré.

—¿Ahora? —James parecía incrédulo. De pronto, se giró y me vio.

—Quiero ir con vosotros.

Al oír mi voz, William también se volvió. Me observó con atención. James se empezó a reír de una manera tan escandalosa que por poco no acaba.

—Madre mía... ¿Es que no sabes que calladita estás más guapa?

—No te voy a permitir en metas a Will en problemas.

Mi instinto protector se manifestó de forma tan contundente que hasta William se sorprendió.

Mi cerebro había establecido una conexión muy simple: James debía de estar en apuros por algo que había hecho Will, de modo que, si conseguía librarse del problema, Will dejaría de estar en deuda con él.

—No bromeo —le aseguré.

—Me cago en todo, qué graciosa eres. Vuélvete ya con tu mamaíta y deja de dar por culo.

—Creo que a Ethan Austin le llama la atención June —intervino William, interrumpiéndome cuando yo estaba a punto de saltar.

—¿Y qué? ¿Qué ganamos con hacerla venir con nosotros?

James le dio un sorbo al café y nos miró escéptico.

—Igual me resultaría más fácil que a ti convencer a Ethan de que te devuelva lo que es tuyo, sea lo que sea. ¿Es que no lo entiendes? Os podría ser útil.

James dejó de reírse al instante.

—No bromees con una cosa así. No serás un puto cebo.

—Pero, piénsalo, James... —Will me miró con más intensidad—. Es por la mañana, él estará solo. No podrá hacer nada.

James le rodeó el hombro con el brazo y se lo llevó aparte.

—¿Eres gilipollas, Will? ¿Y si le hace algo?

—¿Qué podría hacerle estando nosotros allí?

—Habéis perdido la cabeza.

Yo ya había aprendido que era importante andar con pies de plomo cuando se hacían esa clase comentarios delante de Will, pero al parecer la falta de sensibilidad de James no le afectaba en lo más mínimo. Puede que ya se hubiese acostumbrado a sus maneras.

—¿No llevas nada más? —Will señaló mi mochila—. Otra sudadera, quiero decir.

Abrí la cremallera.

—Solo tengo esto —le respondí sacando de la mochila una camiseta de tirantes bastante escotada.

James me la arrancó de las manos y la tiró al suelo.

—Sí, hombre… ¡Sois unos inconscientes!

Me estremecí, porque, en el fondo, sabía que tenía razón.

—James, ya vale.

—Tú aún no has entendido con qué clase de gente estamos tratando —objetó alzando más la voz.

—A mí ese tío no me tocará ni un pelo —afirmé.

—Ya veremos lo que te toca si vas así vestida.

Ignoré su comentario sarcástico y miré a William.

—¿Tú qué dices, Will?

Él recogió la prenda del suelo y me la pasó.

—Tenemos que idear un plan para distraerlo. Y lo que está claro es que, si te pones esta camiseta, lo vas a distraer.

«Si la cagamos, la cagamos a lo grande, ¿no?».

William se acercó al fregadero y dejó el plato y el vaso.

James se quedó impasible observando mi sudadera extragrande.

—Así ya vas bien, ¿por qué tendrías que cambiarte?

No estaba segura de si estaba haciendo aquello por evitarme un problema gordo, pero decidí escucharle por una vez. Volví a meter la camiseta en la mochila y él dio un suspiro de alivio.

—Vosotros dos, Bonnie y Clyde, estamos a punto de cometer una locura. Una locura muy grande. Y, precisamente por eso, no pienso echarme atrás, pero…

James dejó escapar un suspiro de frustración cuando vio que no le estábamos prestando atención.

Will me acarició la mejilla y me dio un beso muy tierno en la comisura de los labios.

—¿Me estáis escuchando? —preguntó tratando de llamar nuestra atención.

—June, que te quede claro que solo lo he dicho por Austin, ¿eh? A mí me da igual cómo vayas vestida, siempre me pareces guapísima —añadió Will—. Voy a cambiarme y nos vamos.

Me quedé hipnotizada observándolo mientras se iba.

James se burló haciendo una mueca de asco.

—Chúpate esa. Soy «guapísima».

Yo también me burlé de él, que ahora estaba negando con la cabeza.

—Sí, estarás guapísima cuando Austin te folle sobre la mesa de póquer —comentó sarcástico.

—Joder, James, ¿podrías dejar de hablarle así? —le regañó Will desde la parte superior de las escaleras.

Bajó la vista y, con cierto aire siniestro, insistió.

—Es lo que va a pasar. Ya te lo he advertido.

—Menudas paranoias te entran, James —le repliqué apartándome de él poco a poco, hasta apoyarme con las manos en la mesa que había a mi espalda.

Por un instante no reconocí mi propia voz, pues sonó más suave que de costumbre. Él se me acercó de nuevo, lo suficiente para impregnarme con su aroma.

—Conmigo no juegues, chavala —me dijo en tono intimidante mientras que se ponía la capucha de la sudadera hasta cubrirse en parte los rasgos afilados del rostro.

Lo miré con la cabeza alta.

—¿Y eso por qué?

—Porque mis paranoias se hacen realidad —afirmó en un tono muy poco tranquilizador.

—Sigue soñando, Hunter.

La seguridad que le mostraba era fingida, tan solo un castillo de cartas construido para protegerme de sus comentarios.

—Como si tú no lo hicieras, White… —Se lamió la comisura de los labios y yo me sonrojé—. Me lo tomaré como un sí —me susurró al oído mientras yo le daba un codazo—. ¡Ay!

Me escabullí hacia la puerta a la espera de que Will volviese a bajar.

James se puso la chupa de cuero encima de la camiseta negra y se anudó las Jordan. Entonces, se acercó a mí y apoyó la mano en el quicio de la puerta.

En cuanto vi que se sacaba un porro del bolsillo me aclaré la garganta y le pregunté:

—¿Hay algún momento del día en el que no te estés colocando con alguna sustancia?

—Hum… ¿Cuando duermo?

Empezó a juguetear con uno de los mechones de su pelo y a mí me pareció que la distancia entre ambos se había vuelto a reducir.

—Déjalo ya, James.

—¿A qué te refieres?

Lamió el papel del porro.

—Lo que sea que estés haciendo.

—¿Ya empezamos otra vez? —Su voz sonó ronca y seductora. Bajó la vista hacia mis muslos como si se estuviera asegurando de algo—. ¿Tanto te molesta mi presencia, Blancanieves?

—Ni que fueras tan importante. No te des tantos aires —le contesté arreglándome el moño y tratando de quitarle hierro a la situación.

William volvió por fin.

—¿Listos para irnos? —Me dedicó una sonrisa seductora.

—Listísimos —le respondió James, y me dio una palmadita en la espalda cuando salimos por la puerta.

«A lo mejor tendría que haber ido a clase…».

# 46

# June

Habría podido echarme atrás, pero decidí no hacerlo. Me senté en la parte de atrás del Mustang de James. Él se acariciaba la cara, nervioso.

Lo de hablar sin pensar era muy típico de mí. Pero comportarme de una forma tan impulsiva..., no tanto. Aún me acordaba de cuando, en el baño de Poppy, Blaze me dijo: «Con lo fácil que es quedarse en casa leyendo libros, ¿eh?».

Entre mi vida cotidiana, tan monótona y simple, y lo que estábamos a punto de hacer, había una enorme diferencia. Probablemente existía un término medio, pero parecía que aquellos dos chicos no lo conocían. Jamás habría esperado aquel nivel de interdependencia, e incluso de imprudencia, por parte de William.

—Tenemos que establecer un plan. June debería distraerlo hasta que nosotros consigamos entrar en su despacho. ¿Sabes cuál te digo? Ese cuartito que siempre está cerrado.

Will estaba nervioso. El gris de sus ojos brilló con impaciencia cuando se giró hacia James, que fumaba mientras conducía con los ojos fijos en la carretera.

—Creo que se me ha ocurrido algo... —comenté.

—Os lo repito: estáis completamente locos.

El comentario de James cortó el aire, pero no detuvo a Will, que siguió pensando mientras se masajeaba las sienes.

—¿Qué estamos tratando de recuperar? —pregunté.

—Algo que nos pertenece —respondió William con mucha calma.

—En fin..., si voy con vosotros, debería saber qué estamos buscando.

—Una puta pistola.

James lo dijo sin paños calientes, y al instante a William se le transformó la cara. Parecía como si lo hubiera dicho a propósito para fastidiarlo.

—Perdona, ¿qué? —dije abriendo la boca de par en par.

—¡Joder, James!

Will le dio un puñetazo en el hombro, pero la chupa de cuero de James pareció absorberlo.

—¿No querías traerla? Bueno, pues ya es hora de que le cuentes la verdad a tu amiguita.

Will negó con la cabeza.

Reflejada en el retrovisor, pude distinguir la típica sonrisa de James que tanto me sacaba de quicio.

—Hunter, tienes que dejar de reírte de mí a la mínima oportunidad. Will, ¿qué es lo que hemos de recuperar?

William se había quedado helado. James apoyó el brazo en el asiento de su amigo mientras seguía mirándome a través del retrovisor.

—He dicho la verdad. ¿Sigues queriendo venir con nosotros? —me preguntó en tono desafiante, a la espera de ver cómo reaccionaba.

«Dios mío, así que es cierto...».

—No quiero saber para qué la necesitáis. Pero explicadme una cosa: si es vuestra, ¿por qué la tienen ellos?

La brisa que entraba por la ventanilla me provocó un escalofrío. Me cubrí las manos con las mangas, inquieta. James lanzó una bocanada de humo hacia el exterior del habitáculo y, por fin, respondió.

—Porque nos hicieron un favor.

—¿Qué clase de favor? —pregunté con voz temblorosa.

—Bueno...

—James, no —lo interrumpió William.

—¿De verdad crees que se lo iba a contar a alguien como ella?

—¿Qué tiene de malo alguien como yo?

—Pues que solo te interesa meterte en los asuntos de los demás —gruñó James.

Will ni siquiera tuvo tiempo de fulminarlo con la mirada, porque al instante yo intervine desde el asiento de atrás.

—A ver si me entero: esta gente te está chantajeando con lo de las carreras, te tienen cogido por los huevos por lo de tu pistola...

James apartó la vista de la carretera y le dedicó a su amigo una mirada cargada de decepción.

—¿Cómo coño sabes eso?

Will tragó saliva e, incómodo, empezó a hacer gestos con las manos.

—Vale, sí... Le he contado que le debes dinero a la familia de Austin.

—¿Por eso vendes drogas? —insistí.

—Cállate ya.

James apretó los dientes y volvió a concentrarse en la conducción sin decir ni una palabra más.

—¿Qué han hecho por ti que sea tan importante como para que tragues con todo esto?

—Will, haz que se calle. No estoy bromeando.

Entonces, una idea absurda se abrió paso en mi cabeza y fui incapaz de reprimirla.

—¿Acaso han matado a alguien con tu pistola?

James dio un frenazo tan brusco que salí despedida hacia delante.

—¡¿Pero qué coño haces?! —gritó William mientras James se bajaba del coche, abría mi portezuela de par en par y me sujetaba con fuerza del brazo.

Me sacó del vehículo y me empujó contra la carrocería con violencia.

—¡Ay! ¿Pero qué...?

—Cierra la puta boca o te la cierro yo de un pollazo —masculló lleno de ira.

—¡Déjala en paz!

Era incapaz de moverme ni de decir nada. Will le dio un empujón a su amigo para obligarlo a que me dejase en paz.

—¿Estás bien? —me preguntó Will mientras me abrazaba y me masajeaba la espalda.

—Solo diré una cosa más: vuestra idea es una puta mierda —concluyó James encendiéndose un cigarrillo.

—Pues a mí me parece un plan buenísimo. June solo tiene que encontrar una excusa para sacarlo del club, y mientras tanto nosotros…

A James se le hincharon las venas del cuello.

—Tú siempre lo ves todo muy fácil. ¿Dónde coño nos escondemos? ¿No ves que esto es un puto desierto? No hay nada alrededor.

Me cubrí la cara con el antebrazo y observé las vistas. El sol aún no estaba en su punto álgido. A ambos lados de la autopista se extendía el desolado paisaje típico de California. En la distancia solo se veían llanuras áridas apenas salpicadas por algunos cactus.

Will parecía querer negar un hecho que me resultaba evidente incluso a mí.

—Te equivocas, James.

—¿Que me equivoco? ¿De verdad estás diciendo que no van a ver mi coche aparcado en la puerta a pleno sol?

Will parecía querer ignorar los problemas logísticos y los obstáculos, obcecado en cumplir su misión, independientemente de cuál fuera el resultado.

—Aparcamos a cierta distancia y…

—¿Y qué? Es una gilipollez. ¿Cómo vamos a ser capaces de poner patas arriba medio local?

—¿Es que quieres ir de noche, cuando aquello está lleno de seguratas el doble de grandes que nosotros? ¿Por qué tienes que ser tan aguafiestas? —gruñó Will mientras James fumaba ansiosamente.

—Soy realista.

—Ibas conduciendo a sesenta kilómetros por hora, ¿es que no tienes huevos de resolver esto, James?

Entrecerró los ojos hasta que se convirtieron en dos muescas.

—¿Qué coño has dicho, Will?

—¡Míranos! ¡Aquí seguimos, en mitad de la nada!

—Dímelo a la cara —lo amenazó James mientras se acercaba a él hasta que estuvieron frente a frente.

«Vale, los ánimos se están caldeando demasiado...».

—No... os peleéis.

En aquel momento me sentí exactamente como me había dicho Jackson.

—Antes de que tú llegases nunca nos había pasado algo así —me espetó James mirándome con asco.

—Bueno, eso no es del todo cierto... —objetó William—. ¿Por qué le echas la culpa a ella?

—Porque no tienes ni idea de nada, Will. No hay que ser un genio para entender que esta tía, con esa cara de santita, nos va a crear más problemas.

Me obligué a mirar a James mientras se me acercaba.

—Vale, James. Vámonos.

Will se metió en el coche y yo me acerqué a mi portezuela.

—Si vuelves a tocarme te juro que, en cuanto llegue a mi casa, llamo a la policía —le susurré.

—Estupendo. Pero que sepas que si a Will le pasa algo, lo que sea..., no te lo perdonaré jamás.

Sentí que estaba perdiendo el equilibrio. James no me daba miedo, pero aquellas palabras fueron como una patada en el estómago.

—¡Para ya con esas mierdas, James! June, sube al coche. Vámonos.

Nunca había sido una persona especialmente miedosa, a excepción de con las pelis de terror. Pero cuando entramos en aquel enorme aparcamiento abandonado deseé con toda el alma no estar allí.

Dejamos el coche a una distancia segura y nos acercamos al local. James estaba sospechosamente silencioso. A nuestro alrededor solo había aridez, arena y un sol que calentaba más de lo habitual.

Más que en una peli de miedo, me parecía estar en una de esas pelis de narcotraficantes que tanto le gustaban a mi abuela.

Di un respingo cuando, inesperadamente, a Will le sonó el móvil.

—Es Jackson —murmuró ralentizando el paso.

James iba andando a mi lado y no pude contenerme.

—Así que es cierto que te tienen cogido por los huevos...

—¿Sabes lo que significa estar callada? ¿Quieres que te haga un dibujito?

—Tienen tu pistola y te manejan como a una marioneta...

Me mordí la lengua en cuanto me vi sepultada por la sombra de los hombros de James.

—Escúchame bien, niñata. Me importa una puta mierda que estés con Will o que despiertes el instinto de protección de la gente yendo por ahí en plan princesita en apuros. A ver si te enteras de una vez: esto va a acabar fatal para todos. Y si estás con nosotros...

Me estremecí. Tal vez porque en esta ocasión parecía estar siendo sincero.

—Ya casi hemos llegado.

Will apareció a nuestra espalda.

De día, el local de Austin estaba irreconocible.

—¿Qué tienes en mente, June? —me preguntó William, mirándome intrigado.

—De eso nada. Esta tía no va a llegar aquí a imponer sus normas. Blancanieves, tienes diez minutos. Ni uno más. Puedes hablar con él y convencerlo de que salga. Nosotros nos ocultaremos en la parte de atrás y entraremos en cuanto Austin y tú salgáis del local —dijo James respondiendo en mi lugar.

—¿Y si tardo más?

—Diez minutos. Si tardas once, nosotros ya estaremos dentro partiéndole la cara.

Empecé a sentir la tensión del momento. Las manos me empezaron a temblar, así que dije la primera tontería que se me vino a la mente.

—¿Dónde os habéis dejado el bate de béisbol?

—¿El bate de béisbol? Will, ¿la has oído? Es que me lo pone en bandeja de plata, ¿qué coño quieres que haga?

—¡Eres un malpensado!

—Sí, claro. Solo yo, ¿verdad?

—¡Callaos los dos de una vez! —William nos llamó al orden cuando estábamos llegando al cartel de neón, ahora apagado, en el que se leía Club Zero.

—Tengo que convencerlo de que salga y tenerlo entretenido —repetí en voz alta, aunque en realidad me lo estaba diciendo a mí misma.

—¿Pero cómo lo vas a hacer? —En ese momento, Will parecía algo preocupado.

—Ya te he dicho que tengo un plan.

—¿Hay alguien ahí?

Las campanillas de la puerta me pillaron por sorpresa. No las oí la primera vez que entré, seguramente por el volumen ensordecedor de la música. Ahora reinaba un silencio sepulcral.

Todo tenía un aspecto limpio y aséptico, hasta el punto de no parecer el mismo lugar en el que las Vans se me quedaron pegadas al suelo.

Reconocí la larga barra del bar, así como la hilera de botellas de cristal expuestas en la pared que había detrás.

Distinguí varias puertas cerradas. Miré la hora en el móvil: ya había pasado un minuto. En mi mente dio comienzo la cuenta atrás. Avancé por la zona del bar y llegué a una enorme pista de baile.

Me movía rápido, con paso decidido.

Enfilé un pasillo lleno de puertas cerradas y llegué a un cuartito en semipenumbra. A través de unas persianas, intuí a un hombre pelirrojo inclinado sobre un escritorio. Seguramente sería aquel el despacho del que hablaban Will y James. Tenía que sacarlo de allí y hacer que dejase la puerta abierta.

Escondí las manos en la sudadera.

—¿Quién eres tú? —me preguntó el chico en cuanto me vio abrir la puerta.

«No se acuerda de mí, un punto a mi favor».

En realidad me había visto dos veces, pero el olor que percibí en su aliento en ambas ocasiones me indujo a pensar que estaba borracho o bajo los efectos de alguna droga. Me pareció mucho más joven de lo que recordaba.

—Busco trabajo —respondí tratando de sonar segura de mí misma, a pesar de que la voz me temblaba un poco.

—Yo te he visto antes.

«Oh, no».

Intrigado, se levantó de la silla acolchada y dio la vuelta al escritorio.

—No creo —respondí encogiéndome de hombros.

Igual, si yo misma me lo creía, acabaría convenciéndolo.

—¿Dónde te he visto antes? —insistió acercándoseme más de lo debido.

El olor a alcohol y a tabaco de aquel lugar me removía el estómago. Traté de cambiar de tema sin romper el contacto visual con él.

—¿Estáis buscando personal?

Me analizó desde el moño rubio hasta la punta de las Vans negras.

—Siempre estamos buscando personal. Te voy a hacer una prueba. Pero quiero verte vestida de otra forma.

La poca valentía que aún conservaba se esfumó justo en aquel momento. ¿A quién quería engañar? Aquella situación iba a poder conmigo.

—El sueldo es muy alto, pero nada es legal. Vamos, desnúdate. Déjame verte.

Me lo dijo como si aquello fuera lo más normal del mundo en una entrevista de trabajo.

—No, yo preguntaba por… el Tropical. Quiero trabajar allí como camarera, no aquí. Aquel local es tuyo también, ¿no?

—Sí, pero lo gestiona mi hermano. Yo no me ocupo de esas camarerillas de los cojones.

Tuve una sensación extraña. No tenía una voz ni un aspecto desagradable, pero me miraba de tal forma que me hacía sentir muy incómoda.

¿Cuántos minutos habrían pasado?

—Aunque ahora que te veo mejor…, eres demasiado joven para trabajar aquí —masculló sin quitarme los ojos de encima.

—Lo sé, pero… mi madre se ha quedado en el paro y necesitamos pasta.

Probé a jugar aquella carta sin saber adónde podía conducirme. Mi intento de pasar por una muchachita desesperada no tuvo la menor repercusión. Austin abrió un armarito destartalado que había en una pared llena de desconchones. Aquel local era muy lujoso, pero las oficinas parecían propias de un edificio abandonado.

—Esto era de Eleanor. Huyó la semana pasada después de robarle la cartera a un cliente.

—Ah.

—Debe de ser más o menos de tu talla. Pruébatelo.

Toda mi bravuconería se esfumó en cuanto aquel tío se me acercó para darme aquel retal de tela plateada.

—Eh… Me habías dicho… Es decir, yo te había dicho…

—Vamos, cámbiate. No tengas vergüenza. Además, si quieres trabajar aquí, tendrás que pasarte la mitad del tiempo medio desnuda. Y no solo delante de mí.

Me dedicó una sonrisa que tenía algo de cruel. Me había quedado petrificada, no podía mover ni un solo músculo. El miedo me dejó paralizada. Pensé que podría hacerlo, que sería capaz de ayudar a los chicos, pero mi coraza de seguridad acababa de desmoronarse.

—Si no puedes hacerlo es que este puesto no es para ti. Ahí tienes la puerta —dijo zanjando el asunto mientras se disponía a cerrar con llave el armarito.

Aproveché aquel momento de distracción para sacar el móvil del bolsillo de los vaqueros. Un mensaje.

> Date prisa, coño. Pídele un cigarrillo y dile que te acompañe afuera.

Levanté la vista y volví a caer en la cuenta de que tenía delante a Ethan Austin. Me costaba sostenerle la mirada.

«Concéntrate, June».

—Vale, ¿sabes qué? Necesitaré fumarme un cigarrillo.

Me metí el vestidito bajo el brazo y él se encogió de hombros, como si lo que le acababa de decir fuera completamente normal.

—Vamos.

> Estamos fuera.

Le escribí a Will en cuanto atravesamos la puerta principal.

—Ya sé dónde te he visto. Eres la chica de Hunter.

La voz de Austin se perdió en el ensordecedor silencio que envolvía el exterior del local.

—No.

El chico entrecerró los párpados, parecía que el sol le molestaba. Me pasó un cigarrillo y yo lo acepté a regañadientes.

—Te vi con él una noche, estoy seguro.

Esta vez lo dijo con convicción. De pronto se me acercó y me obligó a pegarme a la pared. Estaba desorientada, no sabía cuáles eran sus intenciones. Pero lo que más me desagradaba era el sabor a tabaco que me invadió la boca.

—¿Te ha dicho él que vengas aquí? —me preguntó mirándome fijamente.

—No, ¿qué dices? ¿Nos tomamos una cerveza?

Necesitaba enviarle otro mensaje a Will, pero no podía hacerlo teniendo a ese tío a tan poca distancia. Cuando Austin se alejó por fin en busca de las cervezas, suspiré aliviada.

> ¿Cómo vas, Will?

> Entretenlo un poco más, creo que hemos encontrado algo.

Me obligué a darle unos sorbos a la cerveza. Estaba agria. Comprendí que había sido una mala decisión cuando, tras el primer par de sorbos, me empezó a dar vueltas la cabeza.

—¿Pero qué cerveza es esta? —le pregunté mirando aquella botella desconocida.

—Una con un poco más de alcohol de lo normal... —me respondió brindándome una sonrisa pícara.

Por un instante, pensé en darle un rodillazo en la entrepierna y salir de allí pitando, pero tuve que olvidarme de esa idea porque aquellos dos estaban poniendo el local patas arriba.

—¿Qué pasa? —le pregunté haciéndome la tonta mientras él no dejaba de mirarme, acariciándose la barba.

—Solo te estoy mirando. Me gusta lo que veo.

«Mierda, me parece que acaba de llegar el momento de poner en práctica algunos movimientos de kárate que aprendí viendo la tele».

Dejé la botella en el suelo y entonces sentí una caricia en la mejilla. Austin me apartó el pelo de la cara con un gesto lento, y fue entonces cuando sentí la necesidad de salir de allí por patas. Aquel tío acababa de tocarme, y ni Will ni James podrían convencerme de que me quedase allí ni un minuto más.

—¿Quieres otra cerveza? —Señaló la botella semivacía y yo no supe qué responder.

—Oh, no. No. Lo mejor es que me...

—Lo mejor es que vengas conmigo.

Me atraganté con mi propia saliva cuando me agarró del brazo y me arrastró al interior del local. En un abrir y cerrar de ojos estábamos en un salón que no reconocí, al menos al primer vistazo.

—¿Pero qué...?

—Olvídate del Tropical. No creo que se te vaya a dar bien ser camarera —me aseguró señalando el vestido que aún tenía en la mano.

—¿Qué quieres decir?

—Podrías trabajar aquí. Ven, quiero enseñarte algo. Igual te hace cambiar de idea.

Me acordé del mensaje de William, así que apreté los dientes y lo seguí.

Austin abrió un enorme telón oscuro que separaba la zona de la discoteca de un saloncito más pequeño e íntimo.

Lo primero que me llamó la atención fue el brillo de los postes metálicos que pendían del techo como si fueran estalactitas. Me estremecí, pero una voz familiar me indicó que Ethan Austin y yo no estábamos solos.

Los susurros provenían de detrás de una cortina negra. Estaban allí. Tenía que distraerlo.

—Entonces ¿qué me dices de…?

—¿Quieres intentarlo o no? —me preguntó tajante mientras se cruzaba de brazos.

—Eh…

—Hace falta bastante entrenamiento para poder dedicarse al *pole dance* —me dijo, como si me desafiara a probarlo.

Mi actitud reticente lo puso en guardia.

—Veo que eres todo un experto en la materia, ¿lo practicas a menudo?

Detrás de Austin, la cortina se movió lo justo para que pudiera ver a James llevarse una mano a la boca, tratando de contener una carcajada.

Afortunadamente, aquel tío no oyó a James…, pero a mí seguro que sí me había oído.

—¿Qué acabas de decir?

—Quería decir que… Nada.

—Ponte el vestido, voy a por algo de beber.

Se alejó de mí, con su ropa desaliñada, y se acercó al minibar que había en una esquina de la estancia. Yo me quedé allí, de pie, con aquel pedazo de tela en la mano. Lo levanté para examinarlo y vi que estaba lleno de lentejuelas y que tintineaba con cada movimiento.

«Ni de coña me pongo yo este trapo».

—Espero que te estés cambiando —me insistió con expresión inquietante.

James entreabrió de nuevo la cortina, esta vez para hacerme un gesto rápido con la cabeza.

Me estaba diciendo que no lo hiciera. A su espalda, sin embargo, Will alzó el pulgar. Lo vi tan convencido que me animé a continuar con aquella puesta en escena.

Mire alternativamente aquel vestido y mi vulgar sudadera sin el menor atractivo.

Cuando Austin volvió sobre sus pasos, William cerró de nuevo la cortina. Sentí cómo se me congelaban los músculos.

«No puede hacerme nada malo, ellos están aquí».

Tiré el vestido al suelo y miré a Austin directamente a los ojos.

—Veo que has cambiado de idea. ¿Quieres desnudarte directamente? —Soltó una risotada y se dejó caer en uno de los sillones de piel que había alrededor de los postes—. ¿Y bien? —El tono intimidante de su voz me pellizcó la nuca.

«Entretenlo».

—No creo que sea necesario.

—Niña, me estás impacientando. Te doy un ultimátum: o te quitas la sudadera o te pones ese vestido. ¿Cómo quieres si no que vea lo que hay debajo?

Un ruido metálico rasgó el aire. Justo después, se oyó un ruido sordo.

Austin se puso en pie de un salto.

—¿Qué ha sido eso?

# 47

## June

Noté un movimiento detrás de la cortina. Esos dos idiotas se estaban peleando y Austin estaba a punto de pillarlos con las manos en la masa.

Antes de que pudiera girarse en busca del origen de aquel ruido, me quité la sudadera y me quedé en sujetador ante sus ojos.

—Bueno, ¿qué? ¿Me pones una canción? —le dije, temblorosa, con la esperanza de que la música tapase el ruido que estaban haciendo Will y James.

Austin miró a su alrededor una última vez, pero la situación que se le acababa de presentar parecía haber captado toda su atención.

—¿De qué canción hablas? ¿En serio creías que tendrías que bailar para mí?

Me lanzó una sonrisa tan sucia que me dieron ganas de esconderme en una esquina.

Pero allí estaba, cubriéndome los pechos con la sudadera que acababa de quitarme.

Cuando Austin volvió a sentarse en el sillón y estiró las piernas, entendí que no me quedaba alternativa.

—Era broma. Vamos, empieza.

«James tenía razón, me da que esto va a acabar fatal».

—Que quede claro que yo nunca he…

—No necesito que se te dé muy bien el baile. Muévete.

Me obligué a seguir adelante. Tuve que tragarme un gemido de puro miedo mientras él sacaba el móvil del bolsillo para poner algo de música. Y al cabo de un instante en el altavoz estaba sonando una canción desconocida que no me animó a moverme en absoluto. Me quedé inmóvil; el tubo metálico me acariciaba la espalda desnuda y me producía escalofríos.

Pensé en mi madre y en el hecho de que al día siguiente tendría un examen de Lengua. ¿Debería estar en el instituto en lugar de haciendo eso?

Me solté el pelo con la única intención de que me tapara un poco la cara. Lo último que vi antes de empezar a moverme fue la cara de satisfacción de Austin, que se lamía los labios y se acariciaba las rodillas.

Tiré la sudadera al suelo, di un par de pasos, moví un poco las caderas y me puse de espaldas solo para no tener que mirarlo a los ojos. Sin el menor entusiasmo, eché la cabeza hacia atrás, y después hacia delante. Puede que la cerveza me estuviera ayudando un poco. No me sujeté del tubo ni hice ningún movimiento explícito. Probablemente aquella estaba siendo la escena más torpe que él había visto en su vida.

En un momento dado, me di cuenta de lo que estaba haciendo y me quedé bloqueada. Bajó el volumen de la música y me sorprendió con una afirmación inesperada.

—Bueno, solo hay un criterio de contratación… y tú lo has superado de sobra —comentó señalándose la entrepierna.

Recuperé rápidamente la sudadera y bajé la vista avergonzada.

—¿Qué pasa?

Cuando la música cesó, suspiré aliviada con tantas ganas que noté cómo se me vaciaban los pulmones.

Pero esta vez fue imposible no oír los golpes, que al principio sonaban más cercanos y fueron oyéndose cada vez más lejanos. Austin se puso en pie y se dirigió hecho una furia hacia la cortina que tenía a su espalda.

Volví a quedarme sin respiración.

Cuando la abrió, casi me desmayo. Allí ya no había nadie.

El móvil vibró en mi bolsillo.

> Sal de ahí.

Volví a ponerme la sudadera y recibí un nuevo mensaje de James.

> Ahora. Antes de que entre ahí con el coche y le destroce el local.

—Tengo que irme ya.

—¿Te lo pensarás? —Austin aceleró el paso y se interpuso en mi camino antes de que pudiese llegar a la puerta.

—Sí, pero ahora debo irme.

Me miraba con el ceño fruncido, pero no me soltaba el brazo.

—Me parece muy raro que te hayas presentado así, por la cara, en pleno día.

«Demasiado fácil para ser real».

—¿Cuántos años tienes? ¿Aún vas al instituto?

—Sí, pero ya te he dicho que… mi madre se ha quedado en paro.

Austin me sujetó con más fuerza y me atrajo hacia su pecho.

—Tienes cara de ir a ese instituto de niños de papá. Tú no necesitas pasta, ¿verdad?

«Oh, no».

—Sí la necesito, ya te lo he explicado.

Se me acercó a la cara. Apestaba tanto a alcohol que tuve que aguantar la respiración.

—Si descubro que el gilipollas de Hunter está detrás de este numerito…

No me atrevía a mirarlo a los ojos.

—Primero lo mato a él y después me acerco a tu casa.

—¿Qué? ¿Pero de qué…?

—Y mientras duermes en tu camita…

Por fin me soltó del brazo y se encaminó a su despacho. Me quedé donde estaba, inmóvil y aterrorizada, apoyada en la puerta.

El móvil empezó a vibrar enloquecido, recordándome que tenía que salir de allí lo antes posible. Eché a correr hacia la puerta principal, salí del local y me metí en el coche de James, que me sacó de aquella pesadilla a toda velocidad.

Me acurruqué en el asiento, aturdida y temblorosa. Pero ninguno de ellos me hizo demasiado caso.

—¿Pero qué coño haces, James?

Me estremecí. Will acababa de hablar a gritos, y yo nunca lo había visto tan alterado.

—¡Era nuestro momento! Cuando la música estaba a todo volumen, tendríamos que haber arrancado la caja fuerte..., ¡y tú te has quedado ahí, embobado como un imbécil!

—Pesaba demasiado. Esa caja fuerte pesaba demasiado.

—No, ¡lo que ha pasado es que tú te has rendido! ¿Qué coño estabas mirando?

James me miró a través del retrovisor.

—Nada. ¿Va todo bien ahí detrás?

—Sí.

—James, ¿me estás escuchando? ¡Podríamos haberlo conseguido!

—Will..., no podríamos haber arrastrado esa puta caja fuerte entre los dos. Pesará como una tonelada. Piensa un poco.

—No es cierto. Menuda gilipollez.

William no se estaba mostrando nada razonable.

—Podríamos haberlo hecho, hemos estado a punto... ¿Volvemos a intentarlo mañana?

James y yo nos miramos a través del espejo.

—Oye, Will, lo mejor será que volvamos a casa... ¿Qué me dices? —Traté de tranquilizarlo pasándole una mano por el hombro. Estaba muy agitado.

—¡Casi lo conseguimos, coño!

—Volveremos a intentarlo. Ahora trata de tranquilizarte —le susurró James.

Nos quedamos un momento en silencio, y por fin me decidí a hablar.

—Creo que Austin me ha amenazado.

James se acarició el pelo.

—Lo que faltaba.

—Me ha dicho que si descubre que tú estás detrás de todo esto...

Me empezó a temblar la barbilla. El aire se me escapaba cada vez que trataba de contenerlo en el pecho.

—¿Qué cojones te ha hecho?

La pregunta de James fue tan brusca que mis labios se sellaron de golpe.

En ese momento William se giró hacia mí, visiblemente preocupado.

—June, ¿qué te ha hecho?

—Nada. No me ha hecho nada. Pero cuando me ha amenazado..., he pasado miedo. No puede enterarse de dónde vivo, ¿verdad?

—Hostia puta, igual se ha dado cuenta...

William se llevó la mano a la boca y se mordisqueó una uña.

—Tú ahí no vuelves. No tienes ni idea de lo que es capaz —sentenció James con un matiz de rabia en su voz.

Will había desconectado. Parecía muy cansado, lo noté cuando posó la cabeza en el respaldo. Una vez llegamos a su casa, me di cuenta de que incluso le costaba concentrarse en lo que le decíamos.

—No quería que te asustases. Pensé que sería más fácil, June.

—Tranquilo. Descansa. Yo me vuelvo a casa.

No estábamos juntos. William quería echar el freno y no apresurar las cosas... Pero sucedió igualmente. Se me acercó y nos dimos un beso en los labios, tan suave que apenas sentí el roce.

—Te llamo cuando me despierte, ¿vale?

—Hasta luego, Will.

Escuché sus pasos poco a poco. James volvió al salón vestido con ropa deportiva.

—¿No ha llegado aún el momento de irte a casa, White?

Asentí, y James se sacó del bolsillo las vendas que usaba para boxear y empezó a enrollárselas en las manos.

Se tomó un momento para examinarme, y yo no pude evitar hacer lo mismo. Su pelo castaño tenía un tono más claro cuando no se ponía ningún producto. Sus mejillas bronceadas cambiaban variaban levemente de color con los cambios de temperatura.

Pareció quedarse como abstraído mientras se enrollaba una de aquellas vendas negras, que quedó suspendida en el aire por un instante.

—¿Te ha tocado ese cabrón?

Su pregunta fue tan inesperada que me dejó helada. Negué con la cabeza. Esperaba aquel gesto, así que siguió envolviéndose la mano con la venda y tensó los labios para esbozar una sonrisa.

—Por cierto: le has mentido a tu madre, has dormido conmigo, has hecho pellas, te has marcado un baile erótico...

—¿Y tú como sabes eso, Hunter?

—¿Acaso creías que me he iba a perder el espectáculo de ver tu culazo restregándose contra una barra? —me preguntó en tono jocoso.

—Para ya... —murmuré bajando la vista.

—¿De hacer qué, White?

Me quedé embobada observando sus movimientos, que me resultaban hipnóticos incluso cuando se trataban de gestos tan banales como vendarse la mano.

—Deja ya de tratarme así. No es justo.

—¿Pero qué he hecho? Te acabo de confesar que me moría de ganas de ser aquella barra.

Hizo una mueca más que explícita. Se estaba burlando de mí. Como siempre.

—¡James!

Parecía que estuviera regañándolo a él, cuando en realidad me estaba llamando la atención a mí misma. Cuando se quitó la camiseta yo aún seguía allí.

—Como quieras, Blancanieves.

Se encogió de hombros en un gesto de indiferencia, y se dispuso a vendarse la otra mano poniendo toda su concentración en ello.

—Me voy a casa.

Sus ojos azules parpadearon.

—¿Te...?

—No, tengo ahí la bici.

De forma inesperada, James se acercó a un palmo de mi cara.

«June, esto se lo hace a todas».

Mantuve los ojos fijos en sus pupilas para no dejarme distraer por su cuerpo perfecto.

—¿Y a qué esperas? —preguntó en un susurro que me hizo estremecerme.

Había una fuerza invisible que me bloqueaba. Entre nosotros existía algo muy fuerte, y me preguntaba si él también lo sentía.

Tendría que haberme esforzado el doble en escuchar lo que me decía el cerebro, pero mi cuerpo se negaba a hacerlo.

Me puse de puntillas y le di un inocente beso en la mejilla. El contacto con su piel cálida me produjo un escalofrío, y su perfume, que a esas alturas ya me resultaba familiar, me hizo sentir una punzada en el estómago. Observé cómo se mordía el labio inferior, que se hundió carnoso bajo sus blancos dientes.

—Has sido muy valiente.

Por un instante, me pareció distinguir un atisbo de paz en aquella mirada siempre inquieta.

Sus ojos se relajaron al descender hasta mi boca.

Me di la vuelta para que no viera cómo se me encendían las mejillas, adoptando mil tonalidades distintas.

—Gracias —susurró—. Y no lo digo por ese bailecito solo para adultos, sino por el hecho de que te hayas arriesgado así... por Will. Has hecho una cosa importante por él. Estúpida, sí..., pero importante.

—Eso no es exactamente así, James.

—¿Qué quieres decir?

Me volví y lo miré directamente a los ojos.

—Lo he hecho por él y por ti.

Aquella tarde, mi madre me sometió a un interrogatorio para tratar de sonsacarme dónde había pasado la noche.

Con mucho trabajo, conseguí convencerla de que realmente había estado en casa de Amelia, que necesitaba hablar con alguien y estar lejos de ella, porque lo que me había contado me había sentado mal. Fingió que se lo tragaba, pero no me cupo la menor duda de que esa noche no me dejaría salir ni aunque la torturase.

—¡Venga, que no nos vemos desde hace un siglo!

Eran más de las nueve y estaba de videollamada con Amelia y Poppy. Cuando se nos sumó Ari, me sorprendí. Daba por hecho que, tras su ruptura con Brian, Amelia la había alejado del grupo, pero al parecer estaba equivocada.

—Ya te lo he dicho, Amelia: no puedo salir. Y menos esta noche.

—¿Y ayer tampoco? ¿Por qué no viniste al Tropical? —me preguntó afilando la mirada como si quisiera leerme la mente.

—Eh...

—Entiendo que tu falta de experiencia haga que dos chicos como Hunter y Cooper te parezcan mejor opción que tus amigas... —Amelia siempre usaba ese tono tan directo y explícito cuando hablaba.

Nunca dudé de que tenía carácter de sobra, pero es que, además, siempre parecía estar enfadada. Enfadadísima.

—Yo lo único que sé es que dos mejor que uno.

Las palabras de Poppy, que en ese momento se estaba tiñendo las puntas del pelo, me provocaron una carcajada.

—¿Qué insinúas? —resoplé.

—Están de coña... —susurró Ari mordiéndose el labio.

—Pues a mí me ha dicho un pajarito que...

—¿Qué pajarito? —pregunté.

—Uno que dice que esta mañana has estado viviendo aventuras en el desierto de Palm Springs.

—¿Pero qué dices? ¿Quién te ha...?

«Jackson, ¿quién, si no?».

—¿Will y tú estáis juntos en plan serio?

¿Es que se puede estar con alguien y que no sea en plan serio?

—Me ha dicho que le gusto, pero que prefiere tomarse las cosas con calma. Diría que no vamos en plan serio.

El ambiente entre las chicas estaba tenso, y yo era incapaz de entender la causa.

—Bueno, ya has conseguido que admita que le gustas... No es poco. Me extraña que, por una vez, James se haya apartado. ¿Verdad, Ari? —La voz de Amelia era tan cortante que su amiga bajó la vista.

«¿En qué sentido?».

—Perdón, ¿qué tiene que ver James en todo esto?

—Pues que es un tío que se muere por cepillarse a cualquier tía que se le ponga a tiro. No le importa que sea la novia de su mejor amigo. ¿Verdad, Ari? —insistió Amelia, en un tono que daba a entender más de lo que decía.

—¿Pero de qué hablas? —le espetó Ari.

—¿Que de qué hablo? Hablo de lo que tú me has contado, a menos que eso también fuese mentira.

Daba por hecho que entre Ari y James había habido algo, ¿pero qué tenía que ver Will en esa ecuación?

—¿Y por qué sacas ahora estos trapos sucios? Mira, mejor me voy.

Ari zanjó el asunto, y poco después Amelia también se despidió.

—¿Poppy?

La miré: estaba mordiendo una Oreo y tenía la cabeza forrada de papel de aluminio.

—¿Sí?

—¿De qué estaban hablando?

—A Amelia le encanta sacar los trapos sucios de cuando aún estábamos en el colegio... No sé qué bicho le ha picado, se pasa el día picando a Ari. Lleva así desde que ella y Brian lo dejaron.

Poppy se encogió de hombros; parecía confundida.

«Gracias, Poppy, cada vez que te pregunto una cosa me cuentas mucho más de lo que deberías».

—¿Tú sabes por qué han cortado?

—Me da que ella no estaba lo bastante pillada. Pero puedes estar tranquila, a Ari ya no le gusta William.

—¿Perdón?

—Hostia... Me tengo que ir... Mi madre me ha... ¡Joder, el conejito se ha escapado de la jaula!

Cortó la llamada y yo me quedé mirando fijamente la pantalla negra.

«Trapos sucios de cuando aún estábamos en el colegio» me pareció una afirmación más que suficiente como para quedarme tranquila. Así que me di una ducha, me lavé los dientes, y cuando me estaba poniendo el pijama me vibró el móvil.

Era Will.

—¿Will? ¿Ha pasado algo?

Encendí la luz, preocupada y, salté de la cama.

—No, solo llamo para asegurarme de que estás bien.

Suspiré.

—Sí, ¿por...?

—Estaba pensando en ti.

Me quedé sin palabras. Y eso era algo que no solía pasarme.

—¿Estás segura de que Ethan Austin no te ha dejado demasiado traumatizada? Si necesitas...

Me pareció tan tierno que me hizo sonreír.

—Digamos que, a partir de esta noche, tardaré un poco más en quedarme dormida.

—Si te quedas más tranquila, que sepas que no hablaba en serio.

—Valoro mucho tu interés en tranquilizarme, pero Austin no parece el tipo de tío que se ande con bromas. Y James dice...

—¿Desde cuándo haces caso de lo que dice James?

El tono desabrido de su pregunta me sorprendió.

—Bueno, no es que haga caso de lo que dice, pero... —Oí unas voces al fondo y, enseguida, reconocí la del aludido—. ¿Dónde estás? —le pregunté, y él tardó un poco en responder.

—Estábamos en el Tropical, pero ahora estoy volviendo a casa con James y Tiffany.

—Ah, vale.

—¿Podemos pasarnos por tu casa? Solo quiero asegurarme de que estás bien.

—¿Qué? ¡No! Mi madre se despertaría. Es tardísimo y...

—Su madre no está en casa. Dile que vamos a pasarnos por allí.

La arrogancia de James me ponía enferma incluso a distancia.

—¿Y él qué sabrá? —repliqué, tajante, mientras pasaba por la puerta del dormitorio de mi madre.

La abrí y allí no había nadie.

—Llegamos dentro de cinco minutos. Solo quiero darte un beso de buenas noches y asegurarme de que todo va bien.

¿Un beso de buenas noches? ¿Pero no había dicho que...? Dios, ¿qué sentido tenía hacerse preguntas?

—¿Te los has traído a ellos también?

La vergüenza se cebó en mi estómago y en mis mejillas cuando, además de a William, vi aparecer a James y a Tiffany en la puerta de mi casa. Will estaba impecable, pero los otros dos parecían modelos recién llegados de un desfile de ropa interior.

Solo había una nota discordante: yo. Llevaba una camiseta de tirantes y el pantaloncito del pijama. Hasta ahí, todo bien. El problema radicaba en que mi pijama tenía un estampado con dibujitos de plátanos amarillos y era de color rosa fluorescente.

—Guau, qué sexy —dijo Tiffany, sin duda con ironía, mientras sus ojos felinos me miraban de arriba abajo.

Con lo ridículo que era el pijama, estaba claro que lo decía a modo de burla, por lo que no entendí bien la mirada amable con la que me observaba.

James tiró el cigarrillo al suelo y me repasó con la mirada.

—Te juro que estamos aquí cinco minutos y me los llevo —susurró Will antes de darme un beso en la boca.

Percibí una leve presencia de alcohol en su aliento, y eso me inquietó. No debía beber si se estaba medicando. Él era consciente de ello, pero quizá las malas compañías podían más que el sentido común.

Nos sentamos en el sofá, y al hacerlo me noté más agitada que de costumbre.

—¿Estás bien, June?

—Si mi madre vuelve..., no le hará ninguna gracia —murmuré tratando de ignorar las risotadas de Tiffany.

William comprendía que estuviera nerviosa y me cogió la mano para hacerme sentir más segura.

—Austin no sabe nada de ti, puedes estar tranquila. Lo digo en serio.

Mis oídos se esforzaban en escuchar lo que William tenía que decirme, pero mis ojos se escabulleron hacia la cocina. James estaba allí, sentado en la mesa, con las piernas colgando mientras Tiffany gravitaba a su alrededor. Los estuve observando mientras hablaban, hasta que ella abrió la puerta de la despensa, y entonces ya no pude más.

—Perdona, Will. Ahora vuelvo.

—¿Y si descorchamos esto? ¿Estará muy malo? —dijo Tiffany mientras me miraba con una botella de vino espumoso en la mano.

Nunca me había fijado demasiado en el físico de Tiffany porque Taylor solía robarle el protagonismo, pero ahora que la miraba con más detenimiento, pude comprobar que bajo aquella cascada de pelo color café se escondía un rostro verdaderamente hermoso.

—Qué mal gusto tiene tu madre... —comentó James, abriéndose de piernas y adoptando una postura muy poco civilizada.

—Sin duda, por eso está saliendo con tu padre.

Clavó sus ojos azules, tan oscuros que parecían negros, en los míos.

Tiffany le puso una mano en la cadera. El tejido gris de la camiseta se arrugó bajo sus uñas pintadas de negro. Parecían íntimos. Más íntimos de lo que pudiera parecer cuando los observabas desde fuera. Ella le susurró algo al oído sin dejar de mirarme, y él esbozó una sonrisa traviesa.

—Ya ves —gruñó con su característica voz grave.

—Por favor, ¿podéis no tocar nada?

Tiffany dejó la botella en la mesa y se puso de puntillas para poder alcanzar el rostro de James.

Él se dejó besar. Abrió la boca de una forma tan libidinosa que me dejó sin aliento.

—Relájate, June, no estamos haciendo nada… —me dijo ella, en tono provocativo, mientras lamía el labio inferior de James hasta lograr que se le escapara un leve gemido.

—Mirad, mi madre está a punto de llegar, así que será mejor que os vayáis.

Tenía la respiración y el pulso agitados, aquel espectáculo me estaba provocando dolor de cabeza.

James clavó sus pupilas en las mías, agarró a Tiffany del pelo y la siguió besando con lascivia.

Tiffany era guapa, sí, pero él… Dios mío.

«No. Es odio, June. Solo es odio. Esta situación no tiene nada de excitante».

Tragué saliva. Estaba lista para hacerles irse de mi casa, pero mi mirada volvió a quedar presa de los encantos de James. Observé sus manos descendiendo y sujetándole de los muslos con firmeza. Perdí la paciencia.

—James… —Traté de llamar su atención, pero Tiffany parecía no tener la menor intención de separar su boca de la de él.

El aroma de James lo envolvía todo. Era intenso y embriagador. Tenía miedo de que mi madre se diera cuenta en cuanto volviera a casa.

James se lamió los labios y me dedicó una sonrisita satisfecha.

—Vámonos de aquí, joder, que Blancanieves se está poniendo nerviosa.

Bajó de la mesa de un salto y pasó por mi lado con la cabeza bien alta mientras que ella me lanzaba una mirada cómplice.

—Crees que él no está a tu altura, ¿verdad? Todas lo creíamos.

Las palabras de Tiffany me confundieron, aunque la verdad era que llevaba sintiéndome así toda la noche. Di media vuelta y regresé al salón.

William hablaba por teléfono con su madre, y James estaba de pie a su lado.

—Vámonos, Will —le dijo.

—Déjame estar con ella cinco minutos.

—Pues vuelves a tu casa andando.

William resopló y me abrazó con prisas.

—Nos vemos en el insti, June.


Pasó media hora y mi madre seguía sin aparecer. Traté de llamarla, pero no me contestó.

En circunstancias normales no me habría preocupado, pero después de que Austin me amenazase…, no podía estar del todo tranquila. Era de noche y, extrañamente, me daba miedo estar en mi propia casa.

Traté de distraerme, así que busqué algo que me hiciera pensar en otra cosa. Le escribí a James para preguntarle cómo sabía que mi madre no estaba en casa.

> ¿Cómo lo sabías?

Me sorprendió que me respondiese a los pocos minutos.

> Tú no sabes qué coño significa divertirse, ¿verdad?

Apreté los puños. Lo odiaba.

> ¿Y eso qué tiene que ver?

Me quedé mirando el móvil hasta que llegó otra notificación.

> Tu madre está aquí.

Pues claro. Mi madre estaba en casa de Jordan. Y yo, como una idiota, me había quedado en casa, sola y aterrorizada mientras ella se divertía. No me lo podía creer.

Otra vibración.

> ¿Sigues despierta, White?

> Tú también, Hunter.

> No me apetecía entrar en mi casa porque tu mami estaba en mi salón. Estoy dando un paseíto.
> Pero tú estás cagada de miedo, ¿verdad?

> Eres gilipollas. Pero, en el caso de que alguna vez tuviera miedo, creo que en esta ocasión estaría más que justificado, ¿no crees?

James lo leyó, pero no respondió.

Bajé a la cocina a por una botella de agua y un paquete de galletas. Cada vez en que inspiraba aire percibía su olor.

En un momento dado, oí un ruido fuera, en la puerta principal. Me eché a temblar.

¿Y si Austin hablaba en serio?

No, era imposible... Esas cosas solo pasan en las pelis.

Pero eso no me dejó más tranquila. Habían sucedido demasiadas cosas raras desde que me mudé a Laguna Beach; cosas que, si llegan a contármelas solo unos meses atrás, no me las habría creído. Y, por mucho que lo intentase, no podía ignorar el crujido que se oía al otro lado de la ventana.

Me acerqué lentamente al alféizar, y percibí una sombra tras la cortina.

Fui corriendo a la cocina y cogí el cuchillo más grande que había en casa, el del pan. Me pregunté si era la mejor arma contra un tipo como Austin, acostumbrado a tratar con pistolas y a saber con qué más.

Permanecí a la espera, pero no pasó nada.

En un arrebato de valor, abrí la puerta de la casa, levanté el cuchillo y entorné los ojos. El terror se sobrepuso a la valentía.

De pronto, una fuerza tremenda me lanzó contra el muro. Sentí cómo me crujían los huesos de la espalda. Alguien me inmovilizó las manos y me las mantuvo en alto por encima de mi cabeza. Y finalmente oí el ruido metálico de la hoja de mi cuchillo chocando con el suelo.

Estaba aterrorizada.

—White, te dije que debías mejorar tus reflejos.

# 48

# June

—¡James!

Era incapaz de mover ni un músculo, solo pude abrir los ojos. Me topé de frente con el azul eléctrico de unos iris glaciales que me miraban fijamente.

La luz de la luna hacía que sus rasgos se viesen más pálidos, lo que resaltaba sus facciones angulosas.

—¡¿Pero qué haces aquí?!

Sentí que la presa sobre mis muñecas disminuía. James liberó mi pecho de la presión que estaba ejerciendo con el suyo, y así pude a respirar de nuevo.

—Joder, ¿es que querías matarme? —me preguntó mientras recogía el cuchillo del suelo.

—¡No creía que fueses tú!

—¿Y eliges ese cuchillo? ¡Ni siquiera está afilado! —comentó examinando la hoja.

—¡Por Dios! ¿Y si llego a herirte? —dije en voz alta, llevándome las dos manos a la boca.

Se echó a reír y dejó el cuchillo en el alféizar. Su mueca jocosa me puso de los nervios.

—¿Sabes lo que te digo? La verdad es que tendría que haberte matado, Hunter.

—Ah, ¿sí?

James puso cara de indignación mientras sacaba el paquete de tabaco del bolsillo de sus vaqueros. Se sentó en los escalones del porche.

—Podría haberlo hecho con la excusa de que te había confundido con otra persona...

—Te dije que estaba dando un paseo, payasa —me soltó, y empezó a liarse un porro.

—¿Y eso qué tiene que ver? Creí que estabas con Tiffany...

—Pues no creas tanto.

Sin pensarlo demasiado, me senté a su lado.

—¿Qué haces aquí?

Enarcó una de sus cejas claras, fingiendo no haber entendido la pregunta.

Siempre hacía lo mismo, le encantaba. «Es insoportable».

—Lo has entendido perfectamente.

—Me fumo este y me largo —dijo antes de darle otro lametón al papel.

—¿Has venido hasta aquí para fumar en la puerta de mi casa?

—No me apetecía quedarme en la mía.

Me acordé inmediatamente de mi madre. Me repugnaba la idea de que me hubiera mentido.

Por eso no me había regañado demasiado a pesar de saber perfectamente que lo de que me había ido a dormir a casa de Amelia era una trola. Al parecer, ella era la reina de la mentira. La muy embustera parecía deseosa de ostentar ese título.

—Me pregunto por qué se ven a escondidas... —reflexioné en voz baja.

James apretó los dientes y bajó la vista. Se encendió el porro que acababa de terminar de liarse y me miró con ojos de acero.

—A ver, White, ¿dónde habrías escondido un cadáver tan grande y pesado como el mío?

«No quiere hablar de su padre: entendido».

—En el sótano hay un congelador gigante —le confesé satisfecha.

—Pfff..., con esos bracitos tan ridículos no podrías arrastrar ni a un recién nacido.

—Hunter, ¿tienes algo que decir de mis...?

Mis ojos pasaron de mis frágiles brazos a aquellas enormes extremidades suyas que reposaban sobre sus rodillas.

—Deberías practicar algún deporte de contacto. Así sabrías defenderte en situaciones como esta.

—Es que me has pillado por sorpresa —me justifiqué.

—Te he puesto contra la pared en dos segundos, White. ¿En serio tienes un congelador gigante en el sótano?

—Bueno, la verdad es que ni siquiera tengo sótano.

Los dos nos echamos a reír.

—No te ofrezco porque no quiero que te vuelvas a desmayar. —Alzó el mentón y mir al cielo—. Estás muy guapa cuando te pasas un par de horas seguidas calladita. —Bajó la mirada y me miró de frente—. Y cuando no agredes a la gente con ese puto cuchillo de juguete.

«Recuerda que lo odias».

Aunque no lo soportaba, era bastante complicado estar cerca de él. Especialmente si ibas con un pijama fucsia con plátanos fluorescentes y él estaba, como siempre, perfecto. Y eso que el noventa por ciento del tiempo se lo pasaba en chándal o en ropa deportiva.

—No esperaba que en California hiciese este calor.

James frunció el ceño.

—¿En serio eres de esas personas a las que les gusta hablar del tiempo?

Se rio mordiéndose el labio inferior.

—Eres demasiado lista como para limitarte a charlar de cosas intrascendentes —afirmó.

—¿A qué te refieres?

—Eres una fisgona. Le das la vuelta a los asuntos y escondes tus verdaderas intenciones: haces preguntas incómodas.

—¿Cómo cuáles? —le pregunté, y me pareció ver cierto brillo en sus ojos. El mismo brillo que creía intuir cada vez que lo provocaba o que me enzarzaba en una discusión con él.

—Como preguntarme indirectamente si tengo novia.

Moví la cabeza para que varios mechones ocultasen la vergüenza que estaba pasando.

—La verdad es que yo soy más de preguntar las cosas directamente.

—Si estamos tú y yo solos, no.

Bajé la vista.

Con lo fácil que sería todo si fuera tan hermoso como un adonis y tan tonto como una piedra...

—Solo estaba mostrando lo poco apropiado de tu comportamiento.

—¿Poco apropiado? ¿Y eso quién lo decide, chavala?

—Bueno, si tienes novia...

—Taylor no es mi novia.

Inhaló una bocanada de humo y lo exhaló de repente.

—¿Y ella lo sabe?

—Qué pesada, estás peor que Jackson. Claro, lo sabe perfectamente.

Al fondo de la calle se oyó un ligero rumor, probablemente serían coches o voces en la lejanía.

—¿White?

—¿Sí?

Observé cómo su esbelta silueta se ponía en pie. Se metió las manos en los bolsillos y posó en mí su mirada más penetrante.

—Me lo ha pedido Will.

—¿De qué hablas?

—De lo de pasarme por tu casa antes de volver a la mía —dijo decidido y sin apartar la vista.

—Sí, ya.

«Pues claro, ¿cómo no iba a ser así?».

—De no ser así, no habría venido.

«Menudo chulo estás hecho».

—Por cierto...

Me quedé absorta con su voz; sonaba cortante, pero profunda y envolvente a la vez.

—¿«Por cierto» qué, James?

Se arregló el flequillo con un rápido movimiento de muñeca, y empezó a alejarse por el camino de entrada a mi casa.

—Por cierto, siempre llevo el móvil encima. Incluso cuando estoy durmiendo.

—¿Y...?

—Si lo necesitas, me puedes llamar.

—Llevo dos días comiendo tortas de arroz.

—Me alegro, Poppy, pero no tengo ganas.

Y no solo hablaba de la comida dietética sino de la enésima invitación a la enésima fiesta. Traté de negarme, pero parecía ser el tema del día. Las chicas hablaban de aquello como si fuera la fiesta del siglo.

—Y he bebido agua, mucha agua.

—No puedo ir —repetí a disgusto mientras Poppy, desde la pantalla, me ponía una cara rara.

—June, ¡te aseguro que no me voy a perder la fiesta después del sacrificio que he hecho!

—Perdona, ¿por qué has comido esa porquería? ¿Eso no sabe a corcho?

Hablar con las chicas por videollamada acababa convirtiéndose en un caos de mucho cuidado.

—Para disfrutar de la efímera sensación de tener el vientre plano. He descubierto que con las Oreo no surte el mismo efecto.

—¿Estamos hablando de una fiesta a la que hay que ir en bañador? —pregunté sin mucho interés mientras trataba de arreglar los apuntes de Matemáticas.

—Sí, pero no es como las demás —me aclaró Amelia, que ni siquiera miraba a la cámara porque estaba empeñada en arrancarse de la espinilla una gran tira de cera caliente. Verla haciéndose la cera durante una videollamada resultaba un verdadero sufrimiento, era como si me lo estuvieran haciendo a mí.

—No, chicas. Lo siento.

—No has entendido de qué se trata...

—Lo he entendido, Amelia. Poppy me lo ha repetido ocho veces. Es una fiesta secreta, en un lugar secreto, solo pueden entrar quienes conozcan la contraseña, bla, bla, bla...

Poppy ya iba por su tercer chicle. Se echó a la boca el cuarto antes de empezar a hablar.

—Si queréis, os cuento cómo fue el curso pasado...

—¡Calla, Poppy! —la regañó Amelia, haciendo una mueca de dolor antes de darle un tirón a la última tira que le quedaba en el gemelo—. ¡Venga, June! ¡Es solo una vez al año!

—Mi madre es más convincente que vosotras dos juntas —dije con sorna.

—Es una fiesta de bañadores, estará llena de chicos guapos —insistió Amelia.

—¡Protesto! Si yo pudiera alegrarme la vista con dos chicos como James y Will, los demás no me importarían lo más mínimo...

—No seas pesada con ese tema, Poppy. June no está con ese gilipollas de Hunter. Está con Will. ¿Verdad, June?

La expresión suspicaz de Amelia no pasó desapercibida.

—¿Me lo estás preguntando? Pues claro que no estoy con James. Puede que ni siquiera esté con Will...

—Eres oficialmente libre, como nosotras. ¡Razón de más para venir! James suele llevar pintura corporal fluorescente...

—Ya ves, seguro que lo está deseando. Espero que se ahogue con esa mierda —aseguró Amelia.

—Se le da genial pintar, la verdad. Yo creo que tendría que hacer uno de esos cursos que imparte tu madre, June. ¿Os acordáis de cuando...?

—Corta el rollo, Poppy. ¿Estás más pesada de lo habitual o es cosa mía? —la interrumpió Amelia con muy poca delicadeza.

—¿Por qué le tienes tanta tirria? —le pregunté justo antes de que Poppy se embarcara en uno de sus monólogos.

—Porque es odioso. Está decidido, June: te vienes.

¿Tendría que salir de mi casa a escondidas? ¿Quién me aseguraba que aquello valdría la pena?

—Hagamos lo siguiente. Yo voy, pero tú me cuentas qué pasó en la fiesta de Tiffany el año pasado.

Amelia puso mala cara y miró de reojo a Poppy.

—¡Maldita sea! ¡Mr. Rabbit es incapaz de quedarse encerrado en su jaulita! ¡Me tengo que ir! —gritó esta antes de terminar la llamada.

—¿Quién...?

—Su puto conejo. Sigo sin estar segura de si existe de verdad o es imaginario.

Amelia y yo nos reímos.

—Vente, June. Y así hablamos un poco —me propuso con una sonrisa.

—No sé en qué punto estamos Will y yo, pero... todos estos secretos no me gustan nada —susurré.

—Si quieres, te cuento lo que pasó con James el año pasado. Pero tienes que venir a la fiesta.

Pues sí, me había convencido.

# 49

# June

Habíamos estado dos horas interminables en casa de Amelia y esta seguía sin decidir qué biquini ponerse. Poppy, por su parte, no había parado de mirarse el vientre en el espejo.

Y ahora que, por fin, estábamos en una especie de sótano oscuro y angustioso, yo estaba segura de que había perdido tres cuartas partes de mi sentido del oído.

Desde que habíamos llegado a aquel tugurio no había visto a nadie conocido. El sitio estaba oscuro como la boca de un lobo, apenas iluminado de forma intermitente por unas luces de neón de colores brillantes. Al parecer habían puesto la calefacción al máximo y el aire era tan sofocante que no me habría sorprendido que alguien se desmayase de repente. Todos los presentes iban en bañador, salvo algunas excepciones entre las cuales, por supuesto, me encontraba yo.

—Hace demasiado calor, ¿por qué no bajan la calefacción? —le grité a Amelia, que no me oyó.

—¡Porque había que venir en bañador, guapa! —exclamó en medio de la multitud un tío al que no conocía de nada.

—Menudo asco —murmuré acercándome más a mis amigas, por miedo a que algún otro borracho volviese a dirigirme la palabra.

Nos reunimos en torno a una mesita. Dos personas más se nos acercaron.

—¡June! ¡Parece que al final no te han secuestrado!

Blaze iba en camiseta y pantalón largo mientras que Brian llevaba un bañador que resaltaba su cuerpo bronceado y salpicado de tatuajes.

—Lárgate, June y yo tenemos que hablar.

Pese al recibimiento de Amelia, Blaze no se inmutó.

—Somos muy pocos los elegidos, ¿verdad, June? —comentó Blaze refiriéndose a mi ropa.

—Llevo el bañador debajo, pero no me apetecía...

—No hace falta que me expliques nada. La competencia es brutal —dijo Blaze sonriendo y dándose una palmada en el vientre. En ese momento, se fijó en algo que había a mi espalda.

«Esta competición está perdida desde el principio para el común de los mortales, querido Blaze», pensé mientras observaba a Poppy, Amelia y Brian. Pero la atención de Blaze parecía centrarse en algo que estaba en la entrada. Me giré y vi cómo, iluminadas por las luces de neón, tres figuras hacían una aparición de lo más teatral.

Jackson parecía completamente macizo gracias a la anchura de sus hombros y a su altura, superior a la media. William exhibía una mata de rizos color ceniza que coronaban su cara de ángel y su físico esbelto de modelo de pasarela. Por su parte, James era una masa de metro noventa hecha de venas y músculos que decoraban un cuerpo sólido y bronceado, producto de su constante actividad deportiva.

—Pasa de ellos. Ni que estuviéramos en la semana de la moda... —comenté tratando de restarles importancia, pero con la boca repentinamente seca.

—Bueno, ¿qué? ¿Nos traéis unas bebidas o no? —les espetó Amelia tratando de alejarlos de nosotras.

Blaze puso los ojos en blanco y Brian me dedicó una sonrisa. No sé por qué, pero su presencia hacía que me sintiera algo avergonzada. Tal vez se debiese a lo atractivo que estaba medio desnudo, y a que, pese a mirarme como un felino hambriento, no dejaba ser el hermano de Amelia.

Jackson pasó por nuestro lado y nos examinó a Amelia y a mí con una mirada especialmente altanera. A James se le escapó una sonrisa cuando me vio.

—Menudo idiota —resopló Amelia.

—¿Qué pasó en la fiesta de Tiffany? —le pregunté clavando mis ojos en los suyos.

No di ningún rodeo, ya había esperado bastante.

—Antes de nada, ¿cómo sabes…?

Poppy se ocultó detrás de un menú pegajoso y Amelia sacudió la cabeza.

—Mira, June…, no pasó nada realmente extraordinario. James y yo estábamos borrachos y él trató de tirarme los tejos, aunque yo lo había rechazado varias veces. Brian entró en la habitación justo en ese momento y se cabreó muchísimo.

La observé sin pestañear. Me esperaba otra mentira. Poppy había asegurado que entre Amelia y James nunca había pasado nada. Mi sexto sentido me sugería que no creyese ni una palabra de lo que dijera Amelia.

Y eso sin contar que parecía muy relajada a pesar de que estaba recordando un episodio extremadamente violento. Cada vez que recordaba las veces que Austin se me había acercado, sentía escalofríos. Recordaba a la perfección el terror que me había provocado aquella experiencia.

—¿Estás segura? ¿De verdad que James te hizo algo? —insistí en voz baja mientras Blaze volvía con unos vasos rebosantes de hielo y alcohol.

—Sí. Es decir, al final no me hizo nada… pero yo estaba histérica. Brian entró en la habitación justo en ese momento y le dio una paliza.

—¿Y ya está? —pregunté extrañada.

Blaze no levantó la vista de la mesa.

—Y ya está. A menos que tengamos en cuenta que ese gilipollas, al día siguiente, me fracturó dos costillas y me mandó al hospital.

La voz tranquila y profunda de Brian me provocó un respingo.

—¿Fue entonces cuando lo mandaron al reformatorio?

Él asintió mirando a Amelia.

—Pero lo que no entiendo es por qué él le pegó a Brian. —Amelia empezó a parpadear, nerviosa—. ¿Qué pasó exactamente?

—Nada. Fue en respuesta a lo que te acabo de contar, por lo que había pasado la noche anterior. Solo que él se pasó de la raya y yo acabé en el hospital.

A Brian se le oscurecieron los ojos mientras miraba un punto fijo que tenía enfrente.

Marvin y Jackson se habían puesto cómodos en un sofá de terciopelo junto a un par de chicas. Will charlaba con James, aunque parecía no prestarle demasiada atención porque estaba muy concentrado en aplicarle pintura de colores al escote de una chica mientras ella bebía de una gran botella de champán.

—Míralos, se creen los reyes del mundo y no son más que unos delincuentes con demasiado dinero en el banco —musitó Brian antes de coger su vaso.

Blaze me lanzó una mirada inquieta y se alejó con él.

—¿James te forzó a hacer algo? —le pregunté a Amelia al oído.

—No me acuerdo bien. Estaba borracha, ya te lo he dicho.

—¿Y hablas así de alegremente de una cosa tan grave, acusando a un chico que a lo mejor no te hizo nada? Es terrible que lo estés inculpando, si dices que no te acuerdas bien.

—¿Pero qué dices? ¡Estamos hablando de James! —contraatacó Amelia, como si aquella explicación fuera más que suficiente.

—¿Entonces él es vuestro chivo expiatorio cada vez que pasa algo?

—¿Te estás oyendo, June? ¿Lo estás defendiendo? ¿Por qué no te vas con él en lugar de quedarte con nosotras?

Sus palabras me dejaron atónita. Estaba mosqueadísima.

—Amelia, no has entendido…

—Eres tú la que no ha entendido nada. Cuando pasa algo, ten por seguro que él siempre está detrás. Siempre.

—Vale, pero ¿por qué estuvo un año en el reformatorio? Puede que sea un gamberro, pero tiene que haber un motivo para que se cebase así con Brian, ¿no?

Amelia bajó la cabeza, parecía decepcionada.

—Cuando te veas metida en problemas por su culpa, no vengas a decirme que no te había advertido.

Sus palabras me dejaron sin respiración. Vi cómo se marchaba enfadada.

—¿Por qué no les pides explicaciones a James o a William? Ya veremos si ellos tienen la valentía de decirte la verdad —me espetó Poppy antes de seguir a su amiga poniendo, ella también, cara de decepción, aunque no le pegase en absoluto.

Había sacado algo en claro: el odio entre ellos era mucho mayor de lo que pensaba.

> June, ¿has llegado ya? ¿Dónde estás?

En el teléfono tenía un mensaje de Will, así que decidí ir a su encuentro. No tenía intención de quedarme con su grupo, pero quedarme con Amelia y Poppy estaba bastante complicado.

Me alejé de las chicas y, tras echar un vistazo rápido a los sofás, me di cuenta a mi pesar, de que Will ya no estaba con sus amigos.

Volví a mirar el móvil.

—Tendrías que haber venido con el pijama de ayer.

La voz cálida que me rozó el oído me puso el vello de punta.

Me giré de repente, como si me hubiese picado una avispa.

Observé su bañador y su cuerpo completamente embadurnado en pintura fluorescente.

«Hormonas llamando a June, June llamando a sus hormonas: dejad de bailar de una vez *La Macarena*, por favor».

—¿Qué has dicho?

—He dicho que eres ridícula.

James no movió ni un músculo después de haberme insultado. Se limitó a sonreír.

—¿Y qué me dices si te derramo esto por la cabeza? Así podríamos descubrir si tus chorradas son resistentes al agua —lo increpé señalando mi copa.

Sonrió y se apartó el pelo que le caía sobre la frente sin dejar de mirarme.

—¿Por qué no vas en bañador?

—Estoy segura que aquí tienes carne de sobra. Tanto para ver como para pintar.

—Puede que no sea toda esa carne la que me interesa.

Seguramente lo había entendido mal: la música estaba demasiado alta, tan alta como para perforarme los tímpanos y provocarme alucinaciones.

James se inclinó delante de mí hasta apoyar la rodilla en el suelo. Me miró fijamente desde abajo:

—¿Puedo? —Sacó dos pinceles del bañador y yo fruncí el ceño—. Pero tienes que decirle a tu madre que tengo talento…

Con su habitual mueca de suficiencia, sujetó el pincel más fino con la boca y empezó a pasarme el otro por los muslos. Sentí un escalofrío.

—¿Pero qué haces? Levántate. ¿No estás incómodo?

James alzó los ojos, que en ese instante brillaban. Verlo sonreír desde ahí abajo me provocó un extraño efecto. Envuelto en las sombras, parecía un diablo tentador cuyos ojos resplandecían como dos gemas luminosas.

—¿Sabes qué, White? Tienes razón. Ven conmigo.

Y entonces sucedió algo que no sabía y que tendría que apuntarme en las notas del teléfono: la distancia y el tiempo se acortan cuando el alcohol te corre por las venas. Eso fue justo lo que pasó. La cabeza me daba vueltas, me sentía embriagada. Apenas un momento antes, James y yo estábamos en mitad de aquella multitud borracha, y al siguiente nos encontrábamos en el baño charlando mientras la música sonaba en la lejanía.

A nuestro alrededor había más personas, claro. Grupitos de amigos que charlaban e iban y venían, pero me resultaba imposible saber con certeza quiénes eran, porque James acababa de auparme y me había sentado en el lavabo.

Me lo quedé mirando.

Tenía la mirada perdida y los labios rojos y turgentes.

Antes de que llegase a rozarme sentí el calor de su cuerpo al acercarse a mí y acomodarse entre mis rodillas.

Un pensamiento muy concreto emanó de mi cabeza y viajó hasta perforarme la boca del estómago. Era como un pinchazo que me gritaba: «Ten cuidado».

Su aroma era inconfundible: una mezcla de perfume masculino, olor a limpio, esencia de vainilla y hormonas.

Debía tener mucho cuidado con James, aquello no era ninguna broma.

Aunque hasta ese momento me había acercado a él de forma imprudente y sin tomar ninguna precaución, aquello ya no era posible. No me lo podía permitir. Y no por lo que me hubiera dicho Amelia, sino porque al fin había asumido que él ejercía una especie de poder sobre mi cuerpo. Un poder que yo era incapaz de controlar. Había en él algo que me desestabilizaba, a pesar de que lo odiaba cada vez que abría la boca, se burlaba de mí o me atacaba.

Andaba sumida en mis pensamientos, y cuando volví a prestar atención a sus manos, me di cuenta de que estaba manipulando unos tubitos de colores. Impregnó el pincel en la pintura y restregó las cerdas húmedas por mi piel desnuda. No pude evitar que se me escapara un grito ahogado.

—James…

Me faltaba el aire.

—No voy a tocarte —susurró lamiéndose los labios ávidamente.

Y fue en ese momento cuando empecé a sentir miedo. No de él, sino de mí misma. Porque habría bastado con huir de aquella situación, al igual que podría haberlo hecho en casa de Will, o en la enfermería, o durante la carrera de coches…, pero no lo había hecho. Estaba atrapada por su campo magnético, por su presencia.

James siguió componiendo sus fantasías cromáticas en mis muslos, que ya se habían convertido en un festival de colores fluorescentes.

—Ahora levántate la camiseta, Blancanieves.

Solté una carcajada.

—Claro, Hunter, si tú te quitas el bañador.

James me miró. Al parecer mi rápida respuesta le había hecho gracia, pero de pronto se puso serio.

—Pues vale.

Se dispuso a quitarse el bañador, mientras yo seguía hipnotizada observando las venas azules del dorso de su mano.

—¡No! ¡Era broma! —exclamé avergonzada—. Ni de coña me quito la camiseta —añadí agarrándome al lavabo con las dos manos.

—Bueno, por lo menos descúbrete el vientre. ¿Cómo, si no, te voy a pintar?

—Que no.

Entonces James levantó las manos en señal de rendición.

—Como quieras, chavala —dijo deslizando las manos por mis muslos para abrirlos un poco más.

Me mordí el labio para sofocar aquel contacto inesperado. Él estaba concentrado en crear luces y formas sobre mi piel.

—¿Qué ha sido del «No te voy a tocar»? —le dije burlona.

—¿Habrías preferido que te dijera «ábrete de piernas»?

Se me subieron los colores. Su descaro siempre me acababa sorprendiendo.

—¿Se lo vas a decir a tu madre, White?

Ni siquiera me esforcé en fingir lo contrario: estaba demasiado sobrepasada por las emociones.

—¿El qué?

—Que he descubierto un nuevo talento. Uno de muchos —afirmó señalando mis piernas, marcadas por sus pinceladas—. ¿Quieres un poco de pintura en los labios?

Sentí que se me cerraba la garganta y que los párpados me pesaban en cuanto cuando vi que James se echaba un poco de pintura azul fluorescente en el índice y se lo llevaba directamente a la boca. Deslizó la yema de lado a lado por el labio inferior sin que yo pudiera dejar de observar el movimiento. A continuación hizo lo mismo con el superior: usó el pulgar para extender la pintura por el turgente labio, de un modo terriblemente seductor.

Me quedé tan absorta con aquella visión que me olvidé de respirar.

—Dame un poco. Ya me la pongo yo sola.

Traté de quitarle la pintura de las manos, pero él se alejó de mí antes de que pudiera retenerlo.

—Te he hecho una pregunta —me dijo poniéndose serio.

—Sí..., yo también quiero ese azul.

Un gemido ronco emanó de su garganta cuando me miró los labios.

—Joder...

El estómago se me contrajo y una extraña sensación de calor me invadió el pecho.

—Vale —jadeó sin apenas aliento.

Miré el tubito que tenía entre los dedos manchados.

—¿Con cuántas chicas has usado ese pincel?

—Te aviso de que esa cifra podría marearte.

Me percaté de que estaba reprimiendo una sonrisa burlona.

—¿Eres tonto o qué te pasa? Solo quiero saber si está limpio, ¡no quiero pillar una infección! —bramé dándole un empujón.

—Es nuevo, pesada.

Se giró hacia el lavabo y se enjabonó las manos para deshacerse de los restos de pintura. Dos chicas llegaron charlando y le lanzaron a James sendas miradas cargadas de interés. Pasaron revista a su espalda desnuda y musculosa, a sus caderas ceñidas bajo el bañador y a su reflejo en el espejo.

Las miré tan mal que se molestaron y salieron del baño.

Tras secarse las manos con unas toallitas de papel, James vertió un poco de pintura azul en su pulgar.

—Te aviso de que, si besas a alguien..., la pintura se va.

Sus ojos descendieron lentamente hasta mis labios, y de pronto dejé de comprender lo que estaba pasando.

No podía seguir soportando aquella la tensión, no podía mantenerle la mirada. Tenía la vista fija en el suelo cuando empezó a extender con cuidado el color sobre mi boca temblorosa. Restregó sus cálidas yemas a lo largo de mi labio inferior. Después lo hizo, también lentamente, por mi labio superior. Mi aliento le rozó el pulgar, que le tembló levemente con aquel contacto y estuvo a punto de introducirse por mis labios cerrados. Alcé la vista con el tiempo suficiente para verlo sonreír complacido.

Con un gesto rápido, introdujo dos dedos en la gomilla que me sujetaba el moño y me lo deshizo. Los mechones rubios se deslizaron enmarcando mi rostro y me rozaron las mejillas, que estaban al rojo vivo por culpa de su mirada.

Pero, de pronto, se desvaneció el encanto. James, con su timbre de voz más suave, me susurró:

—Will te está buscando.

Y, al girarse, pude admirar los colores que le decoraban la espalda.

—¿Sabes una cosa, Blancanieves? No se me va a olvidar.

—¿Qué es lo que no se te va a olvidar? —le pregunté mientras me precipitaba de la nube en la que estaba hasta hacía un momento.

—Que me has pedido que me quite el bañador.

Le hice un gesto como si fuera a regañarle.

—James...

Se mordió el labio inferior y me dejó sola, mirando fijamente la puerta que él acababa de cerrar a su espalda.

# 50

## June

Me miré al espejo.

¿En qué había cambiado?

¿Por qué, en ese instante, me sentía hermosa?

¿Solo porque aquel abusón se había dignado a echarme un vistazo?

Me bajé del lavabo y salí del baño. Avancé lentamente entre la multitud hasta que me topé con William, que me sorprendió con una sonrisa y una mancha de colores en el pecho.

—¡June, aquí estás! ¿Sabes por qué Amelia me ha mandado a tomar por culo cuando le he preguntado si sabía dónde estabas?

—Ignórala... —masculé avergonzada.

—¿Qué ha pasado?

—En serio, Will, será mejor que bebamos algo —propuse sin pensar, olvidando por completo que él no podía consumir alcohol.

No se lo tuve que repetir dos veces: me llevó a la barra y pidió.

—¿Estás seguro de que quieres...?

Para mi incredulidad, antes de terminar la frase ya se había tomado dos chupitos.

—¡Vamos, que te quedas atrás! —dijo entre risas.

Como ya se me había terminado la copa, decidí beberme el primer chupito. Aquel líquido transparente me hizo sentir en el pecho las llamas del infierno.

—Eres muy lenta... —se burló de mí.

Al cabo de un instante, estábamos bailando en mitad de la pista, más pegados que nunca. En un segundo, nuestros ojos se entrelazaron en mitad de la oscuridad y nuestras bocas se unieron ansiosamente.

Empezamos a besarnos. Nadie nos hacía el menor caso. Nuestro beso sabía levemente a menta y a vodka de melocotón.

Digamos que lo de que me pusieran pintura en los labios... me había dado ganas de besar a alguien. Y, aunque no estábamos juntos, ese alguien estaba allí conmigo. Will me sonrió y, bajo aquellas luces psicodélicas, sus dientes brillaron blancos como la nieve. Le devolví la sonrisa, y él me agarró la cara entre las manos y volvió a introducirme la lengua. No tenía prácticamente a nadie con quien compararlo, pero estaba claro que Will besaba muy bien. Despacio, con delicadeza, pero a la vez sin miedo a ser atrevido. Cuando su lengua cambió de ritmo y sus manos me sujetaron más fuerte de la cintura, se me escapó un jadeo.

—¿Me he pasado? —preguntó dándome un beso inesperado en el cuello.

—Bueno, es que aquí hay tanta gente...

«Y eso empeora las cosas», tendría que haber añadido. Pero cerré los labios cuando él movió los suyos para decirme:

—Eres guapísima.

Me pilló por sorpresa. Will me acababa de dedicar un piropo, y aquello me bastó para darme cuenta de lo desconectadas y arrítmicas que eran nuestras conversaciones. Hablábamos, pero en realidad no nos comunicábamos. No era un intercambio sincero de opiniones. A veces solo parecía un mero trueque de frases hechas, y yo no estaba segura de si él las sentía de verdad o si simplemente las pronunciaba para complacerme.

Un brillo inesperado surcó sus ojos de plomo.

—June, ven conmigo.

Will me tomó de la mano, y en un instante nos habíamos mezclado con la multitud. Mientras seguía su espalda desnuda, vi que Marvin se acercaba a Will y le susurraba algo al oído.

—Si necesitas algo, tengo de todo.

Will negó con la cabeza. El ruido era ensordecedor y no estaba segura de haberlo oído bien.

—¿Qué? ¿De qué hablaba? —grité mientras veía que Will se sonrojaba.

—De nada importante. Vámonos de aquí.

Will tiró de mí con más fuerza y me condujo a una especie de reservado, una zona apartada donde había gente mucho mayor que nosotros.

El sofá donde nos acomodamos estaba muy aislado del resto del local. La música seguía retumbando, pero se oía a un par de decibelios menos; de hecho, por fin logramos hablar sin gritarnos.

—¿Cómo estás? —le pregunté cuando vi que cerraba los párpados.

Tenía los ojos enmarcados por unas leves ojeras, parecía cansado.

No quería ser invasiva, pero necesitaba recordarle que no debía mezclar alcohol y medicamentos. Probé a decírselo dando un rodeo.

—Will, ¿estás consumiendo algo en estos días?

Yo estaba un poco achispada, veía doble, y aun así era incapaz de no preocuparme de él.

Se le escapó un bufido de aburrimiento y al hacerlo un rizo se le posó en la frente.

—Volveré a medicarme en cuanto regresen mis padres, June. ¿Podemos divertirnos sin sacar el tema?

Me apartó un mechón de pelo del hombro y me acarició la piel desnuda con la punta de los dedos.

—Tienes razón, Will. Pero quiero estar segura de que te encuentras bien.

Traté de seguir concentrada y de recordar todo lo que me había contado los días anteriores, pero en mi cabeza todo estaba muy confuso en esos momentos. Me sentía desconcertada, lo cual me resultaba remotamente placentero. Era uno de esos momentos en los que sientes la cabeza ligera y los labios en llamas. Me moría de ganas de besarlo.

William parecía sentir lo mismo que yo; a él tampoco le apetecía hablar.

—Es muy dulce por tu parte que te preocupes así por mí, pero estoy bien. Y cuando te he visto esta noche…, se me ha encogido el corazón.

—¿En qué sentido?

Mi propia voz empezaba a sonarme rara. Quizá tendría que haberme conformado con la copa en lugar de pasarme a los chupitos.

—En el buen sentido. Me encantas. Eres muy sexy, aunque no vayas por ahí enseñando cacha como las demás.

—¿Pero qué dices? —pregunté, muerta de vergüenza.

Su piropo hizo que me sonrojara, y me animó a sentarme a horcajadas encima de él. Sus labios nunca habían estado tan húmedos, dulces y jugosos. Nuestros sabores se mezclaron al instante, y aquello confundió mis sentidos, que ya estaban sobrepasados por las luces intermitentes, el sonido de la música y todo aquel cúmulo de sentimientos que estaba experimentando por primera vez.

Seguimos besándonos sin el menor pudor, hasta que Will empezó a acariciarme la espalda con lujuria. En un momento dado me quitó la camiseta y me dejó en biquini. La situación parecía seguir su rumbo. Tenía el cerebro tan nublado que era incapaz de percibir cada gesto, cada instante…, y puede que eso provocara que me perdiera algunas cosas. Mi camiseta desapareció en la oscuridad y Will gimió en mi boca cuando, en un arrebato de atrevimiento, volví a aferrarme a él y reanudé la tanda de besos. Sentí cómo el corazón le latía a gran velocidad al contacto con mis pechos. Nuestras lenguas seguían entrelazándose sin descanso cuando, a lo lejos, me pareció oír la voz de Jackson.

—Menudo ascazo —murmuró.

—¿Asco de qué? —preguntó Marvin entre risas.

—No seas capullo. Vámonos de aquí.

Las últimas palabras fueron pronunciadas por el timbre grave de James. Cuando Will y yo paramos para mirarlos ya se habían girado, pero, por un instante, me pareció intuir la pintura azul de los labios de James. Aquello me produjo una extraña sensación en la boca del estómago.

¿Qué hacía allí con Will? Por un instante, el alcohol tomó las riendas y ya no sabía dónde me encontraba exactamente.

El rostro de William era una amalgama de colores. Tenía manchas de un azul fluorescente por todas partes: en las mejillas, en los pómulos, incluso en la punta de la nariz.

—Tranquila, por fin volvemos a estar solos —gimió contra mis labios, que se abrieron sedientos de otro beso.

La piel de mi vientre era una amalgama de distintas pinturas. Cuanto más se frotaban nuestros cuerpos, más se mezclaban los colores. Los oídos me palpitaban a causa del calor que empezaba a propagarse por todo mi cuerpo conforme nuestros besos subían de intensidad.

William cada vez se iba familiarizando más con mi piel; posó las manos en mis caderas y me atrajo hacia sí. Inconscientemente, apreté los muslos contra sus caderas, y al parecer eso le molestó.

—Mmm... June.

—¿Qué?

—Nada. —Will siguió besándome, pero al instante debió de cambiar de idea—. June, no hagas eso —dijo parando de golpe una vez más.

—¿Qué estoy haciendo?

Inclinó la cabeza y se miró el bañador, como si algo lo preocupara.

—¿Peso mucho? ¿Te estoy haciendo daño? —le pregunté agobiada, separándome un poco de él para no cargar mi cuerpo sobre sus piernas.

—No, todo lo contrario. Cuando haces eso..., me gusta demasiado.

—Oh.

No sabía qué hacer ni qué decir, y él, en lugar de suavizar aquel momento incómodo, me lanzó otra pregunta incómoda.

—¿Si yo hago esto, a ti te molesta? —Desplazó las manos hasta el interior de los bolsillos traseros de mis vaqueros.

Fue un gesto atrevido, pero no me molestó.

—No —musité con un hilo de voz.

De pronto me estremecí: Will había empezado a chuparme el lóbulo de la oreja. Un intenso escalofrío me recorrió la columna vertebral. Sin darme cuenta empecé a cabalgar con más ímpetu sobre su entrepierna. En aquel momento solo podía pensar en darle a mi cuerpo aquello que nunca había conocido.

—June.

—¿Hum?

Will tomó mi rostro entre sus manos y lo estudió detenidamente con sus ojos de plata.

—No creo que... En fin... No estamos aún en ese punto, ¿verdad?

«¿De qué punto habla? Solo nos estamos besando».

Me abandoné a sus labios, que no cesaban de recorrer cada centímetro de mi cuello con unos besos cada vez más apremiantes.

Ostras..., ¿se refería a «ese» punto?

—No. Al menos, yo no —balbuceé torpemente.

«Ni siquiera estamos saliendo, porque tú quieres tomarte las cosas con calma», tendría que haberle gritado.

—¿Prefieres que volvamos con los demás?

La pregunta de Will me dejó perpleja.

—No lo sé, ¿y tú?

—Yo no, June.

Sus manos aferraron mis nalgas con determinación. Ascendieron por la espalda, brindándome una serie de delicadas caricias y una infinidad de escalofríos.

Dejé que su boca me saborease sin descanso. Yo me permití recorrer con las palmas de las manos su esbelto vientre. Si hubiera estado sobria, me habría sorprendido a mí misma de mi audacia..., pero en ese instante decidí no pensar y disfrutar del momento.

Eché hacia delante mi centro de gravedad, y Will respondió con un gemido. Entonces empezó a chuparme el cuello. Lo sentía respirar contra mi garganta.

—June...

En sus labios mi nombre también sonaba como un gemido de placer, mientras hundía su lengua en mi boca, a un ritmo endiablado.

—Oh, sí, sigue...

Sentí su aliento estallar en mil pedazos. Will se aferró mis muslos clavándome los dedos, hincando las yemas en mi carne, y echó hacia atrás la cabeza ensortijada de rizos.

—Will...

Una ola de calor me invadió el vientre. Sentí un fuego creciendo entre mis piernas, que seguían abrazándolo. Y al instante me percaté de que aquello no era una mera sensación de placer. Gimió con los labios entreabiertos y las mejillas encendidas, como si acabara de realizar un gran esfuerzo físico.

Me aparté de él.

—¿Estás bien? ¿Quieres salir a tomar el aire?

—Mierda. Perdona, qué mal he...

William se acarició el pelo con ambas manos. Parecía conmocionado.

—¿Qué pasa?

—Eh... Me acabo de... —Sus palabras titubeantes fueron como una bofetada que me despertaron de golpe de un letargo.

Vi que estaba inquieto, se masajeaba la nuca... y entonces comprendí por fin.

—Qué desastre. Tengo que ir al baño.

Will cogió mi camiseta y se la llevó a la entrepierna para cubrir la mancha que había aparecido en el tejido blanco del bañador.

Asentí poco convencida. Ahora ya me sentía totalmente despejada, así que lo seguí. Él estaba avanzando a buen paso hacia la multitud.

—¿Ha sido culpa mía, Will? —le pregunté en un momento dado.

—No, en absoluto. Ha sido culpa mía. Perdona —murmuró antes de darme un beso en los labios.

—No, no hay nada que perdonar. —Le aparté el pelo de la frente mientras él miraba a su alrededor, como si estuviera buscando a alguien.

—Quédate aquí. Voy un segundo al baño y vuelvo.

Cerré los ojos por una fracción de segundo. La cabeza me daba vueltas.

Demasiada bebida, demasiado escándalo, demasiada gente a mi alrededor. Por un momento creí que aquel ambiente me acabaría asfixiando.

Me daba miedo perderme y no volver a encontrarlo. Hacía un calor insoportable. «¿Y por qué no puedo ir al baño con él?».

—Will, ¿vas a dejarme sola? —le pregunté, tapándome con un brazo los pechos aprisionados en mi biquini.

—No, tienes razón. ¡James! ¡Ven aquí un momento!

Empecé a tomar conciencia de la situación en cuanto vi a James agarrándole el culo a una chica con la que estaba bailando mientras ella, a su vez, besaba a Marvin.

«Estupendo. Este chico siempre tan refinado».

«¿Pero cómo te atreves a pensar una cosa así, June? Tú, June White, que acabas de hacer con Will algo… inimaginable». Esa era la vocecita de mi madre, que se colaba en mi mente incluso estando bebida.

—Quédate con ellos dos segundos, vuelvo enseguida —me dijo Will, mientras agarraba a su amigo del brazo.

Puede que en mi cuerpo hubiese demasiado alcohol como para poder afirmarlo con absoluta certeza, pero me dio la sensación de que en lo primero que se fijó James fue en el cuello de Will, a continuación en su pecho, ambos impregnados con la marca de mis besos, y finalmente posó la vista en el escote de mi biquini.

Sentí un escalofrío.

—Will, devuélveme la camiseta —le exigí, tendiéndole el brazo con gesto impaciente.

Pero Will negó con la cabeza.

—No, mira...

—Will, devuélvele la puta camiseta ahora mismo. Gracias —me imitó James, al percatarse de que me sentía incómoda.

William resopló, me lanzó la camiseta y nos dio la espalda.

—¿Pero adónde coño vas, Will? ¿No ves que estoy... —protestó James tratando de llamar la atención de su amigo, que ya iba camino del baño— ocupado?

James inyectó en mis ojos el cobalto de sus iris, más claros que nunca.

No me reflejaba en ellos, pero tenía la sensación de estar tremendamente despeinada y avergonzada. Había bebido demasiado, y eso era algo que tenía que apuntar en las notas del móvil.

«No vuelvas a beber de manera indecente».

—¿Qué ha pasado? —masculló James mirándome de pies a cabeza.

Mis ojos recorrieron el largo torso que se hundía en las profundidades de su bañador. La mía fue una mirada atrevida, fulminante. El examen prosiguió con un descenso hacia sus piernas, antes de volver a su rostro.

James miró hacia abajo, hacia la zona que yo acababa de visitar con la mirada.

—¡Pero bueno, qué descaro...! —Volvió a alzar la vista y se lamió los labios.

—No, solo he...

Dio un paso hacia mí y fui incapaz de seguir hablando cuando me di cuenta de que sus labios seguían teñidos de azul.

—Deja de fingir. He visto que antes estabas con Will —me susurró al oído.

«¿Me ha visto? ¿Hacer qué?».

Giré la cabeza hacia el lado opuesto para evitar el contacto con sus ojos penetrantes. No quería mirarlo a la cara, tenía demasiado calor.

—¿Has conseguido acabar tan deprisa?

«No lo está preguntando de verdad, es imposible».

—Y después soy yo la descarada... —le respondí, tratando de mantener un tono de voz neutro, aunque me resultó imposible.

—Por ahora ganas tú. Acabas de mirarme la...

—¿Qué te he mirado? Yo diría que no hay mucho que mirar... —insistí, pero en lugar de lograr que se enfadara, solo le arranqué una sonrisa pícara.

Con los ojos en llamas, recorrí la curva perfecta que formaba su boca carnosa, pero desistí en cuanto empecé a notar que me faltaba el oxígeno.

—Veo que aún no has acabado...

Bajé la cabeza, no podía tenerlo tan cerca. Sentía que iba a estallar en llamas de un momento a otro.

—¿A que no?

Aquel tímido gesto de mi cabeza fue del todo involuntario.

James se deslizó hasta situarse a mi espalda con toda su envergadura, como un depredador a punto de atacar a su presa. Sentí cómo mi piel empezaba a arder cuando su cálido pecho envolvió mi espalda sin tan siquiera tocarla. Aquel gesto me provocó un cosquilleo en el vientre, y esa sensación fue en aumento cuando sus dedos cargados de anillos se insinuaron al borde de mis vaqueros y me hicieron cosquillas.

Dejó que su mano se deslizara hacia abajo, despacio, formando círculos. Acarició la franja de piel suave que se extendía bajo de mi ombligo, y lo hizo sin el menor reparo.

¿Por qué no se lo impedía?

¿Por qué aquello me resultaba tan placentero?

James se mordió el labio y me susurró algo al oído con voz suave y cálida:

—¿Crees que después podrás?

¿Seguía hablando de aquello?

Tragué saliva con dificultad, pero fui incapaz de permanecer callada.

—¿Podré, qué?

—Dejar de pensar en mí.

Los labios aún me ardían por los besos que me había dado William, la garganta me quemaba por todo el alcohol que había tomado, y ahora mi piel parecía a punto de estallar en llamas. En el punto exacto en que James me había rozado. Sentí que, literalmente, las piernas me cedían. Me tambaleé y James me sujetó de inmediato.

—Necesito tomar el aire —le susurré con un hilo de voz.

James le echó un vistazo rápido a la chica con la que se había estado restregando hasta hacía cinco segundos. Ella lo llamó con un gesto de la mano.

—Joder, White.

Al principio estaba molesto, pero al cabo de poco apoyó las manos en mis hombros y me fue guiando a través de la gente, hasta que salimos del local; una vez en el exterior, el frío me despertó como una ducha helada.

Los rostros que había a nuestro alrededor me parecían desdibujados. Vi que James llevaba la chupa de cuero, pero no recordaba en qué momento se la había puesto.

—¿Ya estás mejor? —me preguntó con un matiz de preocupación en la voz.

Se apoyó en una pared de colores, y yo me pregunté cómo aquella tapia era capaz de sostenerlo, si acababa de moverse peligrosamente.

Me centré en sus manos que, ágiles, sacaban el último cigarrillo de un paquete.

—Dime que no voy a tener que hacerte de canguro, en vez de follarme a una que se moría de ganas.

—Me importa una mierda —mascullé, tapándome los pechos con ambos brazos.

—Pues debería importarte, porque parece que no lo entiendes. El mundo no gira en torno a ti y a tu cara de no haber roto nunca un plato.

James se subió el cuello de la chupa.

Vi que se estremecía levemente cuando lo envolvió el aire de la noche.

«¿Y si Amelia tenía razón? ¿Y si me había dejado seducir por una idea de él que no era real? ¿Y si me había dejado llevar por su físico perfecto?».

Quizá fuera así. Tenía un pasado muy oscuro..., pero ¿y si aquel pasado era lo que lo había llevado a ser así?

Observé el dorso de su mano, que estaba formando un hueco para proteger la llama del mechero.

—Venga, te escucho —anunció mientras expulsaba una bocanada de humo.

—¿Qué quieres, Hunter?

—Quiero escuchar lo que tengas que decirme. Veo en tu cara que te mueres de curiosidad por algo. Dispara.

Me froté la frente.

—Nada... Es que Amelia va diciendo ciertas cosas de ti...

—Y tú te las has creído, ¿verdad?

—No veo por qué tendría que mentir. ¿Por qué Brian y ella te odian tanto?

Me sorprendió que mis ideas fluyesen de una forma tan coherente a pesar de todo lo que había bebido.

—Porque tienen una visión absurda de las cosas. Deberían de estarme agradecidos en lugar de odiarme.

Allí fuera apenas había luz, pero se había juntado muchísima gente, y yo sentía un zumbido en los oídos que me martilleaba la cabeza. Tal vez habría sido mejor que nos hubiésemos quedado en el interior de aquel local ruidoso, lleno de cuerpos luminiscentes.

De repente vi un rostro conocido.

Era Blaze, que salía del local a buen paso.

—¡Blaze! —grité.

—Hola, June. Vuelvo a casa, este sitio me resulta demasiado sofocante.

—¿Ha venido tu madre a recogerte? —James fue muy brusco al preguntar aquello, pero no le di importancia.

—Sí.

—Llévala a su casa.

Blaze asintió y yo lancé una mirada expectante en dirección a la puerta principal.

—Pero Will...

—A la mierda Will. Estás borracha y necesitas darte una ducha. Vuelve a casa —me espetó James antes de volver a entrar en el local.

Eran las tres y media pasadas cuando llegué a casa. Aunque estaba cansadísima y bastante achispada, me obligué a darme una ducha para limpiarme del cuerpo todos aquellos colores.

Me rondaban mil pensamientos. Se superponían, se mordían unos a otros, me despertaban un sentimiento de culpabilidad. Pero no podía enfrentarme a todo aquello. No había manera de que me aclarase. El alcohol me nublaba la razón. Solo un recuerdo brillaba sobre los demás. Las palabras de James resonaban contundentes en mi memoria: «¿Crees que después podrás dejar de pensar en mí?».

¿Con qué derecho se atrevía a decir algo así?

Lo había hecho a propósito. Por eso ahora estaba pensando en él mientras el chorro de la ducha me acariciaba la piel. Después de secarme y de recogerme el pelo en un moño, me puse el pijama y me metí en la cama.

No me arrepentía de haber bebido, me lo había pasado bien con Will. Pero los recuerdos eran demasiado confusos, y eso significaba que me había pasado. Si me hubiera conformado con un par de tragos, quizá no habría dejado que James me acariciase el vientre como lo hizo.

Aquel recuerdo me encendió las mejillas e hizo que se me cerrara el estómago.

Me tapé la cara con la almohada para ahogar un gruñido.

De repente oí el sonido de una notificación en el móvil.

> ¿Estás en casa?

No era Will.

> Sí, ¿y tú?

Acababa de responderle con una pregunta, estupendo.
Volví a meter el móvil bajo la almohada, pero volvió a vibrar de nuevo.

> Sí. ¿Seguro que estás bien?

¿Por qué el cerebro me jugaba estas malas pasadas? ¿Por qué me engañaba haciéndome creer que le importaba?

Aún tenía los labios azules. ¿Sería posible que no hubiera besado a nadie durante la fiesta? ¿Estaba jugando conmigo? ¿Había sido yo quien había perdido el juego, por haber besado a Will? No... James jamás se habría rebajado así ante mí.

> Estoy perfectamente, James. ¿Qué quieres?

> ¿Todavía no?

Apagué la luz, arrojé el móvil sobre el colchón y me cubrí la cara con las manos.

Por supuesto que sabía a lo que se refería.

No le respondas, no le respondas...

Alargué la mano para coger el teléfono.

Escribí y pulsé «enviar» tan rápido que no me dio tiempo ni a pensar lo que había hecho.

> No.

Esperaba que me respondiese con una de sus bromas o de sus comentarios habituales, pero la notificación que me llegó sí que me sorprendió.

Una foto.

Eran casi las cuatro de la madrugada.

No debía abrirla.

«Respira, June. Puedes conseguirlo. Puedes sobreponerte a tu curiosidad».

Puse los ojos en blanco, no solo porque acababa de desvelarme sino porque volvía a sentir aquel ardor infernal.

«¿A quién quiero engañar?».

Pulsé sobre la notificación temiendo lo que pudiera aparecer.

Un suspiro lánguido se me escapó por entre los labios. Mis ojos, ávidos de él, se encontraron frente a frente con los ojos de James, de un azul tan intenso que quedó impreso en la pantalla. Iba sin camiseta, tenía la cabeza apoyada en la almohada. Una cadenita se deslizaba por su tersa piel, y sacaba la lengua haciendo una mueca cómica. Sonreí al reparar en aquellos profundos hoyuelos que se le marcaban en las mejillas. Los acaricié con el pulgar, pero mi sonrisa se desvaneció en cuanto empecé a intuir un cálido cosquilleo recorriendo de nuevo mis piernas.

¿Pero qué te pasa en el pelo?

¿Qué coño quieres? Me acabo de duchar.

Yo también.

Supongo que yo no puedo verte…

No, no pensaba enviarle una foto mía.

Supones bien.

Deslicé la conversación hacia arriba con el dedo. Cuanto más miraba su cara, más extraña me sentía. Me mordí el labio y cerré los ojos. Traté de respirar hondo para relajarme, pero no funcionó. Estaba demasiado tensa. Abrí apenas las piernas. Tenía los miembros entumecidos por el alcohol, pero había una zona de mi cuerpo que sí sentía viva y cargada de electricidad.

«No. No puedo hacerlo, y menos aún mirando una foto suya».

Eso era algo que solo hacían los chicos, no yo.

Cambié de postura y resoplé por enésima vez. Pero aquella molestia no se me pasaba; es más, aumentaba cada vez que apretaba los muslos. Intenté aliviar aquella sensación pasándome los dedos por el borde de las bragas, pero fue mucho peor. Sentía que iba a empezar a arder de un momento a otro.

Cuando llegó la siguiente notificación di un respingo. Esta vez pulsé a la velocidad de la luz.

> Te propongo algo.

La adrenalina se apoderó rápidamente de mis venas.

> Te escucho, James.

> Puedo ayudarte, solo por esta noche.

Entrecerré los ojos, escandalizada. ¿Cómo podía tomarse esas confianzas conmigo?

> Te mereces que te insulte, así que siéntete afortunado si solo te digo BUENAS NOCHES.

Sonreí al pensar que él se reiría al leerlo.

> Puede que no lo sepas, pero cuando estamos juntos me doy cuenta de muchas cosas...

> ¿A qué te refieres?

Empecé a masajearme el labio inferior con el dedo corazón y el anular, muerta de curiosidad, esperando a que respondiese.

> Tengo mucha más experiencia sexual que tú y sé reconocer perfectamente las necesidades de una santurrona.

James estaba borracho. Si no lo estuviera, no habría transitado por aquel peligroso sendero. Y yo también lo estaba, ya que sabía perfectamente lo gilipollas que era, pero en ese momento no me importaba lo más mínimo. La realidad era mucho más simple: la orilla de las bragas empezaba a molestarme entre los muslos.

> ¿Y qué quiere hacer el señor experimentado?

Me llevé las manos a la cabeza por lo que le acababa de escribir. No podía estar haciendo aquello, no podía.

> Quiero acabar lo que William ha empezado.

Me quedé mirando la pantalla con los párpados paralizados.

No podía decirlo en serio y yo no podía permitirle que lo dijese. Todo aquello era absurdo.

Escondí el móvil bajo las sábanas y cerré los ojos.

«Tengo que dormirme, basta ya».

Estaba cansada, sí..., pero mis impulsos me mantenían despierta. Apreté los muslos y estiré las piernas con la esperanza de que aquella tensión se disolviera mágicamente. No sucedió. Suspiré y me quité la parte de abajo del pijama.

Vale, había cedido. Pero lo haría yo sola. Sin él. El problema era que mis pensamientos volvían a él. A sus labios turgentes, a sus manos fuertes, a sus ojos magnéticos. En la oscuridad de mi mente, los recuerdos se entrelazaban creando imágenes confusas y seductoras. No importaba que llevase el uniforme del instituto o la sudadera o que fuera sin camiseta, ni que estuviera enfadado o colocado…, siempre me provocaba una desesperada necesidad de sentir su boca recorriendo mi cuerpo. Apreté los puños, a punto de gritar de desesperación, pero el teléfono vibró de nuevo, y me vi obligada a echarle un vistazo.

¿Estás a punto de terminar?

Me puse de lado.
«Esto no está bien».
Pero no lo escribí. Me sentía dividida: mi cabeza, que era la que casi siempre guiaba mis acciones, en ese momento no estaba al cien por cien de sus facultades; mientras que mi cuerpo, presa de mis impulsos y de mis hormonas rebeldes, parecía querer comunicarse en el único lenguaje que conocía.

Blancanieves, ponte los auriculares y te llamo.

Fruncí el ceño.

James, ¿es que quieres decirme algo?

No, es que hay algo que quiero oír.

Me mordí el labio.

¿Eso significa que no piensas hablar?

> No diremos ni una palabra, te lo prometo.

Vi en mi mente la imagen de su rostro. Estaba segura de que James lo había escrito sonriendo de esa manera traviesa y algo infantil tan propia de él. De repente me moría por verlo. Volví a la foto, la desgasté con la mirada, observé cada detalle... y el móvil empezó a vibrar.

Eran las cuatro de la madrugada y la situación resultaba absurda. Los dos estábamos borrachos, manteniendo conversaciones indecorosas y sin sentido. Responder esa llamada equivalía a tomar el camino más directo al infierno.

Tenía la mente en las nubes y las piernas cerradas, ejerciendo una especie de presa letal.

«Quiero ver qué se le ha ocurrido...».

Alargué el brazo para coger los auriculares de la mesita de noche y pulsé el botón verde en la pantalla.

Nos quedamos un momento en silencio. Yo no sabía lo que estaba haciendo James, pero sí que era consciente de lo que mi cuerpo necesitaba, pues me lo estaba pidiendo a gritos. Cada centímetro de piel me lo estaba rogando hasta el punto de provocarme espasmos y palpitaciones en zonas que nunca me había explorado.

Sin darme cuenta, mi pulgar había empezado a acariciar la zona más sensible, aún cubierta por las bragas. De repente, el silencio se vio interrumpido por un leve crujido que también sonaba a roce. Quizá fuera el de sus bóxeres. Cuando tuve la certeza de que era así realmente, me llevé una mano a la boca de la impresión. No terminaba de creerme que estuviéramos haciendo aquello. Sobre todo, no me podía creer que yo estuviese haciendo eso con él. Pero eso no impidió que mi otra mano continuase aquel movimiento lascivo, a un ritmo cada vez mayor.

Mi zona prohibida empezaba a estar cada vez más resbaladiza. Se había humedecido bajo mis dedos impacientes. La idea de que él estaba al otro lado me ponía a cien. Me mordí el labio para evitar que se me escapara cualquier sonido.

James también parecía empeñado en no hacer ningún ruido. Yo no oía nada.

Superé la barrera del algodón para centrarme en mi piel caliente, y entonces cerré los ojos y me dejé llevar por el instinto.

—Estás…, estás haciendo ruido.

James gimió aquellas palabras en voz baja y noté que había jadeado un poco de más de la cuenta. Pero, en lugar de avergonzarme, me centré en el hecho de que al otro extremo del teléfono se oía un roce continuo seguido de varias respiraciones profundas.

—Y tú también… —me limité a comentar.

—¿Te molesta? —me preguntó con una voz más grave de lo habitual.

Sentí un escalofrío.

—James…

—Dime, June. ¿Quieres que pare?

Tuve que esforzarme en apartar los pensamientos obscenos que su voz me provocaba.

—No —susurré excitada.

¿Por qué le había respondido? ¿Por qué le estaba siguiendo la corriente? ¿Acaso me había vuelto loca?

Pero aquellas preguntas no tenían la menor importancia, porque mi mano volvió a bajar de nuevo y otro escalofrío me recorrió el bajo vientre cuando percibí que a James le costaba contener aquellos gemidos que, de forma regular, se intercalaban con su respiración agitada.

Decidí no seguir enfrentándome a mi cuerpo. Celebré cada pequeño temblor que empezaba recorrer todo mi interior.

—Después quiero verte la cara —lo oí musitar. Su voz no tenía ningún matiz agresivo o exigente. Sonaba dócil, sumisa… y extremadamente seductora.

—¿A qué te refieres?

—Quiero saber si estás tan guapa como te imagino.

Apreté los dedos y mi respiración acelerada delató hasta qué punto me habían emocionado sus palabras.

«¿Guapa? ¿Pero qué se estará imaginando?».

Me mordí el labio.

¿Es que acaso yo no me lo estaba imaginando a él?

No habría debido hacerlo, pero lo hice. Miré la foto que me había enviado poco antes, y me mordí los labios con pasión, casi hasta hacerme daño. Y entonces la timidez se transformó en avidez, y esta fue desplazada por la impaciencia de llegar al final del camino. Mis pensamientos viajaron muy rápido hasta lugares nunca visitados. Y fue así como, en lugar de la pintura fluorescente, lo único que existía era su lengua cálida desplazándose por entre mis muslos desnudos. Sentí que caía en una suave pompa, cálida y confortable, hecha de sonidos amortiguados y sensaciones envolventes. Cerré los ojos. No emití ningún sonido, pero mi cuerpo húmedo había empezado a interpretar melodías indecorosas que no dejaron indiferente a James, a juzgar por el intenso gemido que se le escapó.

De pronto, cada músculo de mi cuerpo acabó contrayéndose y relajándose sucesivamente, presa de una serie de espasmos consecutivos casi insoportables.

Poco a poco caí en una paz prácticamente absoluta. Cada parte de mi cuerpo parecía muy ligera, y a la vez tan pesada que ni siquiera podía moverla. Pero aquel momento de locura aún no había llegado a su final porque, con el corazón a mil por hora y la respiración agitada, me hice una foto y se la envié. Las mejillas al rojo vivo y los ojos entreabiertos no le hacían ninguna justicia a lo bien que me sentía en aquel momento.

—Joder, has sido más rápida que yo —murmuró entre jadeos cada vez más breves.

Había abierto la foto, pero no tuve el coraje de preguntárselo de viva voz, así que se lo escribí:

¿Mejor o peor de lo que te imaginabas?

—Jodidamente mejor.

Sus gemidos, roncos y sensuales, se dilataron hasta el infinito mezclándose con su respiración que primero era profunda y cada vez fue sonando más entrecortada. Hasta que, de pronto, dejó de respirar.

—Ay, joder.

Nos quedamos un momento en silencio. Esperé a que su respiración se estabilizase y, en cuanto oí aquel resoplido tan inconfundiblemente suyo saliéndole de sus labios, corté la llamada.

«Dios mío, después de lo que he vivido con él esta noche…, ¿cómo voy a mirarlo a la cara mañana en el instituto?».

Me lavé las manos, me puse los pantalones del pijama, y entonces me llegó un último mensaje.

> Dulces sueños, chavala.

# 51

## June

—Melissa y yo nos vamos tres días a Canadá.
—Claro, mamá, y supongo que esa Melissa será todo bíceps y pectorales... —masculló irónica.

Aún estaba sentada a la mesa, desayunando, pero habría preferido atragantarme con los cereales que oír las mentiras de mi madre.

—No voy con Jordan, si es eso lo que estás insinuando...

La observé desplazándose por el pasillo, entrando y saliendo del salón y de la cocina, dando vueltas como una peonza.

A las siete de la mañana yo apenas era capaz de levantar el brazo para llevarme la comida a la boca, por lo que no entendía que ella pudiese estar siempre tan activa.

—June, no me gustan esas insinuaciones.

Entró en la cocina impregnando el ambiente con su perfume Dior, lo cual me hizo arrugar la nariz.

—Pues ten el valor de decir la verdad, querida April. Supongo que a tu venerable edad debería de sobrarte el valor para hacerlo.

Se acercó a la encimera para hacerse con su inseparable iPad, pero no pasó mucho tiempo hasta que me miró enfurecida. «Qué fácil es picarla».

—June, ¡que no me llames por mi nombre! Y ya te lo he dicho varias veces: lo poco que hubo, acabó.

Se retocó en el moño rubio y echó un vistazo a la nevera para asegurarse de que tendría lo mínimo imprescindible para sobrevivir.

—Acabó en su dormitorio.

Murmuré aquellas palabras con la boca llena, y mi madre casi se cae de culo.

—¡Señorita! ¿Desde cuándo ser educadas se ha convertido en algo opcional en esta casa? —me gritó con los brazos en jarras.

—¡Desde que sales con el padre de James Hunter! —Mi reproche destilaba frustración y pesar, dos sentimientos que, en realidad, estaba experimentando en mis propias carnes.

A decir verdad, no tenía nada en contra de mi madre, y mucho menos de Jordan. Pero sí lo tenía contra James o, mejor dicho, contra mí misma, por haberme dejado embaucar en aquella locura.

—El otro día estuve en su casa, es cierto. Pero lo hemos dejado. Ahora mismo necesito tiempo para mí —concluyó, a la espera de mi reacción.

—Menuda historia de amor. ¿Cuánto ha durado? ¿Cuatro días?

—¡June!

No me importó su reproche. Me levanté de la mesa, dejé el tazón en el fregadero y salí de casa sin decir nada más.

—He sacado un ocho en el examen. —El anuncio de Blaze me pilló por sorpresa, en el pasillo, mientras me dirigía a mi taquilla—. ¿Y tú, June?

«Yo no lo hice porque estaba con James y William haciendo barbaridades en mitad del desierto californiano».

—Eh..., yo lo hago mañana. Por cierto, ¿sacas un ocho y lo anuncias con ese tono? —le pregunté a modo de regañina al percibir cierta desilusión en su voz.

—Mi padre nunca está contento con nada.

—Sé que tu padre es el director, Blaze, pero nunca lo he visto en el instituto.

—Lleva un tiempo sin pasarse por aquí. Motivos personales. Pero vuelve mañana. —Blaze se puso tenso de golpe, al parecer no le hacía demasiada ilusión que regresara.

Nos detuvimos de pronto cuando ya estábamos cerca de su taquilla.

James estaba apoyado de espaldas contra la chapa metálica, charlando con Taylor, que le estaba colocando bien el nudo de la corbata.

—Oh, no… —murmuré sin querer.

—¿Qué pasa? —Blaze me observó con curiosidad.

—Nada. Bueno…, tengo que ir a clase.

—¿Y no te llevas los libros? —preguntó extrañado cuando me vio dar media vuelta.

—Ay, es verdad.

Bajé la vista justo en el momento en que James empujó el cuerpo esbelto de Taylor contra la taquilla y hundía los dedos en su melena rubia para poder besarla a conciencia. Por un instante me pareció estar viviendo un *déjà vu*. La escena era igual que la que había presenciado en mi casa, pero aquella vez fue con Tiffany. Nada nuevo bajo el sol.

—Oye, tú. —La voz chirriante de Taylor me sacó de mi ensimismamiento.

—¿Qué quieres?

Me escondí tras la portezuela de la taquilla de Blaze para esquivar la mirada punzante de la rubia.

—Vas a decirle al profe de teatro que no te encuentras bien y que no puedes ir al ensayo.

—¿Por qué? —le pregunté con el ceño fruncido.

—Porque sí. Julieta soy yo, tú sobras. ¿Te queda claro?

Taylor pronunció con mucho retintín aquellas palabras tan elocuentes. Y a continuación se volvió hacia James, agitando las pestañas en busca de su confirmación.

—¿Verdad que sí, Jamie?

James no le respondió; me lanzó una mirada severa, y se puso a rebuscar un paquete de tabaco en su taquilla.

—¿Quieres sacarme de la obra, Taylor? Sin problema. Todo el escenario para ti. Que te diviertas.

Puse fin rápidamente a aquella conversación tan desagradable porque lo único que me interesaba de aquel papel era que William hacía de Romeo.

—¿Will aceptó el papel? —pregunté.

Taylor sonrió exhibiendo su dentadura perfecta.

—Will solo vendrá a la mitad de los ensayos, y es imposible que memorice toda su parte.

—Como quieras. Me retiro —murmuré.

—Vale, pero se lo tienes que decir al profesor. Dile que no te encuentras bien, que tienes muchas cosas que hacer con los pringados de tus amigos, o que tienes que ir a tu psicoterapeuta —insistió con un tono cargado de veneno.

Llegados a ese punto, me resultó imposible seguir ignorándola.

—¿Y por qué crees tú que yo debería de ir a una psicoterapeuta?

Me apoyé en la taquilla que había sido incapaz de abrir.

—Pues… ¿por tus problemas familiares?

Blaze me hizo una señal para que lo dejara correr, y se despidió de mí con un gesto antes de alejarse.

—Perdona, ¿a qué te refieres?

La taquilla de Blaze ya estaba cerrada y no podía esconderme detrás de su portezuela.

—¿No se murió tu hermano hace unos años?

Me quedé petrificada.

Una puñalada en el pecho me habría dolido menos.

Había confiado en él, ¿cómo había podido contárselo a alguien, y encima a ella?

Me quedé paralizada, incapaz de moverme. Ella le dio un beso en los labios a James.

—Hasta esta noche. No llegues tarde, Jamie.

De repente lo vi todo negro.

Alguien me había tapado los ojos con las palmas de las manos.

—¡Will! —grité molesta.

Me soltó al instante y surgió ante mí, sonriente y despeinado.

Me puse de puntillas para acercarme a sus labios y que me diera un beso.

Su garganta emitió un gruñido de satisfacción, pero yo me contuve antes de seguir adelante con el beso. Sentía la presencia de unos ojos afilados que no me quitaban la vista de encima.

—James me dijo que anoche volviste con Blaze.

Will agachó la cabeza y se acarició los rizos rubios con un gesto muy habitual en él. No quería volverme a mirarlo, pero no pude evitarlo.

James seguía apoyado de espaldas contra la fila de taquillas. Tenía un cigarrillo entre los labios y no paraba de mirarnos con los ojos entrecerrados. Su expresión arrogante y la forma descarada en que nos observaba aún me sacó más de quicio. Me giré de repente y empecé a golpear la taquilla con insistencia.

Will cogió los libros que necesitaríamos para la siguiente clase.

—¿June?

—¡Es que no se abre! —exclamé llena de rabia.

Aquella taquilla no funcionaba bien desde el primer día que puse el pie en este instituto, abrirla siempre era una cuestión de suerte. No entendía el truco para desbloquearla.

—¿De qué hablabas con Taylor Heart? —Will trató de distraerme de mi arrebato de violencia gratuita.

—¡Puta taquilla! —maldije nerviosa.

Y entonces oí que James decía algo en tono sarcástico.

—Will..., échale una mano, aunque solo sea una vez.

Lo fulminé con la mirada. James se humedeció los labios y me miró directamente a los ojos.

«Gilipollas».

¿De qué me sorprendía? Se pasaría la vida riéndose de mí. Yo era una idiota, idiota, idiota... por haber caído en la trampa.

William se acercó a mi taquilla, aplicó su magia a la cerradura de mi taquilla, y ante mis ojos incrédulos se abrió con facilidad.

—¿Vienes esta tarde a mi casa? Los tres tenemos que recuperar el examen de Química.

—Vale, Will. Estaré allí a las seis.

—¿Qué harás hasta entonces?

«¿Que qué voy a hacer hasta entonces? Buena pregunta».

—Creo que hoy me toca darle clases a Jasper… —respondí indecisa.

—James, dile a tu padre que June hoy no está libre.

James tenía la mirada perdida. Se sacó el cigarrillo de la boca, entreabrió los labios y se pasó los dedos por el mentón con una lentitud exasperante.

—¿Clase de qué?

«Lo odio».

Will se echó a reír al oír a su amigo, pero yo le puse mala cara.

—¿Ves? Se acabó el problema. Vamos a clase, June.

Sacudí la cabeza y me dispuse a seguir a Will, pero James me sujetó del brazo cuando pasé por su lado.

—Jasper estará tres días fuera. Ni se te ocurra presentarte en mi casa —me advirtió en tono amenazante.

—¿Adónde va?

Se encogió de hombros, como si la cosa no fuera con él.

—No es asunto tuyo.

Ignoraba cómo James Hunter había logrado meterse de aquel modo en mi cabeza, pero estaba claro que lo mejor sería olvidarme de él cuanto antes.

El sol ya se había puesto al otro lado de la ventana de Will y su habitación se había teñido de colores suaves que viraban hacia el rosa.

—Jackson nos dio un susto de muerte. Su disfraz de Pennywise era tan bueno que Marvin se pasó una semana teniendo pesadillas.

Estaba sentada sobre la cama con las piernas cruzadas y el libro en el regazo. Will estaba a mi lado, amenizando nuestro estudio con viejas anécdotas.

James estaba de pie con la cadera apoyada en el escritorio y el cuaderno de apuntes abierto justo delante de sus narices. Pero estaba concentrado en mirar el móvil, ignorando por completo la tarea.

—¿Por qué ha venido? ¿Es que no podemos estudiar solos? —protesté señalándolo.

James estaba tan poco interesado en nuestra charla como en sus estudios.

—Se irá dentro de nada. Bueno, como te contaba, aquel fue el mejor Halloween de la historia.

Will siguió con sus historietas, pero sus risas cesaron cuando se puso a observar a James

—Dame tu móvil, James.

Aquella frase llamó instantáneamente la atención de su amigo y yo me quedé expectante.

Giró la cabeza despacio y observó a William, perplejo.

—¿Por qué? —le preguntó, de repente tenso.

—Para ver las fotos de la fiesta del año pasado. ¡Venga!

James enarcó una ceja y se quedó mirando el brazo que William acababa de tenderle a la espera de que le pasase el teléfono.

—Dime qué foto...

Sus ojos enigmáticos se posaron lentamente en mí. Y, por la expresión nerviosa de James, comprendí que los dos estábamos pensando en lo mismo: mi foto.

No podía ser. Si Will curioseaba en su galería no podría encontrar mi foto, porque James la habría borrado. ¿Por qué iba a conservarla? Recé con todas mis fuerzas para que la hubiera borrado, pero su cara de preocupación parecía decir lo contrario.

—La del pasado Halloween, ya te lo he dicho —repitió Will ajeno a la tensión que flotaba en la habitación.

—No las tengo.

—Sí que las tienes. No has cambiado de móvil.

—No me toques los cojones, Will. Te he dicho que no las tengo —insistió James.

William se echó a reír, pero yo tenía la espalda tensa como las cuerdas de una guitarra.

—¿Te da miedo que lea tus conversaciones con Taylor, Tiffany, Stacy, Bonnie o… cómo se llamaba la prima de Marvin? ¿Llegaste a enterarte?

—Muy bien, William. Sigue cachondeándote de mí…

James resopló y me lanzó una mirada furtiva.

— Déjalo, Will —me apresuré a decir.

—En fin…

La voz grave y seductora de James me hizo dar un respingo.

Bajé la vista hasta mi libro, a la espera de que Will dejase de provocarlo…, pero eso no fue lo que sucedió.

—Jamie, ¿le haces copia-pega de lo mismo a todas?

James esbozó una sonrisa. Esta vez alcé los ojos y me encontré con aquellos espejos profundos.

—Puede…

«Te odio».

¿Por qué me había sentado tan mal eso?

Tenía que decírselo a Will. Es cierto que no estábamos juntos, pero me sentía culpable y me parecía una enorme falta de respeto.

Cerré el libro de golpe.

—Ya que hemos terminado con la Química, James puede irse, ¿verdad?

—Que te estoy oyendo, ¿eh? —me hizo saber sin apartar las pupilas del móvil—. Además, yo ni siquiera he empezado con la Química.

Por el rabillo del ojo vi que se sacaba una bolsita transparente del bolsillo.

—James…

El toque de atención de Will no pareció surtir el menor efecto.

—Descuida, ¿a quién le apetecería quedarse con vosotros dos? Tengo una fiesta para la que debo prepararme.

Will y yo pusimos los ojos en blanco.

Mientras Will recogía los libros esparcidos por la cama para ponerlos en el escritorio, guardé mis apuntes en la mochila. Al hacerlo, la vista se me fue hacia James. Lo vi quitarse la sudadera y lanzarla a la cama. Por poco no me da de lleno. Se ajustó bien la cadenita que llevaba al cuello y me miró. Por un momento creía que iba a quedarme sin respiración.

¿Por qué mi cuerpo se comportaba como si fuera mi enemigo? No quería tenerlo cerca, solo deseaba que se marchase..., pero no podía quitarle los ojos de encima.

Me quedé mirando la pared negra que tenía a mi lado.

—¿Crees que debería pintarla de blanco?

—Bueno..., si te gusta así no tienes por qué cambiarla.

William volvió a la cama y me acercó el rostro.

Nuestras lenguas se encontraron y nos dimos un beso más dulzón de lo habitual. El sabor dulce de la fruta que había comido poco antes se mezcló con la menta de mi chicle. Abrí los ojos un instante solo para asegurarme de que James nos había dejado solos. En la última fracción de segundo pude ver que me estaba mirando. Finalmente nos dio la espalda y salió de la habitación.

Se me escapó una sonrisa cuando Will apoyó su mano en mi vientre con tanta delicadeza que me hizo cosquillas.

—¿Te gusta?

—¿Qué? —susurré entre dos besos.

—Cómo lo hago, June.

No supe si se refería a su forma de besar o a los frecuentes cambios de ritmo a los que sometía nuestra relación, pero en aquel momento fui incapaz de responder con lucidez. Will me gustaba.

—Sí, mucho.

Cuando nuestros labios se alejaron, lo examiné atentamente.

Sus rizos dorados le conferían un aire angelical y sus ojos de nácar parecían dos insólitas gemas preciosas. Tenía unos labios amables y un aura misteriosa que habría enamorado a cualquier chica. Todo habría sido perfecto con él..., si no fuera por la existencia de «otra persona».

No es que uno fuese más que el otro y, desde luego, tampoco es que fuese mejor…, simplemente eran diferentes. Como diferente era la manera en la que me sentía cuando estaba con James.

Miré hacia la puerta.

Había besado a Will muchas veces y me encantaba hacerlo, ¿por qué, entonces, mis pensamientos seguían encaminándose hacia el otro?

—¿Quieres comer algo?

La pregunta de Will fue tan tentadora que me hizo olvidarme de todo lo demás.

—¿Por qué no?

Un ruido proveniente de la planta de abajo captó nuestra atención.

—Oh, no. James ha invitado a medio instituto —dijo Will asomándose por la ventana que daba al jardín trasero.

—Así que la fiesta de la que hablaba… ¿era aquí?

Se encogió de hombros, como si no tuviera ni idea de que iba a haber una fiesta.

—¿Invita a gente a tu casa sin tu permiso? Menudo amigo… —comenté con ironía.

A Will se le cambió el semblante.

—A propósito de amigos, ¿qué ha pasado con Amelia?

—Amelia tiene demasiados secretos —aseguré.

—Querrás decir que su familia tiene muchos secretos.

La corrección de William me hizo fruncir el ceño.

—¿Cómo que su familia? Pensé que era un asunto entre ellos: James, Brian y Amelia.

—Yo no sé demasiado del tema.

Will se acarició los rizos, y por la expresión de su rostro deduje que mi pregunta lo había incomodado.

—¿Bajamos? —le pregunté, con la esperanza de que se acordase de que yo tenía un hambre de lobo.

Pero él seguía observando con preocupación el jardín, que cada vez estaba más concurrido.

—¿Adónde?

—Eh... No lo sé. ¿A la cocina? Y después, si quieres, a la piscina —respondí encogiéndome de hombros.

—No me apetece —murmuró taciturno, mirando al suelo.

«¿Por qué nunca cuento hasta diez antes de hablar?».

—Will, perdona, había olvidado que odias el cloro.

Volvió a la cama, se sentó para relajarse y suspiró con tal intensidad que temí que fuera a quedarse sin respiración.

—Ya...

—No tenemos por qué hablar.

Esbocé una sonrisa y le busqué ojos, pero me apartó la vista y se quedó mirando la sábana arrugada.

—¿Sabes qué, June? Creo que sí deberíamos hablarlo.

En la frente se le dibujó un surco más profundo de lo habitual. No era la primera vez que Will se abría conmigo. Por un instante me pregunté si yo estaba realmente a la altura, si realmente era digna de sus secretos. Temía que lo que había hecho con James pudiera arruinar la confianza que él había depositado en mí. Pero quizá una cosa no tuviera nada que ver con la otra. Lo de querer estar disponible para Will no dependía de cuántos besos nos diésemos o del hecho de que estuviéramos saliendo o no, ya que, aunque no nos viésemos, probablemente me sentiría igual. Quería ser su amiga y tenerlo cerca, a pesar de todo.

—¿Te da miedo el agua? —le pregunté mientras él fruncía el ceño.

—¿Qué? No. No —se apresuró a contestarme. Se mordió el labio superior y me dejó en suspenso—. Es ese maldito olor. Me da ganas de vomitar, June.

—¿El cloro?

—El cloro.

Le concedí su tiempo, aunque empecé a respirar más agitada porque me estaba poniendo nerviosa.

—Podemos quedarnos aquí, si quieres. No hace falta que hablemos —le dije para que se sintiera más seguro.

—No está bien que me sienta así, June. —Enarqué una ceja—. Incluso cuando pienso en aquella tarde, sé que no debería sentirme así. Y sin embargo…

—Los sentimientos no tienen un manual de instrucciones, Will. Te sientas como te sientas, todo es válido.

Reprimió un sollozo de esos que suelen anunciar una llantina. Le surgió tan espontáneamente que, en el silencio de aquella habitación, me pilló por sorpresa.

—Will…

Tomé su mano izquierda, que en aquel momento parecía casi sin vida.

—James y yo somos muy distintos —me aseguró mirando al vacío.

—Afortunadamente, me atrevería a decir —le respondí con un punto de ironía.

Esbozó una sonrisa casi imperceptible, que quedó enseguida sepultada bajo un rictus de preocupación.

—Pero yo he hecho cosas verdaderamente horribles —agregó.

El miedo me rozó la nuca y Will tuvo que hacer un esfuerzo para recuperar la poca voz que le quedaba.

—Lo he contado tan pocas veces… Es más, puede que no se lo haya contado a nadie.

—¿De qué hablas? Ahora me estás preocupando de verdad…

—En el colegio teníamos seis horas de natación a la semana —susurró.

—Vaya… Eran un montón.

—Los demás siempre se las saltaban. James prefería el boxeo, Jackson jugaba al fútbol… Yo era el único al que le gustaba la natación, así que nunca me perdía una clase. Además, la piscina estaba muy cerca de casa, por lo que íbamos hasta allí en bici…

El tono relajado de su voz se congeló un segundo, como para tomar impulso.

—Hace un par de años, decidimos ir a ver un combate de boxeo que se celebraba justo después de la clase de natación. James se moría de ganas. Había conseguido las entradas meses antes…

Fruncí el ceño sin entender adónde quería llegar.

—James tenía que esperarme fuera —siguió explicándome—. La clase había terminado hacía como un cuarto de hora, pero yo aún no había salido. Así que, en vez de esperar, tan paciente como de costumbre, entró a buscarme.

—Te estoy escuchando, Will.

—Pero la clase ya había acabado —repitió como en una cantinela.

Le temblaba el mentón; bajó la vista y la fijó en la punta de sus zapatos.

—Perdona, pensé que sería más fácil.

—Todo va bien, Will.

Le pasé el brazo por los hombros, pero él no respondió a mi abrazo.

—Mentiría si dijese que lo recuerdo bien, porque la verdad es que no es así.

Asentí sin apartarme de él. Quería dejar que lo contase como quisiera, pero parecía haberse bloqueado.

—¿Qué, Will? ¿Qué es lo que no recuerdas bien?

Ocultó las manos entre las rodillas, como si aquel gesto bastase para calmar los temblores que las sacudían.

—Pasó algo horrible… Estaba todo lleno de sangre.

—¿Qué pasó? Por Dios, ¿es que alguien te hizo algo?

El batir de sus párpados hizo que sus ojos se humedeciesen con sus propias lágrimas.

—No sé cómo James se dio cuenta.

Su relato era tan confuso que me costaba poner en orden las piezas.

—Cómo se dio cuenta de que él estaba allí.

—¿Él, quién?

—El profesor de natación.

Me llevé las manos a la cabeza sin poder evitarlo. Seguir el hilo de su discurso era más difícil de lo que parecía.

—Recuerdo que fue un periodo terrible para mí… Me acababan de diagnosticar mi trastorno y no sabía de quién fiarme. Pensé que los chicos de mi edad se reirían de mí, así que lo había hablado varias veces con él. Confiaba en él. En un momento dado, James llegó y todo estaba lleno de sangre… En el suelo, en las manos…

—¿Qué tiene que ver James? —musité casi sin aliento.

Pero William no me hizo caso. Estaba sumido en una imagen mental de la que era difícil apartarlo.

—Usó la llave inglesa. Una que había en una caja de herramientas, porque estaban haciendo reformas en la piscina…

«La llave inglesa».

Una chispa se me encendió en el cerebro. Poppy me había comentado algo al respecto. Me había asegurado que James estuvo a punto de matar a un hombre con una llave inglesa.

—¿James golpeó a tu profesor con la llave inglesa?

—Sí.

Me llevé las manos a la cara.

«Entonces todo era cierto…».

—Pero yo no soy James.

Se le tiñeron los ojos de un gris opaco y sentí una opresión en el pecho que apenas me dejaba respirar. Traté de llenar de aire los pulmones, pero el corazón cada vez me palpitaba con más fuerza.

—Will…, ¿por qué James hizo algo así?

William negó con la cabeza.

—¿Se lo contaste a tus padres?

Asintió avergonzado. Presionó los nudillos contra las rodillas hasta que se le pusieron blancos.

—¿Y qué pasó con ese hombre? ¿Denunció a James por agredirlo?

Lentamente, Will reclinó la cabeza en mi pecho.

Le rocé la espalda con la punta de los dedos. Mis yemas eran como plumas que trataban de acariciar su fragilidad.

—No, June.

—¿Por qué no? Me parece raro que… Acabó en el hospital, ¿no?

—Sí.

—¿Y ahí acabó todo?

—No. Ahí fue donde empezó todo.

Un tenso silencio nos envolvía, pero me pareció oír el ruido que hacían sus pensamientos al fluir mientras observaba cómo deslizaba los dedos por la pantalla del móvil.

—No tengo ni idea de cómo te debiste de sentirte. Yo nunca he presenciado una agresión y...

—Es como si mi cerebro hubiera borrado aquel instante. Había sangre en el suelo. James tenía aquel objeto metálico en la mano y los dedos cubiertos de sangre...

Un nuevo escalofrío me recorrió la espalda.

—¿Quiso matarlo?

Lo pronuncié en un susurro. Yo misma me sorprendí de la pregunta, aunque en ese momento era más que adecuada.

—Creo que sí. Y si lo hubiera hecho...

Apretó los labios temblorosos. Era como si quisiera contener una lágrima que le surcaba el rostro.

—Will, no fue culpa tuya. Tú no has hecho nada. Solo fuiste testigo. ¿No?

Le acaricié el pómulo y recogí la lágrima que descendía por su piel enrojecida.

Un ruido inesperado me hizo dar un respingo.

—¡Oh, perdonad!

Tiffany irrumpió en la habitación con una botella en la mano, abrazada a una chica de piel ambarina. Se estaban besando apoyadas en el quicio de la puerta, totalmente ajenas a cuanto las rodeaba.

Me levanté furiosa de la cama.

—¡Fuera!

—¡Tranquilízate, guapa! —me respondió sonriente, y miró a Will antes de volver a mirarme a mí.

Me aparté de ella cuando trató de rozarme el pelo con los dedos. Tiffany siguió riéndose con la otra chica hasta que por fin desapareció.

—Lo sabía. Todo el mundo se está divirtiendo y yo te estoy obligando a estar aquí conmigo —se lamentó William con un hilo de voz.

—No, ni de coña. Además, ¿a eso llamas tú «divertirse»? —le pregunté señalando la puerta—. Quiero quedarme aquí contigo.

Me correspondió con una sonrisa triste mientras se humedecía los labios resecos.

—No me importa que bajemos, ¿eh? Es decir, me gustaría. El tema es que siempre evito esa zona de la casa.

—Tómate tú tiempo. ¿Por qué querrías bajar ya?

—La última vez que me acerqué a una piscina fue a la de Poppy, cuando hablé contigo. Tenía tantas ganas de pedirte disculpas, era tan importante para mí… que me olvidé de todo.

—Sí, Will, pero no tienes por qué forzarte a…

—Estar cerca de ti hace que me olvide de todo lo demás.

Una sonrisa. Primero de felicidad, al escuchar aquellas palabras tan sinceras. Después de amargura, cuando comprendí que, quizá, Will y yo ya no estábamos en la misma onda. En nuestra relación, a veces se dejaba llevar demasiado. Conseguíamos comunicarnos, pero no de la forma más adecuada. Era como si lo que había entre nosotros fuera una danza a destiempo en la que, por mucho que yo tratase de coger el ritmo, siempre acababa errando el paso.

—Me he pasado años ocultándole mis problemas a todo el mundo. Desde que tú estás, me siento más fuerte. Tengo menos miedo.

—James y Jackson estuvieron a tu lado en ese proceso, ¿no?

—Son mis mejores amigos, June, pero no tienen tu sensibilidad. Con ellos no puedo hablar como contigo. Con nadie más puedo hacerlo.

Volví a sentir aquella sensación agridulce, de gratitud mezclada con la necesidad de poner freno a sus excesos.

—Estoy aquí, Will. Y me encantaría poder ayudarte a superar tus miedos.

Sellamos aquellas palabras con un largo abrazo, y después, salimos de la habitación cogidos de la mano.

—¿Estás seguro?

—Claro, me gustaría mucho darme un baño —dijo sonriendo.

—Vaya, pero yo no he traído bañador.

—Miremos en el armario de mis padres.

William me llevó al enorme dormitorio de sus padres. Las luces del techo se encendieron de forma automática. Abrió un cajón y sacó unos *shorts* blancos. Vimos un bolso de cuero del que sobresalía la parte superior de un biquini negro, y la parte de abajo a juego.

—¿Esto de quién es?

—No lo sé.

—¡Es mío!

William y yo nos sobresaltamos cuando la melena rizada de Tiffany emergió de una esquina oscura del vestidor. Con una mano se cubría los pechos, firmes y turgentes, mientras que con la otra trataba de atarse las tiras del biquini.

—Es mío, pero te lo presto si lo quieres —me dijo Tiffany señalándome el biquini del bolso.

Detrás de la morena vi a una chica rubia con coletas, también en biquini.

—Vale, gracias.

—Te dejo sola para que puedas cambiarte —me dijo Will antes de salir del vestidor.

Tiffany corrió una cortina y al instante se oyó una sinfonía de risitas y besuqueos.

«Yo ahí dentro no me cambio...».

Me dirigí a la habitación de William, que estaba vacía. Me quité la camiseta y el sujetador, y me puse la parte de arriba del biquini. Ni se me pasó por la cabeza ponerme la parte de abajo, era demasiado pequeña.

—Ah, estás aquí.

Will entró en la habitación justo cuando acababa de ponerme la prenda. Él también llevaba puesto el bañador.

Se fijó en mis *shorts* antes de decir nada.

—Le puedo preguntar a Tiff o a las otras chicas si tienen alguna parte de abajo.

—No, Will —le dije de forma instantánea.

Frunció el ceño.

—¿Pero cómo te vas a bañar así?

«¿Cómo se lo explicaba?».

—Ellas son más de tirachinas que de biquinis…

«Estoy gorda. Y tendría que hacerme una depilación integral. Además, tengo cicatrices en la cara interna de los muslos».

—Y a mí eso no me va —continué, tratando de zanjar el asunto con una sonrisa.

Para mi sorpresa, se echó a reír.

—¿Ya estás mejor? —le pregunté al recordar cómo había temblado al contarme su historia.

—Sí. Es el efecto June White —afirmó tomando mi mano.

—¿Listo?

William aspiró una gran bocanada de aire y se despeinó un poco el pelo con el que escondía su mirada tímida y risueña.

—Sí.

En cuanto llegamos a la planta baja, maldije a James por el caos en el que estaba envuelta la casa. Me pregunté de dónde había salido toda aquella gente en tan poco tiempo.

—Respira, Will —le susurré, tratando de tranquilizarlo, cogida de su antebrazo.

Me pegué a él porque, cuando nos sentamos con cuidado en el borde de la piscina, estaba rígido como un témpano.

—Soy patético, ¿a que sí?

—Por supuesto que no. Si hay algo que pueda hacer…

—¿Qué me dices de tomar algo? Seguro que nos ayuda —resopló.

—Como quieras, pero…

Lo vi ponerse en pie. No había durado ni un minuto.

—Necesito tomar el aire —musitó.

—Vale, vamos. —Traté de levantarme, pero William me lo impidió.

—No, June, tú quédate aquí. Eres la excusa que necesito para volver a acercarme al agua y no subir a encerrarme en mi habitación.

—Como quieras...

La piscina estaba llena de flotadores con formas disparatadas. La música retumbaba en los altavoces, pero los ruidos más estridentes eran los de las voces femeninas. Las más agudas, por supuesto, venían de las chicas que estaban cerca de James.

Lo miré. Sus hombros sobresalían del agua mientras hablaba con aquellos labios suyos tan carnosos.

No lo soportaba, y además, lo que me acababa de contarme Will me hacía verlo desde otra perspectiva.

«Lo habría matado».

¿Tan peligroso era?

—Tú lo lames por la derecha y tú por la izquierda —lo oí decir con su voz grave y sensual.

Salió del agua y se sentó en el borde de la piscina, a poca distancia de mí. Me di cuenta de que sostenía un cucurucho de helado en la mano, y de que les daba instrucciones a un par de chicas que seguían en remojo.

—¿Es que no habéis aprendido nada? Yo sé hacerlo mucho mejor.

Una chica sacó la lengua, perforada por un *piercing* y lamió la crema que resbalaba por el cucurucho mientras la otra se reía.

—No hay nada de lo que reírse, es mejor que practiquéis para después.

Resoplé tan fuerte que se giró para mirarme.

—¿A qué viene ese bufido?

—Me das ganas de vomitar —le respondí cruzada de brazos.

—Pues, para el asco que te doy, bien que no me quitas ojo —me reprochó en tono burlón.

—¿Tú te perderías el espectáculo de ver haciendo el ridículo a alguien que te da asco con mayúsculas?

—¡Solo es una representación metafórica! —exclamó señalando el helado.

Puse los ojos en blanco.

—Llámalo por su nombre: hipérbole. Así se llama cuando se exagera la realidad, sobre todo en cuanto a centímetros.

En sus mejillas irrumpieron dos hoyuelos.

Me dio un poco de pena por las chicas, pero James dejó de prestarles atención. De repente parecía haber perdido el interés por ellas. Era como si aquella coña lo excitara mucho más.

—Me ha parecido entender que tú también quieres probarlo...

Me acercó el helado a la cara y unos goterones le cayeron por el dorso de la mano. Introdujo la punta del pulgar en sus carnosos labios y lo chupó con avidez.

—Claro —respondí sin la menor emoción, tratando de disimular mi asombro por todos los medios.

Sin dejar de sostenerle la mirada, me puse en pie y le arrebaté el cucurucho. Y a continuación lo dejé caer al suelo: la vainilla se desparramó por las baldosas que rodeaban la piscina.

—Ay, Hunter, lo siento. —Miré al suelo—. ¿Por qué no empiezas tú a practicar?

James apretó los dientes y, de repente, hizo amago de ponerse en pie, pero, justo en ese momento, William volvió con un par de vasos de Coca-Cola.

Sonreí complacida. James me lanzó una última mirada asesina.

—No bajes la guardia, Blancanieves.

# 52

# Jackson

—¿Para eso has quedado? ¿Qué es este aburrimiento?

James estaba sorbiendo el fondo de una copa con la pajita. Hervía de rabia mientras observaba atentamente a su nueva presa: June White.

—No sé de qué coño estás hablando, Jax.

Ella charlaba con Will de pie junto a la piscina y parecían gozar de una gran complicidad.

—¿Te has follado literalmente a todo el instituto y no puedes resistirte a la única que no quiere nada contigo?

—Qué simple eres, Jackson. Solo quiero entender qué cojones se piensa esa que hace con Will.

—No deberías entrometerte.

Tiró el cigarrillo al suelo y me miró con su habitual chulería.

—Jax, estamos hablando de Will. No queremos verle hacer ninguna gilipollez. Otra vez.

—No puedes protegerlo eternamente. Confía en él.

Pero a James nunca le interesaban las opiniones ajenas; siempre tenía que imponer su criterio, siempre.

—Míralos. Lo ha arrastrado hasta la piscina. ¿Cómo lo habrá conseguido?

Fumaba con la mandíbula apretada y los ojos entrecerrados, como si quisiera introducirse en sus mentes.

—¿No crees que se te está yendo un poco la mano con ella?

—Esa niñata no me importa una mierda. Además, harías bien en preocúparte más por ti.

—¿Por mí? —le pregunté enarcando una ceja.

—¿Dónde está tu novia? —me soltó antes de que pudiera añadir nada más.

Lo miré confuso.

—¿Qué novia?

—Exacto. Mírate. Yo diría que estás bastante desperdiciado —afirmó, tomándome el pelo.

Mis ojos se posaron en su mano que, lentamente, estaba dejando su cálida huella en mi bíceps. El contacto de mi piel hirviente con el metal de sus anillos me provocó un escalofrío.

¿James me acababa de hacer un cumplido?

—Perdona, ¿qué cojones quieres decir? —Estaba nervioso y la pregunta me salió demasiado expeditiva.

Empezaba a sospechar de mí. Habían pasado meses, quizá más de un año, desde que nadie me veía dar ni un triste beso en público. Y a él no le había pasado desapercibido.

Señaló a un par de chicas que me miraban desde el lado opuesto de la piscina.

—Que cualquiera estaría deseando follarte, Jax. Despierta.

Me preguntaba cómo hacía James para sentirse así de cómodo con los demás, consigo mismo y con su sexualidad. Los demás juzgaban erróneamente su famosa promiscuidad, su falta de límites. Yo, sin embargo, admiraba la naturalidad con que concatenaba relaciones humanas, la fluidez con que se relacionaba con los demás. Aunque entre nosotros existían límites. Físicos. Reales. Morales. Éramos mejores amigos y no era apropiado superarlos. Ni con las manos, ni con los labios.

—Si es tu decisión, la respeto. Si no sientes el impulso de meterla en cualquier agujero, estupendo. Pero dímelo, joder.

A veces se pasaba de la raya, se acercaba demasiado a la gente... como si no tuviese el menor pudor. Lo hacía con las chicas, con los chicos, con cualquiera. Otras veces, sin embargo, en cuanto lo mirabas respondía lanzando arañazos como un gato herido.

—¿De qué cojones hablas, James?

—No te juzgo, simplemente no entiendo un cambio tan brusco.

—¿Qué quieres decir?

—Que todas las veces que nos hemos follado a Stacy no me ha parecido que tuvieras grandes problemas. —Sonrió.

Me sonrojé.

—Tú te follaste a Stacy —puntualicé.

—Ah, eso, perdona. A ti solo te la chupó durante el proceso —dijo echándose a reír lamiéndose el labio inferior, y obligándome a mirárselo.

Apreté los puños.

—Oye, ¿a qué te refieres con eso de «cualquiera»? ¿De verdad te refieres a cualquier persona? —le pregunté más bien irritado.

Frunció el ceño.

—Pues claro, ¿de qué te sorprendes?

Posó los ojos en mis labios y el recuerdo de su lengua áspera me provocó una reacción en la entrepierna.

—¿Y ahora por qué te enfadas, Jax? —Se me acercó tanto que tuve que apartarme un poco.

Me acordé de aquel beso.

—Eres un gilipollas.

Le di un empujón.

James se echó a reír, pero dejó de hacerlo al instante, en cuanto dirigió la vista hacia un determinado punto.

—¿Qué pasa?

Y entonces vi a Ethan Austin entrando por la puerta principal de la casa de Will.

—¿Dónde coño está Will? —gritó James, visiblemente nervioso.

Estiré el cuello en busca de William, pero no lo vi entre toda aquella gente. Mientras tanto, James ya se había abalanzado sobre June White.

—Blancanieves, te vienes conmigo.

—¿Qué quieres?

Él la sujetó del brazo y la obligó a ponerse en pie.

—¡Hunter, déjame! ¡Quítame las manos de encima!

—Ha llegado Austin. Aquí no estás segura.

Hasta un ciego habría visto que James estaba a un suspiro de sus labios.

No me solía molestar su forma de comportarse, puesto que trataba a todos y a todas por igual. Pero aquello… La forma en que los dos se miraban… Joder, eso sí que me dolía.

Desvié la mirada y entré en la casa, a buscar una cerveza. Vi a Blaze en una esquina. Tenía la pierna flexionada y el pie pegado a la pared. Vestía un jersey gris y unos vaqueros rotos. Estaba callado, fingiendo que participaba en una conversación que no sabía cómo interrumpir. Entre tanto grito y tanta carcajada no había espacio para alguien tan tranquilo, pacífico y reflexivo como él.

Yo no solía sufrir ataques de ira, pero aquel idiota despertaba algo en mi cerebro. Me provocaba sensaciones contradictorias, siempre. Y ese poco de ternura que me despertaba, al mismo tiempo desencadenaba un torbellino infinito de odio.

Apreté la mandíbula antes de acercarme a él.

—¿Dónde coño estabas ayer? —le espeté sin ningún motivo.

—Como si a ti te importara… —me replicó alzando la barbilla.

Su cara tenía forma de corazón, con los pómulos altos y blancos y mandíbula afilada.

—Te he hecho una pregunta, ¿dónde estabas ayer?

—Seguro que donde no estaba era restregándome con Stacy como sin duda estabas haciendo tú, pringado.

Lo agarré del cuello y dejó escapar un jadeo.

—Como vuelvas a decir algo así, te rompo la cara.

Lo empujé hacia el pasillo, y una vez allí, Blaze hizo alarde de una determinación que habitualmente brillaba por su ausencia.

—Es la verdad. ¿Qué pasa? ¿Te da miedo que tus amiguitos sospechen de lo poco que follas? ¿Se avergüenzan de ti, Jax?

Podía hacer dos cosas: o darle un puñetazo o decirle la verdad.

—Nunca me he follado a nadie —musité en voz baja. Ni yo mismo oí con claridad lo que acababa de decir.

Blaze se apoyó en un viejo mueble de madera y me dedicó una sonrisa audaz.

—Seguro que con las tías ni se te pone dura.

Estaba intentando mantener la calma, pero él no paraba de provocarme.

Lo agarré con violencia por las caderas y le hice darse la vuelta. Me faltó poco para ponerlo a noventa grados sobre la superficie del mueble.

—Cierra la boca o te juro que te haré daño.

Apreté mi cuerpo contra el de Blaze, que no opuso ninguna resistencia y permaneció inmóvil debajo de mí.

Me pregunté por qué no se quejaba de tener encima todo el peso de mi metro noventa y tres. Lo estaba aplastando. Pero aquel gesto provocó un efecto secundario en mi cuerpo.

Me erguí de repente suavizando aquel contacto prohibido para evitar que percibiese mi debilidad. Acaba de excitarme muchísimo.

—¿A qué esperas? Levántate, pringado —le ordené recolocándome la entrepierna de los vaqueros.

Pero Blaze permaneció en aquella posición, haciendo que me hirviera la sangre en las venas.

Levantó la cabeza. Antes de que pudiese hablar de nuevo, volví a empujarlo contra la superficie de madera y agarré su cálida mejilla. Hundí los dedos en su pelo ondulado y me acerqué a su oído.

—¿De verdad pensabas que quería follarte? —le pregunté, contrariado por el modo en que mi cuerpo reaccionaba al contacto con el suyo.

—No, pienso que te da terror lo que puedan pensar de ti esos gilipollas de tus amigos y tus compañeros del equipo. Y eso es lo único que te importa. ¿Tu felicidad no es importante? —me preguntó con dificultad, aún presionado por la mano con la que lo mantenía atrapado.

—Eso no es asunto tuyo, Blaze. Además, si piensas que yo...

Oímos unas voces familiares acercándose, y ambos nos sobresaltamos al mismo tiempo.

Lo solté y Blaze se puso en pie con rapidez.

Nos apretamos contra la pared que había junto a la escalera que conducía a la planta superior.

—¿Por qué James está con June? —me preguntó, mirándome con sus ojos almendrados.

—¿Y yo qué coño sé?

Estábamos uno al lado del otro. Nuestros cuerpos se hallaban tan cerca que podía percibir cómo se le aceleraba el pulso. Ladeé la cabeza y cerré los ojos, abandonándome a la posibilidad de un beso inminente.

—Jax, ¿qué está pasando? ¿Por qué van juntos de camino al dormitorio? ¿Sabes algo?

Lo susurró con sus labios presionando los míos, pero sin besarme.

El maldito Blaze tenía el poder de hacerme enfadar incluso en una situación como aquella.

—¿Pero qué dices? No es que vayan a...

Eché un vistazo y vi que habían atravesado la escalera en silencio.

—Oye, entre ellos no hay nada —le aseguré, esperando zanjar el asunto.

Pero Blaze no parecía creerme.

—James es así, ¿verdad? Siempre quiere quedarse con el juguete nuevo. Cuando era más pequeño siempre la liaba para quedarse con las cosas de los demás y, a los cinco minutos se cansaba y las abandonaba.

Lo que Blaze acababa de decir de mi mejor amigo me sentó fatal.

—James no es así —le respondí poniéndome tenso.

—Sí que lo es, lo hace con todo el mundo. Espero que no le haga eso a June. Por Dios, sois todos iguales.

«¿Cómo que "todos"? ¿Qué sabe Blaze?».

—Blaze, ¿pero dónde...?

—Déjame en paz —me gritó, mientras se alejaba de mí.

—Vuelve aquí... —susurré, revolviéndome el pelo.

«Mierda».

## 53

# June

—Date prisa, joder.

—Ni se te ocurra decirme lo que tengo que hacer, ¡y no me hables así!

James me llevó a la parte trasera de la casa de Will. Se detuvo y me miró con la expresión sombría.

—Princesita de los cojones, ¿podrías mover el culo antes de que Austin te vea aquí?

Sacudí la cabeza en señal de protesta.

—¿Eso es todo lo amable que puedes llegar a ser?

—¿A qué viene esta exhibición de estupidez? Parece que no entiendas la gravedad de la situación.

—¡Podrías pedir las cosas por favor de vez en cuando!

—Que te den, White —me espetó, riéndose como si le acabase de proponer una absurdez.

—Vale, me voy. Pero antes tengo que cambiarme.

Entramos en la casa, donde había más gente de la que yo creía. James me siguió sin perderme de vista.

—Puedo volver a casa en bici —le aclaré cuando llegamos a la planta de arriba. Pero a él no parecía interesarle lo que yo tuviera que decirle.

—Date prisa.

—¿Sabe Will que Austin está aquí?

—Cierra la puta boca y vístete —gruñó señalando mi ropa, tirada en la cama de Will.

Me giré hacia él de golpe.

—¿Siempre tienes que hablarme en ese tono?

Resopló y puso los ojos en blanco.

—Se lo diré a Will en cuanto haya echado a Austin de una patada en el culo. No quiero preocuparlo.

La presencia de James me inquietó. Estábamos solos en la habitación de Will, y eso no me gustaba nada. No me fiaba de él, pero, sobre todo…, no me fiaba de mí misma.

—Me doy la vuelta para que te cambies. No miraré.

—De eso nada. ¡Sal de aquí ahora mismo! —Señalé la puerta con determinación.

—¡Pero mírala! ¿Quién se creerá que es? —masculló mientras salía de la habitación.

Aproveché para quitarme la parte de arriba del biquini. Cogí mi camiseta arrugada, dentro de la cual había dejado mi sujetador. Estaba lista para ponérmelo a la velocidad de la luz…, pero había desaparecido.

—¿Dónde estará? Me cago en todo…

Lo busqué por toda la habitación, tapándome los pechos con la camiseta, sin ningún resultado.

—Es más pequeño de lo que pensaba…

Miré en el pasillo y vi a James con mi sujetador colgando de su dedo índice.

—Eso es lo que te dicen cada vez que te quitas los pantalones, ¿verdad? —le espeté.

Me abalancé sobre James para arrebatárselo, pero él fue más rápido.

—¿Crees que estás en posición de picarme, Blancanieves? —dijo sonriente, mirándome de arriba abajo como si fuera una pringada.

—Igual aún no has entendido que no te tengo miedo.

—Si no te pones las pilas, lo tiraré al jardín —aseguró acercándose a la ventana.

—Dámelo.

—Cógelo tú.

James alzó la mano, imposibilitando cualquier oportunidad por mi parte de alcanzar la prenda.

—Por Dios, tienes la mente de un crío de siete años. ¡Te odio, James! —exclamé, harta de él.

Lo dejó caer al suelo, como había hecho yo poco antes con el helado.

—Ay, perdón —susurró señalando la prenda—. Vamos, cógelo.

—Menuda excusa te has buscado para mirarme el culo. Eres un cerdo.

Antes de que pudiese agacharme, James me sujetó por los hombros y me empujó contra la pared.

Me cubrí como pude con la camiseta, pero el impacto me dejó tan desorientada que no me dio tiempo a reaccionar.

—Mira, vamos a dejar clara una cosa —me gruñó a pocos centímetros de mi cara—. Si quisiera follarte, ya lo habría hecho. Así que deja de provocarme.

—Claro, Hunter. Supongo que en tu mundo de trogloditas el consentimiento no tiene la menor importancia.

—¿Consentimiento? ¡Pero si eres tú la que se muere de ganas! Yo no te follaría en la vida, White.

—Debería darte vergüenza —le susurré.

Miré hacia abajo y volví a alzar la vista directamente para encararme con James, que parecía intuir a qué me refería.

—Y a ti también.

—No debimos hacerlo —murmuré; nuestros ojos habían dejado de mirarse para pasear por otros puntos de nuestros respectivos rostros.

James tomó aire. La vena azulada que le atravesaba la garganta le vibró y yo fui capaz de advertir una respiración excitada que me trajo a la mente ciertos recuerdos.

—Estaba borracho.

—Y yo también —le repliqué.

Sus labios temblaron levemente. Se los humedeció con la lengua, lo que los hizo parecer más jugosos y atrayentes.

Al ver lo resentida que yo estaba, no pudo evitar seguir provocándome.

—Pero te encantó.

—No, no me encantó. Lo fingí —le contesté, mintiéndole sin ningún pudor.

Lo sabía yo, lo sabía él, lo sabíamos los dos.

Sentí un calor en las orejas.

—¿Así que fingiste? ¿Fingiste todos esos…?

—No te lo creas si no quieres, pero es la verdad —lo interrumpí para evitar que me siguiera avergonzando.

—La verdad es solo una. —Su voz cálida y envolvente me llegó al oído como una caricia prohibida y me provocó un escalofrío—. Te corriste pensando en mí.

Negué con la cabeza y bajé la vista. Era incapaz de seguir mirándolo a los ojos.

—Eso es lo que hiciste tú.

Estaba más tensa que las cuerdas de una guitarra, pero traté de disimular que su cercanía me ponía muy nerviosa. Pero a James no pareció importarle. Como tampoco le importaba que estuviésemos así de cerca.

—Pues claro que me gustó. Ah, ya veo…, las chicas sois unas santitas y los chicos somos unos cerdos, ¿verdad? —comentó con sarcasmo, tratando de provocarme una vez más.

Desplazó la vista desde mis ojos hasta mis labios, con una lentitud casi dolorosa.

«No aguanto más».

Su perfume me acariciaba las fosas nasales. Era tan intenso que lo sentía en la garganta cada vez que tragaba saliva. O ponía fin a aquella situación, o no a respondía de lo que pudiera suceder.

Le di un empujón para quitármelo de encima y él no opuso resistencia.

—Déjate de temas de género, que estamos hablando de otra cosa —le contesté en tono seco mientras recogía mi sujetador del suelo.

—Pensándolo bien…, te dije que podías llamarme si me necesitabas y parece que te lo tomaste al pie de la letra.

—Igual tienes amnesia, pero fuiste tú quien me llamó.

—Sí, pero me ganaste tú… Qué rapidez —dijo sonriendo como un niño.

James Hunter era justo eso: un niño idiota e inmaduro.

Le di la espalda y me coloqué el sujetador, aun tapándome con la camiseta. Una vez que me sentí lo bastante tapada, me coloqué los tirantes.

—Si tanto te molestaba, podías no haber contestado.

—Se acabó, no hablemos más —le solté colocándome la camiseta.

—Te pone muy nerviosa hablar conmigo, ¿eh? ¿Era la primera vez que te tocabas?

Harta de sus comentarios, no le respondí. Me puse a buscar una chaqueta en la mochila.

—¿Era la primera vez? —insistió.

—Deja de comportarte como un capullo.

—¡Eh, esa sudadera es mía! —exclamó señalando la prenda que estaba a punto de ponerme.

—La llevaba en la mochila para devolvértela.

—¿Y qué haces poniéndotela?

Me arreglé el pelo y lo fulminé con la mirada.

—Es que he de volver en bici, y si no me abrigo pasaré frío.

—Excusas. ¡Es mía! ¿Adónde vas?

Me eché la mochila a la espalda y me dirigí hacia la puerta.

—A casa. Es lo que me has dicho que haga, ¿no?

—Será mejor que no vuelvas a tu casa.

Al notar que se había puesto serio de repente, empecé a preocuparme.

—¿Por qué?

—Porque no es seguro. Ven a la mía.

Me lo propuso con una voz susurrante que me provocó un escalofrío.

En vez de replicarle, solté una carcajada. Fue como si mi cuerpo necesitase descargar la tensión acumulada.

—Haces lo mismo con todas, ¿verdad?

—¿Crees que estoy tratando de seducirte? ¿En serio? —Me dedicó una mueca arrogante—. Eres una payasa. Un pseudocriminal podría seguirte hasta tu casa, ¿y tú solo estás pensando en echarme un polvo?

Entrecerré los ojos y le di un empujón.

—¡Pero cómo te atreves!

Intenté salir por la puerta, pero James me bloqueó el paso colocando un brazo en el marco.

—¡Joder, June! Lo digo en serio, no tienes ni idea de lo que es capaz.

Vi que echaba un vistazo a la ventana.

—Confía en mí. Es mejor que te lleve en coche —insistió, con los dientes apretados y la voz grave.

—¿Por qué finges que te importo algo? No lo entiendo, Hunter.

Se encogió de hombros.

—Lo hago por Will, ya te lo dije.

—Claro. Y lo de anoche también lo hiciste por Will, ¿verdad? ¡Déjame pasar!

Apenas pude tragar saliva con dificultad en cuanto noté que se me acercaba al oído.

—Lo de anoche fue otra cosa. Estaba muy cachondo y aburrido, y tú eras la única con quien no lo había hecho.

—Sí, estabas tan cachondo que cuando me fui aún tenías pintura azul en los labios. No besaste a nadie.

Alcé los ojos y lo atravesé con la mirada. Después de lo que acababa de decirle, mis ojos centelleaban como si estuvieran a punto de estallar en llamas. A James le encantaban los retos, que le respondieran como se merecía y que lo pusieran en su sitio.

Y a mí me encantaba provocarlo, fuese cual fuese el precio a pagar.

—A lo mejor me besaron en otro sitio…

—Me das asco.

Me puse tan nerviosa que no pude seguir mirándolo a los ojos.

—¿Qué te pasa, estás obsesionada conmigo? —me increpó, apuntándome con el dedo.

—De eso nada. ¡Déjame pasar o te juro que te dejo estéril!

—No tienes nada de especial, White. Ya te lo he dicho muchas veces.

—¿Has acabado ya tu discursito?

James enarcó una ceja.

Me sentía como una mierda.

¿Por qué me había hecho ilusiones? ¿Por qué?

La verdad era que me había engañado a mí misma. Él no tenía nada que ver.

Sentí una tempestad rugiendo en mi estómago. Quería irme a casa. Ya.

Salí de la habitación hecha una furia, llegué a la planta baja y, cuando estaba a punto de alcanzar la puerta principal, oí una risita. Jackson se estaba bebiendo una cerveza en el sofá, pero no perdió la ocasión de mirarme con desprecio.

—Cómo no… —masculló molesto, fijándose en mi sudadera.

—¿Qué cojones quieres? —le respondí de muy mal humor.

Se encogió de hombros y siguió hablando con sus amigos.

—¡June, te estaba buscando! Austin está aquí. No sé quién lo ha enviado, pero será mejor que te acompañe a casa. No quiero que te vea aquí.

William me acompañó a través del patio de su casa.

—He traído la bici.

—Vale, ¿pero estás segura de que…?

—Te he dicho que tengo la bici. ¡No os necesito! —exclamé harta de todo.

Fui bastante borde.

—¿Te pasa algo? Pareces…

—No. No pasa nada. Perdona, Will. Nos vemos en el instituto.

Dejé la bici en el garaje, subí los escalones rápidamente y busqué las llaves de casa en el bolsillo de los vaqueros.

Una ráfaga de viento me hizo girarme de repente.

Había un todoterreno negro aparcado delante de mi casa.

No lo había visto hasta ese momento.

«Qué raro».

Miré con cuidado a mi alrededor y me cercioré de que aquella callejuela estaba desierta y de que todo parecía tranquilo.

«Aquí no hay nadie», me dije a mí misma.

Pero seguía sintiendo que algo no iba bien. Tomé aire antes de disponerme a abrir la puerta. Con los dedos algo temblorosos, metí la llave en la cerradura… pero se me cayeron al suelo, provocando un tintineo metálico que me hizo estremecer.

Antes de darme cuenta, una mano bastante fuerte me tapó la boca. No podía respirar.

—Sssh. Vamos a jugar a un juego: tú no gritas y yo no te arrastro hasta mi coche.

CONTINUARÁ…

# Agradecimientos

Os robo un minutito para darles las gracias a todas las personas que han hecho posible esta aventura. Quiero empezar por mis lectoras más fieles, quienes me lleváis apoyando desde el primer día.

En 2021 emprendí este viaje, llena de dudas y con mucho miedo a exponerme, pero no recuerdo ni un solo día en el que me hayáis dejado sola. Habéis estado a mi lado, me habéis acompañado a lo largo de un camino que a veces ha resultado ser tortuoso, pero hermosamente imprevisible. Me llevasteis de la mano durante dos largos años y hemos celebrado juntas cada hito, del más pequeño al más grande. Hay algo por lo que siempre estaré agradecida y que nunca daré por sentado: vuestro apoyo. Sería incapaz de no tener presentes vuestras sonrisas, vuestras llantinas, vuestros largos mensajes y vuestro inmenso cariño.

Ver *Love Me, Love Me* en papel me provoca una emoción indescriptible, pero la idea de que podáis tener entre las manos un libro que habéis deseado tanto tiempo… eso es lo que de verdad me hace feliz. Y es lo mínimo que puedo hacer para corresponder a todo vuestro afecto y a todo el tiempo que me habéis dedicado estos últimos años. Me llevo conmigo cada una de las palabras que me habéis regalado porque, si ahora estamos aquí, es solo gracias a vosotras. Gracias.

Durante este viaje, mi familia ha sido un pilar fundamental. Les doy las gracias por haber estado a mi lado, por haber respetado mi espacio y por ser una inspiración constante.

Quiero darle las gracias a Anita, a todo el equipo de Wattpad y a la editorial Sperling & Kupfler por esta maravillosa oportunidad.

Gracias, especialmente, a Elena, que además de ser una editora maravillosa, ha demostrado ser una persona fantástica que siempre estaba dispuesta a escucharme.

Como muchas lectoras ya sabrán, este es solo el principio de nuestra aventura juntas. Abrochaos el cinturón, porque el próximo volumen va a ser... «movidito».

¡Hasta pronto!

*Stefania*